B. A. FUCHS

SÜDSCHIENE

Copyright © 2012 B. A. Fuchs

Alle Rechte vorbehalten

Umschlagbild: Cezary Piwowarski

Umschlaggestaltung: Frank Dellen

www.prosaschleuder.de

ISBN: 978-3-00-039522-2

FREITAG, 20. SEPTEMBER

»Können Sie jetzt bitte wieder auf diese Akte zurückkommen?«

Michael Eichendorf verlagerte sein Gewicht auf der ebenso glatten wie harten Holzbank von einer Arschbacke auf die andere, ohne dass es ihm Erleichterung gebracht oder seine Ungeduld gemindert hätte. Es war nicht seine Idee gewesen, sich mit Glonsbeck zu treffen. Es war nicht seine Idee gewesen, als Treffpunkt diese stationäre Ü-40-Party auszusuchen, die sich notdürftig als zu gut gefüllte Kneipe tarnte. Es war nicht seine Idee gewesen, sich in diese verdammt engen Scheißnischen zu quetschen, die Oma und Opa damals vielleicht zum Poussieren und Knutschen ideal gefunden hatten. Und er hätte bestimmt bessere Ideen gehabt, diesen Abend zu verbringen, statt dem ehemaligen Offizier zuhören zu müssen.

Glonsbeck ignorierte die mit einem Fragezeichen verkleidete Aufforderung und setzte seine endlosen Prahlereien fort: Held der Grenztruppe und der ganzen Republik; Liebling der Vorgesetzten, der Frauen und der vorgesetzten Frauen; Schrecken aller Imperialisten und Republikflüchtlinge. Als er zu einer weiteren Anekdote ansetzte, die wahrscheinlich damit enden würde, dass er an der Mauer einen oder mehrere Menschen zusammengetreten oder vielleicht sogar angeschossen hatte, wandte Michael seine Aufmerksamkeit lieber den anderen Gästen im Yesterday zu.

Speziell der Idiot am Tresen war eine erstklassige Projektionsfläche für unterdrückte Gewaltfantasien - wer trägt heute noch eine Ballonmütze? Und enge Lederhosen? Aber als der Herr Ballonmütze zu irgendeinem Metal-Scheiß aus den frühen Achtzigern eine Luftgitarrennummer abzog, schaute ihm eine sauerkrautlockige Blondine in schultergepolstertem Lederblouson mit ehrlicher - oder perfekt geheuchelter - Bewunderung zu. Wenn die beiden morgen früh wieder nüchtern sein würden und feststellten, dass die Haare unter der Ballonmütze fehlen und die Brüste ohne Pushup-BH der Schwerkraft gehorchen, würden sie sich wieder ins Heim und Heute zurücktasten und sich wundern, dass ihre Kinder inzwischen zu Koma-Säufern geworden waren.

Meine Generation ist scheiße, dachte Michael und wunderte sich nicht, dass die Mundwinkel der Spätzwanzigerin hinter der Theke nach unten zeigten, beschwert von einer Million blöder Anmachsprüche solch toller Hechte wie Ballonmütze.

Glonsbeck signalisierte weiteren Durst in Richtung Tresen. Das wäre das vierte große Bier in einer halben Stunde. Der Alte musste ein Loch im Knie haben, dass er so saufen konnte. Nach einer Minute weiterer Schwafelei rief er zur Theke »Wo bleibt mein Bier, Mädchen?«, dann pries er die Eilfertigkeit deutsch-demokratischer Kellner: »Die wussten noch, was sie zu tun hatten, wenn sie eine Uniform sahen!« Wenn er nur noch die Uniform hätte! Und überhaupt war damals alles viel besser, abgesehen vielleicht von den Zigaretten und dem Bier.

Michael widerstand dem Drang, ihm Kontra zu geben und schaffte es sogar, eine gelangweilte Miene aufzusetzen. Vielleicht würde Glonsbeck seine Tirade ja beenden, wenn er merkte, dass er nicht nervt?

Die verdrossene Zapfhenne stellte ein frisches Bier auf den Tresen, Ballonmütze schnappte es, kam zum Tisch, knallte es Glonsbeck vor die Nase und verabschiedete sich mit einem »Prost« wieder zu seinem Thekenflirt. Seltsam, warum machte er das? War er etwa der Besitzer von diesem Saftladen? Würde ja passen. Aber warum hatte er keinen Strich auf Glonsbecks Deckel gezogen?

»Na, endlich!« Der alte Mann kippte den halben Inhalt des Glases in seinen Hals.

Wenn er nur endlich weiter über diese Stasi-Akte reden würde. Fünf Millionen Euro für einen Haufen Papier, lächerlich. Alleine schon der Titel dieser Akte: »Südschiene«. Und Franz Josef Strauß, der langjährige bayrische Ministerpräsident, sollte darin verstrickt sein. Blödsinn.

Immerhin, Glonsbeck hatte Michael eine interessante und plausible Geschichte erzählt, wie er an die Akte gekommen war, aber die konnte auch nur gut erfunden sein. Dann war er abgeschweift, hatte in Michael ein unfreiwilliges und gezwungenermaßen wehrloses Opfer für seine Litaneien gefunden. Michael sah zu, wie einige Tropfen Bier sich ihren Weg durch die Bartstoppeln des ehemaligen Offiziers bahnten. Trink aus, und wenn Du mir dann nicht erklären kannst, warum diese Akte soviel wert sein soll, bin ich verschwunden.

Das Bierglas landete wieder auf dem Tisch, Glonsbeck verzog seine Lippen und wischte die Tropfen vom Kinn.

»Ist das bitter! Das ist nie im Leben ein Kölsch! Ich glaube, der Wichser hat mir ein Pils gebracht! Kellner! Wir sind hier in Köln, oder? Was ist das dann für Pferdepisse?«

Zufrieden mit der eigenen Rüpelhaftigkeit grinste der alte Mann Michael an. Das Grinsen wich einem Keuchen, das Glonsbeck mit der Hand abfangen konnte. Aber dann explodierte es zu einem Husten, schlimmer und schlimmer, die Augen des Alten weiteten sich panisch.

»Was ist los, haben Sie sich verschluckt?« Ballonmütze hatte sich neben die Sitznische gestellt und klopfte Glonsbeck auf den Rücken.

Nach einem letzten Keucher, der eine Wolke von Speichel über den Tisch hinweg in Michaels Gesicht schickte, fiel der Kopf des Alten in den Nacken. Ballonmütze schob den zuckenden Körper auf der Holzbank ohne Mühe in Richtung Fenster und setzte sich auf den freigeräumten Platz.

»So, jetzt ist Ruhe. Was hat er Dir erzählt?«

Der Junge hämmerte vergeblich gegen das Fenster. Plötzlich übergab er sich. Überrascht

2

sah er zu, wie sein Erbrochenes auf der Glasscheibe nach unten lief, dann begann sein Körper zu zucken, wie in einem epileptischen Anfall. Schließlich brach er zusammen.

Michael schob mit aller Kraft den lähmenden Erinnerungsfetzen beiseite.

»Sie haben ihn vergiftet!«

*

Michael konnte kaum fassen, was gerade passiert war, aber in einem abgelegenen Winkel seines Gehirns kam der Überlebenstrieb in Fahrt und befahl seiner Hand, das Glas zu greifen, an dem er die letzte Viertelstunde genippt hatte. Er schüttete sich das Mineralwasser ins Gesicht und wischte es mit dem Ärmel wieder ab. Hoffentlich war die Spucke des Alten nicht allzu sehr kontaminiert.

Sein Gegenüber hatte Michaels Bemühungen verfolgt, ohne einzuschreiten.

»Genau. Und unter dem Tisch richte ich jetzt eine Waffe auf Dich. Also: Was hat er Dir erzählt? Und was hat er Dir zugesteckt?«

Michael sah Ballonmütze nur noch undeutlich, als wenn er durch eine Brille mit spektakulären Dioptrienwerten gucken würde. Er konnte sich kaum auf sein ungeduldiges Gegenüber konzentrieren, zumal am Rande seines drastisch verengten Gesichtsfeldes etwas Spiegelndes auftauchte, das die Lichtstrahlen der Hängelampe in seine Augen reflektierte. Jetzt steckte das spiegelnde Ding in der Brust von Ballonmütze. Ein Knall dröhnte durch den Raum, jemand schien einen Lötkolben auf Michaels Wade zu pressen. Der plötzliche Schmerz regte die Ausschüttung von ein paar Litern Adrenalin an, Michael wurde mit einem Mal wieder klar im Kopf.

Glonsbeck hatte in einer letzten, furiosen Anstrengung ein enorm großes Messer in seinen Mörder gestoßen. Der Finger von Ballonmütze hatte gezuckt, heißes Blei war knapp an Michaels Bein vorbeigeflogen. Er richtete seine Pistole auf Glonsbeck und jagte ihm unter dem Geschrei der anderen Kneipengäste etliche Kugeln in den Körper.

Michael griff nach dem riesigen Aschenbecher aus Zinn und schlug ihn dem Killer mit aller Kraft ins Gesicht. Aus der Nase des Mannes schoss Blut, sein Oberkörper wollte zur Seite sacken, aber das Messer hatte ihn an die Lehne der Holzbank genagelt. Nach einer Sekunde, in der Michael auf das Blut, das Messer und den endgültig toten Glonsbeck gestarrt hatte, mischte sich ein Ton der Verärgerung unter das Stöhnen des Killers. Michael schälte sich aus der Sitznische, bevor der Mann wieder ganz zu sich kam. Die meisten Gäste schrien immer noch hysterisch, versuchten, sich ins Freie zu retten, aber einige hatten ihre Handys gezückt und riefen die Polizei. Vielleicht machten sie auch Bilder oder Filme. Michael bedeckte sein Gesicht, als er sich mit der verängstigten Masse aus der Kneipentür quetschte.

Auf der Straße lief er ein paar Dutzend Meter nach rechts, drängte sich in einen Hauseingang und sog mit tiefen Atemzügen die nieselregengetränkte Septemberluft ein, in der Hoffnung, so die letzten Spuren der Vergiftung zu

3

vertreiben. Er wartete darauf, dass der Pudding in seinen Hosenbeinen wieder die Gestalt von Knochen und Muskeln annehmen würde. War der Umschlag noch da? Ja, Michaels Finger fanden das Kuvert, das Glonsbeck ihm unter dem Tisch gegeben hatte, in der Innentasche seiner Jacke.

Einen halben Meter links von Michael platzte ein handtellergroßes Stück Putz aus der Wand. Bevor sein Verstand das mit dem Knall in Verbindung brachte und ihm klar wurde, dass auf ihn geschossen wurde, hatte sein Instinkt ihn schon taumelnd losrennen lassen. Er drehte sich nicht um, es war letzten Endes egal, ob Ballonmütze sich von dem Messer befreit hatte und auf ihn schoss, oder ob es noch einen zweiten Killer gab. Er kletterte über ein Tor aus grünen Stahlstangen mit einem aufgenieteten Schild »Kein Durchgang zur Schule«. Auf dem Schulgelände hatte ein mitfühlender Gärtner mit immergrünen Büschen Raucherecken für nikotinsüchtige Schüler geschaffen; Michael nutzte die Deckung und brachte so leise und so schnell wie möglich Abstand zwischen sich und seine Verfolger. Deren Schritte wurden leiser und zögernder, das Heckenlabyrinth und die Dunkelheit schützten Michael. Ein verwildertes Grasstück zwischen der Sporthalle und einem Mietshaus führte ihn an einen rostigen Zaun; ein Sprung, und er stand wieder auf einer Straße.

Ungeschützt.

Rechts führte die Straße zu beleuchteten Schaufenstern, also lieber nach links. Nach ein paar Metern im Spurt bog er rechts ab. Ohne Grund, nur, um nicht zu lange geradeaus zu laufen. Kasemattenstraße. Hatte er noch nie gehört. Nach weiteren fünfzig Metern traf er auf eine größere Straße, mit Straßenbahnschienen zwischen den Fahrspuren. Rechts stand ein Schild, das auf Parkplätze für die Köln-Arena hinwies. Eine schwache Erinnerung an die lange Suche nach einem Parkplatz, als eine Arbeitskollegin ihn vor drei Jahren zu einem Konzert geschleppt hatte. Anschließend musste er ihr zusehen, wie sie eine extra teure Stulle mit extra wenig Fett aß. Und links, da hinten, da war ein Subway. Er wusste wieder, wo er war und lief los.

Gegenüber der Köln-Arena gab es eine kleine Wache, eingerichtet als Basislager der Polizei, wenn Einsätze bei großen Veranstaltungen anlagen. War die Wache jetzt besetzt?

*

»Ich bin gerade Zeuge eines Mordes geworden!«

Der kahlköpfige Polizist wartete schweigend, ob der Scherz aufgelöst würde.

»Man hat auf mich geschossen, im Yesterday!«

Das löste endlich eine Reaktion aus, auch der andere Polizist in der ansonsten leeren Wache horchte auf. Das Reden überließ er aber seinem haarlosen Kollegen.

»Ich bin Hauptwachmeister Bleeckmann. Wir haben von Schüssen im Yesterday über Funk gehört … eine Streife mit Kollegen von der Siegburger

Straße war gerade in der Nähe, die sind jetzt vor Ort. Wie hängen Sie da mit drin?«

»Ich habe mich mit dem Opfer getroffen, dann hat man den Mann vergiftet, anschließend wurde ich bedroht. Ich konnte aus dem Yesterday entkommen, wurde verfolgt und bin hierhin geflüchtet.«

»Werden Sie immer noch verfolgt?« Bleeckmann versuchte, nach draußen zu schauen. Michael drehte sich zur Tür, konnte aber nur sein eigenes Spiegelbild in dem Glas erkennen. Ihm wurde bewusst, dass er hier in der gut beleuchteten Wache wie auf dem Präsentierteller stand. Zum Glück lotste Bleeckmann ihn in ein karg möbliertes Hinterzimmer. Das Fenster stand offen, aber der Raum roch nach überfülltem Aschenbecher.

»Volker, übernimm mal bitte … und ruf die Kripo an, wir haben hier einen Zeugen, der scheinbar mehr über die Umstände der Schießerei weiß … So, nehmen Sie hier Platz. Wenn Sie mögen, rauchen Sie. Ich halte es für eine gute Idee, dass Sie mir alles erzählen, so lange die Erinnerung noch frisch ist. Kaffee?«

»Nein, danke.«

Bleeckmann schüttete sich aufgebrühte Plörre in eine hygienisch nicht ganz unbedenkliche Tasse, setzte sich an den Schreibtisch und bewegte die Computermaus, um den Monitor aus seinem Ruhezustand zu wecken.

»Gut, kurz die persönlichen Daten … Name?«

»Michael Eichendorf. Wie der Dichter, aber nur mit einem ›f‹.«

»Ihr Geburtsdatum, Herr Eichendorf?«

»26. Februar 1968.«

»In?«

»Wuppertal.«

»Erzählen Sie bitte kurz, was passiert ist, ich schreibe das als ersten Bericht mit. Wenn der Kollege von der Kripo kommt, kann er Sie über die Einzelheiten befragen.«

Michael schilderte knapp die Ereignisse, ließ alles weg, was der Polizist nicht wissen musste. Als er von der Vergiftung hörte, bestellte Bleeckmann einen Krankenwagen, trotz Michaels Versicherung, dass es wieder besser gehe. Abschließend las er den Bericht vor und fragte nach Korrekturen oder Ergänzungen, bekam darauf aber nur ein Kopfschütteln als Antwort.

»Gut. Wenn Sie einverstanden sind, werden wir Sie vorläufig in Schutzhaft nehmen … keine Angst, Sie kommen nicht in eine Zelle, das ist nur offizieller Sprachgebrauch … die Übersetzung lautet: Sie bleiben hier sitzen, wir jagen Sie nicht wieder vor die Tür.«

*

Nach zehn Minuten kam ein Rettungssanitäter in das Büro und untersuchte Michael.

»Und der, der Sie angespuckt hat, ist innerhalb von wenigen Sekunden gestorben, sagen Sie?«

»Ja, mehr oder minder.«

»Nun, Sie leben noch und ich kann nichts feststellen. Dann können wir wohl davon ausgehen, dass Sie mehr Glück hatten als er. Ich schicke Ihre Blutprobe noch für eine toxikologische Untersuchung ins Labor. Hier ist noch eine Salbe für die Wunde am Bein. Wenn die in zwei oder drei Tagen immer noch schmerzt, gehen Sie zu Ihrem Hausarzt. Wird aber wohl nicht nötig sein.«

Der Sanitäter verschwand so schnell, wie er gekommen war. Michael genoss weitere zwanzig Minuten lang die Gesellschaft der Büromöbel, bis ein kleiner, stämmiger Mann in einem dreiteiligen Anzug der Mittelklasse erschien.

»Ich bin Kriminalhauptkommissar Krön.«

Kröns ruhelose Augen musterten Michael durch eine moderne Brille; er war perfekt rasiert und frisiert, so, als wolle er das legere Aussehen der Fernsehkommissare widerlegen. Michael, dessen morgendliche Kleiderwahl davon bestimmt wurde, was gerade auf dem Wäschestapel oben lag, kam sich ein bisschen schäbig vor, aber der Polizist lächelte ihn freundlich an.

»Ich habe gerade den Bericht gelesen. Der ist ein bisschen mager, oder? Wir wollen schauen, ob wir noch ein paar Details finden können …

Übrigens, ich komme eben vom Yesterday, heilloses Durcheinander da. Aber die Kollegen sagen, dass große Teile Ihrer Geschichte von Zeugen bestätigt werden, zumindest der Teil mit der Schießerei. Der alte Mann sitzt immer noch auf der Bank, der Mörder ist aber entkommen … harter Bursche, was? Wir haben die Spur des Messers in dem Holz gefunden, die ist immerhin fast einen Zentimeter tief. Sind Sie sicher, dass der Alte … wie hieß er noch? Ah, hier: Glonsbeck! Also, Glonsbeck war schon halb tot?«

»Ja. Wahrscheinlich war er sogar ganz tot und das war nur noch ein Trotz-Reflex. Würde mich nicht wundern.«

»Kannten Sie ihn schon länger?«

»Nein, ich habe ihn erst heute Abend kennengelernt. Das war mein erster Eindruck.«

»War das ein zufälliges Treffen?«

»Nein, wir hatten uns auf seinen Wunsch dort verabredet.«

»Warum? Kommen Sie, lassen Sie sich nicht die Würmer aus der Nase ziehen … immerhin wurde Ihr Leben auch bedroht!«

»Glonsbeck hatte meinem Arbeitgeber Material zum Kauf angeboten, ich sollte sehen, ob er vertrauenswürdig und das Material in Ordnung wäre. Anschließend sollte ich eine Beurteilung abgeben, ob man diesen Kauf tätigen sollte.«

»Und wer ist Ihr Arbeitgeber, was war das für Material?« Krön blieb höflich, aber Michael merkte, dass seine Geduld nicht mehr weit reichte.

»Ich arbeite beim Verfassungsschutz.« Michael zog seine Brieftasche hervor, knibbelte seinen Ausweis aus einem der Fächer und hielt ihn Krön hin.

»Oje.« Krön lehnte sich zurück, holte tief Luft und rieb sich die Augen.

»Werden Sie mir jetzt erzählen, dass die nationale Sicherheit auf dem Spiel steht oder so was?«

»Ehrlich, ich habe keine Ahnung. Ich weiß selber nicht, was das alles zu bedeuten hat … ich bin eigentlich im Archiv tätig, normalerweise ist das gar nicht meine Aufgabe, irgendwen zu treffen. Glonsbecks Angebot wurde nicht ernst genommen, und man sagte mir, die Kollegen, die sonst so etwas machen, wären gerade alle beschäftigt. Ich sollte mir ein oder zwei Bier auf Kosten des Steuerzahlers gönnen und dem Spinner zuhören …«

»Sieht so aus, als wenn man ihn doch besser ernst genommen hätte … Was hat er Ihnen angeboten?«

»Ich glaube, das sollte ich Ihnen ohne Rücksprache mit meinen Vorgesetzten nicht sagen.«

»Genau, verschweigen Sie mir das ruhig. Ist ja auch völlig abwegig, dort das Motiv für seine Ermordung zu vermuten; der Mörder ist ganz sicher ein Psychopath, der wahllos alte Männer in Kneipen vergiftet.«

Bevor Michael sich verteidigen konnte, klopfte es an der Tür. Bleeckmann betrat das Büro, ohne eine Antwort abzuwarten.

»Da sind zwei Herren vom Bundesamt für Verfassungsschutz, die Herrn Eichendorf mitnehmen wollen!«

Beide Polizisten sahen Michael fragend an, aber er konnte sich auch keinen Reim darauf machen - was wollten seine Kollegen von ihm? Und woher wussten die, wo er war?

Zwei Männer schoben den Uniformierten sanft aus der Türöffnung und drängten in das Büro. Der kleinere hielt Krön ein amtliches Formular vor das Gesicht.

»Wir haben hier eine Anweisung, den Gefangenen Eichendorf mitzunehmen, unterschreiben Sie da unten.«

»Herr Eichendorf ist hier in Schutzhaft, auf unseren Vorschlag und eigenen Wunsch. Ich habe keinerlei Verfügungsgewalt über ihn.« Michael sah Krön an, dass er vom Auftreten der beiden Männer wenig begeistert war. Die beiden erinnerten Michael an Schlägerduos in alten Gangsterfilmen: Der kleine, listige Sadist, wahrscheinlich mit einem Messer bewaffnet, und sein ihm höriger, tumber Freund mit Fäusten wie Abbruchbirnen. Er hatte die Männer innerlich schon mit den entsprechenden Klischeenamen Wiesel und Bomber etikettiert, aber zu seiner Überraschung setzte der Große das Gespräch mit Krön fort.

»Herr Eichendorf wird von uns dringend verdächtigt, im Yesterday einen unserer Informanten ermordet zu haben. Es wäre uns sehr recht, wenn Sie ihn jetzt aufgrund dieses Verdachts offiziell verhaften würden, damit wir ihn mitnehmen können. Falls Herr Eichendorf sich als schuldig erweist, sähe es bestimmt nicht so gut aus, wenn Sie ihn nicht sofort verhaftet hätten, nicht wahr?«

»Aber das stimmt doch gar nicht! Ich habe …«

»Schon gut, Herr Eichendorf, wir klären das!«

Krön hatte sich das Telefon gegriffen, einige Ziffern eingetippt und hielt die beiden Männer mit Gesten hin.

»Guten Abend, hier ist Kriminalhauptkommissar Krön, bei mir im Büro stehen zwei Herren, die behaupten, vom Verfassungsschutz zu kommen und sie wollen einen Herrn Eichendorf mitnehmen … ich wollte mich nur vergewissern, dass Ihre Unterschrift echt ist, Richter Krebbing.«

Michael hörte die quäkenden Geräusche der Antwort, konnte aber kein Wort verstehen.

»Ja, gut. Ich habe gerade die Aussage von Herrn Eichendorf aufgenommen, in der er von einem Kellner berichtet, der auch ihn selber hat töten wollen … Herr Eichendorf ist freiwillig zu uns gekommen, da würde mich natürlich interessieren, wieso ein Verdacht gegen ihn … ja … ok … gut, danke. Ja, wenn das so ist: gut … Wiederhören!«

Krön sah Michael an: »Es gibt einen Zeugen, der gesehen haben will, wie Sie etwas in Glonsbecks Bierglas geschüttet haben.«

Michael war verwirrt, ihm fiel nichts Stichhaltiges ein, das er darauf antworten sollte. Krön musterte ihn einen Augenblick, dann wandte er sich den beiden Männern zu.

»Meine Herren, ich weiß nicht, wie Sie Richter Krebbing überzeugen konnten, seine Unterschrift unter diesen Wisch zu setzen. Aber fest steht doch wohl, dass der Verfassungsschutz keinerlei Exekutivgewalt hat. Also: Selbst, wenn ich Herrn Eichendorf jetzt verhafte, werde ich ihn ganz bestimmt nicht an Sie übergeben. Im Gegenteil, ich verhafte stattdessen Sie beide … ganz offensichtlich haben wir es hier wenigstens mit Amtsanmaßung zu tun, und wer weiß, was wir noch alles finden werden.«

Er wollte wieder zum Telefon greifen, aber der Große zog eine Pistole unter seinem Mantel hervor und schoss Krön zwei Kugeln in die Brust, eine in den Kopf. Dann schwenkte er den Lauf in Michaels Richtung, während sein Partner dem überrumpelten Bleeckmann mit einem Stilett die Kehle durchtrennte. Wiesel trat aus dem Zimmer, Michael hörte zwei Schüsse, die den Tod des dritten Polizisten signalisierten. Während Kröns Leiche vom Stuhl glitt und Bleeckmann vergeblich versuchte, die Blutung zu stoppen, grinste Bomber Michael an:

»Heute ist man nirgendwo mehr in Sicherheit, nicht einmal auf einer Polizeiwache … bestürzend, nicht wahr?

Sie kommen jetzt mit, wir wollen Ihnen in Ruhe ein paar Fragen stellen. Wenn Sie sich weigern, werde ich Ihnen die Fußknöchel zerschießen und Sie tragen … das ist für mich nur ein bisschen unbequemer …« Er senkte den Lauf wenige Zentimeter, aber Michael sprang auf.

*

Nach einem prüfenden Blick auf die Straße drehte Bomber sich kurz um und nickte Wiesel zu, bevor er aus dem Polizeirevier trat. Michael spürte, wie der Lauf von Wiesels Pistole sich etwas stärker in seinen Rücken bohrte und ließ sich so nach draußen dirigieren. Die Blinker eines schwarzen Audi A6 blitzten auf, Bomber setzte sich hinter das Lenkrad. Wiesel öffnete die hintere Türe auf der Fahrerseite und bedeutete Michael mit einem Schwung seiner Pistole, sich auf die Rückbank des Kombis zu setzen.

Ihm war schwindelig. Er wusste, dass das nicht mehr von dem Gift kam. Seine beiden Entführer hatten vor weniger als einer Minute kaltblütig drei Polizisten ermordet. Sie würden ihn nicht laufen lassen, nachdem er ihnen gesagt hatte, was auch immer sie wissen und hören wollten. Eher würde seine Leiche in ein paar Jahren von einem Hund gefunden werden, der im Wald Kaninchen jagte. Er durfte nicht in das Auto steigen …

»Wir greifen ein!«

Michael und Czajka nickten stumm und machten sich bereit.

Wiesel hielt mit seiner linken Hand die Autotür am oberen Fensterrahmen geöffnet. Michael legte seine Hand auf das hintere Ende der Tür, so, als bräuchte er wenigstens symbolischen Halt beim Einstieg. Aber statt in den Wagen zu klettern, schlug er die Tür so schnell er konnte zu. Die verzweifelte Maßnahme funktionierte: Wiesel verlor kurz das Gleichgewicht und taumelte in Richtung Auto, seine Hände klammerten sich im Reflex an das, was gerade greifbar war. Seine linke Hand wurde zwischen dem Fensterrahmen der Autotür und dem Dach eingequetscht. Er schrie auf, sein rechter Zeigefinger zuckte, eine Kugel schlug zwischen Michaels Füßen in den Asphalt. Wiesel wechselte in ein hochoktaviges Fluchen und griff mit der Rechten zum Türgriff, konnte den aber mit der Waffe in der Hand nicht betätigen. Michael brauchte eine halbe Sekunde, um zu begreifen, dass er nicht in einer Blutlache auf dem Asphalt lag. Er stieß mit seinem Ellenbogen Wiesels Kopf vor die Dachreling des Kombis, Blut lief aus der Platzwunde die Stirn des kleinen Gangsters hinab. Trotzdem schaffte er es, die Waffe wieder zu heben. Aber Michael versetzte ihm einen weiteren Hieb, der die Zähne des Mörders mit dem Stahlblech der Dachkante bekannt machte. Wiesel sank bewusstlos zusammen, die Waffe fiel zu Boden.

Bomber, der bereits den Wagen gestartet hatte, wollte aussteigen, um seinem Kompagnon zur Hilfe zu kommen. Sein linkes Bein stand schon auf der Straße, gerade wollte er sich aufrichten, als Michael sein ganzes Gewicht gegen die Fahrertür warf. Bombers Kopf wurde zwischen Türrahmen und Dachkante geklemmt, seine Wade zwischen die untere Türkante und den Schweller. Der Hüne war benommen, aber Michael zweifelte, dass Bomber sich so leicht außer Gefecht setzen lassen würde wie sein fliegengewichtiger Partner. Er nahm Wiesels Pistole auf.

»Aussteigen! Hände hoch!«

Er konnte die Hysterie in seiner Stimme nicht unterdrücken. Bomber sah in seine Augen und zog die eigene Waffe, in der Gewissheit, dass Michael es nicht über sich bringen würde, ihn zu erschießen. Aber in Michaels Kopf gab es ein Eckchen, das von der Verzweiflung nicht erfasst worden war. Während all die anderen Neuronen damit beschäftigt waren, den Puls auf hundertfünfzig zu halten und sinnlose Warnungen in Bombers Richtung zu brüllen, strömte kaltes Blut zu den entscheidenden Muskeln und Nerven.

Ohne sich wirklich darüber im Klaren zu sein, was er da tat, feuerte Michael eine Kugel durch die Autotür in Bombers linken Oberschenkel.

Bomber sah Michael überrascht an, ohne ein Wort zu sagen. Er ließ sich in den Sitz fallen, riss am Wählhebel der Automatik und trat auf das Gaspedal. Der ohnmächtige Wiesel hing noch immer an der Tür, als der Wagen sich entfernte.

*

Michael überlegte kurz, einfach auf der Straße stehen zu bleiben und sich verhaften zu lassen. Aber die letzten Minuten hatten ihn überzeugt, dass er in den Armen der Polizei keinen echten Schutz finden konnte. Vielleicht würde der Gefangenentransporter von der Straße gedrängt werden, der ihn während der Untersuchungshaft vom Gefängnis zum Gerichtssaal fuhr. Vielleicht würde man ihn erhängt in seiner Zelle finden. Vielleicht würden ihn Männer abholen, deren Papiere und Vorwände mit einer weniger heißen Nadel gestrickt wären.

Er sollte den Ordnungshütern besser aus dem Weg gehen, aber das würde nicht einfach sein. Auf dem Revier war er von mindestens einer Kamera erfasst worden, außerdem hatte er seinen Namen zu Protokoll gegeben. Schnelles Handeln war angesagt, bevor die Polizei die Fahndung nach ihm organisieren konnte. Michael sicherte Wiesels Pistole, eine P8, und steckte sie in den Hosenbund. Er atmete tief durch und lief die Straße entlang, nicht zu schnell, als ob die lauter werdenden Martinshörner ihn nicht interessieren würden. Sein Fahrrad stand noch vor dem Yesterday, aber das konnte er abschreiben. Zwei Straßen weiter fand er ein Taxi.

»Heinsbergstraße ... und vorher noch in die Severinstraße.« Dort stand der Geldautomat, der Michael gewöhnlich mit Barem versorgte. Der Taxifahrer brummte nur. Michael schätzte sich glücklich, auf einen wortkargen Chauffeur zu treffen. Ihm war nicht danach, das letzte Auswärtsspiel des FC Köln zu diskutieren.

*

Der Geldautomat gestand ihm nur das Tageslimit zu, tausend Euro. In seiner Wohnung hatte er noch ein paar Krügerrand, Erbstücke seiner Patentante, zurückgelegt für schlechte Zeiten. Die jetzige Situation war für den Begriff »schlechte Zeiten« deutlich überqualifiziert, fand er. Er hatte nur eine diffuse Vorstellung, was er als Nächstes unternehmen würde, aber was sich auch ergab, Geld in der Tasche zu haben, schien ihm eine gute Idee.

Dem Taxifahrer musste er kein extradickes Trinkgeld geben, mit der Auflage, dass er sein Gesicht vergessen möge. Die Fahrt war schon bei der Taxizentrale angemeldet, aber die Polizei würde hoffentlich erst zu Michaels Wohnung finden, wenn er schon lange weg war. Allerdings: So träge waren die Jungs in Blau auch nicht - er würde sich nur die Krügerrand schnappen und eine kleine Sporttasche mit Kleidung füllen können. Länger als fünf Minuten wollte er sich nicht aufhalten. Gut, eine Minute sollte drin sein für eine Notiz an die Nachbarin, mit der Bitte, sich um den Wellensittich zu kümmern, plus ein paar Euro für Futter.

Seine Gedanken kehrten wieder zu den beiden Mördern auf dem Polizeirevier zurück - woher hatten die gewusst, wo er zu finden war? Entweder hatten sie das Telefonat abgehört, mit dem Bleeckmann einen Kripomann herbei gerufen hatte, oder sie hatten geahnt, dass er sich in ein Polizeirevier flüchten würde, nachdem der andere Killer ihn hatte aus der Kneipe entkommen lassen. Beide Möglichkeiten, sowohl die nötigen Ressourcen für eine Abhöraktion als auch die taktische Finesse und Voraussicht waren beunruhigend. Und Wiesels Pistole war eine Walther P8, die Standardpistole der Bundeswehr. Die konnte man nicht in jeder Pommesbude unter der Theke kaufen. Michael hatte wenig Erfahrung mit Verbrechern, aber er ging nicht davon aus, dass die drei Killer auf eigene Faust gehandelt hatten; und ihre Hintermänner waren wahrscheinlich von einem anderen Kaliber als der gemeine Kölner Straßen-Gangster.

Aber wenn »sie« schon einen Richter davon überzeugen konnten, einen Übernahmebefehl auf Michaels Namen auszustellen, dann würden »sie« auch wissen, wo er wohnt.

»Ich glaube, ich steige hier schon aus. Ich gehe noch auf ein Bierchen ins Schmitz, oder so ... den Rest laufe ich dann, sind ja nur noch zwei Straßen ...« Nicht plappern, ermahnte er sich. Der Taxifahrer murmelte die Fahrtkosten in den ungepflegten Bart. Michael stieg aus und tat vor der Kneipe, als wolle er sich noch Zigaretten aus dem Automaten ziehen, bis das Taxi verschwunden war. Dann machte er sich auf den Weg zu seiner Wohnung.

Er hielt sich auf der unbeleuchteten Straßenseite, möglichst dicht in den Schatten der historistischen Fassaden, bis er nur noch ein paar Dutzend Meter von seiner Haustür entfernt war. Vor dem Eingang des Hauses stand eine Straßenlaterne; von Vorteil, wenn man nachts das Schlüsselloch suchte, im Moment allerdings mochte Michael sich nicht im Licht der Öffentlichkeit präsentieren.

Er überlegte, von wo aus man den Eingang am besten beobachten konnte - und genau an dieser Stelle stand ein dunkler Kombi. Ein Audi, der zwar im Verkehr nicht auffallen würde; zwischen den heruntergerittenen Kleinwagen der vorletzten Generation, die halb auf den Bürgersteigen dieses Studenten-Viertels geparkt waren, wirkte das neue Auto allerdings deplatziert. Wieder ein A6.

Rauchwolken zogen aus einem Fensterspalt in der Fahrertür. Michael sah eine Bewegung in einem der Hauseingänge, und vielleicht gab es irgendwo noch einen weiteren Mann. Er überlegte, ob er versuchen sollte, die Männer zu überrumpeln, verwarf den Gedanken aber schnell: Bei Bomber und Wiesel hatte er sein Glück schon zur Genüge strapaziert - der Trupp vor seiner Wohnung wusste bestimmt, dass Michael jetzt bewaffnet war. Sie würden sehr vorsichtig und sehr skrupellos vorgehen.

Also konnte er nicht in seine Wohnung. Früher oder später würde die Polizei auftauchen, dann würde sich hoffentlich jemand um den Piepmatz kümmern. Blieb das Problem mit dem Geld, schließlich konnte er gefälschte Pässe, oder was auch immer er brauchen würde, schlecht mit seiner Scheckkarte bezahlen.

*

»Hier ist Eichendorf. Tut mir leid, dass ich so spät noch störe, aber es ist wirklich wichtig!«

Michael war nur ein Mensch eingefallen, der ihm helfen konnte. Aber es würde nicht einfach sein, seinen Chef von einem selbstgebastelten Zeugenschutzprogramm zu überzeugen.

»Gut, kommen Sie rauf ...«

Der Türöffner summte. Michael wusste nicht, ob man Herrmann Fastenrath schon unterrichtet hatte, in welcher Situation sich sein Untergebener befand. Er rannte die Treppe hinauf. In der ersten Etage öffnete sich eine Türe, und sein Chef lud ihn mit höflicher Geste, aber missmutigem Gesichtsausdruck in seine Wohnung. Wenn Fastenrath nach Verstärkung telefoniert hätte, wäre er nicht so schnell wieder an der Türe gewesen.

»Seit wann arbeiten wir an Sachen, die so wichtig sind, dass sie nicht über das Wochenende warten können?«

»Ich bin in erster Linie privat hier ... Sie haben mir Hilfe angeboten, wenn ich mal in Schwierigkeiten bin.«

»Ja, natürlich! Was ist passiert?«

Fastenrath hatte sich schon immer um Michaels psychische Verfassung gesorgt und zog die falschen Schlüsse. Michael musste fast lachen.

»Nicht, was Sie denken! Ich will mich nicht umbringen - jemand anders aber!«

Fastenrath starrte ihn an. Skepsis huschte über die Züge des Mannes, weil er kaum glauben konnte, was er hörte. Dann zogen sich seine Augenbrauen zusammen; Michael erwartete, wegen geschmacklosen Humors getadelt zu werden. Schließlich kam sein Chef zu der Überzeugung, dass er ihm keinen solchen Unsinn erzählen würde.

Fastenrath führte seinen späten Gast durch den Flur, vorbei an großformatigen, schwarz-weißen Drucken. Op-Art, Vasarely, hatte er Michael bei früherer Gelegenheit erklärt. Das Wohnzimmer, in dem Michael sich unaufgefordert in die Ledercouch fallen ließ, war in ähnlicher Farbenfreude eingerichtet. Fastenrath war ein feiner Kerl für einen Vorgesetzten, aber er war auch jemand, der Bleistifte parallel zur Tischkante ausrichtete.

»Warum sollte man Sie umbringen wollen? Hängt es mit dem VS zusammen?«

»Ja. Mit der Südschienen-Akte. Der Mann, den ich treffen sollte, wurde vergiftet. Ich bin zur Polizei gegangen, aber man hat mich mit Waffengewalt aus dem Revier entführt, dabei wurden drei Polizisten ermordet. Anscheinend glaubt man, der Mann hätte mir noch wichtige Hinweise gegeben.«

»Was erzählen Sie da? Welchen Mann sollten Sie treffen? Sie sind doch gar nicht für Außen-Einsätze ausgebildet! Und was für eine Akte? ›Südschiene‹? Was soll das sein?«

»Sie wissen nicht, wovon ich rede?«

»Nein, woher denn?«

»Fischer sagte mir, dass Sie der Meinung wären, ich sollte mich mit Glonsbeck treffen und sein Angebot prüfen.«

»Ich weiß von nichts. Wer ist Glonsbeck? Und wie kommt Fischer dazu, so einen Mist zu erzählen? Ich will das jetzt von Anfang an hören!«

»Ok. Fischer kam heute Morgen so gegen zehn zu mir und erzählte, er wäre gerade in Ihrem Büro gewesen, als ein Mann namens Glonsbeck bei Ihnen angerufen hätte. Dieser Glonsbeck würde dem Verfassungsschutz eine Kopie einer Stasi-Akte mit dem Titel ›Südschiene‹ anbieten und wolle fünf Millionen Euro dafür haben. Fischer sagte, Sie hätten den Lautsprecher eingeschaltet, damit er zuhören konnte, und dann höchst konspirativ getan und ein Treffen vereinbart, zu dem Sie einen Ihrer besten Männer schicken wollten. Nachdem das Gespräch zu Ende war, hätten Sie und Fischer sich über den Spinner lustig gemacht. Fischer wollte Glonsbeck wohl selber treffen, aber Sie wären der Meinung gewesen, ich solle besser dort hingehen. Weil ich mal wieder ein bisschen frische Luft schnappen müsste, mal raus kommen aus dem Archiv.

Er hat mir dann noch gesagt, dass er sich erst überlegt habe, mich im Glauben zu lassen, Sie würden Glonsbecks Anruf ernst nehmen. Aber dann wäre ich wahrscheinlich zu Ihnen gerannt und hätte mich beschwert, von ihm verarscht worden zu sein. Ich wollte erst nicht, weil ich ja keine Erfahrung im Außendienst habe, aber Fischer meinte, ich sollte dem alten Mann, also Ihnen, mal eine Freude machen und wenigstens so tun, als wenn mit mir noch was los wäre.«

»Das war die größte personelle Fehlentscheidung meiner Karriere, Sie beide in einer Abteilung zu halten.«

Michael stimmte innerlich zu, ging aber nicht auf die Bemerkung ein. Die Illusion, dass es zwischen ihm und Fischer zur Versöhnung kommen würde, musste in Fastenraths christlichem Glauben verwurzelt sein.

»Als er weg war, habe ich versucht, Sie zu kontaktieren, aber im Intranet-Terminplaner war eingetragen, dass Sie ab halb zehn außer Haus wären, und nicht erreichbar.«

»Ich war den ganzen Tag im Büro!«

»Jedenfalls habe ich mich dann abends mit Herrn Glonsbeck getroffen. Er war bei der Grenztruppe. Er hat mir erst mal einen Vortrag gehalten, wie toll doch die DDR gewesen sei und dass er noch heute stolz darauf ist, Flüchtlinge an der Mauer geschnappt zu haben.«

»Ich habe schon immer gesagt: Bei der Wiedervereinigung sind viel zu wenige Köpfe gerollt!«

»Glonsbeck erzählte mir dann, dass die Stasi Anfang 1990 haufenweise Akten an die Kollegen vom Bayrischen Landesamt für Verfassungsschutz verkauft hat. Er war einer der Fahrer, die die Akten zu einer Ziegelei an der Landesgrenze zwischen Sachsen und Bayern oder in die Tiefgarage unter dem Rathaus von Hof gebracht haben. Solche Aktionen waren nach seiner Aussage damals wohl gang und gäbe ...«

»Ja, wir hier in Köln hatten seinerzeit auch Kontakt mit dem Ministerium für Staatssicherheit. Wenn es gilt, brisante Dokumente in die Hände zu bekommen, darf man nicht zimperlich sein. Weiter: Was war mit Glonsbeck?«

»Er war wohl ziemlich desillusioniert, dass die Elite seines real-sozialistischen Paradieses alle antikapitalistischen Grundsätze über Bord warf und sich so schamlos dem imperialistischen Feind verkaufte ... wie eine Zehn-Marks-Nutte, so sagte er. Als er dann mitbekam, dass einige der Akten ihren westdeutschen Empfängern die Schamesröte ins Gesicht trieben und sofort geschreddert wurden, beschloss er, sich eine Altersvorsorge anzulegen.«

»Er hat Kopien gemacht.«

»Ja. Machen lassen, um genau zu sein. Die Fahrten zogen sich über drei Monate hin. Die Stasi-Leute saßen auf einem Haufen Akten, von denen sie dachten, dass die Bayern daran Interesse hätten. Die haben den Kofferraum eines Dienst-Volvos gefüllt, Glonsbeck ist nach Hof gefahren und hat einen Koffer voller Geld wieder zurück gebracht. Bei der zweiten Fahrt hat er auf einem Rastplatz gehalten und sich seine Fracht genauer angeschaut. Bei der dritten Fahrt hat er zwei oder drei der interessanteren Akten aussortiert, ist zum nächstbesten Copyshop gefahren und hat dem Besitzer ein Bündel Geld in die Hand gedrückt, mit der Auflage, von dem ganzen Schwung Kopien zu machen. Bei der vierten Fahrt hat er diese Akten wieder mitgenommen und dann auch den Bayern geliefert, aber gleichzeitig neue zum Kopieren abgegeben. So ging das dann überschlägig. Er sagte mir, dass er etwa hundert Akten kopiert hat.«

»So einfach war das?«

»Sieht so aus. Die ganze Aktion war überstürzt und improvisiert. Glonsbeck sagte, dass beide ›Geschäftspartner‹ - er hat das Wort fast gekotzt - ihn jeweils mit blanker Gier in den Augen erwartet haben. Die Stasi-Leute rissen ihm die Geldkoffer aus den Händen, die Bayern sind über die Akten hergefallen, vor allem wohl, um dunkle Flecken auf den Westen der SPD-Politiker zu finden.«

»Das erklärt einiges im Freistaat ...«

»Ja, wahrscheinlich. Aber angeblich sind die oft auch ziemlich zusammengezuckt, wenn die weniger öffentlichkeitstauglichen Aktionen ihrer eigenen Leute in den Akten zu finden waren ... Zehn Jahre später hat Glonsbeck in der Zeitung gelesen, dass man diese Akten sofort in den Reißwolf gesteckt hätte, zum Beispiel die von Franz Josef Strauß. Der soll laut Glonsbeck übrigens auch in diese Südschienen-Geschichte verstrickt gewesen sein. Jedenfalls hat er nach der Wiedervereinigung seine Kopien gesichtet und hatte dadurch gegen etwa siebzig Personen Belastungsmaterial in der Hand.«

»Die er dann erpresst hat.«

»Genau. Keine großen Summen, eher eine monatliche Rente von jedem, klein genug, um in irgendeinem Budget zu verschwinden. Aber bei siebzig Leuten läppert sich schon was zusammen. Dazu noch seine Rente als Offizier der Grenztruppe ... ich glaube, er hat ein ganz gutes Auskommen gehabt.«

»Und eine dieser Akten wollte er uns jetzt anbieten? ›Südschiene‹ ... Ist das der Codename von irgendjemandem?«

»Glonsbeck sagte, das wäre ein Projekt gewesen. Mehr weiß ich auch nicht. Er hat diese Akte wohl hauptsächlich wegen ihres merkwürdigen Namens kopiert.«

»Und wieso kommt er jetzt erst damit heraus? Immerhin hat er die jetzt schon fast ein Vierteljahrhundert unter seinem Kopfkissen liegen gehabt.«

»Das weiß ich auch nicht ... er hat was davon gesagt, dass jetzt genau der richtige Zeitpunkt wäre. Aber was er damit meinte, kann ich nicht sagen; er wollte auch nicht konkreter werden. Er hat nur gesagt, wir sollten uns mit der Überprüfung beeilen, sonst würde uns am Tag der Deutschen Einheit ein dicker Fisch durchs Netz gehen. Ende nächster Woche wollte er sich noch einmal melden. Er schien sicher, dass wir ihn dann mit einem Koffer voller Geld empfangen würden. Und bezahlen würde das Finanzamt.«

Fastenrath ging zu seiner Hausbar und schenkte sich einen Sherry ein. Er war in Gedanken versunken und vergaß, Michael auch etwas anzubieten.

»Seltsam. Wenn jemand meint, er könne jetzt noch fünf Millionen für eine Stasi-Akte verlangen, muss da ja ein echter Kracher drin stehen. Ein dicker Fisch am Tag der Deutschen Einheit? Das sind nur noch knapp zwei Wochen. Was hat Ihr Kontakt noch erzählt?«

»Nichts weiter, er hat mir nur einen Umschlag gegeben, der Kopien von fünf Seiten der Akte enthält. Den Inhalt eben dieser Seiten sollten wir auf seine Echtheit überprüfen, zum Beweis, dass er nicht lügt.« Michael gab seinem Chef den Umschlag, Fastenrath öffnete ihn, zog die Blätter raus und überflog den Inhalt.

»Das sagt mir alles nicht viel, aber ich bin auch kein Experte für die Stasi.«

Er legte den Umschlag auf den Tisch und reichte Michael die Blätter.

»Bin ich dafür freigegeben? Ich bin nur G2 und das ist doch bestimmt G6 oder noch höher ...«

»Pfeif drauf. Sie haben sich den Kram angeschaut, als Sie noch dachten, Glonsbeck wäre ein Schwätzer und werden jetzt von mir nachträglich zum Schweigen verpflichtet.«

Michael überflog die kopierten Blätter, deren Originale noch mit der Schreibmaschine getippt worden waren. Gesprächsprotokolle, eine Liste mit Namen und ein geschäftliches Schreiben.

»Die meisten Namen werden Decknamen sein. Ein paar sind durchgestrichen ... Auf dieser Seite ist eine handschriftliche Adresse neben einem Decknamen notiert. Ob die von Glonsbeck stammt?«

»Mag sein. Gut, wir könnten den ganzen Abend spekulieren, was das zu sagen hat … Erzählen Sie lieber, was dann weiter passiert ist.«

Michael schilderte die Ereignisse, die ihn schließlich in Fastenraths Wohnung geführt hatten. Jetzt, mit etwas Abstand zum Geschehenen, wurde ihm erst richtig bewusst, aus welcher Gefahr er entkommen war. Er bemühte sich, ruhig weiter zu sprechen, aber seine Stimme zitterte noch stärker als seine Finger.

»… und dann bin ich hierhin gekommen.« Er drückte mit beiden Händen seine Stirn, in der Hoffnung, den Schock aus dem Kopf massieren zu können. Fastenrath sah wortlos zu, wie Michael mühsam seine Fassung wieder herstellte. Michael war dankbar, dass sein Chef wusste, wann man besser schweigt.

»Gut … es geht wieder. Sie wissen jetzt Bescheid. Ich will untertauchen und brauche Bares.«

Zu Michaels Erleichterung bestand Fastenrath nicht auf der Einhaltung des Dienstweges. Anscheinend hatte er in seiner langen Karriere beim Verfassungsschutz gelernt, wann die Regeln des Rechtsstaats nicht helfen würden.

»Ich weiß einen sicheren Ort für Sie, und Sie müssen noch nicht einmal aus Köln verschwinden.«

»So toll ist es hier nicht, dass ich unbedingt bleiben muss.«

»Nein, aber dann kann ich für Sie unabhängigen Schutz besorgen. Inzwischen gehe ich zum Chef und erzähle ihm alles. Wir knöpfen uns erst mal Fischer vor und sehen dann weiter. Mit Richter Krebbing sollen sich unsere Spezialisten auch mal befassen. Ich glaube, wir haben schon ein paar Punkte, an denen wir den Hebel ansetzen können …« Er lächelte Michael zuversichtlich an, aber der war skeptisch. Fastenrath ging in die Küche und kam nach einer Minute zurück.

»Hier: Fünftausend Euro. Nehmen Sie das Geld und verschwinden Sie. Ich weiß ein Hotel, in dem Sie sich einquartieren können. Rufen Sie mich Montagmorgen um elf Uhr im Büro an.«

»Danke. Gut. Wie heißt das Hotel?«

Fastenrath schrieb einen Namen und eine Straße auf, beides klang nicht gerade nach einer der ersten Adressen.

»Sie sollen ja leben, aber nicht unbedingt wie ein Fürst. Melden Sie sich unter diesem Namen an. Das ist einer der Codenamen, die nicht weitergegeben werden … ein Hintertürchen, das die Amerikaner in die Software geschleust haben, die von den meisten Rezeptionen dieser Welt benutzt werden.«

Fastenrath lächelte und warf Michael seine Jacke zu.

»Hau ab, Junge, ich muss ein bisschen telefonieren.«

SAMSTAG, 21. SEPTEMBER

Sein Chef hatte ihm Zuversicht eingeflößt. Ihn aber auch moralisch unter Druck gesetzt, mit voller Absicht natürlich. Michael fühlte sich verpflichtet, wenigstens bis Montag in der Stadt zu bleiben, bis er mit Fastenrath telefoniert hatte.

Er dachte an ihre erste Begegnung: Damals hatte Thomas Ommerborn, Michaels ehemaliger Vorgesetzter und letzter verbliebener Freund, seinen Chef beim Bundesnachrichtendienst gelöchert, ob dort nicht eine Stelle für Michael frei wäre. Leider nicht, aber Herrmann Fastenrath, ein ehemaliger Kommilitone von Ommerborns Chef, der suche jemanden fürs Archiv, beim Landesamt für Verfassungsschutz.

Michael ließ sich von Ommerborn überreden. Am liebsten hätte er sich den ganzen Tag in seiner Wohnung verkrochen, aber dafür zahlt niemand Gehalt. Beim Vorstellungsgespräch hatte Fastenrath ihn gewarnt:

»Im Durchschnitt sagt jeder 53. männliche Besucher des Reichstages, wenn er oben in der Kuppel steht und auf den Bundestag hinabsieht, dass man dort auch eine Bombe reinwerfen könne, es würde keinen Falschen treffen. Oder etwas in der Art. In der Kuppel sind Mikrofone und Kameras installiert, die das aufzeichnen. Der Verfassungsschutz stellt die Identität des Sprechers fest und nimmt ihn diskret unter die Lupe. Einfach, weil man nicht wissen kann, ob es mal einer ernst meint. Solche Sachen landen bei uns. Keine großen oder schmutzigen Geheimnisse. Es ist hier im Archiv nicht sehr spannend, aber irgendjemand muss es ja machen.«

Das klang genau wie das, was Michael nicht suchte, aber brauchte. Archivar schien ihm die zurückgezogene Arbeit zu sein, die ein regelmäßiges Einkommen, aber ein Minimum an menschlichen Kontakten versprach. So weit, so gut.

Aber dann hatte Fastenrath nach Michaels Teilnahme am Kosovo-Konflikt gefragt und damit den falschen Knopf gedrückt. Er antwortete ziemlich laut, dass die meisten Teilnehmer es nicht als Konflikt empfunden hätten - die Massengräber, die er hatte bewachen müssen, hätten ihn auf die Idee gebracht, dass er an einem Krieg teilnahm. Und eines Tages würde er seinen Enkeln erzählen, dass er einen Völkermord nicht hatte verhindern können.

Michael hatte diesen Ausbruch schon bedauert, bevor die letzte Silbe seinen Mund verließ. Er wollte sich entschuldigen und verabschieden, aber Fastenrath sah ihn nur an, noch nicht einmal mitleidig, das hätte Michael nicht ertragen können, eher analytisch. Der grauhaarige Mann schob das rechte Ende seiner Utensilienschale ein wenig nach vorne, um die Parallelität mit der Schreibunterlage zu perfektionieren.

»Wissen Sie, Herr Eichendorf, ich bin Jahrgang 1950. Mein Vater war in Stalingrad, danach in russischer Gefangenschaft, und wenn ich einen Sohn hätte, wäre der vielleicht mit Ihnen im Kosovo gewesen. Ich kann also sagen: Ich habe Glück gehabt. Ich kann mir gottseidank nicht vorstellen, was Sie oder mein Vater durchgemacht haben. Ich sehe allerdings, dass es einen entscheidenden Unterschied gibt: Fast alle Männer der Generation meines Vaters waren vom Krieg betroffen. In Ihrer Generation sind es nur wenige. Als ich noch ein kleiner Junge war, habe ich meinen Vater gelegentlich in seine Stammkneipe begleitet und dann von gefallenen Freunden gehört oder von Männern, die an den Folgen der Gefangenschaft gestorben sind. Dann hat einer von den Männern am Tresen gesagt: ›Scheiß-Krieg‹, alle anderen haben Zustimmung gemurmelt und ihren Klaren getrunken. Das war so eine Art Gruppentherapie: Das Grauen, das alle erlebt hatten, hat sie vereint, ohne dass man große Worte machen musste.

Aber wie viele deutsche Soldaten waren damals im Kosovo? Fünftausend, glaube ich? Sie sind alle über ganz Deutschland verstreut, es gibt keine Gemeinschaft, die eine therapeutische Wirkung hätte. Ich stelle mir vor, es ist unmöglich, jemandem zu erklären, der nicht dabei gewesen ist, wie man sich in einem Krieg fühlt. Man hat Ihnen sicher psychologische Betreuung angeboten? Die hilft auch nicht jedem ...«

Fastenrath machte eine Pause. Es stimmte: Michael hatte nach dem Krieg seine Eltern besucht. Seine Mutter war natürlich froh, dass ihm nichts passiert war, sein Vater hatte ihn zwischen zwei Gläsern Pils gefragt, ob »wir« gewonnen hätten. Aber es war kein Fußballspiel gewesen, Michael hatte Menschen getötet. Er konnte seine Erinnerungen nicht ablegen wie seine Uniform. Und der Psychiater? »Erzählen Sie mir von Ihrer Kindheit«, er hatte es tatsächlich gesagt.

»Ich biete Ihnen einen anspruchslosen Job, den Sie nehmen können oder nicht. Und ich biete Ihnen jedwede persönliche Hilfe an, auch die können Sie nehmen oder nicht.«

Fastenraths Worte, vor zwölf Jahren. Er hatte den Job angenommen. Die persönliche Hilfe nicht. Bis jetzt.

*

Sein zurückgezogenes Leben war Michael in der Vergangenheit recht gewesen, aber als »Röttger Dornenkuppe« in seinem Hotelzimmer zum Nichtstun gezwungen zu sein, das machte ihn langsam verrückt. Ein Drittel des Tages hatte er mit Aus-dem-Fenster-Starren verbracht, sich noch nicht einmal getraut, eine Illustrierte oder ein Buch aus dem hoteleigenen Kiosk zu holen. Ein weiteres Drittel widmete Michael dem Fernseher, aber die Unterhaltungsformate hatten sich - keine große Überraschung - in den Jahren seiner TV-Abstinenz nicht gebessert.

Und die Nachrichten beschäftigten sich mit dem brutalen Mord an drei Polizeibeamten auf einer Kölner Wache. »Die Polizei fahndet nach Michael E., einem Beamten des Verfassungsschutzes und zwei weiteren mutmaßlichen Tätern.« Ein verrauschtes Video zeigte ihn, Wiesel und Bomber, wie sie die Wache verließen. Auf den Bildern sah man die Waffe in Michaels Rücken nicht. Kein Wunder, dass man ihn zu den Tätern rechnete. Zum Glück war keiner von ihnen gut zu erkennen, und dem eingeblendeten Bild aus seiner Bundeswehr-Akte sah er auch nicht mehr ähnlich. Bis gestern hatte er das bedauert.

Ansonsten kreisten die Medien momentan in erster Linie um jede Silbe, die aus dem Munde Achim van Heufeldens drang. Van Heufelden war Anfang der Achtziger aus der DDR geflohen, in die USA ausgewandert, hatte dort mit seinem Kompagnon Patrick Sawyer eine Firma namens Molecule gegründet und seine Ideen zur Mikroelektronik verwirklicht. Den Gewinn investierte er in eine Software-Schmiede: Thincode hatte unter seiner Leitung mit Pill-OS, dem modularen Betriebssystem für Waschmaschinen, Mikrowellen und andere Alltagsgeräte, einen heimlichen Renner geschaffen. Der zunehmenden Verbreitung von Rechenleistung außerhalb von Computern war van Heufelden mit der konsumentenfreundlichen Variante Pillows begegnet, die ihren finalen Siegeszug der zunehmenden Allgegenwärtigkeit von Smartphones verdankte.

Nach fast dreißig Jahren in den Vereinigten Staaten war van Heufelden zum ersten Mal wieder in Deutschland; die Medien feierten ihn wie einen verlorenen Sohn. Man ist ja kein Nationalist, nein, ganz bestimmt nicht, aber schön, dass van Heufelden den Amis mal zeigt, wie wir Deutschen Schaffenskraft und kaufmännisches Geschick in uns vereinen.

Michael fand den Mann nicht unsympathisch. Van Heufelden machte den Eindruck, als wäre er trotz seines Vermögens und seiner Intelligenz auf dem Teppich geblieben. Was er in Talk-Shows von sich gab, klang clever und einsichtig. Mancher Journalist wünschte ihn sich schon scherzhaft zum nächsten Bundespräsidenten: Der Verschleiß in diesem Amt war ja in den letzten Jahren ziemlich gestiegen, haha. Aber die Sehnsucht nach einem unparteiischen Außenseiter mit klarem Verstand und Blick in die Zukunft war deutlich zwischen den Zeilen zu lesen.

Nach einer gewissen Zeit stellte Michael fest, dass die Fragen und Antworten sich wiederholten. Also widmete er sich wieder seinen eigenen Problemen. Aber das Einzige, was er in seiner aktuellen Situation machen konnte, war, sich an einer Analyse der kopierten Blätter aus der Akte versuchen.

Beim ersten Blatt war der obere Teil des Textes während des Kopierens abgedeckt worden, anscheinend wollte Glonsbeck nicht alle Karten auf den Tisch legen. Auf diese weiße Fläche hatte jemand mit präzisen Druckbuchstaben ein Datum und eine Adresse geschrieben: Oktober '85, Walter Kitzhofer, Alte Bahnhofsstraße 12, 86956 Schongau.

Michael las die wenigen Sätze:

> war mit solchen Rückschlägen zu rechnen. Es wurde beschlossen, Seidel und Meissner nicht wieder einzusetzen, um nicht das erneute Risiko der Entdeckung einzugehen. Grund: Es konnte nicht mit absoluter Gewißheit festgestellt werden, ob Hassbauer weitere westdeutsche Behörden informierte. Dennoch empfahl August Berber, gegen Hassbauer keine Maßnahmen einzuleiten. Der Kreis Kaufbeuren wird von der Aktion ausgeschlossen bleiben.
> Vorbehalten gegenüber dieser Nichtausschöpfung von Infiltrations-Möglichkeiten begegnete August Berber mit dem Hinweis auf die Gefährdung des IM Edgar Schiller, der bereits jetzt großen Risiken ausgesetzt sei.

Ein von Hand gezeichneter Pfeil von dem einem zum anderen Namen legte die Vermutung nahe, dass Hassbauer der Stasi-Codename dieses Kitzhofer gewesen musste. Aber August Berber oder Edgar Schiller? Seidel und Meissner?

*

Mit dem nächsten Blatt, datiert »August 1975« konnte Michael wenig anfangen, wieder war ein Teil verdeckt, zusätzlich mehrere Namen geschwärzt:

> Harald ███ betonte aber die konzeptionelle Begabung von IM Hilde, deren Wert für ███ durch ihre Schwangerschaft nicht beeinträchtigt würde. August Berber wies die Abt. AGM/S, in Person des Genossen Grassmann, mündlich auf den möglichen Mangel an politisch-objektiver Analysefähigkeit des Genossen ███ hin, da dieser als Vater des Kindes die Erreichung eines positiven Abschlusses des operativen Vorgangs

```
unter    Umständen    nicht    mit    der    nötigen
Konzentration verfolgen werde. Grassmann stimmte
zu und empfahl die genaue Beobachtung der weiteren
Entwicklung von ███████. Die Abt. AGM/S teile
allerdings die Einschätzung von IM Hilde, deren
psychologisches Profil eindeutig
```

Was sollte das? Der verdammte Glonsbeck, der war auf dem Weg zum
Klo bestimmt erst noch durch die anderen Zimmer seiner Wohnung gerannt,
um eventuelle Verfolger abzuhängen. Waren die Namen unleserlich gemacht,
damit es der Verfassungsschutz nicht zu leicht hatte? Konnte man die
Klarnamen einfach bei Google eintippen, und schon blieben die fünf
Millionen, die Glonsbeck einstreichen wollte, in der Kasse? Bei AGM/S
dürfte es sich um eine Abteilung der Stasi handeln, aber wofür die zuständig
gewesen war, das wusste Michael nicht. Ein Königreich für einen Internet-
Zugang.

*

»5. Januar 1984« war die Datumsangabe auf dem dritten Blatt. Ein
Gedächtnisprotokoll einer Besprechung, nichts war abgedeckt, aber es war
nur in der oberen Hälfte beschrieben.

```
vH wurden akzeptiert. Georg bot sich wegen seines
juristischen Hintergrundes als geeignet an, die
Formalien    zu    regeln,    insbesondere    die
vertraglichen Einzelheiten. Ich wies darauf hin,
daß  die  Einbeziehung  eines  Außenstehenden  dem
Geschäftsführer suspekt erscheinen könnte und daß
es  deshalb  angezeigt  sei,  wenn  ich  mich  selber
darum kümmere.
Mühle unterstrich diesen Aspekt, auch auf ihrer
Seite erwarte man ein Höchstmaß an Konspiration.
Zum Abschluß betonte August Berber noch einmal den
Erfolg der Operation, und daß ihm die Gefahr der
Erkennung  aus  dem  früheren  Umfeld  unmöglich
erschiene.
```

Darunter ein schwarzes Rechteck, wahrscheinlich eine unleserlich
gemachte Unterschrift. Toll. Georg und Mühle waren Decknamen, logisch.
August Berber, der schon auf zwei anderen Blättern erwähnt wurde, vielleicht
auch. Offensichtlich ging es um einen Vertrag, der geschlossen werden sollte.
Die Abkürzung »vH« deutete darauf hin: »von Hundert« war ein altmodischer
Ausdruck für Prozent. Was für ein Vertrag? Und über welche erfolgreiche
Operation hatte Berber sich gefreut? Vielleicht das durchgestrichene

Was-auch-immer von der vorherigen Seite, für das IM Hildes konzeptionelle Begabung gebraucht wurde?

*

Das vierte Blatt bestand aus einer Namensliste, datiert auf den 4. Mai 1984.

```
Mühl - Nies:

Mühlenbeck, Alois Gernot
Mühlenbeck, Joseph Martin
Müller, Bernhard Christoph
Müller, Johannes Franziskus
Müller, Peter Helmut
Müller, Susanne Christine
Müller, Wolf Gerhard
Nabe, Andreas
Nachmann, Jörg Ludwig
Naggemeier, Markus
Nehrfeld, Michael Herbert
Nellebach, Franz Xaver
Nenner, Beate
Niederegger, Karsten Olaf
Niederegger, Stefan
Niederhofer, Thomas Ullrich
Niederhofer, Franz Maria
Nierburg, Peter
Niesfeld, Herrmann Wilfried
```

Neunzehn Namen, offensichtlich Teil einer längeren Liste. Angenommen, die Anfangsbuchstaben wären in ihrer Häufigkeit gleichmäßig verteilt, und es gäbe noch fünfundzwanzig solcher Blätter: Das wären über fünfhundert Namen. Wer waren diese Leute?

*

Das letzte Blatt war eine Kopie eines Schreibens auf Geschäftspapier. Firmensignet und -adresse waren unkenntlich gemacht. Datum des Schreibens war der 21. Oktober 1988.

```
Sehr geehrter Herr ██████,

leider können wir Ihren Wünschen nicht
entsprechen.
```

22

Die Gesetze unserer Eidgenossenschaft sehen eine
sofortige Auflösung von Inhaberkonten im Todesfall
nicht vor, unbelangt etwaiger Bevollmächtigungen.
Einzig über das Erbrecht legitimierte Personen
werden vor dem Gesetz als befugt zu Transaktionen
von Inhaberkonten angesehen. Falls dies auf Sie
zutrifft, darf ich Sie auf die angehängten
Formulare hinweisen, in die der den Nachlaß des
Verstorbenen regelnde Notar Ihre Vermächtnisnahme
anzeigen kann. Dies ist mit den entsprechenden
Dokumenten zu belegen.

Gehen keine entsprechenden Anträge eines
Vermächtnisnehmers ein, sieht das Gesetz eine
Sperrfrist von 25 Jahren vor.

So sehr ich fürchte, daß die Antwort nicht zu
Ihrer Zufriedenheit ausfiel, hoffe ich doch auf
Ihr Verständnis für unsere Situation.

Mit freundlichen Grüßen,

Die Unterschrift war wieder durchgestrichen. Gut, wenigstens war der
Inhalt durchschaubar: Jemand hatte ein Konto in der Schweiz eröffnet. Nach
dem Tod dieser Person hatte jemand anders versucht, an den Inhalt dieses
Kontos zu kommen, aber ohne Erfolg.

War auf diesem Konto das Geld deponiert, um das es nach Glonsbecks
Andeutungen ging?

Michael wusste, er würde das Rätsel nicht von diesem Hotelzimmer aus
lösen können, auch nicht durch noch so intensives Überlegen. Von Strauß
war nirgendwo die Rede. Michael hätte immer noch geglaubt, dass Glonsbeck
phantasiert hatte oder mit einer Lügengeschichte an einen Haufen Geld
kommen wollte. Aber Glonsbecks Tod und die anschließende Jagd auf ihn
selber waren ein ziemlich deutlicher Beweis, dass es sich nicht um ein
Märchen handelte. Michael hoffte, dass er noch irgendwie Einblick in die
Erkenntnisse seiner Kollegen bekommen würde, wenn Fastenrath die
Ermittlungslawine einmal ins Rollen gebracht hatte.

MONTAG, 23. SEPTEMBER

Endlich elf Uhr, Michael nahm den Hörer des hoteleigenen Telefons und wählte die Nummer von Fastenraths Büro.

»Hallo?« Das war nicht Fastenrath.

»Guten Tag, hier ist ... Dornenkuppe ... ich hatte erwartet, Herrn Fastenrath unter dieser Nummer zu erreichen?«

»Herr Fastenrath ist leider nicht zu sprechen. Kann ich etwas ausrichten?«

Michael legte auf. Irgendetwas stimmte da nicht. Sein Chef war für Pünktlichkeit bekannt, ihn hätte nur eine Naturkatastrophe davon abgehalten, im Büro zu sitzen und Michaels Anruf anzunehmen. Und selbst im Falle eines Erdbebens oder einer Flutwelle hätte er noch einen Weg gefunden, eine Nachricht zu hinterlassen. Er hätte auch damit gerechnet, dass Michael sich nicht mit seinem eigenen Namen melden würde.

Nach zwei Minuten unterbrach das Telefon Michaels Grübelei. Michael ließ es lange läuten, bis er sich durchringen konnte, abzunehmen. Ein Unbekannter meldete sich mit desinteressiertem Tonfall, als würde er nebenher ein Kreuzworträtsel lösen.

»Hallo, Eichendorf. Kowalski hier. Fastenrath hat mich engagiert. Ich soll Sie beschützen. Verschwinden Sie aus dem Hotel. Sofort.«

»Warum sollte ich?«

»Ich bin garantiert nicht der Einzige, der auf die Idee gekommen ist, Fastenraths Anschluss abzuhören ...«

»Woher weiß ich, dass Sie mich nicht in eine Falle locken wollen?«

»Sie sitzen schon in einer. Überlegen Sie: Warum sollte ich anrufen? Sie durch die Gegend scheuchen? Ich könnte ganz bequem zu Ihnen kommen. Sie in aller Ruhe in Ihrem Zimmer fertig machen.«

»Aber ...«

»Hören Sie: Wir können noch ein bisschen plaudern. Dann höre ich mir in fünf Minuten an, wie Ihre Tür eingetreten wird. Oder wir treffen uns in einer halben Stunde am Rheinufer. Setzen Sie sich auf eine Bank an der Uferstraße, Höhe Moltkestraße. Lesen Sie eine Autozeitschrift. Ich spreche Sie an. Bis später. Vielleicht.«

Der Mann, der sich Kowalski nannte, hatte aufgelegt. Michael starrte den Telefonhörer an, als würde er darauf warten, dass noch ein paar Erklärungen aus dem Lautsprecher tönen. Sollte er dem Unbekannten trauen? Nicht unbedingt, aber das Argument, auch andere könnten Michaels Anruf bei Fastenrath abgehört haben, war nicht von der Hand zu weisen. Michael zog

Schuhe und Jacke an und verließ sein Zimmer. Er ging zum Fenster auf dem Flur und sah zur Straße hinunter. Aus Richtung Stadtmitte raste ein schwarzer Kombi heran, ein Audi A6. Der Fahrer bremste scharf ab und kam vor dem Eingang des Hotels zu stehen. Zwei Männer stiegen aus. Ohne sich darum zu kümmern, dass ihr Auto mitten auf der Straße stand, liefen sie eilig auf das Hotel zu. Einer der beiden war groß und humpelte. Der Anrufer, Kowalski, hatte recht gehabt.

*

Der Aufzug setzte sich in Bewegung, gleichzeitig hörte Michael aus dem Treppenhaus, wie jemand die Stufen hinauf rannte, heftig atmend. An ihm musste er vorbei, wenn er entkommen wollte. Er schlich zum Treppenaufgang und wartete gebannt darauf, dass die Schritte und das Schnaufen nahe genug waren. Jetzt musste der Mann kurz hinter der Ecke sein: Michael machte einen Satz zur Seite, einen nach vorne, in der Hoffnung, seinen Gegner zu überrumpeln und umzurennen. Der Mann war aber auf der obersten Stufe stehen geblieben, um Luft zu schnappen. Die Adern auf seinem rasierten Schädel pulsierten. Er befand sich gute zwei Meter entfernt. Der Killer hatte erwartet, dass er Michael in dessen Zimmer überraschen würde; dass sein Partner den Aufzug und er selber die Treppe nehmen würde, war reine Routine gewesen. Seine Waffe steckte noch in ihrem Holster, aber das wollte er jetzt ändern.

Michael machte einen Sprung nach vorne und erreichte den Mann, kurz bevor der Pistolenlauf in seine Richtung zeigte. Er rammte den Brustkasten des Killers mit seiner Schulter. Der Kahlköpfige machte einen Ausfallschritt nach hinten. Aber anscheinend hatte er vergessen, dass er am Treppenabsatz stand. Er taumelte, trat nur mit den Zehenspitzen auf die zweite Stufe, rutschte nach unten ab und krachte mit dem Nasenbein auf die Kante der obersten Stufe. Er versuchte, seine Waffe erneut auf Michael anzulegen, aber der trat ihm vor die Schläfe. Die letzten Zuckungen des Glatzkopfes quittierte Michael mit weiteren Tritten gegen dessen Schädel, bis ein leises Klingeln die Ankunft des Aufzugs meldete. Michael kehrte aus seinem Anfall angstbefeuerter Raserei in die Vernunft zurück. Er stieg über den leblosen Körper und rannte die Treppe hinunter. Hinter sich hörte er humpelnde Schritte, dann einen leisen Fluch, als der zweite Killer den Rest seines Partners entdeckte.

»Ich kriege Dich noch, Eichendorf! Ich schulde Dir eine Kugel!«

Bombers wütender, dröhnender Bass verfolgte Michael durch das Treppenhaus bis ins Erdgeschoss.

*

Er lief zehn Minuten planlos durch die Straßen, bis er sich wieder beruhigt hatte. Er kam an einen Taxistand. In dem ersten Wagen hielt ein älterer Südländer gerade ein Nickerchen. Michael setzte sich in den Fond, der Fahrer wachte auf und rieb sich den Schlaf aus den Augen.

»Wohin, Cheffe?«

»Muss ich noch überlegen. Lassen Sie die Uhr schon mal laufen.«

»Ist mir recht!«

Michael wägte seine Optionen ab: Auf eigene Faust untertauchen oder Kowalski treffen, der angeblich zu seinem Schutz angeheuert worden war. Die erste Möglichkeit war verlockend, weil er nicht das Risiko eingehen musste, einem Wildfremden zu vertrauen. Aber er gestand sich ein, dass er keine große Vorstellung davon hatte, wie er von der Bildfläche verschwinden könnte, ohne Spuren zu hinterlassen. Vor allem, wenn Fastenraths Geld aufgebraucht war - und das würde schneller passiert sein, als Michael recht sein konnte. Er wusste auch nicht, an wen er sich hätte wenden sollen, um einen falschen Pass zu bekommen. Ohne Pass würde es schwierig werden, die EU zu verlassen. »Die« hatten schon einiges Geschick bewiesen, ihn aufzuspüren, er aber besaß keine Erfahrung darin, es »ihnen« schwerer zu machen. Also wäre es innerhalb Europas wahrscheinlich nur eine Frage der Zeit, bis er sich verraten würde. Er war auf professionelle Hilfe angewiesen. Wahrscheinlich war Kowalskis Angebot seine beste Chance, vielleicht die einzige.

Falls Kowalski sich als einer von »denen« entpuppen sollte, hatte Michael immer noch Wiesels P8 im Hosenbund. Er fluchte - die hätte er Bomber an die Stirn drücken, ihn ausquetschen sollen. Die Idee war ihm in seiner Panik nicht gekommen. Er musste in Zukunft unbedingt überlegter handeln.

»Zur Uferstraße.«

*

Michael saß bereits eine Viertelstunde auf der Bank und tat so, als würde er sich für »Sieben Car User Network Technologies im Vergleich« interessieren. Ein schwer übergewichtiger Mann auf einem Roller stoppte neben ihm und warf eine Zigarettenkippe vor seine Füße.

»Kowalski. Sie sehen kacke aus.«

Michael hatte keine Zweifel an den Worten des Dicken. So wie er sich fühlte, konnte er auf einen Blick in den Spiegel gut verzichten. Aber von diesem Fettwanst musste er sich das nicht sagen lassen.

»Und Sie sind der Geheimtipp für die Wahl des nächsten Mister Universum?«

»Wieso? Meine Frau sagt, ich wäre der deutsche Brad Pitt!«

Kowalski stieg von dem bemitleidenswerten Zweirad und setzte sich auf die Bank, die zu Michaels Überraschung nicht zusammenbrach. Seinen Jet-

Helm nahm der Dicke nicht ab. Er zündete sich eine neue Zigarette an, der Qualm wehte zu Michael und brannte ihm in den Augen.

»Ihre Frau muss Sie sehr lieben …«

»Ja, tut sie. Ok, Schluss mit lustig. Fastenrath traut Ihnen. Ich traue Fastenrath. Aber nicht unbedingt seinem Urteil. Deshalb traue ich Ihnen nicht. Vielleicht haben Sie ihn benutzt. Um an mich zu kommen.«

»Warum sollte ich das tun? Ich wusste bis vor einer halben Stunde noch nicht einmal, dass es Sie gibt!«

»Kann sein, vielleicht nicht. Lassen wir das in der Schwebe. Wichtig ist: Mein Partner richtet ein Gewehr auf Sie. Finger von der Knarre, sonst: Loch im Kopf.«

Michael war es leid, bedroht zu werden und wollte herausfinden, wo der Schütze steckte. Wenn es tatsächlich einen gab. Der Dicke machte keinen sehr professionellen Eindruck. Fetti war höchstens Pizza-Pasta-Pommes-Profi. Michael versuchte einen trotzigen Bluff.

»Ich habe auch einen Partner, wissen Sie. Eben, als Sie von dem Roller stiegen, hat er mir ein Zeichen gegeben, dass er Ihren Mann ausgeschaltet hat.«

Michael hatte gehofft, dass Kowalskis Augen in die ungefähre Richtung seines Partners flackern würden, aber der Dicke starrte ihn nur an. Dann wischte er sich die Hände an den Beinen seiner Jogginghose ab, den Flecken nach zum hundertsten Mal heute, und zog aus einer Tasche seiner Kunstlederjacke ein billiges Handy. Er klappte es auf, wählte eine Nummer und drückte sich das Gerät zwischen Kopf und Helm. Seine Wangen wurden durch den Helm nach vorne geschoben und formten seinen Mund zu einem Kussmäulchen, das aufgepresste Telefon verzerrte das Gesicht des Dicken vollends zu einer Karikatur.

»Hallo, Kuno, der Typ hier … Sie sind nicht Kuno! Was haben Sie mit ihm gemacht? Mein Gott, wer schreit da so? Kuno!«

Kowalski glotzte Michael an, dann konnte er sich nicht mehr halten und lachte los.

»Mann, haben Sie blöd geguckt! He, kein Grund, sauer zu sein! Immerhin wollten Sie mich verarschen!«

»Ich glaube, ich gehe jetzt. Ich bin nicht hier, um …«

»Bleiben Sie sitzen.«

Kowalski war nicht laut geworden, hatte aber seine Stimme so moduliert, dass Michael von der akustischen Autorität auf die Bank genagelt wurde.

»Ok, passen Sie auf.«

Der Dicke kramte die Schachtel Lucky Strike erneut aus seiner Jacke und hielt sie zwischen Michaels und seinem Gesicht hoch. Michael zuckte zusammen, als in die Mitte des kreisrunden Logos ein Loch gestanzt wurde, ohne dass ein Schuss zu hören gewesen wäre.

»Verdammt. Ich Idiot. Ich hätte die Kippen vorher rausnehmen sollen!«

Kowalski zündete sich eine der letzten intakten Zigaretten an der halb gerauchten Vorgängerin an.

»So. Überzeugt? Also: Fastenrath hat mir vor seinem Tod einen Haufen Geld …«

»Was? Er ist tot?« Michael konnte gerade noch einen Aufschrei unterdrücken.

»Ja. Konnten Sie sich das nicht denken? Nachdem er nicht im Büro war?«

»Nein! Ich hatte mir Sorgen gemacht, aber …«

Michael stiegen Tränen in die Augen. Es störte ihn nicht, dass dem fetten Schwein das unangenehm war. Immerhin hatte der Dicke den Anstand, zwei Minuten schweigend an seiner Zigarette zu saugen.

*

»Geht's wieder?«

»Ja.«

»Sie sind naiv. War Fastenrath auch. Nachdem Sie Freitagabend bei ihm waren, hat er mich angerufen. Hat mir Ihre Geschichte erzählt. Mir war klar, dass Ihre Gegner auch zu ihm kommen würden. Er wollte das nicht glauben. Man hat ihn Samstagmorgen in seiner Wohnung gefunden. Meine Quellen bei der Polizei sagen mir, dass die ihn gefoltert haben. Die konnten Sie aber erst nach Ihrem Anruf aufstöbern. Zählen Sie Eins und Eins zusammen und schließen Sie den alten Mann in Ihre Dankesgebete ein.«

Lavaheiße Wut schwappte zäh über Michaels Trauer. Er spürte beinahe die Reste der Tränen auf seinen Wangen zischend verdampfen. Kowalski fuhr fort.

»Was ich eben sagen wollte: Fastenrath hat mir einen Haufen Geld gegeben, damit ich für Ihren Schutz sorge. Normalerweise hätte ich abgelehnt. Nicht unbedingt unser Kerngeschäft. Aber ich schuldete ihm einen Gefallen, den hat er eingefordert. Und ich mochte ihn. Kein schlechter Kerl. War integer. Findet man nicht mehr oft.«

»Ja. Wie wollen Sie mich denn beschützen?«

»Genau, das Geschäftliche! Meine Meinung: Bis jetzt hatten Sie nur mit der zweiten Garde zu tun. Schlägertypen. Man hat Sie unterschätzt. Sie hatten Glück. Aber: Die Typen haben einen Richter in der Tasche. Legen Bullen um. Fastenrath. Da sitzt was hinter. Kann gut sein, dass man noch echte Profis auf Sie ansetzt. Dann sind Sie tot.«

Kowalski schaute Michael an, nicht ganz ohne Mitleid. Michael hätte gerne widersprochen, aber er wusste, dass der Dicke recht hatte. In seinen Kampfeinsätzen hatte er sich behaupten können. Aber das war lange her, dort galten andere Regeln und er war Teil eines Teams gewesen. Alleine gegen skrupellose Killer würde er nicht lange bestehen. Wahrscheinlich würde er nur noch dumm gucken können und dann auf dem Bürgersteig aufschlagen, wenn sie ihn erwischen würden.

»Gut, Sie verstehen. Aber: Ich habe auch ein paar fähige Leute. Sie kriegen meine Nummer Eins!«

Kowalski schaute Michael jovial an, als ob er erwartete, dass der vor Freude tanzen würde.

»Super.«

»Sie kennen meine Nummer Eins nicht. Deshalb sind Sie jetzt unterwältigt. Ok. Café Rosie, Gellertstraße, in Nippes. Trinken Sie einen Kaffee. Dann nehmen Sie Ihr Handy; rufen diese Nummer an. Alles weitere folgt.«

Kowalski gab Michael einen Zettel und stieg wieder, für seine Gewichtsklasse erstaunlich leichtfüßig, auf den Roller.

»Wir sehen uns nicht mehr wieder. Ein Ratschlag: Wenn man keinen Controller in der Hand hält, kann man auch nicht cheaten. Viel Glück!«

Der Motor des Rollers heulte auf und hinterließ eine stinkende Zweitaktwolke.

*

Michael zögerte kurz, aber dann drückte er die Tür des Cafés auf. Hinter dem Tresen, gegenüber dem Eingang, stand eine Blondine Mitte zwanzig, schlank, und nur eine Handbreit kleiner als er selbst, die ihn freundlich anlächelte.

»Hallo! Sie sehen aus, als ob Sie einen starken Kaffee vertragen könnten!« Die höfliche Version von »Sie sehen kacke aus«. Ihr linkes Augenlid war nur halb geöffnet, das rechte zu zwei Dritteln, Michael konnte deshalb nicht entscheiden, ob ihr Lächeln Güte oder Spott transportieren sollte. Auf ihrem T-Shirt las er: »Han shot first«.

Sie hatte eine ungewöhnlich heisere und tiefe Stimme, die zu einer Alkoholikerkarriere passte, mit der das Mädchen schon zehn Jahre vor ihrer Geburt hätte beginnen müssen.

»Danke, ein Wasser wäre mir lieber. Kann ich auch was zu essen bekommen?«

Beim Anblick des dicken Kowalskis war Michael eingefallen, dass er über die ganze Aufregung das Frühstück vergessen hatte.

»Nein, tut mir leid, die Küche macht erst um fünf auf; lohnt sich vorher nicht. Schokoriegel?«

»Ja, gut, muss reichen, danke.«

Zwischen Theke und Fensterwand war gerade mal Platz für eine Reihe von fünf Tischen; er schaute sich um und entschied sich für den vorletzten, damit hatte er gleichzeitig den Eingang und die Straße im Auge. Rechts, zur Straße hin, oder links? Rechts, sonst denkt sie, ich würde ihr am Tresen vorbei auf den Hintern gucken.

Er war der einzige Gast. Kein Wunder, die Leute, die diese Einrichtung als modern empfunden hatten, mussten schon alle an Altersschwäche verstorben sein. Und die Putzfrau wurde offensichtlich auch schon von Sehschwäche und anderen Zipperlein geplagt. Er fragte sich, was die Blondine hier zu suchen hatte, sie passte in dieses Café so gut, wie ein Blümchenbikini zu einer Beerdigung. Wie komme ich nur auf diesen Vergleich, dachte Michael und lachte innerlich. Sie würde ziemlich klasse aussehen in einem Bikini, deshalb. Blümchen oder nicht.

»So, ein Wasser und ein Schokoriegel. Ich habe auch ein Brötchen gefunden. Soll ich mal gucken, ob sich noch ein bisschen Butter und Käse oder Schinken im Kühlschrank versteckt?«

»Das wäre echt nett!«

Michael versuchte ein freundliches, unaufdringliches Lächeln, hatte aber das Gefühl, dass es nur zu einem einfältigen Grinsen reichte. Seine Flirtmuskeln waren ziemlich untrainiert.

Sie hatte ziemlich viele kleine Leberflecke auf ihren Armen, ein paar auch am Hals, drei oder vier im Gesicht. Sie roch nicht nach Alkohol, also war das wohl nicht der Grund für diese Stimme. Sie roch auch nicht nach Nikotin oder Parfüm. Sie roch merkwürdig. Merkwürdig bekannt, aber Michaels Geruchsgedächtnis lieferte ihm keinen passenden Begriff.

Er trank sein Wasser zur Hälfte aus, aß den Schokoriegel und freute sich, dass die Blondine nochmal in seine Nähe kam und ihm ein jämmerliches Schinkenbrötchen hinstellte.

»Ist ein bisschen klein, aber mit viel Liebe geschmiert!«

»Wenn Sie es mit Liebe geschmiert haben, hätte es eigentlich wachsen müssen!«

Oh, Scheiße. Er hatte diesen Satz dahingeschwätzt, ohne nachzudenken. Das war genau die Sorte dummer Spruch, die der Thekenfrau im Yesterday über die Jahre die Mundwinkel herabgezogen hatte. Michael schrumpfte auf dem Stuhl ein wenig zusammen, als die Kellnerin ihn mit einem skeptischen Blick musterte. Immerhin konnte er es vermeiden, sich mit dämlichen Entschuldigungen noch weiter zu blamieren. Weil er so offenkundig bereute, entschied sie wohl, ihm noch eine Chance zu geben und knipste ihr Lächeln wieder an. Wahrscheinlich nur, weil sie auf ein großzügiges Trinkgeld spekulierte, aber das war ihm egal. Die letzten Tage hatten sich nicht gerade durch ein Übermaß an erfreulichen Begegnungen ausgezeichnet. Die letzten Jahre, um genau zu sein.

Er beobachtete die Blondine noch einen Moment beim Gläserspülen, dann holte er sein Handy raus, schaltete es ein und wählte die Nummer, die Kowalski ihm gegeben hatte. Im gleichen Moment spielte das Handy der Kellnerin eine schräge Melodie. Sie schaute zu ihm hinüber und lachte über den Zufall.

»Sie müssen nicht telefonisch bestellen, wenn Sie noch was wollen … einfach rufen!«

Dann ging sie für etwas akustische Intimität zum entfernten Ende des Tresens. Michael war es recht, dann konnte sie auch nicht bei seinem Gespräch mithören.

»Eichendorf?« Eine stark verzerrte Stimme brachte den Lautsprecher des Telefons zum Scheppern.

»Ja.«

»Sind Sie in dem Café, das Kowalski Ihnen empfohlen hat?«

»Ja …«

»Gut. Trinken Sie noch einen Kaffee, oder was auch immer. Ich muss was nachprüfen, ich bin in spätestens einer halben Stunde bei Ihnen.«

»Wie erkenne ich Sie?«

»Müssen Sie nicht. Der Dicke hätte die Kippen vorher raus nehmen sollen, nicht wahr?«

Damit war das Gespräch beendet. Michael fragte sich wieder, ob Fastenrath wirklich die richtigen Leute engagiert hatte. Ein hochklassiger Leibwächter hätte seinen Körper wohl kaum so aus den Fugen geraten lassen wie Kowalski, und man sollte auch gepflegtere Kleidung erwarten. Wie Kowalski Michaels Bluff hatte auffliegen lassen, wurmte ihn noch immer, aber selbst nüchtern betrachtet war diese Art von Humor nicht gerade professionell. Das Kunststück mit der Zigarettenschachtel war allerdings beeindruckend - Michael gestand sich ein, dass er neugierig war, seinen Gesprächspartner mit der verzerrten Stimme kennen zu lernen, denn offensichtlich hatte der ja geschossen. Andererseits ließ man ihn jetzt warten, obwohl sein Leben akut bedroht war. Gut, nicht unmittelbar, aber trotzdem. Immerhin, wenn Kowalski und seine Nummer Eins ihn hätten töten wollen, sie hatten reichlich Gelegenheit gehabt. Also beschloss er, sich den Plan seines Beschützers anzuhören, wenn der dann mal auftauchen würde. Danach konnte er immer noch entscheiden, ob er den Schutz annehmen oder ablehnen würde.

*

Michael wollte gerade bei der Kellnerin ein weiteres Glas Wasser bestellen, als Fischer das Café betrat und ihn angrinste. Michael zerrte die Pistole aus seinem Hosenbund, aber Fischer ging zur Theke, bestellte ein Getränk, wobei er auf Michaels Tisch zeigte. Dann zog er langsam seinen Mantel aus, hängte ihn auf die Garderobe und drehte sich um seine Achse, um Michael zu zeigen, dass er unbewaffnet war. Michael legte die Pistole in seinen Schoß, hielt sie aber weiter fest; er kannte Fischer gut genug, um zu wissen, dass der noch ein As oder ein Messer im Ärmel haben würde, oder einen kleinen Revolver in einem Wadenholster bei sich führte.

Fischer kam mit einem Glas Cola an den Tisch, setzte sich, legte die Hände in den Nacken und streckte sich betont lässig. Er war etwas größer als

Michael, fast zwei Meter, und breiter gebaut. Als sie sich kennenlernten, hatte Fischer noch vor Kraft gestrotzt. Aber seine Arme hatten in den letzten Jahren nur noch Bierflaschen und Curry-Würste gestemmt, er war nicht mehr der harte Brocken, für den er sich hielt. Michael hatte sich mit Mühe und Not und gelegentlichen Besuchen im Fitnessstudio unter der Zwei-Zentner-Grenze halten können, aber Fischer war weit darüber hinaus geschossen.

»Ganz schön groß, oder?« Fischers hohe Stimmlage stand in deutlichem Widerspruch zu seiner Erscheinung.

»Was?«

»Die Thekenfotze.«

»Immer noch der alte Charmeur.«

»Naja, wann hattest Du zum letzten Mal Sex? Ich habe vor drei Tagen mit dieser Brünetten gebumst, ich kann Dir sagen …«

»Bleibt ja jedem überlassen, wofür er sein Geld ausgibt, Bennylein …«

Den Witz über Gagen seiner Sexpartnerinnen hatte er noch weggesteckt, aber als er seinen ungeliebten Kosenamen hörte, zogen Fischers Augenbrauen sich zusammen. Diese Runde hatte Michael gewonnen.

»Sehr witzig, Micha. Hör zu, Du hast uns eine Menge Ärger bereitet. Wenn es nach mir ginge, sollte man Dich in irgendeiner einsamen Gegend erschießen und Deine Leiche in die Futtertröge der Schweine häckseln. Aber ein paar Leute sind von Dir beeindruckt und wollen Dir eine Chance geben. Ich soll …«

»Was sind das für Leute? Wer will mir eine Chance geben?«

»Kann Dir egal sein. Du hast doch schon gemerkt, wie gefährlich es sein kann, wenn man zu viel weiß.«

»Ja. Schönen Dank auch!«

»Ich gebe zu, das war so nicht geplant. Du solltest für Glonsbeck den Köder spielen, wir wollten ihn dann abfangen und ausquetschen. Der Idiot, der ihn vergiftet hat, muss da was falsch verstanden haben. Er ist übrigens tot, falls Dich das tröstet. Leider konnte ihm niemand mehr helfen, als er in einem Kofferraum verblutet ist … der Arme!«

»Ich glaube, er hat Dich schon ganz richtig verstanden, aber den falschen Mann vergiftet. Ich sollte vor Glonsbecks Augen sterben, weil Ihr ihn aus dem Gleichgewicht bringen wolltet!«

»Und wenn das so wäre?«

»Glonsbeck sollte Angst bekommen und Euch erzählen, wo die Akte ist. Aber jetzt ist er tot und Ihr glaubt, er hätte mir was verraten. Also hast Du ein paar Leute losgeschickt, die mich holen sollten. Hast Du die Telefone der Polizeiwachen abgehört?«

»In der Gegend gibt es nur eine Wache und ich weiß doch, dass Du ein gesetzestreuer Bürger bist, der in der Not den Freund und Helfer um Beistand bittet … Köpfchen!«

»Ich hätte mir denken können, dass Du dahinter steckst, so dilettantisch,

32

wie das alles abgelaufen ist.« Michael wollte Fischer provozieren. Vielleicht würde er sich verplappern, seine Hintermänner offenbaren, wenn er nur wütend genug wäre.

»Ja, leider hatte ich bei der Personalwahl kein glückliches Händchen … Ich bin auch etwas zu spät auf die Idee gekommen, dass Du unseren Chef besuchen würdest. Aber als mir das klar geworden war, musste ich nur noch seinen Apparat abhören lassen. Im Hotel hast Du Dich dann auch wieder ganz gut geschlagen, Hut ab. Aber mal ehrlich: Du arbeitest jetzt schon wer weiß wie lange beim VS, und dann telefonierst Du mit Deinem Handy? Sobald Du es eingeschaltet hattest, wusste ich, wo Du warst.«

»Was hat Fastenrath Dir erzählt?«

»Nichts natürlich. Meinst Du denn, ich wäre ganz normal ins Büro gegangen, nachdem Du ihm lang und breit erklärt hast, wie ich Dich reingelegt habe?«

»Nein, ich meinte, bevor Du ihn getötet hast.«

»Woher willst Du wissen, dass er tot ist?«

»Mir ist sein Geist erschienen, Bennylein.«

»Verarsch mich nicht, Du Wichser!«

Fischer war laut geworden, seine Stimme eine weitere Oktave geklettert und an der Grenze des menschlichen Hörvermögens angekommen. Die Kellnerin schaute irritiert zu ihren beiden Gästen. Fischer bekam sich wieder in den Griff, als er Michaels Befriedigung bemerkte, den verhassten Kollegen in der Defensive zu sehen.

»Gut, lassen wir die Spielchen, kommen wir zum Kern. Der alte Sack hat mich tatsächlich mit einer Pistole in der Hand erwartet, kannst Du Dir das vorstellen? Aber er hat mich unterschätzt … Er hat nicht viel erzählt, obwohl meine Männer ihn ein bisschen härter ran genommen haben. Das hat er leider nicht lange ausgehalten …«

Michel unterdrückte den Drang, Fischer eine Kugel in den Kopf zu schießen.

»Du wolltest mir ein Angebot machen.«

»Ja, stimmt. Als wir bei Fastenrath waren, ist mir ein leerer, verknitterter Umschlag aufgefallen, der auf dem Wohnzimmertisch lag … Ich schätze, da waren Unterlagen drin, die Glonsbeck Dir gegeben hat?«

»Ich weiß nicht, wovon Du redest. Dein Mann hat Glonsbeck vergiftet, bevor der mir irgendetwas geben konnte.« Michael hatte das Gefühl, die fünf Seiten der Akte würden sich in glühendheiße Stahlbleche verwandeln und durch die Innentasche seiner Jacke schmelzen. Fastenrath hatte gewollt, dass er die Papiere wieder an sich nimmt - ob sein Chef doch geahnt hatte, dass er selber in Gefahr war?

»Micha, Micha, Micha, Du bist ein schlechter Lügner. Du hast noch zehn Sekunden, um mir zu sagen, wo diese Unterlagen sind.«

»Leck mich, Bennylein.« Michael sah aus dem Fenster und bemühte sich, den Eindruck zu erwecken, dass er die drei Männer, die auf der anderen Straßenseite Möbel aus einem Lieferwagen wuchteten, unterhaltsamer fand als sein Gegenüber.

»Fünf Sekunden.«

»Sonst?«

»Sonst durchsuchen wir Deine Leiche.« Wiesel unterstrich seine Drohung damit, dass er den Lauf eines Revolvers an Michaels rechte Schläfe drückte. Er musste durch den Hintereingang geschlichen sein. »Die P8 gehört mir, glaube ich?« Mit seiner verbundenen Hand nahm er die Pistole aus Michaels Schoß.

Fischer drehte sich zu der Kellnerin um, die mit angstgeweiteten Augen auf die drei Männer starrte.

»Halt bloß Dein Maul, und rühr Dich nicht von der Stelle!« Die junge Frau nickte stumm, sie schien völlig paralysiert.

»Wenn ich Dir sage, wo die Dokumente sind, lässt Du das Mädchen gehen?«

»Immer noch der Held, der die Jungfrau in Not rettet? Wie niedlich! Aber ja: Ich lasse sie laufen. Dich auch, ehrlich. Wir wollen nur die Dokumente. Und natürlich solltest Du von der Bildfläche verschwinden, am besten in ein Kloster mit Schweigepflicht.«

Fischer log. Er lehnte sich in seinem Stuhl zurück und legte die Hände wieder in den Nacken. Sein dreckiges, selbstzufriedenes Grinsen sprach Bände. Sobald Michael die Papiere aus seiner Innentasche geholt hatte, würde Wiesel ihn erschießen. Fischer würde die Kellnerin schnappen, sie ein paar Tage in ein Loch sperren, er und Bomber und Wiesel würden sie vergewaltigen, bis es ihnen langweilig würde, sie dann umbringen und in den nächsten Fluss werfen. Ich muss Zeit gewinnen, dachte Michael.

»Es sind fünf Seiten aus der Akte. Ich habe sie bei mir, in meiner Innentasche.«

»Hol sie raus, ganz langsam«, sagte Fischer. Wiesel drückte den Lauf der Waffe noch etwas kräftiger an Michaels Schläfe, als der sich leicht nach vorne beugte.

»Hier.« Michael hielt die Blätter mit seiner rechten Hand hoch, so hoch, dass er hoffentlich einen Sekundenbruchteil seine Linke vor Wiesels Blick verbergen konnte. Er ruckte mit dem Kopf zurück, im gleichen Moment griff er nach dem Revolverlauf und drückte ihn in Fischers Richtung. Wiesel feuerte zwei Schüsse ab, der Lauf wurde so heiß, dass Michael fast aufgeschrien hätte; aber er ließ nicht los. Fischer kreischte »Zugriff!« und zog ein Wurfmesser aus einem Holster im Nacken.

*

Michael hörte ein metallisches Geräusch. Bevor Fischer das Messer werfen konnte, traf ihn etwas so heftig am Hinterkopf, dass sein rechtes Auge aus der Höhle trat. Wiesel und Michael sahen verblüfft zu, wie Fischers Kopf auf den Tisch knallte und das Auge mit der Stirn zerquetschte. Auf der Rückseite seines Schädels klaffte ein blutiges Loch, das den Blick auf zerfetzte Hirnmasse freigab.

Die Kellnerin visierte Wiesel über den Lauf einer MP5K an. Am gefährlichen Ende des Laufes war ein Schalldämpfer befestigt. Das Geräusch der Explosion, die das Geschoss aus der Maschinenpistole katapultierte, war fast vollständig unterdrückt worden. Das Ballett der Stahlteile im Inneren der Waffe allerdings hatte die nächste Patrone mit einem Klang in die Kammer befördert, der an das Tippen auf einer mechanischen Schreibmaschine erinnerte.

Schießpulver. Das war der Geruch, auf den er nicht gekommen war.

»Knarre weg, Kurzer!« Aber Wiesel war nicht schlau genug, zu gehorchen. Er schaffte es nur, den Lauf seiner Pistole, die er Michael abgenommen hatte, ein wenig in die Richtung der Blondine zu schwenken, bevor wieder das tödliche Tippgeräusch erklang. Wiesel klappte mit einem letzten Röcheln zusammen.

Die Kellnerin drehte sich zu den Fenstern und feuerte durch die Scheiben, Salven zu drei Schuss, eine davon wurde mit einem Aufschrei quittiert.

»Komm hierher, hinter die Theke!«

Michael stolperte über Wiesels Leiche in Richtung Tresen. Aus dem Augenwinkel sah er einen der Möbelpacker seine Uzi anlegen, ein wilder, schlecht gezielter Feuerstoß schlug im Holz der Theke ein. Zwei Kugeln aus der Waffe der jungen Frau streckten ihn nieder. Sein Oberkörper fiel auf die Fensterbank und wand sich in letzten Zuckungen. Von dem Dritten war nichts zu sehen.

»Mach schon, los!«

Michael sprang hoch, rollte sich über den Tresen und ließ sich auf den Boden fallen.

»Hi! Ich bin Kowalski!«, sagte die Kellnerin. Und mit verstellter Stimme: »Komm mit mir, wenn Du leben willst!«

Sie zog eine dicke Kordel zu sich, geknotet an einen Ring im Boden und öffnete damit eine schwere Luke, präsentierte Michael eine Leiter, die im Keller zwischen Bierfässern und Limonadenkästen endete. Er stieg hinab. Gerade als sein Fuß auf dem Boden aufsetzte, hörte er über sich Kugeln in die Luke einschlagen. Der Lauf der MP5 zuckte über den Rand der Falltür und spuckte zwei Projektile aus, die von einem Stöhnen beantwortet wurden, gefolgt von dem Aufprall eines schweren Körpers auf dem Parkett des Cafés.

Die junge Frau folgte Michael in den Keller, zog die Luke zu, verriegelte sie und schaltete das Licht ein. Neben der Leiter war ein kleines Kästchen befestigt, aus dem ein einzelner, winziger Hebel ragte.

»Claymore im Tresen. Über der Luke ist ein Bewegungsmelder«, sagte sie mit Schalk in den Augen und legte den Schalter um.

»Da drüben geht's weiter.« Sie wies zu einer Tür im Schatten der Regale, die Michael noch nicht aufgefallen war. Er öffnete sie und sah in einen Stollen, der von bedenklich alten Balken abgestützt wurde und steil bergab ging.

»Bis zum Ende durch. Ich mache noch ein paar Ladungen an die Balken, das wird sie aufhalten.« Hinter ihr war ein dumpfes Ploppen zu hören, etwas knallte auf die Falltür. Michael fiel wieder ein, was Claymores waren: Aufstellbare Landminen, deren Sprengkraft in eine bestimmte Richtung zielt. Fast ausschließlich für den Einsatz gegen weiche Ziele bestimmt. Menschen.

»… wenn noch welche über sind.« Sie strahlte wie eine Achtjährige auf dem Ponyhof, dann zog sie einen Rucksack aus einem der Regale und steckte die Maschinenpistole hinein. Michael rannte zum Ende des Tunnels und stoppte vor einer weiteren Tür. Die Kellnerin klatschte im Vorbeigehen kleine Pakete auf zwei der Balken, dann zog sie ein Smartphone aus ihrer Gürteltasche und tippte mehrmals auf den Bildschirm. Sie zeigte Michael das Display: Zu sehen war das Bild einer Überwachungskamera, die aus einiger Entfernung auf eine Tür gerichtet war. Die junge Frau ließ ihren Finger über ein Kugelsymbol am unteren Bildschirmrand gleiten, das Objektiv schwenkte entsprechend nach links und rechts.

»Alles frei, wir können raus. Hätte mich auch gewundert, wenn sie den Zugang kennen!«

Sie drehte den Riegel hoch und öffnete die Tür, Michael dachte für einen Moment, er stünde im Darmwind eines Riesen: Sie waren in der Kanalisation.

»Der Gang da zum Café, das sind Überreste von irgendwelchen Schmuggelbanden aus der Nachkriegszeit. Die hatten sich wohl einen Tunnel vom Rhein aus bis in die Kanalisation gegraben und haben dann ihre Zigaretten, oder was auch immer, hier durch getragen.«

Nach einigen Dutzend Metern auf schmalen Trittsteinen am Rande der Exkrementen-Ströme kamen sie an eine weitere Tür, Zugang zu einer engen Kammer, darin eine Leiter.

Michael kletterte hinauf und stand in einem Betriebsraum der Stadtwerke. Zwei große Schaltschränke, aus denen ein Summen drang, elektrischer Geruch, ein klappriges Holzregal mit verbrauchten Werkzeugen. Er sah aus dem kleinen Fenster in der Türe: Dutzende Leute liefen vorbei, ein Polizeiauto und ein Krankenwagen bahnten sich vorsichtig einen Weg durch die Menge, die sich von den Blaulichtern und den Martinshörnern nicht in ihrer Hysterie stören ließ.

»Keiner zu sehen, der über die Köpfe hinweg guckt. Doch, Moment, da ist einer. Siehst Du? Dahinten, der breite Typ im Hauseingang. Warte mal eben!«

Sie nahm einen langen Schraubenzieher aus dem Regal, verließ das Häuschen, lief geradewegs auf den Mann mit der Bomberjacke zu und sprach ihn an. Der Blick des Schlägers folgte ihrem Finger und fand Michaels erschrecktes Gesicht. Sie hatte ihn verraten! Aber bevor der Kerl sich in Bewegung setzen konnte, hielt sie ihn mit ausgestrecktem Arm auf. Der Mann starrte sie für einen Moment erstaunt an, dann lachte er und versuchte, sie beiseite zu schieben. Michael musste gezwinkert und etwas verpasst haben, denn von einem auf den anderen Moment ragte der Griff des Schraubenziehers aus dem Kinn des Schlägers wie ein hölzerner Ziegenbart. Der Mann kam noch auf die Idee, danach zu greifen, aber bevor er den Stahl aus seinem Schädel ziehen konnte, klappte er auf dem Bürgersteig zusammen.

Michaels Retterin forderte ihn mit einem Winken und einem Lächeln auf, das Häuschen zu verlassen und ihr zu folgen. Sein Körper gehorchte ihrem Kommando, während sein Bewusstsein noch versuchte, das Gesehene zu verarbeiten. Zwei Querstraßen weiter setzte sie ihn in einen dunkelgrünen Viertürer und fuhr los.

*

Eine Viertelstunde später lenkte das Mädchen ihr Auto in die Tiefgarage unter den Wohnsilos in der Stresemannstraße. Sie parkte in einer dunklen Ecke und lotste Michael zwischen den Betonsäulen hindurch.

»Da lang, zum Fahrstuhl!« - »Achte Etage, drück mal!« - »Links rum, die letzte Tür auf der rechten Seite!«

Sie schloss die Wohnung auf und verbeugte sich in Hotelpagenmanier.

»Wenn Monsieur bitte eintreten wollen. Danke, ich darf kein Trinkgeld annehmen.«

Michael sah sich kurz um. Wohnzimmer, Schlafzimmer, Kinderzimmer, kleine Küche, ein winziges Bad mit Dusche. Die Einrichtung war karg und schäbig, als wenn junge Leute sie für ihre erste gemeinsame Wohnung vom Sperrmüll gesammelt hätten. Die Tapeten waren wahrscheinlich fast so alt wie er selber. Trotzdem wirkte alles passabel sauber. Seine Begleiterin hatte ihren Rucksack auf den Küchentisch gelegt und öffnete den Kühlschrank.

»Kokosjoghurt, super!«

Sie kramte in den Schubladen erfolgreich nach einem Löffel und machte sich über den Becher her.

Michael hatte während der Fahrt reichlich Gelegenheit gehabt, nachzudenken. Er war sauer, aber er beherrschte sich.

»Was ich nicht verstanden habe ...«

»Das war ein Filmzitat: ›Komm mit mir, wenn Du leben willst‹, das sagt Arnold ...«

»Das meinte ich nicht!« Michael musste sich zurückhalten, die junge Frau nicht anzuschreien.

»Du und das fette Schwein, Ihr habt mich in eine Falle laufen lassen!«

»Wie kommst Du denn da drauf?« Sie kratzte den letzten Rest Joghurt vom Boden des Bechers, ohne Michael anzuschauen.

»Der Dicke wusste doch genau, dass Fischer mein Handy lokalisieren konnte, oder? Ich Idiot habe nicht daran gedacht, aber er hätte mir sagen müssen, dass ich eine Telefonzelle aufsuchen sollte oder so was ... Und Du? Das war ja sehr lustig: ›Sie brauchen nicht anzurufen, wenn Sie noch was trinken wollen‹, ha, ha! Ich sitze am Tisch wie ein Depp, warte auf Unterstützung, und meine tolle Beschützerin ist schon da und schaut seelenruhig zu, wie man mir den Schädel wegblasen will!«

»Du wärst nicht in Gefahr gewesen, wenn Du nicht so doof wärst.«

»Was?«

»Du hast Dir wirklich den ungünstigsten Tisch ausgesucht. Man setzt sich doch mit dem Rücken zur Wand und dahin, wo man alle Eingänge überblicken kann. Und als Fischer gekommen ist, hättest Du ihm direkt Deine Pistole ins Gesicht drücken müssen. Fastenrath sagte uns, dass Du was drauf hättest, guter Soldat, Einsatz im Kosovo, mit Auszeichnung und so, aber mal ehrlich: Das war keine überzeugende Vorstellung. Vielleicht hat Fischer ja recht gehabt, dass mit Dir nichts mehr los wäre. Hast Du nichts behalten aus Deiner Militärzeit?«

Die Belehrung wirkte wie ein Schürhaken, der in Michaels Wut stocherte.

»Ich wusste nicht, dass ich in einen verdammten Krieg geraten bin, du mieses, kleines, altkluges Stück Scheiße!«

Die junge Frau veränderte ihre Haltung nur minimal, aber Michael erkannte, dass sie sich kampfbereit machte. Trotzdem lächelte sie.

»Nicht hauen, ich bin nur ein Mädchen!« Sie klimperte übertrieben mit ihren Augenlidern. Michael wollte eigentlich noch weiter wütend sein, aber sie hatte es geschafft, seine Lunte zu löschen. Sie kicherte und entspannte sich wieder. Er redete sich ein, dass ihr Charme ihn entschärft hatte, aber natürlich war es Angst. Sie hatte vor einer Viertelstunde sieben Männer getötet, und nun schlabberte sie unbeeindruckt ihren zweiten Joghurt. Wenn er nicht Leiche Nummer Acht werden wollte, sollte er besser halbwegs höflich bleiben. Und bei der nächsten Gelegenheit verschwinden. Aber trotzdem war sie ihm ein paar Erklärungen schuldig.

»Woher weißt Du überhaupt von Fischers Kommentar über meinen Zustand? Das habe ich nur Fastenrath erzählt!«

»Er hat Euer Gespräch mitgeschnitten und uns die Aufzeichnung geschickt. Dass Du mitten in der Nacht bei ihm schellst, kam ihm so merkwürdig vor, dass er sich etwas abzusichern wollte. Womit er ja recht hatte. Und es war dann einfacher, uns die Datei zu schicken, als selber alles zu wiederholen. Wo er Dich untergebracht hat, wollte er aber erst mal nicht sagen.«

»Toll. Alle Welt weiß über mich Bescheid, aber ich kenne noch nicht mal Deinen Namen.«

»Kowalski, sagte ich doch schon!«

»Wie der Dicke? Das ist doch gelogen, oder?«

»Ja, aber das kann Dir egal sein. Du hattest doch Hunger, oder? Hier, guck, Backofenpizza. Magst Du eine mit Thunfisch?« Michael wusste, dass es keinen Zweck haben würde, weiter zu fragen. Er suchte sich eine der Pizzen aus und schob sie in den Ofen. Während beide den Tisch deckten, fragte Kowalski nach seinen Plänen.

»Keine Ahnung … Eigentlich wollte ich mich nur vor der Polizei verstecken, bis Fastenrath alles geklärt hat. Aber jetzt denke ich, ich sollte komplett verschwinden. Kannst Du mir dabei helfen?«

»Ja, kann ich. Ich würde Dir dann empfehlen, eine oder zwei Wochen hier zu bleiben und Dich still zu verhalten, dann werden wir Dir Papiere besorgen und Dich außer Landes schaffen.«

»Wohin?«

»Muss man sehen. Auf jeden Fall außerhalb der EU, würde ich sagen.«

»Was, wenn ich hier bleiben will?«

»Sehr, sehr schwierig. Ich kann nicht ewig auf Dich aufpassen. Und die würden Dich irgendwann finden.«

»Was ich nicht verstehe: Warum helft Ihr mir eigentlich?«

»Hat Kalorien-Kowalski doch gesagt: Fastenrath hat uns bezahlt!«

»Ja, aber so gut hat der auch nicht verdient … ich bin ja nicht blind oder blöd, Du hast ja schon einiges drauf und bist bestimmt nicht billig … verdammt, das hört sich total verkehrt an, wenn man das zu einer Frau sagt!«

»Ohne Gummi doppelt so teuer!« Kowalski lachte, aber dann sah sie Michael ernst in die Augen.

»Pass auf: Ich werde Dir keine genaue Zahl verraten, aber Fastenrath hat für Deinen Schutz eine ziemlich große Summe auf unser Konto überwiesen. Es reicht für zweiundvierzig Tage. Und wir sind tatsächlich nicht billig! Spesen sind allerdings nicht inbegriffen. Wenn Du einen falschen Pass haben willst, sind es dann vielleicht nur noch vierzig Tage, an denen ich meine schützende Hand über Dich halten werde, so in der Art.

Normalerweise würden wir auch noch die sieben Toten extra berechnen, aber die haben wir provoziert, zugegeben. Die gehen aufs Haus.«

Die Pizzen waren fertig. Zu Michaels Erstaunen verschlang Kowalski, die nach seiner Schätzung nur wenig mehr als einen Zentner auf die Waage brachte, ihre Pizza etwa doppelt so schnell wie er.

»Merkwürdig: Wir sitzen hier beim Essen und unterhalten uns über den Preis meines Lebens.«

»Werd mal nicht philosophisch.« Ein paar Anchovi-Brocken fielen Kowalski beim Sprechen aus dem Mund.

»Ich frage mich, woher Fastenrath überhaupt so viel Geld gehabt hat?«

»Weiß ich auch nicht so genau, aber ich kann's mir denken: Er hat früher im Außendienst gearbeitet und V-Leute betreut. Wusstest Du das nicht? Das war, bevor Du da angefangen hast, logisch. Ich dachte nur, er hätte Dir das mal erzählt. Jedenfalls nehme ich an, dass er einen Teil von den Bestechungsgeldern beiseite geschafft hat. Kalorien-Kowalski glaubt aber nicht, dass Fastenrath sich davon ein schönes Leben gemacht hat.«

»Ihr wisst ja eine Menge über meinen Chef ...«

»Ja, wir haben gelegentlich für ihn gearbeitet. Ich nicht, aber der Dicke.«

»Was habt Ihr denn für ihn gemacht?«

»Hausmeistertätigkeiten und Gartenpflege.«

»Warum frage ich überhaupt? Gut, aber eines will ich noch wissen: Fastenrath ist tot, Ihr habt sein Geld ... warum lasst Ihr mich nicht einfach im Stich?«

»So ticken wir nicht. Wir halten uns an Verträge. Altmodisch, weiß ich selber. Davon ab: Der Dicke hat Dir doch gesagt, dass Fastenrath integer war, ›kein schlechter Kerl‹, und er ihm einen Gefallen schuldete.«

»Du hast das mitgehört?

»Ja, natürlich.«

»Du hast auch geschossen, nicht wahr?«

»Ja. Ich war der Kuno, den der Dicke angeblich angerufen hat!« Sie grinste. Michael schämte sich für den schlechten Bluff, den er versucht hatte. Sie hatte bestimmt Tränen gelacht. Kowalski räumte ihr Geschirr weg und spülte den Teller so lange und umständlich ab, dass Michael vermutete, sie wollte ihm nicht ins Gesicht sehen, sich nicht ihre Erheiterung anmerken lassen. Vielleicht dachte sie auch, es wäre ihm peinlich, dass sie ihn hatte weinen sehen. Sie stellte ihm ein Wasserglas vor die Nase und setzte sich wieder ihm gegenüber an den Tisch.

»Trink noch was. Vielleicht verstehst Du jetzt auch, warum wir Dich als Köder benutzt haben: Wir wollten wissen, wer Fastenrath umgebracht hat. Wie gesagt, der Dicke schätzte Deinen Chef sehr.«

»Dann hast Du ihn ja gerächt.«

»Weil ich Bennylein erschossen habe? Ja, aber der hat doch offensichtlich Hintermänner.«

»Danach kann man ihn jetzt ja leider nicht mehr fragen. Moment: Woher weißt Du, dass er Bennylein hieß? So laut habe ich nicht gesprochen! Hast Du das auch mitgehört?«

»Ja, unter Deinem Teller war eine Wanze, die Eure Unterhaltung zu meinem Telefon übertragen hat.«

Er war es leid, schon wieder als unwissender Trottel dazustehen, aber Kowalski ging darüber hinweg, bevor er sich ereifern konnte.

»Du und Fischer, ihr mochtet Euch nicht so sehr?«

»Kann man so sagen.«

»Warum nicht?«

»Ist das so wichtig?«

»Wer weiß? Ist das so geheim?«

Eigentlich ging es sie nichts an, aber der unangenehme Beginn der

Feindschaft zwischen ihm und Fischer hatte einen sehr angenehmen Aspekt:

»Ich habe ihn mal verprügelt.«

Fischer hatte sich immer auf die bedrohliche Wirkung seines großen, massiven Körpers verlassen und nicht mit einem Angriff gerechnet. Beim ersten Schlag in die Magengrube war er zusammengeklappt und ganz automatisch mit der Nase auf Michaels Knie gelandet. Zwei von Fischers Zähnen konnte Michael noch mit der Faust entfernen, bevor die anderen Spieler ihn von seinem Opfer zerrten.

»Warum?«

»Wir haben zusammen Fußball gespielt. Wir und ein paar andere Feierabend-Kicker vom Verfassungsschutz. Bei einem Spiel hat er mich mal blöd von der Seite angequatscht …«

Der Ball war einen Meter über das Tor gegangen, und Fischer hatte Michael gefragt, warum er erfolgreich auf kleine Mädchen schießen könne, aber nicht auf ein so großes Ziel.

Kowalski hob ihre Brauen in Erwartung einer Erklärung, aber Michael blieb still.

»Hat er Dich gefoult?«

»Nein. Wir waren in einer Mannschaft.«

»Oh. Machst Du das öfter? Die eigenen Teamkollegen verhauen? Muss ich Angst haben, dass ich auch was auf die Fresse kriege?« Sie konnte nicht aufhören zu bohren.

»Sind wir denn im gleichen Team?«, fragte Michael.

»Natürlich! Was dachtest Du denn? Immerhin habe ich Deinen traurigen Hintern gerettet, oder?«

Das stimmte, aber Michael fand ihre Gründe unglaubwürdig. Um den Vertrag mit einem Toten zu erfüllen? Hielt sie ihn tatsächlich für so blöd? Aber er traute sich nicht, das auszusprechen. Sie wechselte das Thema.

»Also gut. Die Akte, die Glonsbeck damals kopiert hat, ist ganz offensichtlich heute immer noch wichtig für irgendwen. Hast Du mittlerweile eine Ahnung, wer das sein könnte? Jetzt, wo Du weißt, dass Fischer da drin verstrickt war? Die Auszüge, die Du hast, steht da was Interessantes drin?«

»Nichts, mit dem ich was anfangen könnte.«

»Darf ich mal sehen?«

»Nein.« Eine merkwürdig abgeklärte Stimmung breitete sich in ihm aus und übertünchte seine Angst vor ihr. Er wollte auch mal einen Informationsvorsprung haben. Der Schimmer der Enttäuschung in Kowalskis Augen signalisierte seinen Erfolg. Sie setzte einen Dackelblick auf und gab ihm das Gefühl, einem kleinen Kind den Lutscher weg genommen zu haben, aber er fiel nicht darauf rein. Als sie merkte, dass ihr Zuckerbrot keinen Erfolg hatte, versuchte sie es mit der Peitsche.

»Dir ist klar, dass ich Dir die Seiten ohne große Mühe abnehmen könnte?«

»Dann riskierst Du, mich zu verletzen, aber das widerspricht Deinem

Auftrag als Leibwächterin.«

»An gebrochenen Armen stirbt man nicht.«

»Soviel zum Thema: In einem Team spielen.« Michael sah, wie die junge Frau seinen Körper und seine Kraft einschätzte, als wenn sie sich gerade die beste Taktik zurechtlegen würde, ihn zu überwältigen. So schlapp, wie er sich fühlte, würde sie mit einer Ohrfeige schon Erfolg haben. Seine Hände näherten sich träge dem Besteck, er würde jede Waffe brauchen können. Aber das bemerkte sie natürlich. Zu seiner Überraschung wurde ihr Blick wieder wärmer.

»Entschuldigung. Du hast recht, ich war wohl etwas unhöflich. Vielleicht änderst Du Deine Meinung und lässt mich das freiwillig lesen. In meinem Beruf geht man zwar über Leichen, aber Du hast Dir ein bisschen Rücksicht verdient.« Sie strahlte ihn erwartungsvoll an, und er tat ihr den Gefallen.

»Was für ein Beruf ist das denn genau?«

»Ich produziere Panflöten-CDs für Altmetallsammler.«

»Der Spruch mit den Hausmeistertätigkeiten war besser.«

»Gut, der nächste wird wieder golden. Aber willst Du nicht wissen, wie Du Dir Rücksicht verdient hast?«

»Ja, schon. Tut mir leid, ich bin auf einmal sehr müde und schalte nicht mehr so schnell ...«

»Echt? Ist doch gerade mal fünf. Aber ok, war ein adrenalinhaltiger Tag. Irgendwann setzt dann die Erschöpfung ein. Also, als Fischer und der Gnom Dich bedroht haben, hast Du als Erstes die Zusicherung verlangt, dass sie mich gehen lassen sollen. Das fand ich sehr ritterlich, schließlich leben wir in einer egoistischen Zeit.«

Michael war verlegen.

»Danke. Aber ich bin jetzt echt fertig. Soll ich das Kinderzimmer nehmen?«

Er wankte den Flur hinunter. Trotz seiner Müdigkeit wollte er nicht auf ihre aufgesetzte Freundlichkeit reinfallen und schloss die Tür ab. Er schaffte es noch, sich die Kleidung vom Körper zu pellen, dann fiel er ins Bett.

Das Mädchen lief an ihm vorbei, lächelte ihn an. Vom Tor kam ein Knall, und wo eben noch ihre Eltern gestanden hatten, breitete sich eine Wolke aus Staub und Blut aus.

Sie hat eine Bombe! Michael hörte Ommerborns Schrei. Er riss seine Maschinenpistole hoch.

Etwas stimmte nicht. Michaels Bewusstsein gewann kurz die Oberhand über den einsetzenden Alptraum und versuchte, den Fehler zu finden. Er hatte an jenem Tag das Mädchen flüchtig angesehen, bevor sie an ihm vorbei lief. Sie hatte ein hübsches Gesicht gehabt, trotz ihrer Höckernase. Ihre braunen Augen würden Michael später im Traum noch verzweifelt ansehen. Aber dieses Mal waren ihre Augen grau-blau und ihr Nasenbein gerade. Das war Kowalskis Gesicht. Michael fürchtete den Traum jetzt noch mehr als sonst, aber er konnte sich nicht mehr gegen den Schlaf wehren.

DIENSTAG, 24. SEPTEMBER

»Die Dusche hat nicht viel geholfen, du müsstest mal die Klamotten wechseln.« Kowalski rümpfte die Nase. Sie trug ein T-Shirt, auf dem eine merkwürdig verrenkte Silhouette abgebildet war, dazu mehrere Schriftzüge. Michael konnte nur »Grammaton Cleric« entziffern, bevor er in Verdacht geraten wollte, etwas zu lange dorthin zu sehen.

»Was soll ich machen, ich hatte keine Gelegenheit, meinen Koffer zu packen.«

»Ich fahre gleich mal los und kauf Dir was. Großen modischen Ansprüchen muss ich ja offensichtlich nicht gerecht werden.«

»An mir sieht eben alles gut aus.«

»Geht so. Aber Du scheinst besser drauf zu sein als gestern, das freut mich. Wir werden hier ein paar Tage miteinander auskommen müssen. Miese Laune ist da wenig hilfreich.«

»Ja, ich bin selbst überrascht. Eigentlich sollte ich in einer Ecke sitzen und heulen, aber aus irgendeinem Grunde geht's mir besser als irgendwann sonst in den letzten zehn Jahren. Vor allem habe ich geschlafen wie ein Stein. Abgesehen von einem Mückenstich.«

Michael prüfte sich kurz, ob er in Gegenwart einer Frau seinen Hintern kratzen sollte. Aber Kowalski schien der Typ Frau zu sein, der sich an einem Wettrülpsen beteiligen - und wahrscheinlich gewinnen - würde, also entließ er seine Manieren in eine kurze Pause.

»Ja, Kackviecher. Mich haben sie in die Fußsohle gestochen. Darf ich mal etwas Küchentischpsychologie absondern?«

»Besser ni ...«

»Ich glaube, so abgedroschen das klingt, dass Dir das gut tut, wenn Dein Leben in Gefahr ist. Du bist im Kosovo auf den Geschmack gekommen, bei Deinen Einsätzen bist Du zum Adrenalinjunkie geworden. Du brauchst Action. Glaub mir, ich kenne das.«

»Ach, ja? Woher denn? Du bist zu jung, um im Kosovo gewesen zu sein. Und Du kannst mir nicht erzählen, dass Du in Afghanistan warst.«

»Ich rede nicht von mir, aber in meiner Branche sehe ich oft solche Typen.«

»Deine Branche?« Michael war gespannt, was es dieses Mal sein würde.

»Ja, wir reden da in der Öffentlichkeit nicht so gerne drüber, aber der Heimtextilien-Vertrieb ist echt ein mörderisches Geschäft.«

»Nicht schlecht. Davon ab: Du hast unrecht. Kann sein, dass mir mein

Leben wieder wertvoller vorkommt, jetzt, wo es bedroht wird. Dass ich deshalb besser drauf bin. Aber ein Adrenalinjunkie bin ich nicht ... ich bin ganz zufrieden, wenn man nicht auf mich schießt.«

*

Nach dem Frühstück zog Kowalski ihre Jacke an, griff nach dem Rucksack und legte Michael Zettel und Stift auf den Tisch.

»Schreib mir mal Deine Konfektionsgrößen auf.«

Zwei Minuten später schloss sie die Wohnungstür hinter sich. Michael ging zu einem Fenster, öffnete es und beobachtete die Zufahrt zur Tiefgarage, bis er den grünen Wagen herausfahren und hinter der nächsten Ecke verschwinden sah. An der Wohnungstür bestätigte sich seine Vermutung: Sie hatte ihn eingesperrt. Er warf sich gegen die Tür, eine schmerzende Schulter war das einzige Ergebnis. Vielleicht war die Türe mit Stahleinlagen versehen; dieser Wohnblock war nicht gerade die vornehmste Adresse, und vielleicht hatte Kowalski oder ihre Firma diese Wohnung hergerichtet, um darin Sachen und Personen unterzubringen, die niemand anders in die Hände kriegen sollte. Michael fühlte sich bei diesem Gedanken ein wenig geschmeichelt: Ja, er war jetzt wertvoll - die Kowalskis sahen in ihm den Schlüssel zu fünf Millionen Euro, oder sogar noch mehr. Er hatte keine Zweifel, dass das Mädchen ihn verkaufen würde, ohne mit der Wimper zu zucken, auch wenn sie noch so freundlich tat.

Und er wollte nicht wie ein Schaf darauf warten, zum Schlachter geführt zu werden. Die ganze Angelegenheit hatte ihn überrumpelt, in die Defensive gedrängt, bis jetzt hatte er nur reagieren können. Es wurde Zeit, die Initiative zu ergreifen. Da waren ein paar Fragen offen, die er klären wollte, bevor er sich aus dem Staub machte.

Tatsächlich, unter Druck funktionierte er besser. Sie hatte schon ein bisschen recht gehabt, zugegeben. Aber trotzdem wollte er auf ihre Gesellschaft lieber verzichten.

Er sah sich in der Wohnung um. Die Waffen hatte sie in ihrem Rucksack, und außer dem Besteck in der Küche gab es nichts, was er als Werkzeug missbrauchen konnte. Nachdem er die dritte Gabel am Türblatt verbogen und eine Messerklinge im Schlüsselloch abgebrochen hatte, gab er auf. Er hatte nur zwei Möglichkeiten, seiner Babysitterin zu entkommen: Entweder er überwältigte sie bei ihrer Rückkehr - aber ob er sie tatsächlich überraschen könnte? Oder er kletterte über den Balkon in eine der anderen Wohnungen. Er dachte an ihr befriedigtes Lächeln, nachdem sie Fischer erschossen hatte und entschied sich für den Balkon. Achte Etage, das waren rund fünfundzwanzig Meter über dem Boden. Zwanzig mehr, als man braucht, um sich den Hals zu brechen.

Die anderen Balkone auf dieser Etage konnte er nicht erreichen, zu weit weg, kein Vorsprung in der Fassade, an den er sich hätte krallen können. Entgegen der Schwerkraft, nach oben, wäre zu anstrengend. Also nach unten. Nur nicht zu schnell und zu weit.

Er war schwindelfrei, aber als er sein rechtes Bein über die Brüstung hob, hatte sich die gefühlte Höhe auf wenigstens hundert Meter erhöht.

*

Fünf Minuten später sank Michael auf dem Balkon eine Etage tiefer in ein mit Gummibändern bezogenes Metallgestell, das in den Sechzigern wohl als Gartenstuhl verkauft worden war. Er starrte auf das Stück versprödeter Regenrinne, das er immer noch in seinen Händen hielt. Während des Abstiegs hatte es für einen zu kurzen Moment Halt vorgetäuscht, dann war es abgebrochen. Er ließ es fallen und massierte seine Hände, die vom verzweifelten Klammern an den Gitterstäben des oberen Balkons verkrampft waren. Oder zitterte er so, weil er beinahe die Selbstmordrate dieses Wohnblocks erhöht hätte?

Nachdem er eine Zeit lang bewegungslos dort gesessen hatte und die Angst abgeklungen war, ging die Balkontür auf. Eine etwa sechzig Jahre alte Frau blickte auf ihn herab. Sie sah aus, wie Kowalski klang, sprach ihn aber mit melodischem Singsang an.

»Schickt der Hausmeister Sie?« Sie griff mit halb geschlossenen Augen zu einer der Bierflaschen, die in folienverschweißten Sechserpacks neben der Tür standen. Michael nahm die Einladung zum Lügen dankbar an.

»Ja, das Abflussrohr vom oberen Balkon ist wohl kaputt ...«

»Das sage ich dem schon seit Jahren, aber das ist ihm so egal. Hauptsache, wir zahlen unsere Miete, alles andere interessiert den einen feuchten Kehricht!«

Michael konnte kaum fassen, dass die Frau sich nicht wunderte, wie er auf den Balkon gekommen war, aber er wollte sie nicht bei ihrer tranigen Tirade stören.

»Mir fehlt noch ein Werkzeug, ich gehe mal eben zum Wagen und hole es ... bin gleich wieder da!«

»Beeilen Sie sich, ich hab auch nicht den ganzen Tag Zeit!« Sie fuchtelte mit der Flasche vor seinem Gesicht rum, aber er drückte sich an ihr vorbei in die nikotinverseuchte Wohnung. Er bemühte sich, die schäbigen, traurigen Details der Einrichtung zu ignorieren, aber am Schlüsselbrett im Flur baumelte ein VW-Logo. Er steckte im Vorbeigehen die Autoschlüssel ein, rief »Bis gleich!« und sprintete zum Aufzug.

In der Tiefgarage standen neun Volkswagen, beim fünften passte der Schlüssel. Er saß in einem alten Polo, der innen überraschend sauber war. Dem Kilometerstand nach fuhr die alte Frau damit nur sonntags zur Kirche. Besser als laufen, dachte Michael und startete den Motor. Wahrscheinlich merkt sie gar nicht, dass der Wagen weg ist, redete er sich ein.

*

Damit hatte Kowalski auch recht gehabt: Neue Klamotten waren angesagt. Seine stanken mittlerweile, als hätte er darin einen Marathon bestritten. Er hielt es auch für eine gute Idee, nicht zu sehr auszusehen wie Michael Eichendorf. Obwohl Einkaufen bedeutete, sich in der Öffentlichkeit zu zeigen. Vielleicht sollte er als Erstes eine Sonnenbrille anschaffen? Aber wenn er die heute, an einem typisch beschissenen Herbsttag, tragen würde, wäre das auffälliger als ohne. Er lenkte den Polo in Richtung Köln-Arcaden, dem nächstgelegenen Shoppingcenter, aber dann fiel ihm ein, dass Kowalski dort vielleicht schon für ihn nach Kleidung suchen würde.

Ihm fiel kein anderes Einkaufsviertel ein, er bedauerte es, sich nicht mehr für die Stadt interessiert zu haben, in der er wohnte. Scheiß drauf, er konnte genauso gut in die Innenstadt gehen, da kannte er sich wenigstens ein bisschen aus und »die« würden ja hoffentlich nicht ganz Köln überwachen. Außerdem hatte er noch etwas anderes in der Gegend zu erledigen.

Als er aus dem Fenster des Polos nach dem Ticket hangelte, das die Schranke zum Parkhaus Gürzenich öffnete, wurde ihm klar, dass er mit seinem Geld vorsichtig sein musste. Zwei oder drei Stunden würden mindestens fünf Euro kosten. Nicht viel, aber seine Mittel waren begrenzt. Als er den Kleinwagen abstellte, prüfte er seine Brieftasche: Das Geld war noch da. Ihm kam jetzt erst der Gedanke, dass Kowalski es hätte nehmen können. Vielleicht hätte er es gar nicht gemerkt, vielleicht hätte er sich nicht wehren können.

Er lief durch die Modegeschäfte der Innenstadt, bemüht, nicht allzu unauffällig zu wirken. Im dritten Laden kaufte er zwei dreiteilige Anzüge und ein Paar feste Lederschuhe, dazu ein paar Hemden, Unterwäsche und einen Rollkoffer, in den er seine Einkäufe stopfte. Er entsorgte wehmütig seine legere, manche würden sagen: schlampige Kombination aus Cargohose, Pulli und Turnschuhen in den nächsten Mülleimer. Ein Friseurbesuch stutzte den Wildwuchs seiner Haare auf ein beinahe militärisches Maß zurecht. In den letzten vier Tagen hatte Michael keine Gelegenheit gehabt, sich zu rasieren, das kam ihm nun zupass: Der Friseur, ganz aufgeregt, dass er nach Jahren mal wieder eine Nassrasur praktizieren durfte, schabte mit viel Liebe die Wangen kahl, ließ aber auf Michaels Wunsch die Haare um den Mund stehen. Eine Lesebrille mit dickem Rand und wenigen Dioptrien sollte das Ganze komplettieren.

Sein Spiegelbild schockierte ihn geradezu: Er sah jetzt aus wie einer dieser möchtegern-smarten Business-Ärsche, die in den hippen Kölner Eiscafes die eigene Wichtigkeit in ihre allerneuesten Handys proklamierten. Derart verändert würde man ihn erst auf den dritten Blick erkennen. Er fühlte sich sogar etwas sicherer, aber das tröstete ihn nur wenig über die Erkenntnis hinweg, dass der neue Eichendorf tatsächlich besser aussah als der alte Michael.

Für den nächsten Schritt seines vagen Plans ging er in einen kleinen Computerladen in einer Seitenstraße.

»Hallo, ich habe da ein kleines Problem, bei dem ich Hilfe bräuchte …«

Der junge Mann hinter dem Tresen schaute ihn halb interessiert an. Der Selbstbräuner-Teint und die zu Stacheln gegelten Haare hätten ihn eher in ein Geschäft sortiert, das Playboy-Aufkleber und Auspuffblenden an Tuning-Freunde verscherbelt.

»Ich habe ein defektes Handy …«

»Handys gibt's gegenüber.«

»Ja, ich will auch ein neues kaufen, ich habe mich nur noch nicht für einen Vertrag entschieden. Auf der Sim-Karte ist aber eine Nummer, die ich dringend anrufen muss … können Sie die ohne Handy auslesen?«

»Warum stecken Sie die nicht einfach in ein anderes Handy?«

»Das geht aus verschiedenen Gründen nicht.« Vor allem, weil das Aktivieren der Karte wieder seine Position verraten würde. Michael legte seine Hand flach auf den Tresen und ließ Stachelkopf einen Blick auf einen Fünfzig-Euro-Schein zwischen den Fingern werfen.

»Ach so.« Der Jüngling grinste. Wahrscheinlich dachte er, dass Michaels eifersüchtige Frau oder Freundin einen Online-Detektor aktiviert hätte, oder was auch immer man in diesem hormongesteuerten Alter denkt; Michael war es egal.

»Können Sie mir jetzt helfen oder nicht?«

»Klar. Geben Sie mir mal die Karte.«

Michael operierte umständlich das winzige Stück Plastik aus den Eingeweiden seines Telefons. Stachelkopf steckte sie in den Schlitz eines Kartenlesegerätes, setzte sich an den mit Papierkram und Computer-Innereien überladenen Schreibtisch und schloss das Lesegerät an einen Laptop an. Ein paar Klicks später stand er auf und trug den Rechner zum Tresen.

»Hier ist die Liste Ihrer Nummern, sind ja nicht so viele …«

Michael bedachte ihn mit einem Geht-Dich-nichts-an-Blick und notierte sich die Nummer, die Thomas Ommerborn ihm damals, beim Begräbnis von Martin »Gurke« Czajka, gegeben hatte.

*

Aber bevor er Ommerborn anrufen konnte, musste er erst herausfinden, was er ihn fragen wollte. Michael lief zur Stadtbücherei und setzte sich dort an einen der Computer mit Internet-Anschluss. Er rief ein Online-Telefonbuch auf, konnte darin aber keinen Krebbing finden. Auf der Seite des Landgerichtes fand er den Namen und die dienstliche Telefonnummer. Richter Krebbing in einem Gebäude zur Rede zu stellen, in dem sich Dutzende Justizbeamte aufhielten, war keine gute Idee. Die Privatadresse würde man ihm kaum telefonisch durchgeben. Jedenfalls nicht, wenn das Gespräch von außerhalb kam.

Eine halbe Stunde Fußmarsch später betrat Michael das Landgericht. Er hatte das Gebäude oft genug gesehen, sich aber nie dafür interessiert, was darin vorging. Erstaunlich, dachte er, dass man für Justizangelegenheiten so einen Klotz hinstellen muss - wahrscheinlich war die Hälfte der Büros vollgestopft mit Regalmetern an Akten über Maschendrahtzäune und Lärmbelästigung durch Geschlechtsverkehr.

Nach einer Viertelstunde fand er in der sechzehnten Etage endlich ein leeres, offenes Zimmer. Er ging hinein, griff nach dem Telefon und wählte die Nummer, die er sich gemerkt hatte.

»Tezel, Büro Dr. Krebbing.« Eine Sekretärin.

»Hallo, hier ist Schuhmacher von der Verwaltung ... uns ist gestern die Software abgestürzt, wir haben einen Server verloren. Jetzt fehlen uns ein paar Datensätze. Ist das korrekt, dass Dr. Krebbing Auf dem Schnorrenberg in Berrenrath wohnt?« Michael war an dieser Straße irgendwann mal vorbei gekommen. Aus dem Hörer kam ein Kichern.

»Ich glaube, Dr. Krebbing verdient genug, um nicht auf einem Schnorrerberg wohnen zu müssen ...«

Michael lachte auch, obwohl er befürchten musste, dass der Benutzer dieses Büros jeden Moment zurückkommen konnte.

»Ja, es gibt schon lustige Straßennamen. Einer auf meiner Liste wohnt in der Knastgasse ... leider nicht der Präsi ...« Michael hatte vom Grußwort auf der Internetseite noch in Erinnerung behalten, dass das der Titel des obersten Chefs hier war. Wieder ein Kichern.

»Schnorrenberg ist also falsch ...«

»Ja, Dr. Krebbing wohnt in der Wolfgang-Neuss-Straße in Marienburg.«

»Aha ... Moment, die Wolfgang-Neuss-Straße habe ich hier stehen, aber die ist Ostheim zugeordnet. Verdammt, dann sind alle Spalten der Tabelle verrutscht. Die Hausnummer ist dann auch nicht 56, oder?«

»Nein, 24.«

»Hmm ... ah, da. Na gut, sieht so aus, als ob ich nur ein bisschen verschieben müsste. Schönen Dank, ich schätze, Sie haben meinen Feierabend gerettet!«

»Gerne! Wiederhören!«

»Tschüss!« Michael legte auf. Er nahm einen Stift und einen Zettel vom Schreibtisch und verließ das Büro so schnell wie möglich. Im Aufzug schrieb er die Adresse auf, bevor er sie vor lauter Aufregung vergessen würde.

*

Michael hatte sich an einer Imbissbude einen Döner gegönnt, den Polo aus dem Parkhaus geholt und den Rest des Tages auf einem großen Supermarkt-Parkplatz verbracht, in der Hoffnung, so zu wirken, als ob er auf seine Frau wartete, die nur mal eben ein paar Lebensmittel kauft. Bei einsetzender Dämmerung war er nach Marienburg gefahren.

Jetzt ging er an dem vergitterten Tor eines großen, umzäunten Grundstücks vorbei und warf einen Blick durch die übertrieben schnörkelige Kunstschmiedearbeit. Eine gekieste Auffahrt führte in sanften Bögen zu einer Gründerzeit-Villa. In der linken Torsäule war eine Gegensprechanlage mit Kamera eingelassen, Michael wendete seinen Kopf ab, als er sie passierte. Er spazierte um das Karree, auf der Suche nach einer Möglichkeit, Krebbings Anwesen ungesehen betreten zu können. Er fand eine ähnliche Villa auf einem angrenzenden Grundstück, das nicht umzäunt war.

Es war hinreichend dunkel, kein einsamer Spaziergänger zu sehen, der seinen Hund einen Haufen in die Vorgärten der Nachbarn setzen ließ, warum also nicht jetzt sofort. Michael lief quer über den moosgeplagten Rasen auf einen Baum zu, der nahe genug am Zaun wuchs, dass er von einem der Äste auf Krebbings Parzelle springen konnte.

Eine pompöse Terrasse dominierte die Rückseite von Krebbings Villa; der Kölner Klüngel fühlte sich darauf bei sommerlichen Partys wahrscheinlich besonders vornehm. Der viertelvolle Aschenbecher auf der Balustrade überzeugte Michael, dass er sich mit etwas Geduld einen Einbruch sparen konnte. Tatsächlich öffnete nach zwanzig Minuten ein schlanker, älterer Mann eine der Türen zur Terrasse und zündete sich eine Zigarette an. Die Flamme des Feuerzeugs beleuchtete fleckige, vernarbte Haut in der unteren Hälfte des Gesichts. Michael trat aus dem Schatten einer gigantischen Topfpalme.

»Sind Sie Krebbing?«

Dem Angesprochenen fiel die Zigarette aus der einen Hand, die Packung aus der anderen.

»Wer sind Sie? Was wollen Sie?«

»Ich heiße Eichendorf. Kommt Ihnen der Name bekannt vor, oder unterzeichnen Sie blind alles, was man Ihnen auf den Schreibtisch legt?«

»Sie sind das! Mein Gott, es tut mir leid …«

»Ach so, es tut Ihnen leid! Na, dann ist es ja nur halb so schlimm, dass ihre Schläger drei Polizisten getötet haben.«

»Das waren nicht … Sie verstehen nicht … Man hat mich gezwungen! Ich kann Ihnen alles erklären!«

»Da bin ich aber gespannt!«

»Bitte, kommen Sie rein, setzen wir uns … Ich bin etwas schwach auf den Beinen …« Krebbing fuhr sich mit den Händen durch seine graue Perücke. Er hatte den ersten Schreck abgeschüttelt. Michael merkte, dass der Richter versuchte, ihn einzulullen. Zu manipulieren. Er hasste das. Er trat einen

Schritt vor und versetzte dem alten Mann eine Ohrfeige. Der Richter taumelte, stürzte aber nicht.

»Willst Du mich verarschen, Krebbing? Du hast doch bestimmt einen stummen Alarm an Deinem Schreibtisch!«

Der Greis schaute Michael schockiert an, Brutalität kannte er offenbar nur aus den Akten.

»Lehnen Sie sich von mir aus an die Balustrade, das muss erst mal reichen.«

Krebbing gehorchte.

»Also, Richter: Mein Haftbefehl. Die ganze Geschichte.«

»Ich bin angerufen worden, zwei Männer würden kommen, einen Haftbefehl mitbringen, den ich unterzeichnen sollte. Das habe ich getan.«

»So einfach ist das, ja? Und Sie haben sich nicht dafür interessiert, was ich getan haben sollte?«

»Nein …« Krebbing log. Michael überlegte einen Moment, aber ihm fiel keine andere Möglichkeit ein, den Widerstand des Richters zu brechen. Er gab ihm eine weitere Ohrfeige, heftiger als die erste.

»Beim nächsten Mal schlage ich mit einem Gegenstand zu, dann wird Blut fließen. Kommissar Krön hat Sie angerufen; Sie haben ihm erzählt, dass es einen Zeugen dafür gäbe, wie ich Gift in Glonsbecks Glas geschüttet hätte. Man hat Sie also instruiert, Sie wussten, was passiert war.«

»Ja … ja, das stimmt. Schlagen Sie mich nicht mehr, bitte. Die beiden Männer, die hier waren, haben mir erklärt, dass sie einen Vorwand brauchen würden, Sie zu verhaften … Als Zeuge wäre das nicht möglich gewesen, als Verdächtiger schon. Die Männer wollten sich als Verfassungsschützer ausgeben, die einen Abtrünnigen - Sie - dingfest machen sollen. Ich sagte noch, dass der VS keine Exekutivrechte hat, aber der Größere lachte nur und sagte, dass die doofen Bullen das nicht merken würden …«

»Die ›doofen Bullen‹ haben es leider gemerkt. Kannten Sie die beiden Kerle?«

»Nein …«

»Wer hat Sie angerufen?«

»Das weiß ich nicht … wirklich nicht, Sie müssen mir glauben! Es war ein Mann, aber mit einer ziemlich hohen Stimme, mehr kann ich Ihnen nicht sagen!«

»Schon gut, den kenne ich. Er ist übrigens auch tot.«

Der Richter schwankte zwischen Erstaunen und Erleichterung.

»Auch tot?«

»Ja. Genau wie der kleinere von den beiden, die hier waren. Aber die hatten Hintermänner, die suche ich jetzt.«

»Großer Gott, einen Moment hatte ich gehofft, es wäre vorbei …«

»Was ist vorbei?«

Krebbing zögerte. Michael hob die Zigarettenschachtel auf und reichte sie dem alten Mann. Der Richter bediente sich dankbar. Nach einem tiefen Zug hatten das Nikotin und die beruhigende Kraft der Gewohnheit seine Fassung wieder hergestellt.

»Die haben mich in der Hand, wissen Sie? Nach dem Mauerfall dachten wir doch alle, mit der Stasi wäre es vorbei. Aber es hat sich schnell gezeigt, dass die alten Netzwerke noch weiter bestehen. Es wurden Vereine gegründet, Initiativen gestartet, es wurde Propaganda betrieben; alles mit dem Ziel, den Horror der Diktatur zu verschleiern und die Schuld der Akteure aus dem Bewusstsein der Öffentlichkeit verschwinden zu lassen. Das ist auch hervorragend gelungen, mittlerweile beziehen alle diese Schergen eine dicke Rente ... die umso höher ist, je höher der Rang war.

Aber es gibt eine Gruppe ehemaliger Mitarbeiter des MfS, denen das noch nicht genug war. Die nutzen das Material in den Stasi-Akten zu ihrem persönlichen Vorteil. Was in den Akten steht, hat natürlich jemand da rein geschrieben, und dieser Jemand vergisst das ja nicht sofort, wenn er es aufgeschrieben hat. Irgendwann, nehme ich an, haben sich ein paar dieser Leute zusammengetan und festgestellt, dass sie ihr Wissen in erpresserischer Weise einsetzen können. Die Bundesbehörde für die Stasi-Unterlagen wurde ja bekanntlich sehr schnell unterwandert, vielleicht auch, um diesen Leuten die Belege für das zu beschaffen, was sie noch im Kopf hatten. Jedenfalls stelle ich mir das so vor.«

»Sie wurden auch erpresst?«

»Ja.«

»Womit?«

»Kann Ihnen das nicht egal sein?«

»Das entscheide ich dann.«

»Meine Tochter ... nun, Sie wissen ja, wie Jugendliche sind ... Sie hatte damals diese rebellische Phase ...«

»Was denn? Hat sie Parolen auf Wände gesprüht?«

»Nein ... sie ... sie kam in die falschen Kreise ...«

»Wann war das?«

»Das war Mitte der Achtziger.«

»Hören Sie: Das ist lange her. Ich kenne Ihre Tochter nicht. Ich habe nicht vor, Sie zu erpressen. Ich will nur den Hintergrund wissen. Also!«

»Sie ist von zu Hause ausgerissen, ich habe ein halbes Jahr nichts von ihr gehört. Dann kam ein anonymer Hinweis und ... sie war in Amsterdam ...«

»Amsterdam steht dafür, dass sie drogenabhängig war?«

»Ja ...« Das war noch nicht alles.

»Sie ist auf den Strich gegangen?«

»Ja, aber das ist lange her! Sie ist jetzt verheiratet und hat zwei Kinder!«

»Und weil die Blagen und Papa nicht wissen dürfen, dass Mama früher für einen Schuss die Beine breit gemacht hat, hetzen Sie mir Mörder auf den Hals. Vielleicht sollten Sie mal darüber nachdenken, ob der gute Ruf Ihrer

Tochter ein Menschenleben wert ist … und ich will gar nicht wissen, ob ich der Erste war, den Sie dafür geopfert haben!«

Michael presste die Lippen zusammen und die Worte zwischen ihnen hindurch, um nicht zu brüllen; er konnte seine Empörung nur mühsam unterdrücken. Er fuchtelte mit seinem Zeigefinger vor dem Gesicht des alten Mannes herum, bis ihm klar wurde: Krebbing hatte Todesangst.

Michael senkte den Arm.

»Tut mir leid. Auch, dass ich Sie geschlagen habe. Um mich herum werden Leute ermordet, ich habe keine Ahnung, warum. Der Mann mit der hohen Stimme war fünfzehn Jahre lang mein Kollege. Wir mochten uns nicht gerade. Aber gestern hat er versucht, mich umzubringen. Ich weiß nicht mehr, wem ich trauen kann.«

Krebbing zündete sich eine weitere Zigarette an und nahm ein paar Züge.

»1988 ist man an mich herangetreten mit Fotos von meiner Tochter, in eindeutiger Situation. Man sagte mir, es gäbe Filmaufnahmen, die sie beim Spritzen von Heroin und beim Geschlechtsverkehr mit Freiern zeigten. Man gab mir drei Tage.«

»Ok, ich kann mir vorstellen, dass die Stasi Ihre Tochter in diese Situation manövrierte, damit man etwas gegen Sie in der Hand haben würde. Warum waren Sie damals wichtig genug für solche Maßnahmen?«

»Ich war beim Generalbundesanwalt für verschiedene Ermittlungen zuständig, die die KoKo betrafen.«

»KoKo?«

»Kommerzielle Koordinierung. Die KoKo war in der DDR hauptsächlich für die Devisenbeschaffung zuständig. Aber ein Teil ihrer Tätigkeit drehte sich um die Beschaffung von Embargowaren, also zum Beispiel Militärtechnik, die von uns natürlich nicht in Länder des Warschauer Paktes exportiert werden durfte. Ich ermittelte gegen Scheinfirmen, die in Westdeutschland als Tarnung für solchen Schmuggel gegründet worden waren.«

»Und diese Ermittlungen sollten Sie einstellen, dafür gab es dann das Material, das Ihre Tochter belastete?«

»Ja. Ich ging nicht darauf ein.«

Krebbing nahm einen tiefen Zug, bevor er fortfuhr.

»Ich hatte seinerzeit einen guten Chef, er stand zu seinen Untergebenen. Ich ging zu ihm, er sagte: Wir lassen uns nicht erpressen, Sie ermitteln weiter … wenn Sie wollen. Ich wollte. Meine Frau war zwei Jahre vorher gestorben, meine Tochter hatte ich aufgegeben. Mir war nur noch mein Beruf geblieben. Nach Ablauf des Ultimatums rief man mich an. Ich gab dem Anrufer sehr deutlich zu verstehen, was er mit seinen schmutzigen Filmchen machen könne und was ich von ihm halte.«

Krebbings Narben um den Mund verzogen sich zu einem traurigen Lächeln. Er drückte seine halb gerauchte Zigarette sehr sorgfältig in dem

Aschenbecher aus.

»Wiederum drei Tage später geriet mein Wagen auf der Fahrt zum Büro in Brand. Ich schaffte es nicht, mich zu befreien. Ein Passant konnte den Gurt durchschneiden und mich aus dem Auto ziehen. Ich habe sechs Monate im Krankenhaus gelegen und war zwei Jahre rekonvaleszent. In dieser Zeit fiel die Mauer.«

»War der Brand ein Unfall?«

»Man konnte keine Sabotage nachweisen. Vielleicht war es wirklich ein Unglück. Aber Sie verstehen, dass ich das nicht glauben kann? Bei jedem Blick in den Spiegel kommt die Angst wieder hoch. Selbst heute noch.«

Kein Wunder, dass Krebbing fast zusammengebrochen war, als Michael laut wurde. Er schämte sich und versuchte, das Gespräch in eine andere Richtung zu lenken.

»Nach dem Mauerfall waren ihre alten Ermittlungen irrelevant und Sie hatten erst mal Ruhe. Dann wurden Sie irgendwann Richter, und damit wieder interessant?«

»Ja, ein ehemaliger Volksarmist lebte in Köln. Man hatte ihn 1996 angeklagt, für den Tod eines Republikflüchtigen verantwortlich zu sein. Sein Fall landete dann auf meinem Tisch.«

»Ein Mauerschütze? Und? Einer von denen, die nur Befehle befolgt haben?«

»Nein, er stritt alles ab. Die Beweislage war tatsächlich sehr dünn. Es fiel mir nicht schwer, zu seinen Gunsten zu entscheiden.«

»Damals war es aber nicht Fi- der Mann mit der hohen Stimme, der Sie angerufen hat ...«

»Nein, damals war das noch jemand anders; der mit der hohen Stimme hat mich erst ab etwa 2005 kontaktiert.«

Das passt, dachte Michael. Er wusste, dass Fischer in diesem Jahr beim Verfassungsschutz angefangen hatte. Blieb die Frage, ob er schon vorher für seinen anderen Auftraggeber gearbeitet hatte. Und natürlich, wer dieser Auftraggeber ist.

»Sie sprachen eben von der Lobby und einem Netzwerk ehemaliger Stasi-Mitarbeiter ... Sind die Erpresser ein fester Teil der Lobbyisten? Oder ist in Ihrem Fall nur einer der Lobbyisten übereifrig?«

»Um ehrlich zu sein: Ich kann da auch nur vermuten. Aber nachdem ich zum ersten Mal angesprochen worden bin, war ich natürlich sensibilisiert ... andere Prozesse, die ich dann verfolgt habe, endeten ebenfalls mit unerwarteten Urteilen. Oder die Staatsanwaltschaft hatte auffällig schlampig gearbeitet, so dass das Verfahren eingestellt werden musste. Dabei waren das Kollegen, die sonst mustergültig vorgingen ... nur nicht, wenn es um die Staatssicherheit ging.«

Michael überlegte, was diese Informationen mit ihm zu tun hatten. Wenn es wirklich dieses Netzwerk gab, von dem Krebbing sprach, war es für

Glonsbecks Tod verantwortlich? Wollten die einen Konkurrenten aus dem Weg räumen? Aber Glonsbeck hatte seine kopierten Akten nur eingesetzt, um Geld zu erpressen, jedenfalls hatte er das behauptet. Außerdem war mit seiner Ermordung die Konkurrenz ausgeschaltet, es würde also keinen Grund geben, Michael mit solch drastischen Mitteln zu verfolgen. Selbst, wenn die annehmen würden, dass Glonsbeck ihm noch Hinweise auf weitere Akten gegeben hätte, die für sie interessant sein könnten: Drei Polizisten zu töten und ein Feuergefecht mit automatischen Waffen mitten in Köln anzufangen war nicht gerade subtil, nicht der Stil von Erpressern.

Andererseits hatte Fischer das Massaker auf der Polizeiwache zu verantworten. Die schießwütigen Möbelpacker, die Kowalski getötet hatte, standen aller Wahrscheinlichkeit nach ebenfalls auf Fischers Gehaltsliste. Vielleicht hatten die Netzwerker mit Fischers Rekrutierung einen Fehler gemacht? Oder hatten sie ihn gerade deshalb ausgesucht, weil sie einen Mann für das Grobe brauchten?

»Gut, ich habe jetzt eine bessere Vorstellung davon, mit wem ich es zu tun habe. Danke. Und nochmal: Tut mir leid, dass ich Ihnen so zugesetzt habe. Ich dachte, Sie gehören zu denen.«

»Vor Gericht würde Ihnen das nichts nützen, aber als Privatmann kann ich Sie verstehen ... auch, wenn mir die Wange immer noch weh tut. Was werden Sie jetzt unternehmen?«

»Ich habe noch einen oder zwei Hinweise, denen ich nachgehen will, dann schreibe ich einen langen Brief an ein paar Medien, und dann verschwinde ich.

Kann ich vorne raus? Ich wüsste nicht, wie ich von dieser Seite über den Zaun klettern sollte, und es ist schon so dunkel.«

Krebbing führte seinen ungebetenen Gast durch die Villa. Er war etwas wackelig auf den Beinen, Michael ließ ihn stehen und lief die letzten Meter zum Eingang ohne Begleitung. In der Tür drehte er sich um.

»Eins könnten Sie tun: Schreiben Sie alles auf, was Sie mir gerade erzählt haben und schicken Sie es an die Presse und an die Polizei. Dann streicht man mich wenigstens von der Liste der Verdächtigen. Ich weiß, was für Sie auf dem Spiel steht, aber denken Sie an die toten Polizisten!«

Michael unterstrich seine Worte, indem er mit dem Finger in Krebbings Richtung zeigte - eine alberne Geste, als ob er ein Rentner wäre, der einen Schuljungen maßregeln wollte. Der Richter nickte bedrückt. Michael war unentschlossen, ob er Mitleid empfinden oder mit den Schultern zucken sollte. Im Zweifel für den Angeklagten - also versuchte er, dem Richter mit einem Lächeln zum Abschied ein bisschen Mut zu machen.

*

Mit »ein oder zwei Hinweise« hatte er übertrieben. Die einzige Spur, die er noch verfolgen konnte: die Adresse, die auf einer der fünf Kopien notiert war. Eine schwache Spur. Oktober 1985, das war lange her, vielleicht war dieser Kitzhofer schon tot. Selbst, wenn der nur in eine andere Stadt umgezogen war, wäre Michael schon gescheitert.

In dem Polo fand er einen ADAC-Straßenatlas, Ausgabe 1996. Gut genug, die Stadt Schongau würde sich in den letzten 17 Jahren nicht groß bewegt haben. Die Postleitzahl hatte ihn schon vorgewarnt, der Blick auf die Karte bestätigte seine Befürchtung: Schongau lag nicht gerade um die Ecke. Mindestens fünfhundert Kilometer. Im tiefsten Bayern. Mit 45 Pferdestärken. Und vier Gängen. Der Polo hatte noch nicht einmal einen Aschenbecher oder einen rechten Außenspiegel. Von einem Radio ganz zu schweigen. Wer hatte so ein Auto damals gekauft? Masochistische Mönche?

Michael stöhnte und startete den Motor.

MITTWOCH, 25. SEPTEMBER

Fünf Stunden Fahrt, dank dreier Staus gerade mal die Hälfte der Strecke geschafft; vier Stunden unbequemer Schlaf, auf einem winzigen Rastplatz neben der A5, umgeben von Vierzigtonnern, zusammengefaltet auf der Rückbank des untermotorisierten Kackfasses aus Wolfsburg; nochmal vier Stunden Fahrt, der größte Teil mit abgeschaltetem Bewusstsein im Windschatten der LKW.

Jetzt war es acht Uhr morgens, Michael stand vor dem ehemaligen Kloster der Hemdlosen Jakobiner in Schongau. Die Adresse passte. Kitzhofer musste hier gelebt haben. Michael holte die Seite erneut aus seiner Innentasche. Ob Glonsbeck, oder wer auch immer die Adresse auf das Aktenblatt gekritzelt hatte, wusste, dass es die eines Altenheims war? Wahrscheinlich war Kitzhofer nur ein sabbernder alter Mann, der wegen weitläufiger Verwandter in der DDR für die Stasi interessant gewesen war.

»Sie wollen zu Herrn Kitzhofer?« Das Erstaunen der Frau hinter einer Trutzburg von Rezeption zerbrach ihre Maske der Herablassung, mit der sie den Besucher im zerknitterten Anzug begrüßt hatte. Übrig blieb die Miene konstanter Unzufriedenheit, die ihrem tatsächlichen Alter zehn Jahre hinzufügte. Die ist doch gar nicht so viel älter als ich, dachte Michael. Tja, wenn man alles scheiße findet, sieht man wohl auch selber scheiße aus. Eine Variante dieser Weisheit hatte man auch auf ihn anwenden können, ermahnte er sich.

»Ja, genau. Ist das ein Problem?«

»Nein, natürlich nicht ... Ich bin nur etwas überrascht, das ist alles. Sind Sie ein Verwandter?«

»Ist das Bedingung?« Die stellvertretende Lagerkommandantin war ihm etwas zu neugierig. Sie war Widerspruch nicht gewohnt, aber da er die Antwort mit seinem charmantesten Lächeln garniert hatte, blieb ihr keine Chance, ihn barsch abzufertigen. Sie kramte in ihrem Mimik-Fundus und fand nach einigen Sekunden etwas, das sie wahrscheinlich für strahlende Freundlichkeit hielt.

»Aber nein, aber nein, entschuldigen Sie bitte ... es ist nur so: Der Herr Kitzhofer ist schon lange unser Gast, aber er hat noch nie Besuch empfangen dürfen ... und dabei ist er so ein lieber alter Herr! Unser Personal spricht nur in den allerbesten Tönen von ihm!«

Das heißt wohl, dass er sich auf dem geistigen Niveau einer Pflanze befindet und sich nicht gegen seine Medikation wehrt, aber trotzdem noch alleine zum Klo gehen kann, dachte Michael.

»Wenn Sie mir nun noch seine Zimmernummer verraten würden …«

»Sehr gerne.« Zum Abschluss des Duells in falscher Freundlichkeit markierte die Empfangsdame den Weg zu Kitzhofers Zimmer auf einem A4-Blatt, das sie Michael in die Hand drückte.

*

Zwei Minuten später stand er vor einer der vielen offenen Zimmertüren und blickte auf einen alten Mann, der mit geschlossenen Augen auf einem imitierten Biedermeier-Sofa lag. Er klopfte leise an den Türrahmen. Zu seiner Überraschung öffnete der Greis sofort die Augen und sah ihn direkt an.

»Ja, bitte?«

»Sind Sie Herr Walter Kitzhofer? Mein Name ist Michael Eichendorf …«

»Sollte ich Sie kennen?«

»Nein.«

»Doch kein Alzheimer!« Kitzhofer zwinkerte Michael zu und winkte ihn in das dunkle, aber sehr ordentlich eingerichtete Zimmer, während er sich aufsetzte. Er fuhr sich mit den Händen über den Kopf, um sich zu vergewissern, dass die sorgfältig frisierten Haare noch an der richtigen Stelle lagen.

»Eichendorf, sagen Sie? Wie der Dichter?«

»Genau, aber nur mit einem ›f‹.«

»Also nicht wie der Dichter … Seien Sie froh, es gibt nichts Schlimmeres als die deutsche Romantik … Ich freue mich natürlich, dass mich jemand besucht, aber ich würde doch gerne wissen, was Sie wollen …«

Kitzhofer mochte fast doppelt so alt sein wie Michael, seine Bewegungen waren langsam und wurden von gelegentlichem Stöhnen begleitet, aber sein Verstand war weit von jeder Gebrechlichkeit entfernt. Er musterte seinen Besucher mit wachen Augen, die kein bisschen trüb oder abwesend waren, wie Michael das bei anderen alten Leuten gesehen hatte. Ihm wäre es fast nicht aufgefallen, aber der alte Mann hatte während der ersten Sätze seinen bayrischen Dialekt abgelegt und sprach jetzt in der Mundart, die in der Gegend um Köln und Bonn für Deutsch gehalten wird. Er sah keinen Grund, Kitzhofer etwas vorzumachen und entschied sich für den direkten Weg.

»Ich möchte Sie befragen wegen der Unregelmäßigkeiten, die Sie dem Bayrischen Landesamt für Verfassungsschutz 1985 mitgeteilt haben.« Er zog seinen Ausweis aus der Brieftasche und reichte ihn Kitzhofer, der das laminierte Papier sorgfältig begutachtete.

»Klopft das Bundesamt dem Landesamt nach beinahe dreißig Jahren auf die Finger?«

»Nein. Zumindest noch nicht. Man hat uns eine Stasi-Akte zum Kauf angeboten. Um deren Echtheit zu prüfen, wurden uns einige Blätter daraus in

Kopie zur Verfügung gestellt. Wir haben Sie als eine der Personen identifiziert, die darin erwähnt werden.«

Michael zog das Blatt mit Kitzhofers Namen und Adresse aus seiner Jackentasche. Er wunderte sich, wie leicht es ihm fiel, zu lügen. Oder zumindest die Wahrheit zu seinen Gunsten zu interpretieren.

»Hier: Hassbauer. Das sind Sie, oder?«

»Ja, sieht so aus … Aber dass ich für die Stasi interessant war, heißt ja nicht, dass ich … Sie wissen schon.«

»Schon gut, Herr Kitzhofer. Niemand will Ihnen etwas unterstellen. Der Text hier gibt ja auch keinerlei Anlass dazu. Wir wollen nur die Geschichte dahinter hören.«

»Aber diese Geschichte sollten Sie doch in Ihren eigenen Akten stehen habe? Oder zumindest beim Landesamt … fragen Sie doch bei denen.«

Kitzhofer war wirklich geistig beweglicher, als Michael recht sein konnte. Und er fühlte sich angegriffen - wer wollte schon mit der Stasi in Verbindung gebracht werden?

»Wir haben nur eine kurze Notiz, mit der konnten wir Ihren Namen herausfinden. Aber die ganze Geschichte kennen wir leider nicht. Die Kollegen hier haben damals wohl keine Notwendigkeit gesehen, uns komplett ins Bild zu setzen. Das hat uns ja gerade stutzig gemacht, vielleicht haben die damals was vertuscht. Dann würden wir denen natürlich auf die Finger klopfen, wie Sie eben sagten. Andererseits kann diese Stasi-Akte, die man uns angeboten hat, auch eine Fälschung sein. Dann würden wir uns vor den Kollegen in Bayern natürlich mächtig blamieren, wenn wir die danach fragen. Sie wissen doch, wie das ist: Es gibt immer Rivalitäten zwischen den Abteilungen. Also wenden wir uns an Sie. Sie sind ein unabhängiger Zeuge.«

»Gut, das leuchtet mir ein. Also, eine Blamage brauchen Sie nicht zu befürchten, zumindest diese Seite da bezieht sich auf Fakten …«

»Wäre nett, wenn Sie mir erzählen würden, was damals los war. Was ist zum Beispiel mit Alfons Seidel?«

»Soviel gibt's da nicht zu erzählen: Ich habe seinerzeit im Einwohnermeldeamt von Kaufbeuren gearbeitet. Eines Tages, irgendwann im September '85, zog dort eine Familie mit Namen Meissner hin. Er war Jahrgang 1927. Die Frau hieß Cäcilia, Mädchenname Ehard, geboren am 3. Juli 1953 in Schongau …«

»Und?«

Die Geschichte des Alten mochte nicht viel hermachen, aber er war offenbar entschlossen, sie ordentlich zu melken. Seine Augen hatten während der Kunstpause wieder den spitzbübischen Glanz angenommen, den Michael schon zu Beginn des Gesprächs festgestellt hatte.

»Ich war 22, als die kleine Cäcilia geboren wurde. Meine Eltern kannten die Ehards gut, das waren nette Leute …«

Er nahm einen Schluck Wasser, um die dramaturgische Schraube noch ein bisschen weiter anzuziehen. Erst, nachdem er das Glas wieder auf das Nachtschränkchen gestellt hatte, fuhr er fort.

»Wir waren alle sehr traurig, als das Mädchen im Alter von drei Wochen gestorben ist ... Heute weiß man ja von plötzlichem Kindstod ... Aber damals galt so etwas noch als Zeichen und die Leute tuschelten, was die Ehards für Leichen im Keller hätten, dass der Herrgott sie so bestraft ... schlimmer Tratsch.«

»Sehr schlimm. Aber 32 Jahre später zieht die arme Verstorbene nach Kaufbeuren.«

»Richtig. So groß ist Schongau nicht, dass am gleichen Tag ein Mädchen mit dem gleichen Namen ... Sie verstehen.«

»Ja. Was haben Sie unternommen?«

»Naja, Sie sind vielleicht zu jung, um das zu verstehen ... Der Kalte Krieg, die DDR ...Im Jahr vorher hatte der Iwan angekündigt, dort Atomraketen aufzustellen ... Und erst im August '85 war Tiedge, ein Verfassungsschützer, übergelaufen ... einige Sekretärinnen in wichtigen Positionen setzten sich in den Osten ab ...«

»Sie vermuteten, dass die angebliche Cäcilia Ehard eine DDR-Spionin wäre.«

»Richtig ... und ihr Papier gibt mir recht, nicht wahr? Ich habe dann im Rahmen meiner Möglichkeiten ein bisschen weiter geforscht, aber da ist nicht viel bei raus gekommen ... 1985 sind ungefähr 300 Leute nach Kaufbeuren gezogen, außer der Ehard waren nur noch zwei Männer gebürtige Schongauer. Zu den anderen Städten hatte ich keine Kontakte, da konnte ich nichts ausrichten. Aber in Schongau habe ich mich ein bisschen umgehört ... Der eine von den Männern war der Seidel, der dort erwähnt wird. Es gab einen Seidel-Jungen mit passendem Geburtsdatum, aber der ist als kleines Kind an Lungenentzündung gestorben ...«

»Das konnte dann kein Zufall mehr sein«, sagte Michael.

»Nein ... Bei der Ehard hätte man ja noch Schlamperei oder eine Verwechslung annehmen können ... aber bei zwei solchen Fällen ... Ich habe dann den Verfassungsschutz verständigt ... Aber nicht irgendeinen unteren Rang ... ich bin gleich zum Leiter marschiert. Das war damals der Schlüter ...«

»Der Schlüter? Eckhard Schlüter?«

»Ja ... der heutige Generalsekretär der CSU ...«

»Ich wusste nicht, dass der mal beim VS war. Ich dachte immer, der wäre irgendwie mit Franz Josef Strauß verbandelt gewesen.«

»Doch, doch ... bis Mitte der Neunziger, glaube ich. Aber das hindert einen ja nicht daran, auch in der CSU aktiv zu sein, oder?«

»Nein, eher im Gegenteil. Das richtige Parteibuch war noch nie ein Fehler.«

»Ich glaube, Sie tun Schlüter unrecht. Mit dem ganzen Filz, den Ihr

Nordlichter uns Bayern immer unterstellt, hatte der nichts zu tun. Ein hochanständiger Mann! Ich hatte ihn ein paar Jahre zuvor mal persönlich kennengelernt ...«

Kitzhofer hatte recht: Schlüter war einer der wenigen Politiker, die über die Parteigrenzen hinweg respektiert wurde. Und selbst in der deutschen Bevölkerung nördlich des Weißwurst-Äquators wollte man den Bayern nicht allzu schlecht reden.

»Als ich damals zu ihm gegangen bin, habe ich natürlich befürchtet, dass er mich nicht ernst nimmt ... ich war schließlich nur ein kleiner Verwaltungs-Angestellter ... Aber er hat mir sehr aufmerksam zugehört ... und zugestimmt, dass mein Verdacht berechtigt sei. Er hat mich gebeten, die Angelegenheit weiterhin vertraulich zu behandeln ... weil ja, wie gesagt, schon einige Spionage-Affären in dem Jahr passiert waren ... Er sagte, wenn wir den Deutschen noch mehr solcher Skandale aufbürden würden, schwände das Vertrauen in die Geheimdienste ... obwohl dort eigentlich gute Arbeit geleistet würde, aber es seien eben doch nur Menschen, die dort arbeiten ...

Ich bin ja nicht dumm ... Ich habe schon gemerkt, dass er mich um den Finger wickeln wollte ... Schließlich hätte man ihn mitverantwortlich gemacht, wenn heraus gekommen wäre, dass sich DDR-Spione in Bayern ansiedelten ... Aber zwei Wochen später hat er mich angerufen und mir erzählt, dass die Untersuchungen, die er eingeleitet hätte, tatsächlich noch weitere verdächtige Personen zutage gefördert hätten. Einige seien verhaftet worden, andere wären verschwunden ... Vermutlich wären sie gewarnt worden und in die DDR geflüchtet.

Er hat mich gelobt und betont, dass ohne meinen Verdacht diese Leute gewiss einigen Schaden angerichtet hätten. Aber er fürchtete, dass ich in Gefahr sei ... vielleicht zum Opfer einer Rache-Aktion werden könnte, falls noch Spione in Bayern übrig wären ... Deshalb hat er mir eine Stelle in Bonn verschafft ... Er hätte mich gerne in den gehobenen Dienst befördert, aber dafür fehlte mir die Fachhochschulreife. Ich habe dann im mittleren Dienst einige Zulagen bekommen, die mir eigentlich nicht zustanden ... Das war eine Art inoffizielle Belohnung ...«

Und gleichzeitig der diskrete Hinweis für Kitzhofer, über diese Angelegenheit besser kein Wort zu verlieren, dachte Michael.

»Damit war dieses Thema für Sie erledigt?«

»Ja ... Mit der Wiedervereinigung war das ja alles hinfällig ... Und 1996 bin ich pensioniert worden. Gerade rechtzeitig, sonst hätte ich noch nach Berlin umziehen müssen ...«

»Und wer will da schon hin? Gut, Herr Kitzhofer. Berber oder Schiller, sagen Ihnen diese Namen etwas?«

Der Rentner musterte das Blatt erneut und überlegte kurz, schüttelte dann den Kopf.

»Nein, gar nichts. Aber wenn ich das lese, war Berber bei der Stasi für diese Aktion verantwortlich, und Schiller hat auf unserer Seite mitgeholfen, oder?«

»Ja. Das sind auch Decknamen. Ich hatte die unbestimmte Hoffnung, bei Ihnen würde etwas klingeln. Hätte ja sein können.«

»Tut mir leid, dass ich Ihnen nicht weiter helfen konnte, Herr Eichendorf.«

»Im Gegenteil, ich sehe jetzt schon viel klarer.«

Das war gelogen.

*

Michael hatte sich bei Kitzhofer bedankt, verabschiedete sich und verließ, in Gedanken versunken, das Zimmer. Auf dem Flur kamen ihm zwei kräftig gebaute Männer entgegen, Handwerker. Sie wichen ihm aus, aber als er zwischen ihnen hindurch gehen wollte, griffen sie seine Arme. Er wollte protestieren und sich befreien, aber einer der beiden zischte »Maul halten!« unter seinem prächtigen Vollbart hervor und hielt ihm eine Pistole an den Kopf. Sie bugsierten Michael durch eine der offenen Türen und drückten ihn in einen Holzstuhl. Rechts von ihm schlief ein Greis mit eingefallenen Wangen dem Tod entgegen, unbeeindruckt von den drei Männern in seinem Zimmer. Seine linke Hand zuckte, als ob aus dem Beutel oben am verchromten Rollgestell winzige Portionen flüssigen Lebens durch die Nadel des Tropfers in seinen Arm rinnen würden.

Der Vollbart hielt Michael mit der Pistole, einer Walther P1, in Schach und beriet sich leise mit seinem schnurrbärtigen Partner. Schnurrbart verließ das Zimmer.

»Schön sitzen bleiben!« Vollbart schloss die Tür und lehnte sich mit dem Rücken daran. Er war eine Handbreit kleiner als Michael, aber wenigstens vierzig Kilo schwerer. Zwanzig davon waren Muskelmasse.

»Was soll das? Wer sind Sie und was wollen Sie von mir?«

»Wir haben was gegen Schnüffler.« Er verschränkte die Arme über seinem stattlichen Bierbauch. Michael überlegte, wie er Vollbart überwältigen könnte, aber der Weg zwischen den beiden Männern war zu lang. Bis Michael die Hälfte überwunden hätte, würde sein Kontrahent ihn in aller Ruhe anvisieren können.

In der Zwischenzeit, da war Michael sicher, ging Schnurrbart zu Kitzhofer.

»Was machen Sie mit Kitzhofer?«

»Geht Dich nichts an. Und jetzt: Halt's Maul.«

»Wer hat Euch geschickt? Geht es um …« Michael blieb der Satz im Hals stecken, als er den Mann auf sich zukommen sah. Die Faust des Vollbarts ging auf seinen Solar Plexus nieder wie ein zorniger Gott. Die Wucht des Aufpralls lief durch seinen Körper wie die Druckwelle einer Bombe und ließ den Stuhl unter ihm zusammenbrechen. Während Michael versuchte, die Schwärze vor seinen Augen zu vertreiben und wieder zu Atem zu kommen, war Vollbart zur Tür zurückgekehrt. Er wartete, bis sein Opfer wieder aufnahmefähig war.

»Ich habe gesagt, Du sollst das Maul halten. Also sei still, sonst haue ich Dir den Kopf runter!«

*

Nach ein paar Minuten wurde der Mann nervös. Sein schnauzbärtiger Partner brauchte wohl länger als geplant. Vollbart verließ seinen Posten aber nicht. Er verlagerte sein Gewicht von einem Fuß auf den anderen, lehnte aber immer noch an der Tür.

Die Initiative, Eichendorf. Die Initiative ergreifen. Immer handeln, nie reagieren müssen.

»Sieht so aus, als ob Dein Kumpel Schwierigkeiten hätte.« Vollbart zog die Brauen hoch, sagte aber nichts.

»Kitzhofer wird ihn mittlerweile im Klo herunter gespült haben, wenn der auch so ein Schlappschwanz ist wie Du.«

»Hat Dir eben das nicht gereicht? Willst Du noch eine aufs Maul?«

»Du hast mich überrascht, zugegeben. Aber die Tochter meiner Nachbarn hat mehr Wumms in den Fäusten. Und die ist erst zwölf.« Michael setzte sich auf die Bettkante. Eines der Stuhlbeine lag in seiner Reichweite. Er zog es mit der Fußspitze noch etwas zu sich.

»Halt's Maul.«

»Beweis mir das Gegenteil, Prinzessin.«

Der Muskelprotz grinste böse und legte die P1 auf der Kommode neben der Tür ab. Als wollte er damit sagen: Du kommst sowieso nicht an mir vorbei. Er ging langsam auf Michael zu, verschränkte seine Finger und ließ die Gelenke knacken. Michael wartete in gespielter Ruhe ab, bis sein Gegner etwas mehr als die Hälfte der Distanz zurückgelegt hatte, dann bückte er sich und hob das Stuhlbein auf. Vollbart schien enttäuscht, dass Michael nicht fair kämpfen wollte.

»Wird Dir auch nicht nützen, Preuße!« Er ballte die Fäuste und hob die Arme zur Deckung, höher als bei einem Faustkampf, damit er Schwünge mit dem Stuhlbein mit den Unterarmen blocken könnte.

Vollbarts Elle war vielleicht härter als der improvisierte Knüppel. Michael holte aus, sein Gegner hob die Arme noch ein bisschen höher. Michael landete einen Treffer auf dem linken Handrücken und hörte mindestens einen Mittelhandknochen brechen.

Der Mann schrie auf und schlug in blinder Wut mit seiner Rechten nach Michael. Der hatte den Schlag erahnt und war ausgewichen, aber er hatte die Geschwindigkeit des Dicken unterschätzt. Die Faust traf ihn wieder vor die

Brust, schwach, aber es reichte, um ihn aus dem Gleichgewicht zu bringen. Er stolperte rückwärts und riss im Fallen das Gestell des Tropfers um. Die Tüte mit der Medizin landete in Michaels Schoß, dann folgten mit metallenem Klappern die Stahlrohre.

Vollbart stand einen Meter vor Michael und rieb sich die linke Hand. Er wollte gerade zu einem Tritt ansetzen, als Michael eine Stange des Tropfergestells hochriss und damit auf die Brust des Dicken zielte. Vollbart wich langsam zurück, Michael stand auf. Er versuchte, den Rest des Gestells wieder aufzurichten, um die Nährlösung über die Höhe der intravenösen Nadel zu bringen. War der Greis noch etwas grauer geworden?

Sein Gegner machte einen Schritt nach vorn, griff nach der Stange und wand sie aus Michaels Hand, einfach so. Die verdammten Bayern mit ihrem Maßkrug-Stemmen und Fingerhakeln, dachte Michael. Er schnappte sich das Fußteil des Gestells und hielt es zu seiner Verteidigung hoch. Die beiden Männer standen sich einen Moment gegenüber wie Schwertkämpfer, dann fiel dem Dicken ein, dass er noch eine Pistole hatte. Er bewegte sich langsam rückwärts auf die Türe zu. Michael erkannte den Plan. Die einzige Gegenmaßnahme, die ihm einfiel, war, das Gestell wie eine Lanze einzusetzen. Er stürmte auf den Mann zu, aber der wich rückwärts aus, bis er mit dem Rücken an die Tür stieß. Statt Michaels Manöver zu parieren, ließ er sein eigenes Möchtegern-Schwert fallen und griff nach der P1. Er war zu langsam. Michael bohrte ihm die spitze Chromstange in den Bauch, verblüfft, dass sein Gegner den Stoß nicht abgewehrt hatte.

Der Dicke schaute an sich herab. Die Verletzung schien ihm nicht viel auszumachen, eher war er wütend, dass Michael überhaupt so weit gekommen war. Vollbart hob die Pistole.

*

Ein dumpfer Schlag gegen die Tür, der Dicke sagte: »Was … Ich …« Er sah verständnislos zu Michael herüber. Vollbarts Beine entspannten sich, seine Blase ebenfalls. Er ließ die Waffe los. Michael zog an der Stange, mit der er seinen Gegner an die Tür genagelt hatte, aber seine Hände fanden kaum Halt auf dem blutverschmierten, glatten Metall. Schließlich gab es einen Ruck, der Dicke sackte ihm in die Arme. Aber er war viel zu schwer, Michael konnte ihn nicht halten. Der Mann fiel vornüber. Er landete auf dem Bauch, trieb das Rohr wieder weiter in den Körper, bis sein Wanst auf den Auslegern der Rollen ruhte. Auf seinem Rücken hatte sich ein riesiger roter Fleck ausgebreitet, allerdings nicht nur um die ausgetretene Stange herum. In Höhe des Herzens entdeckte Michael einen Riss in der Jacke des Toten.

Von der Tür leuchtete ihm eine Kopie des Blutflecks entgegen. An dessen oberen Rand war das Furnier der Tür aufgeplatzt. Michael sah genauer hin und entdeckte einen schmalen Spalt. Jemand hatte durch die Tür ein Messer in das Herz des Mannes getrieben.

Michael rollte die Leiche beiseite. Er nahm die Pistole des toten Bayern und überzeugte sich, dass sie geladen war. Er öffnete vorsichtig die Tür und spähte in den Flur.

Nichts zu sehen.

Er ging zu Kitzhofers Zimmer. Zu spät, wie befürchtet. Der alte Mann lag auf seinem Sofa, die Augen weit aufgerissen, die zuvor sorgfältig gekämmten Haare zerzaust. Das Sofa-Kissen passte nicht zu dem Sessel, in dem Michael vor kurzer Zeit noch gesessen hatte. Er legte den Handrücken auf das Kissen und fühlte Reste der Wärme und Feuchtigkeit, die Kitzhofers letzte Atemzüge in den Bezug gehaucht hatten. Von seiner Hand tropfte Blut und hinterließ einen dunkelroten Abdruck.

Unter dem Türspalt des Kleiderschranks kroch ein Rinnsal gleicher Farbe hervor und bahnte sich seinen Weg durch die mikroskopischen Unebenheiten des PVC-Bodens. Michael öffnete vorsichtig die Schranktür, mit der P1 im Anschlag. Er zielte auf eine Leiche: Die gebrochenen Augen des Schnauzbarts starrten auf einen Punkt sehr, sehr weit hinter Michaels Füßen. Der Schnitt durch seinen Hals war kaum zu sehen, weil sein Kinn auf der Brust lag, aber das blutdurchtränkte Sweatshirt ließ keinen Zweifel an der Todesart.

Der Wahnsinn nahm kein Ende. Michael spürte, wie Magensaft seine Speiseröhre hinaufstieg, aber er konnte den Drang, sich zu übergeben, noch unterdrücken. Er war wieder in einen Krieg geraten.

Ein junger Pfleger kam in das Zimmer, sah Michael, immer noch mit der Pistole in der blutverschmierten Hand, sah den toten Kitzhofer, die Leiche in dem Kleiderschrank. Er zog die falschen Schlüsse und wollte flüchten.

»Stehenbleiben!« Michael zielte auf den Rücken des Burschen, sein Zeigefinger legte sich um den Abzug. Der Junge erstarrte.

»Hierher!« Am ganzen Körper zitternd kam der junge Mann näher, bis er einen Meter vor Michael stand. Tränen rannen seine Wangen hinab und verfingen sich in dem Flaum, der mal ein Bart werden wollte. Michael schob ihn durch den Flur, in das Zimmer, in dem er bis vor zwei Minuten gefangen gewesen war. Der Junge stockte, als er die Leiche von Vollbart sah, aber Michael drückte ihn in den Raum.

»Wir haben eben den Tropfer von dem Mann abgerissen, mach ihn wieder dran.«

Der Pfleger steckte den Schlauch in die Kanüle und hielt den Klarsichtbeutel mit der Lösung hoch. Michael überlegte, ob er das Metallgestell wieder zusammensetzen sollte, aber dann musste er das Unterteil von dem Dicken befreien. Oder die Leiche neben das Bett rollen. Der Junge machte nicht den Eindruck, als ob er dem Anblick solcher Aktionen noch standhalten könnte. Sollte er lieber mit dem Beutel dort stehen bleiben.

»Der Tropfer war nur ein paar Minuten draußen - ist das schlimm?«

Der junge Mann schüttelte nur mit dem Kopf. Gut, nicht noch ein Opfer.

»In einer Viertelstunde kannst Du einen Arzt rufen, von mir aus auch die Polizei. Keine Minute früher. Falls ich noch hier bin, wenn die kommen, wird es weitere Tote geben. Vielleicht schaffe ich es auch noch bis hierhin zurück. Verstanden?«

Kopfnicken. Der Junge war eingeschüchtert.

Michael schloss die Tür und ertappte sich bei dem boshaften Gedanken, dass die Arbeit im Altenheim auch keine Garantie für ein friedliches Leben war. Aber er bereute seinen Zynismus, als ihm bewusst wurde, dass er dem armen Kerl fast in den Rücken geschossen hätte. Hätte er? Wenn der nicht stehen geblieben wäre?

Nein, hätte er nicht. Er war sich sicher. Ziemlich sicher. Dann schob er diesen Gedanken beiseite und wandte sich einer dringenderen Frage zu: Woher hatten die beiden gewusst, dass er hier war? Darauf konnte es nur eine Antwort geben. Michael steckte die Pistole in den Hosenbund und lief zum Treppenhaus.

*

»Sie werden jetzt mit mir kommen, ohne einen Mucks zu machen.«

Die Empfangsdame starrte den lebenden, unbegleiteten Michael an. Das Blut auf seinem Anzug wies deutlich auf das Schicksal der beiden Schläger hin. Michael zog die P1 und stieß mit dem Lauf brutal vor die Stirn der Frau.

»Oben liegen schon drei Tote ...« Er war nur für einen verantwortlich, zumindest teilweise. Und er hatte keine Ahnung, wer der Mörder mit dem Messer war. Aber das musste sie ja nicht wissen. Der Stoß und die Drohung verfehlten ihre Wirkung nicht: Sie stand auf, nahm die Hände hoch und kam zögerlich hinter ihrem Tresen hervor. Die Königin hat ihre Burg verlassen und damit ihre Macht verloren, dachte Michael. Er warf einen Blick auf das Namensschild.

»Hast Du ein Auto, Frau Oberlechner?« Die Frau nickte. Drei Minuten später saß sie am Steuer ihres Ford Focus, Michael mit der P1 im Anschlag neben ihr. Sie hatte in stummer Angst beobachtet, wie er seinen Koffer aus dem Polo geholt und auf die Rücksitze ihres Autos gelegt hatte, aber jetzt wagte sie eine Frage.

»Wohin fahren wir?«

»Richtung Hohenfurch.«

Sie startete ihren Wagen ohne Widerspruch und fuhr los. Kurz hinter dem Ortsausgang überraschte Michael sie mit der Anweisung, nach rechts auf einen Feldweg abzubiegen.

»Ich dachte, Sie wollen nach Hohenfurch?«

»Nur die Richtung. Hier wieder rechts.« Er dirigierte sie über einen staubigen Schotterweg, ohne ein genaues Ziel zu haben. Auf der Hinfahrt war ihm ein Stück Wald östlich der Straße aufgefallen, er hoffte, dass sie nun dort landen würden. Tatsächlich hatte er Glück: Der Feldweg führte an den Bäumen vorbei. Er befahl ihr, zu halten, aus dem Ford zu steigen und in den Wald zu gehen. Sie konnte die Augen nicht von seiner Pistole nehmen. Er fühlte sich schäbig, die Frau in dem Glauben zu lassen, dass er sie erschießen würde, aber ihm fiel keine andere Möglichkeit ein, ein paar Informationen aus ihr herauszupressen.

Sie liefen etwa zweihundert Meter, bis er sicher war, dass sie vom Weg aus nicht mehr gesehen werden konnten.

»Bleib stehen, Frau Oberlechner. Setz Dich!« Sie nestelte nervös an ihrem Halstuch, sah ihn flehend an, aber er schaffte es, seiner Rolle als harter Typ treu zu bleiben und deutete mit der Pistole auf den Stamm einer Erle, die dem Wind vor etlichen Jahren nicht mehr hatte trotzen können.

»Hör zu, Du Schlampe: Du sagst mir jetzt, was ich wissen will, sonst breche ich Dir einen Arm, klar? Und das ist dann erst der Anfang …« Michael dachte an den vergangenen Tag, als er Krebbing verhört hatte. Erst foltere ich einen alten Mann, jetzt eine Frau - nicht gerade der Stoff, aus dem Heldenepen gestrickt werden. Dazu musste er sich eingestehen, dass er es ein bisschen genoss, die Frau, die ihn erst hochnäsig behandelt und dann an zwei Mörder ausgeliefert hatte, so zu verängstigen. Ich muss aufpassen, dachte er, dass ich nicht zu lange in den Abgrund schaue.

»Hattest Du Anweisung, Bescheid zu geben, wenn jemand zu Kitzhofer will?«

»Ja!« Sie schrie die Antwort fast. Michael hörte eine Spur Hoffnung heraus. Sie glaubte, ihr Leben retten zu können, indem sie alles verriet.

»Seit wann?«

»Seit Freitag!«

»Wen solltest Du anrufen?«

»Man hat mir eine Handynummer gegeben. Da habe ich dann eine SMS hingeschickt.«

»Wer hat Dir die Nummer gegeben?«

Sie zögerte.

»So kommen wir nicht weiter. Ich bin's leid mit Dir. Das war's dann wohl«, sagte Michael. Er riss den Verschluss der Pistole zurück, ein Druck auf den Fanghebel und der Schlitten schnellte wieder nach vorn - damit hatte er nur die Patrone ausgeworfen, die sich in der Kammer befand. Aber in unzähligen Actionfilmen hielt diese Geste, dieses metallene Ritsch-Ratsch, dafür her, dass es richtig ernst wurde. Michael baute darauf, dass die Oberlechner wie jeder durchschnittliche Fernsehzuschauer von diesem Signal konditioniert worden war. Mit Erfolg.

»Das war Herr Grassmann!«

Grassmann … »die Abt. AGM/S, in Person des Genossen Grassmann …«, so stand es in einem der Aktenblätter. Dass diese Abteilung noch aktiv wäre, und sei es nur im Untergrund, das wollte Michael nicht glauben. Nicht zwanzig Jahre nach dem Ende der DDR. Aber dass jemand alte Verbindungen nutzte, das war plausibel.

»Wer soll das sein?«, fragte er.

»Ich weiß wirklich nicht, wer das ist! Er hat mir gesagt, dass Kitzhofer ein Verräter ist, und er hat mir Geld geboten, damit ich Bescheid gebe, wenn jemand nach ihm fragt!«

Sie schluchzte hemmungslos, ihr Eyeliner lief die Wangen herunter und aus ihrer Nase floss der Rotz. Sie hatte ihm gesagt, was sie wusste und fürchtete nun, dass ihr Opfer ihn nicht besänftigen würde. Michael kam sich vor wie ein Schwein, aber er konnte sie nicht einfach laufen lassen.

Er befahl der Frau, ihren Gürtel auszuziehen und fesselte ihre Hände damit an einen Baumstamm. Ihr Halstuch band er so um ihren Kopf, dass sie nicht allzu laut schreien konnte.

»Ich rufe die Bullen an, damit man Dich findet. Wenn Dich überhaupt einer sucht.« Die letzte Spitze hatte er sich nicht verkneifen können. Scheiß drauf, sie soll froh sein, er hätte ihr auch den Hals umdrehen können. Er lief zu dem Ford und zog seinen zweiten Anzug an. Den blutverschmierten ließ er einfach liegen.

Was jetzt?

Er hatte eine Spur: Grassmann. Sollte er diese Spur verfolgen? Weitermachen? Noch mehr Tote?

Oder abbrechen? Abhauen? Er musste eine zweite Meinung hören. Ommerborn anrufen. Jetzt erst mal weg hier.

Der Polo stand direkt vor dem Altenheim. Dort würden sich mittlerweile Dutzende Polizisten auf die Füße treten. Keine gute Idee, fröhlich pfeifend in ein Auto mit auswärtigem Kennzeichen zu steigen. Und irgendwann würde man das Fehlen der Oberlechner bemerken, nach ihr suchen, nach ihrem Auto. Dann würde der Focus zu heiß werden und er musste sich ein neues Fahrzeug besorgen. Keine Ahnung, woher. Und der Pfleger hatte ihn wahrscheinlich schon beschrieben. Vielleicht gab es auch Kameras in dem Heim. Das fiel ihm jetzt erst ein. Scheiße.

Er war weit davon entfernt, sich erfolgreich aus dem Staub zu machen.

*

Knapp drei Stunden später stand Michael in einer Telefonzelle, in einem Dorf in der Nähe von Karlsruhe. Stupferich. Ommerborn würde an dieses Nest ähnlich schlechte Erinnerungen haben.

»Hallo?«

Thomas Ommerborns Stimme dröhnte aus dem Hörer. Er würde sie unter Tausenden erkennen.

Sie hat eine Bombe!

Gottseidank, die Telefonnummer stimmte noch. Die zweite große Frage war, ob er immer noch so clever war wie damals.

»Hallo, Omme! Hier ist Gurke!« Sprich weiter, dachte Michael, damit er keine Zeit hat für spontane Reaktionen. Aber gib ihm einen Moment zum Überlegen. »Wie lange ist das her, dass wir uns gesehen haben? Fünf Jahre? Oder schon sechs? Ich war gerade in sentimentaler Stimmung, tut mir leid, wenn ich störe ...«

»Geht schon. Schön, dass es Dir wieder besser geht. Letztes Mal warst Du ja etwas unpässlich ...« Gut, dachte Michael, er ist skeptisch, aber er spielt erst mal mit.

»Ja, danke. Hör mal, ich bin gerade zufällig vor der Kneipe, wo wir uns zuletzt gesehen haben und dachte, ich ruf mal an. Mein Handy ist kaputt, aber ich habe tatsächlich noch eine Telefonzelle gefunden, die Münzen nimmt. Aber mein Kleingeld ist gleich alle ... kannst Du mich in dieser Kneipe anrufen, so in einer halben Stunde? Kannst ja im Telefonbuch die Nummer raussuchen. Lass uns ein bisschen über alte Zeiten quatschen, vielleicht können wir uns auch mal wieder auf ein Bierchen treffen?«

»Gut, kann aber noch ein bisschen dauern. Bis später!«

Michael verließ die Telefonzelle und steuerte auf das Fachwerkhaus auf der anderen Straßenseite zu, den Goldenen Hirschen. Er setzte sich an einen Tisch in der hintersten Ecke, bestellte ein Glas Wasser und studierte die Mittagskarte.

Ommerborn klang nicht begeistert. Hoffentlich verstand er Michaels Hinweise und würde nicht von seinem Handy aus anrufen. Oder die Telefonnummer der Kneipe in seinem Büro online abfragen. Nach den Erfahrungen der letzten Tage war Michael fast sicher, dass Ommerborn auch unter Beobachtung stand. Hoffentlich war Ommerborn seinem alten Hauptfeldwebel Eichendorf gegenüber loyal genug, seine Vorgesetzten beim Bundesnachrichtendienst vorerst nicht über diesen Anruf zu informieren. Hoffentlich, hoffentlich, hoffentlich.

Michael überlegte, was genau Ommerborn für ihn tun konnte.

Kitzhofers Geschichte stimmte wahrscheinlich. Alleine deshalb, weil er keinen plausiblen Grund hatte, Michael anzulügen. Und das Blatt der Akte bestätigte die wesentlichen Punkte, wenn auch nur indirekt. Trotzdem konnte Omme vielleicht noch ein paar Details herausfinden. Schlüter musste damals den Bundesnachrichtendienst unterrichtet haben, Spione aus der DDR waren deren Angelegenheit. Vielleicht hatte Schlüter noch ein Wörtchen mitgeredet, aber bei dieser Affäre musste der BND das Heft in die Hand genommen haben. Omme konnte bestimmt noch ein paar Dokumente dazu auftreiben.

Blieb noch der Herr Grassmann. Warum wollte er nicht, dass Kitzhofer redete? Grassmanns alter Arbeitgeber, die DDR, hatte vor knapp einem Vierteljahrhundert pleite gemacht, warum also heute noch einen Greis deswegen umbringen? Oder Polizisten?

Wenn Omme herausfinden konnte, wer Grassmann ist, wenn Michael wusste, mit wem er es zu tun hatte, dann würde er klarer sehen. Ein Ziel erkennen. Dann konnte er überlegen, wie er weiter macht. Und ob er überhaupt weiter machen würde.

*

Der Wirt brachte ein Jägerschnitzel zum Tisch, ohne dass Michael sich erinnern konnte, etwas bestellt zu habe. Jetzt, wo er aus seinen Gedanken wieder in die Realität wechselte, fiel ihm auf, dass es im Goldenen Hirschen noch genau so aussah wie vor fünf Jahren. Grob geschnitzte Möbel aus dunklem Holz, sehr rustikal, der Glanz war durch übertriebenes Polieren leicht schwindsüchtig, schon damals, bei Martin »Gurke« Czajkas Leichenschmaus.

Czajka hatte Tränen in den Augen

Gurkes Eltern hatten Michael und Ommerborn angeschaut, als würden sie von den beiden ehemaligen Kameraden ihres Sohnes eine Erklärung für dessen Selbstmord erwarten. Aber was konnte man ihnen schon erzählen? Dass Martin es nicht hatte ertragen können, Zeuge eines Massenmordes zu sein und den Täter auf Anweisung der Kommandostelle laufen zu lassen? Dass er sich erhängt hatte, um die Bilder in seinem Kopf abzustellen? Michael und Ommerborn mussten auch mit diesen Bildern leben, machte Martin das nicht zu einem Feigling? Die beiden hatten stillschweigend beschlossen, die Eltern gar nicht erst in die Nähe dieses Fehlschlusses zu lassen.

Aber ich hätte es verhindern können, dachte Michael. Wir haben doch gesehen, dass er nach dem Krieg kein Bein mehr auf den Boden bekommen hat. Aber ich war zu sehr mit mir selber beschäftigt. Er musste wieder an Kowalski denken, die mit ihrer Analyse seines Charakters der Wahrheit so nahe gekommen war, und doch so weit daneben gelegen hatte. Sie hatte recht, ihm fehlte Beschäftigung. Aber es musste ja nicht gleich »Action« sein. Vielleicht brauchte er nur Ablenkung vom eigenen Elend. Vielleicht wäre es ihm selber damals schon besser gegangen, wenn er sich mit Martin Czajka versöhnt hätte. Gurke war ein weiterer Toter auf seinem Konto, durch Unterlassung.

Der Appetit war Michael vergangen, lustlos schob er den Teller mit dem gutbürgerlichen, panierten Schnitzel von sich fort.

»Ein Anruf für Herrn Czajka? Sind Sie das?« Der Wirt hielt das Telefon hoch und blickte in Richtung seines einzigen Gastes.

»Ja, das ist für mich.« Michael ging zum Tresen, den halbvollen Teller brachte er gleich mit und ignorierte den Vorwurf in der Miene des Wirts. Er nahm das Telefon und stellte sich ans Ende der Theke. Omme rief zurück! Seine Laune verbesserte sich schlagartig.

»Hier Czajka …«

»Hallo, Micha.«

»Hallo, Omme. Von wo aus rufst Du an?«

»Telefonzelle. Ich opfere gerade einen Nudelauflauf in der Kantine, nur weil Du offensichtlich Angst hast, dass ich abgehört werde.«

»Begehst Du nicht gerade Geheimnisverrat? Ich dachte immer, beim BND ist sogar der Speiseplan top secret?«

»Ist er auch. Schön, dass Du noch Späße machen kannst. Ich hatte immer gedacht: Wenn Du Dich noch mal meldest, dann in … anderer Laune.«

»Ja, aber die Zeiten sind wohl vorbei.« Michael war so sehr davon überzeugt, seine Schwermut und Lethargie überwunden zu haben, dass es ihm schon peinlich war, darüber zu sprechen.

»Omme, ich weiß, das ist nicht die feine Art, nach Jahren anzurufen, sich als Toter auszugeben und dann um einen Gefallen zu bitten, aber ich bin ziemlich plötzlich in eine beschissene Situation geraten, und Du könntest mir vielleicht helfen.«

»Also, seit wir das Haus gekauft haben, bin ich auch recht knapp bei Kasse, aber ein paar Hunderter kann ich bestimmt locker machen …«

»Das ist sehr nett von Dir, aber darum geht es nicht. Ich will Dir am Telefon nicht alles erklären, aber es hat mit der Arbeit zu tun.« Michael hörte, wie sein früherer Vorgesetzter tief einatmete.

»Micha, das ist sehr, sehr dünnes Eis.«

»Weiß ich. Man hat mich da in eine Sache hineingezogen … Es geht um Stasi-Akten. Ich fürchte, das zieht sehr weite Kreise. Das könnte auch Euren Laden betreffen.«

»Eine Verschwörungstheorie?«

»He, ich weiß, wie das klingt. Aber ich bin nicht übergeschnappt! Es hat schon Tote gegeben!« Er musste sich beherrschen, nicht laut zu werden.

»Bist Du zur Polizei gegangen?«

»Ja. Ich will das nicht weiter ausführen, aber das hat nicht geholfen. Hör zu, ich sitze echt in der Scheiße und Du kannst mir helfen. Wenn Du nicht willst, sag es einfach.«

Ommerborn überlegte ein paar Sekunden.

»Kommt drauf an. Lass mal hören.«

»Ich brauche Informationen: Zum einen über eine Aktion der Stasi, Mitte der Achtziger einen Haufen Leute in Bayern einzuschmuggeln, wahrscheinlich Schläfer. Ehard und Seidel sind zwei der Namen. Wahrscheinlich hat Eckhard Schlüter das an Euch weiter geleitet …«

»Schlüter? Der Schlüter? Die weiße Eminenz?« Schlüters Haarfarbe und sein geschicktes Wirken im Hintergrund des Politikgeschäftes hatten ihm diesen Spitznamen eingetragen.

»Ja, der war wohl früher beim bayrischen VS. Wusste ich auch nicht.«

»Ok, das hört sich nicht so super-geheim an. Noch was?«

»Ja. Schau mal, ob Du jemanden finden kannst, der unter dem Namen Grassmann bekannt ist.«

»Das könnten Dutzende sein. Hast Du da nicht etwas mehr?«

»Das muss im Zusammenhang mit diesen Schläfern stehen, mehr kann ich Dir auch nicht sagen.«

»Ok, also irgendein Bezug zu unseren ehemaligen real-sozialistischen Brüdern ... he, ich wusste nicht, dass Du jetzt einen auf James Bond machst!«

»Nicht freiwillig. Du weißt, dass ich nur im Archiv ...« Michael wusste nicht, welche Zeitform er wählen sollte - mit dem Präsens würde er Ommerborn anlügen, mit der Vergangenheit würde er ein Nachhaken provozieren. Beides wollte er vermeiden. Zu seinem Glück ging sein ehemaliger Leutnant nicht auf den versandeten Satz ein.

»Gut, ich sehe mal, ob ich was finden kann. Wenn ich aber der Meinung bin, dass Dich das Ergebnis nichts angeht ... Ok?«

»Ja. Das ist ok. Danke.«

Beide schwiegen einen Moment.

»Siehst Du sie immer noch?«, fragte Ommerborn.

»Ja, fast jede Nacht.«

»Ich auch. Lea ist jetzt in dem gleichen Alter.«

»Aber Deine Tochter wird nicht ...«

»Ja, weiß ich auch. Trotzdem.«

Nach einem weiteren Moment der Stille fand Ommerborn wieder zum Geschäftlichen zurück.

»Ich habe noch ein Handy mit einer unregistrierten Nummer. Ruf mich morgen Abend darauf an, so gegen acht.«

Michael notierte die Nummer auf einem Bierdeckel, die beiden verabschiedeten sich.

*

»Lea ist jetzt in dem gleichen Alter.«

Das Mädchen lief an ihm vorbei, lächelte ihn an. Vom Tor kam ein Knall, und wo eben noch ihre Eltern gestanden hatten, breitete sich eine Wolke aus Staub und Blut aus.

Sie hat eine Bombe! Michael hörte Ommerborns Schrei.

Der erste Schuss riss ein Loch in ihre Lunge und ließ einen Schwall Blut aus ihrem Mund steigen, wie eine Rose, die auf dem Porzellan ihres bleichen Gesichts erblühte.

»Fehlt Ihnen was?« Der Wirt, im Heute.

»Nein ... Danke, geht schon wieder.«

»Sie sehen aus, als ob Sie einen Geist gesehen hätten ... Sie sind ganz blass!«

Michael klammerte sich so fest an den Tresen, dass seine Knöchel weiß geworden waren. Er ließ los und wollte dem Wirt eine harmlose Erklärung liefern, aber ihm fiel nichts ein.

»Möchten Sie einen Schnaps?«

»Nein, danke, ich muss noch fahren.«

»Sehr vernünftig. Wissen Sie, ich war früher bei der Freiwilligen Feuerwehr. Wir haben oft junge Leute aus den Autos geschnitten, immer am Wochenende, wenn die was getrunken hatten und auf der Landstraße zeigen wollten, was für tolle Hechte sie sind. Manchmal wache ich auf und habe die Bilder ganz deutlich vor Augen. Meine Frau sagt, ich wäre dann auch immer ganz bleich.«

»Ich ... Eine unangenehme Erinnerung an den Kosovo.«

»Ihr Name ist aber nicht Czajka, oder?«

»Wie kommen Sie darauf?« Michael tastete nach der Pistole in seinem Hosenbund.

»Ich erkenne Sie jetzt ... Sie sehen ganz anders aus als damals, aber Sie und noch ein anderer waren bei Martins Leichenschmaus. Sie waren mit ihm da unten, nicht wahr? Und eben habe ich noch gedacht, das ist ja ein toller Zufall, so ein seltener Name.«

»Ja, ich war Martins Kamerad.« Der Wirt machte einen so ehrlichen Eindruck, dass Michael es nicht über sich bringen konnte, Lügen zu erzählen. Es hätte auch keinen Sinn gehabt. Und er hatte keine Lust, sich irgendwelche Geschichten aus den Fingern zu saugen.

»Da haben wir was gemein, ich war mit Martin in einem Löschzug. Guter Mann, aber als er wieder zurückgekommen ist, war er nicht mehr derselbe. Wir haben das nie verstanden, und er hat nie darüber geredet. Wir haben gedacht: Bisschen patrouillieren, bisschen Wache stehen, ein paar Serben oder Bosnier oder Albaner in den Arsch treten, das kann doch nicht so schlimm gewesen sein. Aber jetzt, wo ich Sie so gesehen habe ... Ist das der Grund, warum er sich aufgehängt hat, ›unangenehme Erinnerungen‹?«

»Ich vermute es.«

»Herrje. Wissen Sie, als er wieder hier war, kam ein paar mal das Gespräch auf Jugoslawien, und dann hieß es immer: ›Die Schweine, mussten die Dubrovnik in Schutt und Asche legen, so eine schöne Stadt‹ oder solche Sachen ... Aber eigentlich wollten wir gar nichts Genaues wissen. Wenn jemand dabei war, ist es auf einmal keine Schauergeschichte in den Nachrichten mehr, dann ist es nicht mehr abstrakt, dann wird es persönlich, und das möchte man nicht. Hätten wir seinen Selbstmord verhindern, irgendwas tun können?«

»Die Frage stelle ich mir auch. Wahrscheinlich gibt es keine Antwort darauf.«

»Wahrscheinlich nicht ... Hören Sie, vielleicht bin ich zu vertrauensselig, aber wenn Sie Martins Namen benutzen, dann werden Sie einen guten Grund dafür haben ... Wenn Sie in Schwierigkeiten stecken und ich helfen kann ...«

Natürlich könnte der Wirt ihn anschwärzen. Aber Michael war zu erschöpft, um ihm zu misstrauen.

»Mit einem Zimmer für eine Nacht würden Sie mir schon einen großen Gefallen tun.«

»Ist sowieso keine Saison mehr. Nehmen Sie die Fünfundzwanzig, da haben Sie einen schönen Blick vom Balkon.«

Tatsächlich hatte man über die anderen Häuschen von Stupferich hinweg freie Sicht auf reichlich Landschaft. Aber Michael zog es vor, die Zimmerdecke anzustarren und sich mit den unangenehmen Ereignissen von den unangenehmen Erinnerungen abzulenken. Um Mitternacht sah er zum letzten Mal auf die Leuchtziffern des Weckers. Bis er Ommerborn anrufen konnte, blieben noch zwanzig Stunden. Genug Zeit, sich verrückt zu machen.

DONNERSTAG, 26. SEPTEMBER

»Zeit, aufzustehen.«

Die rostige Stimme weckte in Michaels schlummerndem Gehirn eine Assoziation, die seine Morgenlatte noch ein bisschen weiter anschwellen ließ. Dann schaltete sich sein Verstand ein und flüsterte den Namen der Person, die zu der Stimme gehörte.

Er fuhr hoch und schnappte sich die Pistole. Seine Augen wachten auch auf, suchten die Quelle der Stimme und stellten sich scharf. Über das Visier der P1 blickte Michael in das fröhliche Gesicht von Kowalski. Sie saß auf dem gedrechselten Stuhl neben der Zimmertür, mit der Lehne vor ihrer Brust.

»Pass auf mit der Pistole, die könnte geladen sein!«

Sie ließ das Magazin seiner Walther mit Daumen und Zeigefinger ihrer linken Hand pendeln. In der rechten hielt sie einen Colt 1911 M1. Michael zielte auf ihre rechte Schulter und drückte ab. Einziger Erfolg war ein trockenes Klicken. Natürlich hatte sie auch die Patrone im Lauf ausgeworfen. Er suchte nach einem Gegenstand, den er als Waffe einsetzen konnte, griff nach der Nachttischlampe, aber die war festgeschraubt. Kowalski sah seiner Suche amüsiert zu.

»Du könntest mir natürlich das Kissen an den Kopf werfen. Aber das wäre ziemlich unfair. Ich bin unbewaffnet.«

Sie verstaute den Colt in dem Holster unter ihrer Jeansjacke. Sie trug ein knallrotes T-Shirt, mit der schwarzweißen Zeichnung eines Mannes mit Revolver, daneben stand in Schreibmaschinenschrift: »you talkin' to me?«

»Jedenfalls habe ich kein Kissen. Außerdem finde ich, dass Kissenschlachten so eine gewisse pubertär-erotische Komponente haben, die ich bei unserem Altersunterschied als unangemessen empfinde. Es sei denn, man steht auf Rollenspiele; aber ich werde mir definitiv keine Schulmädchenzöpfe flechten. Dafür sind meine Haare auch zu kurz und …« Sie plapperte noch weiter, aber Michael verlor den Faden.

Seine Erektion war abgeklungen, also konnte er einen direkten Angriff versuchen. Er schob die Bettdecke beiseite, setzte die Füße langsam auf den Boden, ganz unauffällig. Dann stieß er sich vom Bett ab und wollte sich auf Kowalski stürzen. Aber bevor er den ersten Schritt gemacht hatte, war sie aufgesprungen und hatte den Stuhl in seine Richtung getreten. Er stolperte darüber, geriet ins Taumeln. Kowalski griff einen seiner ziellos nach Gleichgewicht schnappenden Arme und zog daran, gleichzeitig trat sie vor den Fußknöchel seines Standbeins. Michaels Balance war endgültig hin, eine Zehntelsekunde später lag er auf dem Boden.

Kowalski stand neben ihm, machte aber keine Anstalten, ihn anzugreifen; wenn sie ihn hätte töten wollen, wäre das schon passiert. Er war trotzdem frustriert, die Kletterei an der Fassade des Finkenberger Wohnblocks hatte er umsonst auf sich genommen.

»Was willst Du?«

»Dir helfen. Ok, das sieht jetzt nicht so aus, aber wenn Du auch gleich so überreagierst. Dein Angriff war übrigens kacke. Ich meine, jetzt mal ehrlich, ich wiege vielleicht halb so viel wie Du. Gut, ein bisschen mehr. Da solltest Du Deine Masse ins Spiel bringen und nicht versuchen, mich mit Geschwindigkeit …«

»Wie hast Du mich gefunden?« Michael fühlte Kopfschmerzen aufsteigen, dabei war er sicher, nirgendwo mit dem Schädel angeeckt zu sein.

»Ich habe bei dem Richter gewartet, bis Du gekommen bist. Ich war bei dem im Garten, keine zehn Meter von Euch entfernt. Nette Vorstellung: ›Sie sollten mal darüber nachdenken, ob der Ruf Ihrer Tochter ein Menschenleben wert ist!‹ Dann bin ich Dir gefolgt. Übrigens, Dein neuer Look gefällt mir. Weniger abgewrackt. Ehrlich, vor allem die Brille steht Dir gut! Brillen: Push-Up-BHs für die Intelligenz! Sieht gleich nach mehr aus!«

»Toll. Danke. Moment mal! Wie, gefolgt?«

»Na, hinterher gefahren und gelaufen. Du fährst ja zum Glück ziemlich lahmarschig. Und um Deine nächste Fragen zu beantworten: Die Balkontür war auf. So. Hast Du noch mit Kitzhofer sprechen können?«

Sie war in Schongau gewesen! Sie musste die beiden Männer massakriert haben! Michael spürte, wie er bleich wurde, aber er zwang sich zur Ruhe.

»Ja. Ein freundlicher, alter Mann. Schade, dass Du ihn nicht kennengelernt hast. Warst Du zu sehr mit Morden beschäftigt?«

»Spar Dir die Sprüche. Für den Alten kam ich eine Minute zu spät. Als Du reingegangen bist, habe ich draußen gewartet. Bis die beiden Tröten ankamen und einer beim Reingehen seine Knarre geprüft hat. Ich bin hintenrum, weil ich wenig Lust hatte, der Trulla am Empfang ›Guten Tag‹ zu sagen. Dann habe ich Dich gesucht und bin an der Tür von Kitzhofer vorbei gekommen, gerade, als der eine Typ den erstickt hatte. Er hat mich gesehen, mir gedroht und mich ins Zimmer gewunken. Er war langsam, ich wollte keinen Krach machen, also habe ich ihm die Kehle durchgeschnitten und ihn in den Schrank gestopft, damit er mich nicht vollblutet.«

Michael hörte mit Entsetzen zu, wie die hübsche junge Frau, die sich wieder auf den Stuhl gelümmelt hatte, bei einem Mord den gleichen gelangweilten Plauderton anschlug, mit dem sie vielleicht von den Sudoku-Strategien eines weitläufigen Verwandten erzählte. Er wollte sich in die entfernteste Ecke des Zimmers verdrücken, entschied aber, dass Sitzen auf der Bettkante eine unauffälligere Methode wäre, weiche Knie zu kaschieren.

»Dann bin ich wieder auf den Flur, in dem Moment ging der Radau bei Euch im Zimmer los. Ich habe durch das Schlüsselloch geguckt. Wieso hat der nicht seine Linke eingesetzt?«

»Ich habe sie ihm gebrochen.«

»Wie?« Sie sah aus, als würde sie Block und Bleistift aus der Tasche ziehen wollen, um Notizen zu machen.

»Er hat einen Stuhl mit mir demoliert, eines der Stuhlbeine habe ich ihm über den Handrücken gezogen.«

»Nicht schlecht!« Kowalski zog anerkennend die Mundwinkel nach unten. Michael fühlte sich leicht heldenhaft. Bis ihm einfiel, dass er immer noch in Unterhose vor ihr saß. Er zog den Bauch ein Stückchen ein und griff nach seiner Kleidung.

»Deine Attacke mit dem Ständerdingens fand ich sehr lustig! Als Du den Typen vor die Tür geschoben hast …«

»Hast Du ihm ein Messer durchs Herz gestoßen.«

»Genau. Das hier.« Sie klappte ihre Jacke rechts auf und gab den Blick auf ein weiteres Futteral frei, aus dem ein orangefarbener Griff ragte.

»Starke Farbe, oder? Das ist Keramik, wie die Messer aus der Fernsehwerbung. Das hier kannst Du natürlich nicht beim Shoppingsender …«

»Was willst Du jetzt von mir?«

»Sagte ich doch: Ich bin hier, um Dir nochmal meine Hilfe anzubieten. Wenn Du sie willst.«

»Was heißt das? Zurück in den Betonblock? Oder was hast Du mit mir vor?«

»Da gefällt es Dir ja offensichtlich nicht so toll. Ich habe mit Dir gar nichts vor. Wie kommst Du darauf?«

»Ich denke, Du und der Dicke, Ihr wollt mich als Köder für wen auch immer benutzen, um an die Akte zu kommen und die dann für viel Geld verscherbeln.«

»Ach, deshalb hast Du grüne Augen: Dir leuchtet der Hirnschimmel durch den Sehnerv! Mann, überleg doch mal, Doofi: Die Akte hat Glonsbeck entweder so gut versteckt, dass niemand sie findet, jetzt, wo er tot ist. Oder: Seine Mörder haben das Versteck längst entdeckt. Vielleicht hat er den Plunder ja einfach unter seinem Bett liegen gehabt. Wenn ich das richtig verstanden habe, war er doch bis zu dem Treffen mit Dir anonym geblieben? Also, für mich ist die Akte eindeutig futsch. Und Du unterstellst uns einen Mangel an Intelligenz, den ich ziemlich beleidigend finde!« Kowalski schob ihre Unterlippe vor, aber Michael wusste nicht, ob sie ihn foppte oder ob sie tatsächlich schmollte.

»Gut. Egal. Wenn ich jetzt sage: Ich will Deine Hilfe nicht, haust Du dann ab? War das Dein Ernst?«

»Ja.«

»Also gut: Ich will Deine Hilfe nicht. War nett, dich kennen gelernt zu haben. Mach's gut. Auf Nimmerwiedersehen!«

»Ok, da Du noch unschlüssig bist, solltest Du die jüngsten Entwicklungen in Betracht ziehen.« Kowalski holte ihr Smartphone aus der Jackentasche, ließ die Finger über das Display huschen und reichte es Michael. Der Browser leuchtete ihm entgegen, eine Nachrichtenseite war geöffnet.

»Kölner Richter bei Mordversuch schwer verletzt!

Dienstag Abend wurde Richter Friedhelm K., 64, in seinem Haus in Marienburg Opfer eines Mordanschlags. Der oder die Täter feuerten mehrere Schüsse auf ihn ab, einer davon traf den Kopf. K. ist schwer verletzt und wurde von den behandelnden Ärzten in ein künstliches Koma versetzt. Dringend tatverdächtig ist Michael E., 45, ehemaliger Angestellter des Verfassungsschutzes. Michael E. wird bereits im Zusammenhang mit den Morden an drei Polizeibeamten im Bezirk Deutz gesucht. Wie die Polizei jetzt bekannt gab, deuten Zeugenaussagen zu einem Dreifach-Mord in einem Altenheim in Schongau, Bayern, ebenfalls auf eine Beteiligung von Michael E. hin. Man vermutet eine verzögerte posttraumatische Belastungsstörung, Michael E. fiel bereits im Kosovo-Konflikt wegen Gefährdung von Zivilisten und der Tötung einer Minderjährigen auf. Eine Überwachungskamera im Haus des Richters ...«

Michael klickte den Link auf das Video und sah sich im Flur von Krebbings Villa stehen. Seine grobkörnige Gestalt hob die rechte Hand. Er erinnerte sich, dass er das getan hatte, eigentlich ein dumme Geste. In dem Filmchen hielt er einen Gegenstand, aus dessen Ende plötzlich mehrere Blitze schlugen. Michael brauchte einen Moment, bis er begriff.

»Ich hatte gar nichts ... Die haben mir eine Waffe in die Hand retuschiert!«

»Ja, sieht so aus. Oder hast Du wirklich auf ihn geschossen?«

»Nein, Blödsinn! Womit denn? Da hatte ich gar keine Knarre! Und warum sollte ich?«

»Immerhin hat er Deine Verhaftung autorisiert.«

»Man hat ihn dazu erpresst!«

»Das sagst Du, aber außer Dir weiß das keiner.«

»Willst Du damit sagen, ich denke mir das aus?«

»Nein, aber ohne diese Information lieferst Du ein stichhaltiges Motiv, ihm den Schädel wegzublasen. Das ist ja schon öfter vorgekommen, dass Verbrecher sich an Anwälten und Richtern rächen wollen.«

»Ich bin kein Verbrecher!«

»Jetzt schon. Hast Du nicht gelesen, dass man Dir auch die drei toten Polizisten unterschiebt? Und den Mord an einer Minderjährigen im Kosovo?«

Michael las den Artikel noch einmal.

»Das ist völlig verdreht! Scheiße!«

»Ja. Da steckst Du drin.«

*

»Was mache ich jetzt?«

»Du wolltest doch abhauen, oder?«

»Ja, wollte ich eigentlich ... anfangs jedenfalls.«

»Jetzt nicht mehr?«

»Du hältst mich sicher für einen Idioten. Aber mir geht das gegen den Strich, wenn unschuldige Leute umgebracht werden ... Fastenrath, die drei Polizisten ... Kitzhofer war achtzig und hat im Altersheim seinen Lebensabend verbracht ... Was für einen Grund kann es geben, so einen Mann zu töten?«

»Du willst Detektiv spielen und das herausfinden. Und dann die Schuldigen in den Arsch treten.« Kowalski sprach das aus, was Michael noch nicht in Worte gefasst hatte.

»Ja. Ja, ich glaube schon. Und meine Unschuld beweisen!«

»Dir ist aber schon klar, dass man Dich dann auch töten wird?«

»Versucht haben sie es ja schon oft genug!«

Kowalski sagte nichts, sondern sah Michael nur an. Wieder mit diesem Blick zwischen Güte und Spott.

»Du willst mir jetzt zu verstehen geben, dass ich ohne Dich nicht weit komme, stimmt's?«

»Ich hatte Gedanken in der Art.«

»Ok. Du hättest mich laufen lassen und Fastenraths Geld einsacken können. Also: Warum willst Du mir helfen?«

»Ich habe auch am 26. Februar Geburtstag. Toller Zufall, oder? Irgendwie fühle ich mich dir verbund ...«

»Quatsch! Komm, gib mir wenigstens einmal eine ehrliche ... Moment, woher kennst Du meinen Geburtstag?«

»Der steht in Deinen Ausweisen.«

»Das weiß ich auch, aber woher ... Das Wasser! Du hast mich betäubt!«

»Elementar, mein lieber Watson.«

»Und dann hast Du die Zimmertür aufgebrochen und meine Sachen durchsucht.«

»Sonst wäre die Betäubung sinnlos gewesen.«

»Du hast auch die Blätter gelesen, oder?«

»Wo ich einmal dabei war ...« Kowalski zuckte mit den Schultern. »Ich hatte schon geahnt, dass Du mir nicht vertraust und mich nicht gucken lässt.«

»Natürlich traue ich Dir nicht! Und diese Aktion zeigt doch ganz deutlich ...«

»Ich hätte es Dir ja nicht erzählen müssen.«

»Ach, das ist jetzt Deine Art ...«

»Hör mal, ich hab Dich verarscht und gut. Du kannst nichts mehr ändern, also brauchst Du Dich nicht aufregen. Ich wollte mal sehen, ob ich anhand

78

der Blätter eine Idee bekommen kann, gegen wen ich antrete.«

»Und?«

»Ich habe keine Ahnung.«

»Na, toll. Dann hat sich der ganze Spaß ja gelohnt.«

»Sieh's positiv: Immerhin hast Du gepennt wie ein spanischer Straßenköter. Dir lief Rotz aus dem Mundwinkel. Eben sah das übrigens ganz anders aus; ich habe Dir ein bisschen beim Schlafen zugeschaut. Ich habe noch nie jemanden gesehen, der so unruhig schläft.«

Nicht nur, dass sie ihn reingelegt hatte, jetzt musste sie auch noch Peinlichkeiten ausbreiten. Michael sah am voraussichtlichen Ende dieses Dialoges seine Hände um ihren Hals, egal, ob sie ihn dann töten würde. Er musste das Thema wechseln.

»Zurück zur eigentlichen Frage: Warum willst Du mir helfen?«

»Ich habe Dir schon gesagt, dass die Kowalskis sich an Vereinbarungen halten.«

»Fällt mir schwer, das zu glauben, jetzt erst recht …«

»Kann Dir eigentlich auch egal sein, oder? Ich garantiere Dir Unterstützung, bis einer von uns tot ist. Oder beide. Oder das Budget aufgebraucht. Was immer zuerst eintritt.«

Sie meinte das ernst. Sie meinte das tatsächlich ernst. Sie hatte das nicht, wie bei ihr üblich, beiläufig und lässig gesagt, nicht den sarkastischen Unterton eingestreut, den sie so gerne benutzte.

»Kannst Du mir denn überhaupt helfen?«

»Beim Detektiv spielen und Ärsche treten?«

»Ja.«

»Also, Detektiv spielen ist nicht so unser Ding. Dafür ist Ärsche treten unsere Spezialität. Neben der Herstellung von Duftbäumchen, die nach Kotze riechen, natürlich. Aber Ärsche treten ist teurer als Personenschutz. Doppelt so teuer, um genau zu sein. Bei Personenschutz hättest Du heute noch ein Budget für 39 Tage, bei Ärschetreten sind es dann nur noch 19,5 Tagessätze, abzüglich zwei Tagessätze für das Ausschalten von Seppl und Wastl …«

»Den einen habe ich an die Tür genagelt! Moment mal … Feilsche ich gerade darum, wie viel ein Toter kostet?«

»Wir haben unsere Tarife ziemlich genau geregelt. Aber Du hast recht, und ich will Dich ja auch nicht über den Tisch ziehen. Bist Du mit 1,5 Tagessätzen für die beiden einverstanden? Dann hättest Du jetzt noch 18 Tage Anspruch auf meine arschtretende Hilfe; bis zum 14. Oktober, wenn ich mich nicht verrechnet habe. Sollte reichen, Dein Fall hat ja ein Verfallsdatum, sozusagen.«

»Wie viel ist denn ein Tagessatz in Euro?«

»Mehr als ein alter Polo, weniger als ein neuer Focus.«

Sie warf ihm das Magazin seiner Pistole zu.

»Hier, vertrauensbildende Maßnahme. War übrigens nett, dass Du nur auf meine Schulter gezielt hast. Aber reichlich blöd. Ich hätte Dich noch mit links fertig machen können. Und wenn man mich anschießt, werde ich unleidlich. Genauso, wenn ich nicht genug Zucker kriege, nebenbei. Also: Wenn schießen, dann töten.«

Michael beschlich das Gefühl, einen Pakt mit dem Teufel geschlossen zu haben. Obwohl sie ihn sehr bezaubernd anlächelte. Oder gerade deshalb.

»Die Schnalle vom Empfang hast Du auch leben lassen, oder? Das war ein Fehler, wenn Du mich fragst. Ich habe Euch durchs Fernglas beobachtet. Hat sie Dir wenigstens was Interessantes erzählt? Was hast Du jetzt vor?«

»Die Frau hat mir verraten, wer sie und die beiden Typen auf Kitzhofer angesetzt hat. Ein gewisser Herr Grassmann.«

»Der stand auf einem der Blätter, oder?«

»Ja. Gestern habe ich mit einem alten Freund telefoniert und ihn gebeten, ein bisschen Akten zu wälzen und nach dem zu suchen … Mein Freund arbeitet beim BND. Heute Abend soll ich mich nochmal melden.«

»Ok. Kann der was, Dein Kumpel?«

»Ja. Ich hoffe schon. Wenn er nichts rausfindet, weiß ich auch nicht mehr weiter. Obwohl … Du hast doch Internet an Deinem Telefon, oder?«

»Ja, klar. Wie kann ich Ihnen helfen, mein Herr?«

*

»Thomas Ullrich Niederhofer.«

»Mit einem ›L‹?«

»Zwei.«

Kowalski tippte den Rest des Namens in ihr Smartphone und analysierte die Ergebnisse der Suchmaschine.

»Drei Leute. Einer ist Dachdeckermeister, geboren 1956, lebt in Regensburg. Die Website seiner Firma hat animierte GIFs von sich drehenden Dachpfannen. Au, Mann. Der nächste arbeitet in einer Firma, die Überrollkäfige in Spezialanfertigung herstellt, angeblich sogar mit TÜV. Interessant, den Link muss ich …«

»Hallo!«

»Schon gut. Nein, kaum der Richtige. Hier ist ein Foto, der ist nicht älter als ich. Der letzte ist Journalist bei einer Zeitschrift, geboren in Landshut, 1972, wohnt jetzt in Hamburg, wenn ich das …«

»Auch zu jung. Der war erst 11, als diese Liste erstellt wurde. Franz Maria Niederhofer?«

Wieder tippte Kowalski.

»Nur einer. Der Bruder von dem Reporter, arbeitet beim Fernsehen. Geboren 1971.«

»Auch nur ein Jahr älter. Die Stasi wird sich nicht für Zwölfjährige interessiert haben.«

»Wer weiß? Die haben sich doch für alles und jeden interessiert. Es gibt ja verschiedene psychologische Theorien, dass Sammelwut mit Störungen in der anal geprägten Phase der Kindheit zusammenhängt. Man kann also an der Aktenmenge der Stasi schon ablesen, dass die ganze DDR im …«

»Ich weiß, das ist langweilig für Dich, aber es sind nur noch zwei Namen … Kannst Du die bitte noch eben nachgucken? Nierburg, Peter.«

Der interessanteste Peter Nierburg war Abgeordneter für den Wahlkreis Günzburg. Blieb noch Niesfeld, Herrmann Wilfried. Es gab einen Heizungsbauer, einen Verwaltungsangestellten bei der Bundeswehr und einen Metzger.

»Ich habe keine Ahnung, wie die alle zusammenhängen sollen. Ich fürchte, das sind doch alles Decknamen, die mittlerweile überholt sind. Jetzt guck noch, wofür AGM/S steht, dann sind wir fertig.«

»Das könnte die ›Arbeitsgruppe des Ministers für Staatssicherheit, Aufgabenbereich Sonderfragen‹ sein, aber ich tippe eher auf die ›Anglo-German Medical Society‹.«

»Du kannst ganz schön nerven. Was ist diese Arbeitsgruppe?«

»Offiziell Bekämpfung terroristischer Kräfte, blablabla, aber eigentlich haben die den paramilitärischen Kampf hinter den feindlichen Linien geplant. Falls es zum Krieg gekommen wär.«

»Passt ja ins Bild. Schläfer. Wie Kitzhofer vermutet hat. Leben hier ganz unauffällig, und wenn es gekracht hätte, wären die losgezogen und hätten bei uns was in die Luft gejagt.«

»Willst Du Deinen Kumpel beim BND auf die Namensliste ansetzen?«

»Nein. Wenn der die zwei oder drei Namen für mich checkt, die ich ihm gestern gesagt habe, hängt der sich schon weit genug aus dem Fenster. Bei neunzehn Namen werden sie ihm auf die Finger gucken. Lass uns mal abwarten, was er heute Abend zu erzählen hat.«

»Gut, dann müssen wir also ein bisschen Zeit totschlagen. Wie wär's mit einem Stadtbummel in Karlsruhe?«

»Bist Du verrückt? Wenn mich jemand erkennt!«

»Ach, Quatsch, Prominenz braucht ihre Zeit! Komm, wir gehen einkaufen!«

»Du spinnst wohl! Auf keinen Fall!«

Sie nahm seine Hand. Er zuckte zusammen und verfluchte sich dafür. Er hatte Angst vor ihr. Aber nicht nur.

»Wir nehmen mein Auto. Der Ford ist zu heiß. Im wahrsten Sinn des Wortes, den habe ich Dir heute Nacht geklaut, weggefahren und abgefackelt. Die Taxikosten gehen natürlich von Deinem Budget ab. Das waren über fünfzig Kilometer.«

*

Michael setzte sich in Kowalskis Auto und bat sie um ihr Smartphone.

»Ich will mir noch mal den Artikel durchlesen.«

»Moment … hier.«

Sie rief die Website erneut auf und reichte ihm das Telefon. Er las die Stelle, die ihn beschäftigt hatte.

»Das stimmt gar nicht mit der Gefährdung der Zivilisten und der Tötung der Minderjährigen!«

»Nicht?«

»Nein … jedenfalls nicht in diesem Zusammenhang!«

»Jeder, der das liest, denkt, Du hättest ein Mädchen umgebracht. Du kannst Dich im Moment schlecht auf eine Bananenkiste vor den Reichstag stellen und Deine Version erzählen, also ist es egal.«

»Das ist nicht egal! Ich kann Dir genau sagen, wie das war!«

»Wenn's sein muss.«

*

Das Mädchen lief an ihm vorbei, lächelte ihn an. Vom Tor kam ein Knall, und wo eben noch ihre Eltern gestanden hatten, breitete sich eine Wolke aus Staub und Blut aus.

Sie hat eine Bombe! Michael hörte Ommerborns Schrei. Er riss seine Maschinenpistole hoch.

Er feuerte schnell hintereinander drei Schüsse ab.

Die Salve traf das Mädchen in den Rücken und warf es einen Meter nach vorne. Sie landete mit dem Gesicht im Staub. Michael rannte zu ihr.

Die Kugeln hatten ihre Wirbelsäule zerschmettert, sie konnte nicht mehr aufstehen. Aber sie schaffte es noch, sich auf den Rücken zu rollen. Michael stand über ihr. Sie war höchstens fünfzehn. Der Dynamitgürtel war ihr auf den Bauch gerutscht.

Das Mädchen lächelte Michael wieder an. Sie tastete im Staub nach dem Zünder. Michael stellte einen Fuß auf ihr Handgelenk. Dann gab er drei weitere Schüsse ab.

Der erste Schuss riss ein Loch in ihre Lunge und ließ einen Schwall Blut aus ihrem Mund steigen, wie eine Rose, die auf dem Porzellan ihres bleichen Gesichts erblühte.

Der zweite drang in ihren Mund, der zum unwiderstehlichen Ziel geworden war. Michael spürte unter seiner Sohle immer noch die erstaunliche Kraft des dünnen Körpers. Sie benutzte sein Gewicht auf ihrem Ärmchen als Halt, versuchte immer noch, sich zu drehen, um mit der anderen Hand an den Zünder zu gelangen. Sie hatte fünf Kugeln im Körper und wollte nicht aufgeben.

Der dritte Schuss traf ihre Stirn und malte mit den Gehirnfetzen ein abstraktes Bild in den Sand. Ihr Körper erschlaffte.

Ommerborn klopfte Michael auf den Rücken. Wenn Du nicht gewesen wärst …

*

Die Jahre hatten die Erinnerung kein bisschen verwischt, sie stand immer noch deutlich vor ihm. Zu deutlich: Bei den wenigen Malen, denen er anderen Menschen diese Geschichte anvertraut hatte, war er alle paar Sätze ins Stammeln geraten, hatte gestockt, neu angesetzt und musste dann doch wieder mit den Worten kämpfen. Auch heute.

Aber heute hatte er es zum ersten Mal geschafft, ohne heulend zusammen zu brechen. Er hatte noch nicht einmal Tränen in den Augen. Er wusste nicht, warum er ihr das überhaupt erzählt hatte, sich ausgerechnet vor ihr rechtfertigen wollte. Ein bisschen hatte er gehofft, dass Kowalski ihn in den Arm nehmen würde oder eine ähnliche Geste des Mitfühlens zeigte. Aber auf die Idee kam sie wohl nicht.

Sie überlegte kurz, bevor sie antwortete.

»Du hättest dem Mädchen einfach den Zünder wegnehmen können, oder?«

»Ja.« Sie war die Erste, die verstand, was tatsächlich passiert war.

»Meine ersten drei Schüsse bereue ich nicht. Sie wollte meine Kameraden in die Luft jagen. Ich wüsste nicht, wie ich sie sonst hätte stoppen sollen. Selbst, wenn mir mittlerweile was eingefallen wäre … damals hatte ich nicht einmal eine halbe Sekunde.«

Er holte tief Luft.

»Aber als ich auf ihrem Handgelenk stand, war sie faktisch außer Gefecht. Ich hätte mich auf ihre Arme knien können, oder ihr den Kolben ins Gesicht schlagen. Oder was auch immer.«

»Aber Du wolltest sie erschießen.«

»Ja. Ich fühlte mich großartig, mächtig, Herr über Leben und Tod … so abgedroschen das klingt. Ich dachte: ›Wie ist das, jemanden zu töten?‹ und drückte ab. Ich war überrascht, dass ihr der Lungentreffer überhaupt nicht zu schaden schien. Nachdem ich ihr dann in den Mund geschossen habe, und sie immer noch nicht sterben wollte, war ich sauer … als ob sie meine Macht in Frage stellen würde, mich verarschen wollte … Als sie nach dem Schuss in die Stirn endlich tot war, dachte ich: ›Siehste, geht doch!‹ und kam mir einen Moment vor wie ein Gott.

Und dann ist mir klar geworden, was ich da getan hatte. Ich hatte eine

Vierzehnjährige erschossen, die hilflos vor mir auf dem Boden lag. Sehr heldenhaft. Johannes Rau hat mir dafür einen Orden an die Brust gesteckt.«

»Den hättest Du ablehnen können.«

»Ja. Ich habe mir aber eingeredet, dass ich ja immerhin meine Kameraden gerettet hätte.«

»Aber dann hat der Artikel doch recht: Du hast das Mädchen ermordet. Also, was regst Du Dich auf?«

»Weil … ach, Scheiße, leck mich doch.«

*

Es war jetzt zwanzig Minuten her, seit Kowalski ihn in die Herrentoilette des Kaufhauses bugsiert hatte. Er hatte ihr vertraut. Vorläufig und widerwillig.

Wenigstens hatte ihre Gelassenheit seine Aufregung darüber gemindert, auf den Fahndungslisten der Republik weit oben zu stehen. Sie waren Hand in Hand durch die Innenstadt flaniert, gelegentlich an den Schaufenstern der Boutiquen stehen geblieben. Sie hatte ihn gut gelaunt angesehen, auf unverschämt teure Textilien gezeigt und ihm dabei erklärt, dass sie sich so am wenigsten auffällig verhalten. Michael hatte das Gefühl, ihm würde die Panik aus dem Gesicht springen und zum nächsten Streifenpolizisten rennen. Zu seiner Überraschung schafften sie es durch die Fußgängerzone, ohne von einem Spezialeinsatzkommando gestellt zu werden.

Jetzt saß er in einer Klokabine auf dem zugeklappten Deckel und fragte sich, wie es weitergehen sollte.

»Eichendorf?« Sie war zurückgekommen. War das nun gut oder schlecht?

»Hier!« Er steckte seinen Kopf aus der Kabine. Kowalski stand vor der Reihe Urinale, an jeder Hand baumelte eine Einkaufstüte.

»Ich sitze hier und werde verrückt! Ging das nicht schneller?«

»Mecker, mecker, mecker. Lass mich mal mit rein!« Sie drängte ihn sanft wieder zurück auf seinen Aushilfsstuhl, zog die Kabinentür zu und verriegelte das Schloss.

»In der Tüte hier habe ich neue Klamotten für Dich, in der anderen sind ein paar Mittelchen, mit denen wir Dein Aussehen verändern.« Sie kramte aus dem kleineren Plastikbeutel einen Einwegrasierer hervor. »So, und hier ist Rasiercreme. Sensitiv, extra für empfindliche Haut!«

Michael nahm beides und wollte an ihr vorbei.

»Willst Du das am Waschbecken machen? Und wenn dann einer reinkommt? Sehr unauffällig!« Sie klappte den Klodeckel hoch, Michael verzog den Mund.

»Stell Dich nicht so mädchenhaft an.«

Kowalski zog einen Rasierpinsel aus der Tüte, tunkte ihn in das Wasser und drückte aus der Tube einen Wurm Rasiercreme auf die Borsten. Sie setzte

Michael auf die Klobrille, schäumte sein Gesicht ein und begann, ihn zu rasieren.

»Ich kann das auch selber machen ...«

»Ja, Du bist ein großer Junge. Aber ich habe da so einen Plan, ein paar Haare stehen zu lassen, das würdest Du ohne Spiegel vielleicht nicht hin kriegen.« Kowalski beugte sich vor und langte zwischen Michaels Oberschenkeln in die Kloschüssel, um die Stoppeln von dem Rasierer zu spülen. Jemand betrat die Toilette, Kowalski legte den linken Zeigefinger auf ihre Lippen. Dann fuhr sie mit der Rasur fort, drehte Michaels Kopf mit sanfter Hand mal in die eine, mal in die andere Richtung, während sie ihre Arbeit mit kritischem Blick prüfte.

Michael hatte eine Erektion. Er hoffte, dass Kowalski es nicht merkte, wenn sie den Rasierer spülte. Vielleicht war sie auch höflich genug, darüber zu schweigen. Wahrscheinlicher war allerdings, dass sie nur deshalb keine sarkastische Bemerkung vom Stapel ließ, weil sie in dem Raum nicht alleine waren. Michael wurde die Intimität zu viel. Er schloss die Augen, um nicht in die des Mädchens schauen zu müssen. Was sagt das über meinen Geisteszustand, dachte Michael, wenn ich scharf bin auf eine Frau, für die Töten so selbstverständlich ist wie Atmen?

Nach zwei Minuten war Kowalski fertig, leider. Michael hatte die professionelle Zärtlichkeit genossen, mit der sie sein Gesicht angefasst hatte. Er betastete sein Kinn, stellte fest, dass sie ihm ein Ziegenbärtchen gelassen hatte und verzog sein Gesicht in gespielter Abscheu. Kowalski beugte sich vor, bis ihr Mund nur wenige Millimeter von seinem Ohr entfernt war und flüsterte: »Geht noch weiter!« Michael ertappte sich bei dem Gedanken, dass er diesen Satz gerne in einer anderen Situation gehört hätte. Wenn er sie bloß unter anderen Umständen kennen gelernt hätte, wenn sie tatsächlich nur eine Kellnerin geblieben wäre, die er vor Fischer und Wiesel gerettet hätte, wenn sie jetzt stolz ihren Helden begleiten würde, wie er - was eigentlich? Michaels Jungensfantasie geriet ins Stocken, aber bevor er seine Gedanken wieder in geordnete Bahnen bringen konnte, hörte er die Türe der Toilette zuschlagen. Sie waren wieder allein. Kowalski hatte den Rasierpinsel wieder eingeschäumt.

»Beug dich mal nach vorne!«

»Was denn, willst Du mir eine Glatze rasieren?«

Kowalski stellte sich in die Positur der Freiheitsstatue, mit dem Rasierpinsel als Fackel, und gab ihrer rauen Stimme einen salbungsvollen Klang:

»Jetzt ist die Zeit gekommen, wo sich ein junger Mann entscheiden muss, ob er sein Haupthaar oder seine Freiheit behalten will. Wenn die erste Linie der Verteidigung gegen die Mächte des Bösen aus nachwachsenden Naturstoffen besteht, so ist dem Gott der Nachhaltigkeit genüge getan ...«

»Jaja, mach schon ... So lange Du dabei die Klappe hältst, das ist ja nicht auszuhalten!« Er beugte sich vor, wie sie es gewünscht hatte.

Sie kicherte und begann, seinen Schädel zu rasieren. Zwischendurch schob sie Michaels Oberkörper immer wieder sanft zurück, um den Rasierer auszuspülen. Auf ihren Lippen lag wieder jenes halb spöttische, halb gütige Lächeln, das ihm schon bei ihrer ersten Begegnung aufgefallen war. Hat sie es gemerkt? Scheiße, ich glaube, sie hat es gemerkt! Michael verfluchte den dünnen Stoff der Anzughose, in der alten Jeans hätte sich seine Latte bestimmt nicht so deutlich abgezeichnet.

»So, sehr schön. Perfekter Glanz! Nächster Arbeitsgang.« Sie wischte den restlichen Schaum mit Klopapier von Michaels Kopf und holte aus der kleinen Plastiktüte eine Tube.

»Selbstbräuner? Übertreibst Du nicht ein bisschen?«

»Nein. Warte mal ab. Und keine Angst, das Zeug hier ist echt gut, das wird sehr natürlich aussehen. Habe ich auch schon benutzt. Mach mal den Oberkörper frei und dreh Dich rum!«

Michael zog Hemd und Unterhemd aus, Kowalski stopfte beides in eine leere Tüte. Sie zog Einweghandschuhe an, gab Michael auch ein Paar und quetschte ihm aus der Tube eine ordentliche Portion des Mittels in die Hand, mit der Anweisung, sich selber die Arme bis zur Schulter einzureiben. Sie massierte den Selbstbräuner in seine Kopfhaut, seinen Nacken, sein Gesicht und seinen Hals, bis zu seinem Brustkorb hinab. Er genoss jede ihrer Berührungen, wunderte sich aber, als sie seinen Rücken betastete.

»Da auch?«

»Nein, ich hatte den Eindruck, dass Deine Muskeln sehr verspannt sind, das wollte ich mal prüfen. Die sind wirklich steinhart.«

»Kein Wunder, oder? Ich meine, in meiner Situation … da darf man schon angespannt sein, finde ich. Es ist aber erstaunlich, dass Du das siehst …«

»Ja, das macht die Ausbildung als Physiotherapeutin.«

»Das ist jetzt kein Witz, oder?«

»Nein, ich habe das wirklich gelernt, ehrlich. Es gibt nichts Besseres, um sich detaillierte anatomische Kenntnisse in kurzer Zeit anzueignen.«

»… die Du für Deinen eigentlichen Beruf brauchst …«

Kowalski lachte. »Ja, genau. Aber wenn Du jetzt wieder Auskunft darüber erwartest, muss ich Dich enttäuschen: Mein Pegel an dummen Antworten ist gerade etwas niedrig, ich muss mir dringend ein paar neue ausdenken.«

Michael versuchte sich an einem Vorschlag, den sie hoffentlich lustig finden würde:

»Tantramasseuse?«

Sie gab ihm mit der flachen Hand einen Klatsch vor den Hinterkopf, sagte »Ferkel!« und hielt dann eine Sekunde inne, bevor sie anfing, laut und anhaltend zu lachen.

»War das so witzig?«

»Nein. Doch, schon, einigermaßen! Aber mit dem Abdruck meiner Hand in der Creme sah Deine Birne gerade aus wie Wilson, der Volleyball, Du weißt schon, und ich musste daran denken, mit Deinem Hinterkopf als einziger Unterhaltung auf einer einsamen Insel gestrandet zu sein …«

»Also, ich würde gerne mit Dir auf einer …« Michael wollte sich die Zunge abbeißen. Kowalski verstummte. Sie massierte noch eine halbe Minute lang den Selbstbräuner in Michaels Haut, dann bat Sie ihn, sich umzudrehen und aufzustehen.

»Hör mal, Du bist ein ganz netter Kerl und siehst auch ganz gut aus, wenn wir mal von kleinen Formschwächen absehen …« Sie piekte mit dem Finger in seinen Bauchansatz »… aber das ist keine Option! Ich lasse mich nicht mit Kunden ein, das ist Regel Nummer drei der Kowalskis, gleich nach ›Vertrag ist Vertrag‹!«

»Ja, tut mir leid, ich …«

»Muss es nicht. Ich weiß das Kompliment durchaus zu schätzen. Ohne angeben zu wollen, ich sehe ja nicht total kacke aus. Tatsächlich freue ich mich, dass Du heiß bist. Als ich Dich zum ersten Mal gesehen habe, dachte ich, dass Du innerhalb von drei Tagen an geistiger Verkümmerung sterben würdest. Haken wir das also als die Episode ab, in der der Patient die Heilung der Krankenschwester zuschreibt und deshalb glaubt, er müsste in sie verliebt sein, okay?«

»Ja, also, wie gesagt, ich weiß auch nicht, was mich da geritten hat und …«

»Ein Anfall von Geilheit. Und jetzt halt besser die Klappe. Hier, zieh das an!«

Kowalski gab ihm aus der großen Tragetasche einen schwarzen Rollkragenpullover und einen sportlichen Blazer in der gleichen Farbe, zum Schluss noch eine goldene Halskette, die er zu seinem Unbehagen über dem Pulli tragen musste.

»Und noch das Tüpfelchen auf dem i.« Sie zog seinen Kopf zu sich herunter, fasste ihn zwar gröber an als vorher, setzte ihm aber sehr vorsichtig dunkelbraun getönte Kontaktlinsen ein.

»In der Tüte ist noch eine passende Hose und ein Paar Schuhe. Ich gehe in die Nachbarkabine, während Du Dich umziehst.«

Michael wechselte den Rest seiner Kleidung, stopfte die gar nicht so alten Klamotten in die Tüte und trat aus dem Abteil. Der Anblick des Fremden im Spiegel schockierte ihn.

»Ich sehe aus wie der Türsteher eines türkischen Saunaclubs! Oder als ob ich Nachwuchs-Rapper mit falschen Plattenverträgen linken würde!«

»Vor allem siehst Du aus wie das Gegenteil vom alten Eichendorf.«

*

»Das war lecker!«

Kowalski schob den leeren Teller von sich weg. Michael hatte mit wachsendem Erstaunen zugesehen, welche Mengen Lebensmittel die junge

Frau in sich deponieren konnte. Sie hatte sich erst eine Frikadelle bestellt und reichlich Senf dazu. Dann ein halbes Hähnchen. Dann hatte sie kurz überlegt, ob sie noch eins essen sollte, aber schließlich einen Gyrosteller mit üppigen Beilagen gewählt. Michael hatte sich nur eine Portion gemischten Salat gegönnt, weil ihr Hinweis auf seinen Bauchansatz immer noch an seinem Ego nagte. Immerhin hatte er es geschafft, das Essen ohne Zwischenfälle vom Teller zum Mund zu befördern. Ihr schien es unmöglich, diese einfache Tätigkeit auszuführen, ohne eine Sauerei zu veranstalten. Jetzt studierte sie wieder die Karte.

»Ob ich noch Falafeln im Fladenbrot mitnehmen soll?«

»Hast Du immer noch nicht genug?«

»Ich bin der Schrecken der XXL-Restaurants! Aber im Ernst: Normalerweise esse ich weniger. Nur bei Aufträgen werde ich immer zum Vielfraß. Das ist wohl bei uns Kowalskis so, wenn wir unter Druck stehen. Schau Dir meinen Chef an.«

Die Erinnerung an den monströs fetten Mann und der Gedanke, dass seine Begleiterin auch so enden könnte, entsetzte Michael. Kowalski grinste, dann wurde sie ernst.

»Du wolltest noch telefonieren. Bezahl, dann hauen wir ab.«

Ein paar Minuten saßen sie wieder in Kowalskis Auto. Sie reichte ihm ihr Telefon, »absolut abhörsicher«, und er tippte Ommerborns Nummer von dem Bierdeckel ab.

»Du verdammtes Arschloch!« Michael musste den Abstand zwischen Telefon und Ohr auf Handbreite vergrößern. Ommerborn hatte seine übliche Lautstärke noch gesteigert.

»He, Omme ...«

»Du hättest mir ruhig sagen können, was los ist! Nach Deinem kleinen Auftritt bei ›Versteckter Kamera‹ haben mich die Typen von der Eigensicherung in die Mangel genommen, als ob ich der letzte Altnazi wäre, der noch beim BND arbeitet.«

»Hör mal, ich war das nicht! Jemand anderes hat auf Krebbing geschossen und mir dann eine Waffe in die Hand retuschiert!«

»Ja, klar! Und was ist mit Fischer, Fastenrath, den drei toten Polizisten, dem SEK und dem vergifteten Spitzel?«

»Nein ... ja, gut, das habe ich Dir nicht erzählt, ich geb's zu! Ich wollte nicht, dass Du zu viel weißt und neugierig wirst ... dann hättest Du vielleicht bei Euch im Laden mehr Fragen gestellt, als gut für Dich ist ... Moment mal: Wieso Spitzel? Was für ein SEK?«

»Glonsbeck, der ehemalige Volksarmist ... das war doch ein Spitzel des VS, oder? Es heißt, Du hättest ihn vergiftet, weil er Dich enttarnt hat!«

»Wieso enttarnt?«

»Du hast noch gar nicht mitbekommen, wie tief Du in der Scheiße sitzt, was? Die Theorie, die gerade kursiert, ist folgende: Du wärst auf Grund

Deiner Kriegserlebnisse übergeschnappt - warum erst jetzt, weiß man nicht - und würdest irgendeinen Anschlag oder so was planen. Glonsbeck soll Dir auf die Schliche gekommen sein, aber Du hättest ihn vergiftet, gerade, als ein Undercover-Agent Dich verhaften wollte. Anschließend hättest Du diesen Agenten bis in ein Polizeirevier verfolgt und da drei Polizisten erschossen. Später am Abend sollst Du Fastenrath besucht, ihn gefoltert und ermordet haben, angeblich, weil er für Dich ein Ersatzvater war oder irgend so ein freudianischer Mist. Fischer, Dein Freund beim VS, sollte Dich zur Aufgabe überreden, aber Du hast ihn und das SEK auch umgebracht. Mit Waffen, die unter das Kriegswaffenkontrollgesetz fallen! Eine Claymore, um Gottes willen! Dein Anschlag auf Krebbing wird so interpretiert, dass Du auf einem Rachefeldzug bist.«

»Das ist doch alles völliger Blödsinn! Das passt doch vorne und hinten nicht zusammen!«

»Finde ich auch, deshalb rede ich ja überhaupt noch mit Dir. Als ich hörte, dass Fischer Dein Freund gewesen sein soll, habe ich fast laut gelacht. Aber ich würde jetzt gerne mal Deine Version hören.«

Michael erzählte seinem alten Freund fast alles, sparte aber Kowalskis Beteiligung aus.

»Deine Geschichte ist auch nicht wirklich plausibel. Was zum Teufel kann in dieser Akte stehen, was heute noch so interessant wäre? Aber ich bin nicht blöd, weißt Du ... Du hast mir nicht alles erzählt ...«

»Nein, aber das, was Du nicht weißt, ist unerheblich für den Schlamassel. Kannst Du mir da ein bisschen vertrauen?«

»Du weißt, dass Du einen gewissen Bonus bei mir hast, aber strapaziere ihn bitte nicht zu sehr. Irgendwann kommt sonst vielleicht der Zeitpunkt, an dem ich alles wissen muss!« Ommerborn betonte das letzte Wort überdeutlich.

»Nach den Schüssen auf den Richter hat mein Chef mich auf Dich angesprochen, Michael.«

»Das war wohl nicht anders zu erwarten.«

»Er hat mich gefragt, ob Du mit mir Kontakt aufgenommen hättest ...«

»... und Du hast natürlich nichts gesagt.«

»Im Gegenteil, ich habe ihm alles gesagt. Aber bevor Du jetzt durchdrehst, hör zu: Glottke hat mich heute Morgen zu sich bestellt. Er hat mir die Sache mit dem Richter erzählt und mich gefragt, was ich davon halte. Ich habe ihm eine ehrliche Antwort gegeben: Dass Du eine kurze Lunte hast und durchaus fähig bist, einen Menschen zu töten ...«

»Na toll, danke!«

»... aber das wusste er ja schon. Ich habe gesagt, dass Du auf keinen Fall einen alten Mann erschießen würdest, außer Du hättest wirklich gute Gründe. Glottke sagte: Der Richter hat einen Haftbefehl für Ihren alten Kameraden unterzeichnet, für manchen ist das Grund genug. Ich habe ihm geantwortet, dass Du nicht zu dieser Sorte gehörst. Ich sagte ihm, dass, wenn Krebbing zum Beispiel ein Serienvergewaltiger wäre, ich mir durchaus vorstellen könnte, dass Du auf ihn geschossen hättest. Aber nicht, wenn es um Dich selber geht. Nimm das als Kompliment, Michael!

Glottke hat dann in seinen Unterlagen geblättert und meinte, dass das mit den psychologischen Beurteilungen über Dich übereinstimmen würde … und er vertraut mir.«

Ommerborn machte eine Pause, die Michael mit »Und ich vertraue Dir … enttäusch mich bloß nicht!« übersetzte.

»Wie auch immer: Dass sein alter Freund Fastenrath ermordet wurde, hat ihn natürlich getroffen, aber die offizielle Theorie vom durchgeknallten Untergebenen fand er auch ein bisschen schwach, zu einfach. Er meint, da müsse mehr hinter stecken. Sprich: Er ist auf Deiner Seite. Er hält es für eine gute Idee, wenn Du durch die Gegend rennst und die Leute nervös machst.«

»Mit anderen Worten: Er will, dass ich den Köder spiele!«

»Ach, das solltest Du nicht so negativ sehen. Sei ehrlich: Du machst doch sowieso das, was Du für richtig hältst … und wenn andere Leute von Deinem Querulantentum profitieren, schadet das nicht, oder?«

»Kommt darauf an, wer profitiert!«

»Bis zu einem gewissen Grad hast Du das selber in der Hand. Die ewige Frage ist doch: Wem vertraust Du?«

Für den letzten Satz hatte Ommerborn seine Lautstärke auf eine Stufe gesenkt, die bei ihm als Flüstern galt. Michael nutzte die erneute rhetorische Pause zu einem Seitenblick in Kowalskis Richtung. Sie beobachtete gelangweilt das Treiben vor dem Restaurant, sah einem vorbeifahrenden Auto hinterher und produzierte mit ihrem Kaugummi eine große Blase, die geräuschlos platzte. Sie bemerkte Michaels Blick und sah ihn fragend an, während sie die Reste des Gummis von der Nase knibbelte. Michael schüttelte den Kopf, um ihr zu bedeuten, dass sein Blick nichts mit ihr zu tun hatte, dann konzentrierte er sich auf seinen Freund, dessen Stimme nun wieder aus dem Telefon dröhnte.

»Ok. Also pass auf: Ehard und Seidel, die mutmaßlichen Schläfer? Keiner davon taucht bei uns auf! Jedenfalls nicht in passendem Zusammenhang.«

»Kann ich kaum glauben! Man hat mir gesagt, dass die von Schlüter eingeleiteten Untersuchungen etliche Leute … das muss doch bei Euch irgendwelche Spuren hinterlassen haben!«

»Vielleicht hat Schlüter das selber in die Hand genommen? Das wäre nicht ganz astrein … Bedrohungen von außen sind nicht die Sache des Verfassungsschutzes. Aber in Bayern nimmt man sowas ja eh nicht so genau. Und wenn er eine Chance gesehen hat, die Angelegenheit zu regeln, ohne viel Wind zu machen? Würde doch zu ihm passen.«

»Kann sein, keine Ahnung. Trotzdem merkwürdig.«

»Willkommen in der wunderbaren Welt der Geheimdienste, wo der eine nicht weiß, was der andere nicht tut.«

»Ok. Scheiße, das ist dann wohl eine Sackgasse. Was ist mit Grassmann? Hast Du über den was gefunden?«

»Nicht ganz.«

»Was soll das heißen?«

»Wir haben schon einige Grassmänner, aber keiner von denen hängt mit Bayern und der DDR zusammen. Es gibt allerdings einen Grassmann, dessen Akte ich nicht einsehen konnte, weil meine Freigabestufe nicht ausreichte.«

»Was ist mit Deinem Chef? Könnte der nicht …?«

»Er hat es versucht.«

»Hör mal, ich bin nicht in der Stimmung für bedeutungsschwangere Rätseleien, sag es einfach.«

»Ich habe G4, Glottke G6. Die Akte von diesem Grassmann hat die höchste Geheimhaltungsstufe, G8, da sind wir bei der obersten BND-Ebene und ausgewählten Regierungsmitgliedern. Glottke meinte, Du hättest Dir da einen ziemlich großen Haufen zum Reintreten ausgesucht.«

»Dafür scheine ich ein gewisses Talent zu haben.«

»Ja. Aber damals bist Du nur rein getreten. Dieser Haufen hier ist vielleicht so groß, dass Du darin untergehst.«

»Kopfkino, Omme! Hast Du keine weniger unappetitlichen Metaphern?«

»Gut, Micha, dann ohne Scheiß: Überleg Dir, ob Du nicht aussteigst, bevor es zu spät ist!«

»Ja, ok. Mal sehen. Ein bisschen bleibe ich noch dran.«

»Das hatte ich befürchtet. Falls noch was ist: Wie kann ich Dich erreichen?«

»Moment.« Michel deckte das Mikrofon ab und reichte die Frage an Kowalski weiter.

»Sag ihm, du würdest eine Emailadresse einrichten, die schickst Du ihm per SMS.«

»Omme, Telefonnummer kann ich Dir nicht geben. Ich schicke Dir eine Emailadresse, unter der kannst Du mich erreichen.«

»Mit wem hast Du gesprochen?«

»Mit kompetenter Hilfe.« Michael sah zu Kowalski rüber. Sie schnitt ihm eine Grimasse, mit der sie spektakulär dämlich aussah.

»Aha.« Ommerborn machte eine Pause. Wahrscheinlich überlegt er, ob er mich vor schlechtem Umgang warnen soll, dachte Michael.

»Keine Angst, Mama Omme, ich spiele nicht mit den Schmuddelkindern!«

»Doch. Doch, das tust Du. Und Du wirst nicht sauber bleiben. Oder sterben.«

»Bist Du nicht ein bisschen melodramatisch?«

»Bist Du nicht ein bisschen naiv? Ich fürchte, Du bist wieder auf einem Kreuzzug, Michael …«

»Quatsch! Sagt Dir August Berber was? Harald? IM Hilde?« Michael drängte das Thema auf eine andere Spur mit den Decknamen, die ihm gerade einfielen.

»August Berber habe ich nie gehört. Vielleicht finde ich da was. Harald? Keine Ahnung. Aber IM Hilde solltest Du kennen ... die war doch ein Fall für den Verfassungsschutz. Oder guck einfach bei Wikipedia!«

»Ich kann Dir gerade nicht ganz folgen ...«

»IM Hilde ist Helga Bornemann. Sie war RAF-Sympathisantin und wurde nach der Wende in der DDR hochgenommen. War eine große Sache: ›DDR bot Terroristen Asyl‹ Sie hat in Potsdam - oder war das Leipzig? Egal! - gelebt, bis sie enttarnt wurde. Unter irgendeinem falschen Namen, Ingeborg Patenkow oder so ähnlich.«

»Ja, stimmt, habe ich gelesen ... Ich wusste nur nicht, dass die unter ›Hilde‹ lief. Aber wie soll die denn da rein passen? Weißt Du, wo sie heute lebt?«

»Nein, aber ich schätze, das kannst Du mit ein bisschen googeln selber rausfinden. Sie war nie an irgendwelchen Anschlägen beteiligt, hat ihre Jugendsünden bereut und gilt als rehabilitiert. 1990 stand sie aber wegen Tätigkeit als Inoffizielle Mitarbeiterin der Stasi vor Gericht.«

»Ok, schau ich mal. Danke. Ich schicke Dir gleich die Email-Adresse, wie gesagt ... Hör mal, ich weiß das wirklich zu schätzen ...«

»Schon gut. ›Pass bloß auf‹ habe ich schon gesagt und Du wirst es natürlich ignorieren. Aber noch was: Wenn irgendwas auf mich zurückfällt, werde ich alles leugnen und Dich im Regen stehen lassen, klar? Ich muss auch an meine Familie denken, tut mir leid.«

»Muss es nicht. Du hast Deine Prioritäten schon ganz gut sortiert. Würde ich nicht anders machen.«

»Ja ... Halt mich auf dem Laufenden, ja, Micha?«

»So gut es geht. Wenn ich nochmal Hilfe brauche ...«

»... meldest Du Dich. Wenn Du noch was hast, mailst Du. Genau.«

»Ja ... Mach's gut!«

»He, Omme, eins noch: Schönen Gruß an Deine Frau!«

»Bloß nicht! Wenn ich Deinen Namen in ihrer Gegenwart nenne, kann ich einen Monat auf der Couch schlafen!«

Ommerborn lachte und verabschiedete sich.

*

Michael drückte das Hörer-Symbol auf dem Bildschirm und gab Kowalski ihr Telefon zurück.

»Mann, brüllt der immer so? Ich konnte fast alles hören.«

»Ja, Omme ist ein Lautsprecher. Er hat Schlosser gelernt, bei Thyssen. Muss irrer Lärm in der Werkstatt gewesen sein, was er so erzählt hat. Also: Kannst Du mir eine Email-Adresse einrichten und die dann an die Nummer schicken, mit der ich gerade telefoniert habe?«

»Kein Problem.« Kowalskis Finger tanzten über das Display. »Was für einen Namen willst Du haben?«

»Keine Ahnung? Mein richtiger Name ist wohl nicht so eine gute Idee, oder? Falls Omme doch überwacht wird?«

»Wenn er wirklich so gut überwacht wird, dass jemand diese Mails liest, wird dieser Jemand aus dem Inhalt auf den Absender schließen können. Wie schlau ist Dein Freund?«

»Eigentlich ziemlich clever. Er war in unserer Zeit beim Bund Funker und hat beim BND irgendwas mit Computern zu tun. Ich gehe davon aus, dass er weiß, wie er eine Überwachung vermeidet. Komm, nimm trotzdem nur meine Anfangsbuchstaben und mein Geburtsdatum: 26. Februar. Wie Du ja weißt.«

»Das Jahr lassen wir besser weg, Gevatter?«

»Wenn Du weiter so frech bist, gibt's keine Ferien auf dem Ponyhof, Drecksblag!«

Kowalski lachte, und Michael freute sich darüber.

»Also soll ich jetzt ME262 als Deinen Emailnamen nehmen?«

»Ja, warum nicht?«

»Weil es doof ist, darum nicht? Unoriginell? In jedem Forum heißt ein Drittel der User ›VornameGeburtsjahr‹, willst Du Dich ebenfalls in diesem Meer der Imaginationsschwäche treiben lassen, einen weiteren Stein zum Grabmal der Phantasie tragen, der Durchschnittlichkeit …«

Michael würgte ihre Tirade mit einem lauten Stöhnen ab.

»Schon gut, schon gut! Nenn mir doch mal einen Deiner Forums- oder Emailnamen, dann orientiere ich mich daran.«

»Killerbraut!«

Michael sah sie ernst an, aber sie hielt seinem Blick stand. Wie schaffte sie es nur, diesen Eindruck völliger Arglosigkeit zu erzeugen?

»Gut, Du solltest besser die Klappe halten. Nimm ME262, wir müssen jetzt und hier nicht Namenskonventionen im Internet revolutionieren. Und dann guck doch mal, ob Du die Adresse von Helga Bornemann rausfinden kannst.«

Kowalski war offensichtlich mit dem Erfolg ihres Manövers zufrieden, verzichtete auf weitere Irritationen und beschäftigte sich eine Weile mit ihrem Smartphone.

»Hier steht, sie hätte vor zwei Jahren noch ein Schmuckgeschäft in Annaberg-Buchholz gehabt. Mal sehen, so viele wird's da nicht geben … Sechs Treffer im Örtlichen. Bei fünfen steht der Inhaber dabei, der sechste heißt ›Schmuckbewusst‹. Keine Ahnung, ob das der Laden von der Bornemann ist.«

»Das lässt sich ja leicht feststellen.«

»Zum Anrufen ist es jetzt ein bisschen spät.«

»Davon redet keiner.«

»Willst Du da hinfahren?«

»Was dagegen?«

»Hättest Du wohl gerne, was? Ich komme natürlich mit!«

»Schade!« log Michael. Er wusste immer noch nicht, ob er seiner Begleiterin vertrauen sollte, aber er konnte sich nicht durchringen, sie zu verabscheuen. Sie nahm ihn auf den Arm, wann immer sie konnte, sie nervte ihn mit Geschwätzigkeit und flachen Witzen und, oh ja, fast vergessen, sie war eine skrupellose Mörderin, die ihn unter den falschen Umständen wahrscheinlich umbringen würde, ohne zu zögern. Aber in ihrer Gesellschaft fühlte er sich gut, und das unterschied sie deutlich von allen sozialen Kontakten seiner letzten gefühlt zweihundert Jahre. Und eine echt geile Schnitte war sie obendrein.

»Aber heute nicht mehr, oder? Das sind wenigstens fünfhundert Kilometer. Ich würde sagen, wir nehmen uns ein Zimmer und fahren morgen früh.«

Michael sagte nichts, aber seine zusammengepressten Lippen und seine unterdrückten Gedanken mussten laute Geräusche erzeugt haben, vielleicht flackerten auch animierte Icons über seinem Kopf, denn Kowalski fügte hinzu:

»Für jeden ein Zimmer, natürlich.«

FREITAG, 27. SEPTEMBER

Sie starteten um neun Uhr, nach einem passablen und - in Kowalskis Fall - üppigen Frühstück.

»Das ist übrigens ein Citroën Xantia.«

»Steht ja hinten drauf.« Michael fand in seiner Morgenmuffeligkeit diese Antwort ausreichend höflich. Wenn er gewusst hätte, welchen Stöpsel er damit zog, er hätte gar nichts gesagt. Kowalski fühlte sich eingeladen, ihm alles über dieses Modell zu erklären, sie führe privat auch einen, aber den Turbo, nicht den V6, der wäre billiger in den Steuern, und Turbos kann man ja leicht frisieren, Dieselkurbelwelle für mehr Hubraum, größerer Lader, angepasste Motorsteuerung. Obwohl er sein Desinteresse nicht versteckte, schilderte sie ihm haarklein Funktionsweise und Vorzüge der hydropneumatischen Federung, ihr eigener Xantia - der hier leider nicht - hatte sogar noch AFS, Aktive Fahrwerks-Stabilisierung, das verhindert die Seitenneigung, Querbeschleunigung bis weit über ein g, das ist schon Ferrari- und Porsche-Liga! Und das in einer unauffälligen Mittelklasse-Limousine!

Sie hatten sich mühsam durch den nicht enden wollenden Berufsverkehr um Karlsruhe gequält, sich von dem Navigationsprogramm in Kowalskis Smartphone auf die A6 dirigieren lassen. Nach rund zweihundert Kilometern schien der Vortrag abzuebben, aber der Wechsel auf die A9 lenkte auch Kowalskis Monolog in eine neue Richtung.

»... und, nebenbei, ich mag ja Citroën, aber ein XM, der große Bruder von dem hier, hat den gleichen Motor unter der Haube, maximal 200 PS. Kann mir also keiner erzählen, dass man es nicht schafft, den mit einem S8 vom Feldweg zu schubsen! Der hat 420 PS! Und Allrad! Und Lachgaseinspritzung war auch noch eingebaut, insgesamt also, sagen wir mal, um die fünfhundert Pferde. Larry muss eine echte Niete am Steuer gewesen sein!«

»Wovon redest Du überhaupt?«

»Kino. Verfolgungsjagden. Den kennst Du auch! Pass auf: Es geht um einen Koffer, aber man erfährt nie, was eigentlich drin ist. Weitere Stichworte: Die alte S-Klasse, Küstenstrasse, Raketenwerfer. Na?«

»Moment ... kenne ich, ich komm nur nicht auf den Namen, irgendwas japanisches ... mit Jean Dings, wie heißt der noch?«

»Genau! Eine echte Perle, eigentlich sehr realistische Jagden, bis auf den erwähnten Leistungsunterschied. Aber hinterher, die in Paris, die ist wirklich ...«

Hätte er mal die Klappe gehalten. Von Verfolgungsjagden im Speziellen war es nur noch ein kleiner Schritt zu Filmen im Allgemeinen. Sie redete ohne Punkt und Komma, schoss einen Titel nach dem anderen ab, ohne sich daran zu stören, dass er nur jeden zehnten kannte.

»Ich habe rund viertausend Filme auf DVD und Blu-ray. Ich denke ja immer, dass ich die auf Festplatte überspielen sollte, aber dann kann ich keine Jungs mehr abschleppen unter dem Vorwand, denen meine Filmsammlung zu zeigen.«

Michael wollte fragen, ob ihr das Abschleppen vor allem bei gehörlosen Männern gelingen würde. Oder ob er die Sammlung mal sehen dürfte. Aber er hielt doch lieber den Mund.

Viereinhalb Stunden nach dem Start lenkte seine Chauffeuse ihre Limousine auf die Verzögerungsspur der Ausfahrt Stollberg-West. Michael warf einen Blick auf das Navi-Programm: Nur noch 35 Kilometer. Endlich.

»Ganz schön viel Gegend hier.« Kowalski hatte immerhin fünf Minuten nichts gesagt. Michael vermutete, dass es eine Art Überdruckventil gab, das nach einer gewissen Schweigezeit einen Plapperschwall entließ, damit ihr nicht der Kopf platzte. Kein Wunder, dass ihre Stimme hinüber war.

»Ja, sehr schön. Wenn ich irgendwo tot über einem Zaun hängen möchte, dann hier, am haarigen Arsch der Republik.«

»Du bist so ein Griesgram! Stell Dir doch mal vor, wie toll das im Winter ist! Ich sollte mal eine Rucksacktour mit dem Motorrad hier machen; über Nebenstraßen, wo knietief Schnee liegt. Fahren, bis die Nase rot leuchtet. Abends in einem kleinen Dorfgasthaus eine heiße Tasse Schokolade.«

»Drei Wochen mit Lungenentzündung im Bett liegen …«

»Wenn man nichts gewohnt ist, passiert das schon mal, ja. Zum Glück bin ich nicht so eine lasche Lusche.«

Noch bevor Michael auf die schlecht versteckte Beleidigung reagieren konnte, wechselte Kowalski das Thema:

»Guck, Annaberg-Buchholz, noch 15 Kilometer, und wir sind in der Räuchermännchen-Hauptstadt der Welt!«

»Echt?«

»Ja, der ganze besinnliche Kram, den man auf Weihnachtsmärkten kaufen kann, stammt von hier. Vielleicht gibt es ja ein Outlet? Dann kaufe ich mir billig ein riesengroßes Kerzenkarussell!« Kowalski ließ ihre Stimme mit übertriebener Aufregung vibrieren. Michael konnte ein Grinsen nicht verhindern.

»Deshalb wolltest Du mitkommen! Wenn ich das gewusst hätte! Ich sehe mich schon: Mit Paketen überladen werde ich durch die Straßen gezerrt …«

»Genau! Vor jedem Schaufenster bleibe ich stehen: ›Guck mal hier, och, ist das niiiedlich!‹ Und warte mal ab, wenn wir erst in dem Laden von der Bornemann sind. Du erinnerst Dich? Schmuck!«

»Ich weigere mich, auch nur einen Fuß … Moment, dafür bin ich hier! Dilemma!«

»Du solltest Dich da tatsächlich nicht blicken lassen. Vielleicht wird sie überwacht?«

Mit einem Schlag war Michael wieder ernüchtert.

»Machst Du das extra?«

»Was?«

»Mich erst hochputschen und dann wieder runterbringen?«

»Nein. Wieso? Als Du damals in Jugoslawien warst, habt Ihr bei Euren Einsätzen doch auch nicht immer nur ernste, wichtige Gespräche über den Krieg geführt, oder?«

»Nein, natürlich nicht. Da würde man ja verrückt werden!«

»Na, also. Du bist gerade in einer ähnlichen Situation, auch wenn Dir das vielleicht nicht so ganz klar ist. Und ich wollte nur ein bisschen an Deiner geistigen Gesundheit arbeiten.«

»Spricht da die Physiotherapeutin?«

»Auch, ja. Aber das ist doch logisch, dass man nichts auf die Reihe bringt, wenn man dauernd kacke drauf ist.«

Ein Rückblick auf das letzte Dutzend Jahre seines Lebens gab ihr recht.

»Gut, kann sein. Aber gehen wir mal davon aus, dass ›die‹ nicht wissen, welche Seiten aus der Akte ich habe, und sie nicht alle Leute überwachen können, die darin auftauchen; und gehen wir davon aus, dass mein Gespräch mit Ommerborn nicht abgehört wurde: Ich kann mir nicht vorstellen, dass irgendwelche Typen vor dem Laden von der Bornemann darauf lauern, dass ich auftauche.«

»Muss ja nicht. Aber sie ist immerhin eine militante Linke gewesen. Vielleicht hat man ja eine Kamera installiert, um zu gucken, wer sie besucht, oder so etwas. Deine Nase ist doch ein gefundenes Fressen für jede Gesichtserkennungssoftware.«

»Ich hatte ja gedacht, Du wärst höflich und qualitätsbewusst genug, keine so einfachen Witze zu machen, aber da war ich wohl wieder mal naiv.«

»Ach, komm, sei nicht eingeschnappt. Du weißt doch, was der Volksmund sagt?«

»Nein, was denn?«

»An der Nase eines Mannes erkennt man seinen Johannes!«

»Was für ein blöder Spruch!« Michael machte eine dramatische Pause.

»Aber natürlich haben die meisten Volksweisheiten einen wahren Kern.« Kowalski hatte den Mund schon aufgemacht, klappte ihn aber wieder zu. Sie schwieg und grinste. Michael wusste nicht, ob sie über seine gespielte männliche Großspurigkeit lächelte oder sein komödiantisches Timing schätzte. So oder so, er war zufrieden mit ihrem stillen Kompliment.

*

Eine Viertelstunde später brachte Michael ein Tablett voller Fastfood zu dem Tisch in dem McDonald's, an dem Kowalski ihn mit Hunger im Blick erwartete.

»Veggie-Burger dauert noch. Bringt sie uns gleich.«

»Das ist immer so. Ich fang schon mal mit den Pommes an, ja? Hast Du an Mayo gedacht?«

»Hier. Wie soll ich die Bornemann kontaktieren, wenn wir fürchten müssen, dass ihr Laden verwanzt ist? Kannst Du die Privatadresse rausfinden?«

»Habe ich gerade schon versucht, aber das Internet weiß die Adresse nicht, oder will sie nicht sagen. Ich habe da so eine Idee. Hast Du Deinen Ausweis vom Verfassungsschutz noch?«

Michael nickte, zog ihn aus seiner Brieftasche und schob ihn zu ihr rüber. Kowalski fotografierte den Ausweis senkrecht von oben mit ihrem Smartphone, dann drückte sie auf dem Gerät herum, ohne dass Michael sehen konnte, was sie tat. Sie machte ein Foto von dem dunklen Holzimitat der Tischplatte, dann reichte sie Michael das vielseitige Telefon.

»Mach mal ein Foto von mir. Einfach draufhalten, dann das Symbol da unten berühren.«

Sie knöpfte ihre Jacke zu. Das graue T-Shirt mit dem wie von Hand geschriebenen Text »now I've got a machine gun, ho ho ho« sollte wohl nicht auf das Bild.

Michael sah auf dem Bildschirm ihr lächelndes Gesicht und wünschte sich einen Moment, dass er dieses Foto auf irgendeinen Datenträger speichern könnte, auf den er Zugriff hatte. Er gab das Smartphone zurück, sie begutachtete ihr Abbild.

»Das perfekte Passfoto!«

»Nein, dazu guckst Du nicht doof genug.« Mehr traute er sich nicht.

»Danke! So, schau hier.« Sie hatte ein Bildbearbeitungsprogramm aufgerufen, markierte grob die Umrisse ihres Kopfs auf dem Display und drückte einige Werkzeuge, die die Umgebung löschten. Das Foto der Tischplatte manipulierte sie zu einem verwaschenen Schleier, den sie als Hintergrund in das Portrait einfügte.

»Das Zehn-Euro-Angebot aus dem Fotostudio im Einkaufszentrum. Das kommt jetzt an die Stelle Deines Fotos im Ausweis. So … jetzt noch den Namen. A … y … Geburtsjahr ändere ich besser auch. So, fertig: Ayse Koslowski, Secret Agent Girl vom VS!«

»Ayse? Versteh das jetzt nicht falsch, aber Du siehst eher aus wie ›Olga‹ oder ›Natalia‹.«

»Quatsch, ungewöhnliche Namen ohne Zusammenhang zur Herkunft sind doch schon lange gang und gäbe. Und meine Mutter hat sich eben an unseren türkischen Mitbürgern orientiert und nicht an irgendwelchen Froschfressern, wie alle anderen das machen. Ich bin jedenfalls ganz froh, dass sie mich nicht Schantalle genannt hat! Außerdem: Ayse Koslowski steht auch in meinem Führerschein und im Personalausweis.«

»Ach, das ist Dein richtiger Name?«

Sie warf ihm einen Blick zu, der übersetzt hieß: Am liebsten würde ich jetzt bei geschlossenen Augen meine Handfläche auf die Stirn legen, während ich ein enttäuschtes Stöhnen durch herabgezogene Mundwinkel presse. Michael verstand den stillen Tadel.

»Okay, dás war doof, ich sehe es ein. Tarnidentität, alles klar. Es ist halt seltsam, nicht Deinen richtigen Namen zu wissen. Und Dich als ›Kowalski‹ anzusprechen fällt mir schwer … ich meine, man spricht sich doch nur noch auf dem Bau und beim Bund mit Nachnamen an, ohne ›Herr‹ oder ›Frau‹. Soll ich Frau Kowalski sagen und Dich duzen? Das ist doch Blödsinn!«

»So, so«, sagte Kowalski, bot ihm aber keine Lösung.

»Also gut, Kowalski. Was machst Du jetzt mit Deinem digitalen Ausweis?«

»Ein paar Meter weiter ist ein Copyshop. Ich lass den da ausdrucken und laminieren, dann gehe ich rüber in den Laden von der Bornemann, halte ihn unter ihre Nase und verlange einen Gesprächstermin. Aber zuerst muss jetzt langsam mal der Veggie-Burger anrollen!«

*

Michael hatte noch fünf Minuten nach Kowalskis Abgang am Tisch gesessen, sein Wasser getrunken und ein paar der reichlich im Becher vorhandenen Eiswürfel gelutscht. Dann war er zu dem Citroën zurück gebummelt. Jetzt saß er auf dem Beifahrersitz und tat so, als würde er in der Illustrierten lesen, die er in einem kleinen Zeitschriftenladen gekauft hatte. Er sah die Buchstaben vor seinen Augen, aber ihm fehlte die Konzentration, sie zu Wörtern zusammenzufügen, geschweige denn, dass er aus den Wörtern Sätze bilden und aus den Sätzen Sinn und Inhalt ziehen konnte.

Beim Kauf des Magazins war sein Blick auf einige Zeitungen gefallen, sein Name war ihm entgegengesprungen. Nicht in Riesenlettern auf der oberen Hälfte der Titelseite, aber in Artikeln mit dem Tenor ›Terrorist immer noch auf freiem Fuß‹. Zum Glück beherrschte die Heimkehr des verlorenen Sohnes, Achim van Heufelden, immer noch die Schlagzeilen. Man spekulierte über seinen möglichen Eintritt in die Politik. Die Piratenpartei musste laufend das Wunschdenken der Presse dementieren, die van Heufelden als deren idealen Spitzenkandidaten bezeichnete. Patrick Sawyer, van Heufeldens Partner und rechte Hand, wollte nichts dementieren und nichts bestätigen. Man hatte den Eindruck, ihn amüsiere das Spiel mit den Medien.

Vor einer Woche hätte Michael das vielleicht interessant gefunden, im Moment war er lediglich dankbar, dass diesem Thema der Vorzug gegeben wurde - sonst hätte man die Aufmerksamkeit potenzieller Leser vielleicht mit seinem riesengroß abgedruckten Portrait wecken wollen.

Er wollte keine der Zeitungen kaufen, weil er fürchtete, damit in der älteren Dame, die über ihr kleines Reich aus Tabakwaren, Presseerzeugnissen und Lottoscheinen wachte, Assoziationen auszulösen, die zu einem Anruf bei der Polizei führten. Aber er hatte flüchtig gelesen, dass immer noch die Theorie vom durchgeknallten Einzelgänger vertreten wurde. Nicht ganz unplausibel, musste er sich eingestehen. Jeder, der ihn nur flüchtig kannte, würde ihn als verbitterten Zyniker einschätzen, mit Hang zu cholerischen Ausbrüchen. Vielleicht sollte er einfach mal einen langen Brief an die Presse schreiben, in dem er seine Sicht der Ereignisse darstellen würde? Ob man das als Tiraden eines Paranoikers abtun würde, oder ob der eine oder andere Journalist sich mal die Mühe machte, hinter den Vorhang aus Lügen zu schauen, den »sie« gespannt hatten? Aber der investigative Journalismus in Deutschland war in Michaels Augen so gut wie tot - an dem Vorwurf des Zynismus ist schon was dran, dachte er - und die ein oder zwei Leute, die sich diesem Ethos noch verpflichtet fühlen, würde man hinhalten oder aus dem Weg räumen, es passieren jeden Tag so viele Unfälle ...

Das Dumme war, dass er keinen Schimmer hatte, wer hinter der ganzen Sache stand. Es würde viel leichter sein, die eigene Unschuld zu beweisen, wenn er mit dem Finger auf jemanden zeigen konnte. Aber bis jetzt hatte er nur Krebbings vagen Hinweis auf die Netzwerker, und ein paar Namen und Fragmente aus der Stasi-Akte. Reichlich wenig, um daraus vor Gericht eine glaubhafte Verteidigung zu stricken.

Er könnte natürlich untertauchen, aus Deutschland verschwinden. Vielleicht war die Idee doch nicht so schlecht. Er hatte zwar kein Geld, um irgendwo eine halbwegs komfortable neue Existenz aufzubauen, aber er würde am Leben sein; und so alt und weich, wie Kowalski ihn darstellte, war er nun auch wieder nicht. Aber dann hätten die anderen gewonnen.

Wenn er nicht im Ausland untertauchen wollte, musste er also seine Unschuld beweisen. Dazu musste er herausfinden, was in der Akte stand. Eine andere Alternative sah er nicht. »Die« hatten gezeigt, dass sie bereit waren, über Leichen zu gehen, um den Inhalt der Akte geheim zu halten. Und er hatte wenig Zweifel, dass es wenigstens einen weiteren Toten gäbe, nämlich ihn selber, wenn er sich erneut der Justiz stellen würde. Mag sein, dass irgendwer in ein paar Jahren die ganze Geschichte aufdecken würde, aber bis dahin wäre Michaels Grab schon überwuchert. Ich muss das mal mit Kowalski besprechen, dachte er, vielleicht bin ich betriebsblind und übersehe eine dritte Möglichkeit, dieses Chaos lebend zu überstehen.

Sie würde ihre Augenlider dann etwas weiter senken, aber immer noch auf ungleicher Höhe halten, dann würde sie ihn wieder verarschen und ihm schließlich einen Rat geben, der wahrscheinlich ziemlich gut wäre. Oder auch nicht. Michael wusste immer noch nicht, was er von ihr halten sollte. Ihm wurde bewusst, dass sich seine Gedanken wieder um die Mörderin drehten. Als wenn ich sonst keine Probleme hätte, dachte er. Der dicke Kowalski hätte besser einen stoischen, hässlichen, alten Kerl zu seiner Nummer Eins gemacht, das wäre einfacher gewesen. Dann wäre ich wahrscheinlich schon auf den Malediven und würde mich als Barmixer bewerben. Moment, mache ich den ganzen Scheiß nur, um vor dem Mädchen nicht als Flasche dazustehen? Bin ich so blöd? Ja, wahrscheinlich.

Für einen Moment überlegte Michael, ob er nicht mit Kowalskis Citroën abhauen sollte, nur um ihr zu zeigen, dass sie ihm nichts bedeutete. Wäre ganz einfach, schließlich hatte sie ihm den Schlüssel gegeben, damit er einsteigen konnte. Aber dann fiel ihm ein, dass er den Code der Wegfahrsperre auf der Mittelkonsole nicht wusste. Verdammte Batmobil-Scheiße. Ihm wurde klar, dass sie ihn immer irgendwie abgelenkt hatte, wenn sie die Ziffern eingab - »Guck mal, ein Ferrari«, »Da drüben gibt's lecker Germknödel« und auf dem Autobahn-Rastplatz: »Der wäre fast in das Klohäuschen gefahren«. Sie war doch ein verdammt raffiniertes Luder.

Und wo trieb sie sich so lange rum? Er saß jetzt schon eine halbe Stunde wie ein Idiot im Wagen. Wahrscheinlich wurde er schon von Dutzenden Augenpaaren hinter den Gardinen der umstehenden Altbauten beobachtet. Wenn sie wirklich mit einem Kerzenkarussell ankommt, werden alle diese Augenpaare Zeuge einer Strangulation, dachte er.

Die Fahrertür öffnete sich, Kowalski stieg ein. Michael zuckte zusammen und verfluchte sich selbst - er hatte nicht daran gedacht, den Rückspiegel so einzustellen, dass er sehen konnte, was hinter dem Xantia passierte.

Kowalski gab ihm ein Küsschen auf die Wange, er zuckte wieder.

»Kleine Show für die Spanner. ›Siehst Du, Mutti, sein Mädchen hat beim Einkaufen getrödelt, deshalb stand der hier.‹«

Sie rangierte ihr Auto aus der Parklücke und suchte einen Weg durch die Gassen der Altstadt. Michael hatte sich von dem Schock ihrer Berührung wieder erholt und fragte:

»Und? Was ist mit der Bornemann?«

»Die besuchen wir morgen Nachmittag zu Hause.«

»Warum erst morgen?«

»Heute Abend bekommt sie Besuch. Morgen früh muss sie zum Arzt, dann legt sie sich ein bisschen hin, danach steht sie uns ganz zur Verfügung. Sie ist sehr nett, weißt Du.«

»Sie stand vor Gericht, weil sie als IM ihre Arbeitskolleginnen bei der Stasi angeschwärzt hat.«

»Ja. Aber ich wollte sie erst mal nicht unter Druck setzen. Helga wird Dir bestimmt alles erzählen, was Du wissen willst. Sie ist ein bisschen eine Sabbeltasche. Sie hat noch nicht einmal gefragt, was wir von ihr wollen. Mein VS-Ausweis hat ihr gereicht.«

»Klingt ja, als hättet Ihr Euch hervorragend verstanden.«

»Ja, das ist ganz angenehm, sich mal wieder mit einem freundlichen Menschen zu unterhalten. Der Laden ist übrigens sauber, soweit ich das sehen konnte. Zumindest sind keine Kameras versteckt. Mikros weiß ich nicht, aber dafür habe ich ein kleines Programm hier drin.« Sie hielt ihr Smartphone hoch. »Sendet Störsignale.«

»Wie willst Du versteckte Kameras sehen? Die Dinger sind heute doch bestimmt schon so klein, dass …«

»Ja, sind sie. Aber sie müssen trotzdem noch freie Sicht haben, logischerweise. Wenn man überlegt, was gefilmt werden soll, ergeben sich nur ein paar Korridore, die man kontrollieren muss. Ich kenne mich damit ein bisschen aus, weißt Du.«

»Ja?« Michael bemühte sich um einen desinteressierten Tonfall. Vielleicht plapperte sie ein bisschen über ihren Beruf aus, wenn er sie nicht direkt fragen würde.

»Ja, damals im Landschulheim habe ich in der Jungs-Dusche ein paar Kameras installiert. Wir Mädels waren alle ziemlich enttäuscht, dass Ihr Männer diese Phase wohl nicht durchmacht.«

Michael verzog sein Gesicht. Grundsätzlich war es ihm egal, aber eine Spur Homophobie wehrte sich gegen seine einsetzende Vorstellungskraft. Dann ging ihm auf, dass sie ihn indirekt, aber garantiert mit voller Absicht, auf den Gedanken gebracht hatte, sie selber hätte schon mit Mädchen rumgemacht. Sie wusste natürlich genau, welche Filmrolle sie damit in seinen inneren Projektor eingelegt hatte. Er konzentrierte sich eine halbe Minute auf die Nummernschilder der entgegenkommenden Autos, bis er sicher war, beim Sprechen nicht schlucken zu müssen.

»Wo fährst Du jetzt eigentlich hin?«

»Helga hat mir eine Pension empfohlen, da quartieren wir uns jetzt ein. Später können wir nochmal ins Städtchen fahren, wir sollten noch ein paar frische Klamotten kaufen. Und Spielkarten, vielleicht? Morgen müssen wir ja nicht früh raus. Wir könnten bis in die Puppen Mau-Mau spielen!«

»Spitzen-Idee!« Miststück, hundsgemeines.

SAMSTAG, 28. SEPTEMBER

Laut Karte lag ihr Haus am Ende einer befestigten Straße, aber ein Waldweg, den sonst nur Forstarbeiter mit Unimogs oder Traktoren befuhren, führte ebenfalls zu Helga Bornemann. Kowalski schob den Hebel rechts neben dem Handbremsgriff nach hinten, befahl damit der Hydropneumatik, die Karosserie ein paar Zentimeter nach oben zu stemmen, und lenkte den Xantia vorsichtig über eben diesen besseren Trampelpfad.

Nach fünf Minuten konzentrierter Schleichfahrt, untermalt von den schabenden Geräuschen der Grasbüschel am Unterboden, parkte sie den Citroën neben einem Stapel Baumstämmen.

»Das muss reichen. Ich schätze mal, es ist noch ungefähr ein Kilometer. Warte besser nicht im Wagen.«

Michael nickte nur und stieg aus. Es war nicht allzu kalt, Kowalski hatte ihre Jacke geöffnet. Er las den Schriftzug auf ihrem schwarzen T-Shirt: »Leave the gun. Take the cannoli«. Das Wort »gun« hing an Fäden von der stilisiert gezeichneten Hand eines Puppenspielers.

»Starkes Teil, oder? War ein Angebot. Konnte ich nicht ablehnen.«

Ohne Abschiedsworte drehte sie sich um und folgte dem Waldweg ein paar Meter. Er sah ihre Schuhe das trockene Herbstlaub berühren, hörte aber kein dazu passendes Rascheln. Sie bog nach rechts ab, hinter eine umfangreiche Erle. Sein Blick wanderte zur anderen Seite des Stammes, auf der sie nach einem Sekundenbruchteil wieder auftauchen sollte, aber sie blieb verschwunden. Wie hatte sie das gemacht? Er musste sich eingestehen, dass sie recht gehabt hatte: Es war tatsächlich besser, dass sie das Haus der Bornemann alleine aufklärte. Die Zeiten, in denen er sich nahezu lautlos durch einen Wald bewegen konnte, waren vorbei. Lange vorbei. Er wäre nur ein Klotz an ihrem Bein, oder noch schlimmer: eine Gefahr für sie und sich selbst.

Immer vorausgesetzt, die Bornemann würde tatsächlich unter Beobachtung stehen. Dass in ihrem Geschäft keine Kameras installiert waren, musste nicht viel heißen. Michael hatte beim Verfassungsschutz genug Jammern und Klagen über karge Observationsbudgets mitbekommen - vielleicht war bei der Bornemann auch eine Entscheidung getroffen, ihr Haus zur wahrscheinlicheren Stätte konspirativer Treffen erklärt worden. Michael stieß einen kurzen Lacher aus: Mit dem Gedanken an seinen ehemaligen Arbeitgeber war er wieder in das typische Behördendeutsch zurückgefallen. Konspirative Treffen ... die Bornemann war fast sechzig, ihre ehemaligen

Mitstreiter teilweise im Rentenalter. Oder tot, natürlich. Wenn die militanten Linken von damals sich heute noch treffen, ginge es in den Gesprächen bestimmt eher um Arztbesuche und die guten, alten Zeiten als um den Entwurf neuer Pläne zum Umsturz.

Verdammtes Laub! Musste das so trocken sein? Es gelang ihm nicht, auch nur einen Schritt zu machen, ohne dass es raschelte. In ohrenbetäubender Lautstärke, so kam es ihm vor. Man könnte meinen, eine ganze Armee walzt durch den Wald.

Kowalski war vielleicht zwanzig Jahre jünger als er. Also noch nicht einmal in dem Alter, in dem er damals im Kosovo gewesen war, vor etwa fünfhundert Jahren. War er damals besser als heute? Garantiert. Aber er war nie so gut wie dieses Mädchen. Keiner aus seiner Gruppe, auch wenn sie sich eingebildet hatten, dass sie die Elite wären. Bei ihm und den anderen war es damals ein Beruf, bei manchem auch eine Berufung gewesen. Für Kowalski schien es ihr Leben zu sein.

Gestern Abend in der Pension hatten sie tatsächlich Mau-Mau gespielt. Er hatte sich wider Erwarten prächtig amüsiert, Kowalski brachte ihn zum Lachen mit ihrem Repertoire an cartoonhaften Emotionen, die von völlig überzogener Empörung über seine Siege bis zum verschlagenen Superschurken-Kichern beim Ausspielen der Sieben reichten.

Aber als sie heute morgen über einer Karte der Umgebung beraten hatten, wie sie sich dem Zielobjekt - so nannte Kowalski das Haus der Bornemann - nähern sollten, hatte sie ihm höflich, aber bestimmt klar gemacht, dass er sich im Hintergrund zu halten habe. Widerspruch hatte er gar nicht erst probiert, es wäre zwecklos gewesen. Die nette Gesellschafterin des vergangenen Abends war vielleicht nur eine Rolle, die sie ihm zuliebe angenommen hatte. Jetzt hatte er die wahre Kowalski zu sehen bekommen.

*

»Na, Dicker?«

Michael fuhr herum. Kowalski hatte ihr mittleres Grinsen aufgesetzt, das fast noch als Lächeln durchging, weil ihr Mund die Wangen zwar schon zu Pausbäckchen hochdrückte, die Zähne aber noch hinter den Lippen verborgen blieben. Michael wollte sie küssen oder ihr den Hals umdrehen. Am besten beides gleichzeitig.

»Musst Du mich so erschrecken?«

»Ich will Dir ja nichts, aber tagträumen ist im Moment nicht so eine gute Idee, Herr Eichendorf!«

»Habe ich nicht! Ich habe nur überlegt, ob da hinten - rechts von der kleinen Lichtung, siehst Du? - nicht auch noch ein guter Platz für einen Beobachter wäre ...«

»Stimmt. Gut improvisiert, die Ausrede, Respekt. Habe ich aber gecheckt, da ist keiner.«

»Also los!«

»Nein, warte. Hier, guck! Jemand hat das Wasserloch vergiftet.«

Sie hielt ihm drei winzige schwarze Kästchen hin.

»Das sind Bewegungsmelder. Leicht außer Gefecht zu setzen, aber man muss sie erst mal finden. Da ist ein Hochstand, von dem man einen guten Überblick über den Weg zu Helgas Haus hat, und da hockt einer drin. Der wird den passenden Empfänger für die Dinger im Ohr haben.«

»Vielleicht nur ein Jäger? Der damit erkennt, wenn sich Wild nähert?«

»Glaube ich nicht. Die meisten von denen tragen doch grüne Klamotten, damit sie auch so richtig waidgerecht aussehen. Als ob das für die armen Rehe einen Unterschied macht. Der Typ in dem Hochstand trägt Jeans und eine schwarze Thermojacke. Ich habe auch kein Gewehr gesehen, aber das muss nichts heißen. Außerdem waren die Melder nur auf den Pfad gerichtet.«

»Und was machen wir jetzt?«

»Naja, wir können ihn ohne Lärm schlecht ausschalten. Er hat um den Hochstand freies Feld, ich müsste mit der MP5 und Schalldämpfer …«

»Was ist denn, wenn der nur Fotos von Vögeln macht, oder so? Du kannst doch nicht einfach auf Verdacht jeden abknallen, der Dir gerade im Weg steht. Selbst, wenn der die Bornemann überwacht: Vielleicht ist das nur ein ganz kleines Licht und der weiß gar nicht, für wen er da observiert.« Michael redete sich in Empörung, aber Kowalski hob die Hände, um ihn zu bremsen.

»Ich war noch nicht fertig, reg Dich ab. Ich wollte das nur gesagt haben: Erschießen ist suboptimal. Wir müssen uns Gedanken machen, wie wir ihn sonst ausschalten. Es gibt keine Möglichkeit, in das Haus zu kommen, ohne von dem Typen gesehen zu werden.«

»Vielleicht sollten wir einfach an ihm vorbei marschieren und abwarten, wen er dann alarmiert? Irgendwie eine Falle stellen?«, schlug Michael vor.

»Auf keinen Fall! Erstens habe ich keine Ahnung, mit wem wir es zu tun haben, sprich: Wer dann kommen würde. Ich kann für Deine Sicherheit unter diesen Umständen nicht garantieren, und mein primärer Auftrag ist immer noch, Dich am Leben zu halten. Zweitens: Wenn wirklich die Polizei kommen würde, soll ich die alle töten? Das wäre wahrscheinlich ein ganzes SEK. Nur damit Du fliehen kannst? Wenn Du Dir schon um den Typen auf dem Hochstand solche Sorgen machst …«

»Ja, schon gut, war nicht durchdacht … also, was jetzt? Hast Du Betäubungspatronen oder so etwas?«

»Nein, Blödsinn! Bin ich Tierärztin?«

»Und wenn wir nur auf ihn zielen und dann zwingen, runter zu kommen?«

»Kritisch. Wenn er einen stummen Alarm hat, und ich an seiner Stelle hätte einen, wird er reichlich Gelegenheit finden, den auszulösen. Aber gib Dir keine Mühe, ich habe eine Idee.«

Sie ging zu ihrem Auto und öffnete den Kofferraum. Nach ein paar

Sekunden kam sie zurück, mit einem merkwürdigen Gerät in der Hand, das Michael erst für eine Pistole zum Verschießen von Pingpongbällen hielt, bis das Wort »Granatwerfer« mit einem ploppenden Geräusch aus den Tiefen seiner Erinnerung auftauchte.

»Bist Du jetzt total übergeschnappt? Willst Du den in die Luft …«

»Warte doch mal ab, Du Depp! Meine Güte!«

Sie klappte den Granatwerfer auf und holte das Geschoß aus dem Lauf.

»Das ist der Heckler und Koch AG36, und hier haben wir eine M381 HE im Kaliber 40 mm. HE steht für High Explosive, wobei ich mich immer gefragt habe, ob das nicht eigentlich Highly heißen müsste. Egal. Dieses Kaliber wurde vor rund sechzig Jahren im Auftrag der US-Army entwickelt, weil die …«

Michael hörte nicht weiter hin. Er sah fasziniert zu, wie Kowalski ein Leatherman aus ihrem Rucksack holte und damit in wenigen Sekunden das Geschoss aus der Hülse drückte. Sie schien völlig unberührt davon, dass eine Explosion der Granate sie atomisiert hätte. Michael hatte während seiner Grundausbildung mit genau diesen Waffen auch zu tun gehabt, aber die Ausbilder machten schon mit Übungspatronen einen Riesen-Umstand, damit den Soldaten auch ja nichts passierte. Trotzdem kursierten etliche Geschichten von irgendwelchen armen Trotteln, die sich schwer verletzt oder sogar umgebracht hatten. Natürlich immer nur in anderen Truppenteilen.

»Kacke.«

Kowalski hatte schon einige Zeit versucht, dass Geschoss auseinander zu schrauben, aber ohne Erfolg. Sie warf es zu Michael, der es panisch schnappte. Seinen Gesichtsausdruck fand sie wohl sehr amüsant.

»Hilf Mutti mal mit dem Gurkenglas, Junge, Du bist doch stark. Und mach Dir nicht ins Hemd, die wird erst mit dem Abschuss scharf.«

Es war schwer, die aerodynamisch glatte Kappe ließ sich schlecht greifen, aber es klappte doch besser, als er dachte. Und besser, als Kowalski dachte, denn sein schneller Erfolg schien sie zu enttäuschen.

»Du bist ja doch zu was zu gebrauchen. Gib her!«

Sie operierte wieder mit ihrem Werkzeug an dem Sprengkörper und hatte nach wenigen Momenten ein Ding in der Hand, das an ein Uhrwerk erinnerte.

»Der Zünder. Ich baue das jetzt wieder zusammen, dann können wir den Typen mit einem Blindgänger umhauen.«

»Ich weiß nicht … Wir könnten dem die Knochen brechen, oder sonst was. Hast Du keine Gummigeschosse?«

»Nein. Wofür?«

*

Sie folgten dem Pfad zu Bornemanns Haus. Kurz bevor der Weg aus dem

Wald auf freies Feld führte, blieben sie stehen. Kowalski reichte Michael ihr Fernglas. Er wunderte sich erst, dass das Holzgerüst dreißig Meter vom Waldesrand entfernt errichtet worden war, aber der Bachlauf hinter der Leiter und die akkurat gepflanzten Mini-Tannen verrieten ihm, dass der Besitzer dieser Ländereien den Mischwald zugunsten des Weihnachtsgeschäftes gefällt hatte.

»Wenn wir noch zwei oder drei Jahre warten, können wir die Tannen als Deckung nutzen«, flüsterte sie.

»Und jetzt?«, fragte er.

»Ich sehe zu, dass ich so nahe wie möglich ran komme. Dann kriegt er eine verpasst.«

»Und ich?«

»Du guckst zu.«

Sie stand auf, hielt den Granatwerfer hinter ihren Rücken und bewegte sich in Richtung des Hochstandes. Sie schaffte ein Drittel der Strecke, bevor der Mann sie aus dem Augenwinkel entdeckte. Als sie ihn mit einem freundlichen »Hallo!« anrief, wandte er ihr seinen Oberkörper zu, ohne aufzustehen. Kowalski stoppte. In einer fließenden Bewegung brachte sie den Granatwerfer in Anschlag, zielte und feuerte. Der Mann hatte nur Zeit, seine durchgehende Augenbraue verblüfft nach oben zu wölben, bevor die Granate auf seinem Brustkorb aufschlug. Die Wucht des Geschosses schmetterte ihn so heftig gegen die Bretter des Hochstandes, dass Michael einen Moment befürchtete, das Holz würde bersten.

Er rannte los, an Kowalski vorbei, die ihren Colt aus dem Halfter zog und ihm zu dem Hochstand folgte.

Michael stürmte die Leiter hoch, besorgt, dass der Blindgänger den Mann doch getötet hätte. Aber der atmete noch, war nur bewusstlos. Als sein Körper vor die Bretter geschleudert wurde, hatte er sich wohl den Kopf gestoßen.

»Lebt er noch?« Kowalski kletterte die Leiter hinauf.

»Sieht so aus.«

»Ok. Ganz schön morsch hier. Ich komme besser nicht rein, ist auch zu eng. Hier, ich habe Kabelbinder, zum Fesseln. Durchsuch ihn mal.«

Michael zog die Brieftasche des Mannes aus dessen Jacke und klappte sie auf. Seine stille Hoffnung auf einen verräterischen Ausweis von irgendeinem Geheimdienst wurde enttäuscht, aber wirklich erwartet hatte er das sowieso nicht. Führerschein, Personalausweis, Fahrzeugpapiere, Kreditkarten, alles auf den Namen Heiko König. Nichtssagend und wahrscheinlich falsch.

»Handy? Waffen?«, fragte Kowalski.

»Eine Pistole. Hier. Und hier ist das Handy.« Michael reichte beides seiner Leibwächterin und beschäftigte sich weiter mit den Taschen des Bewusstlosen.

»Zieh ihm das Holster aus, das kannst Du nehmen. Der hat eine P8, die ist besser als Deine P1. Die P8 hat fast doppelt soviel Kugeln im Magazin. Und einen gepufferten Browning-Verschluss, für weniger Rückstoß. Besser für Anfänger, und …«

Sie referierte noch weiter, aber er musste sich auf den Bewusstlosen konzentrieren. Der Mann war nur durchschnittlich groß und einigermaßen schlank, aber den leblosen Körper in der Enge des Hochsitzes so hin und her zu drehen, dass Michael ihm die Hände auf dem Rücken fesseln konnte, war ein ordentliches Stück Arbeit.

»Hast Du eine Idee, womit ich ihn knebeln könnte?«

»Zieh ihm eine Socke aus.«

Michael betrachtete das Resultat seiner Mühen: Der arme Kerl würde nicht nur Kopfschmerzen und vielleicht ein paar gebrochene Rippen haben. Von den Kabelbindern bekommt er Blutergüsse, dachte Michael, und so, wie er da liegt, hat er beim Aufwachen den Muskelkater des Jahres. Und einen schlechten Geschmack im Mund. Andererseits: Hätte ihm schlechter ergehen können.

»Im Telefonbuch sind nur Notrufnummern, ADAC, Mailbox und sowas. Nichts, was für uns interessant wäre. Wahlwiederholung ist auch deaktiviert. Er muss alle Nummern aus dem Kopf gewählt haben. Er war also nicht ganz blöd.

Ok, lass uns jetzt zur Bornemann gehen, wir sind schon spät dran. Auf dem Rückweg können wir mal schauen, ob unser Freund hier schon wieder wach ist.«

*

Michael drückte auf den Klingelknopf neben der Tür und löste damit merkwürdige Geräusche im Innern des Holzhauses aus, die er nach einiger Überlegung als scheppernde digitale Imitation von Walgesängen identifizierte. Nach einer Minute Wartezeit, nur unterbrochen von einem jenseits der Tür geträllerten »Momehent!«, öffnete sich die Pforte, und Helga Bornemann strahlte ihn an. Michael ertappte sich bei dem Gedanken, dass die Türklingel tatsächlich einen Wal angelockt hatte.

»Hallo, Ihr Lieben, kommt doch rein!«

»Hallo, Helga! Das ist Michael!« Michael sah zu, wie die plötzlich winzig wirkende Kowalski in das Gravitationsfeld ihrer Gastgeberin gesogen wurde und sich umarmen lassen musste.

»Ayse, Du hättest mir ruhig sagen können, dass Du so einen Hübschen mitbringst!« Helga zwinkerte Michael zu. Er hielt ihr seine Hand mit bis zum Anschlag durchgestreckten Arm hin, fest entschlossen, sich gegen engeren Körperkontakt bis zum letzten Atemzug zu wehren. Nachdem er Helgas auf Jute-Flip-Flops thronende, metallicrot lackierte Zehennägel bemerkt hatte, und weil er auch nicht ihren in wallende, violette Stoffbahnen drapierten

Körper allzu konzentriert betrachten wollte, suchte Michael im kosmetik-überladenen Gesicht der Frau nach einem Punkt, den er fixieren konnte, ohne unhöflich zu wirken. Helgas Ohrläppchen schienen ihm eine geeignete Stelle, auch wenn er fürchtete, dass sie von den spray-gestählten, hennaroten Fransen der gewollt strubbligen Kurzhaarfrisur durchbohrt werden könnten.

»Guten Tag, Frau Bornemann! Sie wohnen ja sehr schön hier!« Was die Landschaft betraf, hatte Michael nicht gelogen, das Innere des Hauses traf allerdings nicht seinen Geschmack: Bornemann hatte ein Faible für Keramikfiguren, polierte Steine, Drahtskulpturen und allerlei andere Staubfänger. Jedes einzelne Dekorationsstück war recht hübsch, das musste Michael zugeben, aber die blanke Menge brachte seine Sehnerven an die Grenzen der Überlastung. Er trat in den von Bornemann beinahe vollständig ausgefüllten Flur, ängstlich darauf bedacht, nicht irgendeinen Tand mit dem Ärmel vom Regal zu wischen.

»Danke, das ist sehr lieb von Dir! Aber nenn mich doch Helga ... Ich habe mich bemüht, die Energieströme des Wassers und der Erde möglichst wenig zu verwirbeln ... alles streng Vastu! Ihr wisst, was das ist, oder?«

»Die Harmonisierung des Menschen und seiner Umwelt?« Kowalski bewegte den Klöppel eines Windspiels und lauschte andächtig den Tönen der Klangrohre.

»Aber nein, das ist doch Feng-Shui! Vastu ist die indische Weise, eine Wohnung unter Berücksichtigung der energetischen Harmonien des Universums einzurichten. Dabei wird der Raum als Bio-Feld betrachtet, der mit der Bio-Energie des menschlichen Körpers in Wechselbeziehung steht.«

Michael rätselte einen Moment, wo der Unterschied war, entschied aber, nicht nachzufragen. Helga führte ihre Gäste in das sitzmöbelfreie Wohn-zimmer.

»Setzt Euch doch! Auf die Kissen, ja! Möchtet Ihr etwas trinken? Ich habe Sauerampfer-Limo da!«

»Ich hätte gerne ein Wasser. Michael auch, wie ich ihn kenne!« Kowalski lächelte Helga überaus liebenswürdig an. Als ihre Gastgeberin für einen Moment in die Küche verschwunden war, grinste sie breit zu Michael herüber. Offenbar amüsierte sie sich prächtig.

Helga kam zurück, die Frauen tauschten noch einige Freundlichkeiten aus. Nachdem er aus Höflichkeit einen Schluck des echt isotonischen Quellwassers mit hohem Sauerstoffgehalt genommen hatte, wollte Michael nicht noch weitere Zeit mit Small-Talk vergeuden.

»Frau Bornemann, meine Kollegin hat Ihnen gestern schon gesagt, dass wir Ihnen einige Fragen stellen wollen. Speziell geht es um einen gewissen Harald, der sich im August 1975 in einer Stasi-Akte positiv über Sie geäußert hat.«

»Ja ... ach, das ist lange her ... Ich war neunzehn und eigentlich noch ein dummes Ding. Aber damals erwachte mein politisches Bewusstsein. Zu der

Zeit hätte ich ja jedem Verfassungsschützer noch ins Gesicht gespuckt. Der Trotz der Jugend. Aber irgendwann wird man erleuchtet, und diese politischen Zänkereien erscheinen ja im kosmischen Sinne so kleinlich ...«

»Da haben wir ja Glück«, sagte Kowalski.

»Ja, Weisheit macht gelassen, Du. Der Mensch ist ja ein Staubkorn, das sich für einen Riesen hält. Vielleicht kommt Ihr da auch noch hinter ... Damals war ich selber noch nicht so weit. Wir haben 1974 das Amnesty-International-Büro in Hamburg besetzt, um gegen die Iso-Haft von Andreas, Ulrike, Gudrun und den anderen zu demonstrieren. Das war meine erste große Aktion, und es war auch ganz toll, irgendwie: Alle waren sehr solidarisch und so zornig, aber trotzdem total voller Liebe.«

»Andreas, Ulrike und Gudrun?« fragte Kowalski. Michael warf ihr einen tadelnden Blick zu - als Verfassungsschützerin hätte sie wissen müssen, wer gemeint war. Aber Helga hatte natürlich Verständnis:

»Ach, Du, das war ja bestimmt zehn Jahre vor Deiner Geburt! Andreas Baader, Ulrike Meinhof und Gudrun Ensslin, die Köpfe der Rote Arme Fraktion.«

»Hatten Sie mit denen Kontakt, oder mit anderen Mitgliedern der Baader-Meinhof-Bande?«

Helga verzog für einen Moment missbilligend die Lippen.

»Michael, so haben wir sie ja damals nicht genannt, Du ... Aber nein, ich galt für Euren Verein zwar als Sympathisantin, aber ich fand deren Methoden zu brutal. Und die haben doch erwartet, dass der kleine Mann von der Straße in den Kampf mit einsteigen würde ... Ich wusste ja schon damals, dass die ganzen alten Faschisten den Deutschen doch das Denken abgewöhnt hatten ... Die Bürger waren alle glücklich mit ihren Fernsehern und Italien-Urlauben!

Als der Holger dann im Knast gestorben ist ... also, Holger Meins, Ayse, der war ja schon '72 verhaftet worden und hatte im Gefängnis mit Hungerstreiks gegen die Haftbedingungen protestiert ... Das Amnesty-Büro hatten wir im Oktober besetzt, und im November '74 ist er gestorben. Viele von uns haben damals ja geglaubt, er wäre umgebracht worden, und sind in den Untergrund gegangen.«

»Sie nicht, Frau Bornemann? Hatten Sie andere Pläne?«

»Ich hatte damals keine Pläne, nur Ideen. Ich habe bei dieser Aktion Harry Dennert kennengelernt, und wir haben dann einen anderen Weg eingeschlagen.«

Dennert. Das war also der Nachname von Harald. In dem Akten-Blatt war er unleserlich gemacht worden. Michael hoffte, dass er mit diesem Namen ein Stückchen weiter kommen würde.

»Ayse Koslowski« hatte ihr bestes Kleines-Mädchen-Gesicht aufgesetzt.

»Komm, Helga, erzähl mal! Wie ging das weiter mit Dir und Harry?«

Sie schien an den knallroten Lippen ihrer Geschlechtsgenossin zu hängen.

Michael rekapitulierte die Worte, um sicher zu gehen, dass sie nicht »Tante Helga« gesagt hatte.

»Wie gesagt, wir haben uns bei der Besetzung kennengelernt. Aber wir waren uns einig, dass solche Aktionen nur Tropfen auf den heißen Stein waren. Die würden das Establishment ja nur provozieren, die Fronten verhärten. Wir haben lange Abende mit politischen Gesprächen verbracht. Und dabei haben wir uns ineinander verliebt.«

Helgas Blick zielte an Michael vorbei, aber ihm war klar, dass sie nicht auf etwas an der Wand hinter ihm starrte, sondern vier Jahrzehnte in die Vergangenheit.

»Aber das ist für Euch bestimmt nicht so wichtig. Harry hatte Kontakte in die DDR, wir sind im Frühjahr '75 rübergefahren, und ich habe mit ein paar wichtigen Leuten gesprochen. Die waren der festen Überzeugung, dass der Kapitalismus, und damit ja auch West-Deutschland, in wenigen Jahren an den system-eigenen Widersprüchen zugrunde gehen würde. Man befürchtete, dass in den letzten Zuckungen die kommunistischen Länder als Sündenböcke für das eigene Scheitern herhalten sollten. Es hätte zu einer Verstärkung der imperialistischen Neigung kommen können.«

»Man befürchtete also einen Angriff? Das war doch nichts Neues, das haben doch beide Seiten gedacht«, sagte Michael.

»Ja, aber diese Leute hatten die Idee, einen solchen Angriff nicht nur auf dem Schlachtfeld zu kontern, sondern durch gezielte Anschläge auf feindlichem Boden die Ordnung zu destabilisieren. Wir wurden dann in einem geheimen Militärlager am Springsee ausgebildet. Man gab unserer Truppe den Decknamen ›Schwert‹.«

Michael sah vor seinem geistigen Auge die fette Frau im Kampfanzug durch Schlamm robben. Kein schöner Anblick, und auch kein glaubwürdiger. Aber es passte in das Puzzle: Für die Ausbildung paramilitärischer Kräfte hatte die Stasi ihre Abteilung für Sonderfragen, AGM/S, ins Leben gerufen.

»Verstehe ich das richtig? Sie haben sich in der DDR zur Terroristin ausbilden lassen?«

»Aber nein, zur Guerillera! Ich hätte doch nur im Krieg zur Waffe gegriffen! Aber das hatte sich sowieso schnell erledigt … Ich war schwanger, und im Dezember '75 ist ja die Melanie zur Welt gekommen. Ein eigenes Kind verändert die Perspektive so sehr …«

Helga hatte sich zu Kowalski gebeugt und ihr mütterlich die Hand auf den Unterarm gelegt. Die junge Frau nickte verständnisvoll und setzte eine Miene auf, die sagte: Ja, wenn nur der Beruf nicht wäre, dann hätte ich selber schon eine ganze Rasselbande. Als Helga einladend zu Michael schaute, als ob er die »liebe Ayse« gefälligst zu schwängern habe, zog Kowalski eine Grimasse, die deutlich zeigte, was sie von der Vorstellung des Mutterglücks hielt.

Michael ignorierte die mimischen Einlagen der Frauen.

»Nach der Geburt Ihrer Tochter standen Sie also für die Revolution nicht mehr zur Verfügung. Sind Sie in der DDR geblieben und haben dort auf den Niedergang des Kapitalismus gewartet?«

»Nein, ich musste erst 1985 in die DDR ziehen … Damals, also '75, bin ich wieder zurück in den Westen, mit Harry und Melanie. Harry hat den Aufbau des Netzes koordiniert. Aber wie ich schon sagte, meine Tochter hat alles geändert … In unserer Generation war doch schon alles verloren … Ich habe oft zu Harry gesagt, wir müssen die Kinder durch Erziehung vom Sozialismus überzeugen, und nicht die Eltern mit Gewalt in ihn hinein zwingen!«

»Wo ist denn dieser Harry jetzt, Frau Bornemann?«

»Harry ist 1978 verschwunden … Ich nahm an, dass er verhaftet wurde. Oder vielleicht sogar getötet. Man wollte mir ja nie etwas sagen.«

Michael fragte sich, wie ihm diese Informationen weiterhelfen könnten. Helga war also ein kleines Licht der radikalen Linken gewesen. Zum Glück für alle Beteiligten hatte ihr dieser Harry ein Kind angedreht und sie damit wahrscheinlich vor anderen, gewalttätigen Dummheiten bewahrt. Harry wäre vielleicht der interessantere Gesprächspartner gewesen, aber der war leider nicht verfügbar.

»Übrigens, ich habe noch etwas Pflaumenkuchen da, wollen wir uns auf einen Happen in den Wintergarten setzen?«

Michael verspürte wenig Lust, der dicken Schwätzerin noch weiter zuzuhören. Hier gab es nichts Interessantes mehr zu hören, er wollte verschwinden. Kowalski sah ihn mit zusammengezogenen Augenbrauen an, aber er hatte keine Auffälligkeiten in Helgas Erzählung entdeckt.

»Pflaumenkuchen hört sich sehr lecker an. Ich habe auch einen Mörderhunger!«, sabotierte Kowalski seinen Fluchtplan.

»Sehr schön, da freue ich mich aber! Wollt Ihr schon mal raus gehen?«

»Soll ich was mitnehmen, Helga? Teller, Tassen?«

»So weit kommt das noch, dass ich die Gäste schuften lasse, meine Liebe!«

»Schon gut, schon gut!« Kowalski folgte Michael auf die von einer Glasfassade eingefasste Terrasse. Er erwartete sie mit einer überspitzten pantomimischen Darstellung der beiden Frauen, wie sie ihre Freundlichkeiten austauschten und deutete abschließend mit einem in den Hals zeigenden Finger an, was er davon hielt. Kowalski grinste, dann brachte sie ihren Mund in die Nähe seines Ohres und flüsterte:

»Da ist noch mehr, wir müssen sie nur ein bisschen bitten!«

Michael nickte verdrossen, zuckte mit den Schultern und überließ ihr mit einer Geste die Initiative. Er wusste jetzt Haralds Nachnamen, das wäre vielleicht nützlich, ja. Aber sonst kam von Helga vor allem heiße Luft. Er war fast zu der Überzeugung gekommen, Ommerborn hätte ihn extra zu der exaltierten Esoterikerin geschickt, weil er gewusst hatte, dass deren eitles Geschwätz Michael sicherer aus der Spur bringen würde als eine Kugel in den Kopf.

*

Helga tänzelte auf die Terrasse und verteilte das Geschirr. Die ungewöhnlich schweren, dunkelgrün glasierten Keramikteller zogen Michael und Kowalskis Blicke auf sich.

»Ja, selbst getöpfert ...«

Michael war kein Kenner, aber ihm schien das Geschirr von einiger handwerklicher Qualität zu sein. Die Tassen sahen sich alle so ähnlich, dass er industrielle Fertigung angenommen hatte; Teller und Untertassen waren glatt, rund und ohne eine Spur von Rinnen, die Finger auf dem drehenden Ton hinterlassen haben könnten.

Die Gastgeberin kam mit einem Tablett voller Kuchen zurück. Kowalski schaufelte sich ein Stück auf ihren Teller, als ob sie seit Tagen nichts gegessen hätte und garnierte es mit einem Drittel der Sahne, die Helga auf den Tisch gestellt hatte. Die Wangen voller Gebäck, deutete sie auf die Tasse und gab unverständliches Gebrumme von sich.

»Ich glaube, sie will Ihnen ein Kompliment für Ihre Töpferkunst machen, Frau Bornemann ...«, sagte Michael. Kowalski nickte, ein dicker, sahniger Krümel tropfte von ihren Lippen.

»Danke, Spätzchen, das ist so allerliebst. Ich habe ja mit dem Töpfern angefangen, schon lange bevor die ganzen gelangweilten Zahnarzt-Gattinnen sich kreativ selbst verwirklichen wollten. Aber irgendwann hast Du ja alle Deine Freunde mit Aschenbechern und Vasen beglückt ... und nach der Wiedervereinigung, als man mich vor Gericht gestellt hatte, wollte mein alter Arbeitgeber in Potsdam mich ja nicht mehr weiter beschäftigen, da habe ich mir was ganz Neues gesucht und mich zur Goldschmiedin ausbilden lassen, da war ja dann auch nicht mehr viel Zeit zum Töpfern.«

Bevor sie das nächste Stück Kuchen auf ihren Teller hievte, ließ Kowalski noch eine Schmeichelei los:

»... und der Schmuck ist wirklich fast so gelungen wie der Kuchen hier! Was mich noch interessiert: Wieso musstest Du denn in die DDR ziehen, Helga? Ich dachte, das hättest Du freiwillig getan.«

»Man hätte mich sonst wegen Landesverrats verhaftet!«

»Landesverrat? Ist diese Guerilla-Truppe aufgeflogen?«

»Nein, 1985 hatte ich mit denen ja nichts mehr zu tun. Nach Harrys Verschwinden war ich ja lange Zeit deprimiert, aber der Georg Badenkow, über den der Kontakt in die DDR lief, kümmerte sich sehr rührend um mich. Irgendwann wurde unsere Beziehung dann auch privat. Er hatte zu Melanie ja einen guten Draht, und ich dachte, das Kind sollte nicht ohne einen Vater aufwachsen. Wir heirateten und wollten nach Kaufbeuren ziehen. Georg sollte dort im Auftrag des Ministeriums für Staatssicherheit tätig werden. Aber wir wohnten gerade mal ein paar Tage dort, als man uns verständigte, unsere falschen Namen seien aufgeflogen. Da sind wir dann zurück in die

DDR. Georg ist leider kurz vor der Wiedervereinigung gestorben. Vielleicht auch ganz gut, dass er das nicht mehr erleben musste.«

»In Kaufbeuren? Sie sagten eben, dass Sie 1974 neunzehn waren, also sind Sie 1953 geboren worden, oder? Kann es sein, dass Georg Badenkow deutlich älter war?«

»Ja, woher weißt Du das? Georg war von '28 ...«

»Und Ihr Deckname war Meissner, Ihr angeblicher Mädchenname Ehard?«

»Ja, das stimmt. Das finde ich ja erstaunlich, dass ...«

»Wir haben vor ein paar Tagen mit dem Mann gesprochen, wegen dem Ihr aufgeflogen seid«, sagte Kowalski zwischen zwei Bissen. Michael hatte ihr die Einzelheiten des Gesprächs mit Kitzhofer nicht erzählt, aber sie konnte sich denken, woher er diese Namen wusste.

»Mal so nebenbei: 25 Jahre Altersunterschied?« Kowalski verzog ihr Gesicht in gespielter Abscheu, Helga lachte ihr Glöckchen-Lachen.

»Aber das spielt doch überhaupt keine Rolle! Georg war nicht mehr der Jüngste, ja, aber ein echter Gentleman ... davon gab's ja damals schon nicht mehr viele. Und so unter uns Frauen: Er hat mich in keiner Beziehung enttäuscht, wenn Du weißt, was ich meine ... Aber sag mal, Ihr seid an Jahren doch auch ein ganzes Stück auseinander, oder?«

Michael sah betreten zu Boden, aber als Kowalski loslachte und anfing zu sprechen, schoss er einen scharfen Blick auf sie ab, der still und deutlich zu verstehen gab, dass sie besser auf ihre Worte achten sollte.

»Was, wir beide? Nie im Leben! Er hat ... schätzt mich als gute Freundin und ich hüte ihn wie meinen Augapfel, und das war's.«

»Komisch, ich dachte, ich würde da Schwingungen spüren ...«

»Zurück zu Georg Badenkow ...« Michael hätte sogar höchst interessiert über Tarot-Karten geredet, nur um ein anderes Thema zu diskutieren.

»Also, wie gesagt, wir mussten ja dann flüchten ... Oberstleutnant Berber vom Ministerium für Staatssicherheit, ein ganz lieber Mensch, hat uns dann ja neue Identitäten verschafft. Du, das war wirklich toll: Wir wohnten in Potsdam, ich arbeitete als Friseurin, meine Tochter ging zur Schule und war in der FDJ, ein ganz normales Leben. Man hat mir vertraut, ich habe sogar wöchentlich berichtet, ob in meiner Umgebung reaktionäre Tendenzen oder Aktionen zu erkennen waren ... aber die meisten Leute beschränken sich ja doch nur aufs Meckern. Und die Schlimmeren sind irgendwann fortgezogen ...«

»Das ist so lecker ...« Kowalski schluckte den letzten Bissen ihres dritten Stücks Pflaumenkuchen runter. Helga, die lustlos an einem halben Stück, ohne Sahne, herumgestochert hatte, sah neidisch zu ihrem jungen Gast.

»Wo lässt Du das alles, Ayse?«

Kowalski zuckte mit den Schultern.

»Übrigens, was ist denn aus Deiner Tochter geworden?«

»Die arbeitet in den USA, ist Professorin am Massachusetts Institute of Technology, am Labor für Künstliche Intelligenz …«

Fast schien es, als ob sie sich für die Berufswahl ihrer Tochter schämte. Wahrscheinlich ist das so weit von ihrer Welt entfernt, dass sie sich betrogen vorkommt, dachte Michael. Er sah, dass Kowalski sich wieder intensiv dem Kuchen widmete, also würde die Fortführung des Gesprächs an ihm hängenbleiben.

*

»Was ich nicht verstehe: Nach der Wende wurde bekannt, dass Sie Inoffizielle Mitarbeiterin der Stasi waren. Es hat sogar einen Prozess gegeben, weil jemand wegen Ihnen ins Gefängnis kam. Warum haben Sie damals nichts von Ihrer Vergangenheit erzählt?«

»Als man mir den Prozess gemacht hat, war das so … so beschämend. Melanie … wir waren zwar umgezogen, als sie erst zehn war, aber sie hatte trotzdem noch gute Erinnerungen an West-Deutschland. Sie war immer technisch interessiert, das hat sie wohl von ihrem Vater geerbt, und sie hat ständig gemeckert, dass die DDR so rückständig sei. Ich hatte keinen Einfluss mehr auf sie, sie war mir irgendwie entglitten. Man hat dann versucht, mäßigend auf sie einzuwirken. Als sie im Laufe des Prozesses erfuhr, dass ich das MfS um Hilfe gebeten habe, zu ihrem eigenen besten, da war … Sie ist sofort ausgezogen, noch bevor sie volljährig war. Ich hätte nie wieder von ihr gehört, wenn ich nicht ihren Namen in eine Internet-Suchmaschine getippt hätte: Sie hat den Nachnamen ihres Stiefvaters behalten, zum Glück.«

Michael konnte nicht glauben, was er da hörte.

»Sie haben ihre eigene Tochter der Stasi verpetzt und nach all den Jahren sind Sie immer noch so verblendet, dass … ›zu ihrem eigenen besten‹, von wegen! Wenn man schon so fett ist und nicht auf die Sympathie der Mitmenschen hoffen kann, dann muss man sich wenigstens die Anerkennung der Vorgesetzten erkaufen, notfalls durch Verrat am eigenen Kind, oder wie sehe ich das? Das kotzt mich ja echt an: Revoluzzer spielen, die Gesellschaft ändern wollen, anderen sagen, wie es zu laufen hat … und wenn die tollen Ideale bei der eigenen Tochter nicht verfangen, wird die sofort ans Messer geliefert!«

Helga hatte Michael bei seiner Tirade stumm zugehört, während ihr Tränen in die Augen stiegen. Ja, gut, ihm war der Kragen geplatzt, er hatte übertrieben, aber trotzdem …

Plötzlich stand Helga auf und ging ins Haus. Noch bevor ihre beiden Gäste reagieren konnten, stand sie wieder bei ihnen und legte wortlos zwei gerahmte Fotos auf den Tisch. Michael nahm das erste auf: Das Studioportrait einer Brünetten von etwa zwanzig Jahren, aufgenommen offenbar in den Siebzigern. Er dachte sich die zeitgenössische Kleidung und

Kosmetik weg und befand die abgebildete junge Frau für sehr attraktiv. Das zweite Bild, jüngeren Datums, zeigte eine Gruppe lachender Menschen bei irgendeiner Festivität, in der Mitte eine Dame, die es sich erlauben konnte, so ein figurbetonendes Abendkleid zu tragen. Michael verglich die Fotos, bemerkte die Ähnlichkeit und stellte fest, dass aus der hübschen jungen Frau eine immer noch verdammt gut aussehende Mittfünfzigerin geworden war.

»Wer ist das?«

»Das ist Helga! Meine Güte, Du bist so ein Klotzkopf, also ehrlich!«

»Schon gut, meine Liebe ... weißt Du, wenn ich morgens vor dem Spiegel stehe, frage ich mich jedesmal, wer die hässliche Dicke ist, die mich da anstarrt ... verdammtes Kortison!« Helga hatte sich die Tränen aus den Augen gewischt und sah Michael trotzig ins Gesicht.

»Du hast recht, Michael, ich habe mein eigenes Kind verraten. Ich habe Melanie verloren ... Du kannst Dir nicht vorstellen, was das für eine Mutter bedeutet!

Ich wollte, dass der Prozess schnell vorbei wäre, ich habe mich zu allem schuldig bekannt und eine Bewährungsstrafe bekommen ... Danach musste ich hier in Annaberg neu anfangen ... Der Herr Berber hat mir dabei geholfen und der Herr Rottkamp, mein Anwalt, hat mir ein bisschen Startkapital leihen können, das werde ich denen nie vergessen!

Aber versteht Ihr? Wenn Melanie dann auch noch erfahren hätte, dass ich aktive Spionin war! Dass ihr leiblicher Vater nicht bei einem Autounfall gestorben ist? All die anderen Lügen, die ich ihr erzählt habe? Ich hatte ja immer noch gehofft, dass sie eines Tages zurückkommt, aber das wird wohl nicht passieren, und jetzt ist es ja zu spät ...«

»Was ist es, Helga? Irgendein Krebs?«

»Ja. Gebärmutterhals, viel zu spät entdeckt. Jetzt habe ich im ganzen Körper Metastasen. Der Arzt meint, ich hätte nur noch ein paar Monate ...«

»Tut mir leid ... Scheiße, tut mir wirklich leid ... Meinen Sie nicht, dass Ihre Tochter zurückkommen würde, wenn sie das wüsste? Wenn Sie wissen, wo sie arbeitet, könnte man bestimmt Kontakt herstellen.«

»Ich habe ihr schon einige Emails geschickt ... Sie hat nicht geantwortet ... Wenn ich ihr jetzt schreibe, dass ich bald sterbe, wird sie das vielleicht für eine Masche halten. Und selbst, wenn nicht: Soll sie mir dann beim Sterben zuschauen? Nein, ich habe ihr einen langen, sehr langen Brief geschrieben, in dem ich ihr alles erkläre ...« Helga sah noch einen Moment niedergeschlagen zu Boden, dann wuchs ein Lächeln auf ihrem Gesicht.

»Eigentlich ist es schon fast eine Biografie ... Ich habe ja überlegt, ob ich die nicht einem Verlag anbieten soll: ›Deutschland und ich‹ ... Was haltet Ihr davon?«

»Na, ich weiß nicht ...« Kowalski gab sich skeptisch, aber Michael merkte: Sie war erleichtert, dass Helga sich wieder gefangen hatte. Scheinbar hatte sie den Kuchengott um Hilfe gebeten und war erhört worden, denn sie brachte ihm ein weiteres Opfer. Das musste mindestens das fünfte Stück sein, das sie verschlang.

»Was ist denn aus dem Guerilla-Netzwerk geworden, das Harry Dennert aufgebaut hat?«, fragte Michael. Die mussten alle so alt sein wie Helga, eher noch älter. Aktiv war bestimmt keiner mehr von denen. Aber da waren vielleicht welche bei, die diesen Teil ihrer Vergangenheit lieber vertuschen wollten. Das wäre eine Erklärung, warum man es auf Michael abgesehen hatte, und warum die Akte, die Glonsbeck dem VS verkaufen wollte, in der Versenkung verschwunden bleiben sollte.

»Das weiß ich nicht. Die werden sich spätestens nach der Wiedervereinigung verlaufen haben ... Ich habe ja nur ein paar von denen kennengelernt. Ich dachte mir ja schon, dass Ihr danach fragen würdet, als Ayse mich gestern besucht hat. Ich habe extra gestern Abend noch den Oberstleutnant angerufen, ob er was darüber wüsste, aber der meinte auch, dass die Sache abgeschlossen ist. Aber wie gesagt, nach Mellys Geburt verlor ich ja das Interesse daran.«

»Nach unseren Informationen ist diese Geschichte noch aktuell. Am Donnerstag soll irgendetwas über die Bühne gehen. Wissen Sie was darüber?«

»Donnerstag ist der Tag der Deutschen Einheit!«

»Ja. Das wussten wir schon. Und sonst?«

»Nein, ich kann mir ja nicht vorstellen, dass ... Das ist doch alles schon so lange her ...«

Michael war enttäuscht. Er hatte nicht erwartet, dass Bornemann ihm alle seine Fragen beantworten könnte. Aber gehofft hatte er es schon. Zeit, sich endlich zu verabschieden. Nur noch ein paar Schüsse ins Blaue.

»Hat irgendjemand, mit dem sie damals zu tun hatten, Franz Josef Strauß erwähnt?«

»Der bayr ...«

»Genau der.«

»Nein. Vielleicht ganz allgemein, der war ja nicht sehr beliebt ... aber sonst? Nein.«

»Ok. Sagt Ihnen wenigstens der Name Grassmann etwas?«

»Aber ja, das war einer der Deckna ...«

»Du Verräter-Fotze!« Hinter der Mauer des Hauses sprang ein großer, dünner Mann mit sehr langem, aber sehr schütterem Haar hervor und richtete eine Pistole auf Helga.

»Du hast den Bullenschweinen noch nicht genug erzählt, was?«

Er feuerte schnell hintereinander drei Schüsse ab. Die dicke Frau kippte langsam nach hinten, ohne dass ihre Knie einknickten, und schlug der Länge nach hin. Die Holzdielen der Terrasse übertrugen den Aufprall auf den Tisch, das Geschirr klapperte. Michael zuckte zusammen und konnte seinen Blick nicht von dem größer werdenden Blutfleck unter Helgas massigem Leichnam abwenden. Er trug zwar Königs Pistole in dessen Holster unter der Achsel, aber er hatte keine Übung darin, die Waffe einigermaßen schnell zu ziehen - bis seine Hand auch nur in die Nähe des Griffs käme, hätte Helgas Mörder ihn längst erschossen. Kowalski, die ihren Colt im Rucksack verstaut hatte, ließ keine Ansätze von Gegenwehr erkennen und kaute ihr Kuchenstück weiter.

*

»Was hat sie Euch gesagt?«

Der Mörder trat auf die Terrasse und richtete seine Waffe abwechselnd auf Michael und Kowalski.

»Los, antwortet!« Der Mann stellte sich zwischen Helgas Leiche und ihre Gäste. Sein Blick flackerte zwischen seinen Gegnern hin und her. Michael suchte beruhigende Worte: »Wir sind nur Geschäftsfreunde von Frau Bornemann, wir verkaufen ihren Schmuck auf Antikmärkten im Ruhrgebiet ... sie wollte uns noch ein paar besondere Stücke zeigen, die sie gerade in Arbeit hatte ...«

»Du lügst, Eichendorf! Ihr seid Bullenschweine vom VS!« Er schrie Michael an, zielte aber auf Kowalski. Die hatte den Kuchen endlich die Speiseröhre hinab gezwungen und rief plötzlich: »Lenk ihn ab!«

Michael wusste nicht, wie er das anstellen sollte. Aber das war nicht nötig: In Erwartung eines Manövers hatte der Mörder seine Waffe und seine Konzentration auf Michael gerichtet.

Kowalski nutzte den Moment und schleuderte den schweren, grünen, von Helga Bornemann selbst getöpferten Keramikteller in Richtung ihres Gegners. Michael beobachtete, wie der Rest des Pflaumenkuchens durch die Zentrifugalkraft vom Teller geschleudert wurde und die Sahne sich in alle Richtungen verteilte, wie durch einen Rasensprenger gepumpt. Die Aufmerksamkeit des Mannes wanderte wieder zurück zu Kowalski. Seine Augen wurden größer, als er den Diskus näher kommen sah, aber es war zu spät für eine Abwehrreaktion. Tellerkante traf auf Nasenscheidewand, die Wucht des Aufpralls ließ den Killer einen Schritt zurück taumeln. Kowalski war schon bei ihm, klemmte sein rechtes Handgelenk zwischen ihre Ellenbogenbeuge und ihre Rippen und stach mit der Kuchengabel in eine Sehne seines Unterarms. Der Beinahe-Glatzkopf schrie auf und ließ die Waffe fallen. Kowalski gab seinen Arm frei und ihm einen sanften Stoß. Der Mann wollte einen weiteren Schritt rückwärts machen, stieß aber mit der Hacke an die tote Helga Bornemann. Er fiel hinten über. Kowalski sprang über den leblosen Körper ihrer Gastgeberin, landete auf der Brust des Mörders. Der Aufprall presste ihm geräuschvoll die Luft aus den Lungen, begleitet vom Knacken mehrerer Rippen. Kowalski setzte sich auf den beschädigten Brustkorb, platzierte ihre Knie auf den Armen des Mannes und holte mit der Kuchengabel aus.

118

»Nicht!« Michael zog seine Pistole endlich aus dem Holster.

Kowalski bremste den Stoß, die Gabel schwebte fünf Zentimeter über dem Auge des Mannes. Der starrte gelähmt, aber mit zuckenden Lidern auf die Zinken. Seine blutigen Nasenflügel vibrierten.

»Warum nicht?«

»Das ist Jan-Hendrik Lanz, der Mönch!«

»Na, und? Willst Du ein Autogramm, oder was?« Sie drückte ihren Minidreizack sanft auf das Lid oberhalb des Wangenbogens.

»Ich will wissen, wer ihn geschickt hat!«

Kowalski analysierte Michaels Spiegelung in den Glasfenstern des Wintergartens.

»Zielst Du auf mich?«

Michael senkte den Lauf seiner Pistole ein paar Zentimeter und visierte Lanz' Kopf an.

»Nein!«

»Nein, natürlich nicht! Was ich mir wieder einbilde! Geh lieber in Deckung, vielleicht hat er noch Verstärkung mitgebracht.

Lanz, bevor sich hier noch jemand in den Fuß schießt: Eine falsche Bewegung und Du bist tot, egal, was der Trottel da sagt, klar?«

Michael konnte erkennen, dass sie den Druck der Kuchengabel auf den Augapfel minimal verstärkte. Lanz wimmerte Zustimmung.

»Nimm das Magazin aus seiner Pistole und leg sie auf den Tisch, dann bring mir meinen Colt aus dem Rucksack. Aber bleib mit dem Kopf unten.« Michael folgte Kowalskis Anweisungen. Sie nahm den Colt und stieg von Lanz' Brust, behielt seine Stirn dabei im Visier. Dann wies sie den Mann an, sich an den Tisch zu setzen, brachte aber seine Pistole außer Reichweite. Sie steckte dazu die Kuchengabel, die sie jetzt in der Linken hielt, in den Abzugsbügel und zog die Waffe daran über die Häkeldecke. Verdammt, dachte Michael, und ich Idiot habe eine Mordwaffe mit meinen Fingerabdrücken übersät. Aber kommt es noch auf einen Mord mehr an, den ich begangen haben soll? Egal, Lanz auszufragen war erst mal wichtiger. Michael hockte sich in den Türrahmen zum Wohnzimmer, behielt aber den Mann im Visier, der, trotz schmerzenden Brustkastens, seinen Bewacher in beinahe kindlichem Trotz musterte. Kowalski schlich aus dem Wintergarten. Nach ein paar Minuten kehrte sie zurück und schüttelte den Kopf - Lanz schien alleine gekommen zu sein.

»Mann, Lanz, Sie sind doch gerade vor ein paar Monaten aus dem Knast gekommen, nach - wie vielen Jahren? Zwanzig? Und dann haben Sie nichts Besseres zu tun, als wieder jemanden zu ermorden? Warum?«, fragte Michael

Lanz schwieg, starrte Michael weiter feindselig an. Er schniefte, aber das Blut aus seiner Nase hatte sich schon längst über Kinn und Hemd ausgebreitet. Kowalski trat vor und stach ihn mit zwei ausgestreckten Fingern auf eine der gebrochenen Rippen. Lanz schrie auf.

»Antworte, Blödmann!«

»Lass das, verdammt!«, rief Michael.

»Was denn, Du hast die Gehacktesfresse in Köln auch ziemlich hart angefasst, oder? Und was war mit der Kommandantin von dem Geronten-Lager?«

»Ja, weiß ich! Aber das war scheiße! Ich will mich nicht mehr von irgendwelchen Arschlöchern zu Sachen hinreißen lassen, die ich zum Kotzen finde, klar? Es gibt Regeln!«

Kowalski sagte nichts mit Worten, aber mit ihrem Blick. Sie hätte genauso gut mit dem Finger auf Helgas Leiche deuten können, um ihm zu zeigen, wohin seine Regeln führen würden. Und wohin er sich die stecken konnte.

Michael presste Daumen und Zeigefinger auf seine Nasenwurzel. Lanz musste jetzt glauben, dass sie »Guter Bulle, böser Bulle« spielen; das würde nicht hilfreich sein.

»Also, Herr Lanz, ich will nicht heucheln, dass es mir besonders leid täte, was meine Kollegin da gemacht hat. Sie haben gerade eine unbewaffnete Frau kaltblütig erschossen. Warum? Wieso war sie eine Verräterin? Das ist 25 Jahre her, dass Frau Bornemann politisch aktiv war …«

»Ein weiteres Detail des Antagonismus, dass Revisionismus als Projekt Legitimation des Apparates erzeugen will. Um es zu unterwerfen, muss der Apparat das historische Verstehen des Subjektes modifizieren können. Sache zwischen repressivem Staatsapparat und Revolutionär ist aber, dass beide wissen, dass sie in ihrer Unversöhnlichkeit wie ihrer Beziehung Ausdruck der Reife der Entwicklung sind, in der der Widerspruch zwischen Produktiv-kräften und Produktionsverhältnis antagonistisch wird zur letzten Krise des Kapitals und damit Ausdruck der Tendenz, in der die Legitimation des bürgerlichen Staates zerfallen ist.«

Michael sah sein Gegenüber ratlos an, er hatte kein Wort kapiert. Kowalski hatte es sich zwei Meter entfernt in einem Korbsessel bequem gemacht und zuckte mit den Schultern.

»Der Hermeneutik hermetisch verschlossen«, stellte sie fest. »Ich bin der Meinung, er quatscht extra so, eben deshalb, weil er nicht verstanden werden will. Wenn man ihn verstehen würde, könnte man vielleicht mit Argumenten kontern, die besser sind als seine.«

»Ihr würdet es nicht verstehen, weil Ihr nichts versteht vom bewaffneten Kampf!«, sagte Lanz und verschränkte die Arme vor seiner Brust.

»Dafür verstehen wir was vom unbewaffneten Kampf, wie Dir sicher nicht entgangen ist, Du Niete! So Weltenretter wie Du, Ihr seid alle nur Dilettanten.« Kowalski ließ ihrer Replik noch einen lauten Maulfurz folgen.

Jan-Hendrik Lanz, der Mönch. Wie passt der überhaupt hier rein, dachte Michael. Lanz galt in den Siebzigern als gefährlicher Sympathisant der Roten Armee Fraktion. Auf sein Konto gingen ein paar kleinere Brandanschläge und zwei oder drei Banküberfälle. Angeblich hatten ihn die Kernmitglieder der

RAF abgewiesen, weil er psychisch zu instabil war. Die Medien hatten ihn das Rote Asketen Fragment genannt, weil Lanz, in deutlichem Gegensatz zu Baader, einen enthaltsamen Lebensstil führte und auch in seinen Pamphleten propagierte: »entsagung, diametrales gegengift des konsums und damit gefährlichste waffe im kampf gegen den materialistischen kapitalismus!«

1979 geriet er in eine Verkehrskontrolle und erschoss den arglosen Polizisten, der ihn angehalten hatte. Danach hörte man lange nichts mehr von dem Mönch, bis man ihn 1991 zufällig im Örtchen Lubmin an der Ostsee entdeckte. Das Ministerium für Staatssicherheit hatte ihm Asyl geboten, genau wie einigen RAF-Mitgliedern.

Lanz galt immer als Einzelkämpfer - wieso kam also er auf die Idee, Bornemann hätte ihn verraten? Dazu hätte es schon vor 1991 eine Verbindung zwischen den beiden geben müssen.

»Kennen Sie einen Mann namens Harry Dennert?« Lanz antwortete nicht, aber sein irrlichternder Blick fokussierte sich für den Bruchteil einer Sekunde auf Michael. Der Mönch kannte Dennert.

»Hat Dennert Ihnen eine Guerilla-Ausbildung in der DDR angeboten? Haben Sie Frau Bornemann dort kennengelernt? Oder wussten Sie, dass die beiden liiert waren? Gehörten Sie auch zu ›Schwert‹? Wer hat Ihnen gesagt, dass wir vom Verfassungsschutz sind? Woher kennen Sie meinen Namen?«

Wieder keine Antwort.

Eigentlich war die Frage, warum Lanz Helga getötet hatte, auch zweitrangig. Wichtiger war, wer ihn auf Helga angesetzt hatte. Michael wollte nicht glauben, dass Lanz spontan bei einer alten Kampfgefährtin auf einen Pflaumenkuchen reinschauen wollte und dann zufällig deren Geschichte mit angehört hatte. Jemand musste ihm diese Adresse gegeben und das Märchen von Helga, der Verräterin, eingeimpft haben.

Aber wie konnte Michael Lanz' Schweigen brechen? Er sah halb interessiert auf Lanz' Pistole. Plötzlich fand er den Hebel, mit dem er die Tür des Terroristen vielleicht aufstemmen könnte.

»Eine Firebird ... die Ur-Mitglieder der RAF hatten alle so eine Knarre, stimmt's? Die stammten aus einem der ersten Raubzüge in irgendeinem Waffenladen, glaube ich? Ich erinnere mich, gelesen zu haben, dass eines der Mädels angeblich geweint hat, als sie beim Ausstieg die Firebird zurück geben musste ... so wie ein General, dem man die Streifen von der Schulter reißt. Sehr melodramatisch.

Aber egal: Ich stelle mir vor, dass irgendein alter Sympathisant Sie vor kurzem angerufen hat, Ihnen erklärt hat, dass Frau Bornemann eine schlimme Verräterin an ›unserer Sache‹ sei. Dass Helga uns, den Verfassungsschutz, auf ihre Fährte gesetzt hätte. Zwanzig Jahre im Knast, wegen ihr. Vielleicht hat er auch etwas anderes erzählt, ist egal, jedenfalls hat es gewirkt.

Vielleicht hat er Ihnen dabei die Hand auf die Schulter gelegt und feierlich gesagt: ›Jan-Hendrik, das ist ein Kommando, das nur ein alter Kämpfer wie

Du durchziehen kann!« Und vielleicht hat er dann so getan, als wenn er zu Ihnen aufschauen würde, weil er nie den Mut hatte, jemanden zu töten; und Sie haben aus dem gleichen Grund auf ihn herab gesehen. Dann hat er Ihnen gesagt, dass er, wie in alten Zeiten, ein Depot angelegt hätte, oder vielleicht wusste er auch von einem noch unentdeckten alten Depot und da wäre sogar noch eine Firebird drin. Da konnten Sie nicht nein sagen, das war das Tüpfelchen auf dem ›I‹ ... Endlich von der RAF akzeptiert! Mehr noch: Mit denen ist nichts mehr los, man muss zu Ihnen kommen ... Sie übernehmen die Ausrüstung und führen den Kampf der RAF fort ... Ein später Triumph!

Nur: Das hier ist keine Firebird, Herr Lanz. Die Firebirds waren ungarische Kopien der Tokarev TT-33, die der ägyptischen Armee verkauft werden sollten. Aber die wollten sie nicht. Also sind die Dinger in rauen Mengen auf dem zivilen Markt gelandet, ein großer Teil in Westdeutschland, ein paar bei der RAF. Das hier ist aber eine echte Tokarev, vielleicht aus den Beständen der Volksarmee. Sehen Sie: Hier ist ein Stern auf der Griffschale, war der auch bei der Firebird drauf? Ich glaube nicht! Und das hier ist eine 7,62-Patrone, aber die Firebirds waren alle 9mm-Parabellums.«

Michael hatte eine Kugel aus dem Magazin genommen und schnippte sie über den Tisch.

Lanz nahm sie auf und entzifferte mit zusammengekniffenen Augen die Zahlen auf dem Boden der Hülse. Michael konnte fast sehen, wie sich die kleinen Rädchen hinter Lanz' Stirn drehten.

»Man hat Sie verarscht, Lanz. Irgendjemand hat Sie für seine eigenen Zwecke benutzt.«

»Der verdammte Penner!« Der Mönch biss sich auf die Lippen und ballte seine Fäuste. Michael hörte das Zähneknirschen noch auf seiner Seite des Tisches. War Lanz so wütend, weil er verraten worden war? Oder weil er gerade den Verräter verraten hatte? Michael war es egal. Er musste die Proben der Südschiene-Akte nicht einmal hervorholen, um die entsprechenden Stellen nachzulesen, er kannte sie inzwischen auswendig:

»Dennoch empfahl August Berber, gegen Hassbauer keine Maßnahmen einzuleiten ... August Berber wies die Abt. AGM/S ... Zum Abschluß betonte August Berber noch einmal den Erfolg der Operation ...«

Lanz hatte ihm den Hinweis gegeben, den er brauchte.

»Wir werden Sie jetzt fesseln, Herr Lanz, dann werden wir verschwin ...«

»Was? Er hat Helga umgebracht! Auf gar keinen Fall werde ich ihn leben lassen.« Kowalski zielte mit dem Colt auf Lanz' Schädel. Michael wollte erst die Tokarev vom Tisch nehmen und auf Kowalski anlegen, aber er fürchtete, dass die Situation dann erst recht eskalieren würde. Und selbst wenn Kowalski Lanz erschießen würde - er könnte ihr keine Kugel in den Kopf jagen.

»... dann werden wir verschwinden und die Polizei verständigen.« Er bedachte Lanz mit einem Sei-jetzt-bloß-still-Blick.

»Ich würde es Dir nicht berechnen. Nur den halben Tagessatz für das Überwältigen eines Gegners«, sagte Kowalski.

»Nein.« Michael versuchte, den Tonfall wieder zu finden, mit dem er früher den einfachen Soldaten Befehle erteilt hatte, die ihnen zuwider waren. »Bring mir was, womit wir ihn fesseln können und dann sieh zu, ob Du den Brief von Helga an ihre Tochter finden kannst ... Wahrscheinlich im Arbeitszimmer.«

Für einen Sekundenbruchteil dachte er, Kowalski würde den Colt in seine Richtung schwenken. Aber er hatte wohl den richtigen Ton getroffen, denn sie steckte ihre Waffe weg und ging ins Haus zurück. Michael musterte er Lanz. Der Mönch saß bewegungslos in dem Stuhl, er hatte kapituliert. Aber Michael konnte nicht einen Funken Reue in seinem Gesicht erkennen. Er hatte sogar den Eindruck, dass Lanz zufrieden war mit seinem Schicksal. Vielleicht sog er sein Selbstbewusstsein aus dem Gedanken, der letzte echte Kämpfer der militanten Linken zu sein, bald zum zweiten Mal lebenslänglich eingesperrt. Vielleicht ergötzte er sich an den Schlagzeilen, die folgen würden, hoffte darauf, dass ihn das über die Rote Armee Fraktion stellen, zum Kämpfer Nummer Eins krönen würde. Vielleicht sonnte er sich in der Vorstellung, dass die restlichen Mitglieder dieses Vereins seinen Namen in Ehrfurcht flüstern würden. Vielleicht freute er sich darauf, vor Gericht eine große Schau abzuziehen, in der er sich zum Leitbild für nachwachsende Extremisten stilisieren würde.

Hoffentlich täuschte er sich.

Kowalski stapfte auf die Terrasse, mit einer Rolle Verpackungsklebeband in der Hand, stellte sich stumm hinter Lanz und fixierte seine Arme und Beine mit dem Klebeband am Stuhl. Sie trat einen Schritt zurück und überzeugte sich, dass ihrem Gefangenen die Flucht unmöglich war. Sie wandte sich zu Michael, er erwartete, dass sie etwas sagen würde wie »Lass uns abhauen«, aber dann stutzte sie, drehte sich wieder um und wickelte einen Streifen Packband um Lanz' Kopf, über den Mund.

»Was soll das? Wir sind hier doch am Arsch der Welt ... Wenn die ganze Ballerei schon keiner gehört hat, kann er doch schreien, so viel er will.«

Kowalski ignorierte Michael und wickelte einen weiteren Streifen um den zuckenden Kopf ihres verzweifelten Opfers, dann noch einen und noch ein paar Meter. Mit der Entfernung des Helmes aus Klebeband würde das schmerzhafte Ende von Lanz' traurigen Resten an Haupthaar einhergehen. Michael schwankte: Er war über Kowalskis sadistische Ader empört, andererseits amüsierte ihn der Gedanke daran, dass Lanz seiner vermeintlichen Lockenpracht beraubt würde.

»Das reicht jetzt«, sagte er; kurz bevor die Rolle aufgebraucht war, um wenigstens einen Rest moralischer Integrität zu heucheln. Kowalski ignorierte ihn, ein paar Sekunden später war sie fertig.

»Die Rolle stammt aus dem Schreibtisch, darin war auch eine Diskette mit dem Etikett ›Für Melanie‹. Wahnsinn, eine Diskette! Wahrscheinlich läuft der Rechner noch mit Kohle und alle paar Stunden brennt eine Röhre durch.«

»Jaja, schon gut! Lass uns mal drauf gucken.«

Kowalski hatte den Computer gestartet, bevor sie in den Wintergarten zurückgekehrt war. Gerade, als sie das Arbeitszimmer betraten, verschwand der Windows XP-Startbildschirm vom Monitor und ein mit Verknüpfungen überladener Desktop wurde sichtbar. Michael schob die Diskette ein. Er fand das Arbeitsplatz-Icon, und nach ein paar Sekunden Wartezeit konnte er das Diskettenlaufwerk im geöffneten Explorer auswählen. MelyBild.JPG war ein Portrait-Foto von Helgas Tochter, vielleicht von der Website ihres Arbeitgebers herunter geladen; Melanie sah sehr gut aus, ein Ebenbild ihrer Mutter in jungen Jahren.

»Lass uns mal die andere Datei gucken!« Kowalski schloss eilig das Bild und klickte auf FuerMely.RTF. Sie überflogen das Dokument: Es war die ausführliche Version von Helgas Geschichte. Die letzten Abschnitte waren direkte Ansprache an ihre Tochter, »weißt Du noch, wie Du damals in der Kinderkrippe …«.

»Ok, wir werden das mitnehmen und bei Gelegenheit dieser Melanie per Email schicken«, sagte Michael.

»Von mir aus. Wenigstens hat die Kiste Bluetooth.«

Während Kowalski die Dateien von der Diskette auf ihr Smartphone übertrug, fiel Michels Blick auf das Telefonregister neben dem Monitor. Er blätterte durch die Seiten, keiner der Namen kam ihm bekannt vor, bis auf zwei. Musste ja auch nicht. Die meisten Vorwahlen in Helgas Bekanntenkreis begannen mit 037irgendwas, alles nähere Umgebung. Die Vorwahl von Berber war 0341. Allzu weit konnte das auch nicht entfernt sein. Eine Berliner Nummer stand noch drin: Rottkamp, Helgas Anwalt.

»Gut, hauen wir ab.«

*

»Und? Ist er noch verschnürt?«

»Ja, ja.« König lag noch genau so da, wie sie ihn verlassen hatten. Aber jetzt war er bei Bewusstsein und hatte seine Mono-Braue in der Mitte geknickt. Er war sauer, nicht sehr überraschend. Allerdings versuchte er nicht einmal, gegen den Knebel anzufluchen. Michael überlegte, ob er den Mann verhören sollte, aber ihm fiel kein Ansatz ein, wie er ihn unter Druck setzen konnte. Und Kowalskis Ansatz? Michael kletterte die Leiter hinab, ohne zu erwähnen, dass König wach war.

Ein paar Minuten später steckte Kowalski den Schlüssel in das Zündschloss des Xantia.

»Du warst mit Lanz' Antwort auffallend schnell zufrieden. ›Der verdammte Penner‹ … das war nicht nur eine Beleidigung, oder?«, fragte sie.

»Nein. Das ist ein Name … und den Decknamen von Penner kennst Du auch: August Berber.«

»Der Stasi-Betreuer von Helga? Ach, der steht auch auf einem der Blätter, oder? War mir eben nicht aufgefallen, als Helga den erwähnte. Aber wo ist der Zusammenhang?«

»Berber ist ein altmodisches Wort für Penner, also liegt das nahe, oder?« Kowalski holte ihr Smartphone hervor und tippte auf dem Display.

»Um genau zu sein, sind Berber eine Gruppe unter den nicht sesshaften Wohnungslosen, die freiwillig …«

»Ja, kann sein. Aber im Grunde habe ich recht, oder? Deshalb finde ich diese Dinger so zum Kotzen: Erst keine Ahnung haben, aber mal eben nachgucken, und dann mit fremdem Wissen auftrumpfen wollen!«

»Du bist ja wieder kacke drauf …«

»Bis jetzt war der Tag auch scheiße!«

»Komm wieder runter. Sag mir lieber, was Du jetzt machen willst. Fahren wir zu dem Penner und fragen höflich, aber bestimmt, warum er die arme Helga von diesem Spargeltarzan hat umbringen lassen?«

»Genau. Wo Du das Ding schon in der Hand hast: Von welcher Stadt ist 0341 die Vorwahl? Berbers Nummer steht in Helgas Register.«

Nach kurzem Getippe: »Leipzig.«

»Gut. Guck mal, ob Du irgendetwas über einen Herrn Penner aus Leipzig finden kannst, am besten die Adresse.«

Nach einer weiteren Minute Tipperei auf dem Display gab Kowalski Michael das Telefon.

»Adresse finde ich nicht, aber hier … lies selbst!«

»August Penner ist Vorsitzender der ›Vereinigung rufgeschädigter ehemaliger Mitarbeiter des Ministeriums für Staatssicherheit‹ … Regelmäßige Treffen, in denen Maßnahmen diskutiert werden, die für Gerechtigkeit … Siegerjustiz der imperialistischen Bundesrepublik … Oh, Scheiße, so einer!«

»Ja. Drück ihm ein paar Ziegel in die Hand und er baut die Mauer wieder auf, aber am liebsten links vom Rhein!«

»Hier ist die Webseite dieses Vereins … Die treffen sich jeden Samstagabend um sechs im Gasthaus Weberstube, am Nikischplatz in Leipzig. Das ist heute. Sollen wir da mal hin?«

»Schaffen wir das noch? Gib mal her!«

Kowalski startete das Navigationsprogramm, tippte die Adresse ein und wartete die Routenberechnung ab.

»Wird knapp. Zwei Stunden, sagt das Navi, und jetzt ist es schon viertel nach vier.«

»Dann gib mal Gas, Chauffeuse!«

Kowalski startete den Citroën und fuhr in Richtung Norden, ein paar hundert Meter hinter Mildenau bog sie links ab. Während sie in den Serpentinen bei Geyersdorf die Grenzen des Xantia-Fahrwerks auslotete, wählte Michael mit einiger Mühe über ihr Telefon den Notruf und berichtete mit gespielter Hysterie von Schüssen bei »der Frau Bornemann, und da ist so ein Kerl auf dem Hochstand«. Er beendete das Gespräch, noch bevor die Dame in der Notrufzentrale ihre erste Frage stellen konnte. Er schaute eine Weile der Landschaft zu, die an dem Citroën vorüber glitt. Dann beobachtete er Kowalski beim Fahren.

»Du bist so schweigsam ... Ich denke die ganze Zeit, ich hätte was im Ohr.«

»Das war falsch, Lanz leben zu lassen.«

»Das hätte nichts gebracht. Helga wäre immer noch tot und ...«

»Ich weiß.«

»Ich glaube, Du bist nur sauer, weil Lanz Helga töten konnte. Weil Du Dich lieber mit dem Pflaumenkuchen beschäftigt hast, anstatt Deine Arbeit zu machen. Aber Lanz umzubringen, hätte Deinen Fehler nicht ungeschehen gemacht ... Insofern wäre es nur Rache gewesen, und Rache ist nicht sehr professionell, oder?«

»Ich bin nicht sauer, ich fürchte, der wird uns noch Ärger machen. Doch, gut, ich bin auch sauer. Ein Möchtegern-RAF-Fuzzi! Wie peinlich ist das denn? Du hast recht, ich habe einen Fehler gemacht. Ich habe nicht aufgepasst, und das hat Helga getötet. Und Lanz hätte ja auch Dich erschießen können.«

»Oder Dich!«

»Das ist irrelevant.«

»Finde ich überhaupt nicht! Gehört das zu Deinem bescheuerten Ehrenkodex? Also ehrlich, wenn irgendwann mal eine Kugel auf mich zufliegt, dann möchte ich nicht, dass Du die fängst, klar? Ich bin Dein Klient, das ist ein Befehl, basta!«

Kowalski legte ihre Hand auf Michaels Knie. Sie war warm. Und elektrisch geladen.

»Du bist echt ein lieber Kerl, Michael. Obwohl Du ein Arsch bist. Aber Fastenrath ist mein Auftraggeber. Seine Befehle gelten. Tut mir leid, aber ich würde die Kugel fangen. Und der ›bescheuerte Ehrenkodex‹ hat uns zur Nummer eins in der Branche gemacht! Auf unser Wort ist Verlass!«

»Willst Du mir nicht endlich verraten, was das für eine Branche ist, Kowalski? Weil ich so ein lieber Kerl bin?«

Ihr Lachen schickte noch mehr Ampere durch seinen Körper als ihre Berührung.

»Nein, aber wie wär's damit: Ich heiße Allison!«

»Echt?«

»Ja, ehrlich!«

»Allison Kowalski, ohne Scheiß?«

»Naja, teilweise ...«

»Schöner Name!«

»Danke. Ja, ich bin auch ganz zufrieden. Weißt Du, für meine Eltern musste es ein amerikanischer Vorname sein, die stehen nämlich auf beide Arten Musik: Country und Western.«

*

Wenige Minuten vor 18 Uhr rangierte Allison den Xantia in eine Parklücke am Nikischplatz. In der Gaststätte Weberstube wurden sie von einem Haufen älterer Herren skeptisch begutachtet, aber Allison setzte ihr strahlendstes Lächeln auf und teilte die Menge wie Moses das Meer. Michael folgte in der Bugwelle ihrer Aura zum Festsaal, wo die Versammlung der »Vereinigung rufgeschädigter ehemaliger Mitarbeiter des Ministeriums für Staatssicherheit« stattfand. Sie setzte sich an einen der Tische nahe beim Rednerpult, er zog es vor, weiter hinten Platz zu nehmen. Er sah sich um und konnte keinen Unterschied zu einem Dackelzüchter- oder Kleingärtnerverein feststellen. Abgesehen von den Qualmwolken, die dem Rauchverbot in Gaststätten Teer und Nikotin ungefiltert ins Gesicht spuckten. Michael fiel auf, dass vorzugsweise alte DDR-Marken geraucht wurden, Cabinet, Club, F6, Karo, hier und da lagen auch ukrainische Jin Ling oder russische Belomorkanal-Schachteln auf dem Tisch. Aber die üblichen amerikanischen Marlboro, West und Lucky Strike, selbst die französischen Gauloises glänzten durch Abwesenheit. War das Bewahrung oder Wiederentdeckung der Tradition? Oder einfach nur Trotz?

Punkt 18 Uhr wurden die Türen geschlossen, einer der Dackelzüchter, mit schwarz gefärbten Haaren, trat hinter das Rednerpult und kündigte nach kurzem Mikrofontest, einszwei, einszwei, den »Kameraden Penner« an.

Penner, ein großer Mann, im Durchschnitt schlank, nur nicht um den Bauchnabel, hinkte zum Pult. Er hatte ein rotes Gesicht, eine vernarbte, noch rötere Nase und sprach laut, mit heiserem Tenor.

»Liebe Genossen der ›Vereinigung rufgeschädigter ehemaliger Mitarbeiter des Ministeriums für Staatssicherheit‹: Wir alle wissen, dass die Arbeit des Ministeriums für Staatssicherheit, später des Amtes für Nationale Sicherheit, nach der Annektierung der Deutschen Demokratischen Republik durch die BRD in gröbster Verzerrung der Fakten äußerst negativ dargestellt wurde … und immer noch wird! Wir wehren uns entschieden gegen die sogenannte Geschichtsschreibung der selbsterkorenen Sieger und behaupten, dass sie vielmehr Geschichtsfälschung betreiben!

Deshalb sind Methoden, Planung und Organisation bei der Aufklärung und Bekämpfung geschichtsfälschender Personen und Institutionen heute unser Thema. Dazu müssen wir natürlich zuerst die Kriterien definieren, die uns die Einordnung bestimmter Personen und Institutionen als geschichtsfälschend gestattet. Diese Kriterien sind von unterschiedlicher Qualität …«

Michael stieg aus, er hatte keine Lust, sich noch weiter auf den Inhalt der Rede zu konzentrieren. Auf dem Tisch hinter ihm lagen verschiedene Broschüren aus. Er ignorierte »Fakten zum anti-imperialistischen Schutzwall« und griff sich »Die Hohenschönhausen-Lüge«: Michael hatte immer angenommen, bei der Ostberliner Untersuchungshaft-Anstalt handelte es sich um einen Kerker, in den politische Gefangene geworfen worden, um dort tage-, wochen- und jahrelang bei eingeschaltetem Licht in einer winzigen Zelle zu vegetieren. In manchen Fällen in knöchelhohem, eiskaltem Wasser, ohne ein Möbel, auf dem man sitzen, geschweige denn liegen konnte. Bis der Widerstand gebrochen war. Aber den acht Seiten der Broschüre zufolge schien Hohenschönhausen vielmehr eine Art Wochenendherberge gewesen zu sein, in der politische Wirrköpfe bei guten Gesprächen zu einer Tasse Tee sanft auf die Fehler in ihrem Weltbild hingewiesen wurden.

Gut, dachte Michael, bei einem Verein mit dem Namen »Vereinigung rufgeschädigter ehemaliger Mitarbeiter des Ministeriums für Staatssicherheit« muss man natürlich mit einigem Revisionismus rechnen. Aber dass es so drastisch war, überraschte ihn doch. Legten die alten Männer, die um ihn herum saßen, nur für die Öffentlichkeit eine Show hin, um nicht irgendwann doch noch vor Gericht zu landen? Oder glaubten sie tatsächlich selbst, arme, unverstandene Opfer der Wiedervereinigung zu sein? Wahrscheinlich Letzteres - in den dreiundzwanzig Jahren seit 1990 hatte es hunderte Treffen wie dieses gegeben. Die Teilnehmer hatten gemeinsam ihre Erinnerungen korrigiert oder sogar erfunden, kollektiv die eigenen Gehirne gewaschen. Inzwischen musste die DDR in ihren Köpfen zum realen real-sozialistischen Paradies mutiert sein; das Ministerium für Staatssicherheit zum edlen Ritter im Kampf gegen den neidischen, imperialistischen Feind im Westen, der biederen Bürgern faschistische Flausen in die kleinen Köpfe setzte.

Kurz vor 20 Uhr endete Penners Vortrag. Der Schwarzgefärbte lud zur Diskussion, einige Hände schossen in die Höhe, Fragen zum eben Gehörten wurden gestellt. Offenbar war Penner einigen seiner Genossen noch nicht genug ins Detail gegangen. Aber nach einer Weile drifteten die Fragen mehr und mehr in eine Richtung ab, von der Michael vermutete, dass sie repräsentativ für die meisten Treffen dieses Vereins war: Wie konnte man mehr Rente von dem Staat bekommen, dessen Bürger man immer noch nicht sein wollte?

Da hob Allison ihre Hand. Michael tastete unter seiner Jacke nach der Pistole. Er rechnete fest mit einigen ausgewählten Beleidigungen an die Adresse der ehemaligen Stasi-Mitarbeiter. Aus dem unweigerlich folgenden Tumult würde Allison sich nur mit Waffengewalt befreien können, was sie natürlich sehr bedauerlich fände, hinterher.

»Die junge Dame hier vorn, bitte!«

»Ja, hallo, mein Name ist Ayse Koslowski und ich habe ja Herrn Penners Vortrag wahnsinnig interessiert zugehört und fand den auch echt total spannend, aber ich wollte mal fragen, da er ja in der Abteilung römisch dreiundzwanzig gearbeitet hat, und man hört ja immer wieder, und weil ich gerade für die Studentenzeitschrift meiner Uni was schreibe zum Tag der Deutschen Einheit, denn er muss es doch wissen, weil ja zum Beispiel einige RAF-Mitglieder hier aufgegriffen wurden, ob denn das MfS den Terrorismus unterstützt oder gefördert hat, oder irgendwie selber Anschläge, man hat ja auch von Kampfgruppen gehört, innerhalb West-Deutschlands, wo ich ja herkomme, sogar?«

Es dauerte einige Sekunden, dann wurde empörtes Gemurmel laut. Allison drehte sich um, naiv lächelnd, aber leicht verwirrt schauend, völlig die doofe Unschuld, die bei dieser Gelegenheit eine solche Frage stellen würde. Penner hob die Hände.

»Liebe Genossen, bitte! Wir müssen uns auch unbequemen Fragen wie dieser stellen und sie mit kühlem Kopf beantworten! Darf ich zuerst von Ihnen wissen, Fräulein Koslowski, wie alt sie 1990 waren?«

»Drei!«

»Hatten Sie Verwandte oder Freunde in der Deutschen Demokratischen Republik?«

»Nur Tante Ilse, aber die ist '89 gestorben, an Gürtelrose …«

»Danke. Lassen Sie mich bitte zuerst ein Wort an meine Kameraden richten, dann werde ich Ihre Frage gerne beantworten.

Genossen, die junge Dame hier hat keine eigene Erinnerung daran, dass es einmal eine Deutsche Demokratische Republik gab … Ich vermute, alles, was sie über unser geliebtes, vergangenes Vaterland weiß, hat sie aus dritter Hand … Berichte von Leuten, die ihre reaktionäre Ideologie in jedes Wort zwängen, das sie schreiben und reden. Wir können Fräulein Koslowski nicht genug dafür loben, dass sie die gleichgeschalteten Medien kritisch hinterfragt und sich selber an die echten Zeugen der Zeit wendet, nämlich an uns. Und an uns liegt es, ehrlich zu sein gegenüber den kommenden Generationen! Vieles von dem, was uns damals richtig und selbstverständlich erschien, auch heute noch erscheint, entzieht sich dem Verständnis der jungen Menschen, weil ihnen der historische Kontext fehlt.

Aber wir müssen auch kritisch sein uns selbst gegenüber! Fakt ist, dass die Deutsche Demokratische Republik etwa einem Dutzend Personen Unterschlupf, Straffreiheit und neue Identitäten gewährt hat, die in der BRD steckbrieflich, teilweise wegen Mordes gesuchte Verbrecher waren, eben die ehemaligen Mitglieder der terroristischen Rote Armee Fraktion; daran gibt es nichts zu rütteln!

Und ich will gerne gestehen: Wir haben nicht völlig uneigennützig gehandelt. Die betreffenden Personen gaben uns bereitwillig Auskunft über ihre Motive und Methoden, ihre Organisation, Logistik und dergleichen mehr. Wertvolle Informationen, die wir benutzen konnten, um die Deutsche Demokratische Republik vor Schaden durch terroristische Aktionen zu bewahren, seien sie geplant gewesen von Einzelpersonen, Gruppen oder faschistischen Staaten.

Aber warum haben wir diese Menschen bei uns aufgenommen? Doch nur, um sie ruhig zu stellen, um der BRD aus der Spirale staatlicher Gewalt und terroristischer Gegengewalt zu helfen!«

Die Zuhörer nickten zustimmend, was für ein toller Verein sie doch gewesen waren, einige klopften zum Beifall auf die Tische. Penner schmunzelte wie ein von der eigenen Pfiffigkeit überzeugter Büttenredner, als er fortfuhr.

»Fräulein Koslowski, ich bin Ihnen sehr dankbar, dass Sie mir Gelegenheit geben, die Haltung des Ministeriums für Staatssicherheit gegenüber dem Terrorismus so unmissverständlich auszudrücken. Kurz: Wir haben ihn schon immer entschieden abgelehnt!«

Er sah zu Allison, die überaus dankbar tat und sich anscheinend sehr geehrt fühlte, ihre Frage so ausführlich beantwortet zu bekommen. Penner ging noch auf weitere Fragen anderer Zuhörer ein, aber nach einer halben Stunde wurde die Diskussion zäher, der Saal leerer. Allison und Michael verschwanden kurz hintereinander aus dem Gasthaus und trafen sich am Auto wieder.

»Die Stasi: Unverstandene Philanthropen!« titelte Allison und stieg ein.

»Ja, alle Regenbögen über der DDR waren von denen mit der Hand in den Himmel gemalt.«

»Greifen wir ihn gleich?«

»Nein, zu viele Zeugen. Ich weiß auch noch nicht genau, wie wir ihn anpacken sollen. Er kommt mir ziemlich glatt vor … der quatscht uns zu und wir nicken bloß und merken nicht mal, dass er uns verarscht.«

»Fassen wir ihn hart an. Der Typ ist ein Sesselfurzer: Brich ihm zwei oder drei Finger und der erzählt Dir alles, was Du hören willst!«

»Kann sein, aber dann wird er mir auch Lügen erzählen, von denen er glaubt, dass ich sie hören will. Ich bin mehr an der Wahrheit interessiert. Davon ab: Schon vergessen, was ich eben gesagt habe?«

»Der Quatsch mit den Regeln?«

»Genau! Keine Gewalt mehr!«

»Na, wenn Du meinst. Sollen wir ihm hinterher?«

»Ich glaube schon.«

»Ok, bin gleich wieder da.«

Allison öffnete die Tür des Citroën und verschwand für fünf Minuten in der Dunkelheit. Sie tauchte vor dem Bug des Xantias wieder auf und machte sich am Stoßfänger zu schaffen, dann ging sie zum Heck und werkelte dort herum. Als sie wieder auf dem Fahrersitz Platz nahm, beantwortete sie Michaels fragendes Gesicht.

»Leipziger Nummernschilder. Weniger auffällig. Hoffentlich habe ich nicht ausgerechnet die von unserem Freund erwischt!«

Michael tröstete sich mit dem Gedanken, dass geklaute Nummernschilder auf der langen Liste der Straftaten, die man ihm irgendwann vor Gericht vorlesen würde, weit unten ständen.

Eine halbe Stunde später verließ Penner die Weberstube und stieg in einen Volvo. Nach fünf Kilometern Fahrt, ohne dass er seine Verfolger bemerkt hätte, parkte er den Wagen in der Auffahrt einer Doppelhaushälfte in Leipzig-Leutzsch, neben einem Fiat Cinquecento. Durch die großzügig verglaste Hausfront sah Michael, wie Penner von einer erheblich jüngeren Asiatin mit einem Küsschen begrüßt wurde.

»Gut, mehr wird hier wahrscheinlich nicht passieren. Such mal eine Pension in der Nähe.«

SONNTAG, 29. SEPTEMBER

»Du siehst gut aus, heute Morgen. So zufrieden!« Allison lächelte Michael an, und er fühlte sich deshalb noch besser. Auf ihrem T-Shirt war eine Brechstange abgebildet, darüber stand: »Do you see what happens, Larry?«

»Ich hatte eine Idee, wie wir Penner unter Druck setzen können. Lass uns mal ein paar Sachen einkaufen!«, sagte Michael.

»Was denn? Heute ist Sonntag …«

»Ich weiß! Aber wir gehen auf die Messe!«

Das Wetter war auf der Seite der »modell-hobby-spiel«. Kalter Nieselregen hatte familiäre Aktivitäten im Freien vereitelt und sämtliche Eltern der Umgebung mit ihren Kindern in die Messehallen getrieben. Väter bestaunten Eisenbahnlandschaften im Maßstab H0, Söhne probierten sich an ferngesteuerten Rennwagen, Töchter knuddelten Stofftiere, Mütter waren genervt. Michael kam sich mit Frau, aber ohne Kind, etwas auffällig vor und beeilte sich, seine Einkaufsliste abzuhaken.

Eine Packung Knetstangen in verschiedenen Farben. Einen Experimentier-Bausatz mit Leuchtdioden. Ein gasbetriebener Lötkolben. Eine Tüte mit bunten Kabelbindern. Ein Paar Lautsprecher. Wie an jedem Ort, an dem mehr als ein Dutzend Menschen zusammen kommen, drängten auch hier mehrere Mobilfunk-Anbieter den Passanten ihre extrem günstigen und wirklich leicht zu verstehenden Verträge mit nur 72 Monaten Laufzeit auf; Michael kaufte ein billiges Handy mit Prepaid-Karte. Sie verließen die Messe, in einer Tankstelle mit angegliedertem Supermarkt fand er die letzte Zutat: Frischhaltefolie.

Sie setzten sich in den Xantia, Michael drückte Allison die Knete in die Hand.

»Hier, misch mal die gelbe Stange mit einer halben Stange braun!«

»Fingerfarben wären mir lieber … und was soll da rauskommen? Dünnschissfarben?«

»Genau. Daraus knete mir dann bitte einen Quader, Proportionen ungefähr wie eine Streichholzschachtel!«

»Was, keine dünnschissfarbene Büste von Dir? Och, männo …«

Michael lötete eine Schaltung aus der Anleitung des Elektronik-Baukastens zusammen; die fertige Platine steckte er in das beiliegende Kleingehäuse. Ein Schalter, eine Leuchtdiode und zwei Kabel mit kleinen Steckern ragten aus der schmalen Seite des Kästchens, dazu zwei Kabel mit blanken Enden, die er unter dem Akkudeckel des Handys einklemmte.

Er riss die Membran aus dem Lautsprecher, an dessen metallenen Chassis verzurrte er mit den Kabelbindern Kästchen und Handy. Michael ließ sich den Knete-Quader geben und befestigte ihn ebenfalls in dem Oval des Lautsprecherchassis. Zuletzt drückte er die beiden Stecker in die Knete.

»Mit Deinem Handy kannst Du bestimmt auch Filme machen, oder?«

Allison richtete das Objektiv auf die Konstruktion in Michaels Schoß. »Und: Action!«

Michael betätigte den Schalter an dem Kästchen, die rote Leuchtdiode blinkte dreimal schnell hintereinander hell auf, dann pulsierte sie schwach. Er wickelte die Frischhaltefolie um die Bastelei und sagte: »Cut!«

Sie fuhren zu Penners Haus, parkten hundert Meter entfernt und warteten. Nach etwa einer Stunde verließ die Asiatin das Haus und fuhr mit dem Fiat davon. Allison verfolgte sie zu einem Fitness-Studio.

»Jetzt kommt der zweite Teil unseres Thrillers!«

Allison filmte, wie die junge Frau eine Sporttasche aus dem Kofferraum des Cinquecento hob und in dem Gebäude verschwand. Michael wartete noch zwei Minuten, dann schlenderte er mit seinem Päckchen zu dem italienischen Kleinwagen. Auf Höhe der Fahrertür bückte er sich, dann kehrte er zu dem Citroën zurück.

»Alles drauf?«

»Oscar für die beste männliche Hauptrolle: Michael Eichendorf! Vielleicht gibt's auch die Goldene Himbeere.«

*

»Entführung kostet extra.«

»Wer spricht denn von Entführung? Du sollst nur reingehen und Herrn Penner vor die Tür bitten.«

»Ja, klar. Und der kommt auch freiwillig mit.«

»Du hast doch da unter der Jacke ein überzeugendes Argument aus der Fabrik von Herrn Colt.«

»Ach so. ›Komm mit oder Du fängst Dir eine Kugel‹, das ist keine Entführung. Warum diskutieren wir da überhaupt? Ist doch nicht Dein Geld, was ich dafür berechne.«

»Nein, aber ich sehe schon kommen, dass mir irgendjemand eine Knarre unters Kinn drückt, und dann sagst Du: ›Oh, tut mir leid, Geld ist alle. Tschüss!‹ Deshalb will ich lieber ein bisschen sparsam sein.«

»Wird schon nicht passieren. Ist noch genug da. Ich gehe jetzt und Du zahlst, basta.«

Allison stieg aus. Michael saß auf der Rückbank des Citroën, durch die getönten hinteren Scheiben von außen unsichtbar, und beobachtete, wie sie zwischen Penners Haus und der Garage verschwand. Er bereute, dass er nicht einfach mitgegangen war. Aber das Risiko, dass während Penners Verhör irgendjemand brutal störte, wollte Michael nicht eingehen. Kitzhofer und Helga waren so gestorben. Dieses Mal sollte es anders laufen.

Drei Minuten später schob Allison den alten Mann aus dem Hausflur in Richtung Straße und zwängte ihn auf den Beifahrersitz des Xantia. Michael drückte Penner den Lauf der P8 in den Nacken.

»Gestern ist eine alte Freundin von Ihnen getötet worden, Helga Bornemann. Darüber möchte ich gerne mit Ihnen reden, ganz in Ruhe und möglichst ungestört. Wir werden uns jetzt ein lauschiges Plätzchen suchen. Wenn Sie kooperativ sind, kommen Sie ohne einen Kratzer davon. Wenn nicht ...«

Wenn nicht, würde Penner ebenfalls ohne einen Kratzer davon kommen, aber das durfte er natürlich nicht wissen. Penner wurde blass, sagte aber keinen Ton.

Nach einer Viertelstunde Fahrt bog Allison in einen Schotterweg, der zum Westufer des Cospudener Sees führte und parkte den Xantia in der Nähe einer Bank, die erschöpften Wanderern bei besserem Wetter als Ruhemöglichkeit diente. Wegen des kalten Windes war aber keine Menschenseele zu sehen.

»So, Oberstleutnant a. D. Penner: Ihnen ist sicher mittlerweile klar geworden, wer wir sind. Lanz hat uns offensichtlich nicht erwischt. Wir wollen jetzt alles hören. Legen Sie los.«

Penner schien sich wieder einigermaßen gefasst zu haben. Er schwieg. Michael wartete, ob seinem Gefangenen die Stille unangenehm werden würde, aber ohne Erfolg. Vielleicht hatte Penner selber Verhöre durchgeführt und kannte auch ein paar Tricks.

»Gut, mir fehlt die Geduld für Spielchen, wir kürzen das jetzt ab. Wir waren gestern bei Helga zu Gast. Aber das wissen Sie ja, weil Helga Sie Freitagabend angerufen hat. Sie hat uns erzählt, dass Sie ihr 1985 eine neue Identität verschafft hätten, mit der sie unentdeckt in der DDR leben konnte.«

Penner konnte sich noch einen Moment beherrschen, aber dann siegte der Drang zur Rechtfertigung.

»Das ist kein Geheimnis, und auch kein Verbrechen. Ich habe Ihrer Freundin hier gestern Abend schon die Motive erklärt. Ich habe Sie gestern nicht erkannt, aber Sie waren auch anwesend, deshalb will ich mich nicht wiederholen. Ich bin angeklagt worden, wie andere meiner Kameraden auch, die die Aussteiger der RAF demobilisiert haben. Aber wir wurden allesamt freigesprochen, weil ...«

»Das interessiert uns nicht.«

»Du hattest recht: Er will uns schwindelig quatschen«, sagte Allison. Michael musste sich eine andere Taktik einfallen lassen.

»Penner, wir wollen keine Grundsatzerklärungen hören. Wir wollen Fakten. Ich mache es Ihnen ganz leicht: Ich erzähle Ihnen, was ich mir zusammengereimt habe, und Sie ergänzen das, was mir noch fehlt.

Also: Helga Bornemann will sich den militanten Linken anschließen, wird aber von Harry Dennert in die DDR komplimentiert, wo sie zur Terror-Marionette im Auftrag der Stasi geformt werden soll. Zusammen mit einigen Dutzend anderen westdeutschen Kommunisten bilden sie die sogenannte Gruppe Schwert. Angeblich sollen diese Leute nur im Falle eines Krieges aktiv werden, aber da habe ich meine Zweifel.

Bei Helga kommt die Schwangerschaft dazwischen, sie unterstützt Dennert danach nur noch bei organisatorischen Angelegenheiten. 1978 verschwindet Dennert, Helga wird aus ›Schwert‹ herausgenommen. 1985 ziehen Helga und Georg Badenkow nach Kaufbeuren, aber ihre falschen Identitäten fliegen auf. So, das ist der Ablauf im Groben. Was war Ihre Rolle dabei?«

Penner schwieg.

»Gut, ist eigentlich auch nicht so wichtig. Ich denke, Sie, Dennert und Badenkow waren in derselben operativen Zelle der AGM/S, zuständig für die Zersetzung des kapitalistischen Feindes, oder wie auch immer Sie das Kind genannt haben. Und Sie profitieren heute noch von ihren damaligen Kontakten, indem Sie Spinner wie Lanz losschicken, um die Bornemann zu töten. Aber das ist mir alles egal. Mich interessiert nur: Was ist heute noch so brisant, dass Leute dafür getötet werden? Und wer steckt dahinter?«

»Sie fantasieren sich aus ein paar Fakten was zusammen … Ich weiß nicht, was die Bornemann Ihnen erzählt hat, aber die war schon immer eine Wichtigtuerin. Badenkow war ein Kamerad und guter Freund, deshalb habe ich natürlich seiner Witwe ein bisschen geholfen, als sie Opfer der Siegerjustiz …«

»Sparen Sie sich dieses aufgeblähte Gewäsch! Ich hatte gehofft, Sie wären kooperativer, aber das scheint ja nicht der Fall zu sein. Dann eben mit Daumenschrauben: Zeig Herrn Penner unseren Film!«

*

Allison kramte ihr Smartphone hervor und aktivierte den Videoplayer. Michael kommentierte:

»Das gelbe Zeug da ist Semtex H, hergestellt von einer Firma mit dem schönen Namen Explosia. Das Kästchen ist der Zünder, verbunden mit dem Handy. Da ist das Auto von jemandem, den Sie kennen und da bin ich, wie ich die Bombe am Unterboden befestige, genau unter dem Fahrersitz. Der Magnet des Lautsprechers wird wohl stark genug sein … wenn Ihre Freundin nicht gerade über …«

»Das ist meine Tochter, Du Schwein!« Penners gesunde Gesichtsfarbe war verschwunden, Schweiß stand auf seiner Stirn.

»Das sollen wir glauben? Du siehst eher aus wie ein Lustgreis, der die

Kleine aus Thailand importiert hat.«

Der ehemalige Stasi-Mann begegnete Allisons Vorwurf mit hasserfülltem Blick.

»Ihre Mutter war Vietnamesin. Yvonne wurde 1992 geboren, in dem Jahr, als Faschisten wie Ihr in Rostock 115 Vietnamesen verbrennen wollten. Gastarbeiter, die bis zur Annektierung einen guten Teil zum Wohlstand der Republik beigetragen haben!«

Michael fühlte sich mies, aber er schaffte es, sich nichts anmerken zu lassen.

»Sie stellen Zusammenhänge her, wo keine sind, Penner. Von mir aus könnte das Mädchen vom Mars oder aus Buxtehude kommen. Ob sie lebt oder stirbt, hängt nicht von ihrer Herkunft ab, sondern ob Sie bereit sind, zu reden.«

Allison drückte auf dem Telefon herum, bis eine Landkarte erschien.

»Es gibt Internet-Dienste, mit denen man Handys orten kann. Hier, sehen Sie mal: Das Auto der Kleinen steht immer noch vor der Mucki-Bude. Wenn sich das Signal bewegt, können wir wohl davon ausgehen, dass sie am Steuer sitzt. Ich habe die Nummer des Handys in meinem Kurzwahlspeicher … ein bisschen Daumentanz und: Bumm!«

Penner war in dem Sitz zusammen gesunken, seine dröhnende Stimme zu einem leisen Jammern geschrumpft.

»Ihr Schweine, Ihr seid verdammte Schweine! Schweine seid Ihr, Schweine!«

»Sie können jetzt hier sitzenbleiben, fluchend den Herbst genießen und warten, bis sich das Icon bewegt. Dann wählt meine Partnerin die Nummer, wir fahren hin, und Sie können die qualmenden Reste Ihrer Tochter beweinen. Oder Sie erzählen mir, was ich wissen will.«

Die Äderchen unter Penners Gesichtshaut pulsierten wieder. Er beendete das Schweine-Mantra.

»Ende der Siebziger wurde uns klar, dass die Bundesrepublik nicht durch terroristische Aktionen zu Fall gebracht werden konnte. Mit der Ermordung von Ponto und Buback 1977 wollte die RAF Eure Regierung dazu bringen, den Notstand auszurufen, also den ersten Schritt hin zu einem Polizeistaat. Aber die BRD bewegte sich mit ihren Gegenmaßnahmen im Rahmen eines Rechtsstaates. Dementsprechend war die Bevölkerung auf Seiten der Regierung. Im Oktober '77 kidnappte die RAF Hanns Martin Schleyer, Palästinenser entführten eine Maschine der Lufthansa. Sie alle wollten damit die Freilassung der ersten Generation der RAF erpressen, die in Stammheim einsaß. Aber ein deutsches Spezialkommando stürmte das Flugzeug und befreite die Geiseln, ohne dass Verluste zu beklagen waren. Schleyer wurde allerdings von der RAF getötet.

Trotzdem war die Rote Armee Fraktion damit praktisch besiegt, auch wenn die das nicht alle wahr haben wollten. Baader, Ensslin und Raspe brachten sich um, und schürten so ein letztes Mal die Glut. Aber im Ministerium für Staatssicherheit erkannte man, dass Terror ein zu plumpes Werkzeug war. ›Schwert‹ lief danach nur noch auf Sparflamme, ohne dass es schon irgendwelche Aktionen gegeben hätte ...«

»Aber man dachte über Alternativen nach. Und eine davon war das Programm, innerhalb dessen Helga und Badenkow in Kaufbeuren installiert werden sollten. So weit, so gut, aber der interessante Teil kommt ja wohl noch. Helga und ihr Mann werden bestimmt nicht die einzigen gewesen sein, oder? Wie viele waren das?«

Penner schwieg wieder.

Allison hielt ihm ihr Handy vor die Nase und zeigte auf das Fähnchen, mit dem der Suchdienst das Handy unter dem Auto seiner Tochter markiert hatte. Der ehemalige Oberstleutnant begann zu schluchzen.

»In Gottes Namen, ich ... ich brauche frische Luft! Bitte lassen Sie mich aussteigen, wenigstens für einen Moment.«

Allison schüttelte den Kopf, aber Michael merkte, dass sein Opfer die Belastungsgrenze erreicht hatte. Er musste ein wenig locker lassen. Auch, um sein Gewissen zu beruhigen. »Gut, Herr Penner.«

Penner stieg aus, Michael behielt ihm im Visier. Der ehemalige Stasi-Mann ging ein paar Schritte, holte tief Luft. Allison hatte sich an den Xantia gelehnt und beobachtete die Männer gelangweilt.

Penner drehte sich zu Michael. Er lächelte.

»Eichendorf, Sie sind zu weich. Sie werden mir nichts tun. Sie werden auch meine Tochter nicht in die Luft jagen. Wenn das überhaupt eine echte Bombe ist. Sie haben mich überrumpelt, und ich war erst schockiert. Sie sind ein guter Schauspieler, ebenso Ihre Freundin. Sie können einen harten Burschen ganz gut imitieren. Aber wir wissen doch beide, dass Sie kein kaltblütiger Mörder sind. Sie können töten, in Notwehr, aber nicht ohne Anlass. Ich kenne Ihre Vergangenheit. Ich habe keine Kinder vergast oder so etwas. Sie werden mir nichts tun.«

Michael steckte die P8 in das Holster. Der Mann hatte recht. Scheiße. Michael hätte ihn am liebsten verprügelt, schon alleine, weil Penner seinen Bluff durchschaut hatte. Aber er würde es nicht tun.

»Dann muss ich wohl ran.«

Ein metallisches Klacken, ein Loch zierte plötzlich Penners rechten Hausschuh. Er starrte für einen Moment ungläubig auf den karierten Filz, dann klappte er mit einem Schrei zusammen. Er saß im Sand und hielt heulend den verletzten Fuß.

Kowalski schwenkte die MP5 auf Michael.

»Du kannst jetzt ein Riesenpalaver machen, weil ich so ein ungehorsames Mädchen bin. Dann schieße ich Dir in die Oberschenkel, stopf Dich in den Kofferraum und bring Dich zurück in das Hochhaus. Dort werde ich Dich äußerst fürsorglich pflegen. Zu dem alten, günstigeren Tarif, also ziemlich lange. Auftrag erfüllt. Oder Du kommst jetzt endlich aus dem Quark und siehst zu, dass wir wirklich mal ein paar Ärsche treten.«

Sie deutete auf den jammernden Penner.

»Akzeptier, was ich gemacht habe und nutz es aus, ändern kannst Du es nicht mehr. Aber wenn Du ihm unbedingt ein Küsschen auf sein Weh-weh geben willst ... von mir aus.«

Michael zitterten die Hände vor Wut.

»Darüber sprechen wir noch.«

Er wandte sich zu Penner, weil Kowalski in ihrer kranken Logik natürlich nicht unrecht hatte: Der Mann hatte Angst, die Gelegenheit musste man wahrnehmen. Und die Alternative waren Kugeln in den Beinen.

»Penner, ich habe keine Kontrolle über diese Frau. Sie wird Sie töten, wenn Sie nicht reden. Also erzählen Sie: Was kam nach ›Schwert‹?«

Penner sah zu Kowalski. Sie zwinkerte ihm zu und schwenkte den Lauf der Maschinenpistole zur Aufmunterung ein wenig nach oben.

»Ein Projekt namens ›Nachwuchs‹. Wir wollten Schläfer installieren, die sich in wichtige Positionen in der Bundesrepublik hocharbeiten sollten. Die Wiedervereinigung war Anfang der Achtziger für beide Staaten kein Thema mehr, die Deutschen hatten die Existenz zweier Republiken hingenommen. Auch die Parteispitze der SED hatte kein Interesse, den Status Quo zu ändern. Aber wir wollten eine Lobby schaffen, die die Hoffnung auf eine Wiedervereinigung schüren würde.«

»Aber eine Wiedervereinigung unter dem roten Stern.«

»Ja. Wir wollten die öffentliche Meinung in Westdeutschland langfristig dahingehend manipulieren, dass das Modell der DDR als erstrebenswert galt. Nicht mit dem üblichen Propaganda-Getöse, sondern subtiler. Und eben über Leute, die beauftragt waren, sich in verschiedenen Bereichen als Respektspersonen zu etablieren.«

»Aber dann kam Ihrem langfristigen Plan die spontane Wiedervereinigung in die Quere.«

»Ja.«

»Was ist aus den Schläfern geworden?«

»Enttäuschte, alte Leute.«

»Blödsinn! Wenn die alle nur verbittert in ihr Bierglas weinen würden, müsste ich wohl nicht um mein Leben fürchten! Irgendetwas passiert Donnerstag, am Tag der Deutschen Einheit. Was ist das, und wer von denen steckt dahinter? Wer war ›wir‹? Wohl kaum das ganze MfS. Hängt der geheimnisvolle Herr Grassmann da drin?«

Penner schien überrascht, dass Michael diesen Namen kannte. Für einen winzigen Moment leuchteten seine Augen auf.

»Ja, Grassmann. Das ist einer der alten Codenamen von Harry Dennert.«

»Der lebt also noch? Die Bornemann dachte, Dennert wäre geschnappt oder getötet worden.«

»Das sollte sie auch. In Harrys Plänen spielte Helga nur noch eine Nebenrolle, deshalb musste er sie loswerden. Er hatte sich schon anderen, lukrativeren Dingen zugewendet.«

»Und was sind das für Dinge? Was passiert Donnerstag?«

»Harry kann die letzten Dokumente zerstören, die seine neue Identität verraten würden.«

»Wieso? Was für eine Identität ist das?«

»Er ist mittlerweile ziemlich prominent. Sie kennen ihn auch, und sein Name steht in dem Handy Ihrer Freundin.«

»Quatsch, ich habe nicht einen Kontakt in meinem Telefon. Ist das irgend so ein blöder Versuch, uns gegeneinander auszuspielen, Torfnase?«

Penner lächelte wieder, trotz seiner Schmerzen.

»Eigentlich ist es egal, ob ich es Euch verrate. Ihr habt nicht den Hauch einer Chance. Guck mal, wessen Name beim Copyright von dem Betriebssystem steht, Mädchen ...«

»Das läuft mit Pillows, also werden da van Heufelden und ein paar seiner Entwickler stehen.«

»Genau. Ein mehrfacher Milliardär. Der braucht nur mit dem Finger zu schnippen und ihr seid weg vom Fenster.«

Van Heufelden war Dennert? Das war so unglaublich, dass es fast nicht erfunden sein konnte. Penner war sichtlich zufrieden mit der Wirkung seiner Information. Michael sortierte seine Gedanken.

»Was ist mit Strauß? Wie passt der da rein? Wer ist Edgar Schiller?«

Wieder leuchteten Penners Augen. Die Überraschung, dass Michael von Strauß' Beteiligung wusste. Oder war das was anderes?

»Strauß hat das Startkapital beschafft.«

Penner wollte aufstehen, aber sein kaputter Fuß ließ es nicht zu. Er streckte die Hand aus.

»Lass ihn da sitzen«, sagte Kowalski, aber Michael reichte Penner seine Hand. Strauß sollte so ein Projekt finanziert haben? Kaum zu glauben. Er zog den alten Mann hoch, halb in Gedanken, halb, um Kowalski zu ärgern.

Penner taumelte auf Michael zu und brachte ihn für einen Moment aus dem Gleichgewicht. Der ehemalige Stasi-Offizier fummelte an ihm herum und fiel wieder in den Sand. Allerdings hatte er jetzt Michaels P8 in der Hand.

Aber er zielte nicht auf einen seiner beiden Gegner, sondern hielt sich die Waffe unter das Kinn.

»Ich werde Ihnen kein Wort mehr sagen, Eichendorf.« Er steckte den Lauf der Pistole in seinen Mund und drückte ab. Der Knall hallte noch über das Wasser des Sees, als Penners Oberkörper im Sand aufschlug.

»War ja klar. Ich sag noch: ›Lass ihn da sitzen‹, aber nein, der Herr Eichendorf muss ja wieder Edelmut beweisen.«

Kowalski ging an Michael vorbei, hockte sich neben Penners Kopf und besah sich interessiert die Wunde.

»Tja. Der Vogel ist tot, mausetot.«

*

Kowalski untersuchte Penners Fuß, dann grub sie mit ihren Fingern im Sand, bis sie die deformierte Kugel gefunden hatte.

»Muss man den Ballistikern ja nicht unbedingt präsentieren. Mit ein bisschen Glück denken die, hier wäre nur eine Knarre am Start gewesen. Ist ja das gleiche Kaliber. Es ist übrigens bemerkenswert, dass er sofort tot war. Statistisch gesehen geht ein ziemlich hoher Prozentsatz von Selbstmorden durch Kopfschuss daneben. Ich glaube, über 34 Prozent oder so, jedenfalls ungefähr ein Drittel. Ich wüsste nur mal gerne, bei wie vielen von den gelungenen Versuchen die Leute sofort tot sind, und wie viele lediglich langsam verbluten, aber keinen zweiten Schuss mehr auf die Reihe bringen, weil sie irgendwelche motorischen …«

»Halt doch mal die Klappe!« Michael konnte nicht entscheiden, was ihn mehr erschütterte: Penners Freitod oder dessen Aussage, dass Achim van Heufelden, Dennert und Grassmann ein und derselbe Mann sein sollten. Von Strauß' Rolle ganz zu schweigen. Fast hätte er vergessen, Kowalski anzuschnauzen.

»Jetzt hör mir mal genau zu, Du kleines Stück Scheiße! Wenn Du noch einmal ohne Not auf jemanden schießt, dann …«

»Vielleicht sollte ich Dich wirklich wieder zurück nach Finkenberg prügeln und in dem Hochhaus ans Bett fesseln. Kannst Du gerne haben.«

»Vielleicht sollte ich auf Deine Hilfe besser ganz verzichten.«

»Wenn Penner nicht gelogen hat, und Du wirklich gegen van Heufelden antrittst, sind Deine Chancen ohne mich nicht sehr groß. Im Ernst, der Typ hat Kohle ohne Ende, der kann sich alle möglichen fiesen Gestalten kaufen. Dagegen siehst Du alleine ziemlich alt aus.«

»Das ist mir egal.«

»Du würdest tatsächlich alleine weitermachen?«

»Ja.«

»Ganz schön doof.«

»Mag sein.«

»Und wenn ich mich zurückhalte?«

»Keine unprovozierte Gewalt mehr!«

»Ok.«

Michael schaute in ihre Augen, suchte nach der Lüge hinter ihren Worten. Aber die fand er genausowenig wie echte Zustimmung.

»Gut. Verarsch mich nicht!«

»Ich doch nicht. Und, was machen wir jetzt? Wen knöpfen wir uns als Nächsten vor?«

»Am liebsten van Heufelden, aber an den kommen wir wohl nicht ran.«

»Nein, guck Dir die Fotos an, wenn er auf einer Veranstaltung ist: etliche Bodyguards.«

»Eben. Aber ich habe eine Idee. Guck mal, ob Du herausfinden kannst, wie Helgas Anwalt mit Vornamen heißt.«

»Dazu müsste ich wissen, wie er mit Nachnamen heißt.«

»Rottkamp, hat sie doch gesagt!«

»Schon gut, reicht doch, wenn Du Dir das merkst. Ok, Moment ... Also: Google findet bei ›anwalt rottkamp‹ nur einen in Berlin. Doktor jur. Georg.«

»Das hatte ich gehofft. Auf dem einen Blatt von Glonsbeck wird ein Gregor erwähnt, der die juristischen Feinheiten eines Vertrages erledigen will, erinnerst Du Dich?«

»Ja, aber er wurde abgeblockt, der unbekannte Schreiber wollte das selber erledigen. Ohoo, Moment, da war die Rede von ›vH‹. Du dachtest, das stünde für Prozent. Aber das ist van Heufelden!« Allison blies ein leises Pfeifen durch die gespitzten Lippen.

»Genau. Und die Operation war keine geheimdienstliche, sondern eine in plastischer Chirurgie!«

»Damit haben wir dieses Kapitel ja fast abgehakt. ›August Berber‹ liegt da hinten, ›Gregor‹ ist Rottkamp. Fehlen nur noch der Unbekannte und ... wer war das noch?«

»Mühle. Danach fragen wir Rottkamp. Wenn's geht, noch heute Abend.«

Sie kehrten zum Xantia zurück, Allison gab das neue Ziel in ihr Navigationsprogramm ein. Sie sah sich die Satellitenbilder der Route an, tippte ohne Erklärung noch weitere Befehle in ihren Taschencomputer, dann fuhr sie los.

*

Kurz nachdem sie ein Schild passierten, das die Entfernung zur Hauptstadt auf achtundsiebzig Kilometer schätzte, setzte Kowalski den Blinker und verließ die Autobahn bei einer Abfahrt namens Klein Mahrzehns. Michael wunderte sich, blieb aber still. Vielleicht wollte sie etwas essen. Aber als sie in einen unmarkierten Waldweg bog, wurde er doch etwas unruhig.

»Von Spaziergängen durch das Herbstlaub habe ich für heute eigentlich die Schnauze voll«, sagte er.

»Ja. Aber ich suche eine abgelegene Stelle.«

Michael wurde noch nervöser. Sie wollte bestimmt nicht ungestört auf dem Rücksitz knutschen.

Nachdem sie weit in den Wald vorgedrungen waren, hielt sie an und öffnete die Heckklappe des Xantia. Sie schob Reisetasche, Decken, Verbandskasten und anderen Kram im Kofferraum beiseite und hob den Ladeboden. Michael sah auf zwei kugelsichere Westen, eine davon verziert mit einem HelloKitty-Kopf auf der Brustplatte. Eingebettet in Formschaum:

Ein Sturmgewehr und etliche unterschiedliche Magazine. Der Granatwerfer. Leere Kammern in dem Schaum erkannte er als Depot für die MP5 und den Colt.

»Ein weiterer Vorteil der Hydropneumatik: Wenn die MP5 und der Colt noch hier drin liegen, sind das zusammen mit dem anderen Krempel fast 150 kg, hinter der Hinterachse. Jedes konventionell gefederte Auto würde in die Knie gehen, aber der Xantia hebt sich hinten hoch und tut so, als ob nichts wäre!«

»Jetzt geht das wieder los! Deshalb sind wir hier? Weil Du mir einen Citroën verkaufen willst? Oder wolltest Du mir Deine Waffensammlung zeigen?«

»Nein. Wenn wir wirklich gegen van Heufelden antreten, werden wir wahrscheinlich irgendwann auf Profis treffen. Ideologen vertrauen darauf, dass nichts schief gehen kann, weil sie glauben, das Schicksal oder Gott oder die Geschichte oder sonst was wäre auf ihrer Seite. Aber ein Mann, der mehrere Milliarden schwer ist, wird unmöglich so naiv sein. Bis jetzt hat man uns nicht ernst genommen, aber Penners Tod wird wohl ziemliche Wellen schlagen. Van Heufelden wird sich denken können, dass wir jetzt von seiner Harry-Dennert-Vergangenheit wissen. Vielleicht rechnet er mit unserem Besuch.«

»Aber so lebensmüde sind wir nun auch wieder nicht.«

»Es gibt auch noch ein paar andere Punkte, die mich skeptisch machen: Warum hat Penner sich umgebracht?«

»Weil er zu Recht befürchtet hat, dass Du ihm …«

»Ja, aber er hatte die Katze schon aus dem Sack gelassen, oder? Grassmann ist Dennert ist van Heufelden, und irgendwie kommt er am Donnerstag an die Dokumente, die das beweisen. So. Da kann man diskutieren, ob das wirklich Grund genug ist, das ganze Theater zu veranstalten. Ich bin der Meinung, da sitzt noch mehr hinter.«

»Also hat Penner sich erschossen, weil er fürchtete, dass wir das auch aus ihm rauspressen?«

»Das ist meine Vermutung. Und keiner bringt sich um, weil sonst die Kommunisten-Vergangenheit des reichen alten Kumpels oder Ex-Boss' bekannt würde. Wenn dann die Aktien von van Heufeldens Firma fallen würden … selbst wenn Penner einen Haufen Anteile hätte … Na, und? Also: Penner wollte mit seinem Tod ein Geheimnis schützen.«

»Klingt plausibel. Vielleicht plant van Heufelden noch was anderes.«

»Vielleicht ist es gar nicht van Heufelden. Deine Pistole - die von dem Typen auf dem Hochstand - ist eine Walther P8, aktueller Standard beim Bund. So eine hattest Du auch, als wir uns kennengelernt haben, in Köln. Wenn ich das richtig verstanden habe, hattest Du die dem Kleinen abgeknöpft, dem Kumpel von Deinem Freund Fischer? Und Fischers Helfertrio? Uzis. Selbst die bärtigen Blockflöten aus Bayern hatten P1, die frühere Standardpistole der Bundeswehr. Bis auf Lanz und seine vermeintliche Firebird hatten alle Deine Gegner Waffen, die hierzulande eigentlich nur an Staatsorgane ausgegeben werden«

Michael überlegte: Bomber und der Mann, an den er im Treppenhaus des Hotels geraten war, hatten ebenfalls P8 getragen.

»Ja, jetzt, wo Du es sagst … aber warum ist das wichtig?«

»Wenn wir es nur mit irgendwelchen Ganoven zu tun hätten, die irgendwer in van Heufeldens Auftrag angeheuert hat, wäre es statistisch unwahrscheinlich, dass die alle zufällig so gut ausgerüstet sind, mit derselben Waffe.«

»Und Deine Schlussfolgerung ist, dass ich nicht von irgendwelchen Amateuren gekillt werden soll, sondern von Leuten, die in irgendeiner Beziehung zur Regierung stehen?«

»Ja, zumindest von Leuten, die Kontakte zu offiziellen Stellen haben. Die angebliche Verstrickung von Strauß spricht auch dafür. Penner war nicht so doof. Vielleicht hat der uns auch verarscht mit seiner van Heufelden-Geschichte. Davon ab: Ich glaube, Du machst einen Denkfehler. Du sollst gar nicht getötet werden.«

»Was? Quatsch! Du warst doch dabei! Fischer und sein Trupp wollten mich umbringen!«

»Nicht unbedingt. Der Zwerg hätte Dir ja einfach eine Kugel in den Kopf verpassen können. Fischer hat Dir erzählt, er wollte das Material, das Glonsbeck Dir gegeben hat, aber das hätte er auch von Deiner Leiche pflücken können. Wenn ich ihn nicht erschossen hätte, wer weiß, was dann passiert wäre. Sein kleiner Trupp sollte Dich vielleicht nur einschüchtern, und sie haben erst die Nerven verloren, als ihnen meine Kugeln um die Ohren pfiffen. Oder Fischer hat sich nicht an den Plan gehalten, weil er Dich hasste, kann auch sein.

Was Fischer betrifft, gibt es noch eine offene Frage: Warum hat er sich nicht selber mit Glonsbeck getroffen? Er hätte ihm die Akten abknöpfen oder ihn einfach töten können; am besten beides.«

Michael starrte sie entgeistert an, als ob er sie zum ersten Mal sehen würde. Sie hatte recht. Er war ursprünglich davon ausgegangen, dass sein Chef, Fastenrath, das Treffen mit Glonsbeck arrangiert hatte. Als Michael dann erfuhr, dass Fischer dahinter steckte, hatte er angenommen, dass der ihn bei der Gelegenheit mit aus dem Weg räumen wollte.

»Der Typ im Yesterday hat auf mich geschossen!«

»Aber nicht getroffen. Wollte er vielleicht auch nicht. Vielleicht war er auch ein schlechter Schütze. Fischer sagte doch, dass er da den Falschen gewählt hätte. Aber warum hat man Dich dann nicht auf dem Polizeirevier kalt gemacht? Wenn ich schon drei Polizisten umlege, macht ein Eichendorf auch nichts mehr, oder? Ebenso in Bayern: Kitzhofer wird getötet, Dich sperren sie erst mal irgendwo ein? Wenn man vermutet, dass Du zu Helga gehst, warum schickt man da so eine Knalltüte wie Lanz hin und nicht ein ganzes Kommando? Ein Tipp an die Polizei hätte doch gereicht. Du wirst verhaftet und dann irgendwann auf der Flucht erschossen. Und jetzt noch Penner: Ihm war klar, dass ich ihn erschießen würde, also hätte er wenigstens versuchen können, Dich noch mitzunehmen. Hat er aber nicht.«

»Gut, mag sein, aber wozu das Ganze?«

»Schau Dir mal die Presse an, was für ein Bild die Öffentlichkeit von Dir hat.«

»Die denken, ich wäre ein Terrorist, oder ein durchgeknallter Attentäter, aber ich verstehe nicht ganz …«

Doch, jetzt verstand Michael.

»Deine Theorie ist, dass jemand mich als Sündenbock aufbauen will … Aber wofür?«

»Was das genau ist, weiß ich auch nicht. Aber wenn ich annehme, dass es Donnerstag passieren soll: Das sind nur noch vier Tage. Vielleicht werden die langsam nervös. Wenn die drauf kommen, dass ein lebender Eichendorf doch zu viel Ärger macht, dann sollten wir darauf vorbereitet sein.«

*

Allison ließ ihre Worte einsinken, dann schlug sie einen fröhlicheren Ton an.

»Ich war übrigens gestern schwer begeistert von Deinem Vortrag über die Firebird … Das wusste ich ja noch nicht einmal! Interessierst Du Dich für Schusswaffen?«

»Früher habe ich ziemlich viel …«

»Super! Dann muss ich mir ja nicht den Mund fusselig reden!«

Sie zog ihre Pistole unter der Jacke hervor.

»Das hier ist mein Schatz: Colt M1911A1. Bewährt seit über hundert Jahren. Heute stehen alle auf Neuner mit einer Million Patronen im Magazin und lachen über meinen alten Fünfundvierziger, aber ich sage dann immer: Jungs, ihr habt zu viele Actionfilme gesehen! Meine Wumme hat doppelt so viel Mannstoppwirkung und nur halb so viel Rückstoß … und wenn sieben Schuss im Magazin und eine im Lauf nicht reichen, dann habt Ihr ganz andere Probleme! Die meisten davon wären gelöst, wenn man besser zielen könnte, aber das nur nebenbei. Es gibt zwar einen Umbausatz auf ein zweireihiges Magazin mit 13 Patronen, aber dadurch wird der Griff zu dick, das ist nichts für zarte Frauenhände. Als Munition nehme ich meistens Hohlspitzgeschosse, ziemlich starke Ladung; und die pilzen sehr gut auf. Knallt schön laut, das ist gut für den psychologischen Effekt und tötet sehr zuverlässig, das ist gut unter dem physiologischen Aspekt. Wobei gut und schlecht dabei natürlich eine Frage des Standpunktes ist.

Mit dem machst Du gleich ein paar Schüsse, damit Du weißt, wie der funktioniert, nur für den Notfall.«

»Der Notfall wäre …?« Wollte er das überhaupt wissen?

»Ich bin tot und Du musst die, die mich überlebt haben, selber erledigen. Du trainierst aber auch mit Deiner P8. Neun Millimeter habe ich reichlich, da brauchen wir uns nicht zurückhalten.«

Allison holte ihren Rucksack vom Rücksitz des Citroën und zog die Maschinenpistole heraus.

»MP5K PDW. Wann immer es geht, setze ich die ein. Die normale MP5 kennst Du aus Deiner Zeit beim Bund. Die hier ist kürzer, deshalb ›K‹. PDW steht für die umklappbare Armstütze. Alle meine Freundinnen fragen mich, warum ich nicht die UMP nehme oder eine PN90, aber die sind mir zu groß, keine davon passt in meinen Rucksack. Und Uzi oder Mac10 oder so Kram sind wiederum zu klein, damit kann ich über größere Distanzen nicht präzise schießen. Üblicherweise verwende ich Unterschall-Hohlmantelgeschosse, die hinterlassen unter fünfundzwanzig Meter die größten Löcher in Menschen, treten nicht wieder aus und gefährden deshalb keine Unbeteiligten. Die können noch mit Schalldämpfer eingesetzt werden. Der Nachteil: Die durchdringen noch nicht einmal dünnes Blech, und sind auf größere Distanzen nicht präzise. Der Schalldämpfer wird über Bajonettverschluss aufgesetzt, natürlich nur in gesichertem Zustand.

Ich habe auch noch zwei Magazine mit Vollmantelgeschossen bei, für weniger weiche Ziele und größere Entfernungen. Die sind aber Überschall, da nutzt der Schalldämpfer nicht viel. Außer, dass einem die Ohren nicht ganz so sehr klingeln.«

Sie wandte sich wieder dem Kofferraum zu.

»Last but not least: Das G36. Du hattest noch das G3, oder?«

»Nein, wir hatten schon …«

»War das G3 kacke! Alle drei Schüsse musste man es auseinandernehmen und putzen … Sowas kann man echt nur Beschaffungsämtern andrehen. Aber mit dem G36 haben sie alles wieder gutgemacht, das ist wirklich Spitze! Den AG36 - das ist der Granatwerfer …«

»Das weiß ich.«

»… den kann man ganz einfach unter dem Lauf befestigen und schwupp: Mächtiger, mächtiger Badabumm! Das G36 kann ich leider nicht oft einsetzen, zu groß. Ich brauche es meist nur für Dauerfeuer und größere Distanzen, aber das kommt selten vor.

Hier, nimm mal die MP5, wir fangen leise an. Siehst Du den weißen Baum da rechts?«

»Ja. Das ist eine Birke.«

»Klugscheißer. Da liegt ein Ast vor, der ein bisschen aussieht wie ein Facehugger … Versuch mal, ob Du den triffst.«

Michael hatte nur eine ungefähre Vorstellung, welchen Ast sie meinte, aber er visierte einen an. Eine längst abgelegt geglaubte Gewohnheit ließ ihn den Mund öffnen, um dem Explosionsgeräusch des Pulvers keinen Resonanzraum zu bieten, aber das war wegen des Schalldämpfers natürlich überflüssig. Das Abzugsgewicht war niedriger, als er in Erinnerung hatte, aber die Waffen beim Bund waren vor allem darauf ausgelegt, dass die Soldaten sich nicht in die Füße schossen. Die Kugel verließ den Lauf, die Hülse flog vor seinen Augen vorbei.

Das Geschoss wirbelte eine Handbreit vor dem morschen Holz ein paar Blätter auf, als es sich in den weichen Boden schraubte. Michael versuchte es erneut und traf.

»Nicht schlecht für den Anfang! Jetzt ein paar Meter weiter: Vor dem Erdhügel dahinten liegt eine fette Kastanie … Siehst Du die überhaupt noch?«

Michael antwortete nicht, sondern schoss. Die Kastanie zerbarst.

»Okaaayyy … Ist das jetzt Glück oder Können?« Allison hob einen schmutzigen, ausgebleichten Karton auf, der vor langer Zeit einmal acht Müsliriegeln Heimat geboten hatte, bevor ihn ein schlampiger Mensch mittels wilder Entsorgung vor der Wiedergeburt als Recycling-Toilettenpapier bewahrte. Sie marschierte los, steckte unterwegs drei walnussgroße Steine in die Pappschachtel und lehnte sie an einen Busch, zwanzig Meter von Michael entfernt. Dann stand sie wieder neben ihm und forderte ihn mit einer devoten Geste auf.

»Wenn Monsieur die Güte hätten …«

Michaels erster Schuss war wieder etwas zu kurz gezielt. Obwohl es über dreizehn Jahre her war, dass er zuletzt mit einer MP5 geschossen hatte, waren seine Muskeln anscheinend immer noch auf bestimmte mechanische Widerstände programmiert. Vielleicht hatten die Herren Heckler und Koch inzwischen noch ein bisschen Entwicklungsarbeit investiert, vielleicht hatte Allison ihre Waffe noch ein bisschen überarbeitet - den groben Schießdingern der Bundeswehr war diese MP5 jedenfalls um einiges voraus, darauf musste er sich erst einstellen. Michaels zweiter Schuss traf den unschuldigen Karton genau in der Mitte. Er gab in schneller Folge ein paar Schüsse ab, stanzte damit weitere Löcher in die ehemalige Müslipackung. Er stellte den Hebel auf Dauerfeuer und zerfetzte sie mit Dreier-Salven, bis das Magazin leer war. Michael ertappte sich dabei, dass er ziemlichen Spaß hatte. Dann drehte er sich zu Allison, um ihre Bewunderung zu ernten, aber vor ihr Gesicht schob sich ein Erinnerungsfetzen.

Die Salve traf das Mädchen in den Rücken und warf es einen Meter nach vorne.

»Ist was?« Allison holte ihn mit ihrer rostigen Stimme zurück in die Gegenwart.

»Nein. Geht schon.«

»Dass Du so ein guter Schütze bist, finde ich schon erstaunlich. Gut, jetzt zeig mir mal, was Du mit der Pistole drauf hast.«

Sie suchte ein neues Ziel aus, eine Cola-Dose aus der Vor-Pfand-Ära, und

146

stellte sie auf die Papierschnipsel. Es stellte sich heraus, dass er mit der P8 nicht ganz so treffsicher war, aber Allison winkte ab: »Gut genug. Dein Gegner wäre höchstwahrscheinlich kampfunfähig. Man kann dann immer noch hingehen und einen Kopfschuss setzen, wenn Zeit und Gelegenheit ist.«

Mit ihrem Colt wurden seine Ergebnisse wieder besser, obwohl die Schüsse so laut waren, dass er sein Gehirn zucken spürte. Er fand es erstaulich, dass man mit einer Waffe, die vor über hundert Jahren entwickelt worden war, derart präzise schießen konnte. Aber wahrscheinlich hatten die Ingenieure bei Colt über die Jahrzehnte jede Schraube in der Pistole fünf Mal überarbeitet.

»Ich habe hier und da auch noch ein bisschen nachgefeilt ...«, sagte Allison, nicht ohne Stolz. »Es gibt ein paar Foren im Internet, wo echte Kenner posten, nicht nur so Sesselrambos. Da kann man sich gute Tipps abschauen. Und, was sagst Du: Neuner oder Fünfundvierziger?«

Aber bevor er antworten konnte, startete sie einen Vortrag über Anfangsgeschwindigkeiten, Luftwiderstand, Drall, ballistische Energie und allerlei andere technische Merkmale der beiden Kaliber. Michael warf gelegentlich »m-hm«, »ach ja«, »ja klar«, »tatsächlich« ein und verbrachte seine Zeit mit der Überlegung, ob ihre blau-graue Augen mehr blau oder eher grau waren.

»Du hörst mir überhaupt nicht zu!«

»Doch, doch! Neuner für Anfänger, Fünfundvierziger für Profis; schade, dass es die MP5 nur als Neuner gibt! Aber zugegeben, ich habe an was anderes gedacht: Du bist echt ein Nerd, wie er im Buche steht!«

»Ja, ja, ja ... Hier, nimm lieber das G36!«

Sie reichte ihm das Sturmgewehr und ein Magazin.

»Im Grunde funktioniert die genauso wie Dein altes G3, nur ganz anders.«

»Ich hatte schon das 36!«

»Jaja. Hier ist der Spannhebel, den kannst Du nach links oder rechts klappen. Wenn Du daran ziehst, schiebst Du den Verschluss zurück, Du kannst dann hier, beim Abzug ...«

Sie erklärte ihm das Gewehr, er gab auch damit einige Probeschüsse ab. Er wunderte sich selbst, dass seine Fähigkeiten als Schütze über die Jahre nur wenig gelitten hatten.

»Wie Rad fahren, wenn man's einmal kann, verlernt man's nicht mehr. Aber ich bin sehr zufrieden. Du bist wirklich viel besser, als ich befürchtet hatte; sogar richtig gut, ehrlich gesagt. Jetzt zeig mir noch, wie schnell Du ziehen kannst.«

Michael holte die P8 so schnell er konnte aus dem Holster und kam sich dämlich vor, wie ein kleiner Junge, der Gangster spielte.

»Nicht gerade Weltklasse, aber ganz gut. Pack Dir noch irgendwas Schweres in die Aussentasche, dann flattert die Jacke nicht so. Schade, dass wir kein zweites Magazin haben, aber wird schon reichen. Statistisch gesehen werden während eines Feuergefechtes meistens weniger als fünf Kugeln ...«

Während Allisons Vortrag zielte Michael mit der P8 auf einen Busch, er drehte die Waffe um neunzig Grad bis der Auswurf nach oben zeigte. Allison lachte.

»Was ist so lustig?«

»Auf mich hat mal einer geschossen, der seine Pistole auch so gehalten hat wie Du jetzt. Aber er hatte wohl relativ schwache Ladungen in seinen Patronen, so dass die Hülse nicht raus flog, sondern im Auswurf hängen blieb. Hätte er nicht diesen blöden Gangster-Rapper-Stil imitiert, wäre die Hülse einfach runter gefallen, aber nein ... Ich musste so lachen!« Die Erinnerung daran ließ sie kichern. Michael fand den Gedanken nicht witzig, dass sie offenbar schon oft genug in solchen Situationen gesteckt hatte, um darüber Anekdoten erzählen zu können.

»Aber Du hast ihn natürlich trotzdem erschossen?«

»Ja, klar ... aber das war sogar noch besser! Er fummelt am Schlitten seiner Pistole - ich glaube, das war eine Smith und Wesson 6900, aber egal - und will die Ladehemmung beheben, denkt aber natürlich nicht daran, in Deckung zu gehen. Weil ich so lachen musste, schaut er mich total entnervt an, in dem Moment schieße ich ihm eine Kugel in die Stirn, präzise in die Mitte. Und jetzt kommt's: Dem Typ fliegt der Kopf nach hinten, dann wieder nach vorne, er guckt mich an und macht einfach weiter! Geht immer noch nicht in Deckung, zieht den Schlitten nach hinten, fummelt die Hülse raus und legt wieder auf mich an! Kurz bevor er schießen konnte, hatte ich aber meine Kinnlade wieder hochgehoben und ihm noch fünf Kugeln in den Kopf geschossen, plus drei ins Herz. Das hat dann gereicht.

Hinterher habe ich mit einem befreundeten Arzt darüber gesprochen, der hat vermutet, mein erster Schuss wäre genau zwischen den Gehirnhälften hindurch gegangen. Er meinte, daran wären schon einige Selbstmorde gescheitert. Verrückt, oder? Schade, dass das nicht bei Penner passiert ist, dessen dummes Gesicht hätte ich gerne gesehen. Damals hatte ich noch eine Glock, mit Neuner-Vollmantel. Seitdem nur noch Hohlmantel, immer leicht aus der Mitte in die Stirn. Und nicht überrascht sein, wenn die Leute trotzdem noch leben. Manche sind ziemlich stabil ...«

»Soviel zu Deinem sozialen Leben.«

»Ich treffe halt interessante Leute.«

*

»Willst Du da einfach rein?«, fragte Allison. Die Induktionslampe einer entfernten Straßenlaterne mühte sich ab, das Profil der jungen Frau aus der Dunkelheit zu schälen. Es war halb elf. Die eine Hälfte der Bewohner des Prenzlauer Berges sah das aktuell verdammenswerte Format im Fernsehen, um sich anderntags fundiert empören zu können; die andere Hälfte las sich gerade den frisch bekanntgegebenen Literatur-Nobelpreisträger an.

»Warum nicht? Wir haben keine andere Spur mehr ... und wenn das eine Falle ist, wird sich zeigen, was an Deiner Theorie dran ist, dass man mich am Leben lassen will.«

»Diese Theorie hat noch große Lücken. Vor allem, was mein eigenes Überleben angeht.«

»Stimmt. Aber wenn wir hier sitzen bleiben, werden wir die nicht schließen können. Du hast doch selbst gesagt, ich solle aus dem Quark kommen. Also. Ich gehe da jetzt jedenfalls rein.«

»Vielleicht sollte ich Dir wirklich eins über den Schädel ziehen und Dich bis zum 4. Oktober in den Kofferraum sperren. Oder in ein Kellerloch. Dann würde ich mein Geld leichter verdienen.«

»Versuch's doch!« Michael war weniger mutig, als er klingen wollte. Er konnte immer noch nicht einschätzen, was in ihrem Kopf vor sich ging.

»Nein, Dein Keks ist schon weich genug. Aber sei froh, dass ich kein Betäubungsspray bei habe.«

Zwei Minuten später waren sie zu Rottkamps Villa und daran vorbei gebummelt. Dann schwangen sie sich über einen meterhohen Zaun aus wilhelminischer Zeit und landeten in den Büschen des Nachbargrundstücks. Allison schlich durch das Grün mit der gleichen Behändigkeit, die sie schon in dem Wald um Helgas Haus gezeigt hatte, Michael folgte ihr und dankte dem unbekannten Gärtner, der das laute Herbstlaub beseitigt hatte. Sie duckten sich hinter der Terrasse an den Fenstern vorbei und machten einen großen Schritt über die Hecke zu Rottkamps Grundstück. Was für ein Glück, dass hier alle so gute Beziehungen zu ihren Nachbarn vortäuschen, dachte Michael.

Allison war an der Hintertür angekommen. Sie bedeutete ihm, leise näher zu kommen und zeigte auf die Tür. Michael sah im Farbwechsel der Stimmungsbeleuchtung die Schlossfalle glänzen - die Tür war offen, nur angelehnt. Eine halbe Sekunde freute er sich, dass sie leicht eindringen konnten, aber sofort wurde ihm klar, dass ein zufälliges Versehen genauso unwahrscheinlich war wie absichtliche Vertrauensseligkeit. Er zog seine Pistole aus dem Holster, Allison ihre MP5 aus dem Rucksack.

Sie öffnete die Türe und bewegte sich sehr leise und langsam in das Innere des Hauses. Michael folgte. Sie standen in einem großen Raum, der Wohnzimmer, Küche und Essbereich vereinte. Von der Decke fiel indirektes, gedämpftes Licht auf die Wenge-Möbel. Sie bahnten sich einen Weg zum Flur, ohne auf eines der Spielzeugautos zu treten, die auf dem hell gefliesten Boden verstreut waren. Am Ende des Flures wies die gläserne Haustür den Weg zur Straße, links davon zwängte sich ein Lichtkeil durch einen Türspalt. Michael hörte die Stimme eines Mannes, Tonfall und Pausen wiesen auf ein Telefongespräch hin. Allison schlich durch den Flur, kontrollierte die beiden anderen Türen, Gästetoilette, Abstellraum, beides leer. Michael war an ihr vorbei gelaufen, die Worte, die aus dem beleuchteten Zimmer drangen, wurden verständlich.

»Nein, dauert nicht mehr lange. Björn ist noch oben ... Wenn er fertig ist, sind wir weg ... Ja, mit Peperoni, aber ohne Schinken, ich denke dran ... Bis gleich!«

Dem Geräusch nach hatte der Mann sein Handy zugeklappt, jetzt machte er sich an Papier zu schaffen. Michael linste durch das Schlüsselloch, angestrengt bemüht, die Tür nicht zu bewegen. Er konnte die Ecke eines antiken Schreibtisches erkennen und die linke Arschbacke eines Mannes, der eine Tarnhose trug. Es gab keine Hinweise auf eine weitere Person in diesem Zimmer, also hockte Michael sich hin und drückte die Tür langsam auf. Allison stellte sich an den Türrahmen, legte an und zischte leise durch die Zähne. Der Mann wandte sich von dem eingeschalteten Laptop auf dem Schreibtisch ab und sah durch die Schlitze seiner Skimaske in zwei Läufe. Seine rechte Hand zuckte ein paar Zentimeter in Richtung seiner linken Achsel, wo er ein Holster trug. Aber dann siegte seine Intelligenz, er nahm die Arme hoch. Dass Tarnhose keinen Versuch unternahm, seinen Kollegen Björn zu warnen, nahm Michael als Zeichen der Professionalität. Der Maskierte würde aber beim geringsten Fehler versuchen, seine Gegner zu überrumpeln. Michael umkreiste ihn mit gebotenem Abstand, sorgfältig darauf bedacht, nicht in Allisons Schusslinie zu geraten. Als er hinter dem Mann stand, holte er aus und schlug ihm mit aller Kraft den Griff seiner Pistole in den Nacken. Tarnhose knickte in Kniehöhe ein, dann fiel der Rest des Körpers um wie ein Kegel.

Allison verschnürte den Mann mit ein paar Kabelbindern. Michael flüsterte in ihr Ohr.

»Oben ist noch einer.«

Sie nickte, dann folgte sie Michael die Treppe hinauf. Aus einem der Zimmer drangen Geräusche, die Michael nicht identifizieren konnte. Natürlich war es wieder das Zimmer am Ende des Flures. Er musste sich beherrschen, nicht dorthin zu rennen. Erst als sie Gästezimmer, Schlafzimmer, Bad, noch eine Abstellkammer, Atelier und noch ein Gästeklo geprüft hatten, wandten sie sich dem letzten Raum zu. Hinter der Tür keuchte jemand, eine zweite Person röchelte. Michael fehlte die Geduld für einen vorsichtigen Blick, er stieß die Tür auf.

Das Kinderzimmer eines Jungen: Über dem Bett ein riesiges Poster, ein großer Traktor im Aufriss. Poster von Comicfiguren und Filmhelden. Ein papiernes Raumschiff hing von der Decke. Im Fernseher wartete eine Videospielfigur auf Joystickbefehle.

Ein weiterer maskierter Mann stand in der Mitte des Zimmers. Vor sich presste er einen halbnackten Jungen von ungefähr zehn Jahren mit dem Kopf auf die Platte eines Schülerschreibtisches. Auf der weißen Resopalfläche breitete sich eine Lache aus. Blut, das ein immer schwächer werdendes Herz aus einer aufgeschnittenen Halsschlagader pumpte. An der Fensterwand saßen aufgereiht drei Erwachsene, mit starrem Blick und großen, dunklen Flecken auf der Brust. Ein ergrautes Paar und eine blonde Frau von etwa dreißig Jahren. Die beiden Frauen sahen sich ähnlich, vielleicht Mutter und Tochter?

Michael hob seine Pistole. Der Maskierte bemerkte die Bewegung. Er drehte sich um, griff zu seiner Waffe. Einer Tokarev TT-33.

Michael wollte schießen, da traf ihn etwas am Kopf. Bevor der gleißende Schmerz in Dunkelheit ertrank, hörte Michael den Schlitten von Allisons Maschinenpistole zurück und wieder vorwärts gleiten.

MONTAG, 30. SEPTEMBER

Eine halbe Sekunde lang erfreute sich Michael an dem Gesicht der schlafenden Allison vor seinen Augen, dann setzte der Trommler ein und gab auf Michaels Kopf den Takt für die Ruderer der Galeere vor.

Er befühlte mit seinen Fingern vorsichtig eine ebenso große wie empfindliche Beule. Bei jeder Berührung unterbrach ein kreischendes Pavianquartett das Trommeln. Er drückte ein paarmal, bis er entschieden hatte, welche Schmerzvariante weniger unerträglich war und ließ dann die Finger von seinem Kopf. Die Bewegung und sein kaum unterdrücktes Stöhnen hatten Allison geweckt. Während seine Begleiterin sich nach einem gemurmelten »Moin« den Schlaf aus den Augen rieb, wurde ihm klar, dass er in dem Xantia lag. Wie war er hier hin gekommen? Dann fiel ihm das Ende des Abends ein.

»Was ist passiert?«

»Der Typ von unten hat Dir eine gusseiserne Vase an den Kopf geworfen.«

»Wie hat der sich befreit?«

»In einer der Schreibtischschubladen war wohl eine Schere. Ich hätte nicht gedacht, dass der so früh wieder wach wird, Du hattest ihn doch ganz gut erwischt?«

»Ja … und dann?«

»Ich habe beide erschossen.«

»Gut.« Michael war beinahe sauer, dass er den Mann nicht selber getötet hatte, aber das Resultat war das Gleiche. Rechtsstaat hin oder her, es gab Grenzen. Wie bei dem Monster. Manche Kreaturen mussten einfach aus der menschlichen Gemeinschaft entfernt werden.

»Was ist mit dem Jungen?«

»Tot.«

Der Trommler steigerte den Takt, der dumpfe Schmerz und die Wut schaukelten sich gegenseitig hoch.

»Scheiße, zehn Minuten hätten gereicht! Nur weil wir im Wald Ballerspiele gemacht haben! Und Du musstest ja unbedingt noch einen Döner verdrücken!«

Allison sah ihn an, schwieg aber. Für einen Moment machte ihre fehlende Verteidigung ihn noch zorniger, dann überflutete ihn das graue Pulsieren der Resignation.

»Tut mir leid … Mit allem hätte ich gerechnet, aber … Ich dachte, Rottkamp wäre einer von denen!«

»War er vielleicht. Vielleicht wurde er unbequem, oder sie brauchten ein Bauernopfer? Ist alles möglich.«

»Ich weiß nicht, ob ich das noch wissen will. Kitzhofer, Helga, und jetzt noch Rottkamp und seine Familie … Jeder, den ich befrage, wird getötet! Es wäre besser, ich würde aus Deutschland verschwinden!«

Schuldig. Wieder waren wegen ihm Menschen gestorben.

Allison richtete sich auf und presste ihre Hand gegen die schwarz foliierte Seitenscheibe, um nach draußen sehen zu können, ohne in eine Spiegelung ihres Gesichts zu blicken. Ihre Ärmelaufschläge waren mit dunklen Flecken verfärbt.

*

Er starrte auf den beigefarbenen Dachhimmel des Citroën, versuchte, größere Muster in der Narbung des Stoffimitats zu erkennen. Vom Vordersitz hörte er ein leises Surren. Er drehte sich um, sah an der Lehne vorbei. Ein Laptop lag auf dem Beifahrersitz. Er war dankbar für die Ablenkung.

»Ist das von Rottkamp?«

»Ja, habe ich mitgenommen. Scheint ja wichtig gewesen zu sein, wenn die daran rum gespielt haben. Zum Glück war es eingeschaltet. Er hatte im Schreibtisch auch ein Kabel für den Zigarettenanzünder, sonst wäre der Akku wohl schon leer. Ich dachte, vielleicht finden wir was …«

»Ja … gute Idee … mal sehen.« Michael setzte sich auf, wollte aus dem vergrößerten Kofferraum des Xantia aussteigen und nach vorne wechseln, aber die Bewegungen schmerzten. Rücken, Nacken, Schultern, klar - er hatte zusammengefaltet auf der Ladefläche gelegen. Aber warum die Kniescheiben, Waden und Schienbeine? Allison bemerkte, dass er seine Knochen massierte, das Fleisch knetete.

»Du bist nicht gerade ein Fliegengewicht. Ich konnte Deinen Oberkörper heben, aber Deine Beine musste ich schleifen lassen. Das hat ziemlich gepoltert auf der Treppe. Beim Einladen ins Auto sind Deine Beine dann ein- oder zweimal am Stoßfänger angeschlagen. Du wirst ein paar blaue Flecken haben.«

»Schon gut. Ich bin froh, dass Du mich nicht hast liegen lassen und abgehauen bist, das wäre wahrscheinlich schlauer gewesen.«

»Würde ich nie machen, schließlich …«

»Ja, ich weiß, ich bin Dein Schutzbefohlener und der Ehrenkodex der Kowalski-Samurai, blablabla. Trotzdem: Danke.«

»Für das Heben schwerer Lasten werde ich Dir aber was extra berechnen. Ich bin ganz schön ins Schwitzen gekommen, riechst Du das nicht?«

»Doch, aber ich wollte nichts sagen. Ich müsste auch mal die Klamotten wechseln. Und duschen. Und meine Glatze rasieren, glaube ich.«

Allison strich ihm über den Kopf, achtete darauf, seiner Beule nicht zu nahe zu kommen. Er genoss die Berührung, aber er wünschte sich, sie würde es lassen. Das brachte ihn nur noch mehr ins Schwitzen.

»Schade eigentlich, Du bist jetzt schön flauschig.«

»Aber ich sehe mir dann wieder zu ähnlich.«

Allison grinste und knuffte ihn in die Seite.

»Ach, so ein gutaussehender Bursche wie Du, der kann doch alles tragen ...

Pass auf: Wir suchen uns jetzt einen McDonald's oder ein Subway, irgendwas, und holen uns Frühstück. Dann gehen wir baden. Und danach gucken wir mal, ob wir auf Rottkamps Rechner was finden können, was uns weiterbringt.«

»Baden?«

»Ja, in einem Schwimmbad. Berlin hat da doch reichlich von. Irgendeins mit Wellnessoase, Sprudelbad und so Kram. Du reibst Dich noch komplett mit dem Selbstbräuner ein, dann legen wir uns ins Wasser, bis wir rosa Rosinen sind. Dabei kannst Du Dir in Ruhe überlegen, wie es weiter gehen soll.«

*

Allison drückte sich mit der linken Hand den Rest des Chicken Fajita Sandwichs in den Mund. Mit der Rechten wischte sie auf ihrem Smartphone herum. Sie wollte etwas sagen, brachte aber nur unverständliche Laute hervor, und ein paar Essensreste, die auf dem Display landeten. Michael konnte ein »Kacke« verstehen. Während sie das Display mit der Serviette putzte, würgte Allison das Essen hinunter, dann wandte sie sich an Michael:

»Wir haben übrigens ziemlich gute Kritiken.«

»Wie, Kritiken?«

»Zur Ermordung von Helga Bornemann und Jan-Hendrik Lanz.«

»Lanz ist tot?«

»Steht hier. Genickschuss. Lanz, 61, blablabla, in sadistischer Weise gefesselt - also, ›sadistisch‹ ist ja echt übertrieben - und dann hingerichtet. Michael E. wurde am Tatort gesehen.«

»Scheiße! Wer soll uns da gesehen haben?«

»Das muss König gewesen sein, sonst war da keiner, garantiert. Aber ich dachte, der wäre bewusstlos gewesen?«

»Nein, der war wach ...«

»Ok, dann hat der Dich gesehen. Aber wenn noch jemand anders gekommen wäre, hätte König den Schuss gehört. In der Einöde macht sich keiner die Mühe, einen Schalldämpfer zu benutzen. Wäre König einer von den Guten, hätte er wohl zu Protokoll gegeben, dass wir schon weg waren. Also kann es eigentlich nur König selber gewesen sein. Aber Du hattest doch seine Fesseln kontrolliert?«

»Also, um ehrlich zu sein …«

»Du hast nicht nachgeguckt?« Allison seufzte.

»Nein, ich dachte, der …«

»Schon gut. Vergossene Milch. Dann war das König. Das erklärt, warum der andere von gestern auch eine Tokarev hatte.«

»Du meinst, das war die gleiche?«

»Nein, dieselbe. Ein ballistisches Gutachten wird zeigen, dass die Waffe, mit der Helga und Lanz erschossen wurden, auch zur Ermordung der Rottkamps benutzt wurde.«

»Dann bringt man mich damit auch noch in Verbindung!«

»Wahrscheinlich. Kacke, ich habe noch überlegt, ob ich die mitnehmen soll. Hätte ich mal.«

»Ich kann nicht glauben, dass ich das sage, aber: Macht auch keinen großen Unterschied mehr.«

»Geht so. Bis jetzt hast Du nur Erwachsene auf dem Gewissen, Spitzel und ehemalige Terroristen. Gut, die Polizisten sollst Du auch umgebracht haben. Aber Kinder sind ja noch mal was ganz anderes. Denk dran, dass man Dich schon als Kindermörder etabliert hat.«

»Ich habe Dir doch …«

»Ja, aber ich bin nicht die öffentliche Meinung. Sobald das mit den Rottkamps bekannt wird, wird ganz Deutschland nach Dir suchen.«

»Aber in dem Haus sind doch noch die Leichen der echten Mörder, oder?«

»Also, ich habe die nicht weggeräumt. Aber man kann sich doch vorstellen, dass der Hausherr sich gewehrt hat und zwei der Killer niederstrecken konnte, und so weiter. Die haben Dich ganz schön reingeritten.«

*

Dutzende Luftbläschen prickelten auf seinem Rücken, glitten an den Rippen entlang, verfingen sich in Michaels Brusthaaren, kämpften sich wieder frei und stiegen zur Wasseroberfläche auf. Das Sprudelbad war entspannend, die einzigen Gedanken, die er sich darin machen wollte, waren mmhm und aaah. Ein elektronischer Gong forderte ihn viel zu früh auf, seinen Platz einem anderen Gast zu räumen. Im gleichen Becken waren Liegeplätze angelegt, die weder sprudelten noch mit Wasserstrahlen massierten. Auf einer dieser wenig begehrten, mosaikverzierten Unterwasserbänke lag Allison in dem Einteiler, den sie vor einer halben Stunde in dem angegliederten Shop gekauft hatte. »Besser keinen Bikini, sonst kriegen die alten Männer alle eine Latte!« Michael war sich nicht sicher, ob sie ihn darin einschloss, aber sie hatte recht gehabt: Würde sie einen Bikini tragen, hätte er auf dem Bauch liegen müssen.

Er verließ das Becken und legte sich auf eine der Liegen, die sie mit ihren Handtüchern in guter deutscher Tradition annektiert hatten. Er musterte die Rostblasen auf den Stahlträgern der Dachkonstruktion und betrachtete die moosgrünen Flecken auf den Fensterflächen. Von dem Dach des Schwimmbades fiel ein dicker Tropfen Kondenswasser herab und zerplatzte auf der Gummiblumenbadekappe einer dünnbeinigen, dickbäuchigen Seniorin. Die Frau schaute nach oben und meckerte in Richtung der Liegestühle. Einer ihrer männlichen Altersgenossen drehte sich auf die Seite, wandte ihr den Rücken zu. Vielleicht ihr Ehemann, dem sie die Schuld an dem Tropfen gab, wie auch immer er es angestellt haben sollte. Vielleicht sonderte sie auch Früher-war-alles-besser-Phrasen ab, mit denen sie diesen anderen Gast schon oft genug genervt hatte.

Für diese Leute bin ich in den Krieg gegangen, dachte Michael. Damit mein Vaterland in der Welt gut dasteht. Und sein Volk. Inklusive keifender Omas.

Jetzt steckte er wieder in der Scheiße. Und die gleiche Oma, die damals vielleicht dem jungen Michael voller patriotischem Stolz die Hand geschüttelt hätte, würde heute ihren Badelatschen nach dem vermeintlichen Terroristen werfen. Obwohl Michaels Motive sich eigentlich nicht geändert hatten. Schon merkwürdig.

Er fragte sich, ob er wirklich weitermachen wollte. Die ehrliche Antwort: Nein. Er hatte den Drang, die Schuldigen zur Rechenschaft zu ziehen, genau wie damals. Aber damals wollte er weiteres Morden verhindern, heute würde er es vielleicht verursachen. So zynisch es klang: Kitzhofer war ein alter Mann gewesen, Helga todkrank - bei denen konnte er seine Mitschuld noch wegstecken. Aber Rottkamp und seine Familie? Indirekt war er für ihre Ermordung verantwortlich. Die Leichen der Eltern und der sterbende Junge würden sich in sein Kabinett persönlicher Schrecken nahtlos einfügen. Noch mehr solcher Bilder könnte er nicht ertragen.

Gut, dass Kowalski die Mörder erledigt hatte. Obwohl man sie eigentlich noch auf kleiner Flamme hätte schmoren sollen.

Dazu kam seine physische Konstitution. Er war nicht mehr fit genug, sich mit Killern herumzuschlagen, und er hatte auch keine Lust mehr darauf. Er war kein zorniger junger Mann mehr wie 2000, nur noch ein müder, alter Sack.

»Ich bin zu alt für diesen Scheiß!«, sagte er, als Allison sich zu ihm gesellte.

»Aber nein, Du bist nicht zu alt für diesen Scheiß: Schau Dich um, abgesehen von der Bademeister-Wurst dahinten bist Du der jüngste Mann hier! Alle Frauen verschlingen Dich mit ihren Blicken. Wahrscheinlich denken sie, dass das frühreife Flittchen - also ich - nichts für Dich ist und Du in den Armen einer erfahrenen ...«

»Das meinte ich nicht!«, sagte Michael, obwohl er wusste, dass sie das wusste.

»Ich bin zu alt, mich gegen irgendwelche Arschlöcher zu stemmen, die unschuldige Leute umbringen! Und ich bin auch zu alt, und ich habe keine Lust, den ganzen Kram aus Rottkamps Laptop zu checken! Und vor allem bin ich zu alt, um noch zu glauben, dass ein Einzelner irgendetwas ändern könnte ... was ist?«

»Nichts, ich wundere mich nur. Ich war mir fast sicher, dass Du das durchziehen würdest.«

»Bist Du jetzt enttäuscht? Weißt Du, wenn es nur um mich ginge, würde ich weiter machen, aber die Blutspur wird immer breiter. Der Junge gestern ...«

Michael setzte sich auf und lehnte sich nach vorne. Allison ließ ihre Hand über seinen Rücken gleiten. Es gefiel ihm besser, als für seine geistige Gesundheit gut war.

»Ja. Aber Du kannst Dich dafür nicht verantwortlich machen.«

»Nicht? Es gibt doch nur zwei Möglichkeiten: Entweder man will mich wirklich als Sündenbock etablieren, wie Du vermutest. Dann ist es doch das Schlaueste, nicht weiter in irgendwelche Fallen zu tappen, die mich noch weiter belasten und in denen noch mehr Leute als meine Opfer herhalten müssen. Oder meine Nachforschungen machen denen wirklich Angst und sie brennen alle Brücken nieder, sprich: bringen alle Zeugen um ... Dann stirbt ebenfalls keiner mehr, wenn ich jetzt aufhöre.«

»Vielleicht sterben aber noch mehr, wenn Du aufhörst.«

»Vielleicht, ja. Wenn wir annehmen, dass wir in irgendwelchen aktiven Wespennestern stochern. Im Moment sieht es aber doch eher so aus, als ob jemand nur den Deckel auf der Vergangenheit halten und eine Schweinerei aus Stasi-Tagen vertuschen will.«

»Gut, und was hast Du jetzt vor? Abhauen? Das Budget ist zwar schmal geworden, aber ich denke, ich könnte ein bisschen Rabatt aushandeln. Die EU-Länder kommen allerdings nicht mehr in Frage, das wäre zu teuer.«

»Nein, ich will mich stellen.«

Allison sah ihn an, als würde sie ihm ein paar Ohrfeigen geben wollen, kleidete ihren Widerspruch aber in höfliche Worte; er war überrascht.

»Eine Idee, die ich eher unterwältigend finde. Erinnere Dich daran, was passiert ist, als Du letztes Mal zur Polizei gegangen bist.«

»Ja, aber diesmal stelle ich mich dem BND. Ich rufe Ommerborn an und bespreche das mit ihm. Ich habe da ein paar Ideen, wie er das einfädeln könnte.«

»Gut, das musst Du wissen. Ich rate Dir sehr dringend davon ab. Dass ich Dich dann nicht mehr schützen kann, ist Dir natürlich klar.« Jede Freundlichkeit war aus ihren Augen verschwunden, sie sprach mit professioneller Distanz.

»Ja, ist es.« Allison war die erste, die aus der Schusslinie verschwinden würde, und das wollte er genau so.

*

»Hi, Omme.«

»Micha! Offensichtlich lebst Du noch.«

»Klingt so, als ob ich mich dafür entschuldigen müsste?«

»Bei mir nicht ... aber vielleicht bei Helga Bornemann? Oder bei Jan-Hendrik Lanz?«

»Das waren ... war ich nicht!«

»Wer dann?«

»Wahrscheinlich die Typen, die gestern Georg Rottkamp und seine Familie abgeschlachtet haben ...«

»Die hast Du dafür aber so richtig fertig gemacht, Du und Deine kompetente Hilfe, ja?«

Ommerborns Stimme hatte einen angeekelten Unterton, den Michael nicht ganz nachvollziehen konnte.

»Du weißt aber schon, was die mit dem Jungen gemacht haben, oder? Hör zu, lass uns darüber persönlich reden ... Ich will mich stellen! Und zwar Dir, besser gesagt: dem BND!«

Für einen sehr langen Moment rauschte nur Schweigen aus Allisons Telefon. Michael gab seinem Freund die Zeit, diesen Brocken zu verdauen und schaute dem Nieselregen zu, der sich auf der Windschutzscheibe des Citroëns niederschlug, sich zu dicken Tropfen zusammenschloss und die Scheibe hinab lief, bis das Wischerintervall eine neue Runde einläutete. Dann hatte Ommerborn einen Teil seines Wortschatzes wieder gehoben.

»Ehrlich?«

»Ja. Ich habe das Gefühl, dass noch mehr Leute sterben werden, wenn ich weitermache. Du weißt, wie meine Nächte aussehen ... Das reicht mir schon so, wie es ist, da müssen nicht noch ein paar Tote hinzukommen!« Obwohl: In den letzten Tagen hatte er eigentlich ganz gut geschlafen, fiel ihm auf. Vielleicht war er doch so actiongeil, wie Allison glaubte. Egal, jetzt war Schluss.

»Du und Dein Chef Glottke, Ihr müsst das für mich arrangieren. Steckt mich von mir aus in den Knast, aber mit ein paar absolut vertrauenswürdigen Männern vor der Zelle. Ich habe ein paar Seiten aus dieser Stasi-Akte, die Biographie der Bornemann, von ihr selbst geschrieben, und ich habe Rottkamps Laptop, auf dem sich bestimmt auch noch irgendwas finden lässt. Ich werde mich jetzt gleich hinsetzen und alles aufschreiben, was ich in den letzten paar Tagen erlebt und gehört habe. Dann werde ich mich Dir stellen, zu Deinen Bedingungen. Gleichzeitig wird die kompetente Hilfe alle diese Dateien an verschiedenen Stellen ins Internet hochladen, da soll sich der

Schwarmjournalismus drauf stürzen. Das ist der einzige Weg, den ich im Moment sehe, wie ich aus der Scheiße komme und trotzdem die Sache noch auffliegen lassen kann.«

»Wobei Du offensichtlich keinen blassen Schimmer hast, was ›die Sache‹ überhaupt ist …«

»Nein, keine Ahnung. Ist mir auch egal. Ist doch sowieso immer das Gleiche: Macht, Geld, Sex, was weiß ich … Aber ich kann Dir verraten, wer darin verstrickt ist: Achim van Heufelden! Wahrscheinlich ist er der Grassmann, der für Eure Geheimhaltungsstufe zu brisant ist!«

»Was? Willst Du mich verarschen? Also ehrlich, Micha, geht's Dir noch gut?«

»Das ist das, was ein ehemaliger Stasi-Offizier namens Penner mir sagte. Van Heufeldens echter Name ist Harry Dennert.«

»Das klingt alles nicht sehr überzeugend. Bist Du sicher, dass Du nicht total paranoid geworden bist?«

»Mir ist klar, wie das klingt. Ich kann das selber auch nicht so ganz glauben, um ehrlich zu sein. Guck doch mal, ob das irgendwie mit Euren Daten zusammenpasst.«

»Gut, ich werde mit Glottke sprechen. Mal sehen, was wir für Dich tun können. Ich kann Dir nichts versprechen.«

»Du machst das schon, da habe ich keinen Zweifel dran.«

»Erwarte nicht zu viel. Ruf mich gegen zwei an, dann kann ich Dir mehr sagen.«

Michael wollte das Gespräch nicht in trüber Stimmung beenden:

»Wenn das alles vorbei ist, lade ich Dich und Sabine zum Essen ein und wir können ein bisschen über alte Zeiten reden …«

»Ja, gute Idee, bring eine kugelsichere Weste mit! Ciao!«

Michael legte auf und gab Allison das Telefon zurück.

»Hat seine Frau was gegen Dich?«

»Ich war zur Hochzeit von den beiden eingeladen, 2002.«

»Aha.«

»Ich bin schon mit einer Fahne angekommen und war ziemlich früh stinkeblau.«

»Hm.«

»Sabines Schwester hatte auch ordentlich geladen. Wir haben es auf der Herrentoilette getrieben.«

»Ts, ts, ts!«

»Dann ist ihr Mann reingekommen, hat uns in flagranti erwischt.«

»Oje!«

»Er hat mich natürlich angebölkt. Ich habe ihm eine aufs Maul gegeben.«

»Du bist aber auch gewalttätig.«

»Das war nicht das Schlimmste …«

»Nein?«

»Nein. Der Zugang zur Toilette führte direkt in den Festsaal … Nicht besonders vornehm, aber so war es eben. Udo, Sabines Schwager, ist von meinem Schlag durch die Tür getaumelt, ich bin hinterher. Da stand ich dann, und so etwa hundert Leute haben mich völlig entsetzt angeguckt. Ich dachte mir, dass ich vielleicht besser gehen sollte, und machte mich in betrunkener Würde auf den Weg zum Ausgang …«

»… uuund?«

»Nach zehn Metern ist mir aufgefallen, dass ich nicht wegen des Alkohols so langsam vorwärts kam, sondern weil mir die Unterhose an den Knöcheln hing …«

Allison visualisierte eine Zehntelsekunde, dann brach sie in schallendes Gelächter aus. Nach einer halben Minute hatte sie sich wieder soweit unter Kontrolle, dass sie sich mit einem Tempo die Tränen aus den Augen und den Rotz von der Nase wischen konnte.

Michael war nicht gerade stolz auf diese Geschichte, aber er wusste natürlich, dass sie für einen Dritten sehr komisch war. Er sog soviel von Allisons Lachen auf, wie er konnte; er würde es vermissen.

»Natürlich werde ich diese Story gnadenlos klauen. Das werde ich auf der Hochzeit einer Freundin genauso erlebt haben!«

»Kannst Du gerne machen, ist mein Abschiedsgeschenk …«

»Du klingst ja fast ein bisschen wehmütig. Bin ich Dir nicht genug auf den Senkel gegangen?«

»Doch, und wie. Vor allem werde ich nie wieder in einen Citroën steigen. Meine Güte, was habe ich mir in dieser Karre den Arsch platt gesessen!«

»Hey! Du kannst mich beleidigen, aber keine Sprüche über mein schönes Auto!«

Michael fiel keine schlaue Antwort mehr ein. Er sah sie einen unbequemen Moment an, dann holte er, unter reichlichem Gefummel mit dem Kabel, das immer noch im Zigarettenanzünder steckte, Rottkamps Laptop aus der Tasche in der Rückenlehne seines Sitzes. Er begann, die Ereignisse der letzten zehn Tage in die Tastatur zu drücken.

*

»An der Landsberger Allee, nicht Chaussee, da gibt's das Allee-Center. Hausnummer weiß ich gerade nicht, aber Du kommst auf den Parkplatz über die Zechliner Straße. Ich warte da auf Dich, an der Einfahrt zum Parkplatz. Drei Uhr.«

Michael und Allison hatten um halb drei in Schleichfahrt den Parkplatz ausgekundschaftet und dann in der Nähe des Eingangs zu dem Shoppingtempel den Citroën abgestellt.

»Wenn jemand kommt, der nicht Ommerborn ist, können wir uns durch das Center zurückziehen, oder mit dem Xantia über die Straßenbahnschienen abhauen.«

»Das wird hoffentlich nicht nötig sein.«

»Hoffentlich nicht. Ich warte hier, bis Ihr weg seid.«

Allison stellte sich neben einen heruntergekommenen Opel und öffnete ihren Rucksack.

Um viertel nach drei fuhr ein dunkelroter BMW X3 auf den Parkplatz und rangierte in die erste freie Lücke. Der Fahrer stieg aus, holte einen braunen Wildledermantel vom Rücksitz und zog ihn an, ohne den Blick von der Zufahrt zu nehmen. Michael atmete tief ein, Allison deutete auf den Mann.

»Ist das Dein Freund da vorne?«

»Ja. Der war noch nie pünktlich.«

»Aha. Tja. Ich hoffe, Du überlebst. Obwohl ich da eher schwarz sehe.«

»Willst Du mich wirklich so verabschieden?«

»Ja, okay, Du hast recht.« Allison legte ihren rechten Handrücken an die Stirn, wandte den Kopf etwas von Michael ab und sagte mit flehender Stimme:

»Oh Rhett, Rhett, was soll ich nur tun, wohin soll ich nur gehen?«

Michael lachte und konterte:

»Offen gestanden ist mir das verdammt egal, meine Liebe!«

»Okay, dann wieder zurück zu dem kleinen Fernsehsender, gesungene Nachrichten aus der Welt des Spätbarock mit Allison Kowalski.«

Sie gab Michael einen kleinen Schmatz auf die Wange. »Hau schon ab!«

Michael wollte noch etwas sagen, aber alles, was er im Kopf formulieren konnte, waren kitschige Standardsentimentalitäten, für die ihm Allison zu schade war. Und wenn er sie daran erinnern würde, die Daten hochzuladen oder ähnlichen Blödsinn, nur um etwas zu sagen, konnte er allenfalls ein Augenrollen ernten. Also stiefelte er still und verdrossen zu Ommerborn, der dreißig Meter entfernt auf einem der Findlinge saß, die wilde Autofahrer daran hindern sollten, den Parkplatz über den Grünstreifen zu entern. Ommerborns Kopf schwenkte regelmäßig nach links und rechts, als ob er ein Metronom imitieren wollte. Ihm fiel nicht ein, sich mal umzudrehen, also rief Michael ihn aus einiger Entfernung an. Nicht, dass Omme vor Schreck einen Herzinfarkt bekäme.

»He, Omme!«

»Micha! Oh, hallo, Kollege Fleischmütze!«

»Ja, aber bei mir waren es Rasierklingen, nicht die Gene ... Das wächst wieder nach!«

»Darauf warte ich schon seit Jahren«, sagte Ommerborn, strich sich über seinen kahlen Kopf und machte einen Schritt auf Michael zu. Michael mochte Körperkontakt zwischen Männern nicht so sehr, aber seinem alten Kameraden konnte er eine Umarmung schlecht verwehren.

Ommerborn ließ Michael aus seinem Griff, sah ihn einen Moment an, vielleicht, um die geistige Gesundheit seines ehemaligen Untergebenen einzuschätzen.

»He, Du siehst ziemlich gut aus. Ach so, tut mir leid, dass ich zu spät bin, ich war gerade noch kurz zu Hause.«

»Macht nichts.«

»Sag mal, es ist fast ein bisschen schade, dass Du jetzt aufhören willst … Ausgehend davon, dass van Heufelden Dennert war, haben Glottke und ich nochmal ein bisschen gestöbert, und wir sind da auf ein paar interessante Sachen gestoßen: Grassmann, das war ein alter Deckname von Georg Badenkow.«

»Mit dem die Bornemann verheiratet war? Aber der ist doch schon lange tot, oder?«

»Ja.«

»Dann kann ja jeder diesen Namen benutzt haben. Aber man sagte mir, dass das van Heufeldens Codename war. Merkwürdig.«

»Wir haben auch noch was anderes gefunden, und das ist ein echter Knaller … Edgar Schiller?«

»Ach ja, den gab's ja auch noch …«

»Das ist Eckhard Schlüter!«

»Was, echt?«

»Ja. Wahnsinn, oder? Die graue Eminenz war Inoffizieller Mitarbeiter des MfS! Er musste damals Helga, Badenkow und das andere Paar Schläfer opfern, weil er befürchtete, Kitzhofer würde sonst misstrauisch werden. Schlüter war wohl nicht sicher, ob Kitzhofer wirklich nur ihm von seiner Entdeckung erzählt hat.«

»Das ist wirklich Wahnsinn … Jetzt wird mir einiges klar! Aber ehrlich gesagt: Mir wäre lieber, wenn wir das in einer Zelle diskutieren könnten, die von sechs zuverlässigen und schwer bewaffneten Männern bewacht wird.«

»Ja, Du hast recht, lass uns abhauen. Wir nehmen meinen Wagen. Es ist auch verdammt kalt. Aber Glottke und ich haben was Besseres: eine nette, kleine, unauffällige Wohnung in Neukölln.«

Michael schlug Ommerborn auf die Schulter.

»Kalt? Das Familienleben hat Dich weich gekocht, Leutnant Ommerborn!«

»Wenn, dann hat Sabine mich zu gut bekocht! Aber zum Thema IM Schiller: Da kann ich noch einen drauf setzen, Schlüter war nämlich …«

»Deckung!«

*

Michael warf sich hinter einen der Findlinge, zog seine Pistole, als er Allisons Ruf hörte. Er schrie: »Omme, runter!« Einen Sekundenbruchteil später legte sich das dumpfe Wummern einer AK-47 über die Straße. Ommerborn blickte verblüfft auf Michael herab, dann trafen ihn drei Kugeln in die Brust. Er taumelte nach hinten, fiel rücklings über die steinerne Randbegrenzung des Parkplatzes. Michael sah seinem Freund entsetzt hinterher. Den Kunden des Supermarktes, die noch in ihren Taschen nach Münzen für den Einkaufswagen kramten oder schon die Besorgungen in ihre Kofferräume schaufelten, wurde mit Blick auf den blutüberströmten Ommerborn schlagartig klar, dass das Knallen nicht von Fehlzündungen eines defekten Motors stammte. Mit viel Geschrei rannten sie davon, obwohl keiner so recht wusste, in welche Richtung, außer: Weg vom Blut.

Michael zog die P8. In zehn Meter Entfernung rollte auf der gegenüberliegenden Fahrbahn der Zechliner Straße ein schwarzer Audi A6 an ihm vorbei, dessen linke Seite mit mehr und mehr Kratern übersät wurde, die sich um die Fahrertür konzentrierten. Allisons Kugeln - aber sie war noch zu weit weg für präzises Zielen. Und ihre Munition war zu schwach, um durch das Blech zu dringen. Nachdem der Schütze sich vom ersten Schreck erholt hatte, tauchte er wieder im hinteren Seitenfenster des Kombis auf und legte erneut mit der AK an. Michael zielte sehr sorgfältig und schoss dem Mann durch die Nase. Als der Killer wider Erwarten nach vorne erschlaffte und sein Kopf in dem Fenster liegen blieb, setzte Michael ihm eine zweite Kugel in den Scheitel. Nur vorsichtshalber, redete er sich ein. Aber am liebsten hätte er Ommerborns Mörder wiederbelebt, um ihn erneut zu töten.

Der A6 hielt an, der vordere Kotflügel war komplett durchlöchert, der Reifen platt. Allison musste mittlerweile mindestens zwanzig Kugeln in den Wagen geschossen haben. Sie kam langsam näher, seitlich gehend, um wenig Stirnfläche zu bieten. Sie blieb stehen, nahm die MP5 in die linke Hand, zog ihren Colt und feuerte innerhalb von wenigen Sekunden das ganze Magazin auf die Fahrertür ab. Die Munition der Pistole war stärker und durchschlug das Blech ohne Probleme. Michael hörte den Fahrer aufschreien, dann verstummen.

Der Beifahrer des Audis schaffte es, sich aus dem Auto zu retten. Es gab noch einen weiteren Passagier, der aus der hinteren, rechten Tür kroch und sich hinter das Wagenheck flüchtete. Ein Polizist lief mit gezogener Waffe über die Straßenbahnschienen der Landsberger Allee herbei und rief die Männer hinter dem A6 an. Zwei Kugeln trafen ihn in Brust und Magen, er fiel auf die Schienen und krümmte sich, vor Schmerzen schreiend.

Michael legte sich flach auf die Erde. Er hätte die Füße des Mannes unter dem Wagenboden hindurch sehen müssen, aber nichts ... Der Kerl hockte hinter dem Hinterrad. Michael schoss vier Kugeln in die Karosserie des Audis, über der Achse. Ein Schrei überzeugte ihn davon, dass er Allisons Unterschallmunition zu Recht abgelehnt hatte.

Der Beifahrer hatte sich hinter den Vorderrädern in Sicherheit gebracht, im Schutze des Motorblocks. Alle paar Sekunden erschien eine Uzi über der

Motorhaube und spuckte ungezielte Schüsse auf die andere Straßenseite. Allison gab Michael Zeichen, dass sie einen großen Bogen nach links machen würde und schickte ihn nach rechts. Also bewegte sich Michael auf das Heck des Audis zu. Er schlich von Findling zu Findling, versuchte, möglichst leise zu sein, um dem blind schießenden Killer keinen akustischen Hinweis auf ein lohnendes Ziel zu bieten.

Seine Leibwächterin hockte jetzt bewegungslos fünf Meter schräg vor dem A6, zielte über die Motorhaube, jetzt wieder mit der MP5. Als die Hand mit der Waffe wieder erschien, schoss Allison einmal. Das halbe Handgelenk des Mannes verschwand in einer Wolke aus Blut. Er schrie nicht, hielt die Maschinenpistole sogar weiter fest. Schock, dachte Michael. Allison lief um die Wagenfront, Michael hörte das Schreibmaschinengeräusch der schallgedämpften Heckler und Koch. Im gleichen Moment umrundete er das Heck des Audis und sah in den Lauf einer P8. Er hörte den Schuss, spürte, wie sich die Kugel zwischen linkem Oberarm und Brustkasten ihren Weg durch seine Jacke bahnte. Michael zielte und schoss schneller, als er denken konnte. Der Mann zuckte zusammen und ließ seine Pistole sinken, dann stand Allison vor ihm und sprenkelte mit zwei Kugeln seinen Hinterkopf über die Wagenflanke.

Michael rannte zurück über die Straße. Omme!

Ein älteres Ehepaar hatte sich aus der Deckung getraut und bemühte sich um Michaels Freund. Der Mann, Pepitahut und beigefarbene Windjacke, versuchte vergeblich, mit Mullbinde aus dem Verbandkasten seines Autos die Blutungen zu stoppen. Die Frau, ebenfalls in Windjacke, schaute Michael an und sah die Sorge in seinen Augen.

»Wir haben schon einen Krankenwagen gerufen, der wird gleich hier sein!«

»He, Micha, ich war eben wohl ein bisschen langsam, was?«

Michael kniete sich neben seinen verletzten Freund.

»Omme, Du solltest besser nicht sprechen, das strengt Dich ...«

»Hör zu! Auf meinem Rechner sind Dateien, die Dir helfen werden. Tablet-PC, mit einem Fingerabdruckscanner gesichert, mein rechter Zeigefinger ...« Ommerborn hustete Blut, spuckte es aus und wischte sich ungeschickt den Mund ab. Allison stellte sich neben die kleine Gruppe.

»Der Polizist ist tot.«

Ihre MP5 zeigte zu Boden, hielt die Supermarktkunden aber auf Distanz. Das Ehepaar sah voller Angst zu ihr hoch. Sie hatte ihren Schal über Mund und Nase gezogen wie ein Wildwest-Bandit.

»He, Du musst die kompetente Hilfe sein ... Nicht schlecht!« Ommerborn hustete erneut.

»Omme, Thomas, sei endlich still, gleich ...«

»Kümmere Dich um Sabine und Lea!« Ommerborn griff Michaels Arm, fixierte sein Gesicht. Er krampfte, stieß einen röchelnden Laut aus, der in ein langes Stöhnen überging, und starb. Michael starrte eine Minute lang in

Ommerborns Gesicht, sah das Blut der Blässe weichen, wartete auf ein Lebenszeichen.

»Er ist tot«, sagte Allison. Michael kämpfte sich aus seinem Schock heraus. Die grauhaarige Frau, die immer noch Ommerborns Hand hielt, weinte. Der Mann hatte sich neben sie gehockt und hielt sie in den Armen. Er betrachtete Michael mit seltsam analytischem Blick, sah hinter die Verkleidung.

»Sie sind Eichendorf, der Terrorist! Ich habe Sie im Fernsehen …«

*

»Nein, ich bin kein Terrorist … Die anderen …« Ommerborns Mörder, waren das Terroristen? Keine Ahnung, Söldner vielleicht, angeworben von Leuten, die unter allen Umständen den Status Quo wahren wollten, eigentlich das ideologische Gegenteil eines Terroristen. In ihrer Skrupellosigkeit unterschieden sie sich aber nicht.

»Danke, dass Sie meinem Freund geholfen haben.« Michael wollte gehen, aber Allison hielt ihn zurück.

»Er hat Dir das mit dem Fingerabdruck nicht ohne Grund erzählt.«

»Was? Sollen wir ihn mitnehmen?«

»Nein.«

Michael verstand nicht, worauf sie hinaus wollte. Sollten sie den Rechner holen und damit ins Leichenschauhaus spazieren? Erst als Allison ihr Messer aus der Scheide unter der Jacke hervor zog, wurde ihm klar, was sie meinte.

»Soll ich lieber …?« Sein Blick genügte ihr als Antwort. Sie drehte Ommerborns Rechte mit der Innenfläche nach oben, schob das Messer flach unter Kleinen, Ring- und Mittelfinger, aber über den Zeigefinger. Dann drehte sie das Messer, die Klinge zeigte nach unten.

»Was haben Sie vor?«, fragte die ältere Frau zwischen zwei Schluchzern. Aber Kowalski antwortete nicht, sondern schlug mit dem Schaft ihrer Maschinenpistole auf den Rücken des Messers. Beim ersten Schlag blieb die orangenfarbene Keramik auf halber Strecke stecken, Blut lief aus der Wunde. Unter dem zweiten Hieb zerbarst der Knochen mit lautem Knacken.

»Einen Verband, bitte.« Der Mann kramte in seinem Erste-Hilfe-Kasten und reichte ihr ein Päckchen, sichtlich bemüht, sich nicht zu übergeben. Seine Gattin starrte Kowalski voller Entsetzen an, paralysiert von der Brutalität der jungen Frau. Kowalski wickelte den abgetrennten Finger in die Mullbinde. Sie griff nach einer Einkaufstüte der Frau und schüttete den Inhalt auf den Parkplatz. Der Finger landete in der leeren Tüte, die Tüte in Kowalskis rechter Jackentasche. Sie wischte ihre Hände und ihr Messer an Ommerborns Mantel ab. Zu den Einkäufen gehörte ein Sechserpack kleiner Sprudelflaschen, eine davon schob sie in die linke Tasche.

Michael fiel ein, dass er die aktuelle Adresse von Ommerborn nicht kannte. Widerwillig griff er seinem toten Freund hinter das Mantelrevers und zog ihm die Brieftasche aus dem Innenfutter.

Der Pensionär umklammerte seine Gattin noch fester, als Kowalski den Lauf der MP5 hob und in Richtung des Ehepaares schwenkte. »Autoschlüssel.« Michael wollte protestieren, aber seine Leibwächterin brachte ihn mit einem Blick zum Schweigen.

»Der grüne Fiesta, da hinten rechts! Tun Sie uns nichts!«, schluchzte der Mann.

Kowalski deutete in die ungefähre Richtung, aus der die Martinshörner näher kamen.

»Wir sollten jetzt abhauen.«

Die Zeugen der Schießerei hielten sich immer noch hinter den Autos versteckt, aber manche waren mutig genug, Kowalskis und Michaels Abgang mit ihren Handys zu filmen. Kowalski lenkte den Fiesta auf die Straße, fuhr an dem Wrack des Audi auf der einen und Ommerborns Leiche auf der anderen Seite vorbei. An der Landsberger Allee ließ sie sich von der vorbeifließenden Blechlawine mitreißen und schwamm durch den feierabendlichen Hauptstadtverkehr.

*

»Hier rechts, das gelbe Haus!« Michael wollte schon aus dem Auto springen, zögerte dann aber.

»Scheiße, was soll ich Sabine denn jetzt sagen? ›Hallo, tut mir leid, Thomas ist eben erschossen worden, aber ich muss an seinen Rechner; und Du solltest jetzt besser mit uns kommen!‹ Oh, Mann!«

Kowalski steckte die MP5, die sie bei der zügigen Abfahrt auf den Rücksitz geworfen hatte, in ihren Rucksack. Sie zog die Flasche aus ihrer Jackentasche und wusch sich mit dem Mineralwasser das Blut von den Händen. Auf der Fußmatte des Fiestas sammelte sich eine dunkle Lache.

»Wenn sie Dich sowieso nicht mag, kannst Du auch einfach an ihr vorbei marschieren und Dir den Rechner holen.«

»Nein, kann ich nicht! Wir müssen Sabine und Lea in Sicherheit bringen; auch wenn Omme nichts gesagt ...«

»Wir?«

»Hilfst Du mir nicht?«

»Ich werde für Dein Überleben bezahlt, und das ist schon Arbeit genug, weil Du ja durch die Gegend rennen und den Helden spielen musst. Ich habe echt keinen Bock, mir jetzt auch noch irgendeine Schnalle und ihr Balg ans Bein zu binden. Und Dein Budget gibt das auch nicht her.«

Michael sah Kowalski an, die durch die Windschutzscheibe des Fiestas die vertrockneten, dornigen Sträucher in dem verkehrsberuhigenden Betonkübel musterte. Ihre Worte hallten in seinem Kopf. Es dauerte ein paar Sekunden, bis ihm klar wurde, was sie da gesagt hatte. Er brauchte eine weitere Minute, um seinen Zorn zu unterdrücken, sie nicht anzuschreien. Bis er zu dem Schluss kam, dass er selber Schuld hatte: Er war auf Allison reingefallen. Hinter der Maske der jungen, hübschen Frau verbarg sich ein gefühlloser Kampfroboter, der sich menschliche Regungen nur einbildete, Gefühle lediglich simulierte. Ziemlich echt sogar, aber er hatte sich auch gerne täuschen lassen, hatte glauben wollen, dass selbst in einer mehrfachen Mörderin noch ein Kern Menschlichkeit vorhanden sein konnte.

»Gut, Kowalski. Du hast recht: Ich kann Sabine und Lea nicht mitnehmen, wohin auch immer. In meiner Nähe ist es im Moment offensichtlich gefährlich. Aber vermutlich sind sie zu Hause auch nicht in Sicherheit, es kann ja sein, dass die Daten, die Thomas gefunden hat, eine Spur bis auf seinen Rechner zurückgelassen haben. Also werde ich die beiden in den nächsten Zug setzen, um sie wenigstens für ein paar Tage aus der Schusslinie zu nehmen. Wie viele Tage noch, bis Fastenraths Auftrag abläuft?«

»Du hast noch 9,5 Tagessätze, abzüglich ein bisschen Kleinkram. Kilometerpauschale und so. Rechne mal mit glatten neun.«

»Gut. Zieh davon soviel ab, wie nötig ist, Sabine und Lea in Sicherheit zu bringen.«

Kowalski überlegte kurz.

»Ok. Wir setzen sie in einen Zug und fertig. Das sollte so gerade eben passen.« Sie stieg aus. Michael schloss die Tür des Fiestas und musterte Kowalski über das Wagendach hinweg. Sie begegnete seinem Blick. Da war nichts. Kein Bedauern, keine Entschuldigung. Noch nicht einmal grimmige, professionelle Kälte mit einem Beigeschmack von Das-Leben-ist-hart. Sie nickte in Richtung des gelben Hauses.

»Beeilen wir uns. Die Typen, die wir eben erledigt haben, wird man vermissen. Und die Sache mit dem Finger wird jeder richtig interpretieren, der drei funktionierende Gehirnzellen hat.«

*

Unter dem Holzbrettchen mit den eingebrannten Namen aller drei Ommerborns hatte ein mäßig begabter Handwerker das Klingelschild installiert. Eine der beiden Schrauben hatte sich gelockert, ein Draht schaute unter der Messingplatte hervor. Durch diesen Draht würde der Strom fließen, Sabine würde zur Tür kommen und dann muss ich ihr erklären, was mit Thomas geschehen ist, dachte Michael. Er zögerte kurz, dann drückte er den Knopf.

Aus dem Haus hörte Michael Stimmen, scheinbar gab es eine kurze Auseinandersetzung, wer die Tür öffnen sollte. Nach einigen Momenten blickte Michael in ein genervtes Gesicht, das er von einem Foto kannte. Ommerborn hatte ihm von der Kommunion seiner Tochter geschrieben und wie sehr er es bedauerte, dass Michael nicht dabei sein könnte. Michael wollte damals nicht kommen, weil er der Auseinandersetzung mit Sabine aus dem Weg ging und er sich voller Selbstmitleid und Misanthropie aus der menschlichen Gesellschaft radiert hatte. Omme hatte ihn trotzdem nicht aufgegeben. Jetzt war es zu spät, ihm dafür zu danken. Michael schob diesen Moment unerwarteter Klarheit beiseite. Bis jetzt war er bemerkenswert ruhig geblieben, und wollte es auch bleiben. Wut und die Trauer würden ihn irgendwann mit tektonischer Wucht treffen, da war er sicher.

»Hallo, Lea. Ich bin ein alter Freund Deines Vaters und würde gerne mit Deiner Mutter sprechen … Dürfen wir rein kommen?«

Lea musterte Michael einen Moment, schien zu überlegen, ob sie ihn kannte. Sie trug übertrieben teure Turnschuhe, enge Jeans und extra Eyeliner, typisch auf Krawall gebürstete Teenager-Tochter. Die dunkelbraune Farbe ihrer langen Haare und die grauen Augen stammten von Thomas, aber sonst sah sie ihrer Mutter ähnlicher. Sabine hatte allerdings deutlich mehr Sommersprossen gehabt, erinnerte sich Michael. An der Wand links öffnete sich eine Türe, und ein rothaariger Lockenkopf tauchte auf; Michaels Erinnerung wurde bestätigt.

»Was willst Du denn hier?« Sabine hatte ihre Meinung über den alten Kameraden ihres Mannes offensichtlich nicht großartig revidiert. »Hat man Dich noch nicht verhaftet? Du, ein Terrorist! Dass ich nicht lache!«

»Hallo, Sabine. Ich muss Dich unbedingt sprechen …«

Lea, die die Abneigung ihrer Mutter gegen den Besucher bemerkt hatte, zog die Tür weiter auf und winkte Michael und Kowalski herein. Wahrscheinlich versprach sie sich ein Spektakel.

Michael quetschte sich an Lea vorbei durch den Flur, ohne auf die Einladung ihrer Mutter zu warten und stellte sich neben den massiven Esstisch, der einen guten Teil des Wohnzimmers einnahm. Der Raum war mit buche-furnierten Ikea-Möbeln und einer dunkelgrünen Polstergarnitur eingerichtet. In der hinteren Ecke wartete ein Kaminofen auf den winterlichen Einsatz. Links stand die Tür zum Badezimmer offen, ein schwer beladener Wäscheständer hatte darin seine Flügel ausgeklappt.

Sabine war offenbar weniger dekorationswütig als andere Frauen, nur zwei oder drei Zierobjekte waren an strategischen Stellen platziert. Weiterer Tand hätte sich seinen Platz auch erobern müssen, denn zahllose Zeitschriften, Berge von Büchern, dutzende DVDs und anderer Kram waren über das Zimmer verstreut. Die Unordnung und die dicken Staubfäden, die sich zwischen Decke und Wänden spannten, brachten Michael zu dem Schluss, dass Doppelverdiener zwar das Geld für ein Haus hatten, aber keine Zeit für den Haushalt.

Sabine kam aus der Küche heraus, verschränkte die Arme vor ihrer Brust und fragte:

»Also, was willst Du hier? Thomas hast Du gerade verpasst, ich weiß nicht, wann er wieder nach Hause kommt. Und wer ist das? Deine Freundin?« Ein nur wenig subtiler Unterton von »Die Schlampe ist viel zu jung für Dich, Du Arsch« schwang in ihrer Stimme mit.

»Ich bin eine Arbeitskollegin von Herrn Eichendorf. Ayse Koslowski, sehr angenehm.« Kowalski stand in der Mitte des Zimmers, betrachtete die Einrichtung und die Unordnung und lächelte Sabine und Lea an, als könnte sie kein Wässerchen trüben.

»Sabine ...« Michael wusste nicht, was er sagen sollte.

»Ich wollte mich eben mit Thomas treffen, das heißt, wir haben uns getroffen ...«

Er schwieg einen Moment und sah, wie Sabines Miene sich von Ablehnung zu Sorge veränderte.

»Und? Was ist mit ihm?«

Die Türklingel verhinderte eine Antwort. Michael war beinahe dankbar für die Ablenkung, dann sah er, wie Kowalski innerhalb eines Augenblicks ihren Colt unter der Jacke hervor zogen. Sie drückte den Lauf an Leas Schläfe und hielt ihr mit der anderen Hand den Mund zu.

»Keinen Mucks, Mädchen. Sabine: Schnauze«, flüsterte sie.

Sabines Blick irrte zwischen Kowalski und Michael hin und her. Aber Michael wusste selber nicht, was er tun sollte.

»Ganz ruhig. Ich wollte nur vorschnelle Reaktionen verhindern. Wir drei gehen jetzt ins Badezimmer und sind ganz still. Sabine, mach die Haustür auf. Wir sind nicht hier, klar? Tu, was ich sage und alle bleiben am Leben.« Zu Michael sagte sie:

»Vertrau mir.«

Er vertraute ihr keine Handbreit. Aber sie hatte die Tochter seines Freundes in ihrer Gewalt.

*

Kowalski schloss die Tür des Badezimmers und schob Lea zum überraschten Michael rüber. Sie ließ ihren Colt sinken und flüsterte:

»Nimm Du sie, aber halte ihr den Mund zu! Bitte!«

Sie hörten, wie Sabine die Tür öffnete.

»Guten Tag, Frau Ommerborn. Wir sind Kollegen ihres Mannes. Leider haben wir sehr schlechte Nachrichten für Sie. Dürfen wir reinkommen?«

Schritte von mehreren Personen auf dem Fliesenboden.

»Frau Ommerborn, bitte, Sie sollten sich besser setzen ...«

»Was ist denn? Ist Thomas etwas passiert?«

169

»Es tut mir sehr leid, aber … Ihr Mann ist vor einer halben Stunde erschossen worden …«

»Was? Er ist … tot? Oh Gott, nein!«

Lea wollte schreien, aber Michael presste seine Hand noch fester auf ihren Mund. Kowalski lauschte mit dem Ohr an der Tür.

»Doch, leider ist es so. Ich glaube, Sie kennen seinen Mörder sogar: Es ist Michael Eichendorf. Sie wissen bestimmt, dass Eichendorf in den letzten Tagen schon mehrere Menschen getötet hat … und wir befürchten, er hat noch andere Pläne …«

Michael musste sich beherrschen, nicht aus dem Badezimmer zu stürmen und dem Mann seine Unschuld ins Gesicht zu schreien. Moment, vielleicht wäre das ja eine gute Idee? Schließlich hatte er sich Omme doch stellen wollen. Aber wie sollte Kowalski verschwinden? Er hegte ihr gegenüber keine große Sympathie mehr, aber er stand in ihrer Schuld - sie hatte ihm mehr als einmal das Leben gerettet.

Aus dem Wohnzimmer hörte Michael Sabines Schluchzen, über seine Hand liefen Leas Tränen.

»Ich möchte nicht rücksichtslos erscheinen, Frau Ommerborn, aber wir haben Hinweise darauf, dass Ihr Mann auf seinem Computer Dateien gespeichert hat, die uns vielleicht den Aufenthaltsort von Eichendorf verraten könnten …«

»Woher sollte er das wissen? Wollen Sie damit sagen, Thomas hätte mit einem Terroristen unter einer Decke gesteckt?«

»Aber nein, um Gottes willen! So wie es aussieht, wollte ihr Mann Eichendorf überreden, sich zu stellen … Bitte helfen Sie uns jetzt, seinen Mörder zu finden; wir müssen an den Computer, Frau Ommerborn.«

»Aber da sind doch auch private Dateien drauf …«

»Die werden wir mit der allergrößten Diskretion behandeln, das verspreche ich Ihnen. Tut mir leid, ich bin nur sehr ungern so taktlos, aber ich muss insistieren.«

»Wir verschwenden hier unsere Zeit.« Die Stimme eines zweiten Mannes.

Kowalski machte zwei leise Schritte von der Tür weg und flüsterte in das Ohr von Ommerborns Tochter.

»Lea, das sind die Leute, die schuld sind am Tod Deines Vaters! Wir müssen jetzt sofort eingreifen, sonst werden die Deine Mutter auch töten. Setz Dich auf die Wanne und rühr Dich nicht. Wenn Du still bist und alles gut geht, wird keiner sterben. Oder jedenfalls nur die anderen.«

Lea nickte in verzweifeltem Gehorsam, aus Angst vor Kowalski. Michael ließ sie los, das Mädchen setzte sich auf den Wannenrand und begann, auf dem Saum ihres Pullover-Ärmels zu kauen, wiegte dabei mit dem Oberkörper hin und her. Kowalski lächelte sie an und zeigte ihr einen Hochdaumen, aber Michael war sicher, dass diese Geste nicht zu Lea durchgedrungen war.

Kowalski öffnete geräuschlos die Tür, verließ das Badezimmer aber nicht. Sie zielte mit ihrem Colt auf den Rücken eines Mannes.

»Hallo, Mehmet. Schön, endlich mal einen echten Profi zu treffen.«

Der Angesprochene hob die Hände, ohne sich umzudrehen.

»Kowalski.«

»Genau. Du gehst jetzt langsam zu Deinem Kumpel rüber. Sabine, rechts rüber. Michael, nimm links den.«

Michael folgte ihr aus dem Badezimmer. Sabine war hinter den Esstisch gewichen. Der kleine Mann in dem grauen Anzug, den Kowalski als Mehmet begrüßt hatte, bewegte sich mit erhobenen Händen in Richtung eines großen Blonden, der seine Hände an den Hüften baumeln ließ und sie im Zweisekundentakt zu Fäusten ballte, dann wieder öffnete. Links, neben dem Kaminofen, stand ein Dritter: pomadige, mittellange Locken, braune Lederjacke und Trainingshose. Er ließ ein Schlüsselband um seinen rechten Zeigefinger rotieren und sah in den Lauf von Michaels Pistole, ohne groß beeindruckt zu sein.

Bis jetzt hatten Mehmets Helfer nichts unternommen, aber sie warteten ganz offensichtlich auf sein Zeichen. Mehmet drehte sich langsam um. Er trug unter der Anzugjacke ein weißes Hemd, die oberen beiden Knöpfe waren offen und gaben den Blick auf eine goldene Halskette frei, an der ein kleiner Halbmond baumelte. Unter Mehmets Nase kompensierte ein sorgfältig gestutzter Schnurrbart die hohe Stirn.

»Sie sind Eichendorf«, stellte er fest.

Schmalzlocke war Michaels stummer Aufforderung nachgekommen und hatte sich zu seinen Kollegen gesellt.

»Was, das Weichei soll Team Glatze fertiggemacht haben?«

Michael ging nicht darauf ein. Was für ein Idiot. So einfach konnte man ihn auch wieder nicht provozieren. Mehmet blickte resigniert zu Kowalski. Michael sah nur ihren Hinterkopf, aber ihre Ohren bewegten sich nach oben, sie grinste anscheinend.

»Ja, man kriegt heute keine guten Leute mehr. Du tust mir so leid, Mehmet. Übrigens, kannst Du der Pfeife da bitte klar machen, dass sie mich gerade unterschätzt?«

Michael wusste erst nicht, was Kowalski meinte, aber dann fiel ihm auf, dass der Faustballer Zentimeter für Zentimeter nach links gerückt war. Er wollte anscheinend Mehmet als Sichtschutz benutzen, um eine Waffe zu ziehen. Mehmet nickte dem Handlanger nur kurz zu, der rückte wieder ein wenig nach rechts.

Sabine hatte inzwischen aus dem Einwurf von Schmalzlocke die richtigen Schlüsse gezogen.

»Was soll das heißen, ›Team Glatze‹? Haben Sie meinen Mann getötet?«

Sie machte Anstalten, auf Mehmet loszugehen, wollte ihn vielleicht am Kragen packen und schütteln oder irgendetwas anderes hysterisch Nutzloses. Aber bevor sie nur einen Schritt machen konnte, herrschte Kowalski sie an.

»Sabine! Schnauze! Bleib da stehen, sonst schieß ich Dir ins Bein!«

*

In diesem winzigen Moment der Ablenkung sah Schmalzlocke seine Chance. Die rechte Hand des Mannes beschrieb einen Bogen, er warf den Schlüsselbund in Michaels Richtung. Aber Michael konnte schon an der Bewegung von Schmalzlockes Arm ablesen, dass der Schlüssel ihn nicht treffen würde. Er musste nicht ausweichen, war nicht abgelenkt, und als seine Kugel Schmalzlocke in die Brust traf, hatten dessen Finger nicht einmal die Nähe seiner Waffe erreicht. Das zweite Geschoss durchschlug seine Hand, die über dem Herzen schwebte. Während er zusammenklappte, sah er Michael beinahe empört an, enttäuscht, dass sein dummer Plan fehlgeschlagen war.

Den Schlüsselwurf seines Kollegen deutete der Faustballer als Signal zum Handeln. Seine Hand war gerade in Höhe des Bauchnabels, da schleuderte ihn Kowalskis erstes Geschoss vor die Wand, das zweite verteilte die linke Hälfte seines Hinterkopfes auf der Tapete.

Mehmet hatte einen Schweißtropfen auf der Stirn. Michael hatte nicht den Eindruck, dass der kleine Schnurrbartträger Angst hätte. Viel mehr schien ihn die Konzentration, sich bloß nicht zu bewegen, ins Schwitzen zu bringen.

Aus dem Badezimmer war leises Wimmern zu hören.

»Sabine, geh zu Lea. Nicht durch mein Schussfeld.«

Sabine nickte eingeschüchtert und beeilte sich, zu ihrer Tochter zu kommen. Das war nicht nur Sorge um ihr Kind, sie war auch froh, sich von den beiden Leichen in ihrem Wohnzimmer entfernen zu können. Und ob sie den Tod ihres Mannes wirklich schon komplett verstanden hätte, daran hatte Michael Zweifel.

»Deine Waffe.« Kowalski musste nicht mehr sagen. Mehmet öffnete sehr langsam seine Jacke mit der Linken, fasste den Griff seiner Pistole mit spitzen Fingern, als würde er einen klebrigen Lutscher entsorgen wollen, und zog sie aus dem Halfter. Auf Kowalskis Anweisung warf er die Pistole sanft auf die Couch.

»Immer noch die SIG?«, fragte Kowalski. Mehmet nickte amüsiert zu dem Fünfundvierziger.

»Wir stehen nicht alle auf so alten Schrott.«

Michael hatte das Gefühl, er hörte einem Insiderwitz zu, der schon länger zwischen den beiden hin und her ging. Er fühlte sich ausgeschlossen. Bin ich eifersüchtig auf einen Mann, der in Kowalskis Lauf guckt? Ist das nur doof oder schon traurig?

»Willst Du ihn am Leben lassen?« Kowalski hielt Mehmet weiterhin im Visier, während sie Michael fragte. Michael zögerte eine Sekunde. Dieses Schwein war auf irgendeine Weise an Ommes Tod beteiligt, vielleicht auch an dem Massaker an Rottkamps Familie. Vielleicht auch an den anderen Morden, vielleicht hatte er überhaupt alles geplant. Vielleicht. Aber der letztlich Verantwortliche würde sich im Hintergrund halten. Und die Beteiligung an den anderen Morden konnte Michael ihm nicht nachweisen. Während Michael überlegte, dirigierte Kowalski Mehmet auf die Couch, nachdem sie seine Pistole von dort weg genommen hatte. Sie stellte sich seitlich hinter ihn, hielt ihren Colt auf seinen Kopf gerichtet.

»Ich glaube, ja. Was meinst Du? Du kennst ihn doch, wie steckt er mit drin? Können wir ihn ausquetschen?«

»Nein, der verrät nichts. Und ja, ich kenne ihn. Mehmet ist kein schlechter Kerl. Im äußersten Fall hätte er Sabine erschossen, um an den Rechner zu kommen.«

»Na, toll, ein Vorbild für uns alle«, sagte Michael. Er warf einen Seitenblick auf Sabine, die mit Lea im Arm aus dem Badezimmer gekommen war und dem Gespräch mit entrückter Faszination folgte, so als würde sie fernsehen.

»Alles relativ. Andere hätten sich noch einen Spaß mit ihr gemacht. Und nicht nur mit ihr.« Kowalski sprach nicht weiter, aber Michael verstand.

»Gut, lassen wir ihn am Leben. Sabine, hol irgendetwas, womit wir ihn fesseln können. Ich kümmere mich um Lea.«

Sabine ließ ihre Tochter sichtlich ungern bei Michael und Kowalski. Trotzdem verschwand sie in die obere Etage. Michael wunderte sich, dass sie ihm traute - nach allem, was gegen ihn sprach. Vielleicht hasste sie ihn doch nicht so sehr, vielleicht verließ sie sich auf das Urteil ihres Mannes.

Michael wandte sich an Lea. Als er ihr seine Hand auf die Schulter legte, zuckte sie zusammen.

»Alles in Ordnung, Lea ...« Das war gelogen. Ihr Vater war tot, im Wohnzimmer lagen zwei Leichen.

»Wir bringen Euch jetzt weg. Ich weiß, dass das ziemlich schwer für Euch ist, aber ihr müsst jetzt tapfer sein ...« Michael brach ab, als er merkte, dass er das Mädchen mit Floskeln trösten wollte. Das hatte er selber immer gehasst, Anteilnahme durch Phrasendreschen. Es gab nichts Sinnvolles, das er sagen konnte. Die Zeit heilt alle Wunden? Das Leben geht weiter? Er verfluchte sich dafür, den Umgang mit Menschen verlernt zu haben; aber wer konnte schon wissen, was in dieser Situation die richtigen Worte waren. Gab es die überhaupt?

Michael stand einige Minuten vor Lea, bis Sabine wieder aus dem Obergeschoss zurückkehrte. Sie hatte sich von ihrem Schock halbwegs erholt. »Lass meine Tochter in Ruhe!« - sie sagte es nicht, aber der Blick, mit dem sie Michael bedachte, spaltete ihm beinahe den Schädel, Vertrauen hin oder her. Er beeilte sich, aus Leas Nähe zu verschwinden.

Mehmet saß immer noch auf der Couch. Auf den Tisch vor ihm hatte Sabine drei Spanngurte gelegt, weiß der Himmel, wofür die Ommerborns die gebraucht hatten

»Ich würde sagen, wir binden ihn an den Ofen«, schlug Kowalski vor. Michael nickte nur. Mehmet stand ohne Aufforderung langsam auf und stellte sich vor den gusseisernen Wärmespender.

»Nein, Gesicht zu mir, jetzt setz Dich auf den Boden und lehn Dich an. Michael, mach ihm erst einen Gurt um die Beine. Den anderen um die Brust und um den Ofen, ordentlich stramm ziehen. Mehmet, ausatmen!«

Der Mann in dem grauen Anzug bekam kaum Luft, so straff hatte Michael den Gurt gespannt. Das knackende Geräusch mochte ein zerbrechender Kugelschreiber in Mehmets Weste gewesen sein, vielleicht aber auch eine der Rippen in seinem Brustkorb. Michael war es egal.

»Mehmet, es gibt einen wesentlichen Grund, warum ich Sie leben lasse. Ich möchte, dass Sie Ihrem Auftraggeber erzählen, dass ich nichts unversucht lassen werde, ihn zu finden und ihn zu töten.« Michael hätte gerne noch einen coolen Spruch hinterher geschickt, »Ich werde ihm sein Rückgrat durch den Arsch rausziehen«, oder etwas Vergleichbares, aber in diesem Moment fiel ihm nichts Passables ein. Mehmet machte auch nicht den Eindruck, als ließe er sich leicht beeindrucken. Seine rechte Augenbraue hob sich ein wenig, er schaute an Michael vorbei zu Kowalski.

»Doch, ja, das meint er ernst. Er ist ziemlich stur, leider«, hörte Michael sie sagen.

»Und Du hilfst ihm?« Mehmet ignorierte Michael völlig, als ob er mit Kowalski über ihr ungezogenes Kind sprach.

»Er ist mein Klient.« Ein Satz wie ein Achselzucken. Aber Michael hatte nicht mehr erwartet. Jetzt nicht mehr. Er stand auf und ging zu Sabine.

»Thomas hat von einem Tablet-PC gesprochen …« Bevor er gestorben ist, ergänzte Michael in Gedanken. Hoffentlich fällt Sabine das nicht auch ein; sie hatte sich inzwischen einigermaßen im Griff. Jedenfalls schien es so. Sie schickte Michael in das Arbeitszimmer im Obergeschoss. Auf dem überladenen Schreibtisch thronte über Bergen von Papier ein riesiger Monitor. Der war wohl für den Hauptrechner, ein schwarzer Klotz unter dem Tisch. An dem Klotz lehnte ein daumendickes, silbernes Plastikbrett, etwas größer als ein A4-Blatt. Auf der Oberseite las Michael »Stylistic«, aber dieses Ding war weit davon entfernt, zumindest im Vergleich mit den aktuellen Tablets. Oberhalb des Bildschirms zierte ein kleines, goldenes Rechteck das Gehäuse. Michael erkannte den Fingerabdrucksensor, beim Verfassungsschutz hatte er eine Schulung in biometrischen Erkennungs-verfahren über sich ergehen lassen müssen.

Wieder unten im Wohnzimmer schwenkte er den Computer vor Mehmets Nase.

»Wir haben jetzt, was Sie wollten. Es gibt also keinen Grund, die Ommerborns weiter zu behelligen!«

Mehmet gab mit einem Nicken zu verstehen, dass er gehört hatte. Aber seinen Blick konnte Michael nicht deuten - amüsierte Mehmet sich über ihn oder hatte er Mitleid?

*

Die Ommerborns hatten nur das Nötigste in zwei kleine Rollkoffer packen dürfen, Kowalski drängte zum Aufbruch. Sie setzte Sabine hinter das Steuer ihres alten BMW - »Der Fiesta ist mittlerweile zu heiß« - und tippte auf dem Smartphone, während Sabine losfuhr, ohne das Ziel zu kennen.

»So. Sabine, fahr bitte zum Bahnhof Südkreuz. In einer knappen Stunde geht ein Zug nach Prag. Das ist auf die Schnelle die beste Lösung.« Und die preiswerteste, ergänzte ihr Blick zu Michael, der sich vom Beifahrersitz zu ihr umgedreht hatte.

»Was soll ich denn in Prag?«, fragte Lea, die plötzlich lieber den rebellischen Teenager als die trauernde Tochter spielen wollte.

»Leben?«, konterte Kowalski mit freundlichem Lächeln und hochgezogenen Augenbrauen. »Übrigens, gebt mir mal Eure Handys!«

Sabine warf einen skeptischen Blick in den Rückspiegel, fügte sich aber. Lea maulte ein wenig, gab Kowalskis fordernder Geste dann aber ebenfalls nach und zog das Telefon aus ihrer Wildlederjacke. Der Weg führte über den Teltowkanal, mitten auf der Stubenrauchbrücke befahl Kowalski Sabine, zu stoppen. Sie stieg aus, ging zum Geländer, ließ die Handys jenseits des Gitters fallen und stieg wieder ein.

Lea kreischte los, machte Kowalski wilde Vorwürfe. Seltsam, dachte Michael, die paar Telefonnummern und SMS scheinen ein größerer Verlust zu sein als ihr Vater. Aber er kam schnell dahinter, dass Kowalski dem Mädchen nur als Blitzableiter diente. Sabine hatte nichts gesagt, und sie sah wohl wenig Grund, ihre Tochter zur Zurückhaltung zu ermahnen, wenn es gegen die Leute ging, die schuldig waren am Tod ihres Mannes. Michael fühlte sich zu einer Erklärung verpflichtet. Der Tod der Telefone war einfacher zu erklären als der von Thomas.

»Mich haben sie auch so gefunden. Gerade mal eine Minute telefoniert, und ich hatte ein Killerkommando am Hals.« Dass den Kowalskis das bewusst gewesen war, verschwieg er lieber. Sabines Vertrauen in ihn und seine Begleiterin war sowieso nur in Maßeinheiten zu beschreiben, deren Vorsilbe »Milli« lautete. Das wollte Michael nicht noch in die Regionen von »Mikro« senken.

Er bekam keine Antwort, also sah er aus dem Fenster und hielt nach Bestätigung Ausschau, Berlin weiterhin scheiße zu finden. Er war schon froh, dass Sabine sich nicht gegen die Abschiebung sträubte. Aber obwohl sie ihn nicht mochte - er fand sie ganz ok. Sie war nicht blöd, sie sah die Notwendigkeit.

Nach einer Viertelstunde parkte sie den BMW ein paar hundert Meter vom Bahnhof entfernt. Die kleine Gruppe marschierte zum Eingang, man suchte das richtige Gleis auf dem Fahrplan. Kowalski kaufte die Fahrkarten. Auf dem Bahnsteig bot sie Mutter und Tochter ihr Smartphone für einen Anruf bei den Eltern und Schwiegereltern an, natürlich mit der Auflage, das Reiseziel nicht zu verraten. Sabine hielt sich während des Ferngesprächs etwas abseits, aber es war nicht zu übersehen, dass sie selber weinte und gleichzeitig versuchte, durch das Telefon zu trösten.

Danach telefonierte Kowalski selbst. Sie sprach leise und hatte sich ein paar Meter entfernt, aber Michael merkte, dass das Gespräch nicht völlig glatt verlief.

Dann beendete sie das Telefonat und wandte sich an Sabine und Lea. »Ihr steigt in Prag eine Station vor dem Hauptbahnhof aus, bei Holešovice, und orientiert Euch in Richtung Zentrum. Vor dem Bahnhof wird ein Taxi stehen, mit der Nummer 426. Gut merken, 426! Da steigt ihr ein. Der Fahrer heißt Ota, das ist ein Geschäftsfreund von mir. Spricht perfekt Deutsch. Er wird Euch gut unterbringen, wahrscheinlich in einem Hotel. Keine Angst, das wird schon keine Absteige sein. Ihr müsst nicht die ganze Zeit auf dem Zimmer hocken, aber Ihr solltet Euer Aussehen etwas verändern, vor allem Du, Sabine. Haare schneiden und färben wird reichen, mach das noch auf dem Zimmer. Ota wird Dir bringen, was Du brauchst. Ihr müsst sowieso Klamotten kaufen, seht zu, dass Ihr Euch der lokalen Mode anpasst.«

»Wie lange sollen wir in Prag bleiben?«

»Wahrscheinlich nicht länger als zwei Wochen. Am 4. oder 5. sollte alles vorbei sein, was uns betrifft. Dann muss man warten, wie lange es dauert, bis sich alles beruhigt hat. Wenn Ihr zurückkommt, soll Ota uns kontaktieren. Unter Umständen muss mein Chef Euch noch ein bisschen Geleitschutz geben. Wohin, hängt davon ab, was alles passiert in den nächsten Tagen …« Kowalski wollte nicht konkreter werden, und das war Michael ganz recht. Es kam darauf an, wer gewinnen würde. Wer überlebte. Wenn »die« ihn töten würden, wären Sabine und Lea für »die« noch wichtig? Hoffentlich nicht. Mehmet war scheinbar nur wegen Ommes Computer gekommen - aber vielleicht hatte er auch den Befehl gehabt, Sabine und Lea zu töten, um alle potenziellen Zeugen zu eliminieren?

Michael zog seine Brieftasche aus der Jacke.

»Eichendorf, kann ich Dich mal kurz sprechen?« Kowalski wartete keine Antwort ab, sondern zog ihn beiseite.

»Du willst den beiden noch ein paar Scheine in die Hand drücken, oder? Gib nicht zu viel ab. Mein Chef sagt, wenn wir Sabine und Lea exportieren, hättest Du die Grenze Deines Budgets erreicht. Du musst noch ein bisschen drauflegen, wenn es bis Donnerstag reichen soll.«

Michael starrte sie an und erwägte einen Moment, sie zur Hölle zu wünschen. Aber so sehr er sie in diesem Augenblick verabscheute: Ohne ihre Hilfe wäre er aufgeschmissen. Die Schießerei auf dem Parkplatz hätte er nicht überlebt, Sabine und Lea wären von Mehmet und seinen Helfern wahrscheinlich getötet worden.

»Ich dachte, das kommt hin?«

»Da ist noch ein Tagessatz hinzugekommen. Der liegt in Sabines Wohnzimmer.«

»Ok. Wie viel?«

»1700. Kannst Du mir nachher geben.«

»Gut.«

Nur noch dreieinhalb Tausend Euro. Er überlegte kurz, wie viel er in den letzten Tagen für Hotels, Lebensmittel und Sprit ausgegeben hatte, überschlug die Summe, die er noch bis zum dritten Oktober brauchen würde, addierte Kowalskis Salär und gab Sabine den Rest, immerhin über tausend Euro. Sie wollte empört ablehnen, aber Michael konnte ihr klarmachen, dass sie ihre Kreditkarte nicht benutzen dürfte.

*

Eine Viertelstunde später sah Michael den Rücklichtern des Zuges hinterher und wusste nicht, ob er erleichtert sein sollte, weil die beiden seine Gegenwart überlebt hatten, oder ob er sich sorgen sollte, weil ihr Wohlergehen, ihr Schutz nun außerhalb seiner Kontrolle lag.

»Ich glaube, das ist die beste Lösung. Mach Dir keinen Kopf, Ota ist ok! Mit dem hat schon Opa Kowalski gearbeitet.« Kowalski hatte ihm wieder einen Köder für einen ihrer dummen Sprüche hingeworfen, aber er hatte keine Lust, danach zu schnappen. Der Stammbaum dieser Mörderclique - wenn es überhaupt einen gab - war ihm im Moment herzlich bis scheißegal. Er bemühte sich um einen neutralen Tonfall.

»Zurück zum Geschäft.«

Wenn Kowalski enttäuscht war, dass Michael nicht flachsen wollte, ließ sie es sich nicht anmerken. Er gab ihr die verlangte Summe, sie zählte nach.

»Gut. Damit bleibe ich am 3. Oktober bis Mitternacht bei Dir. Ich kann mir denken, dass Du sauer bist, aber ich habe eben für Dich eine Flatrate ausgehandelt: Egal, was passiert, keine Extragebühren mehr. Ist auch für mich einfacher, als immer genau Buch zu führen.«

»Ich bin begeistert. Also sollte ich besser die Zeit nutzen. Lass uns zuerst gucken, ob wir an den Citroën können, wegen Rottkamps Laptop.«

Er machte sich auf den Weg zum Ausgang und kümmerte sich nicht groß darum, ob seine Leibwächterin ihm folgte. Als sie in dem BMW saßen, steckte Kowalski den Schlüssel ins Zündschloss, zögerte dann aber, den Motor zu starten.

»Es ist nicht so einfach für mich, weißt Du ... Ich muss dauernd entscheiden, ob ich das tue, wofür ich bezahlt werde, oder ob ich das tue, was das Richtige ist.«

»Du armes Mädchen, mir kommen die Tränen. Aber dann hat doch alles prima gepasst: Die beiden wegzuschicken, war das Richtige, und ich habe dafür bezahlt.«

Michael wollte Kowalskis halbe Entschuldigung nicht so einfach akzeptieren, der Zorn über ihre mitleidlose Geschäftslogik schwelte noch zu stark in ihm. Trotzdem fand er es erstaunlich, dass Allison sich ihm überhaupt ein Stück weit offenbart hatte.

»Ja. Aber üblicherweise werde ich dafür bezahlt, das Falsche zu tun. Und da habe ich sonst selten Probleme mit«, sagte sie.

»Was soll das heißen?«

»Die meisten unserer Kunden behandeln uns wie Aussätzige. Obwohl, oder vielleicht gerade, weil sie uns brauchen. Normalerweise geht mir das am Arsch vorbei, weil das alles feige Wichser sind.«

»Und wie ich Dich behandle, geht Dir nicht am Arsch vorbei, weil ich kein feiger Wichser bin?«

Allison wechselte das Thema: »Hoffen wir mal, dass der Xantia nicht von der Polizei abgeschleppt worden ist.«

*

Der Citroën stand aber noch da, wo sie ihn verlassen hatten. Rottkamps Laptop hing immer noch an dem Zigarettenanzünder und hatte die Batterie schwer beansprucht. Aber nach fünf spannenden Sekunden zäher elektromechanischer Geräusche sprang der Motor an. Allison entrunzelte ihre Stirn - »Wusste ich doch, dass mein Baby mich nicht im Stich lässt« - und lenkte ihr Auto zum Hinterausgang des Parkplatzes.

Vorne spielten sich immer noch einige Polizisten auf, obwohl mittlerweile der Tatort untersucht sein sollte und alle Zeugen vernommen sein mussten. Aber zum Glück schien sich niemand die Frage gestellt zu haben, wie die Beteiligten zum Schauplatz gekommen waren. Obwohl: Wahrscheinlicher war, dass die Frage sehr wohl gestellt wurde, im Kompetenzgerangel aber unterging. Eine Schießerei mit automatischen Waffen, mitten in Berlin, fünf Tote - jeder publicitygeile Karrierist innerhalb der Polizei würde über die Rücken der fähigen Ermittler marschieren, um den schockierten, schutzbedürftigen Mitbürgern mit ernstem Gesicht den baldigen Fahndungserfolg in eine Kamera zu prophezeien.

Und Kameras hatte es reichlich gegeben, wie Michael wenig später feststellen konnte. In dem kleinen Hotel, das Allison als »diskret« bezeichnet hatte, schaltete er den Fernseher auf dem Zimmer ein. Kaum ein Sender, der nicht ein Team in die Landsberger Allee geschickt hätte, um Bilder von zugedeckten Leichen oder verängstigten Zeugen in den Äther zu drücken. Besonders beliebtes Motiv war der Audi der Mörder: Michael sah in einer Viertelstunde ein Dutzend Mal denselben Kamera-Rundgang von der zerschossenen Fahrerseite zu den Blut- und Gehirnflecken auf der rechten Seite. Noch öfter bekam er nur sein eigenes Gesicht zu sehen, das alte Foto aus seiner Akte, nach den Aussagen der Zeugen auf den aktuellen Look retuschiert. Zum Glück sah er heute wesentlich älter aus als auf dem Bild, zumindest fühlte er sich so.

»Lass die Brille weg und die Haare wachsen; Bart ab, und die Linsen kannst Du auch wieder rausnehmen. Wir holen Dir morgen früh eine Mütze und ein paar andere Klamotten, Staatsfeind Nummer Eins.« Allisons Worte beruhigten Michael nur wenig.

»Die Familie eines meiner Opfer ist verschwunden, heißt es. Die Polizei hat im Haus von Thomas O., meines ehemaligen Kameraden, Blutspuren gefunden, nach Frau und Tochter suchen sie. Ich soll sie entführt haben.«

»Ist doch gut ... dann gucken sie nach einem Typen mit drei Frauen. Mehmet ist anscheinend rechtzeitig abgehauen. Auch was über mich?«

»Blondine, Mitte bis Ende Zwanzig, mehr wird nicht gesagt. Die Bilder und Filme der Zeugen sind alle ziemlich verwackelt.«

»Ok, also keine Paparazzi vor meiner Villa. Ich färbe mir morgen die Haare und setze mir Kontaktlinsen ein. Hast Du nicht noch zwei oder drei Paar? Das sollte reichen.«

Im Fernsehen wurde ein Bild von Familie Ommerborn gezeigt, das vor noch nicht allzu langer Zeit aufgenommen worden war. Die drei standen auf der Veranda ihres Hauses, Lea zog schon eine Schnute, weil sie für ein Bild mit ihren langweiligen Eltern posieren musste, Sabine und Thomas strahlten in die Kamera.

Damit war es jetzt vorbei.

Michael ging auf den winzigen Balkon und ließ sich die kalte Abendluft um die Glatze wehen. Er musste heute nicht mehr funktionieren, konnte dem Schmerz und der Wut und den Schuldgefühlen endlich nachgeben.

*

Nach zehn Minuten hatte ihn der emotionale Strudel erschöpft. Außerdem fror er und brauchte ein Taschentuch. So werden selbst die extremsten Gefühle von biologischen Zwängen wieder banalisiert, dachte Michael. Allison saß an dem kleinen Arbeitstisch und beschäftigte sich mit Ommerborns Computer. Michael hätte sich gerne an ihrer Schulter ausgeweint, aber er wusste nicht, ob sie das erlaubt hätte. Dass sie ihn in Ruhe gelassen hatte, war vielleicht ganz gut.

»Geht's wieder?«, fragte sie.

»Nein.«

»Was hast Du jetzt vor?«

»Weiter machen!«

»Ich glaube, dass es das Beste wäre, wenn Du einfach von der Bildfläche verschwindest.«

»Wieso? Heute Morgen warst Du noch überrascht, dass ich aufhören wollte!«

»Überrascht, ja. Aber nicht dagegen. Du bist eben ein Dickschädel, das macht Dich berechenbar. Davon profitieren Deine Gegner. Dass man Ommerborn erschossen hat, sollte Dich vielleicht nur noch mehr motivieren.«

»Deine Sündenbock-Theorie? Kann sein. Es hat gewirkt: Ich bin motiviert. Ich will den, der dafür verantwortlich ist, töten.«

Allison lächelte. »Du wärst ein schlechter Filmheld. Kannst Du Dir nicht bessere Sprüche ausdenken? ›Ich will sehen, wie das Schwein sein eigenes Herz auskotzt‹, oder so?«

»Ein anderes Mal. Aber ich war unmissverständlich, oder?«

»Ja. Du gehst freiwillig in die Falle, die man Dir stellt.«

»Vielleicht. Du musst nicht mitkommen.«

»Doch, muss ich. Und blöd, wie ich bin, zeige ich Dir noch den Weg: Dein Freund hat ein paar interessante Dokumente auf seiner Festplatte gespeichert. Es gibt da eine Aktiengesellschaft, die 1983 von Franz Josef Strauß gegründet wurde. Erst war Strauß Geschäftsführer, nach dessen Tod hat Eckhard Schlüter den Posten geerbt. Bavaria Micro Technologies Investment, schon mal gehört?«

»Sagt mir nichts.« Michael hörte nur halb zu, weil er gerade angestrengt den Gedanken verdrängte, wie Allison den Fingerabdruck gescannt hatte.

»Es sieht so aus, als ob diese Firma Aktien von Computer Start-Ups kauft, aber nicht direkt, sondern über verschiedene andere Firmen: Hier haben wir zum Beispiel die Fenematex B.V. in Amsterdam, Nagematic S.A.R.L., Frankreich, oder M.P.T.C. Electronic Ltd. in England. Das ist auf den ersten Blick nicht so spannend, man könnte ein Hintertürchen beim Steuerzahlen vermuten oder etwas in der Art. Aber der Witz ist, dass einige dieser Firmen von der KoKo gegründet wurden.«

»KoKo? Muss mir das denn was sagen?«

»Kommerzielle Koordinierung.«

»Ach so, ja, der Verein vom Schalck-Golodkowski! Krebbing sprach von denen. Und Strauß hat diese Firmen benutzt? Das ist allerdings potenzieller Sprengstoff!«

Alexander Schalck-Golodkowski, Offizier im Ministerium für Staatssicherheit, hatte 1964 die Gründung des Bereichs Kommerzielle Koordinierung als Unterabteilung des Ministeriums für Außenhandel angeregt. Trotz dieser Position war die KoKo nur den höchsten Spitzen von SED und MfS verantwortlich. Die von der KoKo im Westen beschafften Devisen tauchten im Staatshaushalt nicht auf und wurden zur Finanzierung geheimer Operationen genutzt. In dem nahezu undurchschaubaren Dschungel von Schein- und Tarnfirmen kam die ganze Palette der Wirtschaftskriminalität zur Anwendung: Von Luftbuchungen über Antiquitätendiebstahl bis hin zum Schmuggel. So hatte die KoKo bis zur Auflösung 1990 als geheimes Schwarzwirtschaftsministerium dem real existierenden Sozialismus mit Methoden aus dem Giftschrank des Kapitalismus Milliarden und Abermilliarden zugeführt.

»Ja, aber vielleicht hat Schlüter diese Firma gegründet und nur Strauß' Namen benutzt. Vielleicht wusste der noch nicht mal was davon. Damals war Schlüter doch dessen rechte Hand? Vielleicht hat er ja seine Unterschrift gefälscht. Oder vielleicht hat er Strauß irgendwas erzählt.«

»Vielleicht, vielleicht, vielleicht! Wir brauchen schon was Handfesteres!«

»Entschuldigung, Herr Eichendorf, dass ich nicht mehr finden konnte! Vielleicht, vielleicht, vielleicht suchen Sie selber mal ein bisschen? Wir haben hier noch einen zweiten Rechner mit Gigabytes an Dateien, und ich habe keine Lust, mich da auch noch durch zu wühlen!« Allison schob ihm Rottkamps Laptop über den Tisch.

»Ja, stimmt. Tut mir leid, ich bin ein bisschen ungeduldig geworden … Sie leisten gute Arbeit, Frau Kowalski!«

Allison salutierte.

Michael aktivierte die Suchfunktion, tippte »van Heufelden« ein und lehnte sich zurück. Er nutzte die Zeit, Allison heimlich zu beobachten, die in Ommes Tablet-PC vertieft war. Ihr Blick huschte über den Bildschirm, gefolgt von ihrer Hand, die mit dem Stift auf das Display tippte, Dateien öffnete und wieder schloss, weitere Ordner aus den Tiefen der Baumstruktur aufklappte und wieder minimierte. Alle paar Sekunden presste sie ihre Lippen etwas fester aufeinander, vielleicht eine enttäuschte Reaktion auf ein Dokument, das sich als unwichtig entpuppt hatte.

Sechsundneunzig Treffer. Er sah keine Möglichkeit, irgendwelche Relevanz an den Dateinamen oder -typen abzulesen, also musste er sie alle einzeln öffnen.

Bei den meisten Dokumenten handelte es sich um Stellungnahmen oder Erklärungen zu der Geschäftsstrategie von Thincode, Software-Schwester der Molecule Inc. Sechsundzwanzig Jahresberichte, beginnend 1986. Warum musste van Heufelden sich vor einer Firma mit dem kryptischen Namen C.H.H.E. rechtfertigen? Waren das Teilhaber?

»Ommerborn hat tatsächlich was über van Heufelden auf der Festplatte«, sagte Allison. »Zwar ist er der Geschäftsführer von Molecule, aber nicht der alleinige Besitzer. Ihm gehört lediglich die Hälfte.«

»Thincode scheint ihm auch nicht alleine zu gehören. Ich dachte immer, dieser Patrick Sawyer wäre sein Kompagnon. Aber von dem ist hier keine Rede. Wer sind dann die anderen Besitzer?«

»Steht hier nicht.«

»Kannst Du das irgendwie herausfinden?«

»Habe ich schon versucht, ohne Erfolg. Wenn Du da einen Detektiv dran setzt, wird der wahrscheinlich was ausgraben können, aber ich kann nur an der Oberfläche kratzen.«

»Ja, ok. Van Heufelden hat nie Zweifel daran gelassen, wer der Boss bei Molecule ist. Wahrscheinlich sind nur wenige Leute auf die Idee gekommen, mal hinter den Vorhang zu schauen.«

Die restlichen Treffer der Suche brachten keine neuen Erkenntnisse. Michael versuchte es mit »Grassmann«: Null Treffer. Er überlegte kurz und tippte »Strauß« ein. Vielleicht war ja etwas über dessen Firma zu finden, die mit Hilfe der KoKo gegründet worden war. Wie auch immer das ins Bild passen würde.

Drei Treffer. Der erste war ein Bild, das den bayrischen Ministerpräsidenten auf seinem BMW-Motorrad zeigte, breit grinsend. Neben ihm stand Eckhard Schlüter, der die Späße seines Mentors mit einem höflichen Lächeln quittierte.

Der zweite Treffer bestätigte das, was Allison auf Ommerborns Rechner gefunden hatte: Es war ein Scan der Gründungsurkunde von Bavaria Micro Technologies Investment. Michael überflog den Text - das übliche juristische Kauderwelsch. Sämtliche Anteile waren als Tafelpapiere angelegt worden. Das war allerdings ungewöhnlich.

Ihm fiel das Schreiben der Schweizer Bank ein, das Glonsbeck kopiert hatte.

»Kannst Du mal schauen, wann Strauß genau gestorben ist?«

Allison tippte auf ihrem Smartphone. »Wikipedia sagt: Am 3. Oktober 1988. Warum?«

Der 3. Oktober 1988, plus fünfundzwanzig Jahre? Donnerstag. In drei Tagen.

»Was gefunden?« Michael reagierte nicht sofort auf Allisons Frage, er war noch mit dem Datum beschäftigt. War das die Lösung? Lagen die Tafelpapiere in Strauß' Bankschließfach? Jenes Inhaberkonto, das am Donnerstag nach 25 Jahren freigegeben wurde?

Michael erklärte Allison den möglichen Zusammenhang.

»Was sind denn Tafelpapiere? Quietschen die, wenn man da mit den Fingernägeln drüber kratzt?«, fragte sie.

»Nein. Die gehen über die Tafel - ein altes Wort für den Bankschalter - ohne Eigentumsnachweis. Aktien zur eigenen Aufbewahrung sozusagen, so anonym wie Geldscheine und ebenso real.«

»Also kann jeder die einlösen. Interessant. Das passt auch zu dem, was Glonsbeck gesagt hat, oder?«

»Ja, dass die fünf Millionen, die er für die Akte haben wollte, vom Finanzamt bezahlt werden würden. Diese Bavaria Micro-Dingens muss ganz schön wertvoll sein. Guck doch mal, ob Omme dazu noch Informationen gefunden hat.«

»Ich hatte eben noch was, Moment ... Ah, hier: Die Bavaria Micro Technologies Investment hat Anfang 1984 eine Tochterfirma gegründet, die California Hitex Holding Europe, mit Sitz in Vaduz, Liechtenstein. Dein Freund hat eine handschriftliche Notiz auf das Dokument gekritzelt: ›Briefkastenfirma!‹ Mit Ausrufezeichen.«

»Wie kann man denn in eine Datei kritzeln?«, fragte Michael. Das war es eigentlich nicht, was ihm aufstieß. Aber er musste etwas Denkzeit gewinnen, bis er seinen Finger drauf legen konnte.

»Naja, genau dafür hat man so einen Tablet-PC, da brauchst Du keine Tastatur. Wenn die Software das erlaubt, schreibst Du einfach mit dem Stift, in Handschrift. Ist bei meinem Telefon auch so. Echt jetzt mal, Junge: Du hängst technologisch ...«

»C.H.H.E.! Das ist es! California Hitex Holding Europe! Denen gehört ein Teil von Thincode! Du sagtest doch, dass Molecule van Heufelden nur zur Hälfte gehört - vielleicht gehört die andere Hälfte dieser C.H.H.E.? Und vielleicht ist der Anteil der California Hitex Dingsbums an Thincode ebenfalls fünfzig Prozent?«

»Dann wären das rund dreißig Milliarden Dollar, die der C.H.H.E. gehören«, sagte Allison.

»Genau! Und damit der BMTI ... und die Anteile daran sind Tafelpapiere. Ist das sehr abwegig, wenn ich vermute, dass diese Tafelpapiere in Strauß' Schließfach liegen? Dreißig Milliarden ... Penner hatte recht, als er sagte, dass Strauß dieses Projekt finanziert hätte!«

»Nein, das ist Quatsch. ›Nachwuchs‹ wurde doch schon Anfang der Achtziger gestartet, da gab es Molecule und Thincode noch gar nicht.«

»Auch wieder wahr. Aber trotzdem: Es muss um diese Anteile gehen!«

»Das glaube ich auch. Und das heißt wahrscheinlich, dass Schlüter und van Heufelden am Donnerstag an diese Kohle wollen.«

»Die Frage ist nur: Zusammen oder gegeneinander?«

»Mein Tipp: Gegeneinander. Hier sind ein paar Dokumente gespeichert, wie Schlüter zum Inoffiziellen Mitarbeiter wurde: Er hatte einen Haufen Spielschulden, damit hat man ihn dann erpresst.«

»Ok, also wird er damals nicht Dennerts allerbester Freund gewesen sein und heute wahrscheinlich van Heufelden genauso wenig mögen«, sagte Michael.

»Weiß er denn, dass das derselbe ist?«

»Hmm. Ja, stimmt ... vielleicht weiß er das tatsächlich nicht. Aber er weiß auf jeden Fall, dass van Heufelden mit der Stasi zusammenhängt. Und er weiß auch, wie dieses Manöver dann gescheitert ist.«

Michael las einen der Auszüge aus der Akte vor:

»Georg bot sich wegen seines juristischen Hintergrundes als geeignet an, die Formalien zu regeln, insbesondere die vertraglichen Einzelheiten. Ich wies darauf hin, daß die Einbeziehung eines Außenstehenden dem Geschäftsführer suspekt erscheinen könnte und daß es deshalb angezeigt sei, wenn ich mich selber darum kümmere.‹

Der Geschäftsführer, von dem hier die Rede ist, wird Strauß gewesen sein. So, wie ich das sehe, hatte der keine Ahnung, wofür die Firma wirklich gegründet werden sollte. Und: Ich weiß ja nicht, wer das geschrieben hat, aber er hätte besser Gregor, also Rottkamp, die Formalien regeln lassen.«

»Ja, der hätte sich mit den Feinheiten der Schweizer Gesetze vielleicht ausgekannt. Die werden alle ganz schön dumm geguckt haben. Die Antwort der Bank war an Schlüter adressiert, da können wir jetzt von ausgehen.«

»Wahrscheinlich. Der hat sich bestimmt einen Ast gelacht. Die halbe Firma futsch, und niemand konnte ihm einen Vorwurf machen. Und ein Jahr später war die Stasi sowieso Geschichte.«

»Mehr oder weniger.«

Michael startete eine weitere Suche, nach Schlüter, fand aber nur das Foto und eine Textdatei, die lediglich die Worte »Akten-Schieber, R17/12« enthielt. Er suchte nach »Akten-Schieber« und wurde mit mehreren Funden im Email-Programm belohnt: Eine Firma, die sich auf die Lagerung von großen Mengen Papierkram spezialisiert hatte. Der Inhaber hieß Christian Schieber. Vielleicht sollte man dieser Firma mal einen Besuch abstatten.

»Und jetzt?«, fragte Allison.

»Ich habe hier noch ein paar Dateien zu durchforsten, das dauert noch ein bisschen. Ist wahrscheinlich nichts Wichtiges mehr bei, aber trotzdem … Mit Ommes Rechner bist Du durch? Was über Grassmann gefunden?«

»Durch: Ja, fast; Grassmann: Bis jetzt nicht. Hattest Du nicht gesagt, Ommerborns Chef hieße Glottke? Hier ist ein Verweis auf den. Eine Adresse in Neukölln, jemand namens ›Meydan‹ soll dort wohnen.«

»Vielleicht die Wohnung, in der sie mich verstecken wollten. Da fahren wir morgen hin. Vielleicht haben wir Glück und treffen dort Glottke.«

»Vielleicht haben wir auch Pech und treffen dort Glottke. Und einen Haufen Stormtrooper.«

»Das sehen wir dann.«

*

Michael fühlte sich besser, viel besser. Endlich war er einen Schritt weiter gekommen. Die zähe Spurensuche war beendet, der Bezug zur Gegenwart hergestellt: Die Hälfte von Molecule und Thincode, das entsprach dreißig Milliarden Dollar in Aktien - dass jemand für diesen Haufen Geld über Leichen gehen würde, eine Menge Leichen, konnte niemanden überraschen, der auch nur einen Funken Menschenkenntnis besaß.

Aber genau an diesem Punkt hakte die Theorie: Firmen zu gründen, Aktien zu erwerben, das alles war legal. Wenn auch die genauen Umstände vielleicht moralisch fragwürdig sein mochten - ein paar kritische Presseberichte über seine Vergangenheit würden an van Heufelden abtropfen. An Schlüter wahrscheinlich auch, zumindest langfristig. Warum also diese Morde? Das werden wir auch noch herausfinden, dachte Michael. Und dann treten wir ein paar Ärsche. Das wird gut. Michael merkte, dass seine Gedanken von einem euphorischen Jagdinstinkt gelenkt wurden. Er lachte innerlich ein bisschen über sich selbst. Wenn ich das Mammut erlegt habe, wird die Frau mir gehören, dachte er. Schade, so einfach ist es nicht mehr. Wenn es das je war. Er versuchte, sich wieder auf die ungeordneten Dateien auf Rottkamps Laptop zu konzentrieren.

Allison hatte sich in der Festplatte von Ommerborns Computer vergraben und seit einer halben Stunde nichts mehr gesagt. Michael sah gelegentlich von Rottkamps Laptop auf und beobachtete sie für einen Moment. Hin und wieder hatte sie die Stirn gerunzelt, vielleicht, weil sie einen kryptischen Dateinamen las oder ein Programm suchen musste, mit dem eine Datei geöffnet werden wollte.

Nun lehnte sie den Tablet-PC an die Tischkante und tippte mit dem Stift auf das Display.

»Fertig. War nichts mehr drauf, was für uns wichtig ist.«

Allisons rechter Mundwinkel hob sich für ein schiefes Grinsen.

»Mir ist wieder Deine Geschichte von der Hochzeit der Ommerborns in den Sinn gekommen. Das hätte ich gerne gesehen.«

»Kann ich mir denken.«

Ihr Grinsen wurde symmetrisch.

»In dem Zusammenhang: Ich habe ein witziges Foto gefunden.«

Sie drehte den Rechner zu Michael. Er kannte dieses Bild: Er selber, Omme und Gurke im Kosovo. Gut gelaunt, zu Beginn ihres Einsatzes. Alle drei mit nacktem Oberkörper, sie ließen ihre Muskeln spielen. Alberne Prahlereien von Männern, die weniger erwachsen waren, als sie glaubten.

»Da warst Du ziemlich fit. Und die Hochzeit war zwei Jahre später?«

»Drei. Warum?«

»Naja, Du wirst ja nicht ganz so schnell abgebaut haben. Insofern kann man Sabines Schwester schon verstehen.«

Was sollte das? War das ein Kompliment? Machte sie ihn gerade an? Sollte er sich eingeladen fühlen? Auf ihrem T-Shirt war das Bild eines Vierundvierziger Revolvers abgedruckt, darüber stand: »Do you feel lucky, punk?«

»Well, do I?«, fragte er sich. Michael erinnerte sich leider nur zu gut, wie er bei ihr abgeblitzt war. Teil ihres Kodex: »Lass Dich nie mit Klienten ein«.

»Das ist lange her. Du hast doch selber über meine Plauze gelästert. Und zu recht, muss ich leider zugeben.«

Ihre Lider senkten sich noch ein bisschen, dann zog sie ihr T-Shirt straff. Warum machte sie das? Wollte sie ihn in den Wahnsinn treiben?

»Also, ›Plauze‹ ist schon ziemlich übertrieben. ›Bauchansatz‹, würde ich eher sagen. Und die letzten Tage haben Dir nicht geschadet, finde ich. Im Schwimmbad hast Du eine ganz gute Figur abgegeben. Deine Rückenmuskeln sind längst nicht mehr so hart wie vor einer Woche. Außerdem bewegst Du Dich geschmeidiger.«

Die Haut auf seinem Rücken erinnerte sich an die Berührung ihrer Hand und schickte einen Schauer in seine Lenden.

»Findest Du? Ich fühle mich immer noch scheiße.«

»Ach komm, das sind nur die Umstände. Du selber bist doch aus dem Tal raus. Ich bin mir sicher, dass Du in Zukunft nicht mehr so ... durchhängen wirst.«

»Ja?« Michael konnte seine Augen nicht von ihrem T-Shirt nehmen.

»Ja.« Allison sah ihn an. Er wusste, dass sie wusste, dass er am liebsten den Tisch beiseite gestoßen und sich auf sie gestürzt hätte. Scheiß drauf, ob sie ihn wieder verarschte, scheiß auf ihren verdammten Kodex. Er musste wenigstens versuchen, bei ihr zu landen, sonst würde er platzen. Oder seine Hose.

»Ich weiß nicht ... Ob ich je wieder befriedigend funktionieren kann?« war das Subtilste, das ihm einfiel. Es war nicht wirklich subtil, aber er konnte sich immer noch raus reden.

»Ach, beim Schießen gestern bist Du doch auch schnell wieder in Form gekommen.« Allison legte den Computer beiseite, setzte sich aufrecht hin und verschränkte die Hände auf der Tischplatte. Sie drückte ihren Rücken gerade soviel durch, dass es nicht wie eine Pose wirkte. Ihre Daumenspitzen berührten den Solar Plexus, teilten das Spielfeld wie das Netz beim Tennis. Michaels Blick wanderte von der einen Hälfte zur anderen, als ob ein überaus dramatisches Match gespielt würde. Mit einem Ausmaß an Konzentration, das geradezu ein klirrendes Geräusch in seinem Kopf erzeugte, fokussierte er seine Aufmerksamkeit auf ihre Augen. Und ihre Lippen. Und ihren Hals. Und ihr Dekolletee. Und- Zing! Augen, Augen!

»Ja ... ich bin schon ganz gut in Form.« Noch mehr Form, und der Hosenknopf würde durch die Fensterscheibe schießen und einem unschuldigen Passanten ein Auge ausschlagen.

»Meinst Du?« Sie spielte immer noch die Unschuldige.

»Tja, käme auf einen Versuch an.« Wieder ein kleiner Schritt. Noch einer, und sie würde ihm die Zunge rausstrecken, »Reingelegt!« sagen und ihn auslachen.

»Vielleicht.« Sie genoss es offenbar, dass ihm das Testosteron aus der Nase floss. Ihm fiel keine geistreiche Antwort mehr ein. Seine Hände zitterten. Sie reichte über den Tisch, nahm seine Hände in ihre. Allison stand auf, ohne loszulassen, umrundete den Tisch und baute sich vor Michael auf.

»Sag es einfach.« Von ihren Fingerspitzen flossen elektrische Ströme durch seine Haut, wanderten durch seinen Körper. Sein Herzschlag setzte für einen Moment aus und mit doppelter Geschwindigkeit wieder ein. Das Pochen in seiner Hose produzierte Wellen von Schmerz, die bis an seine Schädeldecke brandeten.

»Ich … würde gerne mit Dir schlafen …«

»Pfft. Das ist mir zu wenig.« Sie zog ihre Hände langsam von seinen fort, aber er griff nach ihren Handgelenken.

»Ich will Dir das Hirn aus dem Schädel ficken!«

»Viel besser. Und? Wann fängst Du an?«

Michael war für einen Moment erleichtert, diese Worte zu hören. Endlich! Er stand auf und wollte sie in die Arme nehmen.

Aber Moment - sie hatte ihm lang und breit erklärt, dass sie sich auf keinen Fall mit ihm einlassen würde, weil das äußerst unprofessionell wäre. Er war immer noch skeptisch, ob sie ihn nicht hochnahm.

»Was ist mit dem berühmten Kodex der Kowalskis?«

Den warf Allison mit einer Geste ihrer Linken über die Schulter, mit ihrer rechten Hand imitierte sie das Auspendeln einer Waage. »Das war immer mehr so eine Richtlinie …«

Michael sah die Iris in Allisons graublauen Augen pulsieren. Er strich mit seiner Rechten über ihre Wange, fürchtete, dass seine Feinmotorik ihrer weichen Haut nicht gerecht werden würde. Sie lächelte ihn an, zu seiner Überraschung ein bisschen schüchtern, aber doch fordernd. Er grub seine Hände in ihre Hinterbacken, hob sie hoch und setzte sie auf den Tisch. Ihr letzter kohärenter Satz:

»Das ist wohl der Moment, wo die Kamera besser auf den Kamin schwenken sollte.«

*

»Das war bestimmt ein Liter!«

Allison tippelte aus dem winzigen Bad zum Bett, drückte sich dabei ein Papiertaschentuch zwischen die Beine. Michael, der sich mit weichen Knien auf die Matratze hatte fallen lassen, fühlte sich geschmeichelt, aber noch außerstande, eine Antwort geben zu können. Sie legte sich neben ihn, kuschelte sich näher und küsste ihn auf die Wange.

»Du könntest noch etwas mehr mit dem Becken hin und her, statt nur rein und raus; außerdem …«

»He, hör mal, ich bin ganz zufrieden, dass mir nicht schon einer abgegangen ist, als ich Dich nackt gesehen habe; verschieben wir die Manöverkritik bitte auf ein anderes Mal, ja?«

»Schon gut. So lange her, das letzte Mal?«

»Ja … Zwei Jahre ungefähr.«

»Wen muss ich überbieten?«

»Da gibt's nicht viel zu überbieten. War eine Arbeitskollegin. Sie hat sich mir in der Kantine aufgedrängt, von wegen: Ich säße immer alleine da und ›mysteriöse Aura‹ und solcher Quatsch. Nach zwei Wochen war Schluss.«

»Weil Du nicht mysteriös bist, sondern ein Kotzbrocken.«

»So etwas in der Art hat sie auch gesagt, ja. Und ich würde sie nur als Spermadeponie benutzen, was auch stimmte. Aber wie gesagt: Sie hat sich an mich rangemacht.«

»Wie hieß Sie?

»Tanja. Nein, Moment: Anja! Oder Sonja?«

»Du bist wirklich ein Arsch. Bleibt abzuwarten, wann Du meinen Namen vergessen hast!«

»Deinen Namen werde ich niemals vergessen, Alice!«

Allison knuffte ihn in die Rippen.

»Den habe ich kommen sehen. Aber gut, ich muss anscheinend nicht gegen den Geist von Tanja-Anja-Sonja antreten. Sonst wer? Sabines Schwester?« Allison kicherte in Erinnerung an Michaels Anekdote.

»Nein, an die habe ich nur eine verschwommene Erinnerung. Außerdem hat sie mich als Grund für ihre Scheidung vorgeschoben. Angeblich habe ich ihre Ehe ruiniert, weil ich sie auf der Toilette mehr oder weniger vergewaltigt hätte.«

»Du kamst ihr gerade recht, um die Schuld abzuwälzen.«

»Ja. Omme hat mir erzählt, dass nicht einmal Sabine ihr geglaubt hat.«

Michael starrte an die Zimmerdecke und genoss den warmen, nackten Körper seiner Freundin an seiner Haut. War sie das jetzt, seine Freundin? Er war nicht sicher. Vielleicht würde er morgen aufwachen und sie wäre verschwunden. Oder hätte ihm eine Kugel in den Kopf gejagt. Nein, das wohl nicht. Hoffentlich. Aber er wurde nicht aus ihr schlau. Das ganze Gerede von der Frau als nicht zu entschlüsselndes Rätsel hatte er immer für Blödsinn gehalten, in die Welt gesetzt von Typen, die ein Glas Wasser für undurchschaubar hielten.

Aber Allison entzog sich seinem Verständnis. Ob sie schizophren war? So richtig, im klinischen Sinn? Lag jetzt die überaus liebenswerte Allison neben ihm? Und wenn es gefährlich wurde, übernahm dann die kalte Killer-Kowalski? Wie jedermann hielt Michael sich für einen guten Menschenkenner, aber er musste sich eingestehen, dass ihm in ihrem Fall die Vergleichswerte fehlten. Er musste mehr über sie wissen.

»Nachdem Du mich jetzt verhört hast: Wie sieht es bei Dir aus?«

»Mit Jungs?«

»Ja.«

»Im Moment: Du.«

»Das hatte ich gehofft. Und vorher?«

»Ich war bis eben Jungfrau. Hast Du das nicht gemerkt? Ich opfere mein kostbarstes ...«

»Laber nicht. Was ist zum Beispiel mit Mehmet?«

Allison lachte. »Nie im Leben!«

»Wieso? Ihr habt Euch ein bisschen zu gut verstanden, dafür, dass Du ihm Deinen Colt an den Kopf gehalten hast!«

»Eifersüchtig? Mehmet ist ein alter Bekannter, mehr nicht. Außerdem ist er glücklich verheiratet und hat zwei Kinder. Selbst wenn ich was von ihm wollte, und er ist ja nicht hässlich, bisschen klein vielleicht und wenig Haare, aber insgesamt ganz passabel. Also, er würde mich mit einem langen Stock wegschieben, da bin ich mir sicher.«

»Trotzdem hättest Du ihn heute Mittag fast erschossen.«

»Müssen wir jetzt darüber reden? Er kennt mich gut genug und er ist Profi genug, um zu wissen, wann er sich besser nicht muckt. Ich hatte die ganze Zeit die Oberhand, er hat sich gefügt. Und ich bin ganz froh, dass Du ihn leben lassen wolltest.«

»Und wenn ich gesagt hätte ...?«

»Vielleicht bereust Du noch, dass Du es nicht gesagt hast.« Die Frage blieb unbeantwortet. Michael bohrte nicht weiter, sie würde ihm sowieso nur ausweichen. Und wenn sie ehrlich wäre, würde das wahrscheinlich seine Stimmung versauen.

»Ok, anderes Thema: Ich habe mich eben die ganze Zeit gefragt, ob Du mehr Leberflecke oder mehr Narben hast.«

»Ich habe noch nie einen Mann gekannt, der sich so gut darauf verstanden hat, einem Mädchen Komplimente zu machen. Deshalb konntest Du so lange durchhalten: Du hast gezählt.«

»Komm, erzähl mal. Woher stammt die lange Narbe da am Arm, zum Beispiel?«

»Jemand ist auf mich mit einer Machete losgegangen. Ich hatte gerade nichts anderes zur Hand, da musste ich die Klinge mit dem Arm ablenken. Hört sich dramatischer an, als es war. Eigentlich nur ein bisschen die Haut abgeschürft.«

»Also, wenn auf mich jemand mit einer Machete losgehen würde, fände ich das schon ziemlich dramatisch!«

»Ja, mag sein ...« Sie wollte nichts mehr erzählen. Michael versuchte einen anderen Ansatz.

»Was ist mit dem Flatschen da rechts?« Er tippte auf ihren Hals, kurz unter dem Ohr. Sie zuckte ein wenig, er tippte nochmal. »Lass das!« Sie war dort kitzlig. Wie süß.

»Los, raus damit, sonst mache ich weiter! Vielleicht sollte ich auch Deine Fußsohlen untersuchen ...«

»Wehe!«

»Also, was ist jetzt damit?«

»Das war eine Zigarette.«

»Du rauchst doch gar nicht?« Als er den Mund aufmachte, wurde ihm schon klar, welchen Blödsinn er redete, aber der Satz ließ sich nicht mehr aufhalten. Noch bevor er eine Korrektur hinterher schicken konnte, antwortete sie.

»Ich war zu ungeschickt, deshalb habe ich lieber aufgehört. Nein, da war jemand böse mit mir. Die Einzelheiten sind aber nicht so interessant.«

»Was? Du wurdest gefoltert?« Michael dämmerte die Absurdität der Situation: Er lag mit einem Mädchen im Bett, das knapp zwanzig Jahre jünger war als er - worum ihn alle seine Altersgenossen beneiden würden, fiel ihm ein - und sie ließ so ganz nebenbei und eher widerwillig durchblicken, dass ihr Leben von deutlich mehr Grausamkeit bestimmt worden war als seines. Er kam sich klein vor. Aber er war neugierig.

»Sonst quasselst Du soviel, aber das soll ich nicht wissen?«

»Genau. Wichtig ist: Mein Chef hat mir den Arsch gerettet, bevor es richtig übel wurde. Da bin ich ihm immer noch dankbar für, logisch. Er hätte das nicht tun müssen.«

»Wieso? Er hat Dich doch bestimmt erst in die Scheiße geritten? Du wirst doch bestimmt in seinem Auftrag ... was auch immer.« Michael wünschte sich seine Hände an den Enden eines Seils, das um den Hals des fetten Kowalski geschlungen war.

»Schon. Aber bei Aufträgen gilt: Jeder für sich.«

»Ist das auch ein Teil von Eurem Scheiß-Kodex?«

»Ja. Aber wie gesagt ...«

»... das sind eher so Richtlinien.«

»Genau. Und er hat sie zu meinen Gunsten verbogen. Bevor es richtig übel wurde, wie gesagt. Dieser Idiot hatte seine Zigarette auf meinem Hals ausgedrückt. Aber das geht halt nur einmal, und er hatte keine Kippen mehr. Dann hat er nach effizienteren Werkzeugen gesucht, mir weh zu tun. Er fand einen Bolzenschneider und machte sich an meinen Füßen zu schaffen.« Allison zog ihren linken Socken aus. Die beiden äußeren Zehen fehlten. Michael konnte nicht glauben, mit welcher Beiläufigkeit sie über diese Dinge plauderte. Sie sah seinen Blick und lachte.

»Jetzt habe ich Dich aber verarscht, oder? In Wirklichkeit ist mir da der Motorblock von meinem eigenen Xantia drauf gefallen, mit der Lichtmaschine voran. Die waren Matsche, die Zehen, nicht mehr zu retten. Anderen Leuten habe ich auch schon von schweren Erfrierungen bei einer Himalaya-Expedition erzählt oder von Begegnungen mit Haien ...«

Er glaubte ihr nicht. Er war sicher, dass die Bolzenschneider-Geschichte stimmte. Sie hatte die Unfall-Variante nur drauf gelegt, weil er sie so angestarrt hatte.

Die kreisförmige Narbe auf ihrem rechten Arm: Ein schlecht verheiltes Einschussloch? Die dünne, fast nicht zu erkennen Linie um ihren Hals -

hatte man sie mit einer Garotte erwürgen wollen? War dabei ihr Kehlkopf beschädigt worden? Wenn er fragte, würde sie ihm wahrscheinlich eine Anekdote aus ihrer Zeit als Harfenistin erzählen, wie sie sich in den Saiten verfangen hatte. Er ließ es bleiben.

»Hier habe ich auch noch eine Narbe, hast Du bestimmt schon gesehen.« Sie schlug die Decke beiseite und zeigte auf die helle Linie schräg rechts unter ihrem Bauchnabel.

»Horror! Man hatte mich unter Drogen gesetzt, und ein Maskierter schnibbelte mit einem irre scharfen Messer an mir rum! Ekel! Ich sah zu, wie er mir die Eingeweide rauszog, aber ich konnte mich nicht wehren! Drama! Der Maskierte schnitt ein schwabbeliges, weißes Ding ab, das aussah wie eine superfette Made und hielt es mir vor die Nase! War es ein Parasit? War es die Larve eines Aliens?« Kunstpause. »Nein, es war ein entzündeter Blinddarm!«

Michael verzog sein Gesicht und rollte mit den Augen. »Soviel Anlauf für so einen schwachen Gag.«

»Ja, schon gut. Alte Meckerfutt. Aber was wirklich interessant ist: Die Narbe heilt besser, wenn man da Küsschen drauf macht!«

»Ehrlich?« Er spielte mit.

»Ja! Verrückt, oder? Ich komme da ja leider nicht dran.«

»Ich könnte mich opfern …«

»Das ist doch nicht zu viel verlangt, oder? Ich meine, dann müsste ich eben hässlich bleiben.«

»Du alte Komplimentenjägerin! Du bist eines der hübschesten Mädchen, die ich je gesehen habe, und das weißt Du ganz genau!«

»Trotz der Narben und fehlenden Zehen?«

»Das macht Dich nur interessant!«

»Und die Säuferstimme?«

»Irre sexy!«

Allison runzelte die Stirn. »Aber die Leberflecke? Das sind schon echt viele, oder?« Darum schien sie tatsächlich besorgt. Frauen.

»Längst nicht so abstoßend wie Dein dicker Hintern!«

»Du bist wirklich so ein gemeines, mieses, fieses, hundertprozentiges- ja, da, genau. Und ein bisschen mehr zur Mitte … und tiefer …« Michael war unter die Decke getaucht und drückte seine Lippen vorsichtig auf das etwas festere Gewebe der Blinddarmnarbe. Allisons Anweisung folgend glitt sein Mund über ihren Bauch. Ein paar Sekunden später kitzelten ihre Locken in seiner Nase.

DIENSTAG, 1. OKTOBER

Michael wischte den kondensierten Wasserdampf mit einem Handtuch vom Spiegel und setzte den Rasierer an. Über seine Schulter beobachtete er Allison, die unter der Dusche ein Potpourri von Filmmusiken schmetterte, ebenso laut wie falsch.

Als sie seinen Blick bemerkte, hob sie ihre Brüste, leckte ihre Lippen und ließ ihre Hüften kreisen.

»And love is a stranger lalalaa you on, don't think of the danger or the stranger is gone!«

Michael verdrehte die Augen.

»Selbst, wenn Du noch eine Zwillingsschwester für einen Dreier aus dem Hut zauberst ... Ich würde ablehnen, ich bin total fertig.«

Sein Geist war willig, aber der Muskelkater in seinen Oberschenkeln riet ihm, lieber noch ein paar Stunden zu warten. Und manche Stellungen besser trainierten Athleten zu überlassen.

Allison stieg aus der Dusche und nahm ihn in die Arme.

»Also habe ich gewonnen?«

»Den Satz: ja. Aber das Match noch nicht!«

»Große Worte. Wir werden sehen. Aber immerhin: ›Patient E. zeigt deutliche Symptome von besserer Laune, längst nicht mehr so stoffelig wie noch vor einer Woche. Bei weiteren Fortschritten ist eine Erhöhung der Dosis angezeigt.‹ Du schläfst auch nicht mehr so unruhig.«

»Also hatte Ihre Kur Erfolg, Doktor Kowalski?« Michael war nicht sicher, ob er nicht nur ein Experiment für sie war, oder eine Trophäe.

»Ja, schon. Oder findest Du nicht? Hat sich doch auch für mich gelohnt.«

Allison grinste, ließ ihre Augenbauen tanzen und löste sich von ihm. Sie verließ das winzige Bad und trocknete sich im Zimmer ab.

Michael wischte erneut den Spiegel sauber und setzte verdrossen den Rasierer wieder an. Es war ziemlich dämlich, anzunehmen, dass dieses verdammte Weibsstück irgendetwas ernst nehmen würde. Andererseits konnte er sich auch nicht beklagen - er hatte seit mehreren gefühlten Erdzeitaltern nicht mehr so guten Sex gehabt. Der Traum eines jeden Mannes in der Midlife-Crisis hatte sich für ihn erfüllt. Schade, dass er keine Freunde hatte, vor denen er damit prahlen konnte. Macho, Macho. Scheiß drauf, Allison hätte es nicht mit ihm getrieben, wenn sie es nicht gewollt hätte.

Und vor einer Woche hätte er es an ihrer Stelle auch nicht gewollt, sagte ihm sein Spiegelbild. Klar, die Haare könnten ruhig ein bisschen schneller wieder wachsen, Glatze war nicht sein Stil. Aber er sah wirklich besser aus. Jünger, weniger müde. Lebendiger. Und besser rasiert. Er wischte den restlichen Schaum aus dem Gesicht und machte den Schritt ins Zimmer.

»Weißt Du, Du hast recht ...«

»Wie immer.« Allison stieg gerade in ihre Hose. »Womit?«

»Der Zombie-Michael der letzten Jahre ist tot!«

»Wohl wahr, Oberst Offensichtlich.«

»Was? Ach so. Tote Zombies, logisch. Trotzdem: Stimmst Du mir zu?«

»Ja, mehr oder minder. Ich würde mir gerne einbilden, dass das mein Verdienst ist. Ok, ist es auch, zum Teil. Aber ich glaube, Du blühst deshalb so auf, weil Du auf einer Mission bist.«

»Mission ist übertrieben. Aber ja, ich denke, ich sollte was tun ... Die Schweine schnappen, die Toten rächen ...«

»... das Mädchen retten ...«

»... mich vom Mädchen retten lassen, das trifft es wohl eher.«

»Frustriert Dich das eigentlich?«

»Um ehrlich zu sein: Ja. Ich sehe natürlich, dass Du in diesen Dingen viel kompetenter bist, aber ich bin halt der Meinung, dass Kriegshandwerk Männersache ist. Fürchterlich chauvinistisch, ich weiß, tut mir leid.«

»Ja, ist es. Aber ich finde das ganz nett von Dir. Liebenswert altmodisch. In der Theorie jedenfalls. Zum Glück funktionierst Du ja in der Praxis anders.«

Michael dachte an die verschiedenen Kampfsituationen, die sie zusammen gemeistert hatten. Ihm fiel jetzt erst auf, dass er keinen Gedanken daran verschwendet hatte, sich ritterlich vor sie zu stellen und die Kugeln zu fangen. Sie war einer von den Jungs, sozusagen. Genau genommen der Boss. Ihr ganzes Verhalten hatte Kompetenz und Autorität ausgestrahlt, der Soldat in ihm hatte das erkannt und akzeptiert.

Hatte sich das jetzt alles geändert? Michael konnte gut darauf verzichten, diese Frage in der Praxis beantwortet zu bekommen.

»Jedenfalls, was die ›Mission‹ angeht: Ich will ja nicht die Welt verbessern oder nach meinen Vorstellungen prägen, von daher ist ›Mission‹ wohl falsch. Aber ich sehe doch, dass irgendetwas gerade im Gange ist. Wie es aussieht, sind Omme und die anderen für ein paar Milliarden Dollar getötet worden und das finde ich zum Kotzen. Und wenn ich die Gelegenheit habe, dieser Bande ans Bein zu pissen ...« Michael zuckte mit den Schultern.

»Ein Mann muss tun, was ein Mann tun muss?«, fragte Allison. Sie stand vor dem Badezimmerspiegel und setzte sich eine gefärbte Kontaktlinse ein.

»Ja. Ich weiß, das klingt doof. Aber ich glaube, das ist der Grund.«

Allison kam aus dem Bad, stellte sich vor Michael und legte ihre Hände um seinen Nacken. Mit den Pupillen unterschiedlicher Farbe und den Lidern in unterschiedlicher Höhe sahen ihre Augen aus wie die von zwei Personen. Ihm fiel seine laienpsychologische Diagnose wieder ein.

»Mal ganz ehrlich, ohne Verarsche, keine Ironie, kein Sarkasmus?«, fragte sie.

»Wenn Du das schaffst ...«

»Du bist einer von denen, die erst so richtig aufdrehen, wenn sie eigentlich schon verloren haben.«

»Weiß ich nicht. Kann sein«, sagte Michael.

»Ist so. Solche Typen gibt's nicht mehr viele. Die meisten anderen hätten sich schon die Decke über den Kopf gezogen. Das gefällt mir so an Dir. Du bist einer von den Guten.«

Sie drückte dem verdutzten Michael ein Küsschen auf die Wange. Dann ließ sie ihn stehen und beschäftigte sich mit der anderen Linse. Er setzte sich auf das Bett und kam sich sehr einfach gestrickt vor.

»Ich dachte immer, Mädchen stehen eher auf böse Jungs?«

»Nur die braven. Sollen wir langsam mal los?«

Sie zog ein T-Shirt über, auf dem zu lesen war »I'm into murders and executions, mostly«. Daneben war der Umriss eines Mannes zu sehen, der einen roten Schlips und eine Kettensäge trug.

*

»Was ist, wenn Glottke falsch spielt?«, fragte Allison.

»Omme hat ihm vertraut.«

»Vielleicht ist er deshalb tot.«

»Ja, vielleicht. Aber das hier sieht mir eher wie ein Versteck aus, nicht wie ein guter Platz für einen Hinterhalt. Findest Du nicht?«

»Ich finde in erster Linie, wir sollten uns hier nicht zu lange aufhalten. Man könnte uns versehentlich filmen, wenn sie eine neue Folge von ›Wohnen à la carte‹ drehen.«

Sie standen inmitten einer fünfgeschossigen Plattenbauburg am Rande von Neukölln, deren Ziel anscheinend war, die Gropiusstadt zu imitieren, aber bitte fünfmal beschissener. Die Renovierungswelle der Nach-Wende-Zeit war abgeflaut, bevor sie auch nur einen Eimer frische Farbe hierhin hatte spülen können. Vier Blöcke umschlossen einen karg bepflanzten Innenhof. Der einzige Zugang bestand aus einem Loch im nördlichen Block, nicht einmal groß genug für einen Möbelwagen. Michael fühlte sich wie ein Strafgefangener, der nach dem Freigang im Innenhof zurück in seine Zelle müsste, als sie auf Hausnummer 12b zugingen. Vielleicht ganz gut, dass er dieses Gefühl schon mal kennenlernte.

Die Eingangstür stand offen, blockiert von einem kleinen Fernseher mit eingetretenem Röhrenbildschirm. Von den dreißig Klingeln war nur die Hälfte mit Namensschildchen versehen, und ob das die Namen der aktuellen Mieter waren, bezweifelte Michael. Im Aufzug stapelten sich Mülltüten, der Geruch von Urin und Fäulnis drang aus der Kabine. Ein Grund mehr, die Treppe zu nehmen. Vom Treppenhaus führten auf den Etagen Türen zu den Außengalerien. Der Architekt hatte seinerzeit vielleicht irgendeinen sozialromantischen Blödsinn phantasiert, dass die Mieter sich hier begegnen und ein Schwätzchen halten könnten. Aber zwischen den Weinflaschen, den schimmelbefallenen Kinderwagen und halb verrosteten Wäscheständern würde heute bestimmt niemand mehr auf die Idee kommen, ein Gespräch zu beginnen, dachte Michael, als er seinen Fuß neben die Leiche eines Videorekorders setzte.

»Hier ist es. Meydan.« Die Rollläden links und rechts der Wohnungstür waren herunter gelassen. Allison deutete auf einen schwarzen Punkt im Türrahmen. Eine Kamera. Michael drückte den Klingelknopf, wartete eine halbe Minute, drückte erneut. Nichts zu hören.

»Machen Sie schon auf, Glottke. Wir müssen reden.« Das würde natürlich auch jemand sagen, der Glottke umbringen wollte. Kein Wunder, dass der nicht öffnete. Allison wurde ungeduldig. »Aufbrechen?«

»Nein. Lass uns abhauen. Er ist wohl nicht da.« Das Summen einer elektrischen Verriegelung übertönte das Ende des Satzes. Michael drückte die Tür auf. Sie war massiver als sie aussah, vielleicht mit Stahlplatten verstärkt. Er blickte in einen langen Flur, niemand war zu sehen. Er ging in die Wohnung. Sein Verstand wollte die P8 aus dem Holster ziehen, aber sein Instinkt wehrte ab. Merkwürdig, sonst war es umgekehrt. Vom Flur führten vier Türen zu den einzelnen Zimmern, vorne rechts eine kleine Küche, links ein winziges Bad. Michael kontrollierte beides, so vertrauensselig war er nun auch wieder nicht. Nicht mehr. Aber niemand versteckte sich.

Allison zog ihren Colt und blockierte die zurückschwingende Wohnungstür mit ihrem Fuß, als Michael sich wachsam zum Ende des Flures bewegte. Er warf einen Blick in das Schlafzimmer, keiner zu sehen. Michael ging den letzten halben Meter zur Wohnzimmertür und schaute vorsichtig hinein. An der Wand gegenüber klebte, sicher seit dem Erstbezug, eine laut geblümte Tapete, auf der cordbezogenen Couch vor dieser Wand saß ein dürres Männchen, den Falten im Gesicht nach ungefähr zweihundert Jahre alt. Aber beim BND galt die übliche Pensionsgrenze, also konnte es die Fünfundsechzig noch nicht überschritten haben. Das Männchen klopfte seine Zigarette in einen Drehascher ab.

»Ich kann verstehen, dass Sie so vorsichtig geworden sind, Herr Eichendorf, aber ich bin harmlos. Ihre Freundin kann auch rein kommen.« Er deutete in Richtung des Laptops, das sich auf der Häkeldecke über der blass-grün marmorierten, höhenverstellbaren Tischplatte ausnahm wie die elektronische Vergewaltigung der guten, alten Zeit.

Allison folgte Michaels gewunkener Aufforderung. Sie platzierte sich neben der Wohnzimmertür, nachdem sie sich wortlos davon überzeugt hatte, dass keine Waffe in Reichweite des Alten zu sehen war. Ihren Colt behielt sie in der Hand.

»Mein Name ist Theodor Glottke, wie Sie sich schon gedacht haben werden. Auf dem Tischchen dahinten liegt meine Brieftasche, Sie können sich meine Ausweise ansehen, wenn Sie mögen.«

»Das wird nicht nötig sein. Wenn noch jemand von dieser Wohnung wüsste, hätte es wahrscheinlich schon ein paar Tote gegeben.« Michael konnte kaum glauben, wie locker ihm dieser Satz über die Lippen kam. Irgendwas stimmt nicht, wenn es zur Normalität wird, mit Schießereien zu rechnen.

Glottke forderte ihn mit einer Geste auf, sich zu setzen.

»Junge Dame, wollen Sie nicht auch Platz nehmen? Sie haben mir noch gar nicht Ihren Namen verraten!«

»Koslowski. Ich stehe lieber, danke.« Allison war ungewohnt einsilbig. Glottke zuckte mit den Schultern und wandte sich wieder an Michael.

»Bitte, Herr Eichendorf ... Wie ist Herr Ommerborn zu Tode gekommen?«

Michael erzählte von der Ermordung seines Freundes. Er merkte, dass die Schilderung den alten Mann mitnahm und sparte mit Einzelheiten.

»Erst Herrmann ... Wir hätten es wissen müssen! Es ist meine Schuld, ich war unvorsichtig!«, sagte Glottke.

»Warum?«

»Hat Herr Ommerborn Ihnen diese Adresse genannt?«

»Nein, die war auf seinem Computer. Wieso?«

»Wenn Sie seine Daten durchsucht haben, werden Sie sicher auf die Informationen über die Bavaria Micro Technologies Investment gestoßen sein, und auf die California Hitex Holding Europe, nehme ich an?«

»Vielleicht.« Michael wollte sich nicht aushorchen lassen. »Erzählen Sie mir doch davon!«

Glottke zog seine buschigen Brauen zusammen, gab dann aber nach.

»Kurz gesagt sind das Firmen, die mit Hilfe der Kommerziellen Koordinierung gegründet wurden, um Molecule zur Hälfte zu übernehmen. Geschäftsführer war Franz Josef Strauß, jetzt ist es Eckhard Schlüter, nicht wahr?«

»Ja.«

»Nachdem wir an diese Informationen gekommen waren, fragte ich mich, wie es zu dieser sonderbaren Konstellation gekommen ist. Immerhin galt Strauß als beinharter Kommunistenfeind, nicht wahr? Ich habe dann über informelle Kanäle alte Freunde in Langley und Moskau kontaktiert und um Auskunft gebeten.«

So einfach war das? Bei CIA und SWR anrufen, »Hallo John, hallo Boris, ich habe da mal eine Frage ...«? Michael konnte das nicht recht glauben. Glottke fuhr fort.

»Sie sehen überrascht aus, Herr Eichendorf. Die Amerikaner sind unsere Verbündeten, mit denen teilen wir doch die Erkenntnisse! Und die Russen sind seit über zwanzig Jahren unsere Freunde! Von wegen ... Kein Geheimdienst lässt sich gerne in die Karten schauen. Aber Sie können mir glauben, dass wir beim BND von der eigenen Regierung mehr Knüppel zwischen die Beine geworfen bekommen als von den anderen Diensten.

Meine ausländischen Kollegen haben ganz ähnliche Sorgen. Und wenn man vierzig Jahre dabei ist, weiß man, wer auf der anderen Seite sitzt und fühlt sich ein bisschen verbunden … Aber ich schweife ab. Die Informationen, die ich angefragt habe, sind alle sehr alt. Man hat deshalb nicht den ganz großen Landesverrat begangen, konnte mir mögliche Verhältnisse andeuten, als ich den einen oder anderen Gefallen eingefordert habe. Aber ich fürchte, meine Anfragen bei der CIA sind einem Spitzel van Heufeldens aufgefallen, und der hat ein Kommando auf Herrn Ommerborn angesetzt, um an Sie zu kommen, Herr Eichendorf! Deshalb bin ich schuld an seinem Tod!«

»Ist van Heufelden so mächtig, dass er jemanden bei der CIA positionieren kann?«

»Ich weiß nicht, ob er mächtig genug ist, aber er ist reich genug. Und heute ist das kein großer Unterschied mehr, nicht wahr?«

»Gut, das klingt plausibel. Aber letzten Endes ist es egal, wie die uns gefunden haben …«

»Aber das ist nicht egal! Ich mache mir die allergrößten Vorwürfe!«

»Denken Sie, ich nicht? Ich habe ihn da rein gezogen!«

»Als sein Vorgesetzter hätte ich sehen müssen, dass die Situation eskaliert!«

»Ich war sein Freund, und wegen mir kam es überhaupt zu der Eskalation!«

»Wird das ein Wettbewerb? Soll ich Noten geben, wer schöner bereut? Haben Sie denn auch geheult, Glottke? Sonst würde Eichendorf in Führung liegen«, unterbrach Allison. Glottke starrte sie mit offenem Mund an, wollte etwas zu Michael sagen. Aber der rieb sich die Stirn, um sich vor dem Blick von Ommerborns Vorgesetztem zu schützen und inspizierte das Muster des Perserteppichs. Dann setzte ein unausgesprochenes Männerbündnis ein.

»Ist die immer so?«

»Ja, leider. Ich habe mich auch noch nicht daran gewöhnt.« Michael sah zu Allison hinüber, die ihn auf ihre so eigene Art anlächelte und in ihm den vertrauten Wunsch weckte, sie erst zu küssen und danach in den Hintern zu treten, oder umgekehrt.

*

»Was haben Ihre Anfragen denn ergeben, Herr Glottke?«

Das faltige Männchen musste sich noch einen Moment lang sortieren, um wieder zurück zum Thema zu finden.

»Sagt ihnen der Begriff ›Milliardenkredit‹ etwas?«

»Ja. Strauß hat den seinerzeit der DDR vermittelt. Er ist dafür ziemlich angefeindet worden, soweit ich weiß. Auch aus den eigenen Reihen. Ein paar CSU-Mitglieder waren so angepisst, dass sie ausgetreten sind und die

Republikaner gegründet haben. Und man streitet sich heute noch, ob dieser Kredit das Ende der Diktatur unnötig hinaus gezögert hat.«

»So ist es, Herr Eichendorf. Heute, wo laufend Dutzende oder Hunderte Milliarden als ›Rettungsschirme‹ für marode Banken und Staaten aufgespannt werden, hat ›Milliardenkredit‹ an Wucht verloren. Aber damals war das ein ganz großes Thema. Die Bürger der Bundesrepublik waren vor allen Dingen empört, dass die DDR mit ihren Steuergeldern finanziert werden sollte. Aber das war gar nicht der Fall. Tatsächlich ist das Geld von Banken zur Verfügung gestellt worden, ganz regulär, nicht wahr. Die Bundesrepublik ist lediglich als Bürge aufgetreten.«

»Aber bei so einem Pleitestaat wie der DDR war das doch fast das Gleiche, als ob man das Geld direkt über die Mauer geworfen hätte!«

Glottke lächelte sich noch ein paar Falten mehr in die Mundwinkel und hob seinen rechten Zeigefinger.

»Genau das haben damals alle gedacht, Herr Eichendorf! Die Rückzahlung erfolgte aber fristgerecht. Die Bundesrepublik hat keinen Pfennig verloren durch diesen Kredit! Was denken Sie, hat die DDR mit den Milliarden, es waren nämlich zwei Kredite in dieser Höhe, gemacht?«

»Sie werden es in die eigene Wirtschaft investiert haben, nehme ich an? Kommen Sie, Glottke, Sie sind nicht mein Geschichtslehrer, Sie können diese altväterliche Scheiße gerne abstellen. Erzählen Sie einfach.«

»Meine Güte, Sie sind wirklich leicht erregbar, da hat Herr Ommerborn nicht übertrieben. Aber gut: Kurz vorher hatten Polen, Ungarn und Rumänien ihre Zahlungsunfähigkeit gegenüber westlichen Banken erklären müssen. Die Banken hatten danach verständlicherweise wenig Lust, anderen sozialistisch regierten Ländern Geld zu leihen, auch der DDR nicht, obwohl die noch vergleichsweise gut da stand. Also hat man die Milliarden aus der BRD auf verschiedenen Banken des westlichen Europas deponiert, einfach als Zeichen der eigenen Bonität. Liquiditätsguthaben nennt man das wohl, nicht wahr.«

»Aha. Einen Kredit aufnehmen, um als kreditwürdig da zu stehen. Das ist ja ganz interessant, aber nicht so spektakulär, finde ich. Vor allem: Was hat das mit Molecule zu tun?«

»Das ist die Frage, nicht wahr? Ich muss Sie noch etwas mit dem Kredit langweilen, dann werden Sie es sehen. Die Konditionen waren sehr günstig für die DDR: Die Zinsen lagen lediglich einen Prozentpunkt über dem damaligen Leitsatz, sehr billiges Geld. Als Häuslebauer haben Sie mehr zahlen müssen. Und Sie wissen bestimmt, dass man gute Zinsen für Festanlagen bekommt. Jetzt zählen Sie eins und eins zusammen …«

Glottke lehnte sich weise lächelnd auf der Couch zurück und wartete, ob sein Publikum die richtigen Schlüsse ziehen würde.

»Sie wollen sagen, dass die Milliarde mehr Zinsen gebracht als gekostet hat? Die DDR hat ein Geschäft damit gemacht?«

»So ist es! Meine Quellen beim SWR bestätigen mir, dass der erzielte Profit von Firmen der Kommerziellen Koordinierung abgeschöpft worden ist, namentlich Fenematex B.V. und M.P.T.C. Electronic Ltd.«

»Das sind genau die, die von BMTI als Strohmänner eingesetzt wurden!«

»Ja. Wenn ich Ihnen jetzt noch sage, was die CIA mir gesteckt hat … Das Startkapital von Molecule, Van Heufeldens Firma, wurde von Bavaria Micro Technologies Investment zur Verfügung gestellt. Na, was sagt Ihnen das?«

»BMTI hat diese KoKo-Firmen als Strohmänner benutzt, um Anteile an Start-Ups zu kaufen. Aber wenn die den Zinsgewinn vom Milliardenkredit zur Verfügung hatten: Heißt das, dass Molecule mit diesem Geld gegründet worden ist? Alle Welt dachte, Patrick Sawyer hätte das Erbe seiner Eltern in Molecule investiert, weil er sich für van Heufeldens Ideen so begeisterte.«

»Nein, nach meinen Informationen waren die nicht sehr vermögend. Eher im Gegenteil. Sawyer ist eine Marionette, nicht wahr.«

Allison hatte sich bis dahin aus der Diskussion rausgehalten, aber jetzt stellte sie die Fragen, die auch schon in Michaels Hinterkopf gelauert hatte.

»Warum weiß man nichts darüber? Die DDR war doch geradezu besessen davon, zu allem Möglichen und Unmöglichen Akten anzulegen. Von so einem Manöver hätte man in den letzten zwanzig Jahren doch bestimmt was ausgegraben. Und außerdem: Soviel Aufwand, nur um eine Computer-Firma zu gründen? Das hätte doch auch unauffälliger über die Bühne gehen können. Strauß, der Milliardenkredit, van Heufelden … Alles sehr schlagzeilenträchtig. Nicht gerade das, was man eine verdeckte Operation nennen würde.«

Auf Glottkes Stirn verdoppelten sich die Runzeln, seine zusammengekniffenen Augen warfen Falten wie ein Seidenlaken, auf dem eine Katze losspurtet. Er hat sie für doof gehalten, dachte Michael. Wahrscheinlich waren Glottkes Ansichten über Frauen so alt, wie er aussah.

»Ich kann Ihre Frage beantworten, Frau Koslowski, wenn auch ein guter Teil Vermutung dabei ist: Die Informationen von CIA und SWR überschneiden sich kaum, dort konnte man nicht die richtigen Schlüsse ziehen, weil jeweils die andere Hälfte fehlte. Die CIA weiß, dass Molecule mit Geld von Strauß gegründet wurde, aber man nahm an, dass es aus seinem Privatvermögen stammte. Damals kam der Verdacht auf, dass Strauß eine dicke Provision für die Vermittlung des Kredites erhalten und in der Schweiz deponiert hatte, bei der Banque Tricatet. Der SWR wusste von dem Zinsgeschäft, auch, dass der Profit von der KoKo kassiert wurde. Allerdings gingen die davon aus, dass das Geld in der DDR bleiben würde. Nach der Wiedervereinigung hätte man vielleicht ein paar Bruchstücke zusammensetzen können …«

»… aber das wird Schlüter wohl unterdrückt haben«, warf Michael ein. »Man sagte mir, dass die Behörde für die Stasi-Unterlagen ziemlich schnell unterwandert wurde.«

»Ja, aber damit hat Schlüter nichts zu tun.«

»Wieso? Die Stasi hat ihn im Sack gehabt, weil er Spielschulden hatte. Nach der Wiedervereinigung wollte er das abhaken und hat alle relevanten Unterlagen vernichten lassen; klingt doch plausibel.«

»Auf den ersten Blick schon, aber man muss ja auch hinter die Kulissen schauen, nicht wahr? Eckhard Schlüter war ein Doppelagent!«

*

Glottke zündete sich eine weitere Zigarette an. Michael bemerkte, dass er verstohlen seine Zuhörer musterte. Allison war natürlich unbeeindruckt geblieben, was Glottke wohl enttäuschte. Aber Michael selber war verwirrt. Dieses Steinchen passte nicht in sein Mosaik.

»Schlüter war IM Edgar Schiller, oder? Er hat für ›Nachwuchs‹ die Papiere besorgt. Er hat unter dem Mantel von Strauß' Namen BMTI gegründet, um mit der Kohle aus dem Milliardenkredit wiederum Molecule zu gründen.«

»Das ist alles richtig. Ich muss etwas weiter ausholen …«, begann Glottke.

»Ja, prima, nur zu.«

»Sie haben schon von Günther Guillaume gehört, nicht wahr? Persönlicher Referent von Willy Brandt und Ost-Spion. Nachdem er enttarnt wurde und Brandt Anfang '74 deshalb zurückgetreten war, gaben wir dem Vizeaußenminister der DDR zu verstehen, dass zukünftig von den Geheimdiensten gewisse Grenzen eingehalten werden sollten, sonst käme es zu schwerwiegenden Belastungen für die zwischenstaatlichen Beziehungen. Für eine Zeit lang herrschte Ruhe im Karton, aber es war abzusehen, dass das MfS weitere Versuche starten würde, hochrangige Regierungsbeamte für seine Zwecke einzuspannen. Also haben wir ein paar Köder ausgelegt. Das war Ende der Siebziger.«

»Schlüter war einer davon.«

»Ja. Die angeblichen Spielschulden entstanden alle in einem Casino, dessen Geschäftsführer mit uns zusammenarbeitete. Schon bald trafen bei der Stasi Berichte ein über die Zehntausende, die Schlüter dort verlor. Man sprach ihn an und schon war er drin. Nun, ganz so einfach ist es wohl nicht gewesen damals, aber von den komplizierteren Fallen haben kaum welche zugeschnappt.«

»Schön und gut, aber das ändert ja nichts an seiner Beteiligung, oder? Und gerade weil er beteiligt war, müsste sich doch was finden lassen zu dieser Geschichte.«

»In den Stasi-Unterlagen nicht unbedingt. Sie sagten selber, die Behörde wäre unterwandert worden. Vielleicht hat van Heufelden dort die richtigen Leute geschmiert …«

»Gut, aber Schlüter wird doch für den BND irgendwelche Berichte geschrieben haben.«

»Nicht zwingend. Bedenken Sie seine Position: Er war damals schon in einflussreicher Stellung beim bayrischen Verfassungsschutz, und Vertrauter des bayrischen Ministerpräsidenten. Gut vorstellbar, dass der BND ihm Autonomie und Verschwiegenheit zugesichert hat. Meine Informationen basieren auf einem Gedächtnisprotokoll des stellvertretenden Präsidenten des BND vom Dezember 1979 ... Sie sehen, welchen Rang diese Sache hatte, nicht wahr?«

»Das mit der Autonomie muss ich so verstehen: Er sollte so tun, als ob er den Forderungen der Stasi folgte, aber gleichzeitig diese Forderungen nach eigenem Gutdünken melden oder sogar sabotieren?«

»So wird das wohl sein, nicht wahr?«

Dann war vielleicht Schlüter derjenige, der sich statt Rottkamp um die vertraglichen Feinheiten von BMTI kümmern wollte, dachte Michael. Schlüter musste das mit den 25 Jahren gewusst haben. Ziemlich schlau. Wahrscheinlich hatte man alles genau geprüft, aber daran nicht gedacht. Als Strauß dann starb, war das Geld auf Eis gelegt. Aber Schlüter konnte seine Hände in Unschuld waschen.

»Als wir mit Penner sprachen, hatte ich den Eindruck, dass diese Sache, in die Schlüter verstrickt war, zwar sehr ehrgeizig angelegt, aber nicht komplett abgesegnet war. Kann es sein, dass man deshalb nichts in den Stasi-Unterlagen findet, weil da ein paar einzelne Mitglieder ihr eigenes Süppchen gekocht haben?«

»Davon müssen wir ausgehen, Herr Eichendorf. Schalck-Golodkowski, der Leiter der Kommerziellen Koordinierung, wusste von diesem Manöver nichts, da bin ich mir fast sicher. Er ist kurz vor dem Ende der DDR nach West-Berlin geflohen, weil er befürchtete, als Sündenbock für den wirtschaftlichen Zusammenbruch herhalten zu müssen. Damals hat er uns äußerst detailliert die Arbeitsweisen der KoKo geschildert. Aber wenn Sie seine Aussagen lesen, werden Sie zwischen den Zeilen deutlich den Stolz darüber finden, wie er das verachtete kapitalistische System mit dessen eigenen Mitteln über den Tisch gezogen hat; so ein raffiniertes Konstrukt wie die Abschöpfung des Milliardenkredits hätte er bestimmt nicht verschwiegen.«

»Das heißt, innerhalb der KoKo muss jemand gesessen haben, der den Zinsgewinn an Schalck-Golodkowski vorbei geschmuggelt hat. So kontrollwütig, wie das DDR-Regime war, wird das nicht einfach gewesen sein.«

Michael dachte an den Kölner Richter Krebbing und an den Ex-Stasi-Offizier Penner. Beide hatten von Gruppen innerhalb der Stasi erzählt. Nach außen hatte die DDR immer wie ein geschlossener Block real-sozialistischer Bürokraten gewirkt, auch vor Michaels geistigem Auge tauchte immer eine Armee gleichgeschalteter Honecker- und Mielke-Klone auf, wenn er an die Zeit vor dem Mauerfall dachte. Dass dort ebenfalls politische Grabenkämpfe geführt worden waren, sickerte erst langsam in sein Bewusstsein. Unter dieser Voraussetzung war es allerdings plausibel, dass in der Kommerziellen Koordinierung ebenfalls jemand einen eigenen Schal strickte.

»Sie sollten mal mit Paula Müller sprechen, Herr Eichendorf.«

Müller. Mühle. Die Codenamen der Stasi waren nicht sehr originell. Aber hinterher ist man immer schlauer.

»Wer ist das?«

»Frau Müller war seinerzeit bei der KoKo für die Abwicklung der Milliardenkredite zuständig. Ich denke mir, dass sie Ihnen einige interessante Details verraten könnte ...«

»Mag sein. Haben Sie eine Ahnung, wo wir die finden können?« Michael war enttäuscht. Die wesentlichen Fragen schienen ihm beantwortet: Van Heufelden wollte an die Hälfte von Molecule und gleichzeitig die Umstände der Firmengründung vertuschen; Michael war ihm ins Gehege gekommen und sollte abserviert werden. Die Einzelheiten waren ihm egal. Eigentlich war Schlüters Rolle dafür auch nicht so relevant, außer, dass er für die Verzögerung gesorgt hatte. Wichtig war: Michael würde einen Weg finden, van Heufelden auffliegen zu lassen. Sollte die Bundesstaatsanwaltschaft die Fakten hinterher sortieren. Sollten die sich an Frau Müller abarbeiten.

»Ja, ich kann Ihnen eine Adresse geben. Frau Müller wohnt im Westen der Stadt.« Glottke kramte in einer eicherustikalen Kommode nach Schreibzeug und kritzelte mit Kugelschreiber auf einen Briefumschlag. Er reichte Michael die Adresse, fasste ihn am Arm und blickte mit sorgengekrümmten Brauen zu ihm hoch.

»Herr Eichendorf, lassen Sie mich Ihnen noch eines sagen: Ich habe das Gefühl, es geht noch um mehr als nur die Hälfte von Molecule. Ginge es nur um Geld, würde diese ganze Affäre wesentlich unspektakulärer behandelt werden. Ich glaube, man zieht Sie mit voller Absicht in solch blutrünstige Gewalttätigkeiten ...«

»Ja, All ... Frau Kowalski vermutet auch, dass ich als Sündenbock aufgestellt werden soll ...« Er deutete zu Allison. Aus ihren Augen schossen Blitze. Was denn, ich habe doch noch die Kurve gekriegt, Glottke wird denken, ich hätte »Äh« gesagt. Aber Glottkes Augen waren so weit aufgerissen, dass die Haut drum herum nahezu gestrafft war, seine Stirn allerdings legte sich in so tiefe Runzeln, dass eine Stubenfliege darin verschwunden wäre. Er staunte Allison an.

»Sie heißen Kowalski?«

*

»Ist doch egal, wie ich heiße«, sagte Allison. Michael sah, dass sie ihre Waffe ein wenig in Glottkes Richtung bewegte. Aber der hatte es nicht bemerkt, oder er ließ sich nicht beirren, und sprach aufgebracht weiter.

»Mein Gott! Als ich die Amateurvideos von der Schießerei gestern gesehen habe, dachte ich, Sie wären die Freundin von Herrn Eichendorf, vielleicht eine Polizistin, oder eine Spezialagentin des Verfassungsschutzes oder etwas in der Art. Aber das stimmt nicht, oder? Herr Fastenrath hat Sie engagiert, nicht wahr? Mein Gott, das hätte ich nicht gedacht!«

»Ja, das stimmt - na und?« Michael fühlte sich wieder einmal wie von einem Insiderwitz ausgeschlossen. Der alte Mann ereiferte sich mimisch über Michaels Unwissen und ignorierte Allison völlig, obwohl ihr anzumerken war, dass sie ihm ein Stück Blei in den Kopf transplantieren wollte.

»Herr Eichendorf, ja, wissen Sie denn nicht, wer die Kowalskis sind?«

»Doch: Die betreiben eine Drei-Sterne-Pommesbude.« Ein lahmer Spruch, aber Michael genoss für einen Augenblick das gelächelte Kompliment von Allison und Glottkes Verwirrung. So genau wollte er nicht wissen, wer die Kowalskis sind.

Glottkes Unverständnis hielt nur zwei Sekunden. Dann lief eine Welle der Empörung durch seine Gesichtshaut, die freche Antwort hatte seinen Drang verstärkt, Michael die Wahrheit um die Ohren zu hauen.

»Humbug! Das sind Auftragsmörder!«

Michael war selber erstaunt, wie wenig ihn diese Worte trafen. Glottke sah, dass seine Worte wenig Eindruck gemacht hatten und legte nach.

»Die Kowalskis sind wahrscheinlich für den Tod von Dutzenden Personen aus Politik und Wirtschaft verantwortlich, und zwar in ganz Europa! Gegen entsprechende Bezahlung tötet dieses Mädchen jeden!«

»Nicht jeden«, widersprach Allison. »Aber Dein Preis ist gerade auf fünf Euro neunzehn gefallen, alter Quatschkopf.«

»Sie machen mir keine Angst! Ich weiß von Ihren Prinzipien! Sie werden mir nichts tun, wenn niemand Sie beauftragt!« Glottke beugte sich vor.

»Herr Eichendorf, ich will gar nicht wissen, wie viele Menschen diese Frau schon getötet hat. Aber wenn Sie sich weiterhin ihrer bedienen, klebt auch an Ihren Händen Blut, nicht wahr! Ich kann das nicht gutheißen! Auch, wenn verschiedene Geheimdienste diese Sippe schon engagiert und sich die Hände an denen schmutzig gemacht haben! Ich war immer dagegen! Wenn jetzt noch das Andenken von Herrn Ommerborn ...«

»Frau Kowalski hat mir in den letzten Tagen mehr als einmal das Leben gerettet, Glottke, sie hat Thomas' Mörder erledigt und mir geholfen, seine Familie in Sicherheit zu bringen. Mag ja sein, dass Sie eine Attentäterin ist, aber das qualifiziert sie doch wohl am besten, mich gegen den Haufen Killer zu schützen, den ich am Bein habe. Vielleicht sollten Sie mal versuchen, die Wahl Ihres alten Freundes Fastenrath nachzuvollziehen.

Aber es ist natürlich leicht, sich in einem Loch zu verstecken und mit moralischen Weisheiten ausgerechnet die Leute erleuchten zu wollen, denen die Kugeln um die Ohren fliegen. Das ist ein Krieg, Glottke, und keine Meisterschaft im Sesselfurzen.«

Michael stand auf und wollte gehen, aber Kowalski hielt ihn auf.

»Er kann mich beschreiben.«

»Das können viele«, sagte Michael.

»Machen aber wenige. Aber er hier wird die Bullen anrufen, sobald wir hier raus sind. Oder sonstwen.«

Michael drehte sich zu Glottke um, der auf der Couch erstarrt war.

»Herr Glottke, ich danke Ihnen für Ihre Hilfe und ich fühle mich Ihnen über Thomas verbunden. Aber wenn Sie irgendjemandem auch nur einen Ton von meiner Partnerin erzählen, wird die sich hinter mir anstellen müssen, wenn es darum geht, Ihnen den Hals umzudrehen. Wir verstehen uns, nicht wahr?«

Glottke nickte halb erleichtert, halb resignierend. Michael verließ das Zimmer und hoffte, dass Allison seinem Urteil vertraute.

Erst vor der Wohnungstür drehte Michael sich um. Kowalski stand noch im Türrahmen des Wohnzimmers. Sie steckte den Colt in das Holster und folgte Michael nach draußen.

»Lebt er noch?«

»Ja. Ich hoffe für Dich, dass ich das nicht bereue. Aber den Schuss hättest Du wohl gehört, Schlauberger?«

»Ich weiß nicht … Vielleicht hast Du ja das Messer geworfen.«

Kowalski schwang ihre Jacke zurück. Das Messer steckte noch in seiner Scheide. Michael zog es heraus. Keine Blutspuren. So schnell war sie nicht, dass sie in den paar Sekunden Glottke mit dem Messer hätte töten, das Blut abwischen und dann ohne sichtbare Zeichen der Anstrengung gemütlich Michael hinterher trotten können. Oder? Michael forschte in ihren Augen, entdeckte aber keine Reue oder Verlegenheit. Natürlich nicht.

»Du traust mir nicht«, stellte sie fest.

»Doch, einigermaßen. Aber aus Not, nicht aus Überzeugung.«

»Aha. Weißt Du, mit Dir hat man es nicht leicht. Ich weiß nie, ob ich Dir in den Arsch treten oder Dich ficken soll.«

»Das beruht auf Gegenseitigkeit.«

Allison schob den Kinderwagen, der ihr auf der Balustrade im Weg stand, zwei Meter vor sich her. Als eine halb demontierte Küchenspüle die weitere Durchfahrt blockierte, hob sie den Kinderwagen über die Brüstung, ließ ihn fallen und sah mit Befriedigung zu, wie er sich beim Aufprall zerlegte.

»Tja, wenn Vertrauen nicht die Grundlage unserer Beziehung ist, dann muss es wohl Sex sein. Übrigens ist das sowieso besser, weil ich gehört habe, dass Beziehungen, die auf extremen Erfahrungen beruhen, nicht von Dauer sind.«

Michael kickte eine halbvolle Dose vom obersten Treppenabsatz und erfreute sich an dem Lärm, mit dem sie eine halbe Etage tiefer aufschlug und an der Pfütze Rest-Cola, die sich auf dem Betonboden ausbreitete. Die These, dass eine vermüllte Umgebung das Verhalten verprollt, leuchtete ihm ein.

»Beziehung? Haben wir denn eine? Abgesehen vom Geschäftlichen? Wie soll es denn Deiner Meinung nach mit uns weitergehen, wenn übermorgen …«

Allison war auf der letzten Stufe stehen geblieben, hatte ihn vorbeigehen lassen, ihn an den Schultern gepackt, zu sich gezogen und mit einem Kuss zum Schweigen gebracht. Ihre Brüste drückten sanft gegen seine Rippen, er legte die Hände auf ihre Hüften. Als sie ihre Lippen von seinen löste, hatte er nur noch eine verschwommene Erinnerung an irgendeinen Satz, den er beenden wollte. Sie stand eine Stufe höher als er, war damit einen oder zwei Zentimeter größer. Sie hatte ihre Lider wieder nur halb geöffnet.

»Danke!«, sagte sie.

»Wofür?«

»Dafür, dass Du Runzelmännchen daran hindern wolltest, mich bloßzustellen.«

»Ich kam mir vor wie ein Idiot.« Michael sah zu Boden. Er stand in der Colapfütze, die er selbst verursacht hatte.

»Kann ich mir denken. Ich bin ziemlich froh, dass Dich mein Beruf nicht abstößt. Ich wollte Dir das nie sagen, weil ich dachte, Du würdest dann rotieren. Und eigentlich sehen wir uns auch mehr als Söldner. Auftragsmord ist nur ein Teil unserer …«

»Schon in Ordnung.« Das war gelogen. Er löste sich von ihr, suchte eine Ablenkung.

»Scheiße, das gibt klebrige Sohlen!«

Allison lachte und nahm Michaels Hand, sie gingen zum Xantia. Ist sie deshalb so berührungsfreudig? Weil sie andere Menschen üblicherweise nur durch Zielfernrohre sieht?

»Übrigens, das mit den ›Beziehungen, die auf extremen Erfahrungen beruhen‹, weißt Du, aus welchem Film das ist? Rate mal: Sandra darf mit dem Bus nicht langsamer als 55 fahren. Na?«

»Ja, kenne ich, das ist …«, begann Michael automatisch.

»Also, wenn man mich fragt, wird Keanu übrigens völlig unterschätzt. Alle sagen immer, der wäre hölzern, aber wenn man mal genau hinschaut, haben Menschen gar nicht so eine übertriebene Mimik, wie uns die meisten Schauspieler weis machen wollen. Leider. Aber so gesehen bildet der doch die Realität ab. Guck Dir dagegen die ganzen sogenannten Großen an: Etliche von denen übertreiben total, nur werden die dafür …«

Michael hörte nicht mehr hin. Er hatte nie so genau wissen wollen, womit Kowalski ihr Geld verdiente. Natürlich konnte er sich ungefähr denken, was es war. Aber Gewissheit hätte er gerne vermieden.

*

»Wohin jetzt? Zu der Milliarden-Trulla? Wo wohnt die?« Allison hatte ihr Navigationsprogramm aufgerufen.

»Nein. Ich glaube, das ist erst mal nicht so wichtig. Lass uns zu Akten-Schieber fahren. Ich will sehen, ob wir da noch was finden …«

»Was denn zum Beispiel?«

»Ich weiß es nicht genau. Aber Glottke hat recht: Es muss um mehr gehen als nur um die Aktienmehrheit an Molecule, sonst würde man nicht so ein Spektakel inszenieren. Ein weiteres Indiz: Glonsbeck hätte die Akte von Strauß dem Finanzamt angeboten, nicht dem Verfassungsschutz. Er meinte ja, das Finanzamt würde seine Belohnung spendieren, aber wenn es nur um mögliche Steuergewinne ginge, wäre er direkt zu denen gegangen.«

Als er es aussprach, wurde Michael erst klar, was das bedeutete. Die halbe Stunde, die er Glonsbeck hatte ertragen müssen, hatte ausgereicht, eine tiefe Abneigung gegen den ehemaligen Volksarmisten zu entwickeln. Aber bei aller Antipathie - Glonsbeck war kein Dummkopf gewesen. Er hatte die Akte garantiert der Behörde angeboten, die das meiste Interesse daran haben würde. Und da das der Verfassungsschutz war, konnte man davon ausgehen, dass die Verfassung vor dem Inhalt der Akte geschützt werden musste. Eigentlich naheliegend. Michael verfluchte sich, dass er nicht früher darauf gekommen war - hatte er deshalb wichtige Informationen übersehen?

»Und Du meinst, in Rottkamps staubigen Akten findest Du die Lösung?«, fragte Allison.

»Ich hoffe es, ja. Ich denke mir die ganze Geschichte so: Van Heufelden ist hier, um sich die Tafelpapiere zu krallen. Fischer steht aus irgendeinem Grund auf seiner Gehaltsliste. Als Glonsbeck ihm die Akte anbietet, die van Heufelden belastet, stricken sie schnell einen Plan zusammen, diese Akte zu bekommen, wobei ich vorgeschoben werde als der Idiot, auf den man die Schuld abwälzen kann. Das geht nicht ganz so glatt, wie Fischer sich das erhofft hat. Keine Ahnung, ob van Heufelden in Panik gerät, oder ob er das kalt geplant hat, aber er denkt sich wohl, dass er bei der Gelegenheit alle möglichen Zeugen ausschalten kann. Er braucht nur dafür zu sorgen, dass ich zur Stelle bin. Bei Helga hat's ja geklappt. Penner war zwar loyal, aber so ein guter Freund auch wieder nicht, dass man ihn vor uns geschützt hätte. Wenn er sich nicht selber umgebracht hätte, wäre er vielleicht auch mit der Tokarev erschossen worden, wer weiß. Rottkamp hat den ganzen Papierkram gemacht und wusste wohl am besten Bescheid über alles. Vielleicht wurde ihm die ganze Angelegenheit zu blutig. Jedenfalls wollte van Heufelden ihn auch aus dem Weg räumen. Und mich gleichzeitig weiter reinreiten.

Ich kann mir nur denken, dass wir früher da waren, als die sich ausgerechnet hatten. Der mit der Tarnhose war doch mit Rottkamps Laptop beschäftigt, als wir kamen. Wahrscheinlich hat er gerade nach Dateien gesucht, die zu diesem Archiv führen. Den Rechner klauen oder komplett plätten, dafür hätte ich als angeblicher Mörder ja keinen Grund gehabt. Das deutet für mich darauf, dass Rottkamp irgendein reales Dokument hat, einen belastbaren Beweis. Das wird er hoffentlich nicht zu Hause oder im Büro versteckt haben. Da könnten wir sowieso nicht suchen, weil wir dann garantiert der Polizei auf die Füße treten.«

»Das ist insgesamt reichlich dünn.«

»Ja, ich weiß. Aber sonst fällt mir nichts ein.« Michael sah Allisons Einwand kommen und schob eine vorauseilende Rechtfertigung nach. »Ich habe gerade einfach keinen Bock mehr auf alte Leute. Zu der Müller können wir später noch fahren.«

»Das ist wieder so eine typische, eichendorf'sche Trotzreaktion. Aber Glottke war wirklich kacke, stimmt schon. ›Nicht wahr? Nicht wahr?‹ Fürchterlich. Ok, wo ist das Aktenlager?«

»Flottenstraße. Hausnummer weiß ich nicht mehr, aber da wird ja wohl irgendwo ein Firmenschild stehen.«

Allison tippte den Straßennamen ein und fuhr los.

*

Nach fünf Minuten Fahrt platzte eine Frage aus Michael.

»Würdet Ihr so einen Auftrag auch annehmen? Rottkamp umlegen und die ganze Familie?«

Allison sah ihn genervt an. Aber was hatte sie erwartet, dachte Michael. So einfach konnte er nicht darüber hinweg gehen, wie sie ihre Brötchen verdiente.

»Wenn wir das gemacht hätten, wäre nur Rottkamp tot. Sonst niemand. Meinst Du wirklich, ich würde was mit Kinderschändern zu tun haben wollen? Solche Typen stellt mein Chef nicht ein. Im Gegenteil …« Michael sah ihr an, dass sie den versickerten Satz in Gedanken vollendete. Er wusste nicht, wie er sie dazu bringen konnte, diesen Gedanken auszusprechen. Aber der Damm war gebrochen, die Flut seiner Fragen musste sich einen Weg bahnen.

»Wie lange machst Du das schon? Wie viele Leute hast Du schon getötet? Wer sind denn Eure Kunden? Wie viel kostet das?«

»Lange, einige, ganz verschieden, ziemlich viel.«

»Haha. Jetzt mal konkret und der Reihe nach: Wie lange machst Du das schon?«

»Das geht Dich nichts an.«

»Natürlich geht mich das was an! Immerhin haben wir miteinander geschlafen!«

»Na und? Was hat das damit zu tun? Haben wir mit unseren Körperflüssigkeiten irgendeinen Vertrag besiegelt? Tut mir leid, da habe ich wohl das Kleingedruckte übersehen! Oh, da steht es ja: Paragraph Neunundsechzig, postkoitale Offenbarungsverpflichtung!«

Michael wusste nicht, ob er sich entschuldigen oder noch weiter bohren sollte. Er entschied sich für beides.

»Gut, ja, Du hast recht … Du bist zu nichts verpflichtet. Aber Eines wüsste ich doch ganz gerne: Warum machst Du das, Menschen töten?«

»Weil ich es kann.«

»Das ist alles?«

»Muss da mehr sein?«

»Ich würde das gerne verstehen. Selbst die Beweggründe von Terroristen kann man meistens noch irgendwie nachvollziehen. Muss man ja nicht gutheißen. Aber Du bist eine 1A-Massenmörderin! Du bist kein bisschen besser als zum Beispiel Ratko Gorassović!«

»Ratko Gorassović? Das Monster? Mit dem vergleichst Du mich? Junge, Du bist so kurz davor, Dir eine richtig fiese Fleischwunde einzufangen! Hast Du überhaupt eine Ahnung, was der …«

»Ja. Ich weiß sehr gut, was der gemacht hat.«

*

»Schlangengrube, hier ist Natter. Hören Sie mich?« Während Omme links neben ihm auf die Antwort wartete, verschwendete Michael wieder mal einen Gedanken daran, den Idioten zu finden, der sich diese dämlichen Namen ausdachte und ihn in eine Latrine zu schubsen. Rechts neben ihm lag Martin »Gurke« Czajka und starrte durch sein Fernglas.

»Natter, hier Schlangengrube. Laut und deutlich.« quäkte es aus dem Hörer des Funkgeräts. Omme hielt die Muschel einen Zentimeter von seinem Ohr entfernt, so dass Michael mithören konnte.

»Wir haben Position eingenommen südlich von Zatrić. Ratko Gorassović ist hier.«

»Was, echt? Das Monster?« Schlangengrube vergaß für einen Moment die Funkdisziplin.

»Positiv. Wir haben ihn im Visier.«

Die nächste Antwort ließ auf sich warten. Eine andere Stimme.

»Natter, Taskforce Süd ist benachrichtigt. Beobachten Sie weiter. Wir warten auf Anweisung.«

»Schlangengrube, Gorassović hat mit drei Helfern einen Haufen Kinder in ein Gebäude getrieben. Wir befürchten, er plant irgendwas. Erbitte Erlaubnis, einzuschreiten und ihn festzunehmen.«

»Negativ, Natter. Sie kennen das Mandat.« Das Mandat übersetzt: Hoffen, dass Albaner und Serben sich nicht gegenseitig umbringen würden, wenn ein Ausländer daneben steht. Und wenn sie es doch tun: Däumchen drehend zuschauen. Wenn man selber angegriffen wird: Die andere Wange hinhalten. Schönes Mandat.

»Omme, die kleben die Türspalte von außen ab!« Czajka ließ das Fernglas sinken. Er war kreideweiß. Jeder von ihnen wusste, womit Gorassović sich seinen Spitznamen verdient hatte.

»Schlangengrube, Gorassović wird die Kinder vergasen! Erbitte dringend Erlaubnis zur Intervention!«

Omme wartete zehn Sekunden auf die Antwort, dann wiederholte er seine Meldung. Nach weiteren zehn Sekunden kam die Antwort.

»Negativ, Natter! Sie kennen die Befehle!«

»Schlangengrube, bitte wiederholen!«

»Negativ! Keine Intervention!«

»Wir sollen als deutsche Soldaten zusehen, wie Kinder vergast werden? Wollt Ihr mich verarschen?«

»Sie kennen die Befehle!«

»Leck mich!«

»Sie werden sich verantworten …«

Omme ließ den Hörer einfach fallen.

»Wir greifen ein!«

Michael und Czajka nickten stumm und machten sich bereit. Czajka warf einen letzten Blick durch sein Fernglas.

»Gott!« Czajka hatte mühsam einen Schrei unterdrückt. Michael schaute über sein Visier zu der Schule und sah gerade noch, wie einer von Gorassovićs Helfern ihm einen schwarzen Kasten mit vier großen Knöpfen in die Hand gab. Das Monster sagte irgendwas und drückte einen der Knöpfe. Dann gab er den Kasten wieder ab und fummelte an seiner Armbanduhr herum.

Michael schwenkte auf das Schulgebäude. An einem der Fenster presste sich ein Junge von vielleicht zehn Jahren die Nase an der Scheibe platt. Er drehte sich um, irgendetwas passierte hinter ihm. Dann fing er an zu husten. Drehte sich wieder um. Er hatte Angst.

Der Junge hämmerte vergeblich gegen das Fenster. Plötzlich übergab er sich. Überrascht sah er zu, wie sein Erbrochenes auf der Glasscheibe nach unten lief, dann begann sein Körper zu zucken, wie in einem epileptischen Anfall. Schließlich brach er zusammen.

Zweihundert Meter entfernt schloss Michael die Augen.

Als er sie wieder öffnete, war die Farbe aus der Welt gewichen. Dafür stand Gorassovićs Kopf in unerträglicher Schärfentiefe vor ihm, beinahe zum Greifen nah.

Das Monster lachte, zeigte auf seine Uhr und nickte.

Die Kugel traf Gorassović in die rechte Wange. Er drehte sich um, presste seine Hand auf den blutenden Mund.

Es war doch windiger, als Michael gedacht hatte. Die nächste würde sitzen.

Czajka hatte Tränen in den Augen, als er den Lauf von Michaels Gewehr zu Boden drückte.

*

»Au, Backe. Wegen Dir hat er jetzt Goldzähne? Aber lass mich raten: Du hast Dich dann mit Czajka gestritten, und das Monster ist in dem Trubel abgehauen.«

»Ja. Von Süd haben wir den Befehl zur Rückkehr bekommen. Hätte sowieso keinen Sinn mehr gehabt. Gorassović war weg. In die Schule wollten wir nicht gehen, weil wir keine Ausrüstung dabei hatten. Und wir wollten uns auch nicht die Leichen angucken. Eine Stunde später kamen ein paar Hubschrauber mit Kampfmittelräumern. Was für ein Scheißjob.

Uns hat man zurückgeflogen, nach Neproshteno. Ich bin sofort nach Prizren zitiert worden und musste mich dort vor irgendwelchen Schreibtischkämpfern verantworten, die mich über die politische Bedeutung des KFOR-Einsatzes aufklären wollten. Es wurde laut. Kann auch sein, dass ich die falsche Sorte Argumente vorgetragen habe.«

Michael schaffte es, ein bitteres Grinsen zu produzieren.

»Die Feldjäger, die mich begleiteten, haben sich keine große Mühe gegeben, mich von diesem milchgesichtigen Oberleutnant zu trennen. Ich fand ja, dass ihn ein gebrochenes Nasenbein viel männlicher machte.«

»Das war das Ende Deiner Karriere beim Bund.«

»Ja. Du erinnerst Dich, dass ich ein Kriegsheld war. Vom Bundespräsidenten mit einem Orden ausgezeichnet, weil ich meinen Kameraden das Leben gerettet hatte. Indem ich ein kleines Mädchen ermordete. Deshalb konnten sie mich nicht total fertig machen. Und auch, weil so gut wie jeder andere Soldat an meiner Stelle genauso gehandelt hätte, bei Gorassović. Aber den Vorschriften musste natürlich genüge getan werden. Also degradierte man mich wegen Befehlsverweigerung, ließ aber die Anklage wegen Gefährdung von Zivilisten fallen.«

»Zivilisten, das war also Gorassović?«

»Richtig. Omme kam mit einer Verwarnung davon, aber letzten Endes hatte er ja noch gar keine Gelegenheit gehabt, irgendetwas falsch zu machen. Gurke wurde mündlich belobigt, aber er hat sich wohl erfolgreich dagegen gewehrt, dass diese Belobigung in seine Akten aufgenommen wurde.

Danach habe ich mein letztes halbes Jahr im Lager abgebummelt, meistens besoffen. Unter stiller Duldung meiner Vorgesetzten, solange ich keinen Streit anfing. Aber dafür war ich sowieso zu deprimiert.«

»Und das Monster ist immer noch aktiv. Als Freiberufler, soweit ich weiß. Ich höre ja so einiges in meiner Branche …

Also, ich bin ja nicht gerade für meine Einfühlsamkeit bekannt, aber sehe ich das richtig: Du bist vor allem deshalb so ein Miesepeter, weil man Dir einen Orden gab, als Du ein Mädchen erschossen hast, aber einen Arschtritt, als Du einen Mörder töten wolltest?«

»So in etwa, ja. Ich meine, das stellt doch irgendwie die ganze Idee von Gerechtigkeit in Frage, und dass ein demokratischer Staat wie unserer dafür eintritt, oder?«

»Wenn man an sowas glaubt: Ja. Kann ich nachvollziehen.«

»Und weißt Du, was mich am meisten frustriert?«

»Dass Du ihn nicht mit dem ersten Schuss erwischt hast. Hättest Du mal.«

»Genau. Dann hätte man mich von mir aus an die Wand stellen können. Das wäre es wert gewesen.«

»Das Mädchen wäre aber immer noch tot ...«

»Ja. Ich weiß. Aber ... wenn ich Gorassović getötet hätte ... Mit seinem Tod wäre mein Karma ausgeglichen, denke ich.«

»Ich verstehe, was Du meinst. Aber so etwas wie Karma gibt es nicht.«

Das hoffe ich für Dich, dachte Michael.

»Und eines sage ich Dir, Eichendorf: Du kannst mich ja gerne für moralisch verkommen halten. Ok. Mir egal. Ich brauche Deine Zustimmung nicht. Aber wenn Du die Kowalskis mit solchen Typen wie Gorassović vergleichst, dann ist das so, als ob Du einen Chirurgen Metzger nennst.«

*

Vier Minuten später: »Da: Akten-Schieber!« Allison zeigte auf das beleuchtete Schild. Sie fuhr hundert Meter weiter, bugsierte ihr Auto in eine Parklücke, stieg aus und wartete auf Michael. Er blieb sitzen, weil er noch einen Moment auf die entscheidende Idee hoffte, die ihm während der weiteren Fahrt nicht gekommen war. Die Idee, wie er mit Allison wieder ins Reine kommen sollte.

Die Idee kam nicht, also schälte er sich aus dem Xantia, steckte die Hände in die Hosentaschen und trottete ihr hinterher.

Sie liefen über einen großen Hof, mit Dutzenden Parkplätzen für die Firmen in den Gebäuden rundum. Der Eingang zu Akten-Schieber war mit einer flackernden Neonröhre beleuchtet. Allison inspizierte einen Magnetkartenleser neben der Tür, nickte zufrieden, zog ihr Smartphone aus der Tasche und hielt es dicht an den Kasten.

»Was machst Du da?«, fragte Michael.

»Kannst Du Dir doch denken.«

»Einbrechen, klar. Aber wie? Hackst Du das?« Es interessierte ihn nicht besonders, aber er nutzte dankbar die Gelegenheit zu vergleichsweise harmlosem Smalltalk.

»Bei diesen Dingern geht öfter der Kartenleser kaputt, vor allem wegen Vandalismus. Dann nutzt die Universalkarte vom Hersteller auch nichts mehr. Also baut man einen Bluetooth-Empfänger ein, damit der Monteur die Türe über Funk öffnen kann. Ich lade gerade einen passenden Code runter, dann können wir gleich rein. Ganz einfach. Aber ein Metzger könnte das wahrscheinlich nicht.«

Michael ignorierte die Anspielung auf ihre gekränkte Berufsehre.

»Schon Wahnsinn, was Dein Telefon so alles drauf hat. Wenn ich alleine an das Pass-Fälschen denke ... jetzt die Aktion hier ... Ich wette das Ding hat mindestens hundertmal mehr Rechenkraft, als die Amis gebraucht haben, um die Mondlandung ...«

»Ja, und früher hieß Twix noch Raider, Videospiel-Charaktere waren nicht mehr als ein Haufen bunte Klötzchen, trotzdem waren die Spiele besser, ein Megabyte für den Atari hat noch tausend Euro gekostet - Entschuldigung, tausend Mark - und die Programme waren Kreischgeräusche auf Kontakt-Kassetten. Ja, wir jungen Leute heute wissen gar nicht, wie gut wir es haben! Die Sprüche kenne ich echt zur Genüge, damit nervt mich schon mein Papa.«

Die Tür öffnete sich, Allison ließ Michael im Eingang stehen.

»Keiner da.«

Sie schaltete das Licht ein, er betrachtete das Panorama: Links neben der Eingangstür, die Michael hinter sich schloss, war ein kleiner Büroraum abgeteilt, mit durchgängig halbhohen Fenstern in den Wänden. Durch das Glas sah Michael einen kleinen Schreibtisch und billige Metallregale, die mit Putzutensilien, Paketschnur und anderem Kram gefüllt waren. Den Rest des Blickfelds nahmen drei Meter hohe Stahlschränke ein, die sich Rücken an Rücken in etlichen Reihen durch die etwa dreißig Meter lange und zwanzig Meter breite Halle zogen.

»Irgendwo ist hier sicher auch die Bundeslade versteckt«, sagte Michael und freute sich, dass seine Hoffnung bestätigt wurde: Allisons Mundwinkel hoben sich einen oder zwei Millimeter.

»Nicht schlecht.«

»Danke. Es heißt übrigens Compact-Cassette.«

»Was? Ach so. Alter Klugscheißer. Betonung auf ›alter‹«

*

Waren sie jetzt wieder so etwas wie Freunde? Waren sie das überhaupt schon mal gewesen? Michael hatte keine Ahnung, aber die Atmosphäre war wieder etwas entspannter. Immerhin.

»Nun leg mal los … Du müsstest Dich ja hier wie zu Hause fühlen«, sagte Allison.

»Wieso?«

»Na, ich dachte, Du wärst so ein Akten-Spezialist. Du hast doch beim Verfassungsschutz im Archiv gearbeitet.«

»Also, so anspruchsvoll ist das ja nicht. Ich habe meistens alte Berichte digitalisiert und dann geschreddert.«

»Ein Job der Könnte-jeder-Depp-Kategorie.«

»Wenn ich ehrlich bin: Ja.«

»Aber gut bezahlt, nehme ich an.«

»Naja, öffentlicher Dienst eben. Es hat gereicht. Aber ich konnte auch keine großen Sprünge machen, so fürstlich war es nun wieder nicht.«

Michael wandte sich dem kleinen Büro zu. Unter der transparenten Schreibtischunterlage lag eine Liste mit Kundennamen, denen Buchstaben und Ziffern zugeordnet waren. Er schob einen großen Glasaschenbecher, in dem ein Einwegfeuerzeug den Kippen Gesellschaft leistete, beiseite, um das Ende der Liste lesen zu können.

»... Priczinski, Qualtinger, Ranji, Renner, Rottkamp. R siebzehn Strich neun bis dreizehn.«

Michael lief an den Kopfenden der Schrankreihen entlang und las halblaut die Buchstaben vor:

»... JK, LM, OPQ, RS. So, hier.«

Er bog in die meterbreite Gasse zwischen den Stahlwänden und las die Schranknummern ab. Jedes der metallenen Ungetüme war mit zwölf Fächern ausgestattet, die sich - wie die Eingangstür - mit Magnetkarten öffnen ließen. Unwahrscheinlich, dass den Kunden zwei Karten zugemutet wurden, Allison würde auch diese Schlösser knacken können. Michael hätte auch keine andere Möglichkeit gewusst: Die Schränke sahen aus, als würden sie einer breiten Palette von Zerstörungswut widerstehen, sei es von Mensch oder Natur, ohne dass auch nur ein Kratzer in der Hammerschlag-Lackierung zu sehen wäre.

Allison zog ihr Telefon aus der Tasche und begann mit gelangweilter Miene, ein Fach nach dem anderen zu öffnen. Für Fach Nummer Fünf, das oberste in der zweiten Reihe, holte sie sich eine kleine Leiter aus dem benachbarten Gang. Michael nutzte die Gelegenheit, ihren anbetungs-würdigen Hintern zu betrachten und sich erneut zu wünschen, er hätte sie unter anderen Umständen kennengelernt. »Und, was machst Du so beruflich?«, hätte er gefragt, und sie hätte ihm irgendeine dumme Antwort gegeben, oder eher eine unverdächtige. Aber hätten sie sich unter anderen Umständen überhaupt kennengelernt? Unwahrscheinlich. Wo auch? Höchstens auf der Arbeit oder beim Einkaufen, es hatte in seinem Leben sonst nichts gegeben, was ihn aus der Wohnung gelockt hätte. Und auf seine schäbige, mürrische Erscheinung hätte sie bestimmt keinen zweiten Blick verschwendet, wäre nicht berufliche Notwendigkeit eingetreten.

»Alles offen. Worauf wartest Du?«

»Ich habe gerade überlegt, ob van Heufelden unter H oder unter V zu finden ist.«

»Aha. Und ich dachte, Du hättest Pläne geschmiedet, die Deine Hände auf meinen Arschbacken beinhalten. So kann man sich irren.«

Halb belustigt, halb frustriert davon, dass sie in ihm lesen konnte wie in einem offenen Buch, machte sich Michael über den Inhalt der Schubfächer her. Eine Minute lang stöberten sie ohne Erfolg durch die Reiter der Hängemappen, aber als er das vierte Fach aufzog, stieß Michael auf drei Exemplare, die sich durch das Fehlen jedweder Beschriftung und den roten Umschlag von ihren durchgängig blauen Verwandten abhoben. Zwei davon waren besonders prall gefüllt.

»Du musst jetzt ›Bingo‹ oder so etwas sagen.« Allison nahm ihm eine der dicken Mappen aus der Hand und blätterte durch die Seiten.

»Eine Liste mit Namen. Die sagen mir alle nichts. Doch, Moment: Kronfuß, Irene ... Ist die nicht Staatssekretärin im Innenministerium, oder so?«

Sie hielt Michael die Seite hin und zeigte auf den Namen. Er kannte die Frau nicht. Aber ein ganz ähnlich aussehendes Blatt bewahrte er seit elf Tagen in seiner Brieftasche auf.

»Such mal die Seite, wo Mühlenbeck drauf steht.«

Er kramte die gefalteten Seiten aus seiner Jacke und hielt die Namensliste neben die, die Allison aussortiert und auf die Hängemappen eines offenen Schubfaches gelegt hatte.

»Identisch«, sagte Allison. Sie blätterte durch die restlichen Seiten ihrer Mappe.

»Hier sind noch kurze Lebensläufe von den entsprechenden Personen. Ich hatte teilweise recht, die Kronfuß ist tatsächlich Staatssekretärin, aber im Wirtschaftsministerium. Soweit ich das sehe, stehen hier aber keine geheimen Informationen. Alles Kram, den man auch im Internet erfahren kann. Guck, die beiden Niederhofer-Brüder, der Journalist und der beim Fernsehen. So weit waren wir auch schon.«

Michael sah ihr über die Schulter.

»Irgendwas werden diese Leute gemeinsam haben, aber was?«, sprach er seine Gedanken aus.

»Vielleicht steht die Antwort da drin«, erinnerte Allison ihn mit einem kurzen Nicken an die Mappe, die er in seiner Hand vergessen hatte.

Geschäftsurkunden. Ein Herr Altdorf hatte im Februar '90 eine Firma namens Gebäudereinigung Warselow erworben, die vorher im Besitz der Anstalt Befimo, mit Sitz in Vaduz, Liechtenstein, war; 2005 hatte er die Firmenleitung seinem Sohn Norbert übertragen. Weitere Kopien belegten die Umbennung in CleanerCity und den Auftrag der Bundesregierung an CleanerCity, für die Sauberkeit innerhalb des Reichstagsgebäudes zu sorgen.

»Steht Norbert Altdorf auf der Liste?«, fragte Michael.

»Moment ... ja. Stellvertretender Sprecher des Fraktionsausschusses Bildung der SPD, Sekretär von Henning Schulte, dem Abgeordneten des Kreises ...«

»Schon gut. Guck, hier: Der putzt den Reichstag.«

Allison überflog die Kopien. »Hat er sich wohl ein dickes Geschäft zugeschoben. Oder zuschieben lassen.«

»Sieht so aus.« Aber das war höchstens Vorteilnahme oder Korruption, das Hintergrundrauschen des Politikbetriebes. Kein Grund, Massaker zu veranstalten. Michael las weiter.

Ein Mietvertrag zwischen Janna Christians und der Depot Mühlenbeck GmbH, Gegenstand war eine Lagerhalle in der Kastanienallee; Eigentümer von Depot Mühlenbeck war Hans-Werner Bug, der 1991 die bis dahin namenlose Firma inklusive der dazu gehörenden Gebäude von der Treuhand gekauft hatte. Weitere Dokumente, offensichtlich aus den Archiven der Treuhand, belegten die Nutzung der Gebäude durch die Kunst und Antiquitäten GmbH, einer Firma der Kommerziellen Koordinierung. Schon interessanter, dachte Michael. Allison fand auf seine Anfrage Christians und Bug in den Namenslisten, beide Politiker, sie SPD, er Linke.

Die Gewerbeanmeldung einer kleinen Firma namens RC-Fun, gegründet 2006 von einem Holger Runtel in Bochum, Nordrhein-Westfalen. Einzelanfertigungen von Spezial-Chips zur Reichweitenvergrößerung ferngesteuerter Modelle.

Februar 2012: Ein Anfrage von Gerold Steinmann aus Nürtingen in Baden-Württemberg an die FCG Intertrans für einen Schwerlast-Transport, Start und Ziel geschwärzt, Gewicht sechzig Tonnen. Ein Dokument von 1991 belegte eine Bürgschaft über zweihunderttausend Mark, Bürge unbekannt, als Startkapital für den damals 21-jährigen Manuel Wiczniewsky, um FCG Intertrans zu gründen. Wer bürgt für so einen Haufen Kohle bei einem so jungen Mann?

»Holger Runtel und Gerold Steinmann?«

Allison blätterte kurz. »Runtel ist Bezirksvorsitzender der Grünen in Bochum-Langendreer. Sonst nicht so viel Interessantes. Steinmann ist in der CDU, seit 1998 im Verteidigungsministerium. Übrigens: Dein Kumpel Fischer hieß doch mit Vornamen Benjamin, oder? Der steht hier auch drin.«

»Echt?«

»Ja. Hm. Mir kommt da so eine Idee.«

Sie blätterte eine Weile in den Akten und murmelte Zahlen vor sich hin.

»So. Pass auf: Fast drei Viertel von denen, die hier aufgeführt sind, arbeiten in irgendeiner Weise für die Regierung. Die meisten in der Politik, aber es gibt auch ein paar beim BND, außer Fischer noch sechs beim Verfassungsschutz und drei beim Militärischen Abschirmdienst. Rund vier Dutzend sind beim Bund. Etliche arbeiten für einen Sicherheitsdienst namens Bockmeier Security. Zehn oder elf arbeiten beim Springer-Verlag, acht oder neun bei Burda, fünfzehn bei der ARD, beim ZDF waren es sechs, glaube ich …«

»Wo ist da der Zusammenhang?«

»Siehst Du das nicht?«

»Nein … was soll ich da sehen?«

»Ok, dann was anderes: Alle Personen auf dieser Liste sind zwischen 1968 und 1980 geboren worden, soweit ich das so schnell überblicken konnte.«

»Und?«

»Die sind alle ungefähr gleich alt; der Älteste ist so alt wie Du«, sagte Allison.

»Ich kapier's immer noch nicht?«

»Der Teil der Liste, den Du von Glonsbeck hast, stammt aus einer Stasi-Akte …«

»Ja, da haben wir schon drüber geredet: Die Stasi hat diese Akte '89 verramscht … aber warum haben die sich für Neunjährige interessiert?«

»Eben! Und noch was: Runtel ist in München geboren worden, Steinmann und die Christians auch. Altdorf in Dachau. Bug wiederum …«

»München?« tippte Michael.

»Schongau.«

»Das Schongau?«

»Ja. Die anderen auf der Liste stammen auch fast alle aus Bayern, wenn ich das richtig sehe. Hier ist noch einer aus Erlangen. Das ist auch in Bayern, oder?«

»Aber trotzdem verstehe ich noch nicht, wie die alle zusammenhängen sollen … warum hat die Stasi diese Liste aufgestellt?«

»Ich habe da nur eine Erklärung: Das ist der ›Nachwuchs‹!« Allison sah Michael mit der unausgesprochenen Aufforderung an, nicht sofort irgendeinen Widerspruch zu äußern, sondern sich diese Theorie durch den Kopf gehen zu lassen. Aber da waren noch große Lücken in der Theorie.

»Du willst darauf hinaus, das Projekt Nachwuchs hätte darin bestanden, möglichst junge Menschen als Schläfer in die Bundesrepublik zu schleusen; über Bayern, mit Schlüters Hilfe. Dass also das Projekt langfristig angelegt war und die erst als Erwachsene zu Einsatz kommen sollten. Nicht Helga und ihr Mann waren die Schläfer, vielmehr sollte ihre Tochter das werden.«

»So in etwa. Das deckt sich auch mit dem, was Penner uns erzählt hat. Obwohl der schlau genug war, dem ganzen noch einen etwas anderen Drall zu geben.«

»Ok. Und der Gewinn aus dem Milliardenkredit hat die ganze Aktion finanziert. Weil man Geld brauchte, von dem selbst die SED-Bonzen nichts wussten.«

»Genau. Du kannst ja einen Neunjährigen nicht einfach irgendwo in Bayern aus dem Auto werfen und sagen: Spionier mal schön. Die werden mit ihren Eltern gekommen sein. Die sind eines Tages nebenan eingezogen und hatten schon einen BMW, einen Farbfernseher oder was man so als Bürgerlicher vorweisen musste. Aber das kostet alles Geld.«

Michael hielt sich einen Moment daran auf, dass Allison offensichtlich dachte, Farbfernseher wären Anfang der Achtziger noch ein Luxusgut gewesen. Bis ihm einfiel, dass sie noch nicht geboren war, als er vor dem Fernseher gesessen hatte, um Captain Future zu gucken. Es kostete ihn einige Mühe, zum eigentlichen Thema zurück zu finden.

»Aber wenn das stimmt, bleibt immer noch die Frage: Inwiefern ist das heute noch relevant?«

»Das kann ich Dir sagen: Guck Dir mal an, in welchen Positionen diese Nachwuchs-Leute sitzen, dann weißt Du auch, worum es geht.«

»Ich habe eben schon nicht verstanden, worauf Du hinaus wolltest … Die stehen ganz gut da, aber ich erkenne keinen übergreifenden …«

»Putsch!«

»Was?«

»Die sitzen alle an den richtigen Stellen, um die Macht zu übernehmen, wenn ein Umsturz kommt.«

»Bist Du jetzt total abgedreht? Wir sind doch hier nicht in irgendeiner Bananenrepublik!«

»Nein, aber guck Dir mal den typischen Putsch in einer Bananenrepublik an: El Presidente fällt einem Attentat zum Opfer, jemand besetzt Zeitungen, Radio- und Fernsehsender und proklamiert eine neue Regierung. Das Militär erklärt sich solidarisch. Wenn es nicht sowieso selber geputscht hat. Und was jetzt kommt, wird gerne übersehen: Meistens übernehmen nicht das Volk oder die Opposition oder die Rebellen die Macht, sondern die, die bisher in der zweiten Reihe standen! Der beste General oder Berater von El Presidente wird neuer Chef. Aus den Schlüsselpositionen werden die Vasallen von El Presidente ebenso getilgt, aber nicht, weil man von denen was zu befürchten hat. Die meisten sind feige Arschkriecher, die dem neuen Chef genauso loyal dienen würden. Die müssen einfach deshalb weg, weil sie der nächsten Garde von Arschkriechern im Wege stehen, die dem neuen Chef schon vor dem Putsch die Treue geschworen haben.«

»Du kennst Dich ja gut damit aus!«

»Du weißt jetzt, womit ich mein Geld verdiene. Am Anfang steht immer ein erfolgreiches Attentat auf El Presidente, oder den Großen Vorsitzenden, oder den König. Und die meisten Vizekönige sind zu doof, oder stehen zu sehr unter Beobachtung, um selber ein erfolgreiches Attentat zu organisieren …«

»… deshalb wenden sie sich an eine erfolgreiche Attentäterin. Also: An Dich.«

»An Leute wie mich, um es etwas allgemeiner zu halten. Aber wir Kowalskis gehören da schon zu den Besten.« Sie war stolz darauf. Auch wenn sie sich bemühte, das zu verbergen. Aber ihre Augen leuchteten.

»Einen Haken hat Deine Theorie: Es gibt hier nicht nur einen El Presidente. Selbst, wenn jemand den Kanzler und von mir aus auch den Bundespräsidenten umbringt, ist der Bundestag immer noch handlungsfähig.«

»Die hocken übermorgen alle zusammen. Im Reichstag.«

*

Michael fühlte sein Gehirn pulsieren, als ihm die Tragweite ihrer lässigen Antwort bewusst wurde. 3. Oktober. Der Tag der Deutschen Einheit. An jedem anderen Tag war der Plenarsaal bestenfalls zur Hälfte gefüllt. Aber übermorgen würde der komplette Bundestag den Phrasen zur Wiedervereinigung zuhören. Der Bundespräsident würde kritische, aber dennoch aufmunternde Worte finden, und ausnahmslos alle Abgeordneten würden wenigstens dieses eine Mal im Jahr auf ihrem Platz sitzen.

»Aber da werden doch ohne Ende Sicherheitsmaßnahmen getroffen!«

»Ist Dir die Dimension noch nicht klar? Da schleust jemand Mitte der Achtziger Leute ins Land, die sich zu den Schalthebeln der Macht vorarbeiten. Finanziert wird das Ganze über eine Riesen-Kreditaktion, die mit Hilfe eines deutschen Top-Politikers eingefädelt wird. Man wartet über zwanzig Jahre, bis die richtige Gelegenheit gekommen ist. Ermordet ein Dutzend Menschen, um das alles zu vertuschen. Meinst Du, wer auch immer da hintersteht, lässt sich von ein paar Polizisten mit Maschinenpistolen aufhalten?«

»Moment: Die Schalthebel der Macht! Die Nachwuchs-Leute sind doch schon fast dran! Warum noch das Attentat?«

»Weil sie dann den Ausnahmezustand erklären können. Sagt Dir ›Reichstagsbrandverordnung‹ was?«

»Ja, tut es. Scheiße!« Michael kratzte die Erinnerungsfragmente an seinen Geschichtsunterricht zusammen. 1933 war das Reichstagsgebäude in Brand gesetzt worden; die Brandstiftung veranlasste Reichskanzler Hindenburg zu einer Notverordnung zur »Abwehr kommunistischer staatsgefährdender Gewaltakte«, wie es im ersten Satz dieser Verordnung hieß. Faktisch wurde ein Polizeistaat legitimiert, praktisch wurde den Nazis der Schlüssel zur Diktatur in die Hand gedrückt.

»Scheiße! Scheiße, Scheiße, Scheiße! Das darf doch nicht wahr sein! So was kann heute doch nicht mehr klappen!«

»Natürlich klappt das heute noch. Guck Dir den Patriot Act von den Amis an. Ganz abgesehen von den Kriegen, die 9/11 ausgelöst hat, direkt oder indirekt. Solche Gelegenheiten kann man ganz gut nutzen, wenn man clever ist. Und die Gelegenheiten, die man selber schafft, kann man logischerweise am Besten nutzen.«

Allison sagte das mit einer zynischen Gleichgültigkeit daher, die Michael fast zum Schreien brachte. Oder war sie gar nicht zynisch? War sie nur realistisch, er selber naiv? Er rang seine Empörung nieder und bemühte sich um Pragmatismus:

»Gut, nehmen wir mal an, Du hast recht. Was können wir tun, um das zu verhindern?«

»Du kannst nicht zur Polizei gehen und Alarm schlagen. Deine Glaubwürdigkeit hat in den letzten Tagen ein wenig gelitten ...«

»Ja. Vor allem, weil ich angesehene Bürger beschuldigen würde. Man würde mich für einen Spinner halten, dem die Verschwörungsphantasien duchgegangen sind.«

»Ganz abgesehen davon: Du wärst recht schnell ein toter Spinner.«

»Stimmt, das würde die Sache noch komplizieren ...«, sagte er und konnte damit wieder ein kleines Lächeln in Allisons Wangen drücken. Leider vertrieb sie sein winziges Stimmungshoch gleich darauf mit ihrem verdammten ernüchternden Realismus.

»Das Dumme ist: Wir wissen nicht, was genau geplant ist. Wir können uns schlecht vor den Reichstag stellen und warten, was passiert. Und das Ding ist bestimmt so gut geplant, dass wir sowieso keine Chance hätten.«

»Wie würdest Du das anstellen?«, fragte Michael und war selber davon überrascht, dass er ihre Expertise so locker in Anspruch nahm.

»Tut mir leid, wenn ich Dich enttäusche, aber ich habe keine Ahnung. Ich überlege schon die ganze Zeit, ich komme nur auf Blödsinn. Aber die hatten reichlich Zeit zum Planen.«

»Bombe?«

»Müsste riesig sein. Oder jede Menge kleine. Wird garantiert entdeckt!«

»Flugzeug? Wie beim World Trade Center?«

»Von den Typen hier glaubt keiner, dass er im Paradies von zweiundsiebzig Jungfrauen erwartet wird. Es sei denn, sie haben ein paar dumme Fanatiker manipuliert, die das übernehmen. Aber sowas ist sehr unsicher, das kann ich mir nicht vorstellen. Penner hat keinen Ausweg mehr gewusst, aber freiwillig bringt sich bestimmt keiner von denen um.«

»Ok, das hat keinen Zweck. Aber egal, ich glaube trotzdem, wir haben hier den Jackpot geknackt. Wir nehmen den ganzen Scheiß mit, scannen alles ein und schicken das an sämtliche Medien und Institutionen, die uns einfallen. Ich schreibe meinen Bericht zu Ende und packe den dazu. Das muss irgendwas auslösen … und wenn es nur bewirkt, dass die Feierstunde abgesagt wird!«

Während er sprach, hatte Allison in der dünnsten Mappe geblättert. Sie las von einer der losen Seiten ab:

»… neigt zu Wutausbrüchen. Hang zu Befehlsverweigerung, hat grundsätzlich ein Problem mit Autorität. Wegen Vorfällen im Kosovokonflikt …«

»Ist das meine Akte?«

»… verwendet seine Zeit darauf, in Internet-Foren und über seinen Facebook-Account rechtslastige Parolen zu verbreiten.«

»Moment … ich war nie bei Facebook angemeldet! Hat mir jemand einen gefälschten Account untergeschoben?«

»Niemand redet von Dir. Es geht hier um einen gewissen Oliver ter Steegen. Hier sind noch Beschreibungen von vier anderen Typen, gescheiterte Existenzen, teilweise mit Hang zum Extremismus.«

»Potenzielle Sündenböcke.«

»Sieht so aus.«

Allison reichte Michael die Mappe. Er überflog die einzelnen Lebensläufe. Kaputte Typen. Er unterschied sich nicht besonders von denen.

»Eine Galerie der Loser«, stellte er fest.

»Kann man so sagen.«

»Aber dann hatte Fischer Gelegenheit, einen noch größeren Versager zu präsentieren.«

»So wird's gewesen sein.«

»Weißt Du, das ist jetzt die Stelle, wo Du mir ein paar Komplimente machen könntest. Dass ich mich sehr positiv verändert habe oder so.«

»Pfft. Habe ich gestern schon.«

Bevor Michael weiter nach Zuneigung graben konnte, hörten sie, wie die Tür zur Lagerhalle geöffnet wurde. Ein paar Sekunden vergingen, die Tür schlug zu, dann klapperten Absätze über den Hallenboden, wahrscheinlich eine Frau. Allison hatte den Colt gezogen. Am Kopfende der Stahlschränke lief eine in Grau gekleidete Blondine vor der Gasse vorbei, in der Allison und Michael standen. Ein paar Augenblicke später hörten sie ein »Ach, Mist!«, dann kehrten die Schritte zurück und die Frau bog in den Gang ein. Sie war in ein Stück Papier vertieft, das sie in der Linken hielt, als Michael sie begrüßte.

»N'Abend!«

Die Frau, Typ Chefsekretärin, Mitte Dreißig, zuckte so heftig zusammen, dass ihr fast die Brille von der Nase gerutscht wäre.

»Meine Güte, haben Sie mich erschreckt!«

»Tut mir leid, aber Sie waren so auf Ihr Dokument konzentriert, dass Sie mich bestimmt umgerannt hätten.«

»Schon gut. Um die Zeit ist hier sonst nie jemand, da war ich nur sehr überrascht. So, Ihre Freundin sollte jetzt besser die Knarre fallen lassen.«

*

Michael begriff die Worte der Sekretärin nicht sofort, weil ihr Tonfall sich kein bisschen verändert hatte. Erst als die Frau ein paar Schritte zurück wich und aus ihrer Handtasche eine Uzi zog, erst als er hinter sich ein metallisches Klicken und Allisons geflüsterten Fluch hörte, ergaben die Worte einen Sinn.

»Hallo, Kowalski.«

»Mehmet.«

»Genau. Lass den Schrott fallen. Eichendorf, keine Bewegung.«

»Nicht schlecht, Mehmet. Die lauten Absätze … Ich hab Dich echt nicht gehört!«

»Sei still. Bitte. Geht vorwärts, ganz langsam.«

Allison schob Michael sanft an, er bewegte sich auf die Sekretärin zu, die halb hinter dem Kopfende der rechten Schrankwand stand. Sie zielte sehr präzise mit der Uzi, obwohl schon ein Kugelhagel in die ungefähre Richtung gereicht hätte, Allison und Michael mit einem Schauer von Querschlägern zu zerfetzen. Auf der linken Seite erschien ein großer, kräftiger Mann, bekleidet mit Jeans und einer braunen Lederjacke. Er hielt eine Pistole in Michaels Richtung. Mehmets Stimme hallte vom anderen Ende der metallenen Gasse an Michael vorbei.

»Bis zum Ende, dann stehen bleiben!«

Michael gehorchte. Auf einen Wink des Lederjackenträgers trat er zwischen den Schrankwänden hervor. Die Sekretärin und der Mann achteten darauf, nicht mit Allison und Michael auf einer Linie zu stehen. Sie wollten sich nicht versehentlich gegenseitig erschießen, was Michael ganz vernünftig, aber auch sehr bedauerlich fand.

Nach einigen Sekunden schweigenden Wartens stieß Mehmet zu der kleinen Gruppe. Er war durch den parallelen, linken Gang gekommen, um seinen Leuten nicht in die Feuerlinie zu treten. Michaels Mut sank. Gegen drei Profis, ohne Überraschungsmoment - es sah schlecht aus.

»Kowalski, Dein Freund hätte auf mich hören und verschwinden sollen!«, sagte Mehmet im Tonfall eines Onkels, der seine kleine Nichte mit der Hand in der Keksdose erwischt hatte.

»Er ist nicht mein Freund«, korrigierte Allison ihn. Michael ärgerte sich, obwohl ihm klar war, dass er gerade andere Probleme hatte.

»Nicht? Ich dachte, Du stellst Dich so dumm an, weil Du persönlich involviert bist. Im Hof sind lauter Kameras installiert, Du hättest Dir doch denken können, dass wir uns in die einhacken, oder?«

»Hör mal: Ja, Du hast die Oberhand, aber Du musst nicht drauf rumreiten, ok? Denk lieber an gestern morgen ...«

»Das meinte ich ja: Du wusstest, dass Du nicht auf ihn hättest hören sollen.«

Er erklärte Michael: »Sie hätte mich erschießen sollen.«

Michael fiel zu so viel Fatalismus nichts ein, er blieb still.

»Renate. Rainer.« Mehmets Helfer wussten, was zu tun war: Rainer hielt seine Waffe an Michaels Kopf, während Renate Michaels Handgelenke mit Kabelbindern aneinander zurrte. Mehmet zielte derweil auf Allison. Dann sah Michael in den Lauf von Mehmets Pistole, während Allison gefesselt wurde. Michael suchte in Allisons Augen nach einem Kommando zum Losschlagen, aber ihr Gesicht blieb ausdruckslos.

»Was passiert jetzt?«

»Ich kann Dich nicht laufen lassen. Und als Gefangene bist Du mir zu gefährlich.«

»Ok. Dann mach es schnell. Das bist Du mir schuldig.«

»Ja. Tut mir leid.«

»Besser Du als irgendein Arsch.«

Michael kam erst dahinter, was dieser Dialog zu bedeuten hatte, als Mehmet seine Waffe wieder in Allisons Richtung schwenkte. Mehmet zögerte noch.

»Oje, wie soll ich das nur Deinem ...«

»Ich werde meinem Chef nichts verraten, ganz ehrlich!«, sagte Allison.

*

Die Tür zu der Lagerhalle öffnete sich wieder, Michael hörte einen hinkenden Mann schnell näher kommen.

»Endlich sehen wir uns wieder, Eichendorf!«

Michael erkannte Bombers Stimme sofort. Er drehte sich langsam um, so dass er dem Hünen zusehen konnte, wie der sich in voller Größe vor ihm aufbaute.

»Was macht das Bein?«, fragte Michael.

Eine Faust ging auf seinen Bauch nieder wie der Zorn eines antiken Feuergottes. Er krümmte sich vor Schmerz und konnte nicht verhindern, dass ein Teil seines Mageninhaltes über die Speiseröhre ins Freie gelang.

»Danke der Nachfrage, viel besser!«, sagte Bomber in heiterem Tonfall. »Ist noch ein bisschen steif, aber dafür funktionieren die Hände ganz gut, finden Sie nicht? Wer ist denn Ihre kleine Freundin?«

»Mein Name ist Kowalski.«

Mehmet schaltete sich ein: »Sie ist gefährlich, ich wollte sie gerade töten.«

»Die? Quatsch! Mit der werden wir später noch ein bisschen Spaß haben!«

»Das halte ich für keine gute Idee«, sagte Mehmet.

»Geht mir am Arsch vorbei, was Du für eine gute Idee hältst. Renate, unser Gast vermisst Deine Gesellschaft.«

Die Sekretärin nickte stumm. Sie griff sich die Aktenmappen mit den roten Umschlägen und verließ mit lautem Absatzklappern die Gruppe. Michael fluchte innerlich - da verschwanden die Beweise für die Verschwörung, seine papiernen Fürsprecher.

Mehmet sah Allison mit einem Blick an, den Michael nicht entschlüsseln konnte: War er traurig, dass er ihr keinen schnellen Tod verschaffen konnte oder erleichtert, dass er es nicht musste?

Bomber nickte Mehmet zu, der Michaels Arme darauf in einen eisernen Griff nahm.

»Ich habe eine Frage an Sie, Eichendorf, und die Antwort wird großen Einfluss auf die Menge der Schmerzen vor Ihrem Tod haben. Wer hat Björn getötet?« Er zog einen Cutter aus seiner Manteltasche, schob die Klinge zwei Klicks raus und hielt sie sehr dicht vor Michaels Nase.

»Ist das der, den den Anwalt und seine Familie umgebracht hat?«, fragte Allison, als würde sie von einem Schauspieler reden, den sie schon mal in einem anderen Film gesehen hatte. Als Bomber sich ruckartig zu ihr drehte, fuhr sie fort.

»Ich habe ihm wohl die Kniescheiben zerschossen.« Sie machte eine Kunstpause und lächelte Bomber an.

»Als er umgekippt ist, wollte er noch schießen, aber irgendwie haben sich dann auch noch Kugeln in seine Schultergelenke verirrt. Wie das so ist. Und aus irgendwelchen Gründen, die mir völlig unerklärlich sind, ist er schon zwei Stunden später gestorben.«

Michael wollte nicht glauben, was er hörte. Allison sah ihn mit offensichtlich gespielter Reue an.

»Tut mir leid, ich habe Dich angelogen: Ich habe Dir eins über die Rübe gezogen, damit ich mich in Ruhe um Wie-hieß-er-noch kümmern konnte …«

»Björn! Er hieß Björn!« Bomber schrie Allison an, die unbeeindruckt blieb. Mehmet schaltete sich ein: »Nils, sei vorsichtig, sie will Dich bloß …«

»Ach, Du bist Nils? Jetzt verstehe ich auch Björns letzte Worte: ›Nils, Nils, ich habe den Orgasmus immer nur vorgetäuscht, und Dein Sperma schmeckt kacke, verzeih mir!‹ Er hat geheult wie ein …«

Nils machte einen schnellen Schritt nach vorne und hieb mit dem Cutter nach Allison. Sie schaffte es, den überraschten Rainer einen halben Schritt nach hinten zu schieben, aber die Klinge zerfetzte trotzdem ihr Sweat-Shirt. Sofort färbte sich der handbreite Schnitt rot. Nils hatte Allisons rechte Brust verletzt, aber die junge Frau ließ sich nichts anmerken. Sie schaute Michael für den Bruchteil einer Sekunde direkt an, mit einem ernsten Gesichtsausdruck, den er nicht zu deuten wusste. Er war noch verwirrt: Hatte sie den Killer wirklich gefoltert oder erzählte sie das nur, weil sie Bomber-Nils in Rage bringen wollte? Aber die Wut, mit der Nils reagierte, sprach Bände. Rainer machte ein Gesicht, als ob er Allison lieber etliche Meter von sich entfernt gewusst hätte, statt sie festhalten zu müssen.

»Wehrlose Mädchen mit Messern verletzen, mehr könnt Ihr nicht? Also ehrlich, als ich Björn seinen kleinen Pillemann abgeschnitten habe, sagte ich noch zu ihm: Meine Güte, jede Frau, mit der Du Sex hattest, wird sich hinterher mit einer Kugelschreibermine mehr Befriedigung verschafft haben. Stimmt das, Nils? Hast Du Dir hinterher heimlich Kugelschreiberminen rein geschoben?«

»Wirst Du endlich Dein Maul halten?«

»Wahrscheinlich nicht, also fang bloß nicht an zu heulen, Du Pussy. Kann ja sein, dass Du in meiner Situation nach Deiner Mama rufen würdest, an deren Eutern Du noch mit neunundzwanzig gesogen hast, aber ich trete lieber mit einem guten Spruch auf den Lippen ab. Du müsstest mir schon die Zunge abschneiden, damit ich still bin. Du verdammte kleine Schwuchtel kriegst doch nur einen Steifen, wenn die Leute Schiss vor Dir haben.« Sie beschimpfte Nils noch weiter, aber Michael hörte nicht mehr hin. Allisons Blick war wieder für einen Moment zu ihm geflackert. Irgendetwas wollte sie von ihm, aber was sollte er tun? Mehmet hielt seine Arme fest umschlossen, und mit den Kabelbindern um die Gelenke waren seine Hände auf dem Rücken gefangen.

»Du bringst mich da auf eine Idee, Mädchen! Halte sie gut fest, Rainer! Das mit der Zunge versuchen wir jetzt mal! Oder willst Du nicht doch lieber die Schnauze halten, Du verdammte Nutte?«

»Fick Dich ins Knie, Bubi! Ist doch nicht mein Problem, wenn Du die Wahrheit nicht vertragen kannst!«

Sie schleuderte ihm noch mehr Beleidigungen an den Kopf, aber je näher Nils ihr mit dem Cutter kam, desto schriller wurde ihre Stimme. Er hob den Cutter hoch und hielt ihn etwa vierzig Zentimeter vor Allisons Gesicht. Während er die Klinge Klick für Klick langsam aus dem Heft schob, wich Allison zurück, bis ihr Hinterkopf an Rainers Kinn stieß. In ihren Augen stand blanke Angst. Nils grinste zu Michael hinüber, während er die Klinge vor ihrem Gesicht hin und her schwang.

»Hörst Du noch was? Jetzt ist sie still!« Er sah wieder zu Allison. »Sag mal: Aah!«

*

Das matt schimmernde Metall war noch etwa fünfzehn Zentimeter von ihrem Mund entfernt, da schoss Allisons Kopf nach vorne. Sie biss in die Klinge des Cutters und verdrehte ruckartig den Kopf. Gleichzeitig rammte sie Nils ihren Fuß in den Schritt. Der Hüne zuckte kurz zusammen, aber der Tritt schien ihn nicht allzu sehr zu schmerzen.

»Was war das denn, Du dumme Schlampe?« Er sah auf den Cutter. Allison spuckte ein großes Stück der Klinge aus, die kurz vor dem Heft des Cutters abgebrochen war. Sie hob ihren Kopf und schaute Nils mit einer Mischung aus Verzweiflung und Trotz an. Sie musste sich an der Klinge verletzt haben, aus ihrem Mund lief Blut.

einen Schwall Blut aus ihrem Mund steigen, wie eine Rose

Durch das Bild des serbischen Mädchens drangen Allisons Augen, die ihm sagten: Jetzt! Michael zwang sich in die Gegenwart zurück. Er schaffte es nicht, Allison wieder anzuschauen und starrte auf den Boden. Die Klinge! Allison hatte sie einen Meter vor seine Füße gespuckt. Michael versuchte, sich mit wilden Verrenkungen aus Mehmets Griff zu befreien.

»Ist das alles, was Du kannst, Du Schwein? Komm doch her und versuch Dich an jemandem Deiner Größe, Du Feigling! Ich habe Dich schon mal fertig gemacht!«

»Jetzt fängt der auch noch an!« Nils war mit zwei humpelnden Schritten bei Michael und versetzte ihm mit seinen riesigen Fäusten einen Hieb in den Magen, einen in die Leber. Michael krümmte sich und musste wieder kotzen.

»Lass ihn los, wir beenden das jetzt«, sagte Nils.

Mehmet gehorchte, Michael stolperte einen Schritt vorwärts, drehte sich im Fallen und landete auf dem Rücken. Er wälzte sich hin und her, seine Schmerzen nur wenig übertreibend. Da war die Klinge! Er schaffte es, das scharfe Stück Metall vom Boden zu lösen und ignorierte die Schnitte, die er sich dabei zufügte. Er drehte sich zu den Gangstern und operierte auf seinem Rücken mit der Klinge an den Kabelbindern. Nicht senkrecht schneiden, schräg ist es einfacher! Er drückte die Klinge mühsam durch das Plastik, die

Spitze ritzte die Haut an seinem Handgelenk an. Ist das eine Ader? Keine Zeit für einen zweiten Versuch!

»Los, erschieß ihn endlich!« Nils fuhr Mehmet an, der seine SIG schon gezogen hatte, aber noch zögerte.

»Aber was ist mit …«

»Scheiß auf den Plan! Ich will diesen Schwachkopf endlich loswerden! Mach schon!«

Der Kabelbinder gab nach. Michael griff den Lauf von Mehmets Pistole, als der gerade abdrücken wollte. Er drehte den Lauf nach unten und hinten, bis er Mehmets im Abzugsbügel eingeklemmten Finger brechen hörte. Durch den Zug an seinem Arm war der Killer aus dem Gleichgewicht gekommen; Michael trat mit aller Kraft vor das linke Knie des Mannes und freute sich über das laute Krachen, mit dem das Bein seine Funktion verlor. Nils griff unter seiner Jacke zu einer Pistole.

Allison hatte sich auf die Zehenspitzen gestellt und schleuderte ihren Hinterkopf auf Rainers Nasenbein. Ihr Bewacher ließ sie los und tastete in seinem blutenden Gesicht herum. Sie machte einen Schritt nach vorne und trat in Nils' rechte Kniekehle, gerade als der seine Waffe ziehen wollte. Sein linkes Bein, geschwächt durch Michaels Kugel vor ein paar Tagen, konnte das Gewicht nicht halten, der Hüne stolperte, knickte ein. Allison drehte sich um und rammte mit ihrem Fuß Rainers Kehlkopf in seinen Hals. Der Mann faltete sich zusammen, hilflos röchelnd.

Michael klammerte sich immer noch an den Lauf der SIG, aber Mehmet wollte sie trotz des gebrochenen Fingers nicht loslassen. Mit seiner linken Hand versuchte er, Michaels Finger vom Lauf zu lösen. Michael stieß die Cutterklinge in Mehmets Handgelenk, bis ein Blutschwall aus der zerfetzten Arterie schoss. Endlich ließ der Mann die Waffe los. Michael schoss eine Kugel in die grobe Richtung seines Gegners, traf dessen Bauch. Die Summe der Verletzungen war damit für Mehmet über das erträgliche Maß gestiegen, er rollte sich von Michael weg und versuchte, die beiden Blutungen zu stillen.

Michael hatte aus dem Augenwinkel gesehen, dass Nils nicht komplett umgekippt, nur aus dem Gleichgewicht geraten war. Aber dieser Moment hatte Allison gereicht: Sie zog Rainers Pistole aus dessen Gürtelholster und feuerte zwei Schüsse in seinen Kopf. Noch bevor die Blutspritzer auf der Wand auftrafen, hatte sie sich umgedreht und die Waffe auf Nils gerichtet. Der Hüne hatte die rechte Hand schon auf seiner Waffe, aber er wusste, dass er keine Chance hatte, sie schnell genug zu ziehen. Auch wenn Allison die Pistole auf dem Rücken halten und mühsam über ihre Schulter peilen musste, für tödliche Schüsse konnte sie gut genug zielen.

»Hör mal, Mädchen, lass uns ruhig bleiben. Ich werde jetzt meine Kanone ganz langsam rausziehen, nicht nervös werden, ja?«

»Ich bin die Ruhe selbst. Waffe weg.«

Nils zog seine Waffe mit zwei Fingern aus dem Holster, hielt sie einen Moment hoch und warf sie ein paar Meter weit in eine Ecke des Raumes.

»Ich bin jetzt unbewaffnet!«

»Prima. Michael! Schneid mir die Fesseln durch!« Michael hob den Cutter auf und ging ans Werk. Als die Kabelbinder auf dem Boden landeten, hatte Allison sich umgedreht und Nils eine Kugel durch jedes Schultergelenk, dann je eine durch die Knie geschossen. Nils schrie und schlug der Länge nach hin.

»Was soll das? Du kannst doch nicht auf einen unbewaffneten …«

»Schnauze, Eichendorf! Pass lieber auf Mehmet auf!« Sie riss Michael den Cutter aus der Hand, schob die Klinge die letzten beiden Klicks heraus und wandte sich an Nils.

»Ich würde Dir ja gerne das ganze Programm verpassen, an dem Dein Kumpel Björn schon so viel Freude hatte, aber dafür fehlt mir jetzt die Zeit. Du weißt natürlich schon, was der mit kleinen Jungs gemacht hat, oder?«

»Bitte … Ich … Wir machen doch nur unseren Job … Ich habe das alles nicht gewollt! Du musst das doch verstehen! Tu mir nichts! Bitte!«

Kowalski sah sich kurz um, dann lief sie in das kleine Büro zu einem der Regale. Als sie mit einem Besen in der Hand wieder auf Nils zusteuerte, ahnte Michael, was sie vorhatte. Die Hand mit der Pistole hob sich, aber er wusste, er würde nicht auf das Mädchen schießen können. Er konnte sie nicht töten, schon gar nicht, um Nils zu retten. Und sie nur verletzen, damit ihren Plan vereiteln? Michael wollte nicht wissen, wie entfesselt sie reagierte, wenn er sie anschießen würde.

»Allison …«

»Erschieß mich oder halt die Klappe!« Sie zerschnitt den Hosenboden ihres wehrlos zappelnden Opfers. Dann griff sie nach Nils' Haaren, zog seinen Kopf daran vom Boden hoch und schnitt ihm mit dem Cutter die Kehle durch. Während Nils röchelnd sein Blut in den Raum verteilte, trieb Kowalski mit aller Kraft den Besenstiel in den Anus des Sterbenden. Nach ein paar Sekunden wurde der Boden durch das Blut des Mannes rutschig. Kowalski schob seinen schlaffen Körper zwei Meter durch den Raum wie einen Wischmop, bis er von einem der Metallschränke blockiert wurde, vor die sein Kopf mit einem dumpfen, metallischen Klang stieß.

*

Das lose Ende des Besenstiels klapperte zu Boden.

»Das ist ihm jetzt aber nicht am Arsch vorbei gegangen!«, sagte Kowalski und sah Beifall heischend zu Michael.

»Was ist? Nur weil ich ein Mädchen bin, darf ich keine coolen One-Liner bringen?«

»Du bist ja total krank! Eine Soziopathin! Total psycho! Du bist kein bisschen besser als Björn und Nils und die anderen Wichser! Und Du hast mich angelogen! Du hast mich niedergeschlagen, nur damit Du diesen Björn zu Tode foltern konntest!«

»Na und? Ich habe den beiden nur mal einen großen Schluck von ihrer eigenen Medizin gegeben. Schon in der Bibel steht geschrieben: Auge um Auge, Zahn um Zahn! Obwohl ich mal gelesen habe, dass das nicht wörtlich gemeint ist, sondern eher als eine Art Schadenersatzregelung zu verstehen ...«

»Halt doch wenigstens einmal die Klappe!«

Michael musste sich setzen, er ließ die SIG fallen und sich auch. Er sah auf seine blutverschmierten Finger und die Pfütze, die vor wenigen Minuten noch sein Mageninhalt gewesen war. Kowalski blutete immer noch aus der Brust und aus dem Mund, aber sie schien es nicht zu merken. Mehmet setzte sich auf und lehnte seinen Rücken an einen der Stahlschränke. Er saß in einer roten Lache, die sich stetig vergrößerte. Obwohl er versuchte, seine zerfetzte Arterie mit der unverletzten Hand geschlossen zu halten, tropfte das Blut im Takt seines Herzschlages auf den Boden. Der dunkle Fleck um das Loch in seinem Bauch hatte sich zur Größe eines Pizzatellers ausgeweitet.

»He, Kowalski ...«

»Was ist, Mehmet?«

»Ich glaube, Dein Freund hat mich ziemlich übel erwischt.«

»Du hast ihn doch gehört. Glaubst Du wirklich, der wäre mein Freund?«

Michael sah zu dem Mann. Mehmets Gesicht glänzte speckig-grau.

»Tut mir leid, was sollte ich denn machen ...«, begann Michael, aber Mehmets Blick brachte ihn zum Schweigen.

»Kowalski, tust Du mir einen Gefallen?«

»Was denn? Abkürzung?«

»Ja, gleich, aber das bist Du mir sowieso schuldig, oder? Nein, zuerst was anderes: Ich habe ein bisschen Geld gespart und auf den Caymans deponiert ... Lass das meiner Frau zukommen. Vielleicht richtest Du auch noch einen kleinen Fonds für meine beiden Mädchen ein. Die üblichen zehn Prozent für Dich.«

»Fünf werden reichen.«

»Danke.«

Kowalski holte ihr Smartphone aus der Jacke, ließ ihre Finger über den Bildschirm tanzen und hielt es Mehmet unter die Nase.

»Sprich die Kontodaten hier rein.«

Mehmet atmete schon schwer, aber er riss sich zusammen und diktierte Adressen, Kontonummern, Passwörter, so deutlich wie möglich.

»Ok, das war's. Wenn Du dann und wann noch einen Blick auf meine Mädchen werfen kannst ... nicht, dass die sich mit irgendwelchen Scheißkerlen abgeben ...«

»Versprochen!«

»Und jetzt ... Das tut tierisch weh ... Stimmt das, dass Ihr Kowalskis immer Giftpillen dabei habt?«

»Ja. Moment.« Kowalski nestelte an ihrer Jackentasche herum und zog schließlich eine harmlos aussehende Tablette hervor.

»Hier. Schluck die. Dauert ein paar Minuten, ist aber völlig schmerzlos. Angeblich. Ich spreche nicht aus eigener Erfahrung.«

Mehmet ließ sich die Pille in den Mund schieben, lutschte einen Moment darauf herum. Nachdem eine neue Schmerzattacke sein Gesicht für einen Moment verzerrte, stand sein Entschluss fest. Er schluckte. Michael sah regungslos zu. Sein Gefühlshaushalt war völlig überladen, er war nicht mehr fähig zu Entsetzen oder Mitleid. Kowalski stieg über Nils' Leiche und ging dort hin, wo sie ihren Colt vor wenigen Minuten auf Mehmets Befehl hatte fallen lassen. Sie prüfte die Funktion der Waffe und untersuchte sie auf Beschädigungen, während sie zum sterbenden Mehmet und dem beinahe katatonischen Michael zurück schlenderte, ohne darauf zu achten, dass sie blutige Schuhabdrücke hinterließ.

»Ich merke, wie ich müde werde ...«, sagte Mehmet. Kowalski setzte sich neben ihn.

»Ist gleich vorbei.«

»Eigentlich komisch, oder? Ich kannte Dich schon, als Du noch Zöpfe hattest ... Meine Güte, weißt Du noch? In Aserbaidschan?«

»Willst Du uns nicht lieber von Deiner Familie erzählen? Denen sollte Dein letzter Gedanke gelten, finde ich.«

»Ja, Du hast recht ...« Mehmet wandte sich zu Michael. »Meine Frau hat mir leider keinen Sohn geschenkt, aber meine beiden Mädchen machen das mehr als wett. Hayat, meine Ältere, spielt Fußball in der E-Jugend ... Mit den Jungs zusammen, aber die kann sie alle ausdribbeln. Es waren sogar schon Talent-Scouts von Bundesliga-Vereinen da und haben ihr zugeschaut ... WM 2019, hundertprozentig! Die kleine Günfer kommt nächstes Jahr erst in die Schu ...«

Ein Schuss aus Kowalskis Colt riss ein Viertel von Mehmets Kopf weg. Sein Körper klappte wie an einer Schnur gezogen zur Seite und schlug auf dem kunststoffbeschichteten Hallenboden auf. Sie hatte wieder jemanden getötet und offensichtlich machte es keinen Unterschied für sie, ob es ein Freund oder ein Feind war.

»Hier ist der Schlüssel, setz Dich ins Auto. Ich komme gleich nach.«

Er trottete los. Die Türklinke in der Hand, drehte er sich um und warf einen Blick zurück. Kowalski stand zwischen den drei Leichen, mit der rauchenden Pistole in der rechten Hand. Mit der Linken betastete sie ihre Mundwinkel und ihre Zunge. Ein roter Tropfen fiel vom Kinn auf ihr ohnehin blutdurchtränktes Sweat-Shirt. Als sie merkte, dass er sie ansah, nahm sie die Hand vom Mund, lächelte ihn an und winkte ihn raus.

*

Die hintere linke Tür des Xantia wurde geöffnet, etwas landete platschend auf der Rückbank, die Tür schlug wieder zu. Einen Moment später saß Kowalski auf dem Fahrersitz und hielt Michael ihre geöffnete Hand hin. Er bemerkte erst nach ein paar Sekunden, dass sie etwas von ihm wollte und musste noch eine weitere Ewigkeit mit seiner geistigen Starre kämpfen, bevor er auf die Idee kam, ihr den Zündschlüssel zu reichen.

»Das war nur eine Kopfschmerztablette. Ich habe keine Selbstmordpillen.«

»Ja.«

»So hat er gedacht, er hätte es selber in der Hand gehabt. Mehr konnte ich nicht für ihn tun.«

»Ok.«

»Du hattest ihn zu schwer verletzt.«

»Ja.«

»Ich habe die Sprinkleranlage demoliert und ein Feuer gelegt. Mehmet wird man wohl nicht identifizieren können. Bei den anderen beiden ist es mir egal.«

»Ja.«

*

Michael drehte die Hähne der Dusche zu. Er trocknete sich ab, zog sich an und setzte sich auf die Bettkante. Nach wenigen Minuten gesellte sich Kowalski zu ihm, im Bademantel und mit einem Handtuch-Turban.

»Du musst mich noch verarzten.«

Er antwortete nicht.

»Mit meinem Mund ist alles ok. Der Schnitt in der Zunge war nicht so dramatisch, aber das blutet immer wie Sau. Aber hier kann ich selber schlecht gucken.«

Sie setzte sich neben ihn, öffnete ihren Bademantel teilweise und präsentierte ihre verletzte Brust.

»Sind da Stofffetzen in der Wunde? Wenn die mit einwachsen, gibt es eine Entzündung.«

Michael sah flüchtig hin. Eine Daumenbreite unterhalb der Brustwarze verlief eine dünne rote Linie von drei oder vier Zentimetern Länge. An den äußeren Enden war das Blut verschorft, in der Mitte noch etwas feucht.

»Nichts zu sehen.«

»Bestimmt nicht? Ich habe keine Lust, als Amazone zu enden. Du weißt ja, die alten Griechinnen, die sich angeblich eine Brust wegbrannten, damit sie besser Bogen ...«

»Ich weiß, wer die Amazonen waren! Da ist nichts!«

Kowalski strich mit der Spitze ihres Zeigefingers über die Wunde.

»Echt nicht? Ich bin mir fast sicher, dass da was drin steckt. Fühl Du mal. Aber vorsichtig, logisch!«

»Da ist nichts, wie oft soll ich das noch sagen?«

»Du musst keine Angst haben, ich bin nicht so schmerzempfindlich. Und wenn es weh tut, werde ich schon was sagen. Oder zitterst Du noch? Du kannst Deine Motorik ja erst mal an der anderen trainieren.«

Sie ließ den Bademantel von den Schultern gleiten.

»Ich will das jetzt nicht«, sagte er.

»Die Beule in Deiner Hose ist anderer Meinung.«

»Du hast heute drei Männer getötet, einen davon auf eine Weise, für die ›bestialisch‹ noch untertrieben wäre. Und wenn das stimmt, was Du mit diesem Björn gemacht hast, nachdem Du mich bewusstlos geschlagen hast …«

»Ja, das stimmt«, sagte Kowalski desinteressiert, während sie den Bademantel ganz auszog und über den nächstbesten Stuhl warf. »Ich mache das nicht aus Spaß, falls Du das denkst. Ich bin ausgleichende Ungerechtigkeit. Können wir jetzt das Thema wechseln?«

»Du hast mich angelogen. Du hast Deinen Freund getötet. Und jetzt willst Du ein Nümmerchen schieben, als wenn nichts gewesen wäre?«

»Ja.«

»Du bist total krank. Ich …« Aber ihm fiel nichts mehr ein.

»Komm schon. Wenn wir nicht ficken, wird trotzdem keiner wieder lebendig.«

Michael ließ sich von ihr küssen. Er wusste nicht, ob aus Akzeptanz oder aus Resignation. Wenn es da überhaupt einen Unterschied gab.

MITTWOCH, 2. OKTOBER

»Gestern Abend, das war ziemlich dicht an einer Vergewaltigung, oder?«, fragte Allison, während sie durch den Berliner Verkehr lenkte.

»Nein.«

»Auch das erste Mal nicht?«

»Nein. Wenn, dann das dritte Mal.«

»Na komm, das war mehr Aufmunterung als Zwang. Obwohl ich sagen muss, dass ich einigermaßen zufrieden mit mir bin, dass ich einen Mann Deines Alters noch dazu bringen konnte, dreimal ...«

»Ja, ich war auch erstaunt, dass ich mich konzentrieren konnte. Ich hatte die ganze Zeit Angst, Deine Zunge fängt wieder an zu bluten. Weißt Du, was der eigentliche Grund ist, warum ich anfangs so widerspenstig war?«

»Du hast Angst vor mir.«

»Auch. Aber ich habe mich immer gefragt, was in den Frauen vorgeht, die Brieffreundschaften mit einsitzenden Gewaltverbrechern anfangen ...«

»Weiß ich auch nicht. Aber wenn sie Dich erwischen, werde ich Dir das in meinem ersten Brief schreiben.«

»Haha. Nein, ernsthaft: Du bist gefährlich; das ist sehr anziehend.«

»Bist Du sicher, dass Du das nicht nur denkst, weil Du gerade gefährlich lebst? Das ist ein ziemlich gutes Aphrodisiakum. Wahrscheinlich würdest Du momentan auch mit der Makramee-Königin von Sprockhövel glücklich werden.«

»Eigene Erfahrung?«

»Ich war noch nie in Sprockhövel.«

»Also, manchmal ist Dein Zwang zum flachen Witz echt nicht auszuhalten ... Macht Dich das geil, wenn Du fast umgebracht wirst, ja oder nein?«

»Ja.«

»Echt?«

»Nicht direkt, aber letztendlich schon. Was kann man besser tun als ficken, wenn man feiern will und sich entspannen muss? Wir hatten gestern echt Glück.«

»Ich bin überrascht ... Damit hast Du quasi zugegeben, dass Dich sowas weniger kalt lässt, als Du zeigst.«

»Nimm es als Zeichen meiner Wertschätzung: Es heißt doch immer, dass man sich den Leuten öffnen soll, die man mag.«

»Oh. Ich ... Ich hatte bis jetzt angenommen, ich wäre nicht mehr als ein Schutzbefohlener. Und so eine Art... wie soll ich das sagen ... vielleicht: der nächstbeste Penisträger?«

»Schon ein bisschen mehr. Ich bin nicht so gut mit Gefühlen.«

Michael fühlte sich geehrt. Wahrscheinlich gab es nur wenige Menschen, denen sie sich offenbarte. Obwohl: Nüchtern betrachte konnte von Offenbarung nicht die Rede sein. Sie hatte zugegeben, ihn zu mögen. Er gestand sich ein, dass er das mehr aufbauschte, als vernünftig war. Und wer weiß, vielleicht verarschte sie ihn wieder nur.

»Wir sind da.«

»Weit und breit kein Parkplatz. Scheißstadt«, sagte er.

»Gibt es eigentlich irgendeinen Ort auf der Welt, wo Du gerne wärst, Stinkstiefel?«

»Wo Du fragst: Ich würde gerne nochmal auf die einsame Insel zurückkommen, von der ich vor ein paar Tagen gesprochen habe ... Wenn Du mich dahin begleitest, würde ich aufhören zu mosern, versprochen!«

»Dafür reicht Dein Budget nicht mehr. Denk dran: Übermorgen endet unsere Geschäftsbeziehung. Dann muss Dir jemand anderes den Hintern retten.«

Sie machte das absichtlich, ohne jeden Zweifel. Erst locken, dann zuschlagen. Von wegen, es macht ihr keinen Spaß, Leute zu foltern. Michael unterdrückte alle Entgegnungen, die sie jetzt erwarten würde; er fragte nicht nach der privaten Seite ihrer Beziehung; er regte sich nicht über ihre Kälte auf. Und er jammerte auch nicht, was danach mit ihm passieren würde. Irgendwas würde schon passieren. Hoffentlich ging es schnell. Vielleicht hatte jemand ihrem Chef schon Geld gegeben, damit der Michael töten würde. Wenn Fastenraths Vertrag übermorgen ablaufen würde, spräche in der kranken Logik der Kowalskis nichts dagegen, dass der Dicke Michael umbringen würde. Seine Nummer Eins, Allison, würde daneben stehen und nicht mit der Wimper zucken. Vielleicht würde sie es sogar selber machen, aus alter Verbundenheit. Immerhin kann ich mir dann Chancen ausrechnen, dass es schnell geht. Das ist sie mir schuldig. Hoffentlich.

*

Kowalski parkte den Citroën vor einem Recyclinghof der Berliner Stadtreinigung. Michael wünschte sich, dass die Müllmänner die verdammte Schrottkarre in einen Altmetallcontainer stopfen. Dann würde seine Leibwächterin wahrscheinlich mal echte Gefühle zeigen.

In der Imitation eines Paares hakte sie sich bei ihm unter, als sie in die Kaiserin-Augusta-Allee einbogen. Auf beiden Straßenseiten standen Platanen. Ein krummbeiniger Rentner hatte seinen fetten Dackel an einen der Bäume geführt, auf dass ein weiterer Haufen die Wurzeln schmücke. Aber der Hund zog es vor, ein Stück Rinde krachend zwischen seinen Zähnen zu zermahlen. Der Alte schimpfte und zerrte an der Leine, ohne dass der Hund großes Interesse für sein Herrchen gezeigt hätte.

Michael hatte auf der Karte in Kowalskis Handy gesehen, dass die Spree nicht allzu weit entfernt einen Schlenker durch die Stadt schlug; er gab sich einen Moment der Vorstellung hin, er wäre mit seiner Freundin unterwegs zum Flussufer, wo sie sich auf eine Bank setzen und den Ausflugsdampfern zuwinken würden. Danach ein kleiner Stadtbummel, bis sie durchgefroren waren, und abends auf der Couch ein bisschen kuscheln.

»Hier, 44.«

Kowalski sprach erst weiter, als Michael aus seinem Paralleluniversum zurückkehrte.

»Ich sehe niemanden, der uns oder das Haus beobachtet, aber das muss nichts heißen. Willst Du wirklich alleine rein?«

»Ja.« Bevor er sich darum sorgen musste, dass Kowalski eine unbequeme Zeugin tötete, ging er lieber ein Risiko ein. »Du wartest im Treppenhaus.«

»Ok. Dann wie besprochen.« Sie zog ihr Telefon aus der Tasche und wählte.

»Geh schon ran, der Klingelton ist ja mega-kacke! Und sag mal was.« Sie drückte ihren Zeigefinger auf den Hörer, der, von den Haaren getarnt, im Ohr steckte. Michael zog das Handy, mit dem sie Penner getäuscht hatten, aus seiner Hosentasche und drückte auf den Knopf mit dem grünen Symbol.

»1, 2, 1, 2, Test!«

»Sehr originell. Aber ich höre Dich gut. Also, nicht auflegen. Steck es Dir am Besten in die Brusttasche. Ich habe meins stumm geschaltet, Du brauchst keine Angst haben, dass ich Dir aus der Jacke huste. Also los, an die Arbeit.«

Die Haustür stand auf, obwohl sich der Hausmeister das mit einem Zettel im Durchgang zum Innenhof ausdrücklich verbeten hatte. Michael vermutete ein System bei der Verteilung der Namen auf dem Klingelschild und behielt recht: Paula Müller wohnte im dritten Stock des hinteren, linken Gebäudeflügels. Kowalski lief geräusch- und wortlos an Michael vorbei, als er an der Wohnungstür klopfte und stellte sich auf den Treppenabsatz eine halbe Etage höher.

*

»Guten Tag, Frau Müller. Mein Name ist Michael Eichendorf.«

Paula Müller zuckte zusammen. Sie war höchstens einen Meter fünfzig groß und trug pastellfarbene Kleidung von verblichener Eleganz, ein aus der Mode gefallenes Großmütterchen. Ohne Vorwissen hätte Michael sie für die Witwe eines kleinen Beamten gehalten, die von ihrer kargen Rente ein paar Euro absparte, damit die Enkel sich irgendwelchen elektronischen Blödsinn kaufen konnten. Dass ihr Stimmchen so zierlich war wie ihr Körper, überraschte ihn nicht.

»Was wollen Sie von mir?«

Sie hatte Angst. Michaels Ruf war zurzeit nicht der beste.

»Nichts Böses, wirklich. Sie müssen keine Angst haben, ich will Ihnen nichts tun. Ich möchte Ihnen nur ein paar Fragen stellen. Zum Milliardenkredit.«

Michael versuchte ein höfliches Lächeln, und tatsächlich: Frau Müller entspannte sich ein wenig. Vielleicht auch wegen der Erinnerung an glorreichere Zeiten.

»Also, ich weiß natürlich, wie sich das anhört, aber ich bin tatsächlich Opfer einer Verschwörung. Man hat mich als Sündenbock für einen Terroranschlag aufgebaut, und ich sehe keine andere Chance, meine Unschuld zu beweisen, als die wahren Hintermänner zu entlarven ... Möglichst, bevor es zu spät ist ... Sie wissen ja, wessen man mich beschuldigt und, nun, das alles war ich nicht. Deshalb haben Sie nichts von mir zu befürchten.«

Wenn man stammelt wie ein Trottel, gewinnt man offensichtlich das Vertrauen der Leute, dachte Michael, denn Müller bat ihn in die Wohnung.

Sie lotste ihn durch den engen, dunklen Flur ins Wohnzimmer. Dutzende detailliert gearbeitete und wahrscheinlich recht teure Puppen saßen dort in Regalen, die fast bis an die hohen Decken reichten. An einem der Regale hing seitlich ein zwei Meter langer Holzstiel, an dessen oberem Ende ein dicker Metalldraht zu einem bauchigen Ypsilon gebogen war. Damit packt sie die Puppen an den Hälsen, dachte Michael und fasste unwillkürlich an seinen eigenen, während er sich in einen rot-goldenen, rokoko-gemusterten Plüschsessel sinken ließ.

»Für Kaffee ist es vielleicht ein bisschen zu früh ... Darf ich Ihnen etwas anderes anbieten? Ich hatte mir gerade einen Tee gemacht.«

»Nein, danke, Frau Müller. Ich will Sie auch nicht lange aufhalten. Also, wie gesagt, ich versuche meine Unschuld zu beweisen ...«

»Das klingt wie aus einem dieser amerikanischen Krimis.«

»Ja, ich weiß. Wenn man nicht dauernd versuchen würde, mich zu töten, würde ich es selber kaum glauben.« Draußen auf der Treppe würde Kowalski bestimmt breit grinsen und ein passendes Filmzitat murmeln.

»Die ganze Sache hängt mit Franz Josef Strauß zusammen, speziell mit dem Milliardenkredit. Gestern Mittag hat man mir erzählt, die Kreditsumme sei so geschickt angelegt worden, dass sie mehr Zinsen abwarf, als der Kredit gekostet hat.«

Müllers Augenbrauen hoben sich etwas, aber sie schwieg. Michael musste noch eine Schippe drauf legen.

»Gestern Abend habe ich Hinweise darauf gefunden, dass mit dem gewonnenen Geld ein Projekt namens ›Nachwuchs‹ finanziert wurde. Ich bin mir sicher, dass Sie mir mehr darüber erzählen können ...«

Müller schwieg immer noch.

»Frau Müller, ich glaube, dass Sie in dieses Projekt verstrickt waren, und ich glaube, dass jemand ›Nachwuchs‹ reaktiviert hat, und es für seine eigenen Zwecke benutzt. Für einen Staatsstreich.«

Müller wurde ein bisschen bleicher.

»Das würde er nicht wagen!«

»Wer würde was nicht wagen? Wollen Sie mir nicht alles von Anfang an erzählen?«

*

»Harry!« Der Name tröpfelte aus Müllers Mund.

»Harry Dennert? Also Achim van Heufelden? Ich weiß, dass er und Helga Bornemann unter dem Decknamen ›Schwert‹ eine Truppe von Möchtegern-Terroristen aufgebaut haben ...«

Damit hatte Michael die Schleuse geöffnet.

»Die Bornemann! Die hat immer nur dumm geschwafelt und alle Männer mit ihrem Aussehen gefügig gemacht. Deshalb hat Harry sie überhaupt eingesetzt! Weil er wusste, dass sie keine Skrupel hatte, die Beine breit zu machen, wenn sie sich davon Vorteile versprach. Aber als sie dann tatsächlich mal ihren Worten echte Taten folgen lassen sollte, hat sie die Pille abgesetzt und ihr Kind als Ausrede benutzt: ›Ich würde ja gerne bei der Revolution mitmachen, aber mein Mutterglück ...‹ Halten Sie mich für herzlos, aber sie hat von Lanz bekommen, was sie verdiente! Harry hatte sich ursprünglich im Auftrag der Partei an sie ranmachen müssen, um die westdeutsche Sympathisantenszene zu beobachten. Man wollte wissen, wie solche Untergrundbewegungen funktionieren, um den eigenen Staat zu schützen.«

»Und mit ›Schwert‹ wurden diese Erkenntnisse praktisch angewendet. Aber das war irgendwann überholt, stattdessen stieß er für die Stasi den Aufbau eines Netzwerkes von Schläfern an ...«

»Fast. Es war nicht die Stasi, die dahinter stand. Das war ein privates Projekt, sozusagen. Ich war damals bei der Kommerziellen Koordinierung, direkt unter Schalck-Golodkowski. Der hatte schon in seiner Dissertation festgestellt, dass die Wirtschaft der DDR nicht so rund lief, wie man das gerne gehabt hätte ... Und das war bereits 1970! Es wurde natürlich alles auf die Störtätigkeit feindlicher Kräfte abgeschoben, sprich: Sabotage der Westdeutschen.«

»Es sind immer die anderen schuld ...«

»Genau! Bloß nicht den Fehler bei sich selbst suchen! Harry war ja in Westdeutschland, hat sich da gut umgeschaut und festgestellt, dass die Marktwirtschaft besser funktionierte. Nur durfte man das nicht sagen. Obwohl die meisten Devisen durch die Arbeit der KoKo in die DDR kamen, einer Organisation, die alle kapitalistischen Tricks kannte und erfolgreich anwendete. Und trotzdem wollte niemand etwas davon wissen, mal ein paar Prinzipien in der real-sozialistischen Wirtschaft auszuprobieren!«

»Weil: Ohne Planwirtschaft sind die Planer überflüssig ...«

»Genau! Sie kennen den Spruch von Honecker: Den Sozialismus in seinem Lauf hält weder Ochs noch Esel auf. Und solange er die Zügel in der Hand hielt, war es Honecker egal, wohin der Sozialismus lief; seiner Bagage ebenso. Gegen die Wand oder in den Abgrund, Hauptsache, niemand anders kann lenken.«

»Sie beschlossen, das zu ändern ...«

»Ganz genau. Wir entwickelten damals den Plan für ›Nachwuchs‹.«

»Aber wie sollte die Infiltration der Bundesrepublik die Zustände in der DDR ändern?«

»Ende der Siebziger hat niemand mehr an die Wiedervereinigung geglaubt. Wir wollten junge Leute in der Bundesrepublik in führende Positionen aufsteigen lassen, die auf die Wiedervereinigung drängen, diese aber mit Forderungen an beide Staaten verknüpfen würden. Zeitgleich bemühten wir uns, in der DDR Gleichgesinnte zu finden, die auf diese Forderungen aus Westdeutschland, die wir ja ausgelöst haben würden, positiv reagieren sollten. Wir hatten uns ausgerechnet, dass die alte Garde des Zentralkomitees bis dahin größtenteils das Zeitliche gesegnet haben würde und eventuell auch ein paar von uns in die Spitzen der SED aufgestiegen sein sollten.«

»Wie haben Sie diese Aktion vor den SED-Spitzen geheim halten können?«

»Das wäre nicht möglich gewesen! Honecker und Mielke wussten davon!«

»Aber nicht alle Einzelheiten, nehme ich an.«

»Genau! Damals war das ›Züricher Modell‹ im Gespräch, eine Finanzierungsgesellschaft, die von der Deutschen Demokratischen Republik und der BRD gemeinsam gegründet werden sollte. Zu dem Zweck, dass wir Kredite auf den internationalen Finanzmärkten aufnehmen könnten, mit der BRD als Bürgen. Dafür hätte die Partei sich aber zu Erleichterungen im innerdeutschen Reiseverkehr verpflichten müssen. Wir haben über einen Vertrauten von Franz Josef Strauß ...«

»Schlüter.«

»Das wissen Sie auch? Ja, über Schlüter ... Er hat Strauß mit ins Boot gebracht. Strauß hat mit Schalck-Golodkowski gesprochen, später mit Honecker. Damit war unser Projekt auf höchster Ebene angekommen.

Honecker hat später gerne verlauten lassen, dass die ›Südschiene‹ - also Strauß - keinerlei Zugeständnisse verlangte, also die attraktivere Alternative darstellte. Dafür war er uns sehr gewogen. Und er hat sich sehr darüber amüsiert, dass wir die Infiltration des Westens mit dessen eigenem Geld finanzieren würden. Er und Mielke dachten nämlich, wir würden Schläfer installieren, um die Wirtschaft der BRD zu schwächen und so den Zusammenbruch der Bundesrepublik beschleunigen. Die waren sicher, dass sie das Ende Westdeutschlands noch erleben würden. Die hielten sich wohl für unsterblich.

Strauß hat sich als Staatsmann profilieren können, der die Beziehungen der beiden deutschen Staaten entscheidend verbesserte. Alle waren glücklich, keiner hat genau hingeguckt.«

»Insgesamt kein schlechter Plan. Nicht ungefährlich, schätze ich … Hut ab! Wann sollte die Wiedervereinigung stattfinden?«

»Um den Jahrtausendwechsel«, sagte Paula Müller, etwas kleinlaut.

*

»Tja.« Michael musste nicht mehr sagen.

»Genau. Die Geschichte hat uns überrumpelt. Im November 1989 haben wir noch über die Ironie gelacht, dass unser Plan gegen die Planwirtschaft so schön gescheitert war und sich nun alles durch die Macht des Volkes zum Besseren wenden würde. Aber an die Stelle einer echten Wiedervereinigung trat eine feindliche Übernahme. Alles, was in der DDR geschaffen worden war, verlor von einem Tag auf den anderen seinen Wert. Wir waren schnell ernüchtert.«

»Ok. Und ›wir‹ waren Dennert und Sie? Noch jemand?«

»Ein paar Verbündete, aber mehr in helfender Rolle, nicht federführend. Und meine Rolle war auch nicht so groß. Den Plan hat Harry entwickelt, ich war nur seine Assistentin.«

»Wie passt Molecule in diesen Plan?«

Müller hielt Michael eine Schüssel mit kleinen Schokotäfelchen hin, aber er lehnte ab. Während sie sorgfältig das Silberpapier von der Schokolade schälte, bezwang Michael seine Ungeduld. War das ein geriatrisches Phänomen, der Drang zur Kunstpause?

Die kleine Frau strich das Silberpapier glatt. Dann knitterte sie es zusammen, presste es in Kugelform und warf es in die Schale.

»Harry hat sich schon immer für diesen Kram interessiert. Jedesmal, wenn er wieder in der DDR war, hat er das Institut für Mikroelektronik Dresden besucht. Durch seine Kontakte in die BRD verschaffte er denen einige Patente und Geräte, die man kopieren konnte. Dabei ist er richtig auf den Geschmack gekommen und hat sich in die ganze Computertechnik eingearbeitet. Die SED-Spitzen waren alle verrückt nach Mikroelektronik, aber man hatte den Anschluss verpasst, wie so oft. Weil die fähigen Leute nicht unbedingt kompatibel mit der Parteilinie waren, wurden sie abserviert. Und wegen des Embargos, das den Export von Gütern verhinderte, die man im Osten auch militärisch nutzen konnte, war es schwierig, an Anschauungs-Material zu kommen.

Harry hatte die Idee, im Westen eine Firma aufzubauen, die den Anschein erwecken sollte, zur Avantgarde der Computertechnik zu gehören, um so

Einblick in die Forschungslabore der Universitäten zu erhalten, oder Patente und andere Firmen kaufen zu können. 1983 hat er sich einer Operation unterzogen, um sein Aussehen zu verändern, er hat sich Gewicht angegessen, einen anderen Gang angewöhnt, all die kleinen Dennert-Marotten abgelegt, andere antrainiert. Er ist praktisch zu einem neuen Menschen geworden. Dann fingierte man seine Flucht. Er wurde unter dem falschen Namen Achim van Heufelden im Westen euphorisch aufgenommen. Den Rest wissen Sie selber.«

»Molecule war also nur zur Industriespionage gedacht.«

»Genau. Und als unsere private Geldwäscherei für den Zinsgewinn aus dem Milliardenkredit. Aber Harry hatte sich ein paar kluge Köpfe zusammengesucht, so stellte sich nach und nach echter Erfolg ein. Sie haben ihn ja sicher mal im Fernsehen gesehen: Es fällt ihm leicht, die Leute für sich einzunehmen. Deshalb kam er auch immer mit seinen gewagten Plänen durch. Mielke bewunderte ihn ein bisschen, glaube ich, weil Harry kämpferisch, dabei pragmatisch und phantasievoll war. Allerdings war man wohl auch froh, dass er nicht in der DDR blieb und dort die Pferde scheu machte. Und so lange er seine alte Heimat mit Informationen versorgte, ließ man ihn gewähren. Er schaffte es sogar, einen Teil seiner Gewinne als Devisen in die DDR abzuführen.«

»Ok. Aber dann wird durch Schlüters Trick mit Strauß' Tod die halbe Firma in einem Schweizer Bankdepot auf Eis gelegt. Trotzdem schafft es van Heufelden nach der Wiedervereinigung, mit Molecule ein reicher Mann zu werden. Und nun reaktiviert er den Nachwuchs und will die Anteile holen. Aber warum erst jetzt? Wenn van Heufelden den Umsturz schon vor, was weiß ich, fünf Jahren durchgezogen hätte, könnte er doch zu dem Termin in aller Ruhe erscheinen, vielleicht sogar als Kanzler van Heufelden.«

Müller überlegte kurz.

»Es hat damals schon sehr viel Geld verschlungen, ›Nachwuchs‹ aufzubauen. Das ist inzwischen bestimmt nicht billiger geworden. Und wenn Sie recht haben und Harry wirklich eine Revolution plant? So etwas kostet auch ganz ordentlich. Harry muss Kredite aufgenommen haben, die er mit den Molecule-Anteilen zurückzahlen will.«

»Und an diese Anteile kommt er erst morgen.«

»Genau. Am Tag der deutschen Einheit … Ironie des Schicksals.«

*

Michael zog die Tür zu Paula Müllers Wohnung hinter sich zu. Kowalski, die immer noch eine halbe Etage höher auf ihn wartete, wollte etwas sagen, aber er legte seinen Finger auf die Lippen. Dann forderte er sie mit einer Geste auf, ihm den Ohrhörer zu geben.

Sie setzte zu einer pampigen Antwort an, sah aber auf die Brusttasche von Michaels Jacke, in der sein Telefon durch Abwesenheit glänzte. Sie nickte und flüsterte:

»Gleich. Sie guckt bestimmt noch, ob wir tatsächlich weg sind.«

Kowalski hatte recht: Als Michael beim Durchqueren des Innenhofes nach oben sah, blickte die kleine Frau Müller über das Geländer ihres Balkons hinweg auf ihn herab. Sie winkte. Im Flur des Vorderhauses blieb Michaels Leibwächterin stehen und reichte ihm den Hörer. Schon nach ein paar Sekunden hörte er die Wähltöne von Müllers Telefon, dann ihre Stimme:

»Ich bin's … Du wirst nicht glauben, wer gerade bei mir war: Michael Eichendorf! … Genau, ich war auch überrascht, das kannst Du mir glauben! … Nein, ich brauchte ihm nicht mehr viel zu erzählen, er hat sich schon fast alles selber zusammen gereimt … Außer, wer dahinter steckt, das wusste er nicht … Nein, er glaubt, ich wäre draußen. Bin ich ja auch … Warum sollte er mir sagen, was er vor hat? So dumm ist der nicht. Also, Ihr solltet mittlerweile wirklich gemerkt haben, dass er nicht so ein Waschlappen ist wie dieser Idiot Fischer behauptet hat … Ein Druckmittel? Aha … Nein, die war nicht bei mir drin … Doch, aber sie hatte eine Kapuze auf … Ja, Du auch. Ich drücke Euch die Daumen. Kannst Dich ja mal melden, wenn Du bei der Bank warst. Tschüss!«

Michael wartete noch eine Minute, aber aus dem Telefon drangen keine Klänge mehr, die auf weitere interessante Aktivitäten deuteten. Er erzählte Kowalski, was er gehört hatte.

»Interessant. Also haben wir denen schon gut eingeheizt. Ist doch prima.«

»Ja, aber das reicht noch nicht. Wenn die den Bundestag komplett aus dem Weg räumen wollen … meinst Du, dafür will ich verantwortlich gemacht werden?«

»Also geht's weiter. Wie denn? Hast Du noch einen Ansatzpunkt?«

»Ja, die Bank, die Müller erwähnt hat. Glottke sprach von einer Banque Tricatet, auf der Strauß angeblich Schwarzgeld hortete. Schlüter wird die Tafelpapiere in dieser Bank deponiert haben. Schau mal, ob Du was darüber findest.«

Allison stieß nach kurzer Suche auf die Homepage. Sie hielt Michael ihr Smartphone hin und zeigte ihm eine Adresse auf dieser Website: »Die haben auch eine Filiale in Berlin.«

»Dachte ich mir.«

»Wieso? Üblicherweise bleiben die doch jenseits der Alpen. Diskretion, Bankgeheimnis …«

»Ja. Ich bin drauf gekommen, weil van Heufelden heute in Berlin ist, nicht in der Schweiz. Er soll um drei bei der Eröffnung von irgendeinem Technologie-Center eine Rede halten.«

»Ach so. Du denkst, er holt die Unterlagen persönlich ab.«

»Vermute ich mal. Da wäre ich gerne bei.«

»Aber für jemanden wie van Heufelden ist ein kleiner Abstecher in die Schweiz eine Sache von Stunden. Also noch mal zur Müllerin, fragen. Dein Telefon musst Du auch noch zurückholen.«

»Scheiß auf das Telefon, das hat nur hundert ...«

»Wenn die Müller das findet, weiß sie, dass Du mitgehört hast, Du Depp! Dann ruft die doch direkt ihren Freund an und warnt den.«

»Wenn ich das jetzt raushole: Auch!«

»Ja, aber Du kannst verhindern, dass sie redet.«

»Ich werde keine Siebzigjährige umbringen, die mir gerade bis zum Bauchnabel reicht! Und Du auch nicht!«

Kowalski bedachte Michael mit ihrem üblichen spöttischen Lächeln, mit dem sie wohl sagen wollte, dass er sie nicht daran hindern könnte, Müller zu töten. Aber dann zog sie ein paar Kabelbinder aus ihrem Rucksack und gab sie ihm in die Hand.

»Nimm was Stabiles, am Besten einen Heizkörper.«

*

Eine halbe Minute später drückte Michael erneut den Bakelit-Knopf über Müllers Namensschild.

»Nanu? Noch was vergessen?«

»Ja. Mein Telefon.«

Michael presste seine Pistole an Müllers Schädel, als er sie vor sich her durch den Flur schob. Er zog das Telefon aus dem Regal, in dem er es beim Verlassen der Wohnung unter dem gerüschten Rock einer der Puppen versteckt hatte. Müller kam nicht sofort dahinter, was das bedeutete. Als der Groschen fiel, presste Michael ihr seine Hand auf den Mund, bevor sie ihrer Empörung lauthals Luft machen konnte.

»Ganz ruhig, Frau Müller. Ich werde Sie nicht töten, aber ich habe wenig Probleme damit, Sie niederzuschlagen. Also machen Sie besser keinen Aufstand. Verstanden?«

Paula Müller nickte, Michael nahm seine Hand von ihrem Mund.

»Sie haben mich angelogen. Sie sind vielleicht nicht mehr direkt beteiligt an dieser Geschichte, aber Ihr alter Freund hält Sie noch auf dem Laufenden. Woher sollten Sie sonst wissen, dass Lanz die Bornemann erschossen hat? Alle Welt denkt, ich hätte beide ermordet. Mir ist das eben nicht sofort aufgefallen, aber dann bin ich stutzig geworden ... Außerdem hat Ihre schöne Geschichte einen Haken: Um die Jahrtausendwende waren ein paar von den Nachwuchs-Leuten erst Anfang, Mitte zwanzig. Das ist üblicherweise kein Alter, in dem man schon an entscheidender Stelle sitzt. Diese ganze Angelegenheit wurde wirklich langfristig geplant, und ich nehme mal an, dass es genau jetzt losgehen sollte.

Also ergeben sich ein paar Fragen, die ich gerne beantwortet hätte. Zum Beispiel: Sind die Molecule-Aktien bei Tricatet hier in Berlin? Oder in der Schweiz?«

Paula Müller setzte sich auf das Sofa jenseits des übermäßig verzierten Tischchens und schob ihren hochgerutschten Rock wieder über die Knie. Sie schaute Michael versonnen an und spielte mit dem Medaillon, das vor ihrem faltigen Dekolleté an einer Halskette baumelte.

»Das würde mich doch sehr überraschen, wenn Du einer kleinen alten Frau etwas antun würdest, mein Junge.«

Michael versuchte, die Halbzwergin mit einem Blick zu beeindrucken, der randalierende Rottweiler in winselnde Welpen verwandelt hätte, aber die Müller lächelte ihn gelassen an, völlig sicher, dass er keine Gewalt anwenden würde. Zu Recht. Auch wenn er in den letzten Tagen mehrere Männer verletzt oder getötet hatte: In seinem Hinterkopf nagte immer noch die Erinnerung an sein Verhör von Krebbing. Das war noch ein Ausrutscher gewesen, tröstete er sich, eine Affekthandlung. Jetzt gab es keine Ausreden mehr. Physische Gewalt würde er nicht noch einmal anwenden, um Informationen zu erpressen.

Aber eine kurze Prüfung seines Gewissens ergab, dass er mit psychologischer Folter ganz gut leben konnte. Die grausame Täuschung, mit der er Penner, den alten Stasi-Offizier, zum Reden hatte bringen wollen, belastete ihn kaum. Auch, weil er damit keinen Erfolg gehabt hatte. Dieses Mal musste er sich was Besseres einfallen lassen, schon alleine, damit Kowalski nicht eingreifen würde.

*

Die kitschigen Kerzenhalter aus Messing, die auf dem Tisch zum Dekorations-Overkill des Wohnzimmers beitrugen, wurden funktional schwach gerechtfertigt durch gelegentliches Anzünden der langen, weißen Kerzen. Was wiederum die Anschaffung eines ach so feinen Feuerzeuges mit emailliertem Porzellangehäuse nach sich gezogen hatte. Michael griff sich das Feuerzeug, stand auf und setzte das Kleid der nächstbesten Puppe in Flammen.

Müller rutschte auf dem Sofa hin und her, sagte aber nichts. Der brennende Polyester verteilte Rußflocken und beißenden Gestank im Raum. Michael wartete einen Moment, bis die Flammen höher schlugen und das Gesicht der Puppe umzüngelten, dann riss er sie von dem Ziertischchen, warf eine Decke drüber und trampelte darauf herum. Er zog die Decke beiseite, Qualm stieg hoch und enthüllte einen Totalschaden an dem künstlichen Kind.

»Du Bestie!« Müller konnte nicht länger unbeteiligt tun. Michael gestand sich ein, dass er seine Freude daran hatte, die kleine Frau zu quälen. Sie hatte es verdient. Sie war eine Mitwisserin und, wenigstens indirekt, Mittäterin. Man ist eben nicht immer nur die Puppenspielerin, Frau Müller, manchmal ist man auch die Puppe. Da hast Du mal einen großen Schluck von Deiner eigenen … Verdammt, genau das hatte Kowalski auch gesagt.

Die abgefackelte Puppe hatte einen sehr teuren Eindruck gemacht, aber die Müller war einigermaßen ruhig geblieben. Der materielle Wert spielte vielleicht keine große Rolle. Michael nahm die Stange mit der Drahtschlinge von dem Regal und sah sich im Zimmer um. Im obersten Regal gegenüber der Couch saß eine Puppe, die sich wegen ihrer Erbärmlichkeit deutlich von den anderen abhob. »Der Kelch eines Zimmermannes«, würde Kowalski zitieren. Ich werde ihr immer ähnlicher, dachte Michael und fischte das gestrickte Spielzeug von seinem Hochsitz. Als er sich umdrehte, schaute er in ein Pistölchen, das Frau Müller offenbar aus einer Polsterfalte ihrer Couch gezogen hatte.

»Wenn Du es wagst …«

»Ja? Dann? Erschießen Sie mich? Glaube ich nicht.«

Michael ließ das obere Ende der Stange von sich wegkippen, Müllers Blick folgte in Sorge der Flugbahn ihrer Puppe. Michael reichte ein großer Schritt, um in Reichweite der Waffe zu kommen. Er drückte Müllers Hand mitsamt der Pistole beiseite und entwand ihr die Pistole ohne Schwierigkeiten.

»Opfer bringen überlassen Sie lieber den anderen, nicht wahr? Berlin oder Schweiz? Fünf Sekunden, sonst ist die Puppe dran.«

Michael warf die Pistole in eine Zimmerecke und sammelte das Spielzeug auf.

»Drei.« Er hielt das Feuerzeug an die lose baumelnden Füße der Puppe.

»Zwei. Ist das Baumwolle? Das stinkt wenigstens nicht so.«

»Berlin!«

»Sicher? Eins.« Er zündete das Feuerzeug.

»Ja, morgen früh!« Müllers Stimme machte einen Salto.

»Wirklich! Bitte … Bitte, lassen Sie meine Nelly …« Müller weinte; Michael warf ihr die abgeliebte Puppe zu. Er fühlte sich beschissen, wollte es sich aber nicht anmerken lassen. Die Müller ein bisschen härter ranzunehmen, okay. Aber jetzt hatte er wieder übertrieben. Immerhin merkte er es hinterher, das hatte er mieseren Typen voraus. Und für die Opfer macht das ja auch einen Riesen-Unterschied, ob ich hinterher bereue, dachte er. Was für eine Scheiße. Egal, es war passiert, da konnte er auch die Situation ausnutzen. Auch eine Lehre von Kowalski. Mist.

»Einzelheiten, Frau Müller.«

Es dauerte einen Moment, bis das Schluchzen aufhörte, aber Nelly funktionierte wie ein frischer Akku für Müllers Selbstbewusstsein. Sie wischte sich den Rotz von der Nase und funkelte Michael böse an, der es sich wieder im Sessel bequem gemacht hatte.

»Strauß wurde am 3. Oktober um 11:45 für tot erklärt. Tricatet wird seine Papiere zu diesem Zeitpunkt freigeben und demjenigen aushändigen, der das Passwort weiß. Bevor Du fragst: Ich kenne es nicht. Harry schon. Ich weiß nicht, wo er es her hat. Die Übergabe wird in der Filiale in der Behrensstraße stattfinden.«

»Wieso nicht in der Schweiz?«

»Harry hat ein millionenschweres Konto bei denen.«

»Und einem so guten Kunden trägt man schon mal den Arsch nach. Gut. Was passiert dann? Wie wird der Putsch aussehen?«

»Von wegen Putsch! Die Herrschaft des Kapitals wird endlich beendet sein.«

»... und der Sozialismus bekommt eine weitere Chance zu scheitern?«

»Diesmal nicht! Wir haben gelernt! Der Fehler der Deutschen Demokratischen Republik war die Planwirtschaft. Wir werden eine faire Marktwirtschaft einführen, Angebot und Nachfrage, gute Preise für die Produkte ehrlicher Arbeit. Sorgfältig beaufsichtigt und behutsam gelenkt von der Regierung. Aber dass man Geld arbeiten lassen kann, das wird es nicht mehr geben in der Demokratischen Republik Deutschland!«

Michael goss Öl in ihr idealistisches Feuer: »Das Letzte hört sich nicht schlecht an.«

»Ja, nicht wahr? Eigentlich wäre es ganz einfach, aus Deutschland wieder was zu machen. Aber der komplette Bundestag ist von Lobbyisten unterwandert, es gibt keinen Abgeordneten, der nicht auf seinen Vorteil aus ist. Die sind alle gekauft; der politische Wille zur Neuausrichtung ist unter einem Berg von Geld begraben.«

»Soweit kann ich Ihnen schlecht widersprechen.«

»Wer könnte das schon? Hör Dir an, was der kleine Mann auf der Straße sagt: genau das Gleiche. Die Kapitalisten muss man erst mit ihren eigenen Waffen schlagen, um ihre Schwäche zu beweisen; dann kann man sie in ein Lager stecken. Harry wusste das schon immer.«

»Und deshalb hat er Nachwuchs wiederbelebt.«

»Genau. Wir haben eine Tournee durch die Republik gemacht, mit jedem der Nachwuchs-Leute gesprochen. Ein paar hatten kein Interesse mehr, weil sie sich mittlerweile gut eingerichtet hatten, aber das war uns vorher schon klar, dass es Abtrünnige geben würde.«

»Haben Sie keine Angst, dass die reden werden, wenn der Umsturz vollzogen ist?«

»Von denen redet keiner mehr.« Die kleine Frau zwinkerte vielsagend. Michael konnte sich denken, was das bedeutete. Es fiel ihm nur schwer, diesen Zynismus mit dem Persönchen in Einklang zu bringen, das inmitten seiner Puppensammlung gerade ein Schlückchen Tee aus einem verschnörkelten Tässchen nippte. So würde Kowalski in vierzig oder fünfzig

Jahren wirken. Nur größer. Und statt Puppen würde sie Filmdevotionalien sammeln. Oder Schusswaffen.

»Gut. Offensichtlich sind Sie mittlerweile zu der Überzeugung gekommen, dass es nicht ohne Gewalt geht. Sie planen für morgen irgendein Attentat, bei dem der ganze Bundestag drauf gehen soll, soviel kann ich mir denken. Ich werde als Sündenbock dastehen. Man wird den Notstand ausrufen, unter dem Vorwand, meine angeblichen Hintermänner zu finden, wahrscheinlich werden jede Menge Verhaftungen vorgenommen, damit Sie eventuelle Opposition ausschalten können. Und niemand wird mir in den Stunden, die ich nach meiner Verhaftung noch zu leben habe, glauben, was ich erzähle. Man wird mich für einen Irren halten.«

»Genau. Du wirst einer Verhaftung auf Dauer nicht entgehen können; Du willst sicher keinen unschuldigen Polizisten erschießen, um zu entkommen, oder? Das Kowalski-Mädchen hat bestimmt weniger Skrupel, nicht wahr? Kaum der richtige Umgang für Dich!«

Mehmet hatte seinen Auftraggebern natürlich alles erzählt. Michael widerstand der Versuchung, über Kowalski herzuziehen. Dass er kaum Kontrolle über seine blutrünstige Leibwächterin hatte, musste die Müller nicht wissen.

»Bei solchen Schweinen wie Ihren Lakaien ist sie tatsächlich etwas über die Stränge geschlagen. Apropos: Kinderschänder, sind die ein so viel besserer Umgang?«

»Wo gehobelt ...«

»Wenn Sie diesen Spruch beenden, werde ich Ihnen den Hals umdrehen, Frau Müller. Sie haben mich zwar ganz richtig eingeschätzt: Ohne Anlass werde ich Ihnen nichts antun. Aber meine Lunte ist etwas kürzer geworden in den letzten Tagen. Sie sollten vorsichtig sein, was Sie sagen.

Zurück zum Thema. Was genau ist geplant? Wie sollen die Abgeordneten sterben?«

Müller zögerte, bemerkte aber Michaels Blick auf ihre geliebte Nelly. Sie klammerte die Puppe noch fester an sich.

»Ich weiß es nicht!«

*

Müller stiegen die Tränen in die Augen. Sie hielt an der Puppe fest, als ob es ihr Kind wäre. Sie würde das Stoffbündel mit ihrem Leben verteidigen, wenn nötig. Und sie würde nichts tun, um es zu gefährden. Sie sagte die Wahrheit. Und wenn nicht? Er brachte es nicht fertig, sie noch weiter zu quälen.

»Gut. Ich glaube Ihnen.«

Während Michael überlegte, wie er die kleine Frau möglichst behutsam außer Gefecht setzen sollte, gewann Müller neuen Mut.

»Wir sind uns einig, dass Du in einer ziemlich schlechten Position bist, oder, mein Junge? Es wird Schnellgerichte geben, wenn wir den Notstand ausgerufen haben. Hinrichtungen. Du kannst uns nicht aufhalten. Du wirst geschnappt werden, und dann macht man kurzen Prozess mit Dir.«

»Kann schon sein.«

»Mit Sicherheit. Aber ich will Dir einen Ausweg bieten. Leute wie Dich hätten wir gerne in unseren Reihen gehabt. Es war vielleicht ein Fehler, Dich zu unterschätzen und als Sündenbock zu installieren.«

»Ach ja, auf Vorschlag von meinem alten Freund Benny Fischer. Wenn ihre Leute alle solche Knalltüten sind, wie er war, dann ist meine Position vielleicht doch nicht so schlecht«, sagte Michael, aber Müller ging nicht darauf ein.

»Mein Angebot sieht so aus, ganz einfach: Du verschwindest aus Deutschland, heute noch. Egal, wohin.«

»Und dann?«

»Nichts. Wir lassen Dich in Ruhe, solange Du schweigst. Vielleicht könntest Du sogar irgendwann wieder zurückkommen, natürlich unter einem neuen Namen. Für uns arbeiten, wenn die Säuberungen abgeschlossen sind. Du wirst schon sehen, dass es unter unserer Führung besser wird mit Deutschland. Du bist doch ein Patriot, oder? Wir wollen einen echten Neustart für unser Land, eine Volksrepublik Deutschland. Schau Dir an, in welche Lage das ganze kapitalistische Pack die Deutschen gebracht hat. Aber niemand wehrt sich! Facebook und McDonald's sind das neue Opium für das Volk. Die Deutschen brauchen jemand, der für sie den Kampf gegen die Ausbeuter und ihre Speichellecker endlich angemessen verschärft! Ja, morgen wird der ganze Bundestag dran glauben. Aber das ist nur der Anfang! Wir werden ohne Kompromisse alle ausrotten, die der Machtergreifung des kleinen Mannes im Wege stehen!«

Michael konnte Müllers Verblendung nicht mehr ertragen. Er stand auf und fuchtelte mit dem rechten Zeigefinger in ihre Richtung, eine schwache Ersatzbefriedigung für die Ohrfeige, die er ihr geben wollte.

»Kann sein, dass der kleine Mann ein Idiot ist, Frau Müller. Aber er ist nicht so blöd, eine Bande von Mördern auf Dauer als Regenten zu akzeptieren. Schon gar nicht mehr heute, wo der kleine Mann kein Bauer oder Arbeiter mehr ist, der kaum lesen und schreiben kann. Ihr Ersatz-Stalinisten habt nicht begriffen …«

Müller sah ihn trotzig an. Seine Worte prallten von ihr ab wie Billardkugeln von der Bande. Sie wusste es natürlich besser, hatte die Weisheit gepachtet. Er war nur ein reaktionärer Dummkopf, oder ein armer Tropf, der die Notwendigkeit revolutionärer Gewalt nicht begreifen wollte, oder was auch immer. Es war zwecklos.

»Egal. Komm mit, Frau Müller.«

Zu seiner Erleichterung ließ sie sich ohne Widerstand an den gusseisernen Heizkörper in ihrem Schlafzimmer fesseln. Aber bevor er sie knebelte, spuckte sie noch einige Verwünschungen aus, die wenig zu ihrem damenhaften Aussehen passten, und endete mit einer Prophezeiung:

»Du hast keine Chance!«

»Man wird sehen«, antwortete Michael einfach und drückte sorgfältig einen Strumpf in ihren Mund. In einem sekundenlangen Anfall von Sadismus griff er nach Nelly, die Müller immer noch in der Hand hielt. Aber ein Blick in die geweiteten Augen der alten Frau bremste ihn. Er ließ die Puppe los, verkniff sich weitere Worte und verließ die Wohnung. Sein Charakter war weit davon entfernt, über jeden Zweifel erhaben zu sein, das wusste er selbst. Aber immerhin kannte er Mitleid. Und deshalb war er der Gute. Oder zumindest besser als Müller und ihre Fanatikerfreunde.

*

Kowalski hatte vor der Haustür gewartet. Als sie zurück zum Auto gingen, hakte sie sich wieder bei Michael unter. Nachdem sie sich hatte erklären lassen, wie er Müller außer Gefecht gesetzt hatte, fragte sie:

»Wie lange soll die so da sitzen?«

»Keine Ahnung! Mir scheißegal!«

»Ich frage ja nur. Apropos: Was ist, wenn sie aufs Klo muss?«

»Muss sie sich wohl verkneifen.«

»In dem Alter ist das nicht so leicht.«

»Pech.«

»Wie soll sie denn wieder befreit werden?«

»Ich rufe morgen die Polizei an.«

»Meinst Du, dazu hast Du Gelegenheit? Vielleicht bist Du morgen schon tot. Dann sitzt die arme, alte Frau da vielleicht ein paar Tage in ihrer eigenen Kacke, bevor man sie findet. Das ist ziemlich peinlich, würde ich sagen.«

»Warum sagst Du das? Du weißt doch ganz genau, dass mir das sowieso stinkt, solche Sachen zu machen ...«

»Stinken ist in dem Fall das richtige Wort.«

»... und Du reitest auch noch drauf rum! Hätte ich sie erschießen sollen? Wäre das in Deinen Augen besser gewesen?«

Kowalski lachte. »Es macht mir eben Spaß, Deine Knöpfe zu drücken. Die sind aber auch so groß und bunt, dass ich nicht widerstehen kann. Schreib einen Brief an die Polizei, dass die Müller gefesselt in ihrer Wohnung sitzt. Wirf den heute ein, dann wird er morgen zugestellt, und man befreit sie.«

»Ja. Gut.« Michael stieg in den Citroën und starrte durch die Windschutzscheibe auf einen Punkt tausend Kilometer hinter der Mauer des Recyclinghofes.

»Meinst Du wirklich, dass ich morgen tot bin?«

»Kommt drauf an: Willst Du weiter machen?«

»Ja.«

»Ok. Also: Wenn ich es verhindern kann, stirbst Du nicht.«

»Wenn Du es nicht verhindern kannst, bedeutet das, dass Du tot bist«, stellte Michael fest.

»Höchst wahrscheinlich.«

»Ich kann nicht fassen, dass Du das so lässig siehst!«

»Tue ich nicht.« Sie blickte auf ihre Hände, die das Lenkrad umschlossen. Nach einer Pause fragte sie ihn:

»So wie es aussieht, heißt es: Wir oder der Bundestag, oder?«

»Scheint so.«

»Du hast Dich entschieden.«

»Ja. Nicht für den Bundestag, aber gegen den Nachwuchs.«

»Auch, wenn Du getötet wirst?«

»Das muss nicht sein.«

»Aber wenn es darauf hinausläuft?«

»Scheiße. Gut, besser ich gehe drauf als der Bundestag. Muss ich über so etwas nachdenken? Nicht sehr motivierend!«, sagte Michael.

»Ich denke über so was nach.«

»Und?«

»Der Bundestag ist nicht mein Klient. Du schon.«

»Das ist Blödsinn! Nur, weil Dein Chef einen Vertrag mit meinem Chef abgeschlossen hat, willst Du ... Fastenrath ist tot! Deine Loyalität ist ja sehr bewundernswert, aber das ist doch Blödsinn, sich für so etwas Abstraktes opfern zu wollen!«

»Naja, von ›Wollen‹ kann nicht die Rede sein. Ich fühle mich verpflichtet. Aber das hast Du nie verstanden, dass ich so ticke, oder? Und, mal ehrlich: Die Demokratie retten zu wollen ist in meinen Augen noch abstrakter.«

»Mag sein, aber liegt Dir da nichts dran? Du bist doch auch eine Deutsche, Du solltest doch ...«

»Ja? Bin ich das?«

»Nicht?«

»Eigentlich bin ich gebürtige Holländerin. Mein echter Name ist Antje Kerkenwijk.«

Erst als Allison nicht mehr an sich halten konnte und laut loslachte, wurde Michael bewusst, dass er wohl ein sehr dämliches Gesicht gemacht haben musste. Er wollte noch weiter beleidigt sein, nachdem sie sich wieder beruhigt hatte, aber sie turnte durch den Innenraum des Xantia auf seinen Schoß und zwängte ihre Zunge in seinen Mund. Natürlich konnte er dem wenig entgegensetzen. Er legte seine Arme um ihre Taille und entschied sich, den Moment zu genießen. Nach einer Minute, die ruhig eine Stunde hätte dauern dürfen, bugsierte sie sich wieder auf den Fahrersitz.

»Wohin jetzt?«

Michael sortierte schnell seine Gedanken.

»Behrensstraße. Die Tricatet-Filiale. Lass uns vorbeifahren und schon mal gucken, wie es da aussieht.«

DONNERSTAG, 3. OKTOBER

»Was ist, wenn die Müller gelogen hat? Wenn er doch in der Schweiz ist?«

»Dann haben wir Pech. Dann sterben rund 600 Abgeordnete. Und ich werde der meistgesuchte Mann Europas sein.«

»Und die anderen haben gewonnen.«

»Ja.«

»Das stört Dich am meisten, oder?«

»Um ehrlich zu sein: Ja. Bin ich deshalb ein schlechter Mensch?«

»Nein. Total mein Typ. Und jetzt raus mit Dir.«

Er sah ihrem Citroën hinterher, als der Wagen in die Tiefgarage unter dem Bebelplatz tauchte, und dachte, dass sie vielleicht nicht ganz die Richtige war, wenn es um moralische Fragen ging. Ihre Antworten waren die gleichen wie die von dem Kerl auf dem T-Shirt, das sie heute Morgen angezogen hatte: »Say Hello to my little friend« - der kleine Freund war ein M16 Sturmgewehr.

Aber ihr Lächeln hatte ihm nur kurz über die Frustration hinweg geholfen. Van Heufelden musste kommen, er konnte es sich nicht erlauben, dass irgendjemand anders die Unterlagen in die Hand bekam, die ihn als Harry Dennert, den Stasi-Mann, identifizierten. Und er brauchte das Geld, das die Aktien darstellten. Er war wohl kaum zur örtlichen Sparkasse gegangen und hatte den »Schnellkredit für Revoluzzer« beansprucht. Das Geld stammte aus dunkleren Quellen, da war Michael sicher, und die würden van Heufelden auf die Finger klopfen, wenn er nicht pünktlich zurückzahlte. So weit die Theorie.

Andererseits: Wer wusste schon davon? Wer würde ihm den Zugriff auf das Depot streitig machen? Die Müller? Die würde ihren geliebten Harry nicht bloßstellen wollen. Schlüter? Der steckte zu tief mit drin, der würde schön die Füße still und den Mund geschlossen halten.

Aber was, wenn van Heufelden schon eine Minute nach Mitternacht in die Bank marschieren würde? Wenn die Bankiers doch nicht so pedantisch waren, wie die Müller behauptet hatte, und sich nur für das Datum von Strauß' Tod interessierten, nicht für die Uhrzeit?

Dieser Gedanke war Michael gestern Abend gekommen, seine Stimmung war auf Umgebungstemperatur gesunken, knapp über dem Nullpunkt. Also hatten sie bis nach Mitternacht gewartet. Die letzten Lichter hinter den Fenstern der Gründerzeitfassade waren schon lange gelöscht worden, aber Michael hatte das Ende der Beobachtung immer wieder hinaus geschoben, bis er einsehen musste, dass van Heufelden nicht kommen würde.

Das Einzige, was passiert war: Allison hatte einen Anruf von ihrem Chef bekommen. Michel hatte nur ihre Seite des Dialogs gehört, aber es war klar, dass am anderen Ende der Leitung nicht sehr freundliche Worte gesprochen wurden. Allison sagte Sachen wie: »Weiß ich selber!«, »Das musst Du mir nicht sagen!« oder »Fang nicht wieder damit an!« und legte schließlich genervt auf. »Mein Chef hat mich daran erinnert, dass unser Vertrag mit Fastenrath morgen ausläuft. Er hat übrigens gerade in Berlin zu tun. Aber ich mag ihn jetzt nicht treffen.«

Danach hatte sie keine Lust mehr: »Van Heufelden kommt sowieso nicht!« Sie hatte gefroren, typisch Mädchen, und wollte nur noch ab ins warme Bett. Natürlich hatte sie all ihre Überredungskunst eingesetzt: »Willst Du nicht lieber kommen? Na? Wenn Du weißt, was ich meine, knick, knack!« und ihn dann so geil gemacht, dass er nicht mehr klar denken konnte. Mist!

Immerhin hatte Allison dann auch geliefert. Oh ja, das hatte sie. Der Gedanke an den gestrigen Abend ließ Michael innerlich schmutzig lachen, so laut, dass es ein Grinsen in sein Gesicht trieb.

Zwei Polizei-Hubschrauber flogen hin und her, das Geräusch schwoll an und ab. Die kreisen über dem Reichstag, dachte Michael. Einen Eurofighter konnte er auch hören. Eigentlich waren der Bundeswehr Inlandseinsätze verboten. Aber in Rostock war ein Jagdgeschwader der Luftwaffe stationiert, das die Piloten auf diesen Jets ausbilden sollte. Und wenn einige der Übungsflüge »zufällig« heute stattfanden, käme das bei der Abwehr eventueller Luftangriffe auf den Reichstag sehr gelegen.

Michael drehte eine weitere Runde über den südlichen Teil des Bebelplatzes. Er drückte sich von einer Häuserecke zur nächsten und war sich bewusst, dass er nicht gerade ein Muster an Unauffälligkeit darstellte. Aber ihm blieb keine Wahl, er musste wissen, wer in die Bank ging.

Um zwanzig nach zehn fuhr ein gepanzerter Geldtransporter mit Schweizer Kennzeichen in die Tiefgarage unter dem Bebelplatz. Zwei Minuten später klingelte sein Telefon.

»Die haben Post bekommen«, sagte Allison.

»Ja. Konntest Du was erkennen?«

»Nein. Der Transporter ist rückwärts in den Tunnel zur Bank gefahren, direkt vor die Tür. Wenn ich näher ran gehen würde, käme ich ins Fernsehen.«

»Ok. Aber das ist ein gutes Zeichen, oder? Wer sollte heute kommen, wenn nicht die Papiere aus der Schweiz? Oder bin ich zu optimistisch?«

»Es ist plausibel, und auch nicht unwahrscheinlich. Aber es kann auch sonstwas sein.«

»Ja. Scheiße, ich bin total nervös! Die Zeit rennt uns weg. Die Feierstunde im Reichstag fängt bald an!«

»Ich weiß. Dreh nicht durch. Und vor allem kein Alleingang, hörst Du?«

»Ja, Mama!«

»Braver Junge!« Allison legte auf, Michael war wieder allein. Er vergrub seine eiskalten Hände weit in den Hosentaschen und stapfte für eine weitere Runde über den Bebelplatz, zum Denkmal der Bücherverbrennung, zur Hedwigskathedrale und wieder zurück; und noch eine Runde. Und noch eine. Er beobachtete die Fußgänger, sie hatten es eilig, aus dem kalten Herbstwind zu fliehen. Einem älteren Herren wehte der Hut vom Kopf, laut schimpfend lief er hinterher.

Um elf Uhr dreißig fuhr ein Konvoi in die Tiefgarage. Zwei anthrazitfarbene Audi Q7, ein schwarzer Rolls-Royce Phantom, ein weiterer Q7. Alle vier Fahrzeuge hatten die Seitenscheiben dunkel getönt, Michael konnte keinen der Insassen erkennen.

»Ich schätze, unser Freund ist angekommen«, hörte er Allisons Stimme aus dem Lautsprecher des Telefons.

»Sicher?« Er wollte nicht zu enthusiastisch wirken.

»Graue Haare, Pferdeschwanz, weißer Rollkragen-Pullover. Vielleicht ein Double, ich habe ihn nur ganz kurz durch das Fernglas gesehen, und das Licht ist hier nicht so toll. Aber so oder so, dieser Mann ist der, auf den wir gewartet haben.«

Von Strauß' Familie war niemand aufgetaucht, der Ansprüche auf den Inhalt des Depots erhob. Das beantwortete dann auch die Frage, worin der Beitrag des Bayern bei der Gründung von BMTI bestanden hatte: Nur in seinem Namen, und ohne es zu wissen.

»Spitze! Bis gleich!« Michael würde jetzt an der Ecke der Alten Bibliothek stehen bleiben, warten, dass van Heufelden aus der Tiefgarage kam. Allison würde dem Konvoi folgen, er würde in den Xantia springen, und dann würden sie sehen, wohin die Reise ging.

*

Aus der Hedwigskirchgasse gegenüber kam ein Mann auf ihn zu. Ein prähistorischer Typ, der Michael irgendwie bekannt vorkam. In dem Moment, als ihm einfiel, woher, baute König sich vor ihm auf, legte seine Augenbraue in eine verächtliche Welle und hielt Michael ein Smartphone vor die Nase.

»Guck mal hier, Eichendorf!«

Michael sah auf den Bildschirm.

Lea.

Mit einer Pistole am Kopf.

Der Bildausschnitt wanderte den Arm hoch, zu dem Kopf des Mannes, der die Waffe hielt. Ein schmales Gesicht mit dichtem, schwarzem Vollbart. Auf der rechten Wange eine fast kahle Stelle, mit nur wenigen grauen Haaren. Sechs oder sieben Goldzähne blinkten in seinem Mund, als der Mann ein höhnisches Grinsen aufsetzte. Michael erkannte ihn. Seine Hände fingen an zu zittern. Er konnte sich nur mit Mühe aufrecht halten. Gorassović.

»Heiko, gib mir bitte Eichendorf«, hörte er eine Stimme aus dem Telefon. König drückte Michael das Gerät in die Hand, ebenfalls breit grinsend. Beide hatten ihren Spaß an Michaels Reaktion.

»Hallo, Herr Eichendorf. Ich sehe, Du erinnerst Dich an mich. Wenn die Tochter Deines verstorbenen Freundes überleben soll, halte Dich genau an die Anweisungen. Gib die Waffe Heiko, halte das Telefon so, dass ich beobachten kann … Ja, gut, danke. Nicht, dass was passiert. Und jetzt folge ihm einfach. Halte das Telefon so, dass ich Deine Arme sehen kann. Wenn Du nicht wieder den Helden spielst, bleibt Mädchen am Leben, ganz einfach.«

»Wer garantiert mir das?«

»Keiner. Aber ich kann Dir garantieren, dass die Kleine stirbt, wenn Du aufmuckst. Ich will nicht Entschlossenheit demonstrieren müssen, indem ich das Kind verletze.«

»Ja, schon gut. Ich gehe mit König.«

»Gut. Genau das will ich jetzt sehen.«

Michael hielt das Telefon wie befohlen von sich weg und seinen linken Arm vor die Brust, damit der komplett im Bild war. Er starrte auf das Display. Lea saß auf einem Holzstuhl und wimmerte vor sich hin. Tränen hatten den Kajalstift über die Wangen verteilt. Auf ihrer geschwollenen Unterlippe sah Michael dunkle Kruste, geronnenes Blut.

»Komm schon!« König genoss es sichtlich, dass Michael ihm ausgeliefert war. Er durchquerte die Gasse mit schnellen Schritten, als wolle er Michael abhängen. Am Ende der Hedwigskirchgasse blieb er stehen, neben einem Laternenmast mit allerlei Ver- und Gebotsschildern. Nach wenigen Sekunden hielt ein schwarzer Audi A6 neben ihm. König öffnete Michael die hintere Beifahrertür und bedeutete ihm, mit sarkastisch übertriebener Beflissenheit, einzusteigen.

»Ihr kennt Euch schon, oder?«

Am Steuer saß die Frau aus dem Aktenlager, Renate. Michael hätte sie fast gegrüßt.

Sie sah ihn nicht an, interessierte sich nur für ihren Außenspiegel. König hatte den Audi umrundet und nahm hinter ihr Platz.

»Kleiner Stadtbummel. Dauert nicht lang. Bald ist alles vorbei.«

»Was ist mit der Mutter des Mädchens?«

»Die ist noch in Prag, sucht nach dem Kind. Traurig, traurig … Ist sie vielleicht bald ganz alleine, die arme Frau?«

König lachte. Dann spielte er tatsächlich mit der P8. Er wollte Michael provozieren.

»Gut drauf aufgepasst? Ich hatte die schon vermisst. Aber gelangweilt hat die sich nicht, was? Tja, hat nichts genutzt.«

Aber Michael war über das Maß an Wut hinaus, das ihn unkontrolliert handeln ließ. Er fühlte sich innerlich so kalt und stumpf, dass er sich fragte, ob er schon gestorben wäre, ohne dass man seinem Körper Bescheid gesagt hätte. Als der Audi die Französische Straße hinunter fuhr, sah Michael aus dem Fenster.

Wie hatten sie ihn gefunden? Wahrscheinlich hatten sie die Umgebung der Bank beobachtet. Hätte er sich eigentlich denken können. Hätte Kowalski sich denken können.

Und Lea war das Druckmittel, von dem man der Müller am Telefon erzählt hatte. Hätte er sie mal danach gefragt. Aber »hätte« ist keine Zeitmaschine.

Er lachte grimmig in sich hinein, als er sich Kowalskis Gesicht vorstellte, während sie vergebens auf ihn wartete. Wenigstens war sie aus dem Spiel. Oder hatten die für sie auch einen Plan?

*

Eine Polizeisperre. Für Sekunden schöpfte Michael Hoffnung, aber dann wurde ihm bewusst, dass er nicht auf Hilfe zählen konnte. Im Gegenteil, wenn sie ihn verhaften würden, wäre es vorbei. Wahrscheinlich auch für Lea.

Ein Polizist winkte sie mit seiner Kelle in eine Umleitung über die Friedrichstraße. Sie waren noch einen Kilometer vom Reichstag entfernt, aber schon hier beäugte ein Dutzend Polizisten misstrauisch jedes Auto, das vorbei fuhr. Am Tag der Deutschen Einheit wurde die Bannmeile sehr ernst genommen.

Zu Michaels Überraschung fuhren sie keine fünf Minuten durch Berlin. Kurz nachdem der Audi die Weidendammer Brücke überquerte, bog Renate links ab in eine Straße namens Schiffbauerdamm. Nach wenigen hundert Metern setzte sie den Blinker, um in eine Einfahrt zwischen den Büroblöcken zu fahren, die bereits seit den Sechzigern diesen Abschnitt des Spreeufers verunzierten. Während Renate einen Fußgänger passieren ließ, sah Michael durch die Windschutzscheibe das Reichstagsgebäude mit der markanten Glaskuppel, drei- oder vierhundert Meter entfernt.

Renate lenkte den A6 in die Einfahrt. Michael las ein Schild an dem Gebäude: Thincode Deutschland. Van Heufeldens Stützpunkt in der alten Heimat. Sollte von hier aus eine Rakete abgeschossen werden oder so etwas? Das wäre doch Blödsinn. Oder wollte er von hier aus das Spektakel live beobachten, von einem Dachgarten aus, mit Glühwein in der Hand? Aber was für ein Spektakel?

Es ging hinab. Nachdem sie in das zweite Untergeschoss einer unerwartet großen Tiefgarage gefahren waren, hielt der Wagen vor den offenen Edelstahltüren eines Lastenaufzuges an.

»Steig aus, Eichendorf«, sagte König. Michael gehorchte. Er stand am Kopfende einer Sackgasse, die den Platz zwischen Betonwänden mit zwei Reihen parkender Autos und Lieferwagen füllte. Im Gegensatz zum Rest der Tiefgarage gab es über dieser Sackgasse keine erste Ebene; vielleicht lieferte man hier Waren an, mit großen LKW, die sich das Dach an der niedrigen Decke abgeschält hätten.

König war im Wagen geblieben. Er versenkte die Scheibe in der Tür, hielt den Arm hinaus und forderte Michael grinsend auf, ihm das Handy zu geben.

»Das brauchst Du nicht mehr. Stefan wird sich um Dich kümmern, und ich kann Dich auch im Auge behalten.« Er deutete auf eine Kamera oberhalb der Aufzugtür. »War nett, Dich wieder zu sehen, aber ich habe noch was vor. Ich muss noch mit Ratko eine Rohrpost verschicken!«

Die heraufgleitende Scheibe blendete den lachenden Mann aus, Michael starrte sein eigenes Spiegelbild an. Das Auto wendete, fuhr langsam die Rampen hinauf und rollte oberhalb von Michael in Richtung Ausgang. Er rang mit sich, ob er hinterherrennen sollte und merkte nicht, dass ein Mann an ihn heran trat.

»Eichendorf, Sie stellen sich hier hin, rühren sich nicht und halten die Schnauze.«

Michael brauchte einen Moment, so lange, bis der A6 aus seinem Blickfeld verschwunden war.

Der Mann, Stefan, war etwa so groß wie Michael, aber kräftiger gebaut. Er trug einen schwarzen Kampfanzug. Seine Gesichtsmaske ließ nur die grauen Augen unbedeckt.

Stefan ging ein paar Schritte an dem Mercedes entlang, der als letztes Auto in der linken Reihe stand, dann hockte er sich hin.

Was sollte das? Warum führte man ihn nicht zu Lea? Oder erschoss ihn einfach?

Nachdem er fünf Minuten regungslos gestanden hatte, begann Michael, das Gewicht abwechselnd von einem Bein auf das andere zu verlagern. So wie sein Körper nicht auf Dauer völlig still bleiben konnte, so begannen auch seine Gedanken zu wandern, weg von der Sorge um Lea und sein eigenes Leben.

Was hatte König gesagt? Mit Ratko eine Rohrpost verschicken? Was meinte er damit? Gorassovićs Spezialität war Giftgas - sollten die Abgeordneten vergast werden? Durch eine Rohrpostbombe? Hatte der Reichstag eine altmodische Rohrpostanlage? Kaum vorstellbar. Der Reichstag. Die Kuppel des Reichstages eingerahmt von der Windschutzscheibe. Jeder 53. männliche Besucher: Wenn man da eine Bombe reinwerfen würde. Eine Bombe durch die Kuppel. Wie wollte Gorassović das schaffen?

Einer der Lieferwagen in der rechten Reihe schaukelte ohne sichtbaren Anlass. War da jemand drin? Michaels Augen hatten sich jetzt an das graue Licht der wenigen Neonröhren gewöhnt. Was er da durch die Scheiben des Volvo in der linken Reihe hindurch sah, war keine Kopfstütze - hinter dem Wagen hockte jemand. Ein leises Husten von rechts verriet ihm, dass sich auch dort ein Mann versteckt hatte. Eine Bewegung am Rande seines Gesichtsfeldes auf der oberen Rampe.

Das war ein Hinterhalt. Aber für wen? Und warum hatte man ihn hier platziert? Als Köder?

Stefan drückte einen Finger auf sein linkes Ohr und sagte »Ok.« Er war über Funk mit jemandem verbunden.

Von oben hallte das Quietschen von Autoreifen auf dem glatten Belag des Garagenbodens zu Michael hinab.

»Sie kommen. Kein Wort, keine Geste, Eichendorf, oder Sie sind tot. Und das Mädchen auch.«

»Wer kommt?«

»Schnauze!«

Die drei großen Audis und der Rolls-Royce, die Michael vor der Bank gesehen hatte, fuhren oberhalb seines Standorts vorbei, quetschten sich die Rampen hinab und bogen in die Sackgasse ein. Van Heufelden kam. Vielleicht hatte er hier einen Tresor der Superlative im Gebäude, um jeden Tag nach Feierabend die Tafelpapiere streicheln zu können, Michael wusste es nicht. Der erste Audi blieb zwei Meter vor ihm stehen. Der Beifahrer stieg aus. Michael erkannte ihn: Patrick Sawyer, van Heufeldens rechte Hand.

»Nice to meet you, Eichendorf«, sagte er zu Michael. Dann zog er eine Pistole und erschoss den Fahrer. Auf dieses Signal wurden die Türen des Lieferwagens aufgestoßen, zwei pulsierende Feuerbälle griffen aus dem Inneren nach dem mittleren der Audis. Gleichzeitig schnellte Stefan hoch, hinter den parkenden Autos tauchten sechs oder sieben Männer auf, fast alle entleerten die Magazine ihrer Maschinenpistolen in die beiden anderen Q7. Während sich die Scheiben der Wagen in Wolken von Bruchglas verwandelt, die sich mit den Blutspritzern der Insassen auf dem Betonboden niederschlugen, warf einer der Schwarzgekleideten etwas unter den Rolls-Royce, das aussah wie eine zusammengefaltete Abdeckplane. Er zog an einer Schnur und die Folie verwandelte sich innerhalb eines Augenblicks in ein Luftkissen, das das Heck der Luxuslimousine anhob. Der Fahrer hatte schon den Rückwärtsgang eingelegt, schon Gas gegeben und den hinteren Audi ein paar Zentimeter verschoben, aber nun drehten sich die Räder wirkungslos in der Luft, begleitet vom ohnmächtigen Aufheulen des Motors.

Michael war in Deckung gesprungen und kauerte hinter dem letzten Wagen auf der rechten Seite. Das Massaker dauerte keine fünfzehn Sekunden. Michael lugte über die Motorhaube seiner Deckung. Die Killer näherten sich vorsichtig den Audis, vergewisserten sich, dass keiner der Insassen überlebt hatte. Aus dem Lieferwagen stieg einer der Schützen und zeigte mit dem Daumen nach oben. Er und ein Helfer luden eine Truhe aus dem Van und schleppten sie zu dem Rolls-Royce. Sie wuchteten ihre Last auf das Dach des Luxuswagens. Einer der beiden öffnete eine Klappe an der Front der Kiste und zog ein langes Kabel heraus. Er betätigte einen Schalter neben dem Stecker des Kabels, eine Lampe leuchtete auf. Michael hörte ein elektrisches Summen. Auf der Kiste klebten Warnschilder für »High Voltage« und »Electromagnetic Field«.

Sawyer ging zu dem Rolls-Royce. Er steckte die Pistole weg und kramte in seiner Jackentasche. Dann präsentierte er den Passagieren der Limousine ein dunkles Kästchen von der Größe eines Taschenbuchs. Er verband das Kabel mit der Kiste und ging etliche Schritte zurück. Auch die anderen Männer entfernten sich von dem Auto.

Sawyer drückte mit großer Geste einen Knopf auf seinem Kästchen. Michael hörte das Summen lauter werden, dann den Knall einer elektrischen Entladung. Die Lichter des Rolls-Royce gingen aus, der Chauffeur, der sich bis jetzt im Inneren des gepanzerten Fahrzeugs sicher gefühlt hatte, begann panisch, irgendwelche Knöpfe zu drücken. Ein Lichtreflex fiel auf den Passagier. Es war Achim van Heufelden, der letzte Worte an seinen verräterischen Teilhaber richtete.

»Fuck you, too, Harry!«, antwortete Sawyer.

Einer der Schützen riss die linke vordere Tür auf und erschoss den Fahrer, ein anderer öffnete in aller Ruhe die hintere und tötete den Passagier. Dann verschwand er im Inneren des Rolls-Royce und tauchte mit einem Aktenkoffer in der Hand wieder auf. Er hielt den Koffer hoch wie eine Trophäe.

Sawyer und Stefan klatschten sich mit einem High Five ab.

»Ein letzter Film mit Ihnen als Hauptdarsteller, Eichendorfl«, sagte Stefan und deutete auf die Kamera über dem Aufzug. Er hob die Uzi erneut. Dieses Mal zeigte der Lauf in Michaels Richtung.

*

Michael hörte ein Geräusch, als ob jemand mit der flachen Hand auf das Ende einer offenen Papprohre schlägt. Unter der Fahrertür des ersten Audi griff die brennende Hand eines unsichtbaren Riesen an die Flanke des Fahrzeugs, hob es empor, drehte es auf die Seite und ließ es fallen. Stefan und Sawyer wurden von den zweieinhalb Tonnen Stahl halb begraben. Die anderen Männer sahen sich einem Hagel aus Blei ausgesetzt, den Allison vom Dach des Lieferwagens auf sie herab regnen ließ. Sie hatte ihr Sturmgewehr angelegt. Michael erkannte das Doppeltrommelmagazin und den Granatwerfer an dem G36. Nach zehn Sekunden waren die hundert Schüsse verbraucht und die Killer außer Gefecht. Allison grinste in Michaels Richtung und wollte gerade ein neues Magazin einsetzen, als durch das Dach des Lieferwagens Schüsse schlugen. Sie schrie auf, taumelte und fiel. Michael stürzte aus seiner Deckung zum toten Stefan und rang die Uzi aus dessen Hand. Aus dem Lieferwagen war der zweite Schütze gestiegen. Er legte gerade auf ein Ziel am Boden zwischen den Autos an, als Michels Salve ihn in den Rücken traf.

Michael rannte zu dem Mann, trat ihm die Waffe aus der Hand und leerte das Magazin der Uzi in seine Brust. Allison lag stöhnend auf dem Betonboden.

»Bist Du verletzt?«, fragte Michael. Was für eine blöde Frage, dachte er irgendwo oberhalb seiner Panik und rechnete mit einer entsprechenden Antwort. Egal: Sie lebt noch!

»Geht so. Ein paar blaue Flecken vom Fallen. Und ich sollte noch erwähnen, dass der Typ mir einen Finger weggeschossen hat. Das tut weh.«

Sie hielt ihre rechte Hand hoch: Der Ringfinger fehlte, Blut lief den Arm hinab.

Michael durchsuchte den mittleren der geschredderten Audis nach einem Verbandkasten. Der Laderaum des Q7 war unbeschädigt, aber übersät mit den Spuren des Attentats. Michael fand den Kasten und warf ihn Allison zu. Sie musste noch einen Moment warten.

*

Er stürzte zu Stefans Leiche, riss ihm die Maske vom Kopf und puhlte den Hörer des Funkgeräts aus dem Ohr.

»Gorassović? Können Sie mich hören? Gorassović!«

Es dauerte einen Augenblick, bis die Antwort kam.

»Ja, sehr gut. König hier. Sie müssen nicht so brüllen.«

»Lebt Lea noch?«

»Ja, sie lebt. Wie Sie ganz richtig sagten: noch.«

»Ich will sie sprechen!«

Michael hörte Königs Aufforderung an Lea, dann das leise Jammern des Mädchens.

»Lea, hier ist Michael. Was hat meine Freundin mit Deinem Handy gemacht?«

Sie stutzte einen Moment, wunderte sich über die Frage, gab dann aber Antwort:

»Ins Wasser geschmissen!«

Lea war immer noch empört darüber, und ihr Trotz gewann einen Moment die Oberhand. Dann fing sie wieder an, zu heulen. Egal, nur sie konnte das wissen. Sie war es. Sie lebte.

»Ok, das muss reichen.« König.

»Sie haben gesehen, was hier passiert ist, oder?«, fragte Michael.

»Ja.«

»Dann wissen Sie, dass wir den Koffer mit den Aktien haben. Dreißig Milliarden.«

»Wir wollten gerade kommen und uns den holen.« Seine Selbstsicherheit klang ein bisschen gezwungen. Das Massaker an seinen Leuten hatte ihn schwerer getroffen, als er zugeben durfte. Michael fummelte das Mikrofon aus Stefans Ärmel, während König weiter sprach.

»Ihr werdet dort auf uns warten. Sonst ist das Mädchen tot. Ich beobachte Euch über die Kamera.«

»Gut. Kommen Sie nicht ohne Lea, sonst vernichte ich die Aktien und töte Sie.«

»Das sehen wir dann gleich.«

Michael ließ den Hörer fallen und zertrat das Mikro mit seinem Absatz. Allison hatte sich aufgerappelt und versuchte sich erfolglos an der Verpackung einer Mullbinde.

Er winkte sie zu sich und legte in aller Eile einen Druckverband an, der die Blutung stoppen sollte. Sie schaffte es fast, ihn davon zu überzeugen, dass der Schmerz ihr nichts ausmachen würde. Aber ihre zusammengepressten Kiefer verrieten sie.

»Heiraten ist wohl nicht mehr. Wie will man mir den Ring aufstecken?«

Michael war froh, dass sie noch Witze machen konnte.

»Wer würde das überhaupt wollen?«

»Da geht's mir wie Dir. Wie haben die Dich geschnappt?«

Er erzählte kurz von der entführten Lea, seiner Begegnung mit König und der Beteiligung von Gorassović.

»Kacke, das muss Mehmet noch eingefädelt haben. Er konnte sich natürlich denken, dass wir die restlichen Ommerborns nicht mal eben nach Timbuktu schicken können. Das heißt wohl auch, dass Ota ein Verräter ist. Oder tot. Egal. Und Gorassović? Au, Mann. Damit ist klar, wie die alle sterben sollen.«

Der Gedanke, den er schon die ganze Zeit unterschwellig wälzte, manifestierte sich endlich:

»Wie hast Du mich überhaupt gefunden? Bist Du van Heufelden gefolgt?«

»Nein, ich war schon vor denen hier, aber ich wusste nicht, warum Du da so doof rumstandest und wollte erst mal sondieren. Mann, mit Zünder macht es doch mehr Spaß! Und das ist jetzt schon der zweite Direktschuss. Sonst setze ich den Granatwerfer ja eher wie einen Mörser ein ...«

Michael sah sie vor seinem geistigen Auge in irgendeiner Wildnis stehen, wie sie die ballistische Kurve einer abgefeuerten Granate verfolgte und sich wie ein kleines Kind freute, weil ein paar hundert Meter weiter ein Feuerball aufstieg. Mörser. Ballistische Kurve.

»Lenk nicht ab! Wie hast Du mich denn sonst ...?«

»Du hast einen Sender in der linken Arschbacke, seit wir uns kennen. Das war kein Mückenstich.«

Michael fluchte, aber dieses Thema musste jetzt warten.

»Ich nehme an, wir suchen jetzt Lea und legen alle anderen um«, sagte Allison.

»Wir müssen nicht suchen, die kommen hier hin.«

Zu seinem Glück hatte Allison keine Waffe in der Hand. Ihr blieb nichts als ein Päckchen Mullbinde, das sie ihm an den Kopf werfen konnte.

*

»Hast Du die gerade über Funk her bestellt? Bist Du bescheuert?«

»Man beobachtet uns über die Kamera da oben. Wenn wir hier verschwinden, ist Lea tot!«

Allison fasste sich wieder und analysierte die Situation.

»Ok. Wie viel Zeit haben wir?«

»Keine Ahnung. Ein paar Minuten, schätze ich.«

»Kacke. Gut, der Aufzug ist blockiert, die müssen von vorne kommen. Die Autos können wir als Deckung benutzen, so lange wir uns hinter den Motorblöcken aufhalten. Aber wir sind hier in einer Sackgasse. Wir können nicht weg, die haben alle Zeit der Welt und eine Geisel. Die sehen uns, also können wir keine Überraschung vorbereiten. Kurz: Die haben uns am Arsch. Stimmst Du mir soweit zu?«

»Ja. Aber wir haben den Koffer.«

»Und?«

»Wenn die nicht spuren, zerstören wir den Inhalt … Das ist die Hälfte von Molecule!«

»Wie willst Du das anstellen, den Koffer zerstören? Willst Du ihn erschießen?«

»Anzünden?«

»Hast Du ein Feuerzeug? Ich auch nicht. Und wenn es dazu kommen würde, wären wir in der nächsten Sekunde tot, und die würden das Feuer löschen. Im Auto habe ich noch eine Claymore, aber ich denke, die zu holen, dazu reicht die Zeit nicht. Und ich soll ja wohl auch hier bleiben. Der Koffer hilft uns nicht.«

Sie hatte recht. Sobald König eintraf und den unbeschädigten Koffer sah, hätte er gewonnen. Lea, Allison und Michael wären eine Minute später tot.

»Egal. Machen wir uns fertig. An meinem Rucksack hängt eine kugelsichere Weste für Dich. Ich habe meine schon an.«

Sie deute auf ihre Brust: Der Kopf von HelloKitty auf schwarzem Untergrund, dick gepolstert. Als Michael die Weste übergezogen hatte, drehte sie ihm erneut den Rücken zu.

»Hol die MP5 raus und das Magazin mit dem blauen Streifen. Und noch zwei für den Colt.«

Michael kramte in der Rückentasche. Er gab ihr die beiden Magazine für den Colt, die sie in ihre Jackentasche steckte.

»Verzweifelte Situationen erfordern verwegene Pläne. Ich habe einen, und den wirst Du richtig kacke finden. Du nimmst die MP5. Zieh mir mal den Colt raus und gib her, dann muss ich mich nicht verrenken.«

Er griff unter ihre Jacke und streifte dabei ihre Brust.

»Jetzt ist wirklich nicht der richtige … Da kommen sie!«

*

Michael und Allison sprangen in Deckung. Sie trat den Außenspiegel des Mercedes ab, hinter den sie sich geduckt hatten und versuchte damit, den Gegner zu lokalisieren.

»Das sind mindestens sechs Männer. Einer davon hat Lea an der Gurgel. Das sieht nicht gut aus.«

Sie schwenkte den Spiegel hin und her.

»Immerhin sind die dumm genug, sich nicht allzu breit zu verteilen. Wenigstens etwas. Aber wir müssen damit rechnen, dass da oben auch noch welche auftauchen.«

»Eichendorf! Wie wär's, wenn Ihr Euch jetzt zeigt? Hier liegen schon genug Tote, oder? Da muss nicht auch noch das Mädchen hinzukommen.« Königs Stimme klang jetzt wieder selbstbewusster. Michael nahm Allison den Spiegel ab und erkannte ein überhebliches Grinsen auf dem Gesicht seines Gegners. Links von König stand einer seiner Vasallen und hielt Lea im Würgegriff, unter ihr Kinn drückte er eine Pistole. Zusätzlich hielt König seine Waffe an ihre Stirn. Selbst wenn Michael der Versuchung nachgab und einen der beiden erschießen würde - der andere würde Lea töten. Die Männer trugen Uniformen von Bockmeier Security. Eine der Firmen, die von dem gleichnamigen Nachwuchs-Mitglied gegründet worden war.

Allison stupste Michael an.

»Quizfrage: Bevor Keanu zu Sandra in den Bus steigt, nach dem Drama mit dem Fahrstuhl. Da trifft er schon auf Dennis, und Dennis nimmt Keanus Kumpel als Geisel. Was macht Keanu?«

»Hallo, Eichendorf! Ich habe keine Geduld und keine Zeit für Spielchen! Sie haben noch dreißig Sekunden! Dann stirbt Lea und wir räuchern Euch aus!«

Michael ärgerte sich über Kowalskis dämliche Fragerei, konnte sie nicht einfach sagen … Aber die Szene drängte sich trotzdem in sein Bewusstsein. Und die Erkenntnis, worauf Kowalski hinaus wollte, schob Königs Ultimatum für einen Moment beiseite.

»Die Geisel aus der Rechnung nehmen! Scheiße, Du kannst doch nicht Lea ins Bein schießen!«

»Nein, Du machst das! Ich kann ganz gut mit links schießen, deshalb nehme ich jetzt den Colt, das reicht, um ein paar von denen zu erledigen. Aber für präzises Schießen mit der MP5 müsste ich beide Hände benutzen können.« Kowalski hielt ihre dick verbundene Rechte hoch. »Die könnte ich höchstens noch als Wattestäbchen für Elefantenohren benutzen.«

Sie sah Michael ernst an.

»Und Du sollst ihr nicht ins Bein schießen. Da fallen die nicht drauf rein. Wir brauchen jede Hundertstel Sekunde, also müssen wir die echt schockieren. Schieß da hin.«

Sie zeigte ihm die Stelle.

»Du bist verrückt! Ich kann das nicht! Nie im Leben! Ich würde mich eher ergeben und abknallen lassen!«

»Ich nicht. Nur über meine Leiche! Und das würde auch nichts bringen. Die werden Lea nicht laufen lassen.«

Kowalski hatte recht, und Michael wusste es. Aber so etwas konnte sie nicht von ihm verlangen.

Sie schnippte eine 9mm-Patrone aus dem Magazin mit dem blauen Streifen.

»Teflonbeschichtete Vollmantelgeschosse, wenn ich mal Panzerungen penetrieren muss. Gibt bei Menschen glatte Durchschüsse, jedenfalls bei Direkttreffern.«

Michael nahm das unmarkierte Magazin aus der MP-5 und ersetzte die erste Kugel, ohne dass er darüber nachdachte. Ihre Idee war so absurd, dass ihm seine eigene Beteiligung völlig unwirklich vorkam. Er setzte das Magazin wieder ein und lud durch.

»Zehn Sekunden!«

»Noch ein Tipp: Quatsch den Jungs die Ohren blutig und schieß mitten im Satz, das gibt noch eine Hundertstel Sekunde. Der erste Schuss ist jetzt Überschall. Also denk dran: laut, mehr Rückschlag. Wenn Du loslegst, steige ich ein. Nimm alles, was rechts von Lea steht, ich nehme die Burschen links. Ich will Dich nicht deprimieren oder unter Druck setzen oder so, aber wenn Du versagst, werden wir alle sterben!«

»Fünf!«

Kowalski gab Michael einen Kuss auf seine gerunzelte Stirn.

»War nur Spaß! Heute Abend werden wir poppen, bis die Schwarte kracht!«

Sie nahm den Spiegel, überzeugte sich, dass keiner der Gegner auf ein Handy starrte und warf das Autoteil gegen die Kamera oberhalb der Fahrstuhltür. Den wertvollen Koffer schleuderte sie in die Gasse zwischen den Autos. Er prallte von dem ersten Q7 ab.

»Nutz den auch. Da werden die drauf starren.«

Kowalski schlich hinter das Heck des Mercedes und verschwand aus Michaels Blickfeld.

*

»Eichendorf! Fischer hat mir ein paar Anekdoten von Ihnen erzählt. Wie Sie ein kleines Mädchen erschossen haben. Das arme Ding … Möchten Sie, dass sich die Geschichte wiederholt? Wieder schuld sein, dass ein Kind stirbt?«

»Nein!«

Michael kam aus der Deckung, die MP5 im Anschlag. Königs Vasall hielt Lea immer noch fest, sein linker Arm war fest um ihren Hals geschlungen. Lea weinte still vor sich hin. König stand einen Meter rechts von ihr und zielte mit seiner P8 auf den Kopf des Mädchens.

Sie machten sich nicht einmal die Mühe, hinter dem zerfetzten Audi Deckung zu suchen.

Rechts von ihnen hatten sich drei Männer hinter die parkenden Autos geduckt. Aus dem Augenwinkel nahm Michael eine Bewegung auf der oberen Etage war. Sie waren eingekreist.

»König, ich zähle langsam bis zehn, dann legt Ihr die Waffen weg, oder Ihr werdet alle sterben.« Er hatte König genau im Visier und musste seinen Abzugsfinger zur Geduld zwingen. »Quatsch ihnen die Ohren blutig«, hatte sie gesagt. Ihr würde das leicht fallen, so schwatzhaft wie sie war. Er würde sterben, soviel stand fest. Er wurde sauer. Das gefiel ihm. Trotz macht nicht kugelsicher, aber er hält einen lange aufrecht. Die würden sich wundern.

»Sind Sie wahnsinnig, Eichendorf? Wenn Sie mich erschießen, sind Sie eine Sekunde später selber tot, und dann ist die Kleine dran!«

»Eins!« König hatte recht. Selbst, wenn es ihm gelingen würde, König und ein paar seiner Helfer zu töten - Lea würde als Erste dran glauben. Kowalskis Taktik war völlig abwegig. Er würde sie nicht befolgen. Auf gar keinen Fall. Warum den Bluff noch in die Länge ziehen?

»Gut, Sie sind sowieso tot, da machen wir uns mal nichts vor. Aber ich gebe Ihnen mein Wort, dass wir die Kleine laufen lassen!«

»Ja, klar. Zwei!« Vielleicht log er ja nicht? Vielleicht würde er Lea tatsächlich frei lassen? Michael machte zwei Schritte nach vorne. Er stand jetzt genau vor dem Koffer.

»Was soll das? Wollen Sie vor Ihrer Freundin einen starken Abgang hinlegen?«

»Drei!« Rechts tauchte eine Frau auf, die ihre Ellenbogen auf einem Autodach aufstützte, um sicherer zielen zu können. Wenn Michael einen Schritt nach hinten machen würde, wäre die Sicht der Schützin durch einen der zerschossenen Audis blockiert.

»Kann ja sein, dass Sie sich für einen Helden halten, aber Frau Kowalski wird Ihnen keine Träne nachweinen, wenn Sie tot sind. Nach dem, was Mehmet uns erzählt hat, könnten wir Kowalski sogar leben lassen, sobald Sie tot sind, Eichendorf …«

»Vier!« Konnte schon sein. Dann würde sie diesen Typen erzählen, was für einen verdrehten Plan sie ausgeheckt hatte, und dann würden sie alle zusammen über Michaels und Leas Leichen stehen und herzlich lachen.

»Das wäre alles nicht passiert, wenn Ihr alter Kumpel Benny nicht ein paar von uns überzeugt hätte, dass Sie die Idealbesetzung für einen terroristischen Amoklauf darstellen. Hat besser geklappt, als er dachte.«

»Fünf!« Ja, erzähl mir mehr, quatsch mich voll, lenk mich ab. Hoffentlich hast Du Erfolg. Schieß mir eine Kugel durch den Kopf, dann ist es vorbei.

»Danach mussten wir improvisieren, dabei ist einiges schief gegangen. Ihr Freund Ommerborn hätte nicht sterben müssen. Daran sind Sie nicht unschuldig, das wissen Sie!«

»Sechs!« Lea wand sich hin und her, wollte sich losreißen, wahrscheinlich auf Michael losstürmen und auf ihn einschlagen. Michael musste jede einzelne seiner Neuronen zwingen, auf der Bahn zu bleiben, nicht in die schwarze Leere der Schuld abzudriften.

»Das Mädchen könnte noch einen Vater haben ...« Königs Helfer verstärkte seinen Griff um Leas Hals. Er grinste dreckig und schob die andere Hand mit der Waffe unter Leas Sweatshirt, machte sich an ihrer Brust zu schaffen.

»Sieben!«

Ok.

Wenn er sie schon nicht retten konnte, dann wenigstens - er brach den Gedanken ab.

»Eichendorf, Sie ...«

»Lea!« Die Tochter seines besten Freundes sah zu ihm hoch. Doch, sie hatte ziemlich viele Sommersprossen, vielleicht sogar mehr als ihre Mutter. Vorgestern war Lea nicht so bleich gewesen, da war ihm das nicht aufgefallen.

»Acht!«

Er stieß den milliardenschweren Koffer mit dem Fuß in Königs Richtung und trat einen halben Schritt zurück. König und sein Handlanger konnten nicht anders und verfolgten die Bahn des begehrten Objektes mit ihren Blicken.

Das Mädchen sah immer noch zu Michael. Mitten im Satz schießen.

»König, Sie und Ihre Leute nehmen jetzt den Koffer und ...«

Michael zog den Abzug durch. Die Kugel traf Lea mitten in die Stirn.

*

Der dritte Schuss traf ihre Stirn und malte mit den Gehirnfetzen ein abstraktes Bild in den Sand. Ihr Körper erschlaffte.

König ließ die P8 sinken und glotzte zu Michael. Die drei Typen links starrten auf Lea, einer klappte den Mund auf. Die Frau rechts blickte kurz zu König, aber dann legte sie den Finger um den Abzug; Michael machte einen Schritt zurück. Der Mann, der Lea hielt, sah ungläubig nach unten, als die Kugel aus dem Schädel des Mädchens trat und in sein Herz drang.

*

Michael schoss zwei Kugeln in den Kopf von Leas Bewacher und schwenkte den Lauf nach rechts. König ließ sich fallen und hob seine Pistole, aber Michael platzierte drei Geschosse in seiner Brust. Auf der linken Seite donnerte Kowalskis Colt los. Sie schoss durch die Scheiben der parkenden Autos und erwischte einen der drei Männer rechts. Kowalski würde gleich darüber lachen und dann einen Vortrag über geeignete Deckung während eines Feuergefechtes halten. Die Frau rechts hatte ihre Position etwas verändert und feuerte auf Michael. Erstaunlich, dass ich jetzt an Kowalskis Vorträge denken kann, wunderte sich Michael, als er zwischen die parkenden Autos sprang. Links und rechts von ihm eruptierte das Blech und spuckte heißes Blei aus. Michael analysierte den Winkel der Verformung und kam zu dem Schluss, dass die Schützin zwei oder drei Autos weiter stand, aufrecht. Er hob die MP5 über die Motorhaube und gab einen kurzen Feuerstoß ab, um seine Gegnerin in Deckung zu zwingen. Die Ballerei der anderen hatte sein Gehör überladen, er nahm die schallgedämpften Schüsse seiner Waffe nur über das Zucken in seinen Händen wahr, als würde er in einem Stummfilm agieren. Er sprang hoch, auf die Haube, und von dieser zur nächsten. Die Frau, die eben ihre Ellenbogen auf das Wagendach gelegt hatte, war nur einen Schritt nach vorne gegangen und kniete neben dem Vorderrad eines Passats. Sie wollte gerade aus der Deckung, um weiter zu feuern. Michael zerfetzte ihr Brust und Kinn mit dem Rest seines Magazininhaltes.

Von der oberen Etage schoss ein junger Bursche auf ihn, aber eine von Kowalskis Kugeln traf ihn in den Kiefer. Er fiel über das Geländer und landete mit dem Genick voran auf einem der Kofferraumdeckel.

Michael sprang zwischen die Autos, neben seine Gegnerin. Die Frau stöhnte, aber sie hob wieder die Pistole. Kowalski hatte recht gehabt, manche Leute hielten einiges aus. Michael schlug der Frau den Schaft der MP5 vor den Kopf, dann vor die Hand. Aber sie wollte immer noch nicht aufgeben. Er drückte mit seiner Rechten die MP5 mit dem Schalldämpfer voran auf das zerschossene Kinn seiner Kontrahentin, sie vergaß über den Schmerz eine Sekunde lang ihre eigene Waffe. Mit seiner linken Hand drückte Michael die Pistole nach unten, klemmte ihr Handgelenk unter sein Knie und steckte ein neues Magazin in die MP5. Sobald er durchgeladen hatte, drückte er ab. Blutige Knochenteilchen spritzten auf den Passat, prallten ab und schlugen sich auf Michaels Oberkörper nieder.

Die Schießerei hatte gestoppt. Ein Verletzter schrie.

Von Kowalski war nichts zu hören, weder ihr Colt, noch ein »Yippee-ya-yeah, Schweinebacke«.

Michael spähte über die Motorhaube des Passats. Gegenüber schlichen zwei Männer an der Wand hinter den Wagen entlang, Richtung Aufzug. Bevor Michael anlegen konnte, entdeckte ihn der hintere und eröffnete das

Feuer mit seiner Uzi. Er ließ sich fallen, die Kugeln des Killers durchschlugen Blech und Glas. Seine eigene Munition war dazu nicht stark genug, er musste direkte Treffer landen. Aber im Moment war es keine gute Idee, Sichtkontakt herzustellen. Er rollte zur Wand, dann robbte er zwischen Wagenheck und Beton Richtung Aufzug. Kowalski musste dort sein, und die beiden Typen wollten sie fertig machen.

Michael hockte jetzt neben dem Lieferwagen. Kowalskis G36 lag vor ihm, samt den beiden Doppeltrommel-Magazinen. Er setzte das volle in das Sturmgewehr ein, lud durch und legte sich auf den Boden. Er sah die Füße der Killer unter dem mittleren Q7 hindurch. Und da, keine drei Meter von ihnen entfernt, lag Kowalski, leblos. Die Fußspitzen des einen Mannes zeigten in Allisons Richtung, die des anderen in Michaels. Michael zog den Abzug durch und schwenkte den Lauf hin und her, bis die Trommeln leer waren. Der Audi bebte unter den einschlagenden Kugeln. Die beiden Männer brachen zusammen, atomisiert von den Geschossen und den mitgerissenen Blech- und Glasschrapnells. Der vordere landete auf Allison.

Vorsichtig pirschte Michael zwischen den parkenden Wagen zu ihr. Sie bewegte sich. Als er näher kam, zielte sie kurz auf ihn, aber sie war schon wieder klar genug, ihn zu erkennen. Michael rollte den Haufen Lumpen und Fleisch, der mal ein Mann gewesen war, von ihr runter.

Der Tote hatte eine blutige Silhouette auf ihrer Kleidung hinterlassen. Zehn Zentimeter rechts des HelloKitty-Kopfes ramponierte ein Einschussloch die Weste.

»Mich hat einer erwischt, als ich gerade den Bubi da oben vom Balkon geholt habe. Da nähe ich mir extra HelloKitty drauf, um ein gutes Ziel anzubieten, und diese hohlen Fritten treffen die Platte dahinter trotzdem nur so gerade eben. Ich glaube, ich habe eine oder zwei Rippen gebrochen. Ich war wohl kurz weggetreten … Aber wir haben gewonnen, oder?« Sie richtete sich auf, stand aber ziemlich wackelig.

»Ja, wir leben noch.« Er konnte es kaum glauben.

Lea!

Michael wollte losrennen und nach dem Mädchen sehen, aber Allison hielt ihn zurück.

»Hol mir noch ein Magazin raus.«

Sie drehte sich um, er kramte ungeduldig Munition für den Colt aus ihrem Rucksack.

»Langsam. Erst auf Nummer Sicher gehen! Und der Schreihals da hinten nervt mich.«

Kowalski lud den Colt durch und ging wachsam durch die Reihen der Autos. Jedem leblosen Körper, an dem sie vorbei kamen, setzte sie einen sorgfältig gezielten Schuss in den Kopf. Ebenso dem Verletzten.

Michael hatte nur Augen für Lea. Sie lag immer noch auf ihrem Bewacher, rührte sich nicht. Königs Helfer hatte sich genauso wenig bewegt.

Aber wo war König?

Eine Blutspur führte von der Stelle, wo König zusammengebrochen war, hinter den letzten parkenden Wagen. Gerade, als Michaels Blick an dem Stoßfänger angekommen war, sprang König hinter dem Auto hervor und feuerte auf ihn. Michael fühlte eine Kugel heiß an seinem Kopf vorbei fliegen. Noch bevor er die MP5 gehoben hatte, kreuzten die ausgeworfenen Hülsen aus Kowalskis Colt sein Blickfeld.

Zwei Treffer in die Brust ließen König zucken, bevor ein finales Geschoss durch seine Nasenwurzel drang und sein Gehirn zerriss.

»Und deshalb sage ich: Auf Nummer Sicher gehen. Gib mir mal die MP5, ich habe keinen Bock mehr, nochmal ein Magazin in den Colt zu fummeln. Das dürfte es gewesen sein. Neun gegen zwei. Wir waren ziemlich gut, Dicker! Aber wenn Mama Kowalski mich jetzt sehen würde: ›Mein Güte, Kind, musst Du Dich immer so einsauen?‹ Mal ehrlich, die Klamotten kann ich alle wegschmeißen. Und mir fällt gerade ein: Du hast ja eine Flatrate! Kacke! Da kann ich Dir noch nicht mal den Finger extra in Rechnung ...«

Aber Michael hörte nicht mehr hin. Er beugte sich über Lea.

Sie lebte. Noch.

*

Sechs Minuten nach dem Anruf fuhr ein Rettungswagen in die Tiefgarage. Michael lotste die Sanitäter in das Untergeschoss. Zum Glück hatten sie keine Polizei mitgebracht. Er hatte die »schwere Kopfverletzung« in dem Notruf als Folge eines Unfalles geschildert. Die beiden Sanitäter kamen näher, bremsten aber, als sie die Leichen sahen.

»Oh mein Gott!«, mehr brachte der Größere nicht über seine Lippen. Aber nach einer Schrecksekunde stellten sie die Krankentrage ab und begannen ihre professionelle Routine: »Du nimmst die rechts, ich links die! Ich rufe Verstärkung.«

»Nein, Sie kommen beide hierhin! Die sind alle tot! Nur das Mädchen ist wichtig! Sie ist nur verletzt!«, schrie Michael. Der kleinere, ältere der Männer ging zu Michael, sagte: »Gut, ich komme zu Ihnen, mein Kollege ...« Dann erkannte er Michael und blieb erneut stehen.

»Sie kommen beide hierhin! Wenn einer von denen noch nicht tot genug ist, werde ich das ändern!« Er fuchtelte mit der P8 herum, die er Königs Leiche abgenommen hatte, bis ihm auffiel, dass er in seiner Hysterie kurz davor stand, die Sanitäter ebenfalls zu erschießen. Er zwang sich zur Ruhe, warf die Pistole in eine Ecke.

»Bitte helfen Sie ihr. Ich tue Ihnen nichts, aber helfen Sie dem Mädchen. Bitte! Ich ... Sie hat eine Kugel in den Kopf bekommen.«

Die Männer überwanden ihre Furcht und untersuchten Lea.

»Ist das nicht das Ommerborn-Mädchen?«, fragte der Jüngere. Er war Anfang Zwanzig, hatte noch Pickel und roch nach Nikotin. Wahrscheinlich hatte er keine Antwort erwartet, aber Michael fühlte sich zu einer Erklärung gedrängt.

»Ja. Lea Ommerborn. Die Tochter meines Freundes. Ich habe ihn nicht umgebracht, auch wenn die Medien das sagen. Die Schweine hatten Lea gefangen, um mich zu erpressen. Ich musste sie befreien und ...« Er beendete den Satz nicht, weil ihm klar wurde, wie verwirrt er sich anhören musste. Wenn er noch erzählen würde, mit welcher Strategie er Lea »gerettet« hatte, würde man ihn für komplett verrückt halten. Es kam ihm selber völlig abwegig vor.

»Wird sie überleben?«

»Schwer zu sagen. Ihr Puls und ihre Atmung sind schwach, aber einigermaßen stabil. Es sieht nicht so schlecht aus, wie man vermuten würde. Die Austrittswunde ist ziemlich klein, das Geschoss ist anscheinend durchgegangen, ohne aufzupilzen. Seltsam, wenn ich mir die Wunden der anderen anschaue ... Und bei ihr sind Ein- und Austritt exakt in der Mitte ... War ein präziser Schuss ...« Der Sanitäter war älter als Michael, schlecht rasiert, müde Augen. Wahrscheinlich hatte er schon einiges gesehen und sich seine Gedanken über Leas Verletzung gemacht. Sein Blick verlangte eine Antwort auf die nicht gestellte Frage, aber Michael blieb stumm. Ihm war immer noch keine andere Möglichkeit eingefallen, was er sonst hätte tun sollen. Der Pickelige verarztete Lea, der schlecht Rasierte zeigte auf Michael.

»Was ist mit Ihnen?«

»Ist nicht mein Blut.«

»Ich meinte Ihr Ohr.«

»Was ist mit meinem Ohr?«

Michael befühlte mit der Hand die rechte Seite seines Kopfes. Von dem Ohr war nicht mehr viel übrig. Er zog an etwas Weichem, ein leises Schnappen und er hatte den oberen Teil seiner Ohrmuschel in den blutverschmierten Fingern. Er lachte kurz auf und wusste, dass es überdreht klang. Die beiden Sanitäter würden später eine ziemlich gute Geschichte erzählen können. Er nahm einer der Leichen die Waffe ab, richtete sie auf den Älteren, aber ohne ernsthaft zu zielen. Der schien etwas abgeklärter, würde weniger schnell in Panik geraten oder auf dumme Ideen kommen.

»Ok, verbinden Sie mir das. Hauptsache, es blutet nicht mehr. Keinen Unfug.«

Eine Minute später zierte ein Druckverband seinen Kopf.

»Wahrscheinlich sehe ich aus wie ein Lobotomie-Patient«, sagte Michael.

»Ja. Sie könnten eine brauchen.« Der Sanitäter zuckte noch nicht einmal mit der Wimper, Michael war beeindruckt. Wahrscheinlich machte einen dieser Job unausweichlich zum Stoiker.

Der Jüngere zog die Trage zu sich, neben Lea.

»Herr Eichendorf, wir müssen das Mädchen jetzt auf jeden Fall ins Krankenhaus bringen ...«

»Ja, klar ... Und? Dachten Sie, ich halte Sie auf?«

»Nein, aber wir werden von unterwegs die Polizei anrufen. Werden Sie hier verschwinden? Oder wollen Sie sich stellen?«

»Das kann ich nicht.« Es war noch nicht zu Ende. »Aber ich bin gleich weg. Sie halten mich für einen Terroristen oder Psychopathen, ist mir klar. Aber die Bullen brauchen nicht mit Hundertschaften anrücken, hier passiert nichts mehr.«

Die Sanitäter hoben Lea auf ihre Trage. Michael begleitete sie auf ihrem Weg nach oben. Er stand noch einen Moment auf der Straße, bis der rot-weiße Wagen aus seinem Blickfeld verschwunden war, dann lief er um die Ecke, wo Allisons Citroën stehen sollte.

*

Allison saß auf dem Beifahrersitz. Sie hatte die Augen geschlossen, ihre Haut wirkte durch die getönte Windschutzscheibe blass und grau-grün. Einen schrecklichen Moment lang dachte Michael, sie wäre tot, aber dann bewegte sie sich ein wenig. Er klopfte an die Seitenscheibe, sie schlug die Augen auf und lächelte ihn schwach an.

»Was ist mit Lea?«

»Auf dem Weg ins Krankenhaus. Ihr Zustand ist wohl stabil, wenn ich den Sanitäter richtig verstanden habe. Er sagte, er wäre überrascht, wie gut es ihr ginge, wenn man bedenkt, was ihr passiert ist. Wenn man bedenkt, dass ...«

»... Du ihr eine Kugel durch den Kopf geschossen hast.«

»Ja.«

»Sie lebt.«

»Ja. Noch. Und selbst wenn sie überlebt: Vielleicht kann sie nicht mehr sprechen, kennt ihren eigenen Namen nicht mehr oder ist nur noch eine sabbernde Pflanze. Scheiße, wenn ich nur ...«

»Du hattest nicht und Du konntest nicht. Was auch immer. Es war so, wie es war, keine Kavallerie weit und breit. Ich habe mir auch schon den Kopf zerbrochen, was wir anderes hätten tun können. Aber mir ist nichts eingefallen.«

Sie schwieg einen Moment. Michael wollte glauben, dass sie Mitgefühl mit Lea hatte. Aber vielleicht machte ihr auch nur ihre eigene Verletzung zu schaffen. Sie schien noch etwas bleicher geworden zu sein. Im Fußraum lag ein leerer Tablettenblister. Schmerzmittel.

»Allison ...«

»In dem Rolls-Royce war van Heufelden.«

»Habe ich gesehen.«

»Dann bleibt nur noch Schlüter. Die Müller hat Dich verarscht.«

»Ja. Penner hat uns schon verarscht: Er hat uns van Heufelden präsentiert, und wir haben angebissen. Er hat eigentlich sogar die Wahrheit gesagt: Dass Dennert zu van Heufelden wurde und an der Planung beteiligt war. Und wir sind dieser Spur gefolgt und haben nicht links oder rechts geguckt. Scheiße.

Egal. Schlüter hat die Knete aus dem Milliardenkredit extra auf Strauß' Konto gepackt, weil es ein Vierteljahrhundert vor Stasi und Zentralkomitee sicher sein sollte. Die haben wirklich langfristig geplant. In der Zeit konnten die ganzen Schläfer zu einflussreichen Erwachsenen werden.«

»Den machen wir fertig, den Schlüter.«

»Aber so richtig!«

Sie lächelte schwach und deutete nach hinten.

»Ich habe mir den Koffer da geschnappt. Da wird alles drin sein, was wir brauchen: Die Molecule-Aktien und die kleinen, dreckigen Geheimnisse dieser Arschlöcher. Mach damit, was Du willst, aber ich greif mir von den Aktien zehn Prozent. Flatrate hin oder her. Und einen Rabatt kriegst Du auch nicht. Mein schöner Finger. Aber jetzt lass uns abhauen. Du fährst.«

Michael war so überrascht, Allisons geliebten Xantia fahren zu dürfen, dass er einen Moment lang sogar Lea vergaß.

»Wirklich?«

»Ja. Ich kann mit diesem doofen Verband nicht richtig lenken. Wehe, Du machst das Auto kaputt.«

Michael setzte sich auf den Fahrersitz, justierte unter Allisons missbilligenden Blicken den Sitz und die Außenspiegel, bis er die optimalen Positionen gefunden hatte, und drehte den Zündschlüssel. Nichts passierte.

»Zwei, Sechs, Null, Zwei.«

»Das ist der Code?« Michael tippte die Zahlen in die Tastatur. »Moment, das ist mein Geburtsdatum, 26. Februar!«

»Ist mir auch schon aufgefallen.«

Michael wollte erneut den Zündschlüssel drehen, aber dann fiel ihm etwas ein:

»Ist der Code festgelegt? Oder kann man den programmieren?«

Allison schwieg und sagte damit genug.

»Also programmierbar. Dann war das kein Witz? Wir haben am gleichen Tag Geburtstag? Deshalb hast Du mir Deine Hilfe aufgedrängt?«

»So ähnlich. Und ich habe noch nie einen Kerl mit grünen Augen gesehen. Verdammt, der Blutverlust macht mich so gesprächig, gleich verrate ich Dir noch meine Telefonnummer. Übrigens: Du kannst ruhig schon fahren.«

»Ja, ok. Gib mal Kastanienallee in Dein Navi ein, in Mühlenbeck. Schaffst Du das?«

»Wird schon. Aber Du musst mir das Telefon rausholen. Linke Innentasche. Was willst Du da?«

Michael griff in ihre Jacke, kam dabei versehentlich an ihren Brustkasten. Sie sog die Luft zwischen ihren Zähnen durch, sagte aber nichts. Er legte das Smartphone in ihren Schoß und fuhr los.

»Ich weiß jetzt, was die vorhaben!«

*

»Echt?«

»Ja. Ich habe Dir doch erzählt, was in Rottkamps Akten stand? Das ehemalige Lager der Kunst und Antiquitäten in Mühlenbeck? Das hat einer von Nachwuchs gemietet; ich weiß nicht mehr, wer. Ist auch egal.«

»Und?«

»König hat mir gegenüber gesagt, er müsse noch mit Gorassović eine Rohrpost verschicken. Ich dachte erst, er meint das wörtlich. Aber Du hast mich mit dem Granatwerfer drauf gebracht.«

»Du meinst, er verschießt eine Granate? Aber wir waren doch gerade in der Nähe vom Reichstag, und bis nach Mühlenbeck sind es rund zwanzig Kilometer, sagt mein Navi. So weit reicht kein Granatwerfer. Selbst Mörser kommen nicht über zehn Kilometer.«

»Er hat eine Panzerhaubitze!«

»Naja, das halte ich für unwahrscheinlich. Die gibt's nicht gerade in jedem siebten Ei.«

»Doch, ich bin mir ziemlich sicher! Einer von denen arbeitet im Verteidigungsministerium! Und dann: Ein Schwertransport von sechzig Tonnen, im letzten Februar!«

Allison tippte auf ihrem Smartphone herum.

»Wikipedia sagt, die aktuelle Panzerhaubitze der Bundeswehr hört auf den Namen Panzerhaubitze 2000 - wie originell - und hat mit Standardgeschossen eine Reichweite von dreißig Kilometern, mit Spezialmunition über fünfzig. Reicht also.«

Sie las schweigend ein paar Minuten. Jedes Mal, wenn Michael bremste und der Gurt sich auf ihrem Brustkorb spannte, versuchte sie erfolglos, ein Stöhnen zu unterdrücken.

»2010 wurde bekannt gegeben, steht hier, dass aus Kostengründen zwölf von den Dingern wieder abgeschafft werden sollten. Gut, kann sein, dass jemand reichlich Kohle dafür bekommen hat, sich mal zu verzählen.«

»Steht da auch was darüber, wie genau die schießen kann?«

»Ja, es gibt ein elektronisches Feuerleitsystem, mit dem anscheinend sehr präzise gezielt werden kann.«

»Ferngelenkte Geschosse?«

»Sieht nicht so aus. Die Schußfrequenz ist wohl abhängig davon, wie viele Schüsse Du insgesamt abgeben willst, aber wenn ich das richtig verstehe, hat das Ding 32 Schuss. Bei acht Schuss pro Minute wäre der Reichstag in vier Minuten mehr oder minder platt. Warum also Präzision?«

»Ja, aber dafür bräuchte man Gorassović nicht. Wenn er im Spiel ist, heißt das, dass die Abgeordneten vergast werden sollen.«

Allison antwortete nicht. Michael hörte, dass sie einen mit käsiger Synthesizer-Musik unterlegten Werbefilm für die Panzerhaubitze auf ihrem Smartphone anschaute.

»Geiles Teil, echt! Kannst Du mir zu Weihnachten schenken! Hast Du gehört? Beliebige Munitionssorten können per Hand geladen werden. Von Gas oder Uranmunition spricht natürlich keiner, das wäre ja unfein. Aber je mehr ich darüber nachdenke, desto plausibler finde ich Deine Theorie. Wenn das der Plan ist, ist er nicht schlecht.«

»Du bewunderst das, oder?«

»Pfft. Ich bin mehr für den kleineren Maßstab. Mit den nötigen Mitteln kann jeder so ein Fass aufmachen.«

Sie war neidisch, dass sie nicht mit dem Ding ballern durfte, eindeutig. Und sie tat euphorisch, um ihre Verletzung, ihre Kondition zu überspielen.

»Wenn wir dem Satellitenbild von meinem Navi trauen wollen, dann liegen die Hallen direkt neben einem Bahngleis, in der Nähe vom S-Bahnhof. Das ist gut, dann gehen wir über das Gleis. Aber das sind mehrere Hallen, zu beiden Seiten der Kastanienallee. Mein Tipp wäre die westliche, das ist die größte. Da scheinen auch ein paar Bäume zu stehen, die können wir als Deckung benutzen. Oder besser: Ich. Du gehst vorne rein und sorgst für Ablenkung. Die haben garantiert Kameras, und wenn Du Deinen Zinken da rein hältst, fahren die bestimmt total ab. Dann kann ich den Laden von hinten aufrollen. Ich nehme das G36, Du die MP5. Nein, lieber umgekehrt: Du brüllst, ich flüstere. Wie viele mögen da drin sein? Müssen wir vorher mal schauen, ob …«

Während Allison ihre Taktik auf der Grundlage einer ziemlich dürftigen Informationslage entwickelte, schmiedete Michael einen eigenen Plan.

*

Zehn Minuten später lenkte er den Xantia auf den Parkplatz des S-Bahnhofes Mühlenbeck-Mönchmühle. Jenseits der Gleise lag die Halle der ehemaligen Stasi-Tarnfirma. Er stieg aus und ging zur Beifahrerseite des Citroën, wo Allison sich unter Keuchen aus dem Sitz schälte.

»Kowalski, ich habe mir was anderes überlegt: Du bleibst hier!«

»Spinnst Du? Ohne mich überlebst Du keine dreißig Sekunden! Und meinst Du ernsthaft, ich lasse mir den Showdown entgehen? Nichts da!«

»Guck Dich doch an, Du kannst Dich kaum auf den Beinen halten! Das ist Wahnsinn!«

»Wahnsinn? Das! Ist! Sparta!«

Allison sah Michaels Faust erst in der letzten Millisekunde kommen. Sie schaffte es noch, den Kopf einen Zentimeter zur Seite zu drehen, aber er traf sie trotzdem mitten auf das rechte Jochbein. Sie taumelte, er schlug ihr mit aller Kraft auf die Schläfe. Sie stürzte gegen ihren Citroën und fiel bewusstlos zu Boden.

Jetzt schnell, bevor sie wieder aufwachte. Hoffentlich wachte sie wieder auf. Er zog ein paar Kabelbinder aus ihrem Rucksack und verschnürte sie so gut es ging.

Er öffnete die Tür und hob sie in das Auto. Wieder ein Mädchen gerettet. Jetzt nur noch die Schurken besiegen. Allison erwachte, stöhnte laut und wand sich auf dem Rücksitz. Dann begriff sie, was passiert war und schrie Michael an.

»Du verdammter Hurensohn! Ich bringe Dich um! Du bist der Sohn einer Hure! Jeder weiß, dass Du der Sohn von tausend Vätern bist!«

»Halt die Klappe und komm wieder runter.« Michael war selber überrascht, wie ruhig er bleiben konnte. Natürlich nahm er ihre Drohung ernst. Mann, war die sauer! Wenn sie sich befreien konnte, wäre er tot, ohne Zweifel. Aber er fand es auch ein bisschen amüsant, wie sie auf der Rückbank ihres Autos zappelte. Wahrscheinlich würde seine Entschuldigung sie noch mehr ärgern, aber er versuchte es trotzdem.

»Ich bin der Meinung: Wer hier keine dreißig Sekunden überleben würde, bist Du. Du kannst ja kaum noch geradeaus gucken ...«

»Weil Du mir einen auf die Glocke gegeben hast, Du Spaten!«

»Du warst vorher schon total fertig. Ich will mir einfach keine Sorgen um Dich machen müssen, wenn ich da rein gehe.«

Allison blieb still und sah Michael nur an, bis es ihm unbequem wurde. Sie war nicht mehr sauer. Er konnte sich denken, was sie dachte.

»Besser ich als Du.«

»Ich bin doch nur eine soziopathische Massenmörderin.«

»Mag sein. Aber die Welt kann trotzdem besser auf mich verzichten als auf Dich, finde ich.«

»Das ist so lieb von Dir. Und so doof. Gibst Du mir wenigstens einen Abschiedskuss?«

»Von wegen. Dann beißt Du mir in die Lippe und hältst mich mit den Zähnen so lange fest, bis ich Dich befreit habe. Hannibal.«

»Ertappt.« Immerhin, er hatte ihr ein Lächeln abgerungen.

»Ich ...«

»Hau schon ab. Arsch.«

Allison zog ihre Beine an, Michael aktivierte die Kindersicherung und schlug die Hintertür zu.

Er schätzte, dass sie wenigstens eine Viertelstunde brauchen würde, um sich zu befreien. Vielleicht auch nur zehn Minuten. Aber bis dahin wäre er längst tot. Er öffnete den Kofferraum und griff sich ein paar Magazine für die

MP5. Das G36 war ihm zu lang, konnte ja sein, dass er sich in dem Lager durch irgendwelche Korridore bewegen musste. Mehr als dreißig oder vierzig Meter weit musste er sowieso nicht schießen. Und die anderen würden wohl auch keine Gewehre haben. Er fand einen schmalen Gurt mit einem Karabinerhaken, perfekt geeignet, den Granatwerfer um den Hals zu tragen wie ein Amulett. Gegen einen verdammten Panzer würde er mit der Maschinenpistole nicht viel ausrichten können.

Allison machte keine Anstalten, ihn noch mit guten Wünschen auszustatten, also schloss er die Heckklappe wieder und setzte sich in Bewegung.

*

Vom Parkplatz aus folgte Michael in westlicher Richtung einem Trampelpfad, der parallel zum Bahndamm verlief. Er hatte sich auf Allisons Smartphone das Satellitenbild der Umgebung angesehen und eingeprägt. Nach etwa zweihundert Metern traf er auf eine eingleisige Nebenstrecke, die die Hauptstrecke mit einem winzigen Tunnel kreuzte. Michael rannte durch den Tunnel und wandte sich dahinter wieder nach Osten. Auf dieser Seite der Hauptstrecke war er durch ein Wäldchen vor den Blicken von Wachtposten in dem Lager geschützt.

Er schlich sich von Baum zu Baum und suchte jeden Ast nach den winzigen Bewegungsmeldern von der Sorte ab, mit der König sich in Annaberg vergeblich gesichert hatte. Nichts zu sehen. Er war jetzt nur noch fünfundzwanzig Meter von der Umzäunung entfernt. Eine krumm gewachsene Eiche mit verkrüppelten Ästen in erreichbarer Höhe bot sich als Ausguck an. Michael plagte sich zwei Minuten an dem rutschigen Holz ab, dann befand er sich sechs Meter über dem Boden, nur wenige Meter von dem Gleis entfernt. Am Bahnhof hielt gerade die S-Bahn. Feiertag, nur drei Leute stiegen aus dem Zug.

Das Grundstück des ehemaligen Kunst und Antiquitäten-Depots lag in einer Bodensenke zwischen dem Wäldchen und dem Bahndamm. Nicht ein Mensch zu sehen.

Obwohl Michael die Höhe der Halle auf sieben Meter schätzte, konnte er gerade noch über das Dach blicken. Er hatte erwartet, dass irgendwo in der Fläche ein großes Loch klaffen würde. Schließlich konnten die nicht durch das Dach schießen. Aber es war keine Öffnung zu sehen. Verdammt, dann stand die Haubitze doch in einer der Hallen auf der anderen Straßenseite.

Enttäuschung ersetzte Aufregung, die Schmerzen im Rest seines Ohres drängten sich wieder in den Vordergrund. Dazu der Gedanke, dass seine Theorie vielleicht doch nicht stimmte.

Die S-Bahn fuhr an. Michael wartete mit dem Hinabklettern. Er wollte nicht gesehen werden, und noch viel weniger abrutschen und vor einen

Waggon klatschen. Das wäre unwahrscheinliches Pech, aber warum das Schicksal noch weiter strapazieren.

Der letzte Waggon war vorbei, Michael überlegte gerade, welcher der halb morschen Äste sein Gewicht wohl länger tolerieren würde, als er am Rande seines Gesichtsfeldes eine Bewegung bemerkte. Auf der Halle verschoben sich großflächige Dachelemente und gaben eine Öffnung frei. Wenige Sekunden später hatte sich ein Rohr aufgerichtet und ragte nun etwa einen halben Meter über die Dachebene hinaus, in einem Winkel von etwa sechzig Grad zum Boden.

Jetzt gab es keine Zweifel mehr. Das war kein Ofenrohr. Michael hatte halb gehofft, dass er falsch lag, aber diese Wahnsinnigen wollten tatsächlich den Reichstag bombardieren. Und das Aufrichten des Laufes konnte nur eines bedeuten: Sie würden jeden Moment das Feuer eröffnen.

*

Michael fiel die Eiche mehr hinab, als dass er kletterte. Bis zur Umzäunung des feindlichen Lagers musste er noch zwanzig Meter freies Feld überwinden. Er wollte gerade losspurten, als ein Mann in der Uniform von Bockmeier Security um die hinterste Ecke der Halle bog. Er zündete sich eine Zigarette an und stellte sich an die Blechfassade, mit dem Rücken zu Michael.

Soll ich den abknallen, während er pinkelt, fragte sich Michael. Vielleicht ist das nur eine arme Wurst, die für ein paar Euro die Stunde bei einem Sicherheitsdienst arbeitet. Vielleicht verbringt der den größten Teil seiner Arbeitszeit damit, in Supermärkten Regale aufzufüllen. Aber das war unwahrscheinlich. Jeder, der sich auf diesem Grundstück aufhielt, musste wissen, was passieren würde. Die Nachwuchs-Leute konnten nicht riskieren, dass ein argloser Angestellter die Haubitze sah.

Michael zielte sorgfältig. Die Kugel traf den Mann in den Hinterkopf und schubste ihn gegen die Fassade. Er klappte zusammen und fiel in seine eigene Urin-Lache.

Michael rannte auf den Gittermattenzaun zu und kletterte hinauf. Die Zaunkrone war mit Stacheldraht umwickelt, er zerschnitt sich die Finger und seine Hosenbeine. Er rannte zur Halle und presste sich gegen die Wand, direkt neben der Leiche des Wachpostens. Er überlegte eine Sekunde, ob er ihn nach einem Schlüssel oder einer Magnetkarte durchsuchen sollte, entschied sich aber dagegen. Keine Zeit. Falls nötig, würde er sich mit der Maschinenpistole oder dem Granatwerfer Zutritt verschaffen.

Von dem rechteckigen Grundriss der Halle hatte man mit einer groben Zickzacklinie eine Ecke abgeschnitten, weil sie sonst der Bahn in die Quere gekommen wäre. Michael tastete sich geräuschlos von einem Winkel des Zickzacks zu dem nächsten, in den laut Satellitenbild ein kleineres Gebäude gequetscht sein sollte. Ein kurzer Blick um die Ecke bestätigte die

Vogelperspektive: Ein Pavillon mit verkommener Einrichtung und großen Fensterflächen, vielleicht der ehemalige Pausenraum der Lagerarbeiter. Ein Mann und eine Frau in Bockmeier-Uniformen langweilten sich vor einem Fernseher. Er krabbelte unterhalb der Fenster zu der Pavillontür, richtete sich auf, trat die Tür auf und erschoss die beiden, bevor ihre Hände auch nur in Richtung ihrer Pistolen gestartet waren. Der Fernseher zeigte die Live-Übertragung der Feierstunde im Bundestag.

*

Ohne einen weiteren Blick auf die Leichen zu verschwenden, lief er zu der Stahltür, die in die Halle führen musste. Er öffnete sie vorsichtig einen Spalt. Die riesige Halle war mit Stahlgittern in verschiedene Bereiche unterteilt. Kunst und Antiquitäten hatte man natürlich schon vor mehr als zwanzig Jahren ausgeräumt; statt Kisten und Kartons bedeckten nur noch Staub und Dreck den Boden. In der Mitte der Halle stand die Panzerhaubitze, die auf den Tausenden Quadratmetern Betonfläche ein bisschen verloren wirkte, trotz ihrer enormen Größe. Man hatte das Fahrgestell schon einigermaßen exakt ausgerichtet, der Turm war nur minimal seitlich geschwenkt. Dass der acht Meter lange Lauf bereits auf die genaue Schussposition justiert war, daran hatte Michael keine Zweifel. Links neben dem metallenen Ungetüm stellte ein Mann in Bockmeier-Uniform seinen Fuß auf eines der Kettenräder und machte sich an seinem Schnürsenkel zu schaffen.

Michael steckte seinen Kopf aus der Tür und sah nach rechts. Zwanzig Meter von ihm entfernt lungerten drei Posten herum, rauchten, redeten, gestikulierten. Einer von ihnen lehnte mit dem Rücken zu Michael an einem der vier Audis, die vor den beiden geschlossenen Toren der Warenannahme geparkt waren. Kowalski und er hatten die Reihen der Gegner schon ordentlich gelichtet, viele waren nicht mehr übrig.

Weitere zwanzig Meter hinter dem Trio lehnte ein container-ähnliches Büro auf stählernen Stelzen an der Außenwand. Aus der vorletzten der vier Türen in diesem hochgelegten Büro trat eine Frau auf die Empore, steckte zwei Finger in den Mund und pfiff. Michael fürchtete eine Sekunde, man hätte ihn entdeckt, aber die Frau deutete auf ihren Kopf und rief: »Geht los!« Es war Renate, die vermeintliche Sekretärin aus dem Aktenlager und Fahrerin von König.

Alle vier Wachtposten in der Halle holten etwas aus ihren Gürteltaschen, das Michael erst nicht erkennen konnte. Der Mann neben der Haubitze trat ein paar Meter zurück und zog sich das Ding auf den Kopf. Gehörschütze.

Er musste etwas unternehmen, jetzt sofort. Er verließ seine Deckung, legte auf die drei Männer an und feuerte mit kalter Präzision Schuss um Schuss aus der MP5. Die ersten beiden klappten mit Löchern in den Köpfen lautlos zusammen, den dritten streifte die Kugel nur an der Schläfe. Er schaffte es noch, einen Warnschrei auszustoßen, bevor zwei weitere Kugeln ihm durch das Auge und die Rippen flogen.

Der Mann neben der Haubitze hatte nichts gehört, aber er sah aus dem Augenwinkel seine Kollegen zusammenbrechen und drehte sich um. Michaels Kugeln schlugen in seine Brust und ließen ihn einen makabren Todestanz aufführen. Das Magazin war leer. Er setzte ein neues ein und feuerte auf die Haubitze. Die Geschosse prallten an der Panzerung ab, hinterließen gerade mal Kratzer im matten Flecktarnlack. Er musste ins Innere der Haubitze, irgendwie den Mechanismus sabotieren. Die Einstiegsluken standen offen, aber bevor er in ihre Nähe gekommen war, öffnete sich auf der Empore die Tür.

Renate. Sie trat an das Geländer und sah die Toten in der Halle, dann Michael.

Sie schrie auf, aber ihr Schrei wurde von dem apokalyptischen Donnern der 155 mm-Kanone übertönt.

Michael war wie gelähmt, aber nicht nur von dem Lärm. Sie hatten es tatsächlich getan.

*

Das Geschoss war unterwegs und würde in wenigen Sekunden im Reichstagsgebäude einschlagen. Michael blieb nur noch eines übrig: Die Verantwortlichen würden sterben, bevor der letzte Abgeordnete ein letztes Mal seine Lunge mit dem tödlichen Gas füllen konnte. Renate wollte sich gerade umdrehen und ihre Komplizen warnen, als Michaels Kugeln sie trafen. Sie kippte hintenüber, drehte sich über die Brüstung, fiel hinab und landete mit einem leisen Klatschen auf dem Beton. Vielleicht klatschte es auch laut, Michael war noch taub vom Abfeuern der Haubitze. Die Bürotür eine Etage über ihm war wieder zugeschwungen. Er wartete zehn Sekunden, aber niemand kam heraus.

Also sprintete er zur Treppe, versuchte, die Stahlgitter-Stufen so leise wie möglich zu erklimmen und schlich sich an den ersten beiden Türen vorbei. Ein vorsichtiger Blick durch die Fenster in diesen Türen überzeugte ihn, dass die Räume dahinter leer waren. Bis auf einen Stuhl, über dem noch Leas Wildlederjacke hing.

Er hörte ein laut gesprochenes Zählen: »Dreißig, Einunddreißig, Zweiunddreißig …« Das musste die Flugdauer der Granate sein. Michael schaute eine Zehntelsekunde durch das Fenster der dritten Tür: Mehrere Männer standen in einer Reihe hinter einem langen Tisch und starrten auf einen riesigen Fernseher. Er schlich sich weiter zur vierten Türe, eventuell konnte er ihnen in den Rücken fallen. Er gestand seinen Feinden nicht den Hauch einer Chance zu.

Tatsächlich, er sah nun über die Schultern der Männer das Fernsehbild. Die Ansprache des Bundespräsidenten, live aus dem Bundestag. Im Plenarsaal des Reichstages. Er drückte die Klinke vorsichtig nach unten, öffnete die Tür Zentimeter für Zentimeter und schlich in den Raum. Er hatte sie im Visier: Links ein dünner Dunkelhaariger, daneben ein weiterer Bockmeier, am Tisch saß ein bebrillter Moppel in vermeintlich jugendlichem Outfit vor einem Laptop, ganz rechts ein stattlicher Anzugträger mit weißen Haaren.

»Vierundvierzig, Fünfundvierzig und ... Einschlag!«

*

Michael hatte gedacht, er wäre vorbereitet, aber die Fernsehbilder trafen ihn wie die Ladung einer Schrotflinte: Der Redner und die Stenografen wurden als erste von den herab stürzenden Trümmern der Kuppel ausgelöscht. Der Kreis aus fallenden Stahlträgern und Glasscherben vergrößerte sich in Millisekunden und begrub auf der einen Seite die ersten vier Reihen der Abgeordneten unter sich, gegenüber verschluckte er Vorstand, Regierung und den Bundesrat.

Die Kamera schwenkte hektisch nach oben: Die Kuppel war fast völlig zerstört, nur an den Rändern wehrten sich noch Reste einiger Träger und Scheiben gegen die Schwerkraft. Eines der größeren Teile der Konstruktion neigte sich langsam nach unten, bis es abbrach und rotierend hinab fiel. Der Kameramann hielt mit bemerkenswerter Kaltblütigkeit auf das verbogene Metall, als es einen verletzten Abgeordneten erschlug.

Die Bildregie wechselte auf einen anderen Blickwinkel: einige der Politiker saßen wie gebannt auf ihren Plätzen, manche rannten zwischen den Bänken auf die Ausgänge zu, ein paar versuchten, den Verletzten beizustehen.

»Guck, da ist der Hansen ... Für den hätten wir die Türen gar nicht abschließen müssen, es hätte schon gereicht, die ›Ziehen‹- und ›Drücken‹-Schilder zu tauschen.«

Die anderen Männer lachten über Schlüters Witz. Eckhard Schlüter, die graue Eminenz, respektiert über die Grenzen der Parteien hinweg, in wenigen Minuten hauptverantwortlich für den Mord an über 600 Menschen. Er legte seine Hand auf die Schulter des Mannes am Tisch.

»Auf diesen Moment warte ich seit Jahrzehnten. Gleich sind wir die Erfüllungsgehilfen kapitalistischer Unterdrückung los. Auf einen Schlag. Holger, funktioniert der Sender noch?«

Brillen-Moppel kontrollierte die Daten auf dem Laptop.

»Nein, Nummer Eins ist ausgefallen. War ja abzusehen. Ich schalte um auf Nummer Zwei. Ok, ein schönes, starkes Signal. Diese Mami ruft ihr Kind sogar noch lauter!« Er lachte. Michael konnte seinen Blick von dem Fernseher lösen, aber die Szene vor seinen Augen kam ihm genauso unwirklich vor. Die vier Männer waren so auf den Bildschirm fixiert, dass sie ihn immer noch nicht bemerkt hatten. Holger, der Typ an dem Laptop, das musste der Fernsteuerungsfritze sein, er hatte anscheinend ein Leitsystem für die Granate gebastelt. Aber warum noch ein Sender? Warum brachen die Abgeordneten nicht zusammen?

»So, jetzt die Position für den zweiten Schuss ... etwas flacher ... Ratko, bist Du sicher, dass die Treibladung nicht zu stark ist? Nicht, dass Deine Mischung uns hier um die Ohren fliegt!«

»Ist so korrekt«, antwortete der Mann ganz links. Gorassović!

»Gleich werden alle Fernsehsender sich eingeklinkt haben. Holger, wir haben jetzt freien Eintritt, sieh zu, dass wir gut reinkommen! Wir wollen Bilder, die Geschichte machen!«, sagte Schlüter.

»Keine Sorge, heute wird es Rekord-Einschaltquoten geben«, antwortete Holger und bewegte seine Hände in Richtung Laptop.

*

Michael schoss dreimal auf den Computer, weitere drei Kugeln töteten Holger Runtel. Der Bockmeier-Mann drehte sich herum und griff nach seiner Waffe, aber auch er hatte keine Chance. Gorassović riss die vordere Tür auf und flüchtete. Michael schoss, aber Allisons verfluchte Unterschallmunition drang noch nicht einmal durch das dünne Blech der Brandschutztür.

Michael stürzte Gorassović hinterher. Schlüter konnte warten, das Monster war wichtiger. Gorassović hatte bestimmt noch einen Trick im Ärmel. Vielleicht wollte er den zweiten, entscheidenden Schuss von Hand auslösen, in der Panzerhaubitze. Michael stürmte aus dem Büro und feuerte wild auf Gorassović. In seiner Wut hatte er nicht gut genug gezielt, die Kugeln schlugen rechts von dem Serben in das Treppengeländer. Michael hetzte die Treppe hinunter, nahm drei Stufen auf einmal. Als er auf dem Hallenboden landete, hob er im Laufen wieder die MP5 und jagte dem fliehenden Mann eine weitere Salve nach. Ein Glückstreffer erwischte Gorassović an der Hüfte, aber er taumelte nur kurz und lief dann weiter. Langsamer und humpelnd, aber er war nur noch zwei Meter vom Heck der Panzerhaubitze entfernt. Das Magazin der MP5 war leer. Michael sah, wie die linke Einstiegsluke zuschwang. In wenigen Sekunden würde Gorassović so sicher sein wie in einem Tresor. Er würde dreckig lachen und in aller Ruhe wieder einen tödlichen Knopf drücken.

Die paar Sekunden, die Michael gebraucht hätte, um ein neues Magazin einzusetzen, investierte er lieber in einen Spurt. Notfalls musste er dem Monster eben mit bloßen Händen das Leben aus dem Leib quetschen. Umso besser. Hauptsache, Gorassović konnte den zweiten Schuss nicht mehr auslösen.

Michael erreichte das Heck des Panzers. Die rechte Luke schloss sich ebenfalls. Er schaffte es gerade noch, einen Fuß in den Spalt zu stellen. Der

Schwung und das Gewicht der gepanzerten Luke brachen den ersten Mittelfußknochen. Er schrie auf, wollte den Fuß aus dem Lukenspalt ziehen, aber Gorassović zog von innen an der Tür und klemmte Michael damit ein. Trotz der Schmerzen stemmte er sich mit der Ferse gegen den Einstieg des Panzers und versuchte, die Luke zu sich zu ziehen. Er war kräftiger als Gorassović und konnte die Öffnung Zentimeter um Zentimeter vergrößern.

Der Serbe ließ die Luke plötzlich los. Michael, dessen Kraft unerwartet keinen Angriffspunkt mehr fand, musste einen Ausfallschritt machen. Dann noch einen. Beim Auftreten mit dem verletzten Fuß verlor er kurz das Gleichgewicht. Er konnte die Luke nicht mehr festhalten.

Gorassović zog sie grinsend wieder zu sich. Michael hatte keine Chance, noch rechtzeitig das Schließen zu verhindern.

*

Er griff nach dem Granatwerfer, der um seinen Hals baumelte und feuerte das Geschoss durch den schmaler werdenden Spalt zwischen den Luken. Viel zu nah, die Explosion würde ihn ebenfalls töten.

Die Granate detonierte im Inneren der Haubitze. Die Druckwelle schleuderte die rechte Luke auf, sie prallte mit lautem Donnern gegen die äußere Panzerung der Haubitze. Die linke Luke riss es aus ihren Scharnieren, sie flog auf Michael zu und warf ihn von den Füssen. Er landete fünf Meter vom Heck der Panzerhaubitze entfernt auf dem kalten Beton.

Michael versuchte, die zentnerschwere Luke von seiner Brust zu ziehen, konnte seinen linken Arm aber nicht zur Kooperation bewegen. Er stellte verblüfft fest, dass die Elle aus dem Stoff des Ärmels ragte. In einem unbewussten Impuls hatte er die Luke abwehren wollen, mit wenig überraschendem Resultat. Immerhin: Die Luke hatte ihn zwar umgeworfen und ihm den Arm gebrochen, aber auch die Wucht der Druckwelle aufgefangen.

Er hob seinen Kopf und musterte das Innere der Pzh 2000: Gorassović war in tausend roten Fetzen über die verbogenen Hebel und Mechanismen dekoriert. Michael lachte. Er hatte gewonnen, das Monster war tot. Er hätte Gorassović lieber langsam die Kehle zugedrückt, aber egal, das Resultat zählte.

War das Gasgeschoss beschädigt worden? Er würde es in wenigen Sekunden wissen.

Aber nachdem er eine halbe Minute später immer noch lebte, die Wirkung des Adrenalins nachließ und die Schmerzen in Fuß, Arm, eigentlich seinem gesamten Körper, zunahmen, konnte er davon ausgehen, dass kein Gas ausgetreten war. Er würde überleben. Für die armen Schweine, die von dem ersten Schuss getötet worden waren, hatte er nichts tun können. Aber immerhin war niemand vergast worden. Vielleicht lebten noch zwei Drittel der Abgeordneten, vielleicht sogar mehr.

»Sie sind ein verdammter Querulant, Eichendorf. Aber glauben Sie nicht, dass Sie gewonnen haben. Dieser Anschlag reicht aus, morgen sind wir am Ruder. Aber das werden Sie nicht mehr erleben.«

Eckhard Schlüter hatte sich zu Michaels Füssen aufgebaut und ließ ihn in den Lauf einer Pistole schauen.

*

»Moment, Schlüter!«

Die Stimme kam Michael bekannt vor. Er sah zu dem Nebeneingang, durch den er die Halle vor drei oder vier Minuten betreten hatte: Ein Mann näherte sich, anscheinend ein Gewehr oder eine Maschinenpistole im Anschlag. Michael konnte ihn nur unscharf erkennen. Zielte der Mann auf ihn oder auf Schlüter? Schlüter hob die Arme, ließ die Pistole aber nicht los.

»Ich bin Kowalski«, sagte der Mann. Er stand jetzt nur noch ein paar Meter entfernt, Michael konnte ihn besser sehen. Er war etwa Fünfzig, fast so groß wie Michael, athletisch, trug Cargo-Hosen, Turnschuhe und eine Schimanski-Jacke. Er zielte auf Schlüter, mit einer MP5. Die lange Standardversion; für Erwachsene, dachte Michael. In der linken Hand, die den Schaft unterstützte, hielt er mit dem Mittelfinger van Heufeldens Aktentasche. Er hatte den Citroën gefunden. Und Allison. Scheiße.

»Sie sind das! Schwer abgenommen, was?«, sagte Michael. Er wollte wenigstens mit einem lockeren Spruch abtreten.

»Ja. Fettanzug. Wiegt zwölf Kilo«, antwortete Kowalski.

»Sie sehen trotzdem kein bisschen aus wie Brad Pitt.« Michael fühlte sich seltsam euphorisch.

»War gelogen.«

Schlüter war dem Dialog leicht verwundert gefolgt und schaltete sich jetzt ein:

»Kowalski? Eichendorfs Leibwächterin heißt angeblich so?«

»Sein Vertrag ist um Mitternacht abgelaufen.«

Michael blieb der Verstand stehen. Allison hatte ihn auf eigene Rechnung begleitet. Und er hatte Danke gesagt, indem er ihr die Faust ins Gesicht rammte. Scheiße.

»Was wollen Sie dann hier?«, fragte Schlüter.

»Einen Vertrag erfüllen.« Kowalski bewegte den Finger, der Koffer baumelte hin und her.

»Was ist da drin?«

»Eine halbe Firma.«

Schlüters Augenbrauen kletterten die Stirn hinauf.

»Die Molecule-Aktien?«

»Hat er im Auto liegen lassen.«

»Kowalski, ich hätte einen Job für Sie: Ich habe noch knapp sechsundzwanzig Euro in der Tasche. Die gehören Ihnen, wenn Sie Schlüter töten. Oder geben Sie mir die MP!«

»Begreifen Sie nicht, dass es vorbei ist, Eichendorf? Sie machen sich lächerlich! Herr Kowalski, ich biete Ihnen das Tausendfache, wenn Sie ihn eliminieren! Dann muss ich mir wenigstens nicht selber die Hände schmutzig machen an diesem impertinenten Clown.«

Kowalski war neben Schlüter getreten und zielte mittlerweile mit seiner Maschinenpistole auf Michael. Schlüter senkte seine Arme und grinste Michael an.

»Sie haben noch was anderes im Auto liegen lassen«, sagte Kowalski.

»Ja.«

Der Killer wartete auf eine Erklärung.

*

»Sie war total fertig. Konnte kaum noch geradeaus gucken. Und ich dachte, hier würde mehr los sein. Ich dachte, sie würde hier drauf gehen.«

»Ja. Sie ist manchmal übereifrig. Naja. Schlaffer Endgegner, eigentlich. Die Minibosse waren wohl härter.«

»Was ist jetzt? Können wir diese Sache jetzt endlich zu Ende bringen? Die Polizei wird bald eintreffen!«

»Schlüter, ich habe von Achim van Heufelden den Auftrag bekommen, Sie zu töten, sobald eine bestimmte Bedingung erfüllt ist.«

»Van Heufelden ist tot!«, sagte Schlüter höhnisch.

»Genau das war die Bedingung.«

Während er sprach, setzte Kowalski die Aktentasche ab. Er griff nach der Waffe des verwirrten Schlüter, drehte sie ihm aus der Hand, ließ das Magazin heraus fallen und warf die Pistole auf die Luke, unter der Michael immer noch lag. Michael griff ohne Zögern zu, zielte auf Schlüters Kopf und drückte ab. Die Kugel traf den in verständnislosem Staunen aufgeklappten Unterkiefer des Politikers. Die weißen Haare des Mannes wirbelten im Luftzug des Geschosses, als es aus dem Hinterkopf austrat. Schlüter sank auf seine Knie, sah erst Michael, dann Kowalski empört an und fiel vornüber.

»Vertrag ist Vertrag, Schlüter.«

Kowalski schoss mit seiner MP5 eine weitere Kugel in Schlüters Kopf und wartete einen Moment auf Lebenszeichen.

»Hat er nicht mehr gehört.«

»Wo ist Allison? Wie geht es ihr?«

»Allison? Hat sie das gesagt? Dass sie so heißt?«

»Ja ... Stimmt das denn nicht?«

»Geht ihr gut. Wird zum Arzt gebracht.«

Kowalski zog die Luke von Michael und half ihm beim Aufstehen.

»Hat sich nicht viel geändert seit dem letzten Mal.«

»Wie meinen Sie das?«

»Sie sehen immer noch kacke aus.«

»Danke.«

Michael versuchte, möglichst viel Gewicht auf sein unverletztes Bein zu verlagern, aber der gebrochene Arm protestierte mit Sturmfluten von Schmerz dagegen, zur Balance auch nur mit der kleinsten Bewegung beizutragen. Kowalski stützte Michael.

»Sie hätten gerade leicht einen Batzen Geld machen können ...«

Der Profimörder deutete mit dem Kinn auf die Leiche des Politikers: »Ich hatte nur für den da einen Auftrag. Nicht für Sie. Außerdem: Meine Mitarbeiterin hat sich für Sie eingesetzt. Erstaunlich.« Kowalski schüttelte leicht den Kopf und lächelte ein wenig.

»Sie ist Ihre Tochter, oder?«

Kowalski schaute Michael fragend an.

»Sie hat erzählt, dass sie mit ihrem Vater immer gestritten hat, wer den Fernseher nutzen kann, Allison für Filme oder er für Videospiele. Und: ›Endgegner, Miniboss‹ ... Ich hatte auch mal eine Playstation.«

»Gut kombiniert.«

»Wie konnten Sie sie nur zu so einem Monster erziehen, Sie Schwein?«

Kowalski blieb stehen und ließ Michael los. Dessen verletzter Fuß lieferte sich einen kurzen, aber vergeblichen Kampf mit dem Gleichgewicht.

»Du weißt nichts über sie, Idiot. Meine Tochter hat mich überredet, Dir das Leben zu retten. Gratis. Obendrein kriegst Du noch den Koffer mit dem Schlüssel zum Königreich. Für die üblichen zehn Prozent. Du solltest jetzt besser die Schnauze halten. Wenn ich sage, dass ich zu spät gekommen bin, glaubt sie mir das.«

Links hatte Kowalski die Hand ausgestreckt, um Michael zu helfen. Rechts zielte er mit der MP5 auf ihn. Die Wahl fiel Michael nicht schwer.

»Eigentlich ist sie ja ganz in Ordnung, Sie haben wohl doch was richtig gemacht ...«

Michael hob seinen rechten Arm, Kowalski zog ihn erneut hoch.

»Denke ich auch. Quatscht nur zu viel.«

»Allerdings. Wäre nett, wenn Sie mich nicht wieder fallen lassen würden, aber ich muss schon sagen: Sie ist manchmal eine echte Nervensäge. Ziemlich oft, eigentlich.«

»Stimmt schon. War früher noch schlimmer.«

»Echt? Mein Beileid ... Aber wie heißt sie denn jetzt tatsächlich?«

»Michaela.«

»Wirklich?«

»Nein«, sagte Kowalski und drückte den Öffner des Hallentores. In der Ferne waren Martinshörner zu hören, aber nachdem Kowalski die Tür seines

Mercedes hinter Michael geschlossen hatte, verstummte das Geräusch. Michael machte es sich auf der Rückbank so bequem wie möglich und schlief trotz seiner Schmerzen innerhalb von Sekunden ein.

MITTWOCH, 13. NOVEMBER

»Shit! What a fucking dick-headed douchebag!«

Melanie Badenkow säbelte an ihrem Filet. Sie merkte erst, dass das zarte Fleisch eine so grobe Behandlung nicht verdiente, als sie mit ihrem Messer schrille Kratzgeräusche auf dem Teller geigte.

»I still can't get over it! We just met in September, at the Third Convention of Computational ... Oh, sorry!«

Sie sah Michael an. »Sprichst Du Englisch?«

»Selber sprechen: Naja. Aber ich verstehe es ganz gut: Sie sind noch sauer auf Ihren Vater. Sie haben ihn erst im September auf einer Messe getroffen, und ich nehme an, er hat nichts davon erwähnt, dass Sie seine Tochter sind.«

»Nein, kein Wort. Ich hielt eine Rede, und van Heufelden ist hinterher zu mir gekommen, diskutierte mit mir und lobte mich: Meine Arbeit würde sicher eines Tages für seine Firma wertvoll sein. Asshole. Er hat sich bestimmt gut amüsiert.«

»Vielleicht hat er das zu Ihrer eigenen Sicherheit gemacht. Schlüter und seine Truppe wussten schließlich, dass Sie van Heufeldens Tochter waren. Die haben sich jahrelang gegenseitig an der Gurgel gehabt. Die Vergangenheit Ihres Vaters war nicht ganz so brisant wie die von Schlüter; wahrscheinlich gab es eine Vereinbarung: ›Du lässt meine Tochter in Ruhe, und ich erzähle niemandem von Deinen Umsturz-Plänen.‹ Oder so ähnlich.«

»Maybe. Fuck.«

Sie kippte ihren Wein runter und widmete sich wieder dem Filet. Michael beobachtete sie, während er so tat, als ob er mit seinem Essen kämpfte. Sie war eine sehr attraktive Frau, das Ebenbild ihrer Mutter, als die noch schlank war. Badenkow war nicht mehr ganz so jung wie auf dem Foto, mit dem ihr Forschungsbereich am MIT die Website zierte, aber die Fältchen waren an den richtigen Stellen gewachsen. Und dank ihrer samtenen Stimme klangen sogar die Verwünschungen überaus sexy.

Das Wort »Fuck« hätte Michael also gerne von ihr in seiner eigentlichen Bedeutung gehört.

Er saß jetzt seit sechs Wochen in Brügge, hatte alle Sehenswürdigkeiten besichtigt und langweilte sich seit fünf Wochen. Der Fuß war fast verheilt, von dem Bruch war nur noch ein leichtes Humpeln übrig. Aber sein Arm machte ihm noch Schwierigkeiten. Den Gips hatte der diskrete Arzt seinem reichen deutschen Patienten vor ein paar Tagen entfernt, jedoch auf einer Schlinge bestanden.

Das Restaurant, in dem er regelmäßig aß, heute mit Melanie Badenkow, war vielleicht nicht das beste in der Stadt, aber die Karte war abwechslungsreich und der Kellner schlau genug, unaufgefordert Michaels Portion auf dem Teller zu zerschneiden.

»So, you leaked your report and I read it … Fuck! Ich wollte sagen, dass ich Deinen Bericht gelesen habe, Herr Eichendorf, und Herr Glottke hat mir gesagt, dass das wahrscheinlich alles stimmt, wie meine Eltern ermordet wurden. Ich bin Dir auch dankbar, dass Du mir die Erinnerungen meiner Mutter übermittelt hast … Aber warum wolltest Du mich persönlich sprechen? Herr Glottke konnte nicht sagen, warum Du Dich mit mir treffen wolltest.«

»Eben, weil es persönlicher ist. Und, bitte: Ich heiße Michael. Sagt man nicht in Amerika: ›Herr Eichendorf ist mein Vater‹? Darf ich Melanie sagen?«

Sie nickte und lächelte ein wenig. Michael fuhr fort:

»Es gibt auch ein paar Details, die Du vielleicht noch wissen solltest. Finde ich jedenfalls. Aber vielleicht hast Du auch noch die eine oder andere Frage?«

»Wieso ist mein Vater da ausgestiegen?«

»Keine Ahnung. Von ihm, Schlüter und der Müller stammte der ganze Plan, schätze ich. Er muss sich mit den beiden zerstritten haben, was die Verwendung des Molecule-Kapitals anging.«

»Er hat oft gesagt, dass er mit Pillows, seinem Operating System, die Menschheit weiter gebracht hätte als die socialist dreams of old men, mit denen er aufgewachsen war.«

»Ja, das habe ich auch gelesen. Viele hielten das für einen eitlen Spruch.«

»Eitlen?«

»Ich glaube, das heißt ›vain‹ auf Englisch. Also, ich finde, er hatte damit recht. Vielleicht hat das Leben in den USA seine Perspektive verändert, vielleicht seine Erfolge mit Molecule. Ich weiß es nicht. Jedenfalls haben Schlüter und Müller ihn als Feind betrachtet und ihn ermorden lassen. Und es sollte so aussehen, als ob ich die Ermordung befehle. Sie haben nur darauf gewartet, dass er die Unterlagen und die Aktien in der Hand hatte.«

»Ich hörte, sie ist tot, oder? Frau Müller?«

»Ja. Meine Leibwächter haben bei der Polizei angerufen. Die haben sie befreit. Glottke hat mir erzählt, dass sie den Fernseher eingeschaltet hätte, von Schlüters Tod erfahren und sich dann mit einer Puppe in der Hand von ihrem Balkon gestürzt hätte.«

»Das ist traurig.«

»Geht so. Immerhin hat sie die Ermordung von mehreren Hundert Leuten mitgeplant.«

Michael trank einen Schluck seines Wassers und überlegte kurz, wie er sein Manöver beginnen sollte.

»Ich habe übrigens auch eine Frage an Dich: Warum bist Du noch nicht wieder in den USA?«

»Ich wurde gefeuert. Sie wussten, dass meine Mutter früher halbe Terroristin war, das war schon schwierig. Aber ich hatte wohl Protektion. Van Heufelden vielleicht … Ich kann ihn immer noch nicht meinen Vater nennen! Anyway, jetzt, da er tot ist, sind alle Schleusentore offen. Einer meiner lieben

Kollegen hat beim Department of Homeland Security angerufen und darauf hingewiesen, dass in Germany eine Untersuchung läuft. Mein Vater wäre angeblich ein kommunistischer Maulwurf gewesen und so weiter. Der Deacon mag mich, aber der Druck auf ihn war groß, er beurlaubte mich auf unbestimmte Zeit. Yeah, right. Whatever. Ich habe ein bisschen gespart. Vielleicht mache ich eine eigene Firma auf. Vielleicht in Deutschland. Da ist es auch nicht … was heißt crappier?«

Melanies Hang zur Vulgarität stand in Kontrast zu ihrer Erscheinung. Sie trug ein elegantes Businesskostüm, war verhalten geschminkt und ihr schwarzes Haar glänzte seidig in der schummrigen Beleuchtung.

»Beschissener«, übersetzte Michael.

»Ah, ok. Danke. Was willst Du machen? Wieder nach Deutschland?«

»Nein. Ich bin da wahrscheinlich der meistgehasste Mann im Moment. Die eine Hälfte der Deutschen denkt immer noch, ich wäre ein Terrorist und irgendwie mitschuldig an dem Attentat. Die andere Hälfte ist der Meinung, dass ich es nicht hätte verhindern sollen. Ich habe hier ein paar Diskussionen in Internet-Foren gelesen … Au, Mann. Außerdem würde man mich irgendwann finden. Und selbst, wenn man von meiner Unschuld überzeugt wäre, müsste ich mir hundertmal von irgendwelchen Beamten, Geheimdienstlern und Untersuchungsausschüssen Löcher in den Bauch fragen lassen: ›Woher wusste van Heufelden das Passwort für das Schließfach?‹ ›Keine Ahnung, hat er mir nicht gesagt, weil, als ich ihn kennengelernt habe, hatte er eine Kugel im …‹ Entschuldigung, ich bin ein Idiot … Ich wollte nicht …«

»Schon gut. Ich habe auch gelesen, was sie über Dich schreiben. Kein Wunder, dass Du sauer bist. Alle meckern, wie viele Leute Du getötet hast, und dass Du zu spät gekommen bist. Keiner sieht, dass Du ein Held bist.«

Obwohl sie das ganz nüchtern feststellte, machte es ihn verlegen. Ihm fiel keine Entgegnung ein. Nach einer Weile stillen Essens fragte Melanie:

»Wie bist Du hier gelandet?«

»Man hat mich mit einer falschen Identität ausgestattet. Ich heiße jetzt Michael Eidersohn. Man hat mir auch genug Geld gegeben, hier ganz gut zu leben.«

»Mit ›man‹ meinst Du Deine geheimnisvollen Bodyguards, oder?«

»Ja.« Michael wollte nicht ins Detail gehen, jedenfalls nicht, was die Kowalskis anging.

»Mein Leibwächter hat zehn Prozent genommen und mir dafür eine ordentliche Summe vorgestreckt.«

»Zehn Prozent wovon?«

»Zehn Prozent von der Hälfte der Molecule-Aktien.« Michael sah zu, wie Melanie den Mund aufklappte. Sie setzte an, etwas zu sagen, aber es kam nur ein »Wow!«. Sie sammelte sich einen Moment.

»Davon ist aber nichts zu lesen in den Medien!«

»Nein, das muss ich wohl vergessen haben, zu erwähnen ...« Michael grinste, Melanie lachte.

»You're an evil, evil man! I like that! Was machst Du mit dem Geld?«

»Ich werde einen Fonds einrichten für die Angehörigen der toten Polizisten. Das macht die nicht wieder lebendig, nimmt den Hinterbliebenen aber vielleicht ein paar finanzielle Sorgen. Und einen Fonds werde ich noch für Lea einrichten, für Rehabilitation und Ausbildung.«

»Das ist das junge Mädchen, das den Kopfschuss überlebt hat, oder? Die Tochter Deines Freundes?«

»Ja. Man sagte mir, dass sie Schwierigkeiten mit der Motorik hat. Sprechen geht auch noch nicht. Man weiß nicht, ob es der Schock ist, oder ob das Sprachzentrum was abbekommen hat. Sabine, ihre Mutter, ist ziemlich fertig. Aber sie hatte schon befürchtet, dass sie Lea auch verloren hätte, insofern ...«

Die Kowalskis hatten die Aufnahmen der Kamera in der Tiefgarage gelöscht, um Allison zu schützen. Niemand wusste bis jetzt, dass er an Leas Zustand schuld war. Vielleicht würde er es Melanie sagen. Morgen oder übermorgen. Aber das war eine Station auf einem Weg, auf dem noch ein paar Schritte gegangen werden wollten.

»Sag mal, ich sah Videos von der Schießerei vor dem Supermarket. War das Dein Bodyguard, das Mädchen mit der submachine gun?«

»Ja.«

»Ist das Deine Freundin?«

Lieber Michael,

das ist der Traum so vieler kleiner Mädchen: Einen reichen, alten Sack zu heiraten, der nach kurzer Zeit leider, leider, leider an Herzversagen stirbt und sie als reiche, junge Witwe zurücklässt.

Aber ich bin eines der Mädchen, die sich ihr Geld lieber auf ehrliche Weise selber verdienen. Ich mag meinen Beruf und will ihn nicht für Dich aufgeben, aber ich weiß, dass Du das eher früher als später von mir verlangen würdest. Selbst, wenn nicht: »Mama kann Euch heute nicht von der Schule abholen, weil sie gerade den Diktator von Bananenrepublikskaya umlegt«?

Wir hatten einen Haufen Spaß, aber wir sollten nur gute Freunde sein. Die sich möglichst nie wiedersehen.

Tut mir leid, dass ich Dir das nicht persönlich sage, ich bin vielleicht etwas konfliktscheu.

Hasta la vista, baby!
Allison

P.S.: Ich höre, Papa hat Dich in Brügge untergebracht - kannst ja mal gucken, ob Du die Stelle findest, wo Du-weißt-schon-wer den Zwerg erschossen hat. :D

»Nein. War rein geschäftlich.« Michael widmete sich seinem Steak.

»War sie hübsch?«

»Ja, schon. Aber viel zu jung für mich. Apropos Geschäft: Da mir jetzt knapp die Hälfte von Molecule gehört, habe ich mich für den Aktienkurs interessiert …«

»Frei fallend. Jetzt, wo … mein Vater nicht mehr die Leitung hat. Sie wissen noch nicht, wer die Nachfolge übernehmen wird.«

»Habe ich gelesen. Hast Du schon mal daran gedacht? Du bist seine Erbin.«

Melanie hielt mitten im Kauen inne. Der Rest eines Salatblattes hing aus ihrem Mund. Sie machte ein so verständnisloses Gesicht, dass Michael das Lachen unterdrücken musste. Auf die Idee war sie noch nicht gekommen.

»Dazu müsste ich beweisen, dass er mein Vater war. Außer dem Wort meiner Mutter habe ich nichts, und das wird vor Gericht nicht reichen. In meiner Geburtsurkunde steht bei ›Vater‹: Harry Dennert. Den gibt es nicht mehr. Die Anwälte der Geschäftsführung werden mich auseinandernehmen.«

Michael zog einen Umschlag aus seiner Innentasche und schob ihn zu Melanie.

»Dokumente, die beweisen, dass Harry Dennert zu Achim van Heufelden wurde. Das sollte reichen, um einen Gentest zu veranlassen. Übrigens: Der Mann, der uns die Akte verkaufen wollte, dachte, dass die Firma Deines Vaters dem deutschen Finanzamt einen Haufen Geld schulden würde. Er lag falsch damit, ich habe mich schon schlau gemacht. Die Finanzierung und Gründung von Molecule war völlig legal. Alles weitere können Deine Anwälte übernehmen.«

»Danke, aber …«

»Warum? Als Großaktionär habe ich natürlich Interesse daran, dass Molecule einen fähigen Boss hat. Deshalb wollte ich Dich auch persönlich sprechen. Man will sich ja ein Bild machen. Und das Bild gefällt mir, muss ich schon sagen.«

War das zu plump? Melanie zog eine Braue hoch, aber er sah, dass die Skepsis nur vorgetäuscht war. Sie wusste, was er gerade spielte.

»Nur deshalb? No strings attached?«

»Nein. Keine Verpflichtungen.«

Melanie forderte ihn mit einem schelmischen Lächeln zu seinem nächsten Zug auf, und er zögerte nicht:

»Allerdings würde ich mich freuen, wenn ich Dir ein paar Sehenswürdigkeiten in Brügge zeigen dürfte. Möchtest Du nicht ein paar Nächte bleiben, über das Wochenende? Ich war so frei und habe ein Zimmer reservieren lassen …«

»Nächte? Und das Zimmer, ist das in Deinem Hotel?«

»Woher weißt Du das?«

»Liegt das zufällig neben Deinem Zimmer?«

»Es war sonst nichts mehr frei, in ganz Brügge nicht, ehrlich!« Michael versuchte einen Dackelblick. Als Melanie bei ihrer Antwort das richtige Wort betonte, gestattete er sich den Gedanken, dass sein Leben vielleicht doch wieder auf der richtigen Spur war.

»I guess we'll have a fucking good time then.«

DANKSAGUNG

Mein Dank für Unterstützung durch
Rat, Tat und/oder Inspiration gilt:

Sabrina Engemann
Marion Ferfers
Hanns Fritsch
Jochen Heim
Michael Hoffmann
Dr. Christian Karcher
Harald Lenz
Johannes Rocha
meinen Eltern

und ganz besonders
meiner Frau Andrea.

KONTAKT

Kritik oder Lob, Fragen oder Anregungen?
Schreiben Sie mir: baf@prosaschleuder.de

www.ingramcontent.com/pod-product-compliance
Lightning Source LLC
Chambersburg PA
CBHW020346180626
46812CB00001B/357